LUIGI PIRANDELLO

Gesammelte Werke
in sechzehn Bänden

Herausgegeben von
Michael Rössner

Band 13/1

PROPYLÄEN

LUIGI PIRANDELLO

HEINRICH IV.
UND ANDERE STÜCKE

PROPYLÄEN

Aus dem Italienischen übersetzt von
Georg Richert, Michael Rössner, Gesa Schröder
und Maria Sommer
Mit einem Nachwort von Thomas Klinkert

INHALT

HEINRICH IV.
(ENRICO IV.)

Drama in drei Akten

Aus dem Italienischen von Georg Richert
Überarbeitet von Michael Rössner
und Maria Sommer

Uraufführung: Mailand, 24. Februar 1922

PERSONEN

Heinrich IV.
Marchesa Matilde Spina
Frida, ihre Tochter
Der junge Marchese Carlo di Nolli
Baron Tito Belcredi
Doktor Dionisio Genoni
Die vier angeblichen »Geheimen Räte des Kaisers«:
Landolf (Lolo)
Harald (Franco)
Ordulf (Momo)
Bertold (Fino)
Der alte Kammerdiener Giovanni
Zwei Diener in historischen Kostümen

Ort: Ein einsames Landhaus in Umbrien
Zeit: Heute

Eine kurze Stelle im ersten Akt ist in [zwei] Klammern gesetzt. Sie sollte bei der Aufführung gestrichen werden, um den notwendigen schnellen Fortgang der Handlung zu erreichen.

ERSTER AKT

Großer Saal eines Landhauses, der stilecht so ausgestattet ist, daß er den Thronsaal Heinrichs IV. in der Kaiserpfalz zu Goslar darstellen könnte. Inmitten der antiken Einrichtung fallen zwei moderne lebensgroße Ölbilder an der hinteren Wand auf, die in geringer Höhe auf einem Sockel aus geschnitztem Holz stehen, der an der ganzen Wand entlangläuft und so breit ist, daß man sich wie auf eine Bank daraufsetzen kann. Ein Bild steht rechts, das andere links vom Thron, der in der Mitte der Wand mit seinem Kaisersitz und seinem niedrigen Baldachin den Sockel unterbricht.
Die beiden Porträts stellen einen jungen Mann und eine junge Frau in Karnevalskostümen dar, ihn als Heinrich IV. und sie als Markgräfin Mathilde von Toscana. – Türen rechts und links.
Wenn der Vorhang aufgeht, springen zwei Diener, die ausgestreckt auf dem Sockel gelegen haben, wie ertappt auf und stellen sich mit ihren Hellebarden rechts und links zu Füßen des Thrones wie Statuen auf. Gleich darauf treten durch die zweite Tür rechts Harald, Landolf, Ordulf und Bertold ein. Diese vier jungen Leute sind vom Marchese Carlo di Nolli engagiert, um die Rollen von »Geheimen Räten«, Vasallen aus dem niederen Adel, am Hofe Heinrichs IV. zu spielen. Sie sind daher wie deutsche Ritter aus dem 11. Jahrhundert gekleidet. Der letzte, Bertold (der eigentlich Fino heißt), ist heute zum ersten Mal im Dienst. Die drei anderen machen sich einen Spaß daraus, ihn richtig »einzuweisen«. Die ganze Szene muß sehr lebendig gespielt werden.

LANDOLF: *(zu Bertold, als ob er eine Erklärung fortsetzte)* Und das ist der Thronsaal!

Harald: Zu Goslar!

Ordulf: Oder auch, wenn du willst, auf der Harzburg!

Harald: Oder in Worms.

Landolf: Je nach dem Ereignis, das wir gerade darstellen, springt er mit uns bald hierhin, bald dorthin.

Ordulf: Nach Sachsen!

Harald: In die Lombardei!

Landolf: An den Rhein!

Erster Diener: *(ohne eine Miene zu verziehen, bewegt kaum die Lippen)* Pst! Pst!

Harald: *(wendet sich zu ihm)* Was ist denn?

Erster Diener: *(reglos wie eine Statue, leise)* Kommt er, oder kommt er nicht? *(Spielt auf Heinrich IV. an.)*

Ordulf: Nein, nein, er schläft. Macht's euch nur bequem.

Zweiter Diener: *(während beide aufatmend zum Holzsockel gehen, um sich wieder auszustrecken)* Mein Gott, das hätten Sie uns doch sagen können!

Erster Diener: *(geht auf Harald zu)* Verzeihung, haben Sie ein Streichholz?

Landolf: Oho! Nix Pfeife hier drinnen!

Erster Diener: *(während Harald ihm ein brennendes Streichholz reicht)* Ich rauche ja Zigarette. *(Zündet die Zigarette an und streckt sich rauchend auf dem Sockel aus.)*

Bertold: *(hat in einer Mischung von Erstaunen und Ratlosigkeit dies alles beobachtet, sich im Saal umgesehen und schaut dann auf sein Kostüm und das seiner Kameraden)* Aber, verzeiht … dieser Saal … diese Kostüme … Was für ein Heinrich IV.? Ich werde nicht schlau draus. Das ist doch der von Frankreich – oder?

(Bei dieser Frage brechen Landolf, Harald und Ordulf in schallendes Gelächter aus.)

Landolf: *(zeigt lachend auf Bertold und animiert seine immer noch lachenden Kameraden, sich weiter über ihn lustig zu machen)* Der von Frankreich, sagt er!

ORDULF: *(wie oben)* Er hat gedacht, der von Frankreich!

HARALD: Der deutsche Heinrich IV., mein Lieber! Aus dem Hause der Salier.

ORDULF: Der große und unglückliche Kaiser!

LANDOLF: Der von Canossa! Tag für Tag führen wir hier den ganz entsetzlichen Krieg zwischen Reich und Kirche weiter. Ha!

ORDULF: Das Kaiserreich gegen das Papsttum! Ha!

HARALD: Gegenpäpste gegen die Päpste!

LANDOLF: Könige gegen die Gegenkönige!

ORDULF: Und Krieg gegen die Sachsen!

HARALD: Und gegen all die aufständischen Fürsten!

LANDOLF: Gegen die eigenen Söhne des Kaisers!

BERTOLD: *(faßt sich unter diesem Schwall von Informationen mit beiden Händen an den Kopf)* Ich hab verstanden! Ich hab verstanden! Zurechtgefunden hab ich mich nur nicht, als ich in meiner Aufmachung hier in diesen Saal kam! Ich hab doch gleich gesagt – das ist nicht die Tracht des sechzehnten Jahrhunderts.

HARALD: Aber wieso denn sechzehntes Jahrhundert!

ORDULF: Hier sind wir zwischen tausend und elfhundert!

LANDOLF: Du kannst es dir ausrechnen: wenn wir am 25. Januar des Jahres 1077 vor Canossa sind...

BERTOLD: *(immer verwirrter)* Du lieber Gott! Das ist vielleicht ein Reinfall!

ORDULF: Das kann man wohl sagen! Wenn er glaubte, er sei am Hofe von Frankreich!

BERTOLD: Meine ganze historische Vorbereitung...

LANDOLF: Ja, mein Lieber, das liegt alles vierhundert Jahre früher! Gegen uns bist du noch ein Knäblein!

BERTOLD: *(wird wütend)* Aber das hätte man mir doch sagen können, Donnerwetter, daß es sich um den von Deutschland handelt, und nicht um Heinrich IV. von Frankreich. Was für einen Berg von Büchern habe ich gewälzt in den vierzehn Tagen, die man mir zugestanden hat zur Vorbereitung!

HARALD: Na, hör mal, wußtest du denn nicht, daß der arme Tito hier der Adalbert von Bremen war?

BERTOLD: Was heißt Adalbert! Einen Dreck hab ich gewußt!

LANDOLF: Also paß auf: Als Tito gestorben war, hat der junge Marchese di Nolli...

BERTOLD: Eben, der junge Marchese! Hätte der mir's nicht sagen können?

HARALD: Vielleicht hat er gedacht, du wüßtest es?

LANDOLF: Der wollte ja zuerst keinen Ersatz für Tito haben. Er fand, wir drei Übriggebliebenen wären genug. Aber er dort fing an zu toben: »Sie haben Adalbert verjagt!« Denn, verstehst du: er glaubte nicht, daß der arme Tito gestorben wäre, sondern daß die Bischöfe von Köln und Mainz, seine Rivalen, ihn, also den Bischof Adalbert, vom Hofe vertrieben hätten.

BERTOLD: *(faßt sich mit beiden Händen an den Kopf)* Ich habe nicht die leiseste Ahnung von der ganzen Geschichte.

ORDULF: Na, dann bist du ja schön reingerasselt, mein Lieber!

HARALD: Das Schlimmste ist, daß auch wir nicht wissen, wer du bist.

BERTOLD: Auch ihr nicht? Ihr wißt nicht, wen ich hier vorstellen soll?

ORDULF: Hm – »Bertold«!

BERTOLD: Was heißt Bertold? Warum Bertold?

LANDOLF: »Sie haben mir Adalbert fortgejagt! Dann will ich Bertold haben! Bertold will ich!«... hat er angefangen zu schreien.

HARALD: Wir drei haben uns angeschaut. Wer mochte wohl dieser Bertold sein!

ORDULF: Und nun bist du hier Bertold, mein Lieber.

LANDOLF: Du wirst eine blendende Figur machen.

BERTOLD: *(empört, will fort)* Ich denke gar nicht daran! Vielen Dank! Ich gehe! Ich verschwinde.

HARALD: *(hält ihn gemeinsam mit Ordulf lachend zurück)* Aber nein, beruhige dich! Reg dich nicht auf!

ORDULF: Der Kreuzfahrer-Berthold aus der Legende wirst du ja wohl nicht sein!

LANDOLF: Du kannst dich übrigens damit trösten, daß auch wir nicht wissen, wer wir sind. Er Harald, er Ordulf, ich Landolf ... so nennt er uns. Wir sind jetzt daran gewöhnt. Aber wer sind wir? Namen aus jener Zeit. Und so ein Name wird auch deiner sein: Bertold. Nur einer von uns, der arme Tito, hatte eine richtige, schöne Rolle, nach einem historischen Vorbild: die des Bischofs von Bremen. Er hatte auch wirklich was Bischöfliches – oh, herrlich war er, der arme Tito!

HARALD: Klar – wenn er so viele Bücher über sich hat lesen können!

LANDOLF: Und er beherrschte auch Seine Majestät: Er setzte sich durch, er leitete ihn, wie eine Art Beschützer und Ratgeber. Auch wir drei sind »Geheime Räte«, aber nur so der Zahl wegen. Denn in den Geschichtsbüchern steht, Heinrich IV. sei beim hohen Adel verhaßt gewesen, weil er sich am Hofe mit jungen Leuten aus dem niederen Adel umgeben hatte.

ORDULF: Das wären also wir.

LANDOLF: Ja, kleine königliche Vasallen, ihm ergeben, ein bißchen liederlich, ausgelassen...

BERTOLD: Muß ich auch ausgelassen sein?

HARALD: Was denn sonst! Genau wie wir.

ORDULF: Das ist gar nicht so leicht, weißt du.

LANDOLF: Es ist ein Jammer – denn wie du siehst, hier wäre die ganze Ausstattung vorhanden, unsere Kostüme wären wie geschaffen für ein wunderschönes Auftreten in einem historischen Stück, wie sie heute im Theater so beliebt sind. Stoff, oh ja, Stoff, um daraus nicht eine, sondern mehrere Tragödien zu machen, bietet die Geschichte Heinrichs IV. genug. Aber wir vier und diese beiden armen Teufel da, *(zeigt auf die Diener)* wenn sie stocksteif vor dem Thron aufgepflanzt stehen, wir sind ... wir sind einfach nur da, und niemand macht sich daran und gibt uns eine Szene aufzuführen. Da ist – wie soll ich sagen? – eine Form, und es fehlt der Inhalt. – Wir sind schlimmer dran als die wirklichen Geheimen Räte Heinrichs IV., denn auch ihnen hatte natürlich niemand eine Rolle zugeteilt, aber sie wußten wenigstens nicht, daß sie eine spielen sollten, sie spielten sie, weil sie sie halt spielten, schließlich war es keine Rolle, es war ihr Leben. Sie verfolgten ihre Interessen zum Schaden der anderen, sie verkauften Ämter und was weiß ich noch alles. Wir dagegen, wir sind hier, in diesen Kleidern, an diesem wunderschönen Hof – und was tun wir? Nichts. Wie sechs Kasperlepuppen, die an der Wand hängen und darauf warten, daß irgendjemand sie herunternimmt und sie so oder so bewegt und sie ein paar Worte sagen läßt.

HARALD: O nein, mein Lieber, entschuldige! Wir müssen doch auf seinen Ton eingehen können! Wir müssen wissen, in welchem Ton wir zu antworten haben! Wehe, wenn er mit dir spricht und du bist nicht imstande, so zu antworten, wie er es haben will!

LANDOLF: Ja, das stimmt allerdings, das ist wahr.

BERTOLD: Und du hast gesagt, nichts! Wie soll ich ihm denn richtig antworten, wenn ich mich auf Heinrich IV. von Frankreich vorbereitet habe, und jetzt taucht hier ein Heinrich IV. aus Deutschland auf! *(Landolf, Harald und Ordulf lachen wieder.)*

HARALD: Das mußt du aber schleunigst korrigieren!

ORDULF: Laß nur, wir helfen dir.

HARALD: Wir haben hier so viele Bücher! Zunächst brauchst du nur mal alles zu überfliegen.

ORDULF: In großen Zügen wirst du ja Bescheid wissen.

HARALD: *(dreht ihn um und zeigt ihm an der Rückwand das Bild der Markgräfin Mathilde)* Wer ist zum Beispiel die da?

BERTOLD: *(schaut hin)* Die da? Vor allem scheint mir das – Verzeihung! – ein ganz schöner Stilbruch zu sein: zwei moderne Gemälde mitten in diesem ehrwürdigen alten Ambiente.

HARALD: Du hast recht. Früher waren die auch gar nicht da. Hinter den Gemälden dort sind zwei Nischen, da sollten eigentlich zwei Statuen im Stil der Zeit hinein. Da sie leer geblieben sind, hat man sie mit den beiden Gemälden verdeckt.

LANDOLF: *(unterbricht ihn)* Sicher wären die ein Stilbruch, wenn es wirklich Gemälde wären.

BERTOLD: Und was sind es? Keine Gemälde ?

LANDOLF: Doch, wenn du sie berührst, sind es Gemälde. Aber für ihn *(zeigt geheimnisvoll nach rechts und meint Heinrich IV.)*... der sie nicht berührt...

BERTOLD: Nein? Und was sind sie dann für ihn?

LANDOLF: Ach, ich kann es nur interpretieren, aber ich glaube schon, daß es im Grunde so ist: Bilder sind es. Abbilder, wie ... nun ja, wie sie etwa ein Spiegel wiedergeben könnte, verstehst du? Das dort *(zeigt auf das Porträt Heinrichs IV.)* stellt ihn dar, lebendig wie er ist, in diesem Thronsaal, der auch so ist, wie er sein muß, im Stil der Zeit. Worüber wunderst du dich denn? Wenn man dir einen Spiegel vorhält – siehst du dich vielleicht nicht lebendig, so wie du heute bist, im Gewand von damals? Es ist so, als ob dort zwei Spiegel lebendige Bilder mitten in eine Welt zurückwerfen, die – keine Sorge – du wirst sehen, wenn du hier mit uns lebst – du wirst sehen, wie auch sie wieder ganz lebendig wird.

BERTOLD: Hm! Hört mal, ich möchte hier nicht den Verstand verlieren.

HARALD: Wieso den Verstand verlieren? Du wirst deinen Spaß daran haben.

BERTOLD: Ich frage mich nur, wie kommt es, daß ihr alle so gescheit geworden seid!

LANDOLF: Mein Lieber – man geht nicht achthundert Jahre in die Geschichte zurück, ohne dabei ein wenig Erfahrung zu sammeln.

HARALD: Komm nur, komm nur. Du wirst sehen, wir werden dich in kurzer Zeit mit in die Geschichte hineingezogen haben.

ORDULF: Und in dieser Schule wirst auch du gescheit werden.

BERTOLD: Ja, um Himmelswillen, dann helft mir aber gleich! Gebt mir wenigstens die wichtigsten Informationen.

HARALD: Laß uns nur machen. Mal der eine, mal der andere ...

LANDOLF: Wir werden dir schon die Drähte einziehen und dich in Gang bringen wie die fügsamste und perfekteste Marionette. Gehen wir! Gehen wir! *(Faßt ihn unter und will mit ihm abgehen.)*

BERTOLD: *(bleibt stehen und schaut auf das Bild an der Wand)* Einen Augenblick! Ihr habt mir nicht gesagt, wer die da ist. Die Frau des Kaisers?

HARALD: Nein. Die Frau des Kaisers ist Berta von Susa, die Schwester von Amadeus II. von Savoyen.

ORDULF: Und der Kaiser, der mit uns jung sein möchte, kann sie nicht ausstehen und spielt mit dem Gedanken, sie zu verstoßen.

LANDOLF: Die dort ist seine grimmigste Feindin: Mathilde, Markgräfin von Toscana.

Bertold: Ah, ich weiß – die damals den Papst bei sich aufgenommen hat.
Landolf: Ja, genau, in Canossa.
Ordulf: Papst Gregor VII.
Harald: Unseren Buhmann. Aber kommt, gehen wir.
(Alle vier gehen zur rechten Tür, durch die sie hereingekommen sind, da stürzt plötzlich durch die linke Tür Giovanni, der alte Kammerdiener herein. Er ist im Frack.)
Giovanni: *(hastig, aufgeregt)* Hallo! Pst! Franco! Lolo!
Harald: *(bleibt stehen und dreht sich um)* Was willst du denn?
Bertold: *(wundert sich, ihn im Frack in den Thronsaal kommen zu sehen)* Oh! Wieso denn das? Was macht der hier drinnen?
Landolf: Ein Mensch aus dem zwanzigsten Jahrhundert! Raus! *(Läuft, scherzhaft drohend, mit den beiden anderen auf ihn zu, um ihn hinauszujagen.)*
Ordulf: Den schickt Gregor VII.! Raus mit ihm!
Harald: Raus! Raus!
Giovanni: *(verteidigt sich, verdrießlich)* Hört doch auf damit!
Ordulf: Nein! Hier darfst du nicht herein!
Harald: Raus! Raus!
Landolf: *(zu Bertold)* Das ist Zauberei, weißt du! Ein böser Geist, den der Hexenmeister aus Rom schickt! Heraus mit dem Degen! *(Er will den Degen ziehen.)*
Giovanni: *(schreit)* Hört doch auf damit! Spielt nicht verrückt mit mir! Der Marchese ist angekommen! Mit Begleitung!
Landolf: *(reibt sich die Hände)* Ah! Wunderbar! Mit Damenbegleitung?
Ordulf: *(ebenso)* Alte? Junge?
Giovanni: Es sind zwei Herren dabei.
Harald: Aber die Damen? Wer sind die Damen?
Giovanni: Die Marchesa mit ihrer Tochter.
Landolf: *(verwundert)* Oh? Wieso denn das?

ORDULF: *(ebenso)* Die Marchesa, sagst du?

GIOVANNI: Die Marchesa! Die Marchesa!

HARALD: Und wer sind die Herren?

GIOVANNI: Das weiß ich nicht.

HARALD: *(zu Bertold)* Die kommen, um uns den Inhalt zu liefern, verstehst du?

ORDULF: Alle von Gregor VII. geschickt. Das wird ein Spaß!

GIOVANNI: Laßt ihr mich endlich ausreden?

HARALD: Rede doch! Rede!

GIOVANNI: Einer der beiden Herren scheint ein Arzt zu sein.

LANDOLF: Aha! Das kennen wir schon, einer der üblichen Ärzte.

HARALD: Bravo, Bertold! Du bringst uns Glück!

LANDOLF: Paß nur auf, wie wir den zur Schnecke machen, den Herrn Doktor!

BERTOLD: Ich seh schon, da komm ich gleich schön in die Klemme!

GIOVANNI: Hört doch zu! Sie wollen hier in den Saal herein.

LANDOLF: *(erstaunt und bestürzt)* Was? Sie? Die Marchesa? Hierher?

HARALD: Na also, da hätten wir ja unseren Inhalt.

LANDOLF: Das gibt wirklich eine Tragödie!

BERTOLD: *(neugierig)* Wieso? Warum denn?

ORDULF: *(zeigt auf das Bild)* Das ist doch die da, verstehst du nicht?

LANDOLF: Die Tochter ist die Verlobte des Marchese.

HARALD: Aber was wollen sie hier? Darf man das vielleicht wissen?

ORDULF: Wenn er sie sieht, dann gute Nacht!

LANDOLF: Vielleicht erkennt er sie jetzt gar nicht mehr wieder.

GIOVANNI: Wenn er aufwacht, müßt ihr ihn drüben festhalten.

ORDULF: So? Na, du machst mir Spaß! Wie denn?

HARALD: Du weißt doch genau, wie er ist.

GIOVANNI: Zum Teufel, meinethalben mit Gewalt. – Wenn sie mir das doch aufgetragen haben! Nun geht schon! Geht!

HARALD: Ja, ja, um diese Zeit wird er vielleicht schon aufgewacht sein.

ORDULF: Also kommt jetzt, gehen wir!

LANDOLF: *(mit den anderen im Gehen, zu Giovanni)* Aber nachher mußt du uns alles erklären!

GIOVANNI: *(ruft ihnen nach)* Schließt dort ab und versteckt den Schlüssel! Auch die andere Tür! *(Zeigt auf die andere Tür rechts. Landolf, Harald, Ordulf und Bertold ab durch die zweite Tür rechts.)*

GIOVANNI: *(zu den zwei Dienern)* Und ihr macht auch, daß ihr fortkommt! Los, dort hinein! *(Zeigt auf die erste Tür rechts.)* Schließt die Tür wieder und zieht den Schlüssel ab! *(Die beiden Diener ab durch die erste Tür rechts. Giovanni geht zur Tür links, öffnet sie und läßt den Marchese di Nolli eintreten.)*

DI NOLLI: Hast du meine Anordnungen weitergegeben?

GIOVANNI: Ja, Marchese. Sie können beruhigt sein.

(Di Nolli geht noch einmal für einen Augenblick hinaus, um die anderen hereinzuholen. Zuerst kommen Baron Tito Belcredi und der Arzt Dionisio Genoni, dann Donna Matilde Spina und die Marchesina Frida. Giovanni verbeugt sich und geht ab. Donna Matilde Spina ist ungefähr fünfundvierzig Jahre alt, noch schön, mit guter Figur. Allerdings versucht sie den unvermeidlichen Spuren des Alters durch ein starkes, wenn auch gekonntes Make-up abzuhelfen, das ihr ein stolzes Walkürenhaupt verleiht. Die Art, in der sie sich zurechtmacht, ist um so bemerkenswerter, als sie in schroffem und beunruhigendem Gegensatz steht

zu ihrem schönen und melancholischen Mund. Sie ist seit vielen Jahren Witwe und mit dem Baron Tito Belcredi befreundet, den – so scheint es wenigstens – weder sie noch die anderen je ernst genommen haben. Was Tito Belcredi im Grunde für sie bedeutet, weiß nur er genau, und daher kann er lachen, wenn seine Freundin das Bedürfnis hat, so zu tun, als ob sie es nicht wüßte; stets lachen als Antwort auf das Gelächter der anderen, wenn die Marchesa sich über ihn lustig macht. Er ist schmächtig, vorzeitig ergraut, etwas jünger als sie und hat einen merkwürdigen Vogelkopf. Er könnte sehr lebhaft sein, wenn seine geschmeidige Beweglichkeit (die ihn zu einem höchst gefürchteten Degenfechter macht) nicht von einer schläfrigen arabischen Trägheit überdeckt würde, die sich in seinem merkwürdigen nasalen und schleppenden Tonfall offenbart. – Frida, die Tochter der Marchesa, ist neunzehn Jahre alt. Sie ist im Schatten ihrer herrischen und allzu auffallenden Mutter verkümmert und leidet unter deren selbstverschuldetem zweifelhaftem Ruf, der ihr mehr als der Mutter selbst schadet. Glücklicherweise ist sie jedoch bereits mit dem Marchese Carlo di Nolli verlobt, einem etwas steifen jungen Mann, der anderen gegenüber sehr tolerant, aber in dem wenigen, was er sein und in der Welt darstellen zu können glaubt, unbeugsam und unnachgiebig ist, sowenig er vielleicht im Grunde selbst genau weiß, was das sein soll. Jedenfalls trägt er schwer an den großen Verantwortungen, die er auf sich lasten fühlt. Die anderen, die Glücklichen, die können reden, die können sich amüsieren – er nicht. Aber nicht etwa, weil er nicht möchte, sondern weil er wirklich nicht kann. Er trägt tiefe Trauer, weil seine Mutter vor kurzem gestorben ist. – Doktor Dionisio Genoni hat ein schönes, spitzbübisches, rotes Faunsgesicht, mit hervortretenden Augen und einem kurzen, silbrigen Spitzbart, gute Manieren und ist fast kahl. Sie kommen beklommen, fast furchtsam herein, schauen sich – außer Nolli – neugierig im Saal um und sprechen zunächst sehr leise.)

BELCREDI: Ah! Wundervoll! Wundervoll!

DOKTOR: Höchst interessant! Auch hier in den Gegenständen zeigt sich deutlich der Wahnsinn: Wundervoll, ja, ja, wundervoll!

DONNA MATILDE: *(hat ihr Bild überall gesucht, entdeckt es und geht darauf zu)* Ah, da ist es ja! *(Betrachtet es aus der richtigen Entfernung, mit gemischten Gefühlen:)* Ja, ja ... sieh nur ... mein Gott ... *(Ruft ihre Tochter:)* Frida, Frida ... schau her...

FRIDA: Ah – dein Bild?

DONNA MATILDE: Aber nein! Sieh nur: das bin nicht ich, das bist du!

DI NOLLI: Ja, nicht wahr? Ich habe es Ihnen ja gesagt.

DONNA MATILDE: Aber so sehr, das hätte ich nie geglaubt! *(Schüttelt sich, als liefe ihr ein Schauder den Rücken herunter.)* Mein Gott, was für ein Gefühl! *(Sieht die Tochter an.)* Ja, wie denn, Frida?! *(Legt einen Arm um ihre Hüfte und zieht sie an sich.)* Komm! Erkennst du dich nicht in mir wieder, da oben?

FRIDA: Ach!... Ich, ehrlich gesagt...

DONNA MATILDE: Findest du nicht? ... Wieso nicht? *(Wendet sich an Belcredi:)* Schauen Sie mal, Tito! Sagen Sie...

BELCREDI: *(ohne hinzublicken)* Ah nein, ich sehe gar nicht erst hin! Ich sage a priori nein!

DONNA MATILDE: So ein Idiot! Denkt, er macht mir ein Kompliment! *(Wendet sich an Dr. Genoni:)* Sagen Sie etwas, Doktor! *(Der Doktor tritt näher.)*

BELCREDI: *(halb umgewendet, tut so, als wolle er ihn heimlich davon abhalten)* Pst! Nicht, Doktor! Um Himmels willen, geben Sie sich nicht dazu her!

DOKTOR: *(lächelt verlegen)* Und warum sollte ich nicht?

DONNA MATILDE: Achten Sie nicht auf ihn. Kommen Sie. Er ist unausstehlich.

FRIDA: Er spielt bei jeder Gelegenheit den Dummen, wissen Sie das nicht?

BELCREDI: *(zum Doktor, der weitergeht)* Geben Sie acht auf Ihre Füße, geben Sie acht auf Ihre Füße, Doktor! Auf Ihre Füße!

DOKTOR: *(wie oben)* Auf die Füße? Warum?

BELCREDI: Sie haben Eisen an den Schuhen.

DOKTOR: Ich?

BELCREDI: Ja, mein Herr! Und damit stiefeln Sie auf vier gläserne Füßchen zu!

DOKTOR: *(lacht laut)* Aber nein! Schließlich ist es doch nicht weiter verwunderlich, wenn eine Tochter ihrer Mutter ähnlich sieht.

BELCREDI: Krachbumm! Schon passiert!

DONNA MATILDE: *(geht übertrieben zornig auf Belcredi zu)* Wieso krachbumm? Was soll das heißen? Was hat er denn gesagt?

DOKTOR: *(naiv)* Stimmt das etwa nicht?

BELCREDI: *(antwortet der Marchesa)* Er hat gesagt, das sei nicht weiter verwunderlich. Aber Sie haben sich darüber sehr gewundert. Und warum, verzeihen Sie, wenn es Ihnen jetzt ganz natürlich erscheint?

DONNA MATILDE: *(noch zorniger)* Trottel! Sie Trottel! Eben weil es so natürlich ist! Denn das ist ja gar nicht meine Tochter *(zeigt auf das Bild)*... das ist ein Bild von m i r! Und darin meine Tochter zu finden und nicht m i c h, darüber war ich verwundert, und meine Verwunderung, das bitte ich Sie, mir zu glauben, war echt – und ich verbiete Ihnen, daran zu zweifeln!

(Nach diesem heftigen Ausbruch ein Augenblick allgemeinen verlegenen Schweigens.)

FRIDA: *(leise, verärgert)* Mein Gott – immer dasselbe ... um jede Lappalie gibt es Streit.

BELCREDI: *(ebenfalls leise, betreten, entschuldigend)* Ich habe an gar nichts gezweifelt! Ich habe bemerkt, daß du von Anfang an die Verwunderung deiner Mutter nicht geteilt hast. Oder wenn du über etwas verwundert warst, dann darüber, daß sie die Ähnlichkeit zwischen dir und dem Bild so groß fand.

DONNA MATILDE: Natürlich! Denn s i e kann sich nicht in mir erkennen, wie ich in ihrem Alter war, aber ich kann mich sehr wohl in ihr wiedererkennen, so wie sie heute ist.

DOKTOR: Sehr richtig! Denn ein Porträt hält immer nur einen Augenblick fest, und dieser hier liegt weit zurück, und die Marchesina weiß nichts von ihm. Aber wie viele Erinnerungen werden in der Marchesa wach: Bewegungen, Gesten, Blicke, Lächeln ... so viel, was in dem Bild gar nicht enthalten ist.

DONNA MATILDE: Ja, genau.

DOKTOR: *(zu ihr)* Sie natürlich können das jetzt alles in Ihrer Tochter lebendig wiedersehen.

DONNA MATILDE: Aber er muß mir immer auch die mindeste Hingabe an ein ganz spontanes Gefühl verderben, einfach nur so, nur weil es ihm Spaß macht, mich zu ärgern.

DOKTOR: *(ganz geblendet von den lichtvollen Erkenntnissen, die er vermittelt hat, etwas lehrerhaft zu Belcredi)* Die Ähnlichkeit, lieber Baron, hängt oft von unwägbaren Dingen ab. Und so erklärt sich tatsächlich, daß ...

BELCREDI: *(um die Lektion zu unterbrechen)*... daß jemand auch zwischen Ihnen und mir irgendeine Ähnlichkeit finden kann, lieber Professor!

DI NOLLI: Schluß jetzt, Schluß bitte! *(Zeigt auf die beiden Türen rechts, um anzudeuten, daß nebenan jemand zuhören könnte.)* Wir waren schon beim Herkommen viel zu abgelenkt.

FRIDA: Ja, eben! Aber wenn e r dabei ist ... *(zeigt auf Belcredi)*

DONNA MATILDE: *(schnell)* Darum wollte ich ja auf keinen Fall, daß er mitkommt!

Belcredi: Aber Sie haben doch alle auf meine Kosten so schön zum Lachen gebracht! Sowas von Undankbarkeit!

Di Nolli: Hör auf, Tito, ich bitte dich! Wir haben den Doktor hier, und wir sind wegen einer sehr ernsten Angelegenheit gekommen. Du weißt, wie sehr sie mich bedrückt.

Doktor: Nun also. Versuchen wir zunächst einige Punkte klarzustellen. Ihr Porträt, Marchesa, verzeihen Sie, wie kommt das hierher? Haben Sie es ihm damals geschenkt?

Donna Matilde: Nein, nein. Aus welchem Grund hätte ich es ihm schenken sollen? Ich war damals so alt wie Frida und noch nicht einmal verlobt. Ich habe es ihm überlassen, drei oder vier Jahre nach dem Unglück auf die dringenden Bitten seiner Mutter hin *(zeigt auf di Nolli).*

Doktor: Und die war seine Schwester? *(Zeigt auf die Türen rechts, meint Heinrich IV.)*

Di Nolli: Ja, Doktor, und daß wir hierher gekommen sind, ist eine Verpflichtung meiner Mutter gegenüber, die vor einem Monat von mir gegangen ist. Eigentlich sollten sie und ich *(zeigt auf Frida)* jetzt nicht hier, sondern auf Reisen sein.

Doktor: Und mit ganz anderen Dingen beschäftigt, ich verstehe.

Di Nolli: Ach! Sie ist in dem festen Glauben gestorben, daß ihr geliebter Bruder sehr bald geheilt werden würde.

Doktor: Und Sie können nicht sagen, aus welchen Anzeichen sie das schloß?

Di Nolli: Anscheinend aus einem merkwürdigen Gespräch, das er kurz vor ihrem Tode mit ihr geführt hat.

Doktor: Ein Gespräch? Ach! Sieh mal an! Donnerwetter!

Es wäre nützlich, ganz außerordentlich nützlich, den Inhalt zu kennen.

DI NOLLI: Ah, ich weiß nichts darüber. Nur, daß meine Mutter von diesem letzten Besuch sehr verstört nach Hause kam. Er scheint von einer ungewöhnlichen Zärtlichkeit gewesen zu sein, fast, als hätte er ihr nahes Ende geahnt. An ihrem Totenbett mußte ich ihr versprechen, daß ich ihn nie aus den Augen lassen, daß ich ihn beobachten und untersuchen lassen würde ...

DOKTOR: Also gut. Sehen wir, sehen wir zunächst einmal ... oft sind die geringsten Ursachen ... dieses Porträt also ...

DONNA MATILDE: Mein Gott, Doktor, ich glaube nicht, daß man dem eine so übermäßige Bedeutung beimessen muß. Auf mich hat es Eindruck gemacht, weil ich es so viele Jahre nicht gesehen habe.

DOKTOR: Bitte, bitte ... nur Geduld.

DI NOLLI: Aber ja! Es ist seit etwa fünfzehn Jahren dort!

DONNA MATILDE: Länger! Es sind jetzt mehr als achtzehn!

DOKTOR: Verzeihen Sie, bitte – Sie wissen ja noch nicht, was ich fragen will! Ich setze große, sehr große Hoffnung auf diese beiden Bilder. Sie sind, nehme ich an, vor dieser berühmten – und so verhängnisvollen – Kavalkade gemalt worden, nicht wahr?

DONNA MATILDE: Gewiß.

DOKTOR: Demnach, als er noch bei klarem Verstande war – das wollte ich sagen! – Hat er Ihnen vorgeschlagen, daß Sie sich malen lassen sollten?

DONNA MATILDE: Aber nein, Doktor! Viele von uns, die an der Kavalkade teilgenommen haben, ließen sich malen. Einfach so, um eine Erinnerung daran zu haben.

BELCREDI: Ich habe auch ein Bild von mir machen lassen, als Karl von Anjou!

DONNA MATILDE: Gleich als die Kostüme fertig waren.

BELCREDI: Denn sehen Sie, es war der Vorschlag gemacht worden, sie alle, zur Erinnerung, wie in einer Galerie im großen Saal des Landhauses aufzuhängen, von dem aus die Kavalkade begann. Aber dann wollte jeder sein Bild behalten.

DONNA MATILDE: Und meines, wie gesagt, habe ich ihm überlassen – ohne großes Bedauern – weil seine Mutter ... *(Zeigt wieder auf di Nolli.)*

DOKTOR: Sie wissen nicht, ob er darum gebeten hatte?

DONNA MATILDE: Nein, das weiß ich nicht. Vielleicht ... oder es war seine Schwester, die liebevoll eingehen wollte auf...

DOKTOR: Etwas anderes, etwas anderes: War diese Kavalkade eine Idee von ihm?

BELCREDI: *(schnell)* Nein, von mir! Von mir!

DOKTOR: Bitte...

DONNA MATILDE: Hören Sie nicht auf ihn. Sie stammt von dem armen Belassi.

BELCREDI: Ach was – Belassi!

DONNA MATILDE: *(zum Doktor)* Graf Belassi, der zwei oder drei Monate später gestorben ist, der Arme.

BELCREDI: Aber wenn Belassi doch gar nicht dabei war, als...

DI NOLLI: *(genervt, weil ein neuer Streit droht)* Verzeihung, Doktor, ist es wirklich nötig, daß man feststellt, von wem die Idee stammte?

DOKTOR: O ja, das würde mir helfen...

BELCREDI: Aber wenn sie doch von mir ist! Das ist ja gut! Verzeiht, ich hätte doch keinen Anlaß, mich deshalb zu rühmen, nach allem, was daraus entstanden ist! Es war, schauen Sie, Doktor, ich erinnere mich ganz genau – an einem Abend Anfang November, im Klub. Ich blätterte in einer deutschen Illustrierten – natürlich sah ich mir nur die Bilder an, denn ich kann kein Deutsch – und sah ein Bild des Kaisers, in was weiß ich für einer Universitätsstadt, in der er Student gewesen war.

DOKTOR: In Bonn! In Bonn!

BELCREDI: Gut, in Bonn. Er war zu Pferd und steckte in einer dieser merkwürdigen traditionellen Trachten der alten deutschen Studentenverbindungen, gefolgt von einer Schar anderer vornehmer Studenten, ebenfalls zu Pferd und in Tracht. Bei diesem Bild kam mir die Idee. Denn Sie müssen wissen, daß man im Klub daran dachte, beim nächsten Karneval einen großen Maskenzug zu veranstalten. Da schlug ich diese historische Kavalkade vor, na ja, historisch ... um nicht zu sagen: babylonisch. Jeder von uns sollte sich eine Persönlichkeit aussuchen, die er darstellen wollte, aus irgendeinem Jahrhundert, Kaiser, König oder Fürst, mit der dazugehörigen Dame, Kaiserin oder Königin, alle beritten. Die Pferde, versteht sich, ebenfalls im Stil der Epoche aufgezäumt. Und der Vorschlag wurde angenommen.

DONNA MATILDE: Ich wurde von Belassi eingeladen.

BELCREDI: Wenn er Ihnen gesagt hat, es sei seine Idee, hat er sie sich unrechtmäßig angeeignet! Ich sage Ihnen doch, an dem Abend, als ich den Vorschlag machte, war er nicht einmal im Klub. Er übrigens *(meint Heinrich IV.)* auch nicht.

DOKTOR: Und er suchte sich dann also Heinrich IV. aus?

DONNA MATILDE: Weil ich – mein Name brachte mich darauf, sonst dachte ich mir nichts Besonderes dabei – gesagt hatte, ich wolle als Markgräfin Mathilde von Toscana kommen.

DOKTOR: Ich ... ich verstehe den Zusammenhang nicht ganz.

DONNA MATILDE: Ach, wissen Sie, ich verstand ihn zuerst auch nicht, als er mir antwortete, dann würde er zu meinen Füßen liegen, wie Heinrich IV. in Canossa. Ja, von

Canossa hatte ich schon gehört, aber ehrlich gesagt, genau konnte ich mich an die Geschichte nicht erinnern, und als ich mich damit beschäftigte, um mich auf meine Rolle vorzubereiten, war es sogar ein sonderbares Gefühl, mich als treu ergebene und fanatische Freundin des Papstes Gregor VII. zu entdecken, im heftigen Kampf mit dem Kaiser des Deutschen Reiches. Nun begriff ich, warum er, nachdem ich mir die Rolle seiner unversöhnlichen Feindin ausgesucht hatte, in dieser Kavalkade als Heinrich IV. neben mir sein wollte.

DOKTOR: Ah! Vielleicht, weil...

BELCREDI: Mein Gott, Doktor, weil er ihr damals hartnäckig den Hof machte und sie *(zeigt auf die Marchesa)* natürlich...

DONNA MATILDE: *(gereizt, heftig)* Natürlich, eben! Natürlich! Und damals mehr denn je »natürlich«!

BELCREDI: *(deutet auf sie)* Da, sehen Sie! Sie konnte ihn nicht ausstehen.

DONNA MATILDE: Das ist nicht wahr! Er war mir gar nicht unsympathisch. Im Gegenteil. Aber mir reicht es schon, wenn einer unbedingt ernst genommen werden will.

BELCREDI: Damit gibt er ihr den klarsten Beweis seiner Dummheit.

DONNA MATILDE: Nein, mein Lieber – in diesem Falle nicht. Denn er war ja kein Dummkopf, so wie Sie.

BELCREDI: Ich habe noch nie verlangt, daß man mich ernst nimmt.

DONNA MATILDE: Das weiß ich wohl! Aber mit ihm durfte man nicht spielen. *(In anderem Ton, zum Doktor:)* Unter vielen Mißgeschicken, die uns Frauen zustoßen, lieber Doktor, kommt es zuweilen vor, daß uns zwei Augen anschauen, mit dem geheimen und unumstößlichen Versprechen eines nie vergehenden Gefühls. *(Bricht in schallendes Gelächter aus.)* Es gibt nicht Komischeres!

Wenn die Männer sich doch selbst sehen könnten, mit dieser »Unvergänglichkeit« im Blick! Ich habe immer so darüber lachen müssen. Und damals mehr denn je. Aber ich muß ein Geständnis machen; heute, nach mehr als zwanzig Jahren, kann ich das tun. Wenn ich so über ihn lachte, geschah das auch aus Angst. Denn einem Versprechen aus solchen Augen hätte man vielleicht glauben können. Aber das wäre ganz gefährlich gewesen.

DOKTOR: *(lebhaft interessiert und konzentriert)* Also ... also das ... das würde mich außerordentlich interessieren, darüber etwas zu erfahren. Ganz gefährlich?

DONNA MATILDE: *(leichthin)* Eben weil er nicht wie die anderen war. Und da nun auch ich ... nun ja, ich bin ... ich bin ein wenig ... offen gesagt, schon mehr als ein wenig ... *(sucht ein anspruchsloses Wort)* unduldsam ... ja, das ist es: unduldsam gegenüber allem, was uns einengt und erstickt. Aber ich war damals zu jung, verstehen Sie? Und eine Frau: ich mußte mich zügeln. – Hier wäre ein Mut nötig gewesen, den ich nicht zu haben glaubte. Ich habe auch über ihn gelacht. Nachher tat es mir leid – ich habe mich sogar sehr über mich geärgert, weil ich merkte, daß mein Lachen in das der anderen einstimmte, in das Lachen dieser Dummköpfe, die sich über ihn lustig machten.

BELCREDI: Ungefähr so wie über mich.

DONNA MATILDE: Sie bringen die Leute zum Lachen mit dieser Manie, sich selbst immer herunterzumachen, mein Lieber, ganz im Gegensatz zu ihm! Das ist ein gewaltiger Unterschied. Außerdem lacht man Ihnen ins Gesicht!

BELCREDI: Besser als hinter meinem Rücken.

DOKTOR: Kommen wir zur Sache, kommen wir zur Sache. Ein wenig exaltiert war er also schon vorher, wenn ich recht verstanden habe.

Belcredi: Ja, aber auf eine so merkwürdige Art, Doktor!

Doktor: Nämlich?

Belcredi: Ich möchte sagen ... unterkühlt.

Donna Matilde: Was heißt unterkühlt! Er war halt so, Doktor. Etwas merkwürdig, sicher, aber weil er eben so voll von Leben war; unberechenbar.

Belcredi: Ich will nicht sagen, daß er seine Überspanntheit simuliert hätte. Im Gegenteil, oft geriet er wirklich in Ekstase. Aber ich könnte schwören, Doktor, daß er sich selbst sofort im Augenblick seiner Ekstase beobachtete. Und ich glaube, das muß ihm bei jeder spontanen Erregung so ergangen sein. Ich sage sogar noch mehr: ich bin überzeugt, daß er darunter gelitten haben muß. Er hatte manchmal die komischsten Wutausbrüche gegen sich selbst.

Donna Matilde: Das ist wahr.

Belcredi: *(zu Donna Matilde)* Und warum? *(Zum Doktor:)* Meiner Ansicht nach, weil dieses jähe Bewußtwerden der Zur-Schau-Stellung ihn mit einem Schlag aus jeder Vertrautheit mit seinem eigenen Gefühl riß. Dieses Gefühl erschien ihm – nicht etwa geheuchelt, es war ja echt – aber doch als etwas, dem er sogleich die Bedeutung einer – was weiß ich – einer Verstandesleistung geben mußte, um die Wärme herzlicher Offenheit zu ersetzen, die er, wie er fühlte, nicht besaß. Und so improvisierte er, übertrieb er, ließ er sich gehen, eben um sich zu betäuben und sich selbst nicht mehr zu sehen. Deshalb erschien er unbeständig, oberflächlich und – ja, sagen wir es nur, manchmal auch lächerlich.

Doktor: Und ... Sie meinen, auch ungesellig?

Belcredi: Nein, wieso? Er war immer dabei! Ein berühmter Arrangeur von Tableaux Vivants, von Tanzaufführungen, von Wohltätigkeitsvorstellungen – nur zum

Vergnügen, natürlich. Aber er spielte glänzend Theater, wissen Sie!

Di Nolli: Und er ist im Wahnsinn ein wundervoller und beängstigender Schauspieler geworden.

Belcredi: Aber der war er von Anfang an: Stellen Sie sich vor, als das Unglück geschah, nachdem er vom Pferd gestürzt war...

Doktor: Er war auf den Hinterkopf gefallen, nicht wahr?

Donna Matilde: Oh – es war furchtbar. Er ritt neben mir. Ich sehe ihn noch zwischen den Hufen des Pferdes, das gescheut hatte...

Belcredi: Aber wir glaubten anfangs überhaupt nicht, daß er sich ernstlich verletzt hatte. Sicher, es gab eine Stokkung, ein Durcheinander in der Kavalkade, alle wollten sehen, was passiert war, aber man hatte ihn schon aufgehoben und ins Landhaus gebracht.

Donna Matilde: Nichts, wissen Sie. Weder die kleinste Wunde noch ein Tropfen Blut!

Belcredi: Man glaubte, er sei nur ohnmächtig.

Donna Matilde: Und als er, etwa zwei Stunden später...

Belcredi: Als er im großen Saal der Villa wieder erschien ... eben, das wollte ich sagen...

Donna Matilde: Mein Gott, wie er da aussah! Ich habe es sofort gemerkt!

Belcredi: Oh nein, sagen Sie das nicht! Niemand von uns hat es gemerkt – verstehen Sie, Doktor?

Donna Matilde: Ihr natürlich nicht! Ihr wart ja alle wie verrückt!

Belcredi: Jeder machte sich einen Spaß daraus, seine Rolle zu spielen. Es war wirklich ein babylonisches Durcheinander.

Donna Matilde: Können Sie sich das Entsetzen vorstellen, als wir begriffen, daß er hingegen seine Rolle für Wirklichkeit nahm.

Doktor: Ach, er hat also auch …?

Belcredi: Aber ja! Er mischte sich unter uns! Wir glaubten, er hätte sich wieder erholt und wollte nun auch mitspielen, wie wir alle … besser als wir, denn er war, wie gesagt, ein hervorragender Schauspieler. Kurz und gut, wir dachten, er mache Spaß.

Donna Matilde: Man begann ihn zu veralbern.

Belcredi: Und da – als König war er bewaffnet – zog er sein Schwert und stürzte sich auf zwei oder drei Leute. Einen Augenblick lang war alles starr vor Entsetzen.

Donna Matilde: Ich werde diese Szene nie vergessen. Alle unsere maskierten, frivolen und entstellten Gesichter vor seiner schrecklichen Maske, die keine Maske mehr war, sondern der Wahnsinn!

Belcredi: Das war Heinrich IV.! Heinrich IV. in Person, in einem Augenblick blinder Wut.

Donna Matilde: Sicher hat es Einfluß, so meine ich, Doktor, Einfluß auf ihn gehabt, daß er sich über einen Monat lang wie besessen mit der Maskerade beschäftigt hatte. Alles, was er unternahm, tat er mit dieser Besessenheit.

Belcredi: Was hat er alles durchgearbeitet, um sich vorzubereiten! Bis in die kleinsten Teilchen, die Einzelheiten…

Doktor: Aha … sehr einfach. Was vorübergehende Obsession war, setzte sich fest durch den Sturz und den Schlag auf den Hinterkopf, die für den zerebralen Schaden entscheidend waren. Setzte sich fest und blieb bestehen. So etwas kann zum Schwachsinn oder aber zum Wahnsinn führen.

Belcredi: *(zu Frida und di Nolli)* Begreift ihr, was das für Scherze sind, meine Lieben? *(Zu di Nolli:)* Du warst vier oder fünf Jahre alt … *(zu Frida:)* deiner Mutter kam es vor, als wärst du das dort auf diesem Bild, nicht sie, und dabei dachte sie damals noch nicht im entferntesten daran, daß sie dich mal in die Welt setzen würde; ich habe bereits graue Haare – und er – da seht ihr ihn … *(zeigt auf das Bild)* bums! ein Schlag auf den Hinterkopf, und er hat sich nie mehr von dort wegbewegt: Heinrich IV.

DOKTOR: *(der, mit den Händen vor dem Gesicht, nachgedacht hat, hebt die Hände, um zu erreichen, daß die anderen ihre Aufmerksamkeit ihm zuwenden, will jetzt seine wissenschaftliche Erklärung abgeben)* Also, meine Herrschaften, es handelt sich um folgendes … *(Aber plötzlich öffnet sich die erste Tür rechts – die der Rampe am nächsten ist –, und Bertold stürzt völlig verstört herein.)*

BERTOLD: *(ganz außer sich)* Erlauben Sie … Entschuldigung … *(Bricht sofort ab, als er die Verwirrung sieht, die sein Erscheinen auslöst.)*

FRIDA: *(mit einem Aufschrei, geht in Deckung)* Mein Gott! Da ist er!

DONNA MATILDE: *(weicht bestürzt zurück, hält einen Arm vor das Gesicht, um ihn nicht zu sehen)* Ist er es? Ist er es?

DI NOLLI: *(schnell)* Aber nein! Ach wo! Beruhigt euch!

DOKTOR: *(erstaunt)* Und w e r ist es?

BELCREDI: Einer, der unserer Maskerade entsprungen ist.

DI NOLLI: Es ist einer von den vier jungen Leuten, die wir hier engagiert haben. Sie sollen auf seinen Wahnsinn eingehen.

BERTOLD: Ich bitte um Verzeihung, Marchese …

DI NOLLI: Was heißt Verzeihung! Ich hatte Anweisung gegeben, die Türen zu verschließen und niemanden hier hereinzulassen.

BERTOLD: Ja, Marchese, aber ich halte das nicht aus! Und ich bitte um meine Entlassung.

DI NOLLI: Ach, Sie sind der, der heute morgen den Dienst antreten sollte?

BERTOLD: Ja, Marchese, aber ich sage Ihnen, das halte ich nicht aus.

Donna Matilde: *(bestürzt, zu di Nolli)* Dann ist er also gar nicht so friedlich, wie du gesagt hast?

Bertold: *(schnell)* Nein, nein, gnädige Frau! Es liegt nicht an ihm! Es liegt an meinen drei Kameraden. »Auf seinen Wahnsinn eingehen« sagen Sie, Marchese. Eingehen? Sie gehen nicht darauf ein – die wirklichen Verückten sind sie! Ich bin heute zum erstenmal hier, aber anstatt daß man mir hilft, Marchese ... *(Aus der gleichen Tür rechts kommen eilig und beunruhigt Landolf und Harald. Sie bleiben an der Tür stehen.)*

Landolf: Verzeihung...

Harald: Verzeihung, Marchese...

Di Nolli: Na kommt schon her. Aber was ist los? Was macht ihr denn?

Frida: Mein Gott, ich bleibe nicht hier, ich verschwinde, ich habe Angst. *(Will zur linken Tür.)*

Di Nolli: *(schnell, hält sie zurück)* Aber nein, Frida...

Landolf: Marchese, dieser Dummkopf ... *(zeigt auf Bertold.)*

Bertold: *(protestiert)* Oh nein, vielen Dank, meine Lieben. Da mache ich nicht mit! Ohne mich!

Landolf: Was heißt, du machst nicht mit?

Harald: Er hat alles verdorben, Marchese, als er hierher ausgerückt ist.

Landolf: Es hat ihn rasend gemacht! Wir können ihn nicht mehr halten. Er hat Befehl gegeben, ihn zu verhaften, und er will ihn sofort vor dem Thron »aburteilen«. Was machen wir nun?

Di Nolli: Zuschließen! Schließt doch zu! Geht, schließt die Tür da ab! *(Landolf schließt zu.)*

Harald: Ordulf allein wird ihn nicht zurückhalten können.

Landolf: Also, Marchese, wenn man ihm jetzt wenigstens gleich Ihren Besuch melden könnte, um ihn abzulenken

… vielleicht haben die Herrschaften sich schon überlegt, in welchem Gewand sie vor ihm erscheinen wollen …

DI NOLLI: Wir haben an alles gedacht. *(Zum Doktor:)* Wenn Sie glauben, Doktor, daß Sie die Visite jetzt gleich vornehmen könnten …

FRIDA: Ich nicht, Carlo, ich nicht. Ich bleibe nicht hier. Und du auch, Mama, komm mit, um Himmelswillen, komm mit mir mit.

DOKTOR: Sagen Sie … er wird doch hoffentlich nicht bewaffnet sein?

DI NOLLI: Aber nein, Doktor, wieso bewaffnet! *(Zu Frida:)* Entschuldige, Frida, aber deine Angst ist wirklich kindisch! Du hast doch mitkommen wollen …

FRIDA: Oh nein, ich nicht, bitte sehr … die Mama hat es gewollt.

DONNA MATILDE: *(entschlossen)* Und ich bin bereit! Also bitte – was sollen wir tun?

BELCREDI: Verzeihung, ist es unbedingt nötig, daß wir uns irgendwie verkleiden?

LANDOLF: Unbedingt! Unbedingt, mein Herr! Leider hat er uns ja vor Augen … *(zeigt auf seine Kleidung)* … wehe, wenn er die Herrschaften s o sähe, in ihren Sachen von heute …

HARALD: Er würde es für eine teuflische Verkleidung halten.

DI NOLLI: So, wie diese hier euch als Verkleidete erscheinen, so würden wir, in unseren Sachen, ihm wie verkleidet vorkommen.

LANDOLF: Das wäre weiter nicht schlimm, Marchese, wenn er es nicht für das Werk seines Todfeindes halten würde.

BELCREDI: Papst Gregor VII.?

LANDOLF: Ja, eben. Er erklärt, der wäre ein »Heide«.

BELCREDI: Der Papst? Das ist nicht übel.

LANDOLF: Ja. Und daß er die Toten beschwöre. Er übe alle

teuflischen Künste, behauptet er. Er hat schreckliche Angst vor ihm.

DOKTOR: Verfolgungswahn.

HARALD: Er würde rasen vor Wut!

DI NOLLI: *(zu Belcredi)* Aber verzeih, daß du dabei bist, ist nicht nötig. Wir gehen dort hinein. Es genügt, daß der Doktor ihn sieht.

DOKTOR: Sie meinen ... ich allein?

DI NOLLI: Aber die sind ja dabei. *(Zeigt auf die jungen Leute.)*

DOKTOR: Nein, nein ... ich meine, wenn die Marchesa...

DONNA MATILDE: Aber ja! Ich will auch dabei sein! Ich will auch dabei sein! Ich will ihn wiedersehen.

FRIDA: Aber warum denn, Mama! Ich bitte dich, komm mit uns!

DONNA MATILDE: *(herrisch)* Laß mich nur machen. Deswegen bin ich hier. *(Zu Landolf:)* Ich werde »Adelheid« sein, die Mutter.

LANDOLF: Ausgezeichnet. Die Mutter der Kaiserin Berta – sehr gut. Dann würde es genügen, wenn die Marchesa sich die Herzogskrone aufsetzen und einen Mantel tragen würde, der sie vollständig umhüllt. *(Zu Harald:)* Geh, Harald, geh.

HARALD: Warte! Und der Herr? *(Zeigt auf den Doktor.)*

DOKTOR: Ach ja, wir haben gedacht, glaube ich, als Bischof ... als Bischof Hugo von Cluny.

HARALD: Sie wollten sagen – als Abt? Sehr gut: Hugo von Cluny.

LANDOLF: Der ist schon so oft gekommen...

DOKTOR: *(verblüfft)* Wie – gekommen?

LANDOLF: Keine Angst. Ich meine nur, da diese Verkleidung so schnell geht...

HARALD: ...haben wir sie schon mehrmals benutzt.

DOKTOR: Aber...

Landolf: Es besteht keine Gefahr, daß er sich daran erinnert. Er sieht mehr auf das Kleid als auf die Person.

Donna Matilde: Das ist dann auch für mich gut.

Di Nolli: Wir gehen, Frida. Komm, Tito, komm mit.

Belcredi: O nein. Wenn sie bleibt, *(zeigt auf die Marchesa)* bleibe ich auch.

Donna Matilde: Aber ich brauche Sie wirklich nicht!

Belcredi: Ich sage nicht, daß Sie mich brauchen. Auch ich möchte ihn gern wiedersehen. Ist das nicht erlaubt?

Landolf: Ja, vielleicht wäre es sogar besser, wenn Sie zu dritt wären.

Harald: Nun also – der Herr?

Belcredi: Dann schauen Sie zu, daß Sie für mich auch eine Verkleidung finden, die schnell geht.

Landolf: *(zu Harald)* Ja – als Cluniazenser.

Belcredi: Cluniazenser? Was heißt das?

Landolf: Na, eine Mönchskutte der Benediktiner des Klosters von Cluny. Sie kommen im Gefolge von Monsignore. *(Zu Harald:)* Geh, geh. *(Zu Bertold:)* Und du gehst auch, und laß dich heute nicht mehr blicken. *(Aber, als er sieht, daß sie gehen wollen:)* Wartet! *(Zu Bertold:)* Bring du die Sachen her, die er dir gibt. *(Zu Harald:)* Und du gehst sofort und meldest den Besuch der »Herzogin Adelheid« und des »Monsignore Hugo von Cluny«. Verstanden? *(Harald und Bertold durch die erste Tür rechts ab.)*

Di Nolli: Dann ziehen wir uns jetzt zurück. *(Ab mit Frida durch die Tür links.)*

Doktor: *(zu Landolf)* Als Hugo von Cluny müßte er mich akzeptieren, glaube ich.

Landolf: Durchaus. Machen Sie sich keine Sorgen. Monsignore ist hier immer mit großem Respekt aufgenommen worden. Und auch Sie, Marchesa, können beruhigt sein. Er denkt immer daran, daß er es Ihnen beiden verdankt, Ihrer Fürsprache, wenn er nach zwei Tagen Warten im Schnee, schon fast erfroren, in der Burg von Canossa vorgelassen wurde von Gregor VII., der ihn nicht hatte empfangen wollen.

BELCREDI: Verzeihung – und ich?

LANDOLF: Sie bleiben respektvoll im Hintergrund.

DONNA MATILDE: *(gereizt, sehr nervös)* Sie täten gut daran zu verschwinden.

BELCREDI: *(leise, ärgerlich)* Sie sind sehr bewegt…

DONNA MATILDE: *(hochmütig)* Ich bin, wie ich bin. Lassen Sie mich in Ruhe.

(Bertold kommt mit den Kostümen zurück.)

LANDOLF: *(sieht ihn eintreten)* Ah, da sind die Kleider. – Dieser Mantel ist für die Marchesa.

DONNA MATILDE: Einen Augenblick, ich setze erst den Hut ab. *(Nimmt ihn ab und reicht ihn Bertold hin.)*

LANDOLF: Bring ihn nach nebenan. *(Zur Marchesa, will ihr die Herzogskrone aufsetzen:)* Erlauben Sie?

DONNA MATILDE: Mein Gott, ist hier denn gar kein Spiegel!

LANDOLF: Spiegel sind nebenan. *(Zeigt auf die linke Tür.)* Wenn die Marchesa es lieber allein machen will…

DONNA MATILDE: Ja, ja, das ist besser. Geben Sie her, das mache ich sofort. *(Nimmt den Hut wieder an sich, geht mit Bertold ab, der Mantel und Krone trägt. Inzwischen legen der Doktor und Belcredi allein, so gut es geht, die Benediktinerkutten an.)*

BELCREDI: Ich muß schon sagen, daß ich mal Benediktiner spielen würde, hätte ich nie gedacht. Eine Verrücktheit ist das, die einen Haufen Geld kostet!

DOKTOR: Na ja, das haben manche Verrücktheiten so an sich. Auch andere.

BELCREDI: Wenn man ein ganzes Vermögen zur Verfügung hat, um sie zu päppeln…

LANDOLF: Ja, mein Herr, wir haben nebenan ein ganzes Kleidermagazin, lauter Kostüme aus der Zeit, haargenau nach alten Modellen gearbeitet. Das ist meine Spezialaufgabe. Ich arbeite mit erstklassigen Kostümwerkstätten. Das kostet eine Menge Geld.

(Donna Matilde kommt in Mantel und Krone zurück.)

BELCREDI: *(sogleich bewundernd)* Ah – wunderbar! Wahrhaft königlich.

DONNA MATILDE: *(sieht Belcredi und bricht in Gelächter aus)* Mein Gott! Ziehen Sie das bloß aus! Sie sind unmöglich! Sie sehen aus wie ein als Mönch verkleideter Vogel Strauß.

BELCREDI: Und sehen Sie sich den Doktor an!

DOKTOR: Nur Geduld ... Geduld...

DONNA MATILDE: Ach was, der Doktor geht noch an. Aber über Sie kann man nur lachen.

DOKTOR: *(zu Landolf)* Hier gibt es wohl viele Empfänge?

LANDOLF: Es kommt darauf an. Manchmal wünscht er, daß diese oder jene Persönlichkeit vor ihm erscheint. Und dann müssen wir jemanden finden, der sich dazu hergibt. Auch Frauen...

DONNA MATILDE: *(betroffen, will das jedoch verbergen)* So? Auch Frauen?

LANDOLF: Ja, früher ... viele.

BELCREDI: *(lacht)* Großartig! In Kostümen? *(Zeigt auf die Marchesa.)* So?

LANDOLF: Hm ... wissen Sie ... Frauen, solche, die...

BELCREDI: Die sich dazu hergeben, ich verstehe. *(Perfide, zur Marchesa:)* Passen Sie auf; das wird gefährlich für Sie. *(Die zweite Tür rechts öffnet sich, und es erscheint Harald, der zunächst heimlich ein Zeichen gibt, daß alle schweigen sollen, und dann feierlich meldet:)*

HARALD: Seine Majestät, der Kaiser!

(Zuerst treten die beiden Diener ein und stellen sich zu Füßen des Thrones auf. Dann kommt zwischen Ordulf und Harald, die sich respektvoll etwas zurückhalten, Heinrich IV. herein. Er ist

an die Fünfzig, sehr blaß und schon ergraut, doch sind die Haare an Stirn und Schläfen ganz offensichtlich und auf geradezu kindische Weise blond gefärbt. Ebenso auffallend sind zwei rotgeschminkte Flecken auf beiden Wangen in der tragischen Blässe des Gesichtes. Er trägt über dem Königsgewand ein Büßerhemd, wie in Canossa. Die Augen sind von einer krampfhaften und erschreckenden Starrheit, im Gegensatz zu seiner zur Schau gestellten Haltung bußfertiger Demut, die er um so mehr betont, je mehr er das Gefühl hat, diese Demütigung nicht zu verdienen. Ordulf trägt in beiden Händen die Kaiserkrone, Harald das Zepter mit dem Adler und den Reichsapfel mit dem Kreuz.)

HEINRICH IV.: *(verbeugt sich erst vor Donna Matilde, dann vor dem Doktor)* Gnädige Frau ... Monsignore ... *(Sieht dann Belcredi an und will sich auch vor ihm verbeugen, wendet sich aber an Landolf, der neben ihn getreten ist, und fragt ihn leise und mißtrauisch:)* Ist das Petrus Damiani?

LANDOLF: Nein, Majestät, das ist ein Mönch aus Cluny, der den Abt begleitet.

HEINRICH IV.: *(dreht sich um und sieht Belcredi wieder mit wachsendem Mißtrauen an. Er merkt, daß dieser sich unsicher und verlegen zu Donna Matilde und zum Doktor wendet, um sich mit Blicken zu verständigen, richtet sich auf und schreit:)* Es ist Petrus Damiani! Pater, Ihr braucht die Herzogin gar nicht anzusehen! *(Wendet sich sofort an Donna Matilde, als ob er eine Gefahr abwenden wolle:)* Ich schwöre Euch, gnädige Frau, ich schwöre Euch, daß sich mein Sinn Eurer Tochter gegenüber geändert hat! Ich gestehe, wäre er *(zeigt auf Belcredi)* nicht gekommen, um mich im Namen von Papst Alexander daran zu hindern – ich hätte sie verstoßen! Ja, es hat sich auch jemand bereit erklärt, dabei zu helfen: der Bischof von Mainz, für hundertundzwanzig Landgüter. *(Sieht etwas verwirrt auf Landolf und sagt sofort:)* Aber ich darf in diesem Augenblick nichts Schlechtes über Bischöfe sagen. *(Wieder demütig zu Bel-*

credi:) Ich bin Euch dankbar, glaubt mir, jetzt bin ich Euch dankbar, Petrus Damiani, daß Ihr mich daran gehindert habt. Mein ganzes Leben besteht aus Demütigung: – meine Mutter, Adalbert, Tribur, Goslar – und jetzt dieses Büßerhemd, das Ihr mich tragen seht. *(Wechselt plötzlich den Ton und spricht listig beiseite, wie jemand, der seine Rolle memoriert:)* Einerlei! Klare Gedanken, Scharfblick, entschlossene Haltung und Geduld im Mißgeschick. *(Dann wendet er sich an alle und sagt ernst und reuevoll:)* Ich bin imstande, die Fehler, die ich begangen habe, wiedergutzumachen, und auch vor Euch, Petrus Damiani, demütige ich mich! *(Er verneigt sich tief und bleibt so vor ihm stehen, wie gekrümmt unter einem schlimmen Verdacht, der in ihm aufsteigt und ihn, fast gegen seinen Willen, in drohendem Ton hinzufügen läßt:)* Falls nicht von Euch das schamlose Gerücht ausgestreut worden ist, meine heilige Mutter Agnes habe unerlaubte Beziehungen zum Bischof Heinrich von Augsburg unterhalten!

BELCREDI: *(legt, da Heinrich IV. immer noch gebeugt mit drohend ausgestrecktem Zeigefinger stehenbleibt, die Hände auf die Brust und wehrt dann ab.)* Nein ... von mir nicht ... nein ...

HEINRICH IV.: *(richtet sich auf)* Nein, nicht wahr? Eine Schandtat! *(Schaut ihn prüfend an und sagt dann:)* Ich glaube nicht, daß Ihr dazu fähig wärt! *(Geht zum Doktor, zupft ihn am Ärmel und blinzelt ihn spitzbübisch an:)* »Die« sind es! Immer dieselben, Monsignore!

HARALD: *(leise, mit einem Seufzer, wie um dem Doktor zu soufflieren)* Ja eben – die räuberischen Bischöfe.

DOKTOR: *(um seine Rolle weiterzuspielen, zu Harald)* Die ... ja natürlich ... die ...

HEINRICH IV.: Nichts hat denen genügt! Ein armer kleiner Junge, Monsignore ... der mit Spielen den Tag verbringt, auch wenn er, ohne es zu wissen, König ist ... Sechs Jahre war ich alt, da raubten sie mich meiner Mutter und benutzten mich Ahnungslosen gegen sie und gegen die Macht des Herrscherhauses, schändeten alles, raubten, raubten, einer gefräßiger als der andere: Anno mehr als Stephan, Stephan noch mehr als Anno.

LANDOLF: *(leise, überredend, um ihn zu ermahnen)* Majestät...

HEINRICH IV.: *(dreht sich rasch um)* Ach ja! Ich darf in diesem Augenblick nichts Schlechtes über Bischöfe sagen. – Aber diese Gemeinheit gegen meine Mutter, Monsignore, übertrifft alles! *(Schaut die Marchesa an und ist gerührt.)* Und ich kann sie nicht einmal beweinen, gnädige Frau. Ich wende mich an Euch, denn Ihr werdet mütterliches Mitgefühl haben. Vor etwa einem Monat kam sie aus ihrem Kloster hierher, um mich zu besuchen. Man hat mir gesagt, sie sei gestorben. *(Er schweigt bewegt. Nach einer langen Pause, sehr traurig lächelnd:)* Ich kann sie nicht beweinen, denn wenn Ihr jetzt hier seid und ich so ... *(zeigt auf seine Kutte)* dann heißt das, ich bin sechsundzwanzig Jahre alt.

HARALD: *(leise, sanft, um ihn zu trösten)* Und sie ist also noch am Leben, Majestät.

ORDULF: *(ebenso)* Noch in ihrem Kloster.

HEINRICH IV.: *(dreht sich um und sieht sie an)* Ja, und ich kann daher meinen Kummer auf später verschieben. *(Zeigt der Marchesa mit einer gewissen Koketterie seine gefärbten Haare:)* Seht – ich bin noch blond ... *(Dann leise, vertraulich:)* Euretwegen! Ich hatte es nicht nötig. Aber ein äußeres Merkmal ist ganz nützlich. Um die Zeit festzuhalten, verstehen Sie, Monsignore? *(Er nähert sich wieder der Marchesa, betrachtet deren Haare.)* Ah ... ich sehe ... daß auch Ihr, Herzogin... *(kneift ein Auge zu und macht eine Handbewegung)* ... ganz Italienerin! *(Als wollte er sagen: »künstlich« – aber ohne eine Spur von Verachtung, sondern mit verschmitzter Bewunderung:)* Gott bewahre mich davor, Widerwillen oder Verwunderung darüber zu äußern ... das sind Anwandlungen! Niemand möchte jene dunkle und verhängnisvolle Macht anerkennen, die dem Willen Grenzen setzt. Aber wenn man nun doch geboren wird und stirbt! Geboren werden, Monsignore – habt Ihr das gewollt? Ich nicht. – Und zwischen der einen Begebenheit und der anderen, beide nicht von unserem Willen bestimmt, geschehen so viele Dinge, die wir lieber ungeschehen sein ließen und mit denen wir uns nur widerwillig abfinden.

DOKTOR: *(nur um etwas zu sagen, während er ihn aufmerksam beobachtet)* Ja, ja, leider!

HEINRICH IV.: Seht ihr: wenn wir uns aber nicht abfinden, dann kommen eben diese Anwandlungen. Eine Frau möchte lieber ein Mann sein ... ein Greis wünscht sich seine Jugend zurück ... Niemand von uns lügt oder heuchelt. Dagegen kann man gar nichts sagen: Wir halten uns alle im guten Glauben an die schöne Vorstellung, die wir von uns selbst haben. Aber während Ihr, Monsignore, so dasteht und Euch mit beiden Händen an Euer heiliges Gewand klammert, da gleitet, gleitet, schlüpft Euch hier was aus den Ärmeln ... wie eine Schlange, etwas, das Ihr gar nicht wahrnehmt. Das Leben, Monsignore! Und das sind Überraschungen, wenn Ihr da unvermutet vor Euch etwas seht, was so aus Euch heraus gekommen ist! Verachtung und Zorn gegen Euch selbst, oder Schuldgefühle. Ja, auch Schuldgefühle. Oh, wenn Ihr wüßtet – so vielen bin ich da begegnet! Mit einem Gesicht, das mein eigenes war, aber so schrecklich, daß ich es nicht ansehen konnte. *(Nähert sich wieder der Marchesa.)* Ist euch das nie zugestoßen, gnädige Frau? Könnt Ihr Euch wirklich erinnern, immer die gleiche gewesen zu sein? O Gott, aber eines Tages ... wie ... wie ist es möglich, daß Ihr eine solche Tat begehen konntet? *(Sieht ihr so scharf in die Augen, daß sie er-*

bleicht.) Ja, genau »die«! – Wir haben uns verstanden. Oh, seid ganz beruhigt, ich werde es niemandem verraten. Und daß Ihr, Petrus Damiani, befreundet sein konntet mit einem solchen...

LANDOLF: *(wie vorher)* Majestät...

HEINRICH IV.: *(schnell)* Nein, nein, ich nenne ihn nicht beim Namen! Ich weiß, wie sehr es ihn ärgert. *(Wendet sich an Belcredi. Leichthin:)* Welche Meinung, hm? Welche Meinung Ihr von ihm hattet...? Aber wir alle klammern uns nichtsdestoweniger weiterhin fest an die Vorstellung von uns, so wie man sich die Haare färbt, wenn man älter wird. Was macht es schon aus, daß meine Färbung hier für Euch nicht die wirkliche Farbe meiner Haare sein kann? – Ihr, gnädige Frau, färbt sie Euch sicherlich nicht, um die anderen oder Euch selbst zu täuschen, sondern nur ein wenig – ganz, ganz wenig – Euer Bild im Spiegel. Ich mache es zum Spaß. Ihr tut es im Ernst. Aber ich versichere Euch, Ihr könnt es noch so ernst nehmen: Eine Maske tragt auch Ihr, gnädige Frau. Und ich sage das nicht wegen der ehrwürdigen Krone auf Eurem Haupt, vor der ich mich neige, noch wegen Eures Herzogsmantels. Ich sage es nur, weil Ihr die Erinnerung an Euer blondes Haar, in dem Ihr Euch eines Tages gefallen habt, künstlich in Euch erhalten wollt – oder an Euer braunes, falls Ihr braun wart: an das Bild Eurer Jugend, das immer mehr entschwindet. Euch dagegen, Petrus Damiani, erscheint heute die Erinnerung an das, was Ihr wart, an das, was Ihr getan habt, wie das Erkennen vergangener Wirklichkeiten, die in Euch zurückgeblieben sind wie ein Traum – nicht wahr? Und auch mir ... wie ein Traum ... Und so viele sind, wenn man an sie zurückdenkt, unerklärlich ... Pah! Kein Wunder, Petrus Damiani: Morgen wird es genau so sein mit unserem Leben von heute. *(Plötzlich wird er wütend und zerrt an seinem Büßerhemd.)* Diese Kutte hier! *(Will sie sich mit geradezu wilder Freude herunterreißen. Harald, Landolf und Ordulf stürzen erschrocken zu ihm, um ihn daran zu hindern.)* Himmelherrgott! *(Weicht zurück, wirft die Kutte ab und ruft ihnen zu:)* Morgen in Brixen werden siebenundzwanzig deutsche und lombardische Bischöfe mit mir die Absetzung Gregors VII. beschließen: nicht Papst, sondern falscher Mönch.

ORDULF: *(und die beiden anderen, beschwörend, um ihn zum Schweigen zu bringen)* Majestät, Majestät! Im Namen Gottes!

HARALD: *(fordert ihn mit Gesten auf, die Kutte wieder anzuziehen)* Bedenkt, was Ihr sagt!

LANDOLF: Monsignore und die Herzogin sind hier, um sich zu Euren Gunsten zu verwenden. *(Er macht heimlich dem Doktor deutliche Zeichen, er möge schnell irgend etwas sagen.)*

DOKTOR: *(verlegen)* Ja eben, ja, wir sind hier, um uns für Euch zu verwenden...

HEINRICH IV.: *(sofort reuevoll, beinahe entsetzt, läßt sich von den dreien die Kutte wieder anlegen, preßt sie mit verkrampften Händen an sich)* Verzeihung ... ja, ja ... Verzeihung. Verzeihung, Monsignore, Verzeihung, gnädige Frau. Ich schwöre Euch, ich fühle das ganze Gewicht des Bannfluches auf mir! *(Beugt sich, nimmt den Kopf zwischen die Hände, als ob er einen vernichtenden Schlag erwarte, bleibt eine Weile so stehen. Dann, mit anderer Stimme, doch ohne sich zu rühren, leise, vertraulich, zu Landolf, Harald und Ordulf:)* Ich weiß nicht warum, aber heute gelingt es mir einfach nicht, demütig zu sein ... vor dem da! *(Und er zeigt wie verstohlen auf Belcredi.)*

LANDOLF: *(leise)* Weil Eure Majestät darauf bestehen, das sei Petrus Damiani. Aber er ist es doch gar nicht!

HEINRICH IV.: *(blickt ihn scheu von unten an)* Es ist nicht Petrus Damiani?

Harald: Aber nein, Majestät. Es ist ein einfacher Mönch.

Heinrich IV.: *(schmerzlich, verbittert)* Ach, niemand von uns kann das, was er aus innerem Antrieb tut, richtig übersehen. Vielleicht könnt Ihr, gnädige Frau, mich besser verstehen als die anderen, weil Ihr eine Frau seid. [Dies ist ein feierlicher und entscheidender Augenblick. Seht Ihr, ich könnte jetzt gleich, noch während ich mit Euch spreche, die Hilfe der lombardischen Bischöfe annehmen und mich des Papstes bemächtigen, indem ich ihn hier in der Burg belagere, nach Rom eilen und einen Gegenpapst einsetzen, mit Robert Guiskard ein Bündnis eingehen. – Dann wäre Gregor VII. verloren! Ich widerstehe der Versuchung, und glaubt mir, das ist klug. Ich spüre den Geist der Zeit und die Hoheit dessen, der versteht, das zu sein, was er sein muß: ein Papst! – Möchtet Ihr jetzt über mich lachen, wenn Ihr mich so seht? Da wäret Ihr sehr töricht, denn Ihr verstündet nicht, daß politische Klugheit mir rät, dieses Büßerhemd zu tragen. Ich sage Euch, morgen könnten die Rollen vertauscht sein. Und was würdet Ihr dann tun? Würdet Ihr über den Papst in der Kleidung des Gefangenen lachen? Nein. – Wir stünden gleich. Heute ich in der Maske des Büßers, morgen er in der des Gefangenen. – Aber wehe dem, der seine Maske nicht zu tragen weiß, sei es als König, sei es als Papst. – Vielleicht ist er jetzt etwas zu unbarmherzig – das ja. – Denkt daran, gnädige Frau, daß Berta, Eure Tochter, für die, ich wiederhole es, ich jetzt ganz anders empfinde … *(wendet sich plötzlich an Belcredi und schreit ihm ins Gesicht, als ob der widersprochen hätte)* ganz anders, ganz anders! Wegen der Zuneigung und Anhänglichkeit, die sie mir in diesem schrecklichen Augenblick bewiesen hat! *(Bricht krampfhaft ab, nach diesem Zornesausbruch sehr bemüht, sich zu beherrschen; mit einem tiefen Seufzer wendet er sich dann wieder in sanfter und schmerzlicher Demut an die Marchesa:)* Sie ist mit mir gekommen, gnädige Frau, sie steht unten im Hof, sie hat mir folgen wollen wie eine Bettlerin, sie ist fast erfroren, erfroren in zwei Nächten unter freiem Himmel im Schnee! Ihr seid ihre Mutter. Euer Herz müßte doch von Mitleid erfüllt sein, und Ihr müßtet mit ihm *(zeigt auf den Doktor)* vom Papst erflehen, daß er verzeiht und uns empfängt!

DONNA MATILDE: *(zitternd, kaum hörbar)* Aber ja, ja, gleich…

DOKTOR: Ja, das wollen wir, das wollen wir tun.

HEINRICH IV.: Und noch etwas! Noch etwas! *(Er winkt sie näher heran und sagt leise, geheimnisvoll:)* Es genügt nicht, daß er mich empfängt. Ihr wißt, daß er »alles« kann. Ich sage Euch: »alles«! Er beschwört sogar die Toten. *(Er schlägt sich auf die Brust.)* Hier bin ich! Seht mich an. Es gibt keine Zauberei, die ihm unbekannt wäre. Nun, Monsignore, gnädige Frau, meine wirkliche Strafe ist… da, schaut… *(zeigt beinahe furchtsam auf sein Bild)* …daß ich mich von diesem Blendwerk nicht mehr losreißen kann. Ich bin jetzt ein Büßer, und das bleibe ich – ich schwöre Euch, das bleibe ich, bis er mich empfangen haben wird. Aber Ihr zwei müßt beim Papst, wenn er den Bannfluch aufgehoben hat, noch etwas für mich erwirken: daß er mich davon *(zeigt wieder auf das Bild)* erlöst! Er vermag es! Daß er mich mein ganzes armes Leben, von dem ich ausgeschlossen bin, leben läßt. Man kann doch nicht ewig sechsundzwanzig Jahre alt sein, gnädige Frau! Und ich erbitte das auch wegen Eurer Tochter: damit ich sie lieben kann, wie sie es verdient, so wie ich jetzt dazu fähig bin, nachdem ihr Mitleid mich so bewegt hat. – Das ist es. – Ich bin in Euren Händen… *(Er verneigt sich.)* Gnädige Frau! Monsignore!

(Er will sich, unter Verbeugungen, durch die Tür zurückziehen, durch die er eingetreten ist. Da bemerkt er Belcredi, der etwas

näher gekommen ist, um besser hören zu können, und der jetzt nach hinten schaut. Er glaubt, Belcredi wolle ihm die Kaiserkrone rauben, die auf dem Thron liegt. Zum Erstaunen und Entsetzen aller läuft er hin, reißt sie an sich und versteckt sie unter der Kutte. Dann verbeugt er sich mit einem schlauen Lächeln mehrmals und verschwindet. Die Marchesa ist so erschüttert, daß sie fast ohnmächtig auf einen Stuhl sinkt.)

Vorhang

ZWEITER AKT

Ein anderer Saal des Landhauses, unmittelbar neben dem Thronsaal, mit schweren alten Möbeln ausgestattet. Rechts, zwei Handbreit über dem Boden, eine Art Chor mit einem Geländer aus kleinen hölzernen Säulen, das an den Seiten und vorn, zu den beiden Stufen, die hinaufführen, Öffnungen hat. In diesem kleinen Choraufbau ein Tisch mit fünf kleinen Sesseln aus der Zeit, einer an der Querseite, je zwei an den Längsseiten. Große Tür hinten Mitte. Links zwei Fenster zum Garten. Rechts eine Tür zum Thronsaal.
Spätnachmittag desselben Tages. Auf der Bühne führen Donna Matilde, der Doktor und Belcredi ein Gespräch. Aber Donna Matilde hält sich verstimmt abseits. Offensichtlich ärgert sie, was die anderen sagen, aber sie kann nicht umhin zuzuhören. Denn in dem Zustand der Unruhe, in dem sie sich befindet, interessiert sie einfach alles und hindert sie daran, sich auf eine Idee zu konzentrieren und sie zu entwickeln, die ihr plötzlich gekommen ist und der sie nicht zu widerstehen vermag. Die Worte der anderen erregen ihre Aufmerksamkeit, weil sie instinktiv das Bedürfnis hat, in diesem Augenblick abgelenkt zu werden.

BELCREDI: Es wird so sein, wie Sie sagen, lieber Doktor, es wird so sein, aber jedenfalls ist das mein Eindruck.

DOKTOR: Ich sage ja nicht nein, aber glauben Sie mir, es ist eben nur ... so ein Eindruck.

BELCREDI: Entschuldigen Sie, er hat es sogar gesagt, und zwar deutlich. *(Zur Marchesa:)* Stimmt das nicht, Marchesa?

DONNA MATILDE. *(zerstreut, wendet sich zu ihm hin)* Was hat er gesagt? *(Dann, ablehnend:)* Ah ja ... Aber nicht aus dem Grund, den Sie annehmen.

DOKTOR: Er meinte damit unsere Verkleidung. Ihren Mantel ... *(zeigt auf die Marchesa)* unsere Benediktinerkutten. Und das alles ist kindisch.

DONNA MATILDE: *(schnell, wendet sich von neuem entrüstet dem Doktor zu)* Kindisch? Was sagen Sie, Doktor?

DOKTOR: Einerseits schon. Bitte, Marchesa, lassen Sie mich das aussprechen. Aber andererseits ist es viel komplizierter, als Sie sich vorstellen können.

DONNA MATILDE: Für mich hingegen ist es völlig klar.

DOKTOR: *(mit dem mitleidigen Lächeln eines Fachmannes, der zu Laien spricht)* Nun ja! Man muß die besondere Psychologie der Geisteskranken begreifen, der zufolge man auch sicher sein kann, daß ein Kranker eine Verkleidung, in der jemand vor ihm erscheint, bemerkt oder jedenfalls in der Lage ist, sie zu bemerken, daß er sie als solche annimmt und daß er dennoch daran glaubt, meine Herrschaften, genau so wie es die Kinder tun, für die Spiel und Wirklichkeit eines ist. Darum habe ich »kindisch« gesagt. Aber dann wird es höchst kompliziert in folgendem Sinn: er ist sich, er muß sich völlig dessen bewußt sein, daß er für sich, vor sich selbst, ein Bild ist: jenes Bild dort. *(Er zeigt auf die linke Seite, wo der Thronsaal liegt, in dem sich das Porträt befindet.)*

BELCREDI: Das hat er gesagt.

DOKTOR: Ausgezeichnet. Ein Bild, vor das sich weitere Bilder geschoben haben – die unseren, verstehen Sie? Nun hat er in seinem durchaus scharfsinnigen und luziden Wahn sofort den Unterschied zwischen seinem Bild und den unseren bemerken können: das heißt, daß in uns, in unseren Bildern, eine Täuschung lag. Und das hat ihn mißtrauisch gemacht. Alle Geisteskranken sind stets mit einem ständigen wachen Mißtrauen gewappnet. Aber das ist alles. Ihm natürlich konnte unser Spiel, mit dem wir auf das seine eingegangen sind, nicht als ein

Akt des Mitleids erscheinen. Und das seine war für uns um so tragischer, je mehr er es, fast wie eine Herausforderung – verstehen Sie – die ihm sein Mißtrauen eingegeben hatte, uns eben als Spiel enthüllen wollte. Ja, meine Herrschaften, indem er nämlich vor uns hintrat mit gefärbten Schläfen und geschminkten Wangen und uns sagte, er habe das absichtlich, zum Spaß gemacht!

DONNA MATILDE: *(wieder erregt)* Nein. Das ist es nicht, Doktor! Das ist es nicht! Das ist es nicht!

DOKTOR: Aber wieso denn nicht?

DONNA MATILDE: *(entschieden)* Ich bin völlig überzeugt, daß er mich wiedererkannt hat!

DOKTOR: Das ist nicht möglich ... das ist nicht möglich ...

BELCREDI: *(gleichzeitig)* Ach was!

DONNA MATILDE: *(noch heftiger, fast verkrampft)* Er hat mich wiedererkannt, sage ich Ihnen. Als er dicht an mich herangetreten war, um so mit mir zu sprechen und mir dabei in die Augen sah, genau in die Augen – da hat er mich wiedererkannt!

BELCREDI: Aber er sprach von Ihrer Tochter!

DONNA MATILDE: Das ist nicht wahr! Von mir! Er sprach von mir!

BELCREDI: Ja, vielleicht, als er sagte ...

DONNA MATILDE: *(sofort, rückhaltlos)* ...als er von meinen gefärbten Haaren sprach! Aber haben Sie nicht bemerkt, daß er sofort hinzufügte: »Oder die Erinnerung an Eurer braunes Haar, falls Ihr braun wart!« Er wußte noch ganz genau, daß ich braun war – damals.

BELCREDI: Ach was! Ach was!

DONNA MATILDE: *(ohne auf ihn zu achten, zum Doktor)* Meine Haare, Doktor, sind wirklich braun, wie die meiner Tochter. Und deshalb hat er auch von ihr gesprochen!

BELCREDI: Aber wenn er Ihre Tochter doch gar nicht kennt! Wenn er sie nie gesehen hat!

DONNA MATILDE: Eben! Sie begreifen nichts! Mit meiner Tochter meinte er mich – mich, so wie ich damals war!

BELCREDI: Mein Gott – dieser Wahnsinn ist ansteckend. Ansteckend!

DONNA MATILDE: *(leise, verächtlich)* Was denn, ansteckend! Dummkopf!

BELCREDI: Verzeihung, sind S i e jemals seine Frau gewesen? In seiner Wahnvorstellung ist Ihre Tochter seine Frau: Berta von Susa.

DONNA MATILDE: Aber ja, selbstverständlich! Weil ich vor ihm nicht mehr braun erschienen bin wie er mich in Erinnerung hatte, sondern »so«, blond, als Adelheid, die Mutter. Meine Tochter existiert für ihn gar nicht – er hat sie nie gesehen. Das haben Sie selbst gesagt. Wie kann er daher wissen, ob sie blond oder braun ist?

BELCREDI: Aber er hat »braun« nur so dahergesagt, ganz allgemein, du lieber Gott, von jemandem, der durch die Haarfarbe, ganz gleich ob blond oder braun, die Erinnerung an die Jugend festhalten will. Und Sie fangen wie üblich an zu phantasieren! Doktor, sie hat gesagt, ich hätte nicht mitkommen sollen. Dabei hätte s i e nicht hierherkommen dürfen!

DONNA MATILDE: *(einen Augenblick durch Belcredis Bemerkung betroffen und nachdenklich, fängt sich dann wieder, ist aber unruhig, weil sie zu zweifeln beginnt)* Nein, nein ... er sprach von mir ... er hat immer nur zu mir und mit mir und von mir gesprochen.

BELCREDI: Na, ich danke! Er hat mich keinen Augenblick in Ruhe gelassen, und Sie sagen, daß er immer nur von Ihnen gesprochen hat? Sie werden ja wohl nicht glauben, daß er auch Sie gemeint hat, als er mit Petrus Damiani sprach?

DONNA MATILDE: *(herausfordernd, als ob sie jede konventionelle Zurückhaltung aufgeben wollte)* Wer kann das wissen?

Können Sie mir sagen, warum er sofort, vom ersten Augenblick an, eine Aversion gegen Sie gehabt hat? Und nur gegen Sie? *(Aus dem Ton der Frage muß deutlich die Antwort zu hören sein: Weil er begriffen hat, daß Sie mein Liebhaber sind! – Belcredi versteht das so genau, daß er auf der Stelle betroffen schweigt und verlegen lächelt.)*

DOKTOR: Verzeihung – der Grund kann auch gewesen sein, daß ihm nur der Besuch der Herzogin Adelheid und des Abtes von Cluny angekündigt worden war. Das Mißtrauen entstand sofort, als er einen Dritten vor sich sah, der ihm nicht gemeldet worden war.

BELCREDI: Ja eben, und dieses Mißtrauen machte mich in seinen Augen gleich zu einem Feind: zu Petrus Damiani! – Aber wenn sie sich in den Kopf gesetzt hat, daß er sie wiedererkannt hat...

DONNA MATILDE: Daran ist nicht zu zweifeln! Das haben mir seine Augen gesagt, Doktor! Wenn man sich so in die Augen sieht ... dann ist gar kein Zweifel mehr möglich! Vielleicht war es nur eine Sekunde ... wie soll ich Ihnen das erklären?

DOKTOR: Das ist nicht auszuschließen: ein lichter Moment.

DONNA MATILDE: Ja, vielleicht! Und danach erschien mir alles, was er sagte, wie eine Klage über meine und seine Jugend – wegen dieser schrecklichen Sache, die ihm zugestoßen ist und die ihn hier festgehalten hat, in dieser Maske, von der er sich nicht mehr lösen konnte und von der er sich um alles in der Welt lösen möchte!

BELCREDI: Ja – damit er anfangen kann, Ihre Tochter zu lieben. Oder Sie selbst, wie Sie meinen – weil Ihr Mitgefühl ihn gerührt hat.

DONNA MATILDE: Und das ist sehr groß, glauben Sie mir!

BELCREDI: Das sieht man, Marchesa! So groß, daß ein Wundertäter das Wunder für mehr als wahrscheinlich halten würde.

DOKTOR: Gestatten Sie, daß i c h jetzt etwas sage. Ich vollbringe keine Wunder, weil ich Arzt bin und kein Wundertäter: Ich habe auf alles, was er gesagt hat, genau geachtet, und ich wiederhole, daß jene analogische Elastizität des Denkens, die jedem Wahnsystem eigentümlich ist, bei ihm offenbar – wie soll ich sagen? – schon sehr erschlafft ist. Die Elemente seines Wahnsinns halten sich nicht mehr gegenseitig im Lot. Mir scheint, daß er Mühe hat, sich in der Persönlichkeit, die er sich übergestülpt hat, wieder ins Gleichgewicht zu bringen, da plötzliche Anrufe der Wirklichkeit ihn nicht – und das ist sehr tröstlich – aus einem Zustand beginnender Apathie reißen, sondern aus einem sanften Hineingleiten in eine reflektierende Melancholie, was eine wirklich beträchtliche Gehirntätigkeit beweist. Ich wiederhole, das ist sehr tröstlich. Wenn wir nun mit diesem gewaltsamen Trick, den wir vereinbart haben...

DONNA MATILDE: *(schaut zum Fenster hinaus, im Tonfall einer Kranken, die jammert)* Aber warum ist denn das Auto noch nicht wieder zurück? Nach dreieinhalb Stunden?

DOKTOR: *(verblüfft)* Wie meinen Sie?

DONNA MATILDE: Das Auto, Doktor! Es ist jetzt dreieinhalb Stunden her.

DOKTOR: *(holt die Uhr aus der Tasche)* Mehr als vier, nach meiner Uhr!

DONNA MATILDE: Es müßte schon seit einer halben Stunde hier sein! Aber wie gewöhnlich...

BELCREDI: Vielleicht finden sie das Kleid nicht.

DONNA MATILDE: Ich habe doch genau beschrieben, wo es liegt. (*Sehr ungeduldig:*) Frida hätte lieber ... wo ist denn Frida?

BELCREDI: *(lehnt sich ein wenig aus dem Fenster)* Vielleicht mit Carlo im Garten.

Doktor: Er wird ihr gut zureden, damit sie die Angst überwindet.

Belcredi: Das ist nicht Angst, Doktor, glauben Sie das nicht! Es ist ihr einfach unangenehm!

Donna Matilde: Tun Sie mir den Gefallen und bitten Sie sie wirklich nicht mehr! Ich weiß, wie sie ist!

Doktor: Warten wir geduldig ab. Jedenfalls ist es Sache eines Augenblicks, und es muß Abend sein. Wenn es uns gelingt, ihn zu überrumpeln, durch einen heftigen Schock die Fäden zu zerreißen, die ihn nur noch lose an seine Wahnvorstellung binden – und ihm das wiederzugeben, was er selbst sich wünscht – er hat gesagt: »Man kann doch nicht ewig sechsundzwanzig Jahre alt sein, gnädige Frau« – die Erlösung von dieser Verdammnis, die ihm selbst als eine Verdammnis erscheint: Kurz und gut, wenn wir erreichen, daß er plötzlich das Gefühl für zeitliche Distanz wiedererlangt...

Belcredi: *(schnell)* Dann ist er geheilt. *(Dann, ironisch akzentuierend:)* Wir werden ihn herausreißen!

Doktor: Wir können hoffen, ihn wieder in Gang zu bekommen, wie eine Uhr, die zu einer bestimmten Stunde stehengeblieben ist. Ja, ungefähr so, wie wenn man die Uhr in der Hand hält: Man wartet, bis die Stunde wieder da ist – dann, ein kleiner Stups! – und wir hoffen, daß sie nun wieder die Zeit anzeigt, nach einem so langen Stillstand. *(Marchese di Nolli kommt durch die Mitteltür herein.)*

Donna Matilde: Ah, Carlo ... und Frida? Wo ist sie hingegangen?

Di Nolli: Sie ist hier. Sie kommt sofort.

Doktor: Ist der Wagen da?

Di Nolli: Ja.

Donna Matilde: Ja? Und ist das Kleid mitgekommen?

Di Nolli: Es ist schon eine ganze Weile hier.

DOKTOR: Ah, sehr schön.

DONNA MATILDE: *(aufgeregt)* Und wo ist es? Wo ist es?

DI NOLLI: *(achselzuckend und mit einem traurigen Lächeln, als ob er dieses Spiel für unpassend hielte und sich nur sehr ungern dazu hergäbe)* Nun ... Sie werden gleich sehen ... *(Zeigt auf die Mitteltür.)* Da, bitte ...

(Auf der Schwelle erscheint Bertold und meldet feierlich:)

BERTOLD: Ihre Hoheit die Markgräfin Mathilde von Canossa!

(Gleich darauf erscheint, prächtig und wunderschön Frida im alten Kostüm der Mutter als »Markgräfin Mathilde von Toscana«, als wäre sie das lebendig gewordene Porträt aus dem Thronsaal.)

FRIDA: *(geht an dem sich verneigenden Bertold vorbei und sagt sehr von oben herab)* Von Toscana, bitte – von Toscana. Canossa ist nur eines von meinen Schlössern.

BELCREDI: *(bewundernd)* Schau an! Schau einer an! Als wäre sie eine ganz andere!

DONNA MATILDE: Als wäre sie ich! Mein Gott, sehen Sie nur! Bleib stehen, Frida! Sehen Sie? Mein Porträt – lebendig geworden!

DOKTOR: Ja, ja! Vollkommen! Vollkommen! Genau das Porträt!

BELCREDI: Ja – da ist man sprachlos! Das ist es! Schauen Sie nur! Schauen Sie! Was für eine Frau!

FRIDA: Nicht doch – ich darf nicht lachen, sonst platzen die Nähte! Was für eine Taille hast du bloß gehabt, Mama! Ich habe mich ganz dünn machen müssen, um reinzukommen!

DONNA MATILDE: *(nervös, bringt ihr das Kleid in Ordnung)* Warte – steh still ... die Falten da ... ist dir das wirklich so eng?

FRIDA: Ich ersticke! Macht bloß schnell, um Himmels willen!

Doktor: Aber wir müssen warten, bis es Abend ist…

Frida: Nein, nein – das halte ich nicht aus! Bis zum Abend halte ich das nicht aus!

Donna Matilde: Warum hast du es denn so früh angezogen?

Frida: Gleich als ich es sah! Die Versuchung! Ich konnte nicht widerstehen!

Donna Matilde: Du hättest mich wenigstens rufen können! Dir helfen lassen! Mein Gott, es ist noch völlig zerknittert!

Frida: Das habe ich gesehen, Mama! Aber das sind alte Falten … Es wird schwierig sein, sie herauszubekommen.

Doktor: Das macht nichts, Marchesa. Die Illusion ist vollkommen. *(Geht auf sie zu und fordert sie auf, etwas vor die Tochter zu treten, ohne daß sie diese jedoch völlig verdeckt.)* Erlauben Sie – stellen Sie sich hierher … so … mit etwas Abstand … ein wenig mehr nach vorn…

Belcredi: Wegen des Gefühls für zeitliche Distanz!

Donna Matilde: *(wendet sich zu ihm, leise)* Zwanzig Jahre danach! Eine Katastrophe, nicht wahr?

Belcredi: Wir wollen nicht übertreiben.

Doktor: *(sehr verlegen, will es wieder gutmachen)* Nein, nein! Ich meinte auch … ich meine wegen des Kleides … ich meine, um zu sehen…

Belcredi: *(lacht)* Aber Doktor – das Kleid ist viel älter als zwanzig Jahre! Achthundert! Ein Abgrund! Und da wollen sie ihn wirklich mit einem Schwung hinüberbefördern? *(Zeigt erst auf Frida und dann auf die Marchesa.)* Von da nach dort? Da können Sie ihn stückweise im Korb einsammeln! Bedenken Sie, meine Herrschaften, ich meine das ganz im Ernst. Für uns sind es zwanzig Jahre, zwei Kleider und eine Maskerade. Aber wenn für ihn, wie Sie sagen, Doktor, die Zeit stehengeblieben ist, wenn er dort *(zeigt auf Frida)* lebt, mit ihr, vor achthundert Jahren – ich meine, da wird der Sprung so schwindelerregend sein, daß er, wenn er herabgestürzt ist, mitten zwischen uns ... *(Der Doktor macht ein verneinendes Zeichen mit dem Finger.)* Sie meinen das nicht?

DOKTOR: Nein. Weil das Leben wieder anfängt, lieber Baron. Hier, dieses unsrige, wird sofort auch für ihn wirklich. Und es wird ihn gleich in die Mangel nehmen und ihm im Nu die Illusion zerreißen, ihm klarmachen, daß die achthundert Jahre, wie Sie sagen, knapp zwanzig sind. Sehen Sie, das wird so sein wie bei gewissen Tricks, zum Beispiel bei dem Sprung ins Leere nach dem Freimaurer-Ritual, der wer weiß was zu sein scheint, und am Ende ist man nur eine Stufe hinabgestiegen.

BELCREDI: Was für eine Entdeckung! – Aber ja! – Schauen Sie Frida und die Marchesa an, Doktor! Wer ist weiter vorgeschritten? Wir Alten, Doktor! Die Jungen glauben, sie seien es – das ist nicht wahr. Wir sind weiter voraus um das Stück, um das die Zeit mehr die unsere als die ihre ist.

DOKTOR: Ah – wenn die Vergangenheit uns nicht entfernen würde!

BELCREDI: Aber nein – wovon denn? Wenn sie *(zeigt auf Frida und di Nolli)* noch alles das tun müssen, was wir schon hinter uns haben, Doktor: älter werden und wieder ziemlich die gleichen Dummheiten machen wie wir. Die Illusion ist, daß man durch eine Tür, die vor uns liegt, aus dem Leben geht. Das ist nicht wahr! Sobald man geboren ist, fängt man an zu sterben. Wer zuerst angefangen hat, ist allen voraus. Und der Jüngste ist Vater Adam! Schauen Sie dort – *(zeigt auf Frida)* sie ist achthundert Jahre jünger als wir alle, die Markgräfin Mathilde von Toscana. *(Und er verbeugt sich tief vor ihr.)*

DI NOLLI: Ich bitte dich, Tito, ich bitte dich! Keine Scherze!

Belcredi: Oh – wenn du glaubst, daß ich scherze…

Di Nolli: Mein Gott, natürlich, seit du hier bist…

Belcredi: Wieso! Ich habe mich sogar als Benediktiner verkleidet…

Di Nolli: Ja – einer ernsten Sache wegen!

Belcredi: Na ja, gut, wenn sie für die anderen ernst ist… für Frida jetzt zum Beispiel … *(Zum Doktor:)* Ich schwöre Ihnen, Doktor, ich habe noch nicht begriffen, was Sie eigentlich vorhaben.

Doktor: *(ärgerlich)* Das werden Sie schon sehen. Lassen Sie mich nur machen! Das glaub ich gern, wenn Sie die Marchesa noch in diesem Kleide sehen…

Belcredi: Wieso – soll sie denn auch …?

Doktor: Natürlich! Natürlich! In einem anderen Gewand, das nebenan ist… wenn er glaubt, daß die Markgräfin Mathilde von Canossa vor ihm steht…

Frida: *(hat, während sie leise mit di Nolli spricht, seinen Irrtum bemerkt)* Von Toscana! Von Toscana!

Doktor: *(ärgerlich)* Das ist doch dasselbe!

Belcredi: Ah, ich verstehe! Wenn er zwei vor sich hat…

Doktor: Ganz recht, zwei. Und dann…

Frida: *(ruft ihn beiseite)* Kommen Sie her, Doktor, hören Sie…

Doktor: Ja, bitte. *(Er geht zu den beiden jungen Leuten und tut so, als ob er ihnen etwas erkläre.)*

Belcredi: *(leise zu Donna Matilde)* Mein Gott – also dann…

Donna Matilde: *(wendet sich zu ihm, sieht ihn fest an)* Was denn?

Belcredi: Interessiert Sie das wirklich so sehr? So sehr, daß Sie sich dazu hergeben? Das ist ungeheuerlich für eine Frau!

Donna Matilde: Für eine x-beliebige – vielleicht!

Belcredi: O nein, in diesem Punkt gilt das für alle, meine Liebe! Das ist eine Selbstverleugnung…

DONNA MATILDE: Das bin ich ihm schuldig!

BELCREDI: Flunkern Sie doch nicht! Sie richten es schon so ein, daß Sie sich nichts vergeben.

DONNA MATILDE: Und? Inwiefern dann Selbstverleugnung?

BELCREDI: Gerade so viel, daß Sie sich in den Augen der anderen nichts vergeben, aber mich verletzen.

DONNA MATILDE: Aber wer denkt denn in diesem Augenblick an Sie!

DI NOLLI: *(kommt nach vorn)* Also gut, ja, ja – so werden wir es machen. *(Zu Bertold:)* Ach, Sie – rufen Sie doch einen von den dreien her.

BERTOLD: Sofort. *(Ab durch die Mitteltür.)*

DONNA MATILDE: Aber wir müssen zunächst so tun, als ob wir uns verabschieden.

DI NOLLI: Richtig. Ich lasse ihn holen, um Ihren Abschied vorzubereiten. *(Zu Belcredi)* Du kannst darauf verzichten: Bleib hier.

BELCREDI: *(nickt ironisch)* Natürlich, ich verzichte ... ich verzichte.

DI NOLLI: Auch, um nicht wieder sein Mißtrauen zu erwecken, verstehst du?

BELCREDI: Aber ja! Quantité négligeable!

DOKTOR: Wir müssen ihm unbedingt, ganz unbedingt die Gewißheit geben, daß wir gegangen sind. *(Von rechts kommt Landolf, hinter ihm Bertold.)*

LANDOLF: Gestatten Sie?

DI NOLLI: Kommen Sie, kommen Sie herein ... Also ... Sie heißen Lolo, nicht wahr?

LANDOLF: Lolo oder Landolf – wie Sie wollen.

DI NOLLI: Gut, hören Sie zu. Der Doktor und die Marchesa werden sich jetzt verabschieden ...

LANDOLF: Schön – wir brauchen nur zu sagen, sie hätten beim Papst die Gnade erwirkt, daß er ihn empfängt. Er ist drüben in seinen Gemächern, bejammert reuevoll alles, was er gesagt hat und verzweifelt, daß ihm diese Gnade nicht gewährt werden wird. Wenn Sie bitte kommen und freundlicherweise die Kleider wieder anlegen wollen...

DOKTOR: Ja, ja ... gehen wir, gehen wir...

LANDOLF: Warten Sie – darf ich Ihnen noch etwas vorschlagen: Fügen Sie hinzu, auch die Markgräfin Mathilde von Toscana habe vom Papst die Gnade erfleht, daß er ihn empfängt.

DONNA MATILDE: Nun also – sehen Sie nun, daß er mich wiedererkannt hat?

LANDOLF: Nein. Verzeihen Sie. Es ist nur, weil er die Feindseligkeit der Markgräfin, die den Papst in ihrer Burg beherbergte, so sehr fürchtet. Es ist merkwürdig: historisch, soviel mir bekannt ist – aber die Herrschaften wissen das sicher besser als ich –, steht es doch nicht fest, nicht wahr, daß Heinrich IV. die Markgräfin von Toscana heimlich geliebt hat.

DONNA MATILDE: *(schnell)* Nein, das stimmt: es steht nicht fest. Ganz im Gegenteil.

LANDOLF: Das schien mir auch so. Aber er sagt, er habe sie geliebt ... immer wieder sagt er das ... und jetzt fürchtet er, daß ihr Unwille über diese heimliche Liebe den Papst gegen ihn beeinflussen könnte.

BELCREDI: Man muß ihm klarmachen, daß diese Abneigung nicht mehr besteht.

LANDOLF: Ja, sehr gut!

DONNA MATILDE: *(zu Landolf)* Ausgezeichnet. *(Zu Belcredi:)* Weil es historisch zuverlässig erwiesen ist – falls Sie es nicht wissen –, daß der Papst sich gerade durch die Bitten der Markgräfin Mathilde und des Abtes von Cluny bewegen ließ. Und ich kann Ihnen sagen, lieber Belcredi, daß ich damals, bei dieser Kavalkade, eben diese Tatsache benutzen wollte, um ihm zu zeigen, daß ich ihm nicht mehr so feindlich gesonnen war, wie er sich einbildete.

Belcredi: Na also, das ist ja wunderbar, liebe Marchesa! Folgen Sie nur der Geschichte, folgen sie ihr!

Landolf: Eben. Dann könnte sich die Gnädige Frau ohne weiteres eine doppelte Verkleidung ersparen und sich mit Monsignore *(zeigt auf den Doktor)* in dem Gewand der Markgräfin von Toscana zeigen.

Doktor: *(rasch, energisch)* Nein, nein! Das nicht, um Himmels willen! Das würde alles zerstören! Der Eindruck der Gegenüberstellung muß wie ein Schlag wirken. Nein, nein. Gehen wir, Marchesa, gehen wir. Sie erscheinen wieder als die Herzogin Adelheid, die Mutter der Kaiserin. Und wir werden uns verabschieden. Eines ist vor allem wichtig: Er muß wissen, daß wir fortgegangen sind. Also dann auf, verlieren wir nicht noch mehr Zeit, wir haben noch sehr viel vorzubereiten. *(Der Doktor, Donna Matilde und Landolf durch die Tür rechts ab.)*

Frida: Aber ich fang schon wieder an, große Angst zu bekommen.

Di Nolli: Alles nochmal von vorn, Frida?

Frida: Wenn ich ihn wenigstens schon mal gesehen hätte…

Di Nolli: Glaub mir, zur Angst ist kein Anlaß!

Frida: Wird er nicht rasen?

Di Nolli: Aber nein, er ist ganz ruhig.

Belcredi: *(ironisch gefühlvoll)* Melancholisch! Hast du es nicht gehört? Er liebt dich!

Frida: Vielen Dank! Das ist es ja eben!

Belcredi: Er wird dir nichts antun…

Di Nolli: Außerdem ist es Sache eines Augenblicks…

Frida: Ja, aber dort im Dunkeln! – Mit ihm…

Di Nolli: Nur für einen Augenblick … und ich bin bei dir,

und die anderen stehen alle hinter den Türen auf dem Sprung. Sobald er deine Mutter vor sich sieht, verstehst du, ist deine Rolle schon zu Ende.

BELCREDI: Ich befürchte etwas ganz anderes: daß alles ein Schlag ins Wasser sein wird.

DI NOLLI: Fang doch nicht wieder an! Ich halte unsere Maßnahme für außerordentlich wirksam!

FRIDA: Ich auch, ich auch! Ich spüre es schon an mir selbst – ich zittere am ganzen Leib.

BELCREDI: Aber die Verrückten, meine Lieben, haben ein Glück, über das wir uns gar nicht klar sind, und sie selbst wissen es leider auch nicht...

DI NOLLI: *(unterbricht ärgerlich)* Was für ein Glück, bitte sehr?

BELCREDI: *(betont)* Sie kennen keine vernünftige Überlegung!

DI NOLLI: Na, hör mal – was hat denn das mit vernünftiger Überlegung zu tun?

BELCREDI: Wie denn – soll das vielleicht keine vernünftige Überlegung sein, was – nach unserem Plan – ihr Anblick *(zeigt auf Frida)* und der ihrer Mutter bei ihm auslösen müßte? Das haben wir doch alles so ausgetüftelt.

DI NOLLI: Nein, wieso Nachdenken – überhaupt nicht! Wir führen ihm sein eigenes Wahnbild in doppelter Ausfertigung vor, wie es der Doktor gesagt hat.

BELCREDI: *(mit einem plötzlichen Einfall)* Weißt du – ich habe nie verstanden, warum die ihren medizinischen Doktor machen.

DI NOLLI: *(erstaunt)* Wer?

BELCREDI: Die Irrenärzte.

DI NOLLI: So – und was für einen Doktor sollen sie machen, deiner Meinung nach?

FRIDA: Wenn sie nun mal Irrenärzte sind?

BELCREDI: Eben darum! Den juristischen! Weil das alles

nur Gerede ist! Und wer den meisten Unsinn redet, ist der Größte! »Analogische Elastizität des Denkens!« Das »Gefühl für zeitliche Distanz«! Und dabei ist das erste, was sie sagen, daß sie keine Wunder tun können – gerade, wenn ein Wunder nötig wäre! Aber sie wissen, daß man sie für um so seriöser hält, je mehr sie betonen, daß sie keine Wunderheiler sind. Sie tun keine Wunder – und fallen immer auf die Füße – es ist eine wahre Lust.

BERTOLD: *(der an der rechten Tür aufpaßt, schaut durchs Schlüsselloch)* Da sind sie! Da sind sie! Anscheinend kommen sie jetzt her.

DI NOLLI: So?

BERTOLD: Offenbar will er sie begleiten. Ja, ja – da ist er, da ist er!

DI NOLLI: Dann verschwinden wir. Verschwinden wir schnell! *(Vor dem Abgehen zu Bertold:)* Sie bleiben hier!

BERTOLD: Ich soll hier bleiben?

(Di Nolli, Frida und Belcredi laufen ohne Antwort durch die Mitteltür ab. Bertold bleibt unschlüssig und verwirrt zurück. Die rechte Tür geht auf, Landolf tritt als erster ein und verbeugt sich sofort. Ihm folgen Donna Matilde mit Mantel und Herzogskrone wie im ersten Akt und der Doktor in der Kutte des Abtes von Cluny. Zwischen ihnen Heinrich IV. im Königsgewand, danach Ordulf und Harald.)

HEINRICH IV.: *(setzt ein Gespräch fort, das er offenbar im Thronsaal begonnen hat)* Und ich frage euch, wie kann ich denn schlau sein, wenn man mich doch für dickköpfig hält…

DOKTOR: Aber wieso denn dickköpfig, ich bitte Euch!

HEINRICH IV.: *(lächelt befriedigt)* Dann wäre ich für Euch also wirklich schlau?

DOKTOR: Nein, nein – weder dickköpfig noch schlau.

HEINRICH IV.: *(bleibt stehen und sagt wohlwollend, aber auch ironisch)* Monsignore, wenn Dickköpfigkeit ein Laster ist, das nicht mit Schlauheit einhergehen kann, hoffe ich, daß Ihr mir wenigstens etwas Schlauheit konzedieren wollt, wenn Ihr mir Dickköpfigkeit absprecht. Ich versichere Euch, daß ich die sehr nötig habe! Aber wenn Ihr sie ganz für Euch allein in Anspruch nehmen wollt…

DOKTOR: Wieso ich? Scheine ich euch schlau zu sein?

HEINRICH IV.: Nein, Monsignore, wo denkt Ihr hin! Das scheint Ihr keinesfalls! *(Bricht ab und wendet sich an Donna Matilde:)* Erlaubt – hier auf der Schwelle noch ein Wort im Vertrauen zur Frau Herzogin. *(Er führt sie ein wenig beiseite und fragt sie voller Unruhe und sehr geheimnisvoll:)* Liebt Ihr Eure Tochter wirklich?

DONNA MATILDE: *(verwirrt)* Ja, natürlich…

HEINRICH IV.: Und wollt Ihr, daß ich mit meiner ganzen Liebe, mit meiner ganzen Hingabe das schlimme Unrecht, das ich ihr angetan habe, wiedergutmache – wobei Ihr nicht an die Ausschweifungen glauben dürft, die meine Feinde mir nachsagen.

DONNA MATILDE: Nein, nein, daran glaube ich nicht – ich habe nie daran geglaubt.

HEINRICH IV.: Dann also – wollt Ihr?

DONNA MATILDE: *(verwirrt)* Was denn?

HEINRICH IV.: Daß ich mich Eurer Tochter wieder in Liebe zuwende? *(Schaut sie an und fügt schnell in geheimnisvollem Ton, mahnend und angstvoll zugleich, hinzu:)* Haltet keine Freundschaft, haltet keine Freundschaft mit der Markgräfin von Toscana!

DONNA MATILDE: Und doch wiederhole ich Euch, daß sie nicht weniger als wir um Gnade für Euch gebeten und gefleht hat.

HEINRICH IV.: *(schnell, leise, zitternd)* Sagt mir das nicht! Sagt mir das nicht! Mein Gott, gnädige Frau, merkt Ihr denn nicht, was das bei mir auslöst?

DONNA MATILDE: *(schaut ihn an – dann ganz leise, sehr vertraulich)* Ihr liebt sie noch immer?

HEINRICH IV.: *(erschrocken)* Noch immer? Wie könnt Ihr sagen: noch immer? Wißt Ihr das etwa? Niemand weiß es! Niemand darf es wissen!

DONNA MATILDE: Aber sie ja, vielleicht weiß sie es doch – wenn sie so für Euch gebeten hat.

HEINRICH IV.: *(schaut sie einen Augenblick an und sagt dann)* Und Ihr liebt Eure Tochter? *(Kurze Pause. Dann zum Doktor, in spöttischem Ton:)* Ah, Monsignore, es ist wahr, ich habe erst nachher gemerkt, daß sie meine Frau ist – spät, spät ... und auch jetzt muß sie meine Frau sein, ja, kein Zweifel, daß sie es ist – aber ich könnte schwören, daß ich fast nie daran denke. Schade – aber ich spüre sie gar nicht, ich spüre sie nicht in meinem Herzen. Es ist jedoch erstaunlich, daß auch ihre Mutter nichts für sie empfindet. Gesteht es, gnädige Frau, wie wenig Ihr Euch aus ihr macht. *(Zum Doktor, gereizt)* Sie spricht von der anderen! *(Regt sich immer mehr auf)* Mit einer Beharrlichkeit, mit einer Beharrlichkeit, die ich mir einfach nicht erklären kann!

LANDOLF: *(bescheiden)* Vielleicht, Majestät, um Euch von einer ungünstigen Meinung abzubringen, die Ihr Euch von der Markgräfin von Toscana gebildet habt. *(Erschrocken, daß er sich diese Bemerkung erlaubt hat, fügt er schnell hinzu:)* Ich meine selbstverständlich in diesem Augenblick ...

HEINRICH IV.: Du behauptest also auch, daß sie mir eine Freundin war?

LANDOLF: Ja, in diesem Augenblick – ja, Majestät.

DONNA MATILDE: Ja, eben deswegen ...

HEINRICH IV.: Ich habe verstanden. Das heißt also, Ihr glaubt nicht, daß ich sie liebe. Ich habe verstanden. Ich habe verstanden. Niemand hat das je geglaubt, niemand je vermutet. Um so besser. Genug, genug. *(Bricht ab, wendet sich an den Doktor, Haltung und Ausdruck völlig verändert:)* Habt Ihr gesehen, Monsignore! Die Bedingungen, von denen der Papst den Widerruf der Exkommunikation abhängig macht, haben nichts, aber auch gar nichts mit den Gründen zu tun, derentwegen er mich exkommuniziert hat! Sagt dem Papst Gregor, daß wir uns in Brixen wiedersehen werden! Und Ihr, gnädige Frau, wenn Ihr Eurer Tochter zufällig im Burghof Eurer Freundin, der Markgräfin begegnet – was soll ich Euch sagen? Laßt sie heraufkommen, wir wollen sehen, ob es mir gelingt, sie bei mir zu behalten, als meine Frau und als Kaiserin. Wie viele sind hierhergekommen und haben mir versichert, mir versichert, sie seien Berta – und ich, da ich wußte, daß sie mir gehörte, ja, ich habe es sogar manchmal versucht – das ist ja keine Schande: mit meiner Frau! – aber alle, die behaupteten, sie seien Berta und sie kämen aus Susa, die haben angefangen zu lachen – ich weiß nicht warum. *(Vertraulich:)* Begreift Ihr? – Im Bett – ich ohne dieses Gewand – sie auch ... ja, mein Gott, ohne Kleider ... ein Mann und eine Frau ... das ist doch ganz natürlich ... da denkt man nicht mehr an das, was man ist. Das Kleid, das hängt da wie ein Gespenst! *(Im anderen Ton, immer noch vertraulich, zum Doktor:)* Und ich glaube, Monsignore, daß die Gespenster ganz allgemein im Grund nichts anderes sind als kleine Verirrungen des Geistes, Bilder, die man nicht ins Reich des Schlafes zu bannen vermag: Sie steigen auch im Wachen auf, am Tage, und machen uns Angst. Ich habe immer so große Angst, wenn ich sie nachts vor mir sehe, so viele Erscheinungen durcheinander, die vom Pferd gestiegen sind und lachen. Ich habe manchmal auch Angst vor meinem Blut, das in den Adern pocht wie in der Stille der Nacht der dumpfe Hall von Schritten in entfernten Räumen. Genug, ich habe Euch schon zu lange hier

aufgehalten. Ich habe die Ehre, gnädige Frau. Ich empfehle mich, Monsignore.
(An der Schwelle der Mitteltür, bis zu der er sie begleitet hat, entläßt er sie, nachdem sie sich verneigt haben. Donna Matilde und der Doktor ab. Er schließt die Tür und wendet sich schnell um – er ist völlig verändert.)
Clowns! Clowns! Clowns! Und ein Klavier von Farben. Wenn ich sie nur anrührte: weiß, rot, gelb, grün ... Und der andere da, Petrus Damiani! – Ach! Ach! Fabelhaft! Das Tüpfelchen aufs I! Er hat die Panik gekriegt, als er wieder vor mir erscheinen sollte! *(Er sagt das mit einer Heiterkeit, die wie ein Anfall von Wahnsinn wirkt, läuft hin und her, schaut hierhin und dorthin und sieht auf einmal Bertold, der ihn fassungslos über diese plötzliche Veränderung ängstlich anstarrt. Er bleibt vor ihm stehen und sagt zu dessen drei Kameraden, die ebenso verwirrt und bestürzt sind, indem er auf Bertold zeigt:)* Nun seht doch diesen Dummkopf, wie der mich jetzt mit offenem Mund anstarrt! *(Schüttelt ihn bei den Schultern.)* Begreifst du denn nicht? Siehst du nicht, wie ich sie zurechtmache, wie ich sie abrichte, wie ich sie vor mir antanzen lasse, die verschreckten Hampelmänner! Und sie haben nur davor Angst: daß ich ihnen die komischen Masken herunterreiße und sie in ihrer Verkleidung bloßstelle. Als ob nicht ich selber sie zu dieser Maskerade gezwungen hätte, weil es mir Spaß macht, den Verrückten zu spielen!

LANDOLF, HARALD, ORDULF: *(verwirrt, bestürzt, schauen einander an)* Wieso? – Was sagt er? Was soll das heißen!

HEINRICH IV.: *(dreht sich schnell zu ihnen um und schreit sie herrisch an)* Genug! Schluß damit! Ich habe es satt! *(Dann schnell, als könne er, wenn er darüber nachdenkt, sich nicht beruhigen und es nicht glauben:)* Mein Gott, diese Unverschämtheit, hier vor mir aufzutauchen mit ihrem Kerl neben sich und mit der Allüre, als gäben sie sich aus

Mitleid dazu her – um einen armen Menschen nicht aufzuregen, der schon außerhalb der Welt, außerhalb der Zeit und außerhalb des Lebens ist! Aber wär's anders, hätte der ... überlegt mal, ob der sonst diese Gewalttätigkeit über sich hätte ergehen lassen ... Die ja, alle Tage, jeden Augenblick tun die so, als ob die anderen so seien, wie sie sie haben wollen – aber das ist durchaus keine Vergewaltigung! Ach wo! Es ist ihre Art zu denken, ihre Art zu sehen und zu fühlen. Jeder hat seine eigene. Ihr habt auch eure eigene, nicht wahr? Bestimmt. Aber was für eine kann das sein? Die Denkweise der Herde. Armselig, schwankend, ungewiß ... Und die nutzen das aus, sorgen dafür, daß ihr euch unterwerft und die ihre annehmt und fühlt und seht wie sie. Oder wenigstens bilden sie sich das ein. Denn schließlich – was können sie euch schon aufzwingen? Worte! Worte, die jeder auf seine Art versteht und nachplappert. Ja, aber so entstehen eben die sogenannten herrschenden Meinungen. Und wehe dem, der eines Tages durch eines dieser Worte, das alle nachplappern, abgestempelt ist. Zum Beispiel: »Verrückt«! Zum Beispiel – was weiß ich? – »Dummkopf«! Sagt, kann man denn bei dem Gedanken ruhig bleiben, daß jemand alles daran setzt, die anderen zu überzeugen, ihr wäret so, wie er euch sieht, deren Meinung über euch so zu prägen, wie er euch beurteilt! – »Verrückt« – »Verrückt«! – Ich rede nicht von jetzt, wo ich es zum Spaß mache. Von damals, noch ehe ich mir durch den Sturz vom Pferd den Schädel aufgeschlagen hatte ... *(Er bricht plötzlich ab, als er bemerkt, daß die vier jungen Leute noch aufgeregter und verwirrter werden.)* Was seht ihr euch so an? *(Er ahmt grimassenhaft ihre Bestürzung nach.)* Ah! Oh! Was für eine Entdeckung! Bin ich's oder bin ich's nicht? Also schön, ja, ich bin verrückt! *(Steigert sich in einen furchterregenden Ausbruch.)* Aber dann, zum Donnerwetter, auf die Knie! Auf die Knie! *(Er zwingt einen nach dem anderen, niederzuknien.)* Ich befehle, daß ihr alle vor mir niederkniet – so! Und berührt dreimal mit der Stirn den Boden! Herunter! Alle – vor den Verrückten macht man das so! *(Beim Anblick der vier Knienden vergeht ihm sofort die grimmige Heiterkeit, er wird ärgerlich.)* Los, steht auf, ihr Schafsköpfe. Ihr habt mir gehorcht? Ihr hättet mich ja in die Zwangsjacke stecken können ... Jemanden mit dem Gewicht eines Wortes erschlagen? Nichts leichter als das. Was ist er denn? Eine Fliege! – Das ganze Leben wird so durch das Gewicht der Worte erschlagen. Das Gewicht der Toten! – Seht mich an: Könnt ihr ernsthaft glauben, Heinrich IV. wäre noch am Leben? Und doch stehe ich hier und spreche zu euch und befehle euch Lebenden. Ich will euch so! – Kommt euch das nicht auch wie eine Posse vor, daß die Toten weiter das Leben bestimmen? – Ja, hier ist das eine Posse: Aber geht von hier hinaus in die lebendige Welt. Der Tag bricht an. Die Zeit liegt vor euch. Ein neuer Morgen. Dieser Tag, den wir vor uns haben, so sagt ihr, den bestimmen wir! Wirklich? Ihr? Schönen Gruß an alle die Traditionen. Schönen Gruß an Sitten und Gebräuche! Fangt an zu sprechen! Ihr werdet alle die alten Worte wiederholen, die schon immer gesagt worden sind! Ihr glaubt zu leben? Ihr kaut das Leben der Toten wieder! *(Stellt sich vor Bertold, der nun völlig verwirrt ist.)* Du verstehst überhaupt nichts, was? – Wie heißt du?

BERTOLD: Ich?... Hm ... Bertold...

HEINRICH IV: Ach was, Bertold, du Dummkopf! Unter vier Augen, wie heißt du?

BERTOLD: Ei ... eigentlich heiße ich Fino.

HEINRICH IV.: *(wendet sich, als er merkt, daß die drei anderen Bertold ein warnendes Zeichen geben, ihnen zu, um sie am Reden zu hindern)* Fino?

Bertold: Fino Paliuca, jawohl.

Heinrich IV.: *(wendet sich wieder an die anderen)* Ich habe doch oft gehört, wie ihr euch untereinander nennt. *(Zu Landolf:)* Du heißt Lolo?

Landolf: Ja ... *(Dann mit plötzlicher Freude:)* Mein Gott, aber dann...

Heinrich IV.: *(schnell, brüsk)* Was denn?

Landolf: *(plötzlich verlegen)* Nichts ... ich meine nur...

Heinrich IV.: Daß ich nicht mehr verrückt bin? Aber nein! Seht mich doch an! Wir werden uns einen Spaß machen auf Kosten derer, die uns glauben! *(Zu Harald:)* Ich weiß, daß du Franco heißt ... *(Zu Ordulf:)* Und du, warte mal...

Ordulf: Momo!

Heinrich IV.: Richtig, Momo. Wie schön, nicht?

Landolf: *(wie oben)* Aber dann ... o mein Gott...

Heinrich IV.: *(wie oben)* Was? Nichts! Erst wollen wir jetzt mal unter uns ausgiebig und gründlich lachen! (*Und er lacht laut.*)

Landolf, Harald, Ordulf: *(schauen einander unsicher, zwischen Freude und Bestürzung schwankend, an)* Ist er geheilt? – Kann das wahr sein? – Wie denn?

Heinrich IV.: Ruhe! Ruhe! *(Zu Bertold:)* Und du lachst nicht? Bist du noch beleidigt? Aber nicht doch! Ich habe dich ja nicht persönlich gemeint, weißt du. Es ist für alle so vorteilhaft, verstehst du, so vorteilhaft, bestimmte Leute für verrückt zu erklären, um einen Vorwand zu haben, sie einzusperren. Weißt du, warum? Weil man es nicht erträgt, sie reden zu hören. Was sage ich über die, die da vorhin gegangen sind? Die eine ist eine alte Schlampe, der andere ein elender Wüstling, der dritte ein Betrüger. Das ist nicht wahr! Niemand kann das glauben! Aber alle hören mir erschrocken zu. Also, da möchte ich wissen, warum, wenn es nicht wahr ist! Man braucht doch nicht zu glauben, was die Verrückten sagen! – Und dennoch, sie stehen da und hören zu, die Augen weit aufgerissen vor Entsetzen. – Warum? – Sag mir, sag du mir, warum? Ich bin ganz ruhig, siehst du?

BERTOLD: Weil … vielleicht glauben sie, daß …

HEINRICH IV.: Nein, mein Lieber, nein … Schau mir genau in die Augen … Ich sage nicht, daß es wahr ist, sei unbesorgt! – Nichts ist wahr! – Aber schau mir in die Augen!

BERTOLD: Ja. Nun, und?

HEINRICH IV.: Siehst du? Siehst du? Selbst du … auch in deinen Augen ist jetzt das Entsetzen! Weil du mich für verrückt hältst! Das ist der Beweis! Das ist der Beweis! *(Er lacht.)*

LANDOLF: *(im Namen aller, erregt)* Was für ein Beweis denn?!

HEINRICH IV.: Euer Entsetzen, weil ihr mich jetzt abermals für verrückt haltet! Aber zum Donnerwetter, ihr wißt es doch! Ihr glaubt es doch, ihr habt ja bis jetzt geglaubt, daß ich verrückt bin! – Ist das wahr oder nicht? *(Er schaut sie an und sieht, wie entsetzt sie sind.)* Seht ihr wohl? Fühlt ihr, wie diese Bestürzung zur Todesangst werden kann, als ob irgend etwas euch den Boden unter den Füßen wegzöge und euch die Luft zum Atmen nähme? Natürlich, meine Herrschaften! Denn vor einem Wahnsinnigen zu stehen – wißt ihr, was das bedeutet? Vor einem zu stehen, der von Grund auf all das, was ihr in euch und um euch herum aufgebaut habt, die Logik, die Logik all eurer Konstruktionen umwirft! Tja, was wollt ihr da machen? Die Verrückten, die bauen ohne Logik, die Glücklichen! Oder mit ihrer eigenen Logik, so leicht wie eine Feder. Unbeständig. Heute so und morgen wer weiß wie. Ihr klammert euch daran fest, und sie klammern sich an gar nichts mehr. Unbeständig – unbeständig. Ihr sagt: »Das kann nicht sein.« Und für sie kann alles sein. – Aber ihr sagt, daß es nicht wahr ist.

Und warum? – Weil es dir, dir und dir *(zeigt nacheinander auf die drei)* und hunderttausend anderen nicht wahr zu sein scheint. Ach, meine Lieben! Da müßte man dann einmal sehen, was hingegen diesen hunderttausend anderen als wahr erscheint, die keine sogenannten Verrückten sind, und was für ein trauriges Spektakel die Dinge abgeben, über die sie sich einig sind, diese Blüten der Logik. Ich weiß, daß mir als Kind der Mond im Brunnen wahr und wirklich erschien. Und wie viele Dinge schienen mir wahr zu sein! Und ich glaubte an das, was die anderen mir sagten, und ich war glücklich! Denn wehe, wehe, wenn ihr euch nicht mehr an das klammert, was euch heute als wahr erscheint, an das, was euch morgen als wahr erscheinen wird, auch wenn es das Gegenteil von dem ist, was euch gestern als wahr erschienen ist! Wehe, wenn ihr euch so wie ich darein vergraben würdet, über diese schreckliche Sache nachzudenken, bei der man wirklich den Verstand verlieren kann: daß, wenn ihr vor jemandem steht und ihm in die Augen schaut, so wie ich eines Tages in zwei Augen geschaut habe – ihr euch vorkommen könnt wie ein Bettler vor einer Tür, durch die er nie eintreten kann. Der dort eintritt, seid niemals ihr, mit eurer inneren Welt, wie ihr sie seht und fühlt, sondern ein euch Unbekannter, der so ist, wie jener andere, in seiner eigenen unergründlichen Welt, euch sieht und fühlt. *(Lange Pause. Es wird allmählich dunkler im Saal, und zugleich wachsen die Verwirrung und die tiefe Bestürzung, von denen die vier Maskierten erfaßt und vom Großen Maskierten immer weiter entfernt worden sind. Der ist in seine Gedanken versunken an ein furchtbares Leid, das nicht nur seines, sondern das aller Menschen ist. Dann fängt er sich wieder, schaut um sich, als ob er die vier, die er nicht mehr in seiner Nähe fühlt, suchte, und sagt:)* Es ist hier dunkel geworden.

ORDULF: *(schnell, kommt nach vorn)* Soll ich die Lampe holen?

HEINRICH IV.: *(mit Ironie)* Die Lampe, ja ... Glaubt ihr, ich wüßte nicht, daß ihr, sobald ich den Rücken gedreht habe, mit meiner Öllampe, um schlafen zu gehen, für euch das elektrische Licht anknipst, hier und auch dort im Thronsaal? Ich tue so, als ob ich es nicht sähe...

ORDULF: Ach! Wollen Sie also...

HEINRICH IV.: Nein. Es würde mich blenden. Ich will meine Lampe.

ORDULF: Sie wird schon bereit sein, dort hinter der Tür. *(Er geht durch die Mitteltür hinaus und kommt gleich wieder mit einer alten Lampe zurück, einer von denen, die man an einem Ring trägt.)*

HEINRICH IV.: *(nimmt die Lampe und zeigt auf den Tisch in dem Chor)* So, ein bißchen Licht. Setzt euch, dort um den Tisch. Aber nicht so! In schöner und ungezwungener Haltung! *(Zu Harald:)* Du so ... *(setzt ihn zurück. Dann zu Bertold:)* Und du so ... *(plaziert ihn)* Ja, so ... *(setzt sich auch)* und ich hier ... *(wendet den Kopf zu einem der Fenster)* Man müßte beim Mond einen schönen, dekorativen Strahl bestellen können ... Er hilft uns, der Mond, uns hilft er. Ich jedenfalls fühle, daß ich ihn brauche, und ich verbringe oft meine Zeit damit, ihn von meinem Fenster aus zu betrachten ... Wenn man ihn so anschaut, wer könnte da glauben, er wüßte, daß achthundert Jahre vergangen sind und ich, hier am Fenster, nicht wirklich Heinrich IV. sein kann, der den Mond betrachtet wie irgendein armer Mensch sonst? Aber seht nur, seht, welch ein wundervolles nächtliches Bild: der Kaiser inmitten seiner getreuen Ratgeber ... Gefällt euch das nicht?

LANDOLF: *(leise zu Harald, als wolle er den Zauber nicht brechen)* Verstehst du? Wenn man gewußt hätte, daß es nicht wirklich...

HEINRICH IV.: Daß was nicht wirklich?

LANDOLF: *(zögernd, wie um sich zu entschuldigen)* Nein … nämlich … weil ich zu ihm … *(zeigt auf Bertold:)* der hier eben erst seinen Dienst angetreten hat, gerade heute morgen gesagt habe: Schade, mit diesen Kleidern … und mit so vielen schönen Kostümen dort in der Garderobe … und mit einem Saal wie diesem … *(Zeigt auf den Thronsaal.)*

HEINRICH IV.: Nun, und? Schade, sagst du?

LANDOLF: Ja … daß wir nicht wußten…

HEINRICH IV.: Daß diese Komödie hier nur zum Spaß aufgeführt wird?

LANDOLF: Weil wir glaubten, daß …

HARALD: *(kommt ihm zu Hilfe)* Nun ja, daß es ernst gemeint sei…

HEINRICH IV.: Ja, wie denn? Glaubt ihr, daß es nicht ernst gemeint ist?

LANDOLF: Na, wenn Sie sagen, daß…

HEINRICH IV.: Ich sage, ihr seid Dummköpfe. Ihr hättet dieses Spiel der Täuschung ganz allein für euch selbst spielen müssen, nicht um es vor mir aufzuführen, vor denen, die ab und an hier zu Besuch kommen, sondern so, ganz natürlich, jeden Tag, vor niemandem … *(Zu Bertold, nimmt ihn am Arm:)* Für dich selbst, verstehst du, und du hättest dabei, in diesem Scheinleben, das du hier führst, doch essen, schlafen und dir die Schulter kratzen können, wenn es dich juckt. *(Zu den anderen:)* Und ihr hättet gefühlt, daß ihr mitten im elften Jahrhundert lebt, wirklich lebt, hier am Hofe eures Kaisers Heinrich IV. Und zu denken, daß wir von hier, von dieser unserer weit zurückliegenden, farbigen und versunkenen Zeit aus, daß wir aus einer Entfernung von neun Jahrhunderten die Menschen des zwanzigsten Jahrhunderts sehen, wie sie sich herumschlagen, sich in unaufhörlicher Unruhe abquälen, um zu erfahren, wie ihr Schicksal sich entscheidet, wie die Ereignisse, die sie in solcher Sorge und Aufregung halten, sich ordnen werden. Ihr dagegen seid mit mir bereits in der Geschichte. So traurig auch mein Schicksal ist, so schrecklich die Ereignisse, so hart die Kämpfe, so schmerzlich meine Erlebnisse – das alles ist schon Geschichte und ändert sich nicht mehr. Es kann sich nicht mehr ändern, versteht ihr? Es ist für immer festgelegt, so daß ihr es vor euch ausbreiten und bewundern könnt, wie jede Wirkung sich folgerichtig aus ihrer Ursache ergibt, mit vollendeter Logik, und wie jedes Ereignis sich genau und im einzelnen zusammenhängend entwickelt. Ein Genuß – der Genuß der Geschichte eben, der so groß ist!

LANDOLF: Ah, das ist schön! Das ist schön!

HEINRICH IV.: Schön, aber nun genug. Jetzt, da ihr es wißt, kann ich nicht mehr weitermachen. *(Nimmt die Lampe, um schlafen zu gehen.)* Ihr übrigens auch nicht, falls ihr es bis jetzt noch nicht begriffen habt. Mich ekelt das jetzt an! *(Wie zu sich selbst, mit heftiger, verhaltener Wut:)* Wahrhaftig, der soll es noch leid tun, daß sie hierhergekommen ist! Erscheint hier als Schwiegermutter! ... Und er als Mönch! Und bringen noch einen Arzt mit, der mich beobachten soll! Und wer weiß, ob sie mich nicht heilen lassen möchten! ... Diese Narren! Den Spaß will ich mir aber machen, wenigstens einen von ihnen zu ohrfeigen: den Kerl da! – Er ist ein großer Degenfechter. Er wird mich aufspießen ... Na, wir werden sehen, wir werden sehen. *(Es klopft an der Mitteltür.)* Wer ist da?

GIOVANNIS STIMME: Deo gratias!

HARALD: *(erfreut, weil er glaubt, man könne sich jetzt noch einen Spaß machen)* Ah, das ist Giovanni, das ist Giovanni. Der kommt, um wie jeden Abend den kleinen Mönch zu spielen.

ORDULF: *(genau so, reibt sich die Hände)* Ja, ja, das soll er nur tun. Lassen wir ihn dabei!

HEINRICH IV.: *(schnell, streng)* Dummkopf! Warum denn? Um sich auf Kosten eines armen alten Mannes zu amüsieren, der es aus Liebe zu mir tut?

LANDOLF: *(zu Ordulf)* Es muß ganz echt sein, verstehst du das nicht?

HEINRICH IV.: Jawohl! Ganz echt! Denn nur so ist die Wahrheit keine Posse mehr! *(Er geht zur Tür, öffnet sie und läßt Giovanni herein, der als einfacher Mönch gekleidet ist und eine Rolle von Pergament unter dem Arm trägt.)* Kommt, Pater, tretet ein. *(Dann im Ton tragischen Ernstes und dumpfen Grolles:)* Alle Dokumente über mein Leben und über meine Herrschaft, die für mich sprechen, sind absichtlich von meinen Feinden vernichtet worden: Das einzige, was der Zerstörung entging, ist die Lebensbeschreibung, die ein kleiner Mönch, der mir ergeben war, aufgezeichnet hat. Und ihr wollt darüber lachen? *(Er wendet sich liebevoll an Giovanni und fordert ihn auf, am Tisch Platz zu nehmen.)* Setzt Euch, Pater, setzt Euch hierher. Und die Lampe daneben. (*Er stellt die Lampe, die er noch in der Hand hat, neben ihn.)* Schreibt, schreibt.

GIOVANNI: *(entrollt die Pergamente und schickt sich an, nach Diktat zu schreiben)* Ich bin bereit, Majestät!

HEINRICH IV.: (*diktiert*) Das Friedensdekret, das zu Mainz erlassen wurde, diente den Armen und Guten ebenso sehr, wie es den Bösen und Mächtigen schadete. *(Der Vorhang beginnt sich zu senken.)* Den ersten brachte es Hülle und Fülle, den anderen Hunger und Elend...

Vorhang

DRITTER AKT

Der Thronsaal. Es ist dunkel, die Rückwand ist kaum zu erkennen. Die beiden Bilder sind aus den Rahmen genommen worden, an ihrem Platz haben sich, genau in der Haltung der Porträts, Frida als Markgräfin von Toscana (wie wir sie im zweiten Akt gesehen haben) und Carlo di Nolli als Heinrich IV. aufgestellt.

Wenn der Vorhang aufgeht, ist die Bühne für einen Augenblick leer. Die linke Tür öffnet sich, und Heinrich IV., die Lampe an ihrem Ring in der Hand, tritt ein. Er wendet sich um und spricht nach hinten zu den vier jungen Leuten und Giovanni, die sich vermutlich, wie am Ende des zweiten Aktes, im Saal nebenan befinden.

HEINRICH IV.: Nein, bleibt nur, bleibt nur da. Ich mache das allein. Gute Nacht. *(Schließt die Tür und geht sehr bedrückt und müde durch den Saal auf die zweite Tür rechts zu, die in seine Gemächer führt.)*

FRIDA: *(flüstert wie jemand, der vor Angst ohnmächtig zu werden droht, aus ihrer Nische, als er gerade am Thron vorbeigegangen ist)* Heinrich...

HEINRICH IV.: *(bleibt stehen, als ob ihm jemand mit einem Rasiermesser über den Rücken gefahren wäre, schaut entsetzt nach hinten und hebt instinktiv abwehrend die Arme)* Wer ruft mich? *(Das ist keine Frage, sondern ein Schrei, der aus einem Angstschauer herausbricht und keine Antwort aus der fürchterlichen Stille des Saales erwartet, die ihm plötzlich wieder den Verdacht einflößt, er könne wirklich wahnsinnig sein.)*

FRIDA: *(angesichts dieser Schreckensreaktion nicht weniger entsetzt über das, wofür sie sich hergegeben hat, wiederholt etwas lauter)* Heinrich ... *(Aber sie beugt den Kopf etwas gegen die andere*

Nische vor, um die Rolle, die man ihr zugeteilt hat, doch weiterzuspielen. Heinrich IV. stößt einen Schrei aus, läßt die Lampe fallen, verbirgt den Kopf in den Armen und will entfliehen. Frida springt aus der Nische auf die Wandbank und schreit wie wahnsinnig:) Heinrich ... Heinrich ... ich habe Angst ... ich habe Angst ... *(Während di Nolli nun gleichfalls auf die Bank und von hier aus auf den Boden springt und zu Frida eilt, die weiter krampfhaft schreit und ohnmächtig zu werden droht, stürzen von links die anderen herein: der Doktor, Donna Matilde, die ebenfalls als »Markgräfin von Toscana« gekleidet ist, Tito Belcredi, Landolf, Harald, Ordulf, Bertold und Giovanni. Irgend jemand macht sofort Licht im Saal: ein merkwürdiges Licht aus kleinen, in der Decke verborgenen Lampen, das nur den oberen Teil der Bühne erhellt. Ohne sich um Heinrich IV. zu kümmern, der noch bestürzt über diesen unerwarteten Einbruch am ganzen Leibe bebend um sich schaut, eilen alle zu Frida, um ihr zu helfen und sie zu beruhigen. Sie liegt schluchzend und zitternd in den Armen ihres Verlobten. Alle reden durcheinander.)*

DI NOLLI: Nicht, Frida, nicht ... ich bin ja hier ... ich bin bei dir!

DOKTOR: *(eilt mit den anderen herbei)* Genug, genug! Wir brauchen nichts mehr zu tun...

DONNA MATILDE: Er ist geheilt, Frida! Er ist geheilt! Siehst du nicht?

DI NOLLI: *(erstaunt)* Geheilt?

BELCREDI: Es war nur aus Spaß! Sei ganz ruhig!

FRIDA: Nein, ich habe Angst! Ich habe Angst!

DONNA MATILDE: Aber wovor denn? Schau ihn doch an! Wenn es doch nicht wahr gewesen ist! Es ist nicht wahr!

DI NOLLI: Nicht wahr? Was soll das heißen? Geheilt?

DOKTOR: Es scheint so. Was mich anbetrifft...

BELCREDI: Aber ja! Die haben es doch gesagt! *(Zeigt auf die vier jungen Leute.)*

DONNA MATILDE: Ja, schon seit langem! Er hat es ihnen im Vertrauen gesagt.

DI NOLLI: *(jetzt mehr entrüstet als erstaunt)* Wieso? Wenn er bis vor kurzem ...

BELCREDI: Pah! Er hat Komödie gespielt, um sich über dich lustig zu machen, und auch über uns, die im guten Glauben ...

DI NOLLI: Das ist doch nicht möglich! Auch über seine Schwester, bis zu ihrem Tode?

HEINRICH IV.: *(hat, in sich zusammengesunken, gespannt bald den einen, bald den anderen beobachtet, während man über das, was man für einen bösen Streich hält, der nun aufgedeckt ist, spottet – oder ihn deshalb anklagt. Das Funkeln seiner Augen verrät, daß er auf Rache sinnt. Er ist aber noch zu empört und zu verletzt, um schon genau zu wissen, was er tun wird. Jetzt richtet er sich auf, und mit der festen Absicht, die Täuschung, die man hinterlistig für ihn vorbereitet hatte, als Wirklichkeit zu nehmen, schreit er seinen Neffen an:)* Weiter! Sprich weiter!

DI NOLLI: *(durch diesen Schrei verwirrt)* Weiter – was denn?

HEINRICH IV.: Nicht nur d e i n e Schwester wird gestorben sein!

DI NOLLI: *(wie oben)* Meine Schwester! Ich sagte d e i n e, die du bis zum letzten Augenblick gezwungen hast, sich hier als deine Mutter Agnes auszugeben!

HEINRICH IV.: Und sie war nicht d e i n e Mutter?

DI NOLLI: Meine Mutter, ja – meine Mutter!

HEINRICH IV.: Aber ich war »alt und weit fort«, als mir deine Mutter starb! Du bist eben erst munter von dort herabgestiegen! *(Zeigt auf die Nische, aus der di Nolli herabgesprungen ist.)* Was weißt denn du, ob ich sie nicht schon lange, lange im stillen beweint habe? Auch in diesem Gewand?

DONNA MATILDE: *(bestürzt, schaut die anderen an)* Was sagt er denn da?

DOKTOR: *(sehr beeindruckt, beobachtet ihn)* Still, still, um Gottes willen!

HEINRICH IV.: Was ich sage? Ich frage alle, ob Agnes nicht die Mutter Heinrichs IV. war! *(Wendet sich an Frida, als ob sie wirklich die Markgräfin von Toscana sei:)* Ich glaube, Ihr solltet das wissen, Markgräfin!

FRIDA: *(immer noch verängstigt, schmiegt sich noch enger an di Nolli)* Ich? Nein, ich nicht! Ich nicht!

DOKTOR: Jetzt kehren die Wahnvorstellungen zurück. Still, Herrschaften!

BELCREDI: *(entrüstet)* Was heißt Wahnvorstellungen, Doktor! Er fängt wieder an, Theater zu spielen!

HEINRICH IV.: *(rasch)* Ich? Ihr habt euch doch diese beiden Nischen ausgesucht, er steht als Heinrich IV. vor mir...

BELCREDI: Jetzt aber Schluß mit dieser Posse!

HEINRICH IV.: Wer hat Posse gesagt?

DOKTOR: *(laut zu Belcredi)* Um Gottes willen, reizen Sie ihn nicht!

BELCREDI: *(ohne auf ihn zu achten, lauter)* Aber die haben es doch gesagt! *(Zeigt auf die vier jungen Leute.)* Sie! Die da!

HEINRICH IV.: *(wendet sich um und schaut sie an)* Ihr? Ihr habt »Posse« gesagt?

LANDOLF: *(schüchtern, verlegen)* Nein ... nur, daß Sie geheilt wären!

BELCREDI: Und darum jetzt endlich Schluß damit! *(Zu Donna Matilde:)* Finden Sie nicht, daß sein Anblick *(zeigt auf di Nolli)* in diesem Aufzug unerträglich kindisch wirkt, und auch der Ihre, Marchesa?

DONNA MATILDE: Ach, seien Sie doch still! Wer denkt denn noch an Kleider, wenn er wirklich geheilt ist!

HEINRICH IV.: Geheilt, ja! Ich bin geheilt! *(Zu Belcredi:)* Aber so schnell, wie du glaubst, ist die Sache nicht abgetan! *(Auf ihn zu:)* Weißt du, daß seit zwanzig Jahren niemand gewagt hat, so vor mir zu erscheinen wie du und dieser Herr da? *(Zeigt auf den Doktor.)*

BELCREDI: O ja, das weiß ich! Und heute morgen bin ich ja auch in einer Verkleidung vor dir erschienen...

HEINRICH IV.: Ja, als Mönch!

BELCREDI: Und du hast mich für Petrus Damiani gehalten! Und ich habe nicht einmal gelacht, eben weil ich glaubte ...

HEINRICH IV.: Daß ich verrückt sei! Und du mußt lachen, wenn du sie so siehst, jetzt, da ich geheilt bin? Und dennoch könntest du denken, daß ihr Anblick jetzt, in meinen Augen ... *(Unterbricht sich, plötzlich angeekelt:)* Ah! *(Wendet sich schnell an den Doktor:)* Sie sind Arzt?

DOKTOR: Ich? Ja...

HEINRICH IV.: Und Sie haben sie auch als Markgräfin von Toscana hergerichtet? Wissen Sie, Doktor, daß Sie für einen Augenblick riskiert haben, es wieder Nacht werden zu lassen in meinem Kopf –? Mein Gott, Bilder sprechen zu lassen, sie lebendig aus ihrem Rahmen springen zu lassen ... *(Betrachtet Frida und di Nolli, schaut dann die Marchesa und schließlich das Gewand an, das er trägt.)* Ah – das ist wunderbar ausgeklügelt ... Zwei Paare ... Sehr gut, ausgezeichnet, Doktor: für einen Verrückten ... *(Deutet vage mit der Hand auf Belcredi:)* Ihm kommt das alles vor wie eine Maskerade außerhalb der Karnevalszeit, wie? *(Sieht Belcredi an.)* Also dann fort auch mit meiner Kostümierung! Und ich komme mit dir mit, nicht wahr?

BELCREDI: Mit mir! Mit uns!

HEINRICH IV.: Wohin? In den Klub? In Frack und weißer Schleife? Oder ins Haus der Marchesa? Wir beide zusammen?

BELCREDI: Wohin du willst. Möchtest du etwa noch hierbleiben, um den – verzeih – unglückseligen Scherz eines

Karnevalstages weiter fortzusetzen – allein? Es ist wirklich unglaublich, ganz unglaublich, wie du das hast tun können, nachdem du das Unglück, das dir zugestoßen war, überwunden hattest!

Heinrich IV.: Ja – aber schau: Als ich damals vom Pferd gefallen und mit dem Kopf aufgeschlagen war, da war ich ja wirklich verrückt, ich weiß nicht, wie lange …

Doktor: Aha, aha! Es hat lange angehalten?

Heinrich IV.: *(sehr rasch, zum Doktor)* Ja, Doktor, lange. Ungefähr zwölf Jahre. *(Sofort wieder zu Belcredi:)* Und nichts mehr von all dem zu sehen, mein Lieber, was sich nach jenem Karnevalstage ereignete, für euch ereignete, nicht für mich, die Dinge, wie sie sich veränderten, die Freunde, wie sie mich verrieten; der Platz zum Beispiel, den andere einnahmen … was weiß ich, vielleicht im Herzen der Frau, die du geliebt hast, und wer gestorben und wer verschwunden war … all das, weißt du, ist für mich durchaus keine Posse gewesen, wie du glaubst.

Belcredi: Aber nein, verzeih, das meine ich ja nicht! Ich meine die Zeit danach!

Heinrich IV.: Ach so – danach? Eines Tages … *(Hält ein und wendet sich an den Doktor:)* Ein sehr interessanter Fall, Doktor! Erforschen Sie mich, erforschen Sie mich genau! *(Während des Sprechens bebt er vor Erregung.)* Eines Tages ist der Schaden hier *(er berührt die Stirn)* – was weiß ich – von selbst wieder geheilt. Ich öffne allmählich wieder die Augen, und zunächst weiß ich nicht, ob ich schlafe oder wache. Aber ja, ich bin wach. Ich berühre diesen Gegenstand und jenen: Ich beginne wieder deutlich zu erkennen … Ach! Ganz wie er sagt … *(deutet auf Belcredi)* fort, fort mit dieser Maskerade, mit diesem Alptraum! Die Fenster auf und wieder Leben atmen! Fort, fort! Wir wollen hinaus! *(Bremst plötzlich sein Ungestüm.)* Aber wohin? Und wozu? Um von allen heimlich mit dem Finger auf mich zeigen zu lassen, auf diesen Heinrich IV., aber nicht mehr auf den von hier, sondern auf einen, der Arm in Arm mit dir unter den lieben Freunden des Lebens erscheint?

BELCREDI: Aber nein! Was sagst du – warum?

DONNA MATILDE: Wer brächte das fertig! Kein Gedanke daran! Es war doch ein Unglück!

HEINRICH IV.: Aber sie hielten mich doch alle schon vorher für verrückt! *(Zu Belcredi:)* Und du weißt das! Du, der sich über jeden ärgerte, der mich zu verteidigen versuchte!

BELCREDI: Ach was, das war doch nur Spaß!

HEINRICH IV.: Und schau dir meine Haare an! *(Zeigt auf die Haare am Hinterkopf.)*

BELCREDI: Meine sind auch grau!

HEINRICH IV.: Ja, mit dem einen Unterschied: ich bin hier, als Heinrich IV., ergraut – verstehst du? Und ich habe es nicht einmal bemerkt. Erst ganz plötzlich, an dem Tage, an dem ich die Augen wieder aufschlug, habe ich es wahrgenommen – und es war schrecklich. Denn ich habe sofort begriffen, daß nicht nur die Haare, sondern daß alles so grau geworden sein mußte, alles zusammengebrochen, alles zu Ende. Und daß ich mit einem Wolfshunger an eine Tafel kommen würde, die schon leergegessen und abgeräumt war.

BELCREDI: Ja, aber die anderen, entschuldige …

HEINRICH IV.: *(schnell)* Ich weiß, die konnten nicht darauf warten, daß ich geheilt werden würde – nicht einmal die, die hinter meinem Rücken mein prächtig aufgezäumtes Pferd blutig gestochen hatten.

DI NOLLI: *(beeindruckt)* Wie? Was?

HEINRICH IV.: Ja, heimtückisch. Damit es scheuen und mich abwerfen sollte!

DONNA MATILDE: *(schnell, entsetzt)* Und das erfahre ich erst jetzt!

Heinrich IV.: Auch das wird wohl nur Spaß gewesen sein!

Donna Matilde: Aber wer war es? Wer ist denn hinter uns geritten?

Heinrich IV.: Das ist ganz unwichtig! Alle, die weiter geschlemmt haben und von denen ich jetzt Überbleibsel eines mageren und schäbigen Mitleids vorgesetzt bekomme oder ein paar Gewissensbisse, die auf ihrem schmutzigen Teller klebengeblieben sind. Ich danke! *(Wendet sich schnell zum Doktor:)* Und nun, Doktor, sehen Sie, ob der Fall nicht wirklich etwas Neues in der Geschichte der Geisteskrankheiten ist! – Ich habe es vorgezogen, verrückt zu bleiben, weil ich hier alles bereit und geeignet fand für einen Genuß ganz neuer Art: bei klarstem Bewußtsein meinen Wahnsinn auszuleben und mich so für die Brutalität eines Steines zu rächen, der mir den Schädel eingeschlagen hatte! – Die Einsamkeit hier, die mir so düster und leer erschien, als ich die Augen wieder öffnete, mir sogleich wieder – und besser – auszustatten mit allen Farben und dem Glanz jenes fernen Karnevalstages, als Sie *(schaut Donna Matilde an und deutet dabei auf Frida)* – da sind Sie, Marchesa! – Triumphe feierten! Und alle, die sich vor mir sehen ließen, zu zwingen, die berühmte Maskerade von damals fortzusetzen, die – für Sie und nicht für mich – das närrische Spiel eines Tages gewesen ist! Aus dieser Posse eine Wirklichkeit werden zu lassen, die Wirklichkeit eines echten Wahnsinns: hier, alle maskiert, und der Thronsaal, und meine vier Ratgeber hier: geheime Räte und – selbstverständlich – Verräter. *(Wendet sich schnell zu den vier jungen Leuten um:)* Ich möchte wissen, was ihr dabei gewonnen habt, als ihr erzähltet, daß ich geheilt sei! Wenn ich geheilt bin, seid ihr überflüssig und werdet entlassen! Irgend jemandem Vertrauen zu schenken – das kann wirklich nur ein Verrückter! Ah – aber jetzt klage ich euch mal an! Wißt ihr? Die da haben geglaubt, auch sie könnten sich jetzt amüsieren, mit mir zusammen, auf eure Kosten! *(Er lacht laut, die anderen, außer Donna Matilde, lachen ebenfalls, aber sehr verwirrt.)*

Belcredi: *(zu di Nolli)* Hörst du – nicht schlecht.

Di Nolli: *(zu den vier jungen Leuten)* Ihr?

Heinrich IV.: Man muß ihnen verzeihen. Dies – *(er rüttelt an seinem Gewand)* dies, was für mich die offensichtliche und freiwillige Karikatur jener anderen, in jedem Augenblick fortgesetzten Maskerade ist, deren unfreiwillige Narren *(zeigt auf Belcredi)* wir sind, wenn wir uns, ohne es zu wissen, so maskieren, wie wir zu sein glauben – das Kleid, ihr Kleid, verzeiht ihnen – sie sehen es noch nicht wie ihre eigene Person. *(Wieder zu Belcredi:)* Weißt du – man gewöhnt sich leicht daran. Und man läuft als tragische Person umher, als ob das gar nichts wäre – *(er läuft umher)* – in einem Saal wie diesem! Schauen Sie, Doktor! Ich erinnere mich an einen Priester – wahrscheinlich ein Ire – ein schöner Mensch – der an einem Novembertag in einem öffentlichen Park in der Sonne schlief, die Arme auf die Lehne der Bank gestützt, eingetaucht in das Gold dieser köstlich lauen Luft, die für ihn fast sommerlich sein mußte. Man kann gewiß sein, daß er in diesem Augenblick nicht mehr wußte, daß er ein Priester war, noch wo er sich befand. Er träumte! Und wer weiß, was er träumte! Ein kleiner Junge ging vorüber, der eine Blume mit dem ganzen Stengel ausgerissen hatte. Als er vorbeiging, kitzelte er damit den Priester am Hals. Ich sah, wie er die lachenden Augen öffnete und wie sein Mund sich zu einem Lächeln verzog, glücklich über seinen Traum, selbstvergessen ... aber plötzlich, sage ich Ihnen, richtete er sich steif auf, in seinem Priestergewand, und in seine Augen kehrte der gleiche Ernst zurück, den Sie auch in meinen Augen gesehen haben, denn die irischen Priester verteidigen ihren katholischen Glauben mit dem gleichen Eifer, mit dem ich für die unverletzbaren Rechte der Erbmonarchie eintrete. – Ich bin geheilt, meine Herrschaften; deshalb kann ich hier hervorragend den Narren spielen, und ich tue es in aller Ruhe. – Euer Unglück ist, daß ihr so aufgeregt, ohne es zu wissen und ohne es zu sehen, in eurem Wahnsinn lebt.

BELCREDI: Sieh an, wir sind also zu dem Schluß gekommen: Die Verrückten sind wir!

HEINRICH IV.: *(ausbrechend, zwingt sich jedoch, sich zu beherrschen)* Wenn ihr nicht verrückt wäret, du und sie *(zeigt auf die Marchesa)* – ihr alle beide, wäret ihr dann zu mir gekommen?

BELCREDI: Ich bin eigentlich gekommen, weil ich glaubte, du seist der Verrückte.

HEINRICH IV.: *(schnell, laut, zeigt auf die Marchesa)* Und sie?

BELCREDI: Ach, sie – das weiß ich nicht … ich sehe nur, wie entzückt sie ist, von dem, was du sagst … ganz fasziniert von deinem »bewußten« Wahnsinn! *(Zur Marchesa:)* In der Kostümierung, in der Sie stecken, Marchesa, könnten Sie ja auch gleich hierbleiben, finde ich, und diesen Wahnsinn leben.

DONNA MATILDE: Sie sind unverschämt!

HEINRICH IV.: *(schnell, um sie zu beschwichtigen)* Machen Sie sich nichts daraus! Machen Sie sich nichts daraus! Er muß immer provozieren! Dabei hat der Doktor ihn gewarnt, mich zu reizen! *(Zu Belcredi:)* Du glaubst doch nicht, daß ich mich noch über das aufrege, was zwischen uns gewesen ist, über die Rolle, die du in meiner unglücklichen Beziehung zu ihr gespielt hast *(zeigt auf die Marchesa, wendet sich dann an sie und deutet auf Belcredi)* und die Rolle, die er jetzt bei Ihnen spielt! – Mein Leben ist das hier! Es ist nicht das Eure! Eures, in dem ihr alt geworden seid, habe ich nicht mitgelebt! Wollten Sie mir das sagen, mir das beweisen – durch Ihr Opfer, auf den Rat des Doktors, in diesem Aufzug? Ich habe Ihnen schon gesagt, Doktor, es war ein glänzender Einfall: »So wie wir damals waren, nicht? Und wie wir heute sind?« Aber ich bin kein Geisteskranker auf Ihre Weise, Doktor! Ich weiß sehr wohl, daß er *(zeigt auf di Nolli)* nicht ich sein kann, weil i c h Heinrich IV. bin, ich, hier, seit zwanzig Jahren – verstehen Sie! Festgehalten in dieser Ewigkeit der Maskierung! Sie hat sie gelebt *(zeigt auf die Marchesa),* sie hat sie genossen, diese zwanzig Jahre, um so zu werden – seht, da ist sie! – wie ich sie nicht mehr wiedererkennen kann, denn ich kenne sie s o, *(deutet auf Frida und nähert sich ihr)* für mich ist sie immer diese ... Ihr kommt mir alle vor wie Kinder, die ich leicht erschrecken kann. *(Zu Frida:)* Und du bist auch wirklich erschrocken, mein Kind, über den Scherz, zu dem sie dich überredet haben, ohne zu begreifen, daß es für mich nicht ein Scherz sein konnte, wie sie meinten, sondern dieses fürchterliche Wunder: der Traum, der in dir lebendig geworden ist – lebendiger als je. Hier warst du ein Bild – man hat dich zu einem lebendigen Menschen gemacht. – Du bist mein! Du bist mein! Mein! Ich habe ein Recht auf dich! *(Er umarmt sie, lacht wie ein Wahnsinniger, während die anderen entsetzt aufschreien. Als sie herbeilaufen, um ihm Frida zu entreißen, schreit er in höchster Erregung seinen vier jungen Leuten zu:)* Haltet sie zurück! Haltet sie fest! Ich befehle euch, sie festzuhalten! *(Die vier jungen Leute versuchen, in ihrer Bestürzung und wie behext, automatisch di Nolli, den Doktor, Belcredi festzuhalten.)*

BELCREDI: *(reißt sich los und stürzt sich auf Heinrich IV.)* Laß sie los! Laß sie los! Du bist nicht wahnsinnig!

HEINRICH IV.: *(reißt Landolf, der ihm am nächsten steht, blitzartig den Degen von der Seite)* Ich bin nicht wahnsinnig? –

Da! *(Er verletzt ihn am Unterleib. Ein Aufschrei des Entsetzens. Alle stürzen hinzu, um Belcredi zu helfen, und schreien durcheinander:)*

DI NOLLI: Hat er dich verwundet?

BERTOLD: Er hat ihn verwundet! Er hat ihn verwundet!

DOKTOR: Ich hab's ja gesagt!

FRIDA: Mein Gott!

DI NOLLI: Hierher, Frida!

DONNA MATILDE: Er ist wahnsinnig! Er ist wahnsinnig!

DI NOLLI: Haltet ihn fest!

BELCREDI: *(protestiert heftig, während sie ihn durch die linke Tür forttragen)* Nein, du bist nicht wahnsinnig! Er ist nicht wahnsinnig! Er ist nicht wahnsinnig! *(Sie gehen links ab, unter lautem Geschrei, das sich draußen fortsetzt und plötzlich von einem durchdringenden Schrei Donna Matildes übertönt wird. Danach Stille.)*

HEINRICH IV.: *(ist mit Landolf, Harald und Ordulf zurückgeblieben. Er steht mit weit aufgerissenen Augen da, voller Entsetzen, daß seine Fiktion Wirklichkeit geworden ist und ihn auf einmal zum Verbrechen getrieben hat.)* Jetzt ... ja ... jetzt muß es sein ... gezwungen ... *(Er holt sie nahe zu sich heran, als suche er Zuflucht.)* Jetzt hier zusammen ... hier ... zusammen ... und für immer!

Vorhang

Heinrich IV. zählt neben den *Sechs Personen* zu Pirandellos bekanntesten und ständig auf der Bühne präsenten Werken. Das Stück ist wieder für den berühmten Schauspieler Ruggero Ruggeri konzipiert, der es am 24. Februar 1922 in Mailand zur Uraufführung brachte. Der Erfolg war überwältigend, ebenso wie bei der nächsten Station, Turin (»Das ist bislang mein größter Erfolg« telegrafiert Pirandello seiner in Chile verheirateten Tochter). Im Unterschied zu den meisten Dramen bis dahin bestehen keine narrativen Vorentwürfe, ein Manuskriptfund im Jahr 1963 erlaubte es jedoch zu zeigen, daß *Heinrich IV.* in mehreren Phasen und aus einer Reihe von Fragmenten entstanden ist (zu den Details siehe die Historisch-kritische Ausgabe Alessandro d'Amicos). *Heinrich IV.* legte mit den Grundstein zum Welterfolg Pirandellos; das Stück war 1924 in New York, London, Athen, Warschau, Barcelona, 1925 in Paris und Hamburg zu sehen. Verfilmt wurde es gleich zweimal: 1936 in deutscher Sprache mit Conrad Veidt in der Titelrolle, 1943 in Italienisch (G. Pastina). Bis heute blieb das in vierundzwanzig Sprachen übersetzte Werk ein immer wieder gespielter »Klassiker der Moderne«.

DIE NACKTEN KLEIDEN
(VESTIRE GLI IGNUDI)

Aus dem Italienischen von Georg Richert
Überarbeitet von Michael Rössner
und Maria Sommer

Uraufführung: 14. November 1922, Rom, Teatro Quirino

PERSONEN

Ersilia Drei
Franco Laspiga, Kapitänleutnant a. D.
Konsul Grotti
Ludovico Nota, ein älterer Romancier
Alfredo Cantavalle, Journalist
Signora Onoria, Zimmervermieterin
Emma, Dienstmädchen

Ort: Rom
Zeit: Heute

ERSTER AKT

Arbeitszimmer des Romanschriftstellers Ludovico Nota. Ein großes möbliertes Zimmer mit alten, zusammengewürfelten Möbeln, die aus Gelegenheitskäufen stammen. Einige, die einfacheren, gehören der Signora Onoria, andere dem Schriftsteller. An der Rückwand ein großes Bücherregal, an der rechten Wand, zwischen zwei mit vergilbten Vorhängen dekorierten Fenstern, ein hohes Stehpult mit einem Bücherfach unter der Schreibplatte, das mit dicken Wörterbüchern vollgestopft ist. An der linken Wand ein altmodischer, mit hellem, geblümtem Stoff bedeckter Diwan, mit Spitzendeckchen auf Rücken- und Armlehnen, die wahrscheinlich die Flecken verbergen sollen. Lehnstühle, Polstersessel, ein kleiner Tisch mit Nippsachen, ein alter verschossener Teppich. In dieser Wand, nahe der Rampe, der Haupteingang. In der Rückwand, neben dem Regal, eine Tür mit Vorhang zu Notas Schlafzimmer. In der Mitte des Zimmers ein ovaler Tisch mit Büchern, Zeitschriften, Zeitungen, Blumenvasen, Zigarettenschachteln, einigen kleinen Plastiken. Vor dem Tisch eine Chaiselongue mit vielen Kissen. An der rechten und linken Wand einige kleine Bilder von geringem künstlerischem Wert, Geschenke befreundeter Maler. Obwohl das Zimmer zwei Fenster hat, ist es ziemlich düster, es liegt sozusagen im Halbdunkel, wegen der Enge der Straße und der Höhe der gegenüberliegenden Häuser. Der Straßenlärm ist sehr laut. Man hört dessen Geräusche in den Pausen des Dialogs an den bezeichneten Stellen: Räderrollen von Wagen und Karren, Klingeln der Radfahrer, Autohupen, Motorradknattern, Peitschenknallen, Pfiffe, Stimmengewirr, Geschrei

von Straßenhändlern und Zeitungsverkäufern, Lärm einer plötzlichen Schlägerei.
Wenn der Vorhang aufgeht, ist die Bühne leer. Eine Weile hört man durch die geöffneten Fenster den Straßenlärm. Durch den Haupteingang links tritt mit einem kleinen Hut auf dem Kopf Ersilia Drei ein, wie jemand, der nicht weiß, wohin er kommt. Sie hat ein einfaches, hellblaues, etwas abgetragenes Kleidchen an, wie es junge Lehrerinnen und Erzieherinnen tragen. Sie ist wenig mehr als zwanzig Jahre alt und schön, aber, da sie gerade dem Tode entronnen ist, auch sehr blaß. Der Blick ihrer Augen in den dunklen Höhlen ist wie verloren. Sie schaut sich im Zimmer um und bleibt stehen, als ob sie auf jemanden warte. Ein kleines, trauriges Lächeln über das, was sie sieht, geht über ihr Gesicht. Aber als sie den Straßenlärm hört, zieht sie schmerzlich die Augenbrauen zusammen. Endlich tritt Ludovico Nota ein. Während er hereinkommt, steckt er sich die Brieftasche ein. Er ist ein stattlicher, gutaussehender Mann, obwohl er die Fünfzig überschritten hat. Scharfe, leuchtende Augen, auf den frischen Lippen ein fast jungenhaftes Lächeln. Er ist kühl und abwägend, es fehlt ihm die natürliche Gabe, leicht Sympathie und Vertrauen zu erwecken. Da es ihm nicht gelingt, irgendeine Gefühlswärme vorzutäuschen, bemüht er sich, wenigstens freundlich zu erscheinen. Aber diese Freundlichkeit, die unbefangen sein möchte und es nicht ist, stört und verunsichert mitunter mehr, als daß sie wohltut.

LUDOVICO: Da bin ich! Nehmen Sie Platz, machen Sie sich's bequem ... Mein Gott, diese Fenster *(er geht schnell hin und schließt sie)* sind ein wahrer Fluch! Aber wenn man sie nicht ab und zu offen läßt, dann riecht es hier dermaßen muffig ... diese alten Bruchbuden ... Nehmen Sie doch den Hut ab! *(Ersilia tut es. Durch die Tür hinten kommt mit einem Bündel schmutziger Bettwäsche unter dem Arm und einem Besen in der anderen Hand Signora Onoria. Sie ist etwa vierzig Jahre alt, eine dumme, dicke Klatschbase mit gefärbten Haaren.)*

ONORIA: Erlauben Sie.

LUDOVICO: *(der sie nicht erwartet hat)* Ach, Sie waren nebenan?

ONORIA: *(brummelt)* Ich hab das Bett frisch bezogen, so wie Sie mir das heute morgen schriftlich in der Diele hinterlassen haben.

LUDOVICO: *(verlegen)* Ach so, ja.

ONORIA: *(schnell)* Aber wenn Sie das vielleicht gewollt haben, damit ... *(Sieht Ersilia an, unterbricht sich:)* Warten Sie – wir wollen uns lieber gleich darüber klarwerden: Ich bring nur dieses Zeug nach nebenan...

LUDOVICO: Das gehört ja auch nicht hierher...

ONORIA: *(sofort giftig)* Und Sie wollen mir sagen, pardon, was nicht hierher gehört?

LUDOVICO: *(versucht zu lächeln)* Na, na! Sie haben ja selber das Bedürfnis, es loszuwerden.

ONORIA: Ja, Signore. Aber alles andere auch, nicht nur dieses Zeug.

LUDOVICO: *(regt sich auf)* Was wollen Sie damit sagen? Lassen Sie hören...

ONORIA: *(aggressiv)* Diese Signorina, zum Beispiel, die Sie mir da ins Haus schleppen! Wenn Sie finden, die gehört hierher...

LUDOVICO: Mehr Respekt, verdammt nochmal! Oder...

ONORIA: ... oder? Was möchten Sie denn machen mit mir? Ich will endlich Klartext mit Ihnen reden. Ich schaffe nur das Zeug weg und bin gleich wieder da.
(Schnell ab durch den Haupteingang.)

LUDOVICO: *(als ob er ihr nachstürzen wolle)* Widerwärtige rabiate Tratsche!

Ersilia: *(niedergeschlagen, erschrocken, hält ihn zurück)* Nein, nein, um Himmelswillen! Lassen Sie mich gehen...

Ludovico: Kommt nicht in Frage! Dies ist meine Wohnung, und Sie bleiben hier!

Onoria: *(kommt wieder zurück)* Ihre? Was heißt Ihre? Möblierte Zimmer, nicht Ihre Wohnung! Und denken Sie daran, daß Sie hier im Hause einer Dame sind!

Ludovico: Dame? Wer? Sie?

Onoria: Ja, ich, Signore!

Ludovico: Da liefern Sie auch gerade einen Beweis! In der Tat!

Onoria: Jawohl, Signore! In der Tat! Denn ich erlaube Ihnen nicht, Frauen in mein Haus zu bringen – zum Schlafen!

Ludovico: Sie sind eine unverschämte, flegelhafte Person!

Onoria: Überlegen Sie sich, was Sie reden!

Ludovico: Eine flegelhafte, bornierte Person, die nicht unterscheiden kann, mit wem sie es zu tun hat.

Ersilia: Ich bin krank und komme gerade aus der Klinik.

Ludovico: Lassen Sie sich doch nicht darauf ein, der da noch Erklärungen zu geben!

Onoria: Wenn Sie krank sind ... *(Geräusch eines schweren Karrens, alle Fensterscheiben klirren.)*

Ludovico: Schluß jetzt! Sie können mir nicht verbieten, meine Wohnung für ein paar Tage abzugeben.

Onoria: Oh doch. Das dürfen Sie nicht! Ich habe die Zimmer an Sie vermietet!

Ludovico: Und wenn eine Schwester von mir kommt? Oder eine Verwandte?

Onoria: Dann sollen sie ins Hotel gehen!

Ludovico: So – ich darf sie also nicht einmal für ein paar Nächte hier aufnehmen?

Onoria: Aber die Signorina ist keine Verwandte von Ihnen! Wem wollen Sie das einreden!

LUDOVICO: Und woher wissen Sie das? Und wenn ich nun im Hotel übernachte?

ONORIA: Sie müßten mich auf jeden Fall um Erlaubnis bitten, und zwar höflich.

LUDOVICO: Ach, um Erlaubnis?

ONORIA: Jawohl, Signore – und höflich! Und wenn Ihnen der Muff hier nicht paßt, warum ziehen Sie dann nicht aus? Gebe Gott, daß Sie mir die Zimmer wieder frei machen!

LUDOVICO: Die mache ich Ihnen wirklich frei, und zwar sofort! Und jetzt bitte ich Sie, hier zu verschwinden!

ONORIA: Sie ziehen aus?

LUDOVICO: Ja, in ein paar Tagen. Ende des Monats.

ONORIA: Na dann – , dann sage ich nichts mehr.

LUDOVICO: Also – dann gehen Sie jetzt!

ONORIA: Ja, ja – ich gehe schon, ich gehe. Bitte sehr! Ich sage nichts mehr! *(Ab durch den Haupteingang.)*

LUDOVICO: Dieses Schandmaul! Bitte entschuldigen Sie, Signorina! Kaum sind Sie hier – und schon so eine Szene!

ERSILIA: Aber das macht doch nichts! Mir tut es nur leid, daß Sie meinetwegen…

LUDOVICO: Nein – ich schlage mich schon seit einem Jahr mit dieser Hexe herum: Ich bin hier festgehalten, was weiß ich, wie durch den Alpdruck dieser Klamotten hier. Sie haben sicher gedacht, das Haus eines Schriftstellers…

ERSILIA: Nein, ich – gar nichts habe ich mir gedacht. Aber es ist schon traurig, daß Sie, mit so viel Berühmtheit…

LUDOVICO: Wir werden Ende des Monats eine ruhige, kleine Wohnung haben, oben auf dem Macao, in der Via Sommacampagna, mitten in den Gärten. Wir gehen morgen zusammen hin und sehen sie uns an. Und wir kaufen auch die neuen Möbel miteinander, und Sie bauen sich mit eigenen Händen Ihr Nest.

ERSILIA: Oh Gott, aber meinetwegen…

LUDOVICO: Ich hätte ... ach, ich hätte mich längst hier losreißen müssen. Um jeden Preis! Ich bin ... wissen Sie, ich bin ein Mensch, der immer wieder von vorn anfangen muß. Aber ich bin so froh, daß ich diesen Einfall hatte, Ihnen zu schreiben – und jetzt mit Ihnen ein neues Leben zu beginnen. – Ein Tümpel ... Fliegen ... drückende Schwüle – plötzlich atmet man wieder auf: aahh! Was ist geschehen? Nichts: ein kleiner Luftzug ... So ist mein Leben.

ERSILIA: Ich weiß wirklich nicht, wie ich Ihnen danken soll.

LUDOVICO: Nun, wenn überhaupt, müßtest du damit anfangen: »Wie ich dir danken soll ...«; aber es ist ja anders, denn ich habe ganz im Gegenteil dir zu danken, weil du das wenige angenommen hast, was ich...

ERSILIA: Oh nein, es ist so viel! So viel! Für mich ist es sehr viel!

LUDOVICO: Nun ja, für dich. Ich will sagen, das, was du aus dem wenigen, das ich dir anbieten kann, entstehen läßt.

ERSILIA: Das dürfen Sie nicht sagen!

LUDOVICO: *(korrigiert sie lächelnd)* »... darfst du nicht sagen«!

ERSILIA: Ich muß mich erst daran gewöhnen. Ich bin – wenn Sie wüßten – ich bin ganz beschämt.

LUDOVICO: Beschämt – weshalb?

ERSILIA: Dieses Glück...

LUDOVICO: Ach was! Weil ich ein Schriftsteller bin?

ERSILIA: Nein, daß ein Zeitungsbericht über mein Mißgeschick, über meine Verzweiflungstat Aufmerksamkeit erregen konnte ... und Mitgefühl...

LUDOVICO: Interesse, Interesse!

ERSILIA: ... bei einem Manne, wie Sie einer sind ... *(verbessert sich sofort, mit einem mühsamen Lächeln)* wie du einer bist.

LUDOVICO: Ja, als ich diese Zeitung las, war ich sofort gepackt. Gerade so, wie wenn man zufällig etwas erfährt oder erzählt bekommt und sogleich durch – was weiß ich – durch eine innere Erschütterung, durch eine unvermutete Sympathie, ohne zu suchen, den Keim gefunden hat, den Keim zu einer Novelle oder einem Roman…

Ersilia: … den Sie vielleicht … *(wie oben)* den du vielleicht gerade schreiben wolltest?

Ludovico: Nein. Du mußt mich richtig verstehen! Glaub nicht, daß es bloß die Neugier des Künstlers war! Ich habe nur ein Beispiel genannt, um dir verständlich zu machen, warum mein Interesse sofort geweckt wurde.

Ersilia: Wenn mein armseliges Leben mit all seinem Elend, seinen traurigen Mißgeschicken und seinen Leiden wenigstens dazu dienen könnte…

Ludovico: … daß ich einen Roman daraus machte?

Ersilia: Warum nicht? Ich würde mich freuen, ich wäre stolz darauf. Sehr! *(Lächelnd, mit einer Anmut, die wieder aufblühen will:)* Wirklich.

Ludovico: *(sieht sie an und sagt dann)* Du machst mich ganz mutlos.

Ersilia: Wieso?

Ludovico: Weil du mich, ohne es zu wollen, zum alten Mann machst.

Ersilia: Ich? Aber nein. Ich meine…

Ludovico: Einen Roman, meine Liebe, den schreibt man entweder, oder man lebt ihn. Ich habe dir gesagt, daß ich ganz gepackt war, aber nicht weil ich ihn schreiben, sondern weil ich ihn leben wollte. Ich breite die Arme aus, und du, anstatt mir – was weiß ich, vielleicht den Mund? – zu reichen … du reichst mir die Feder – zum Schreiben!

Ersilia: Aber dazu ist es viel zu früh.

Ludovico: Für den Mund – ich verstehe. – Oder zu spät?

Ersilia: Nein…

Ludovico: *(merkt, daß seine übertriebene Ungeniertheit bei ihr*

Hemmungen verursacht) Schau, wie verschieden das ist, was in mir und was in dir vorgeht. Ich war verletzt, weil du mein Interesse an deinem Schicksal als bloße Neugier des Schriftstellers auslegen konntest, du hingegen bist verletzt – oder wenigstens nicht sehr erbaut –, wenn ich dir sage, daß der Schriftsteller, wenn er sein Handwerk ausüben sollte – sofern er erfahren, um nicht zu sagen: alt ist – es weder nötig hatte, dir dieses Angebot zu machen noch dich vom Krankenhaus abzuholen. Denn als ich in der Zeitung von deinem Schicksal las, habe ich mir den ganzen Roman schon von Anfang bis Ende vorgestellt.

ERSILIA: Ach ... wie ... so schnell?

LUDOVICO: Auf Anhieb. Und mit einer Fülle von Situationen und Einzelheiten ... oh, wundervoll! Der Orient ... die kleine Villa am Meer mit der Terrasse ... du dort als Erzieherin ... das Kind, das von der Terrasse abstürzt ... deine Entlassung ... die Reise, die Ankunft hier ... die traurige Entdeckung ... alles, alles ... und einfach so, ohne dich gesehen zu haben, ohne dich zu kennen.

ERSILIA: Mich hast du dir vorgestellt? ... Und wie denn, wie? So ... wie ich bin? *(Ludovico verneint lächelnd mit einem Zeichen des Fingers.)* Wie sonst? Sagen Sie es mir ... *(wie oben)* sag mir's.

LUDOVICO: Warum willst du das wissen?

ERSILIA: Weil ich so sein möchte, wie du dir mich vorgestellt hast.

LUDOVICO: Aber nein! Denn du gefällst mir so viel, viel besser. Ich denke dabei an mich – nicht an den Roman.

ERSILIA: Dann hast du also das, was mein Roman war, zu dem einer anderen gemacht?

LUDOVICO: Natürlich – von der, die ich mir vorgestellt hatte.

ERSILIA: Sehr verschieden von mir?

LUDOVICO: Eine andere.

ERSILIA: Mein Gott, aber dann ... dann verstehe ich nicht ... dann verstehe ich nicht mehr ...

LUDOVICO: Was verstehst du nicht?

ERSILIA: Dein Interesse ... wieso das mir gelten kann.

LUDOVICO: Wem denn sonst?

ERSILIA: Aber wenn nicht ich das bin, wenn mein Schicksal, mein Unglück, all das, was dich interessiert hat, als du es in der Zeitung, gelesen hast ... wenn es dich nicht meinetwegen interessiert hat, wenn du es gesehen hast wie das einer anderen, die nicht ich bin ... *(Stockt verlegen, unschlüssig.)*

LUDOVICO: Nun?

ERSILIA: Dann kann ich doch gehen.

LUDOVICO: *(lacht und hält sie wie im Scherz zurück)* Auf keinen Fall, meine Liebe! Du nicht! Die aus dem Roman, die du nicht bist, die wird gehen!

ERSILIA: *(verdüstert, mißtrauisch)* Wieso, die ich nicht bin? Du glaubst also nicht?

LUDOVICO: *(wie oben)* Aber ja, ich glaube, ich glaube! Jetzt aber will ich mir dich lieber in einem neuen Leben vorstellen, in dem, das von nun an mit mir sein wird und sein kann. Und ich möchte, daß auch du es dir vorstellst, ein anderes neues Leben, ohne dich weiter an all die traurigen Dinge zu erinnern, die dir zugestoßen sind.

ERSILIA: *(mit einem schmerzlichen Lächeln)* Dann also nicht diese – und nicht jene ... sondern noch eine andere?

LUDOVICO: Ja, eine andere – wie du sie sein kannst.

ERSILIA: *(erstaunt)* Ich? *(Schüttelt den Kopf. Mit einer angedeuteten Geste der Hände, die sie auf den Knien hält:)* Ich habe nie etwas sein können.

LUDOVICO: Ach was! Wieso nie etwas?

ERSILIA: Nichts ... niemals ...

LUDOVICO: Aber du bist doch etwas!

Ersilia: Was bin ich?

Ludovico: Nun … vor allem bist du ein schönes Mädchen.

Ersilia: *(traurig, achselzuckend)* Ach – schön. Nein, das bin ich nicht. Und wenn schon … da ich doch nicht verstanden habe, daraus etwas zu machen …

Ludovico: Ja, wenn man das nicht kann … das ist wahr … da kann einem auch, aus Verzweiflung, der Gedanke kommen … sich am Ende, ehe man den äußersten Entschluß faßt, einfach wegzuwerfen …

Ersilia: *(düster, schaut ihn an)* Mein Gott … was sagen Sie?

Ludovico: Nein, nein … ich sage das, weil ich mir das vorgestellt habe, ich habe mir das vorgestellt bei »der« im Roman. Mit der Verzweiflung, weil sie nicht mehr aus noch ein weiß … es ist gegen Abend … sie starrt in den blinden Spiegel in ihrem billigen Hotel … ein plötzlicher Entschluß … eine wahnwitzige Versuchung … ohne alles, kaum ein paar Lire in der Tasche … und der Wirt will die Rechnung bezahlt haben …

Ersilia: *(bestürzt, voller Entsetzen und Angst)* Aber das alles hat nicht in der Zeitung gestanden?

Ludovico: Nein, das habe ich mir … *(Unterbricht sich, überrascht, beugt sich über sie und fragt schnell)* Ist das vielleicht so gewesen?

Ersilia: *(verbirgt das Gesicht in den Händen, zittert vor Scham und Ekel)* Ja …

Ludovico: *(sozusagen für sich, schnell, befriedigt)* Ah, schau an – wie richtig ich das gesehen habe! *(Dann, betroffen und besorgt)* Du bist am Abend auf die Straße gegangen?

Ersilia *(wie oben)* Ja … ja …

Ludovico: *(wie oben)* Und es war ... so ... mit irgendeinem von der Straße? Mit irgendeinem, der gerade vorbeikam?

Ersilia: *(ohne die Hände vom Gesicht zu nehmen)* Und danach … und danach … nicht wissen, was man machen soll … danach …

LUDOVICO: *(schnell)* Nicht wissen, was man verlangen soll? *(Da Ersilia nicht antwortet, sagt er, als ob er es wüßte)* Nichts, wie? Ah – wie das stimmt, wie das stimmt! Und dann der Ekel, das Entsetzen über diesen vergeblichen, widerlichen Versuch ... ausgezeichnet! Ausgezeichnet! *(Ersilia schluchzt.)* Nein! ... Du weinst? Und warum jetzt?... Nein, nein ... *(Will sie umarmen, um sie zu trösten.)*

ERSILIA: *(steht auf, beschämt)* Lassen Sie mich ... lassen Sie mich jetzt gehen...

LUDOVICO: Wie? Was sagst du? Warum?

ERSILIA: Jetzt, nachdem Sie das wissen...

LUDOVICO: Aber wenn ich es doch schon wußte! Ich wußte es!

ERSILIA: Wieso wußten Sie es?

LUDOVICO: Weil ich es mir vorgestellt hatte! Hast du das nicht bemerkt? Ich habe es genau vor mir gesehen! Und ganz richtig!

ERSILIA: Aber ich schäme mich so! *(In diesem Augenblick hört man von der Straße plötzlich einen gewaltigen Lärm wie bei einem Zusammenstoß. Wagengeräusche, Krachen, Beschimpfungen, Drohungen, Pfiffe, Flüche.)*

LUDOVICO: Aber nein, wieso schämst ... *(Unterbricht sich, geht zum Fenster.)* Was zum Teufel ist denn da los?

ERSILIA: Vielleicht irgendein Unfall ... *(Der Lärm schwillt an. Man hört Hilfeschreie. Signora Onoria stürzt voller Entsetzen herein.)*

ONORIA: Ein alter Mann ist überfahren worden, ein armer alter Mann! An die Wand gequetscht – hier unter dem Fenster!

(Sie läuft zu einem Fenster und öffnet es. Ludovico und Ersilia treten an das andere. Der Straßenlärm dringt eine Zeitlang ins Zimmer. Ein Auto und ein Pferdefuhrwerk sind zusammengestoßen. Das Auto hat bei dem Ausweichversuch einen alten Mann gegen die Mauer gequetscht, der nicht mehr rechtzeitig

ausweichen konnte. Der Alte liegt im Sterben oder ist schon tot: Er wird bei dem allgemeinen Durcheinander und Geschrei von mehreren Leuten aufgehoben und in einen Wagen gelegt, der schnell abfährt, um ihn ins Krankenhaus zu bringen. Die Szene draußen wird durch die wirren und aufgeregten Ausrufe der Menge nach einem furchtbaren Aufschrei und den ersten heftigen Ausbrüchen deutlich: »Ah! Ah! Mein Gott! Mein Gott! Hilfe! Hilfe!« Dann etwa so weiter: »Der Ärmste!« – »Ganz zerquetscht!« – »Von hinten!« – »Der rückt aus!« – »Fahrerflucht!« – »Nein, nein! Haltet ihn fest!« – »Er ist tot!« – »Ein alter Mann!« – »Schnell, schnell! – »Haltet ihn!« – »Zerquetscht!« – »Er ist tot!« – »Ich wollte nur ausweichen! Ich wollte ausweichen!« – »Nein, er war's! Er ist mir reingefahren!« – »Das ist nicht wahr!«- »Er ist es gewesen! Er!« – »Hinter Gitter!« – »Platz da!« – »Nein, nein! Er ist nicht tot!« – »Ach, der Arme!« – »Los, los!« – »Ins Ambulatorium!« – »Besser nach San Giacomo!« – »Der Hut, der Hut!« – »Armer alter Mann!« – »Diese Mörder!« – Auf der Bühne spiegelt sich die Erregung der Menge in den Bewegungen und Ausrufen der drei am Fenster wider.)

ONORIA: Er ist tot! Er ist tot! – Der arme Mann! Da, haltet ihn, haltet ihn! – Der wollte ausrücken! Wie der schon aussieht! – Und er will sich noch rausreden! – Hat ihn zerquetscht wie einen Frosch.

ERSILIA: *(tritt entsetzt vom Fenster zurück)* Mein Gott, was für ein Anblick! Was für ein Anblick!

LUDOVICO: *(schließt das Fenster)* Das wird irgendein armer alter Angestellter sein. – Machen Sie zu, Signora Onoria! Zum Donnerwetter, machen Sie zu!

ONORIA: Sie haben ihn weggebracht! Er ist sicher schon hinüber!

LUDOVICO: Wenn er noch nicht tot ist, bis zum Krankenhaus kommt der nicht.

ONORIA: Ich gehe runter, ich gehe runter, mich erkundigen! So ein Unglück! So ein Unglück! *(Schnell durch den Haupteingang ab.)*

LUDOVICO: In so einer dreckigen Seitengasse, in der man an Regentagen kaum vorwärtskommt, dieser infernalische Verkehr! Wagen, Fuhrwerke, Autos. Und dazwischen auch noch Markt! Die trauen sich, hier Markt abzuhalten!

ERSILIA: *(nach einer Pause, mit starrem, furchtsamem, Blick)* Die Straße ... entsetzlich!

LUDOVICO: Aber welch eine Schule für den, der schreibt! Die Phantasie, die schiebt die gewöhnlichen Hindernisse beiseite, als lebte man in den Wolken! Die Straße aber, die ist da, mit den Leuten, die vorübergehen, mit dem Geräusch des Lebens, des Lebens der anderen, fremd, aber gegenwärtig, das ablenkt, unterbricht, stört, widerspricht, entstellt ... Du und ich, wir wollen zusammenbleiben und gemeinsam eine schöne Geschichte erfinden. Ja, und nimm einmal an, daß zufällig ich es wäre, der da unten auf der Straße überfahren worden ist. Was hättest du hier dann noch verloren? Aber dein Leben ist ja schon einmal so unterbrochen worden, durch einen Unfall, durch den Sturz dieses Kindes von der Terrasse. *(Pause.)*

ERSILIA: *(versunken, mit einer leichten Bewegung des Kopfes)* Dienen ... gehorchen ... selber nichts sein können ... Ein abgetragenes Arbeitskleid, das man jeden Abend an einen Nagel an die Wand hängt. Mein Gott, wie schrecklich, dieses Empfinden, daß niemand mehr an dich denkt! Auf der Straße ... Ich sah mein Leben, ich weiß nicht, mit dem Gefühl, daß es gar nicht mehr existierte, daß ich es träumte ... mit den Dingen, die um mich herum waren, mit den wenigen Menschen, die mittags durch den Park kamen, den Bäumen ... den Bänken ... und ich wollte nicht ... ich wollte nichts mehr sein.

Ludovico: Oh nein – das – siehst du – das ist nicht wahr.

Ersilia: Wieso nicht wahr? Ich wollte mich umbringen.

Ludovico: Ja – aber damit hast du einen ganzen Roman erschaffen.

Ersilia: *(wieder düster)* Wieso erschaffen? Glaubst du, ich hätte das erfunden?

Ludovico: Nein, nein – ich meine, in mir, daß du ihn in mir erschaffen hast, unbewußt, indem du dein Schicksal erzählt hast.

Ersilia: Als man mich in diesem Park da aufgelesen hat...

Ludovico: Ja, und dann im Krankenhaus. Verzeih, wieso wolltest du nichts sein, wenn du doch das Mitgefühl aller auf dich gezogen hast, die dein Schicksal in der Zeitung gelesen hatten! Du ahnst gar nicht, wie erschüttert die ganze Stadt war, bei diesem Bericht, welche Anteilnahme du erregt hast! Einen Beweis dafür hast du in mir!

Ersilia: *(mit Angst, die aus ihrem Mißtrauen entsteht)* Und hast du sie noch?

Ludovico: Was?

Ersilia: Diese Zeitung. Ich möchte es lesen! Ich möchte es lesen! Hast du sie noch?

Ludovico: Ich glaube ja. Ich muß sie aufbewahrt haben.

Ersilia: Such sie, such sie! Ich muß sie sehen.

Ludovico: Aber nein! Warum willst du dich jetzt wieder aufregen!

Ersilia: Ich bitte dich, zeig sie mir! Ich möchte lesen, ich möchte lesen, was man geschrieben hat.

Ludovico: Genau das, was du gesagt hast, nehme ich an.

Ersilia: Du mußt verstehen – ich weiß nicht mehr genau, was ich in diesem Augenblick gesagt habe. Ich will es sehen. Such sie!

Ludovico: Wer weiß, wo ich sie hingetan habe. Bei meiner Unordnung ... Laß. Wir suchen sie später, gemeinsam.

Ersilia: Stand alles ausführlich drin?

Ludovico: Oh! – mehr als drei Spalten. Im Sommer, verstehst du, die Journalisten ... wenn da ein Fall passiert wie deiner ... ein gefundenes Fressen. Da kriegen sie ihre Zeitung voll.

Ersilia: Und über ihn – was haben sie über ihn geschrieben?

Ludovico: Nun ... daß er dich betrogen hatte.

Ersilia: Nein, ich meine, über ... über den anderen?

Ludovico: Über den Konsul?

Ersilia: *(heftig erschrocken)* Stand da: »der Konsul«?

Ludovico: Unser Konsul in Smyrna.

Ersilia: *(wie oben)* Oh mein Gott, auch der Name der Stadt? Sie hatten mir versprochen, ihn nicht zu nennen.

Ludovico: Na ja – Journalisten!

Ersilia: Aber mußte das denn sein? Die Tatsache blieb doch bestehen, auch ohne Angabe des Ortes und der Stellung der Personen. Was haben sie geschrieben?

Ludovico: Daß er, nachdem das Kind von der Terrasse gestürzt war...

Ersilia: *(bedeckt das Gesicht mit den Händen)* Meine arme Kleine! Arme Kleine!

Ludovico: ... sich sehr brutal und gemein benommen habe.

Ersilia: Er nicht! Die Frau – seine Frau!

Ludovico: Er auch, haben sie geschrieben.

Ersilia: Aber nein! Die Frau ... Mein Gott!

Ludovico: Weil sie eifersüchtig auf dich war. Oh, das kann ich mir vorstellen! Ein Dragonerweib!

Ersilia: Nein! Ach was! Klein, mager, runzlig, gelb – eine vertrocknete Zitrone!

Ludovico: Sieh an! Ich ... Aber weißt du, wie ich sie vor mir sehe? Groß, schwarz, mit zusammengewachsenen Augenbrauen – ich könnte sie malen!

Ersilia: Du siehst sie völlig falsch! Wer weiß, wie du mich gesehen hast! Nein, nein – sie ist so, wie ich dir sage.

Ludovico: Na gut – aber ich brauchte wirklich ein Mordsweib, denn ich sehe die Kleine ganz zart und zierlich.

Ersilia: Und wie zart! Mein Gott – Mimmetta!

Ludovico: Bei mir heißt sie Titti.

Ersilia: Wieso Titti! Mimmetta! Mimmetta! Eine kleine Blume, sag ich dir. Wie sie auf ihren rosigen kleinen Beinen herumtappte! Und bei jedem Schritt wackelten ihre Pausbäckchen und all diese goldblonden Locken. Sie hatte mich lieb – mich allein!

Ludovico: Und auch deshalb wird sie natürlich eifersüchtig gewesen sein!

Ersilia: Und wie! Vor allem deshalb! Und sie war es auch, weißt du, sie hat, als der andere kam, auf der Kreuzfahrt –

Ludovico: Der Kapitänleutnant?

Ersilia: Ja. Sie hat in dieser Nacht absichtlich diese verzauberte Atmosphäre geschaffen, die mich verwirren sollte: allein, dort, in diesem Garten, wie berauscht ... mit diesen Palmen ... den Düften ... o diese Düfte ...

Ludovico: Sie ist schön, deine Geschichte, sehr schön. Sie hat etwas von Meer, von Sonne, von orientalischer Nacht ...

Ersilia: ... wenn ich sie nicht erlitten hätte ...

Ludovico: Mit dieser Hexe: ich stelle sie mir vor! Aber die Gemeinheit ist, verstehst du, daß jemand, der nie die Freuden der Liebe erlebt hat und der weiß, daß eine so heimtückisch für eine andere inszenierte Freude sehr bald mit der bittersten Enttäuschung bezahlt werden wird ... Großartig!

Ersilia: Du hättest sie sehen müssen! Mütterlich! Denn er hatte ja bei ihr und dem Konsul, in deren Obhut ich war, in aller Form um mich angehalten. Wie großzügig waren sie da! Und dann, als er abgereist war ... mein Gott, wie kann man sich nur, mit einem Schlag, so ändern! Sie schikanierte mich unbeschreiblich – nichts konnte ich ihr mehr recht machen, unaufhörlich demütigte sie mich. Und am Ende schob sie mir die Schuld an dem Unglück zu.

LUDOVICO: Und dabei hatte sie dich doch aus dem Haus geschickt, damit du irgend etwas besorgen solltest!

ERSILIA: *(wendet sich betroffen um)* Wer hat das gesagt?

LUDOVICO: Das stand in der Zeitung.

ERSILIA: Das auch?

LUDOVICO: Du wirst es erzählt haben...

ERSILIA: Oh nein ... ich erinnere mich nicht ... das glaube ich nicht...

LUDOVICO: Möglicherweise habe ich mir das ausgedacht? Oder vielleicht hat es auch der Journalist erfunden, um die Brutalität dieser fristlosen Entlassung etwas farbiger zu schildern. Sie wollten dir ja nicht einmal die Heimreise bezahlen! Das stimmt doch!

ERSILIA: Ja, das stimmt. Das stimmt.

LUDOVICO: Geradeso, als hättest du ihnen die Tochter bezahlen sollen!

ERSILIA: Ja, sie hat mir wirklich damit gedroht. Sie hätte mich auch vor Gericht gebracht, wenn sie nicht Angst gehabt hätte, daß dann gewisse Dinge herausgekommen wären...

LUDOVICO: Über sie? – Da siehst du ja, es ist also doch so.

ERSILIA: *(bestürzt)* Nein ... das will ich nicht sagen ... das will ich nicht sagen ... Mir tut es sogar leid, daß man geschrieben hat, sie hätte mich fortgeschickt. Aber jetzt möchte ich nicht mehr daran denken, was dort passiert ist. Ich denke an die Reise und wie ich gelitten habe. Ich bin sicher, das tote kleine Mädchen ist mit mir auf das Schiff gekommen, um nicht bei seinen bösen Eltern bleiben zu müssen. Ich habe das Empfinden, daß ich die Kleine verloren habe, als ich aus dem Hotel ging, an jenem Abend.

LUDOVICO: Aber als du hier angekommen warst – hast du dich da nicht gleich auf die Suche nach ihm gemacht?

ERSILIA: Wo? Ich wußte seine Adresse nicht. Ich habe immer postlagernd geschrieben. Ich bin ins Marine-Ministerium gegangen. Dort sagte man mir, daß er den Dienst quittiert hatte.

LUDOVICO: Aber du hättest ihn doch aufspüren müssen, damit er dir Rechenschaft gab wegen des Betruges, wegen des Verbrechens, verdammt nochmal, das er begangen hatte.

ERSILIA: Ich habe nie verstanden, mir Geltung zu verschaffen.

LUDOVICO: Er hatte dir versprochen, dich zu heiraten!

ERSILIA: Ich hatte den Mut verloren. Als man mir sagte, daß er kurz vor der Heirat stand, war das ein Gefühl ... dieser Verrat, so gemein, so unerwartet ... da habe ich aufgegeben. Ich hatte keine zwei Lire mehr in der Tasche, und ... wie eine Bettlerin herumzulaufen ... *(Sie fährt sich mit dem Taschentuch über die Augen. Dann, mit leerem Blick:)* Dann im Park, als ich diese Gifttabletten in der Hand hatte, dachte ich wieder an das Kind und machte mir Mut mit dem Gedanken: Am Abend vorher hatte ich es verloren – nun würde ich es wiederfinden.

LUDOVICO: Komm, komm, komm! Du darfst jetzt gar nicht mehr an diese Dinge denken! Auf! Mut gefaßt!

ERSILIA: *(nach einer Pause, mit traurigem Lächeln)* Ja, aber laß mich wenigstens »die« sein.

LUDOVICO: Wer – »die«?

ERSILIA: Die du dir vorgestellt hast. Mein Gott, wenn ich wenigstens einmal etwas gewesen bin, wie du gesagt hast, dann möchte ich in deinem Roman sein; ich will »die« sein, so wie ich bin. Es kommt mir wie Betrug vor, wenn du dabei eine andere vor Augen hättest.

LUDOVICO: *(lacht)* Das ist gut! Du findest also, das wäre eine unrechtmäßige Aneignung?

ERSILIA: Ja, gewiß, meines Schicksals, meines Lebens. Ich, die ich nicht länger leben wollte, ich, die ich bis zur Verzweiflung gelitten habe, verzeih, ich habe wohl das Recht, meine ich, wenigstens in dem, was du davon erzählst, zu leben ... es wird ein schöner Roman werden, genauso schön wie der, den ich von dir gelesen habe ... warte ... wie hieß er doch gleich? Ah: »Die Ausgestoßene«, ja. »Die Ausgestoßene«.

LUDOVICO: »Die Ausgestoßene«? – Oh nein, meine Liebe, du irrst. »Die Ausgestoßene« ist kein Roman von mir.

ERSILIA: *(verblüfft)* Nicht von dir?

LUDOVICO: Nein.

ERSILIA: Ach schau mal! Ich dachte...

LUDOVICO: Er ist von Pirandello, einem Schriftsteller, den ich überhaupt nicht ausstehen kann.

ERSILIA: *(beschämt, bedeckt das Gesicht mit einer Hand)* Oh Gott!

LUDOVICO: Aber nein, aber nein! Du hast das verwechselt. *(Ersilia, immer noch mit der Hand vor dem Gesicht, fängt an zu weinen.)* Ist das dein Ernst? Deswegen weinst du? Na, hör mal! Glaubst du, das macht mir etwas aus, wenn du dich geirrt hast und mir einen schlechten Roman unterstellst, den ich nicht geschrieben habe?

ERSILIA: Nein ... es ist nur ... so ist das immer bei mir ... Mein ganzes Leben lang. Mir ... mir geht immer alles schief. *(Es klopft am Haupteingang.)*

LUDOVICO: Wer ist da? Herein.

ONORIA: *(tritt ein, sie ist zuckersüß, auf plumpe Weise gerührt)* Gestatten Sie? *(Sieht sich nach Ersilia um.)* Wo ist sie? *(Als sie sieht, wie Ersilia sich die Tränen abwischt, schlägt sie mitleidig die Hände zusammen)* Oh – sie weint?

LUDOVICO: *(verblüfft, da er diese plötzliche Wandlung nicht versteht)* Was ist denn?

ONORIA: Großer Gott, Sie konnten mir doch sagen, daß die Signorina die aus der Zeitung ist! Die Signorina Drei, nicht wahr? Ersilia Drei. Oh, die Ärmste! Sie Ärmste! Ich bin ja so froh, daß Sie wieder gesund sind und daß Sie hier sind.

LUDOVICO: Woher haben Sie das erfahren, Entschuldigung?

ONORIA: Na wissen Sie, hab ich vielleicht nicht die Zeitung gelesen?

LUDOVICO: Nein, ich meine: daß s i e es ist – wie haben Sie das erfahren?

ONORIA: Weil – schauen Sie, hier – *(reicht ihm eine Visitenkarte)* weil der Journalist draußen ist, der den Bericht geschrieben hat.

LUDOVICO: Hier?

ERSILIA: *(bestürzt)* Der Journalist?

LUDOVICO: Und was will er von mir?

ONORIA: Er möchte die Signorina dringend um einige Erklärungen bitten.

ERSILIA: *(wie oben)* Erklärungen?

LUDOVICO: Jetzt aber Schluß damit, zum Donnerwetter!

ERSILIA: *(verliert immer mehr die Fassung)* Was für Erklärungen?

LUDOVICO: Und wer hat ihm gesagt, daß die Signorina hier ist?

ONORIA: Das weiß ich nicht.

ERSILIA: *(schnell zu Ludovico)* Ich auch nicht! Als ich mit ihm gesprochen habe, wußte ich ja noch nicht einmal, daß ich hierherkommen würde, zu Ihnen.

LUDOVICO: *(wie zu sich selbst)* Ah – das ist mir klar! Das ist mir klar! Es wird dieser Schwätzer gewesen sein ... *(Zu Ersilia:)* Was willst du tun? Soll er hereinkommen?

ERSILIA: Aber nein ... ich weiß ja gar nicht, was für Erklärungen ich ihm geben soll.

LUDOVICO: Ich werde mal hören. *(Ab durch den Haupteingang.)*

ONORIA: Sie armes Kind! Wenn Sie wüßten, wie ich geweint habe, als ich Ihre ganze Geschichte in der Zeitung gelesen habe!

ERSILIA: *(schaut voller Unruhe zur Tür, ohne zuzuhören)* Was wollen die denn von mir – jetzt?

ONORIA: *(verwirrt)* Aber vielleicht ... wer weiß ...

ERSILIA: *(verzweifelt)* Mein Gott, ich kann keine Überraschung mehr vertragen.

ONORIA: Ist Ihnen nicht gut?

ERSILIA: Nein, gar nicht. Hier ... *(Zeigt auf den Magen.)* Mir ist ganz übel. Man hat mich gerettet, aber ... wer weiß, was dabei zurückgeblieben ist. Ich kann nicht mal antippen da ... Und dann das Stechen in den Nieren ... so furchtbar ... so furchtbar ... *(Windet sich und stöhnt:)* Oh mein Gott ... *(Plötzlich ertönt von der Straße her das Gedudel eines Leierkastens.)*

ONORIA: Knöpfen Sie sich ein bißchen auf, knöpfen Sie auf.

ERSILIA: Nein ... wieso denn? *(Gepeinigt von dem Leierkasten)* Um Himmelswillen, schicken Sie den weg!

ONORIA: Ja, sofort. *(Sucht in der Tasche nach dem Portemonnaie.)* Sofort! *(Läuft zum Fenster, öffnet es, ruft den Leierkastenmann und macht ihm Zeichen, er solle weggehen. Der aber spielt weiter. Sie wirft ihm eine Handvoll Münzen zu und schreit)* Hier sind Kranke! *(Sie wiederholt die Geste: weg hier! Mit einem Schlag bricht die Melodie ab. Sie schließt das Fenster und kommt zu Ersilia zurück.)* So, das hätten wir. Hören Sie auf mich, machen Sie das Kleid ein bißchen auf!

Ersilia: Nein, nein ... ich muß mich zusammennehmen ... Ich habe solche Angst, daß auch dies hier nicht von Dauer ist...

Onoria: Was?

Ersilia: Ich bin so verzweifelt ... wenn Sie wüßten ... so verzweifelt ... Ich kann mich kaum aufrecht halten ... Dieser Gürtel – ah! *(Lockert ihn.)* Ich halte das nicht aus. *(Man hört Ludovicos Stimme, der jemanden zum Eintreten auffordert.)*

Ludovico: Nein, nein – kommen Sie, treten Sie ein. *(Der Journalist Alfredo Cantavalle tritt ein, hinter ihm Ludovico. Cantavalle ist ein stämmiger junger Neapolitaner, der gern elegant sein möchte. Er trägt daher sogar ein Monokel, und Gott weiß, wie anstrengend das für ihn ist. Er ist ein guter Junge. Er hat eine niedrige Stirn und dichtes Haar, aber noch wie ein Schuljunge, das Gesicht ist breit, fett und rot. Auf seinen dicken, frauenhaften Beinen schlagen die Hosen Falten.)*

Cantavalle: Gestatten Sie? Oh, meine liebe Signorina – kennen Sie mich noch?

Ludovico *(stellt ihn vor)* Alfredo Cantavalle. Ein Journalist.

Ersilia: Ja, ich erinnere mich.

Cantavalle: Sie haben mich wiedererkannt! *(Bemerkt die Signora Onoria)* Und ... die Signora? Eine Verwandte?

Ludovico: Nein. Meine Wirtin.

Cantavalle: Ah. Sehr angenehm. *(Verbeugt sich.)* Ich weiß ja, daß die Signorina keine Angehörigen hat. Ich höre, hier unten war gerade ein schwerer Verkehrsunfall?

Ludovico: Ja, ein armer alter Mann...

Onoria: Genau hier unter dem Fenster! Es war entsetzlich.

Cantavalle: Er ist tot.

Onoria: Tot? Er ist tot?

Cantavalle: Ja, Signora. Auf der Fahrt zum Krankenhaus.

Onoria: Und wer war er? Wer war er?

Cantavalle: Das weiß man noch nicht. *(Zu Ersilia:)* Signorina – darf ich gratulieren? Nicht nur Ihnen, wegen der überstandenen Gefahr, sondern ein wenig auch mir. Nun ja, wegen des großen Glücks, das ich hatte – und das ja auch Ihnen zugute kommt –, daß ich mit meinem bescheidenen Bericht über Ihr beklagenswertes Schicksal einen großen Schriftsteller bewegt habe. *(Zu Ludovico:)* Aber was für einen Blödsinn erzählt denn da Ihr Freund? Sie haben Ihre schönste Tat vollbracht! *(Wieder zu Ersilia:)* Und Sie können sich nicht vorstellen, Signorina, wie mich das freut!

Ersilia: Ja, für mich ist es wirklich ein Glück!

Ludovico: Lassen wir das! Lassen wir das!

Cantavalle: Nein, Maestro! Aus vielen Gründen nicht! Ein Glück, daß wir jetzt auch Sie als Zeugen haben. Das ist nicht wenig. Ich will Ihnen sagen ... wenn ich in Gegenwart der Signora sprechen darf ... *(Deutet auf Onoria.)*

Onoria *(eingeschnappt)* Ich geh ja schon ... aber denken Sie daran, daß die Signorina im Augenblick ...

Ludovico: Ist dir nicht gut?

Onoria: Es geht ihr sehr schlecht.

Ludovico: Was hast du denn?

Ersilia: Ich weiß nicht ... ich weiß nicht. Kalter Schweiß. Und so eine Unruhe ...

Onoria: Kommen Sie, hören Sie auf mich, kommen Sie mit ... *(Zeigt auf die Tür im Hintergrund.)*

Ersilia: Nein, nein ...

Onoria: Doch, doch, Sie gehören ins Bett.

Ludovico: Geh doch, geh, wenn dir nicht gut ist.

Onoria: Sie soll sich ausziehen und ins Bett legen.

Ersilia: Nein danke, lassen Sie mich. Noch halte ich es aus.

Cantavalle: Die Nachwirkungen der Vergiftung, ganz klar. Aber Sie werden sehen, daß Sie jetzt, bei der Pflege ...

Ludovico: Und der Ruhe ...

Onoria: Ich bin für Sie da, mein Kind: Verfügen Sie über mich, wie Sie wollen. Wenn Sie etwas brauchen, rufen Sie mich.

Ersilia: Ja, danke, Signora.

Onoria: Dann gehe ich jetzt also.

Cantavalle: *(verbeugt sich)* Empfehle mich, Signora…

Onoria: *(leise, im Abgehen, zu Ludovico)* Bringen Sie sie nicht zum Sprechen. Nehmen Sie Rücksicht! Merken Sie nicht, wie das arme Geschöpf aussieht? *(Ab durch den Haupteingang. Ludovico schließt hinter ihr die Tür.)*

Cantavalle: Es tut mir leid, wenn ich störe…

Ludovico: *(verdrießlich)* Ich bitte Sie, lieber Cantavalle, machen Sie schnell.

Cantavalle: Nur zwei Minuten, lieber Maestro.

Ludovico: Kurz und gut – darf man wissen, was zum Teufel dieser Herr Konsul noch will?

Ersilia: *(verblüfft, entsetzt)* Der Konsul?

Ludovico: Ja, er. Er. *(Zu Cantavalle:)* Dem muß man mal die Meinung sagen!

Ersilia: *(wie oben)* Ist er etwa hier?

Cantavalle: Ja, er ist hier. Er ist gestern gekommen, Signorina, um in der Redaktion einen gewaltigen Krach zu schlagen.

Ersilia: *(vor sich hin, verzweifelt)* Oh Gott. Oh mein Gott…

Ludovico: Und was will er dementiert haben?

Cantavalle: Alles, sagt er.

Ersilia: *(zu Cantavalle)* Sehen Sie, jetzt kommt das Schlimme, das ich nicht wollte. Und Sie hatten mir versprochen, es zu unterlassen.

Cantavalle: Ich? Das Schlimme? Was denn Schlimmes?

Ersilia: Den Namen der Stadt und die Stellung der Personen zu nennen!

Ludovico: Aha, und deshalb ein vollständiges Dementi? Und wie soll das aussehen?

CANTAVALLE: Verzeihen Sie, Maestro, ich muß erst der Signorina antworten. Den Namen, Signorina, den wirklichen Namen habe ich nicht veröffentlicht.

LUDOVICO: Aber Sie haben es großartig hingekriegt, daß man ihn herausbekommt.

CANTAVALLE: Nein, ich habe gesagt: Unser Konsul in Smyrna. Wie sollen denn unsere Leser wissen, wer unser Konsul in Smyrna ist? Nicht einmal ich wußte das, ich weiß es auch heute noch nicht. Alles hätte ich mir vorstellen können, nur nicht, daß er gestern in die Redaktion hineinplatzen würde – wie ein Donnerwetter!

ERSILIA: *(wieder verzweifelt, für sich)* Mein Gott ... mein Gott...

LUDOVICO: Ist er nur deswegen nach Rom gekommen?

CANTAVALLE: Nicht nur deswegen, nein! Er ist gekommen, weil das Unglück mit seinem Kind passiert ist – über das wir berichtet haben – und weil seine Frau darüber fast wahnsinnig geworden ist. Sie kann es dort nicht mehr aushalten, sagte er, und das kann man ja verstehen.

ERSILIA: Ja, das hat sie gesagt, das hat sie gesagt.

CANTAVALLE: Kurz und gut, er will sich versetzen lassen, verstehen Sie? Er hat die Zeitung gelesen: *(er küßt eine Fingerspitze)* eine Katastrophe, lieber Maestro.

LUDOVICO: Wieso?

CANTAVALLE: Was heißt wieso! Er hat eine sehr delikate, offizielle Position zu verteidigen, verstehen Sie – er ist Konsul! Er droht der Zeitung eine Verleumdungsklage an.

LUDOVICO: Eine Klage? Aber was hat die Zeitung schließlich über ihn gebracht?

CANTAVALLE: Einen Sack voller Lügen, behauptet er, die ihm schaden.

LUDOVICO: Lügen?

ERSILIA: Ich weiß noch nicht, was Sie über ihn, über seine Frau und über das Unglück geschrieben haben.

CANTAVALLE: Ich kann Ihnen schwören, Signorina, daß ich getreulich das geschrieben habe, was Sie mir gesagt haben, nicht mehr und nicht weniger. Natürlich habe ich mich engagiert, denn ich war sehr bewegt, aber ohne die Daten und die Tatsachen auch nur in einem Punkt zu ändern. Sie können das übrigens selbst sehen, wenn Sie die Zeitung lesen.

LUDOVICO: *(hat sich daran gemacht, die Papiere auf seinem Schreibtisch zu durchwühlen)* Ich muß sie doch haben ... sie muß doch da sein...

CANTAVALLE: Machen Sie sich keine Mühe, Maestro, ich schicke sie Ihnen ... *(Zu Ersilia:)* Sie müssen doch anerkennen, verzeihen Sie, Signorina, wie sehr ich mich Ihrer angenommen habe. Ich bin gekommen, um zu erfahren, wie ich mich gegenüber der Beschwerde und den Drohungen dieses Mannes verhalten soll.

ERSILIA: *(springt auf, in einem Ausbruch von Zorn und Entrüstung, beinahe zähneknirschend)* Der hat sich überhaupt nicht zu beschweren und überhaupt nicht zu drohen!

CANTAVALLE: Na dann um so besser! Um so besser!

ERSILIA: *(läßt sich sofort wieder auf die Chaiselongue fallen)* Mein Gott ... mir ist so übel ... mir ist so übel! *(Sie wird plötzlich von einem heftigen Weinkrampf geschüttelt. Ihr Schluchzen klingt ab und zu fast wie Gelächter. Schließlich sinkt sie ohnmächtig zusammen.)*

LUDOVICO: *(stürzt hilfsbereit mit Cantavalle hinzu, um sie zu halten und sie zu trösten)* Ersilia! Ersilia! Nicht...

CANTAVALLE: Signorina! Aber nein! Um Himmelswillen! Beruhigen Sie sich!

LUDOVICO: Was hast du? Nicht! Wein doch nicht so!

CANTAVALLE: Es gibt doch keinen Grund, Signorina!

LUDOVICO: Mein Gott, sie ist ohnmächtig! – Holen Sie meine Wirtin!

CANTAVALLE: *(läuft zur Tür)* Signora! Signora!

Ludovico: *(schreit)* Signora Onoria!

Cantavalle: Signora Onoria! Signora Onoria! *(Ab.).*

Ludovico: Nicht, Ersilia, nicht! Mein Gott! Sei vernünftig, sei lieb ... Es ist ja nichts! *(Cantavalle kommt mit Onoria zurück, die eine Flasche Eau de Cologne bringt.)*

Onoria: Ich komm ja schon, ich komm ja schon. Oh, das arme Kind! Halten Sie den Kopf! Ja, so. Armes Kind! *(Hält ihr die Flasche vor die Nase.)* Ich habe Ihnen ja gesagt, Sie sollen sie nicht zum Sprechen bringen, nicht aufregen!

Cantavalle: Da – sie kommt wieder zu sich!

Ludovico: Wir müssen sie hinüberbringen, ins Bett.

Onoria: Warten Sie! Warten Sie!

Ludovico: Ersilia!

Onoria: Los, Kindchen, los! Ist ja alles schon vorbei! Los!

Ludovico: Komm schon, Ersilia, nur Mut!

Cantavalle: Es ist ja nichts, Signorina, es ist nichts.

Ersilia: *(fast heiter, mit kindlichem Erstaunen)* Mein Gott, bin ich hingefallen?

Ludovico: Nein, wieso? Aber du hast uns einen schönen Schrecken eingejagt.

Ersilia: Ich bin nicht hingefallen?

Ludovico: Ich sage dir doch – nein.

Onoria: Versuchen Sie, ob Sie aufstehen können. Versuchen Sie!

Ludovico: Ja, so. Langsam, langsam.

Ersilia: Warum? Mir war, als ob ich fiele ... als ob ich ganz plötzlich, ich weiß nicht, zu Blei geworden wäre ... *(Sie schaut auch Cantavalle an und springt bei seinem Anblick erschrocken auf.)* Oh Gott! Nein, nein! *(Sie schwankt und droht umzusinken, Ludovico und Onoria stützen sie.)*

Ludovico: Aber nein, hör, Ersilia, was ist denn?

Ersilia: *(will Cantavalle nicht sehen, versucht wegzulaufen)* Fort, fort, fort!

ONORIA: *(wie oben)* Ja, kommen Sie, wir gehen hinüber. *(Führt sie mit Ludovico zur Tür im Hintergrund.)*

LUDOVICO: Ja, ins Bett! Komm, wir helfen dir!

ONORIA: Langsam, langsam! Ich bleibe bei Ihnen. Sie legen sich hin.

LUDOVICO: Etwas ausruhen ... dann geht es schon vorüber.

ERSILIA: Ich kann nichts mehr sehen ... ich kann nichts mehr hören ...

ONORIA: *(vor der Tür zu Ludovico)* Sie bleiben hier! Hierbleiben! Ich passe schon auf. *(Ab mit Ersilia durch die Tür im Hintergrund.)*

LUDOVICO: Ich finde, man sollte jetzt wirklich aufhören, dieses unglückliche Geschöpf zu quälen!

CANTAVALLE: Das brauchen Sie m i r nicht zu sagen, lieber Maestro! Mir tut das sehr weh! Aber das ist noch gar nichts! Leider kommt da noch eine andere Unannehmlichkeit, von der die Signorina noch keine Ahnung hat!

LUDOVICO: Noch etwas? Etwas Schlimmes?

CANTAVALLE: Oh ja. Und ich möchte Sie lieber jetzt schon vorwarnen. Der Konsul selbst hat es in der Redaktion erzählt.

LUDOVICO: Schicken Sie ihn doch zum Teufel!

CANTAVALLE: Einen Augenblick. Ich will mich ja nicht rühmen, lieber Maestro, aber die Wirkung meines Artikels ist doch ungeheuerlich! Offenbar hat die Verlobte des jungen Mannes voller Empörung über sein Verhalten gegenüber der Signorina die Heirat platzen lassen, verstehen Sie?

LUDOVICO: Ah – ja?

CANTAVALLE: Ungeheuerlich, als Auswirkung! Um so mehr, als die Enthüllungen nicht nur die Empörung der Verlobten hervorgerufen haben, sondern auch Gewissensbisse bei dem jungen Mann, verstehen Sie? Durch die allgemeine Anteilnahme an dieser Selbstmordgeschichte, so wie ich sie erzählt habe! Er hat den Kopf verloren.

LUDOVICO: Dieser Kapitänleutnant?

CANTAVALLE: Ja, der. Er heißt ... warten Sie ... ich glaube: Laspiga. Er hat völlig den Kopf verloren! Der Konsul hat uns das gesagt.

LUDOVICO: Und woher weiß der das?

CANTAVALLE: Anscheinend hat der Vater der Verlobten ihn im Außenministerium aufgesucht und es ihm gesagt.

LUDOVICO: Na, das sind ja schöne Verwicklungen!

CANTAVALLE: Oh ja! Auch für Sie, Maestro, denn Sie stekken ja mit drin.

LUDOVICO: Ich?

CANTAVALLE: Und ich vielleicht nicht? Ich sitze auch in der Tinte und kriege einen Prozeß an den Hals.

LUDOVICO: Und der Vater der Verlobten?

CANTAVALLE: Der macht einen Riesenskandal! Denn seine Tochter, ja, anfangs war sie empört – nachher, verstehen Sie, am Vorabend der Hochzeit, da ging es los mit Jammern und Klagen und Weinkrämpfen – völlige Auflösung ... Da nun der Konsul diesen Laspiga in Smyrna kennengelernt hatte und die Signorina bei ihm Erzieherin gewesen war...

LUDOVICO: ... wollte der Vater sich bei ihm erkundigen?

CANTAVALLE: Offenbar.

LUDOVICO: Ich kann mir vorstellen, was er ihm erzählt hat! Sie geben ihr ja sogar die Schuld am Tod des Kindes! *(In diesem Augenblick stürzt durch die offengebliebene Eingangstür ganz außer sich, verstört, blaß und zitternd wie jemand, der nächtelang nicht geschlafen und fast den Verstand verloren hat, Franco Laspiga ins Zimmer. Er ist siebenundzwanzig Jahre alt, blond, groß, mager, elegant gekleidet.)*

FRANCO: Gestatten Sie? – Verzeihung! – Ersilia? Wo ist sie? Wo ist sie? Ist sie hier? Wo ist sie?

Ludovico: *(ebenso wie Cantavalle durch dieses unerwartete Eindringen überrascht)* Aber ... was denn? Wer sind Sie?

Franco: Ich bin Franco Laspiga. Der, dessentwegen...

Cantavalle: Aha! Signor Laspiga! Da ist er also.

Ludovico: Sie kommen hierher?

Franco: Ich bin im Krankenhaus gewesen – sie war schon fort. Dann bin ich zur Zeitung gegangen und habe erfahren ... *(Unterbricht sich, zu Cantavalle:)* Ich bitte um Verzeihung, sind Sie der Schriftsteller Ludovico Nota?

Cantavalle: Ich? Nein. Das ist er.

Franco: Ah, Sie sind es?

Ludovico: *(sehr verdrießlich)* Ja, ich. Aber zum Donnerwetter, was ist denn los? Wissen das jetzt schon alle?

Cantavalle: Oh, Maestro, Sie vergessen, wer Sie sind!

Ludovico: *(ärgerlich, abwehrend)* Tun Sie mir den Gefallen!

Cantavalle: Ihre Tat hat Aufsehen erregt!

Franco: *(bestürzt, verwirrt)* Was für eine Tat? Mein Gott, sagen Sie es mir! Sie ist also nicht hier?

Ludovico: *(schnauzt Cantavalle fast an)* Ich hatte nicht die Absicht, sie öffentlich zur Schau zu stellen und mich mit ihr!

Cantavalle: Aber nein! Was sagen Sie da?

Ludovico: *(wütend)* Ich fühle mich belästigt durch diesen ganzen Rummel! *(Zu Franco:)* Sie können mir glauben, die Signorina ist kaum eine Stunde hier.

Franco. Oh, sie ist hier? Wo denn? Wo ist sie?

Ludovico: Ich habe sie im Krankenhaus abgeholt. Sie wußte nicht, wo sie bleiben sollte, und da habe ich ihr Unterkunft bei mir angeboten. Ich habe vor, heute im Hotel zu übernachten.

Franco: Ich bin Ihnen dankbar...

Ludovico: *(explodiert außer sich vor Zorn)* Warum sind Sie mir dankbar? Weil ich kein junger Mann mehr bin? Dafür sind Sie mir dankbar! Bringen wir's zu Ende! Was wollen Sie hier?

FRANCO: *(schnell, hitzig)* Ich? Wiedergutmachen, Signore, wiedergutmachen! Sie kniefällig um Verzeihung bitten!

CANTAVALLE: Ausgezeichnet! Bravo! Ein Gentleman!

LUDOVICO: Da hätten Sie früher dran denken können, scheint mir!

FRANCO: Sie haben recht, ja, ich habe nicht gedacht ... ich wollte ... ich habe vergessen wollen ... ich habe Tage hinter mir ... Aber wo ist sie? Nebenan? Lassen Sie mich zu ihr!

LUDOVICO: Ich möchte nicht, daß in diesem Augenblick ...

FRANCO: Nein, lassen Sie mich mit ihr reden, um Himmelswillen!

CANTAVALLE: Vielleicht wäre es besser, sie darauf vorzubereiten.

LUDOVICO: Sie liegt zu Bett.

CANTAVALLE: Weil vielleicht die Freude ...

FRANCO: Geht es ihr denn noch schlecht? Geht es ihr schlecht?

LUDOVICO: Vorhin ist sie ohnmächtig geworden.

CANTAVALLE: Und die Aufregung, verstehen Sie, könnte ...

FRANCO: *(redet drauf los)* Ich dachte nicht, ich glaubte nicht, daß dieser Traum ... mein Gott, so ein Ende!... Mit einem Schlag, mitten durch mein Leben. Es hat es mir in Stücke gehauen ... Alle diese Schreie der Zeitungsverkäufer ... Mir war, als ob ich gepackt und zu Boden geworfen würde ... Schreie, Schreie ... Meine Verlobte, ihr Vater, die Mutter ... selbst auf der Treppe, die Nachbarn ... ich bin gleich ins Krankenhaus gelaufen, sofort ... man ließ mich nicht zu ihr. Wieviel Unheil, wieviel Unheil habe ich allen gebracht! Ich sehe, die ganze Welt ist voll von Unheil, das ich angerichtet habe! Ich werde erdrückt davon! Ich muß wiedergutmachen, ich muß wiedergutmachen!

CANTAVALLE: Aber ja, ja, natürlich! Das ist das einzig Richtige, das ist die beste Lösung, und ich bin glücklich darüber, Maestro, sehr glücklich! *(In diesem Augenblick kommt die Signora Onoria aus der Tür im Hintergrund. Sie fuchtelt mit den Händen, zum Zeichen, daß alle still sein sollen. Sie schließt sofort die Tür und kommt nach vorn.)*

ONORIA: Pst, pst, um Gotteswillen! Sie hat alles gehört!

FRANCO: Daß ich hier bin?

ONORIA: Ja, eben. Sie zittert am ganzen Leibe, sie krümmt sich. Sie sagt, wenn Sie hereinkommen, springt sie aus dem Fenster.

FRANCO: Wieso? Warum? Verzeiht sie mir nicht?

CANTAVALLE: *(gleichzeitig)* Aber wieso ... sie müßte doch...

ONORIA: Nein! Sie ist ein Engel! Sie sagt, sie will nicht!

LUDOVICO: Was will sie nicht?

ONORIA: *(zu Franco)* Sie sagt, Sie sollen zu Ihrer Verlobten zurückkehren!

FRANCO: *(schnell, laut, entschieden)* Nein! Das ist vorbei! Mit der ist alles aus!

ONORIA: Sie will nicht, daß jetzt ihretwegen einem anderen Mädchen Unrecht geschieht.

FRANCO: Aber nein! Wem denn? Jetzt ist sie meine Verlobte, sie allein!

ONORIA: Davon will sie nichts mehr wissen.

FRANCO: Aber ich bin doch gekommen, damit sie mir verzeiht und damit ich all das Unrecht wiedergutmache, das ich ihr angetan habe!

ONORIA: Um Himmelswillen, reden Sie leise! Sie darf Sie nicht hören!

FRANCO: *(zu Ludovico)* Gehen Sie doch, gehen Sie doch, um es ihr zu sagen! Um sie zu überzeugen!

LUDOVICO: Ja, das ist die richtige Wiedergutmachung.

Franco: Sagen Sie ihr, sie soll an nichts mehr denken. Ich bin ihretwegen hier, und zuallererst fühle ich mich ihr verpflichtet. Sie soll um Gotteswillen nichts dagegen tun, daß ich glücklicherweise noch rechtzeitig alles wieder in Ordnung bringen kann. Gehen Sie, gehen Sie! *(Ludovico ab ins Schlafzimmer.)*

Onoria: *(hartnäckig)* Sie tut es wegen der anderen!

Franco: *(gereizt)* Aber wenn mit der doch alles aus ist! Es ist alles vorbei!

Onoria: Sie will nicht! Sie will nicht!

Franco: Was heißt, sie will nicht? Ich kann doch jetzt gar nicht mehr zurück! Auch von mir aus kann ich nicht zurück! Denn ich sehe jetzt alles wieder aufsteigen.

Cantavalle: Die Vergangenheit, ja natürlich! Die Erinnerung!

Franco: Etwas, das mir, mein Gott, ich weiß nicht, warum, so fern erschien, so fern! Wie geträumt! So, als ob diese Nacht und dieses Versprechen gar nicht wirklich gewesen seien. Versprechen, die man gibt, weil ... ja, weil man sie halt geben muß.

Cantavalle: Und dann geht alles vorbei ...

Franco: *(erregt)* Ich glaubte, ich glaubte, ich müßte mir keine Gedanken mehr darüber machen und könnte das auch – trotz der Briefe, die ich von ihr bekam und die ich zerriß wie Dinge, die man nicht ernst zu nehmen braucht! Es ist unglaublich, unglaublich, wie ich habe lügen können, mich selbst belügen; wie ich das tun konnte, was ich getan habe – während für sie mein Versprechen gültig blieb. – Für sie blieb es wahr, ganz wahr, nicht wie für mich eine Art Traum. So sehr wahr, daß, als sie hierher kam, mein Verrat – jetzt begreife ich das – für sie wie für mich, der ich das bei all diesem Geschrei plötzlich fühlte, die ganze Härte der Wirklichkeit hatte, die mit einem Schlag wieder da ist und zerstört und vernichtet.

Ludovico: *(kommt zurück, ernst, bedrückt, entschlossen)* Nichts. Nein. Im Augenblick ist es nicht möglich.

Franco: Wieso ist es nicht möglich? Was sagt sie denn? Was sagt sie?

Ludovico: Sie hat versprochen, Sie morgen zu empfangen.

Franco: Mein Gott – aber in dieser Nacht werde ich verrückt! Nein!

Ludovico: Es ist nicht möglich, sage ich Ihnen! Im Augenblick ist es nicht möglich!

Franco: Seit drei Nächten schlafe ich nicht mehr! Lassen Sie mich um Gotteswillen wenigstens ein einziges Wort zu ihr sagen!

Ludovico: *(fest, beinahe mit Härte)* Es hat keinen Zweck, darauf zu bestehen. *(Beschwichtigend:)* Glauben Sie mir, es wäre schlimmer für Sie, glauben Sie mir!

Franco: Aber warum?

Ludovico: Lassen Sie sie heute nacht drüber schlafen. Ich habe mit ihr gesprochen, ich habe gesagt…

Franco: Aber warum will sie nicht? Wenn sie sagt: wegen der anderen – das ist alles vorbei! Verzeihen Sie, wenn sie sich doch meinetwegen hat umbringen wollen – warum will sie dann nicht…

Ludovico: *(verliert die Geduld)* Sie wird wollen, sie wird! Aber warten Sie doch ab, mein Gott, bis sie sich beruhigt!

Cantavalle: Und beruhigen Sie sich auch!

Franco: Ich kann nicht … ich kann nicht…

Ludovico: *(wieder beschwichtigend)* Hören Sie auf mich! Ich hoffe zuversichtlich, daß sie morgen mit sich reden lassen wird. *(Zu Onoria:)* Gehen Sie bitte, gehen Sie inzwischen zu ihr. Wir wollen sie nicht allein lassen.

Onoria: *(läuft zur Tür)* Ja, ja, ich gehe schon, ich bin schon da … Aber machen Sie Licht, man sieht ja nichts mehr! *(Ab durch die Tür im Hintergrund. Ludovico schaltet das Licht ein.)*

Ludovico: Indessen gehen wir.

Franco: Ich soll sie also nicht einmal sehen?

Ludovico: Morgen früh können Sie mit ihr sprechen. Ich werde auch hier sein. Jetzt gehen wir! *(Zeigt auf die Tür.)*

Cantavalle: Sie werden sehen, sie wird wohl oder übel erkennen, daß dies die beste Lösung ist.

Ludovico: *(im Abgehen)* Zunächst müssen wir sie in Ruhe lassen. Sie leidet, sie kämpft mit sich ... Kommen Sie, kommen Sie...

Franco: *(vor der Tür)* Aber ich dachte, daß gerade durch mein Erscheinen...

Ludovico: *(zu Cantavalle, drängt ihn zum Gehen)* Gehen Sie, gehen Sie bitte.

Cantavalle: Danke, Maestro. *(Ab.)*

Ludovico: *(zu Franco, drängt ihn ebenfalls hinaus)* Bitte, gehen Sie nur. Im Gegenteil, Ihr Erscheinen ... *(Ab mit Franco. Er schließt von außen die Tür. Die Bühne bleibt einen Augenblick leer. Man hört den Straßenlärm. Dann öffnet sich die Schlafzimmertür. Ersilia kommt völlig außer sich herein. Sie ist noch dabei, ihr Kleid in Ordnung zu bringen. Onoria folgt ihr. Diese Szene muß äußerst erregt gespielt werden.)*

Ersilia: Nein, nein, ich will gehen, ich will fort.

Onoria: Aber wohin, wohin wollen Sie denn?

Ersilia: Das weiß ich nicht! Ich will weg!

Onoria: Das ist doch Wahnsinn!

Ersilia: Verschwinden, verschwinden. Auf die Straße! Ich weiß es nicht! *(Nimmt ihren Hut, will ihn sich aufsetzen.)*

Onoria: *(hält sie zurück)* Nein, nein, das lasse ich nicht zu!

Ersilia: Lassen Sie mich, lassen Sie mich! Hier will ich nicht mehr bleiben!

Onoria: Aber warum denn nicht?

Ersilia: Weil ich niemanden mehr hören, weil ich niemanden mehr sehen will.

Onoria: Das heißt, Sie werden ihn morgen nicht sehen!

Ersilia: Nein, nein, niemanden! Lassen Sie mich um Gotteswillen gehen!

Onoria: Niemanden! Niemanden! Ich sage es Signor Nota! Ganz bestimmt!

Ersilia: Es ist doch nicht meine Schuld, daß man mich gerettet hat?

Onoria: Ihre Schuld? Wie kommen Sie darauf? Schuld?

Ersilia: Man beschuldigt mich, man klagt mich an!

Onoria: Nein! Wer beschuldigt Sie?

Ersilia: Alle! Alle! Haben Sie nicht gehört?

Onoria: Aber nein! Er ist doch gekommen, weil er um Verzeihung bitten wollte!

Ersilia: Ach – Verzeihung! Ich habe nur von ihm gesprochen, weil ich dachte, ich müsse sterben. Jetzt aber ist es genug, jetzt ist es genug!

Onoria: Gut! Jetzt ist es genug! Sie werden das morgen Signor Nota sagen.

Ersilia: Ich wollte in Ruhe hier bleiben…

Onoria: Und warum können Sie nicht bleiben, wenn Sie das wollen?

Ersilia: Sie werden sehen, daß sie ihm zusetzen, daß es ihm auf die Nerven geht!

Onoria: Dem Signor Nota?

Ersilia: Er hat es ja schon gesagt!

Onoria: Nein, das glaube ich nicht! Er ist zwar ein Guck-in-die-Luft, aber er ist ein guter Mensch. Sie werden sehen, im Grunde ist er gut, der Signor Nota.

Ersilia: Aber da ist noch dieser andere … dieser andere…

Onoria: Wer?

Ersilia: Dieser andere, den ich doch gar nicht nennen wollte! Und nun hat er der Zeitung schon einen Prozeß angedroht!

Onoria: Der Konsul?

Ersilia: Ja, der! Er wird mich nicht mehr in Ruhe lassen!

(Wieder verzweifelt) Mein Gott, mein Gott – lassen Sie mich gehen! Lassen Sie mich gehen!

ONORIA: Aber nein! Beruhigen Sie sich doch! Signor Nota wird ihn schon in Schach halten! Was soll er Ihnen schließlich anhaben können, nachdem er Sie so behandelt hat! Beruhigen Sie sich doch, beruhigen Sie sich! *(Ersilia fällt erschöpft in einen Sessel.)* Sie sehen ja, Sie können sich kaum noch auf den Füßen halten!

ERSILIA: *(verzweifelt)* Das ist wahr, das ist wahr – mein Gott, was soll ich tun?

ONORIA: Gehen Sie wieder ins Bett, seien Sie brav. Ich bringe Ihnen was zur Stärkung. Und dann bleiben Sie ganz ruhig liegen…

ERSILIA: *(leise, schüchtern, mit der nur angedeuteten, intimen Vertraulichkeit unter Frauen)* Aber, verstehen Sie … ich … bin hier so, wie Sie mich sehen, und…

ONORIA: Und … ?

ERSILIA: Ich habe nichts … nichts weiter bei mir … Ich hatte im Hotel, in dem ich abgestiegen war, einen Koffer; ich weiß nicht, ob er noch da ist. Man wird ihn beschlagnahmt haben.

ONORIA: Wir werden ihn morgen abholen. Machen Sie sich keine Sorgen. Ich schicke jemanden, oder ich gehe selbst.

ERSILIA: *(wie oben)* Ja, aber jetzt … jetzt ich bin nackt.

ONORIA: *(schnell, liebevoll, fürsorglich)* Ich kümmere mich darum, ich kümmere mich um alles. Sie gehen ins Bett, ich bin ja da. Gehen Sie, gehen Sie, ich bin gleich zurück, ich beeile mich … *(Ab durch die Eingangstür. Ersilia bleibt noch eine Weile sitzen, schaut verstört umher, dann sinkt ihr der Kopf zur Seite, sie ist todmüde. Sie atmet schwer, fährt sich mit der Hand über die eiskalte Stirn, hat Angst, daß sie wieder ohnmächtig wird, steht auf und öffnet ein Fenster. Der Abend ist gekommen, die Geräusche der Straße haben nachgelassen, schließlich hören sie ganz auf. Eine Schar junger Leute zieht lärmend vorbei, einer grölt einen sentimentalen Schlager, aber der Gesang geht in Gelächter und Gejohle unter. Ersilia hat sich wieder an den Tisch gesetzt, wartet, daß die Bande sich entfernt und der Lärm ganz aufhört und sagt, mit weit geöffneten Augen, fast ohne Stimme:)*

ERSILIA: Die Straße...

Vorhang

ZWEITER AKT

Dasselbe Bild wie im ersten Akt. Am Morgen danach. Franco Laspiga und Ludovico Nota kommen durch den Haupteingang, hinter ihnen Emma. Ludovico hat den Hut auf dem Kopf. Franco legt den seinen auf den ersten Sessel neben der Eingangstür. Gleich darauf legt auch Ludovico seinen Hut ab.

LUDOVICO: *(zu Emma)* Signora Onoria?

EMMA: Die ist nebenan *(zeigt auf die Schlafzimmertür)* bei der Signorina.

LUDOVICO: Wissen Sie, wie es der Signorina heute nacht gegangen ist?

EMMA: Ach, schlecht! Sie hat so viel aushalten müssen! Ich glaube, sie hat kein Auge zugetan, und die Signora auch nicht.

FRANCO: Hätte ich doch gestern abend mit ihr sprechen können!

LUDOVICO: *(zu Emma)* Gehen Sie ganz leise hinein, und sagen Sie Signora Onoria, daß ich hier bin.

EMMA: Jawohl, Signore. *(Geht zur Schlafzimmertür.)*

LUDOVICO: Ist Post gekommen?

EMMA: *(dreht sich um)* Ja, Signore. Dort auf dem Schreibtisch. *(Öffnet geräuschlos die Schlafzimmertür und geht ab.)*

LUDOVICO: *(geht zum Schreibtisch, nimmt die Post. Zu Franco:)* Nehmen Sie inzwischen Platz.

FRANCO: Nein, danke. Ich kann mich jetzt nicht setzen.

LUDOVICO: *(bläst hörbar die Luft aus)* Oh Gott, ich mach ein bißchen auf. *(Öffnet ein Fenster und sieht die Post durch, die nur aus Zeitungen besteht. Die Straßengeräusche werden deutlicher, dazu der morgendliche Lärm des Marktes. Plötzlich schließt Ludovico das Fenster, geht mit einer Zeitung zu Franco und deutet mit dem Finger auf eine Notiz.)* Da, sehen Sie! Lesen Sie, lesen Sie das! *(Gibt ihm die Zeitung.)*

FRANCO: *(nachdem er gelesen hat)* Ein Dementi?

LUDOVICO: Ja. Morgen wird es veröffentlicht, steht da. *(Durch die Schlafzimmertür kommt Onoria, hinter ihr Emma, die zum Haupteingang geht.)*

FRANCO: *(bei ihrem Eintritt, bang)* Oh – da! Da ist sie!

ONORIA: *(fuchtelt mit den Händen herum)* Das war eine Nacht! Das war eine Nacht!

FRANCO: Und was macht sie? Kommt sie nicht?

ONORIA: Wenn sie kann. Sie weiß, daß Sie auch da sind, sie hatte es schon vermutet. Aber Sie dürfen sie um Himmelswillen nicht aufregen. Sie war gegen Morgen etwas eingeschlafen.

LUDOVICO: Und bei diesem Krach auf der Straße...

ONORIA: Nein. Emma ist hereingekommen und hat gesagt, daß Sie und noch ein Herr da sind, und da ist sie aufgewacht. Ich hatte sehr gefürchtet, daß sie wieder Schwierigkeiten machen würde, wie gestern abend.

FRANCO: *(beschwörend)* Nein, nein!

ONORIA: Nein, tatsächlich, sie hat gesagt, sie will mit Ihnen sprechen.

FRANCO: Ah gut! Sie wird sich's überlegt haben.

LUDOVICO: Sicher! Und wenn sie noch nicht überzeugt ist, dann werden Sie sehen, wir überzeugen sie.

ONORIA: Da hab ich meine Zweifel. Gestern abend, als Sie gegangen waren, wollte sie fortlaufen.

LUDOVICO: Fortlaufen?

FRANCO: Wohin? Wieso fortlaufen?

ONORIA: Wer weiß! Fort! – Ich habe sehr kämpfen müssen, um sie zurückzuhalten! Aber ich verstehe nicht, ich verstehe nicht, warum man sie aus dem Krankenhaus entlassen hat, sie ist noch gar nicht gesund.

Ludovico: *(etwas ärgerlich, kühl)* Na hören Sie, als sie mit mir zusammen war...

Onoria: Ach was! Sie hat Höllenqualen ausgestanden, um sich aufrecht zu halten, um nicht merken zu lassen, daß es ihr schlecht ging. Sie hat solche Angst, Ihnen lästig zu werden!

Ludovico: Mir? Aber nein! Jetzt wird doch ... *(Zeigt auf Franco.)*

Franco: Ja, ja, ich mach sie gesund! Ich, ich werde sie pflegen, ich werde sie pflegen.

Onoria: Ich gehe jetzt einen Augenblick hinüber, um mich auszuruhen. Ich kann nicht mehr, ich falle um vor Müdigkeit. Aber wenn Sie mich brauchen...

Ludovico: Ja, gehen Sie, gehen Sie.

Onoria: ... dann lassen Sie mich rufen. *(Geht zur Eingangstür, kehrt aber wieder um. Zu Ludovico:)* Ach, noch etwas. Die Arme hat nichts mehr bei sich. Man hat ihren Koffer beschlagnahmt, im Hotel oder auf der Polizei, ich weiß nicht. Man müßte sich darum kümmern, ihn zurückzubekommen.

Ludovico: Ja, ja, wir werden das besorgen.

Onoria: Aber bald, noch heute! Sie ist ... *(Sie will sagen: nackt – besinnt sich aber und platzt dann heraus:)* Mein Gott, sie muß doch was zum Anziehen haben! Kümmern Sie sich darum?

Franco: Ich kümmere mich darum, ich mache das!

Onoria: Ich glaube, Signor Nota, es wäre besser, wenn Sie das übernähmen!

Ludovico: *(wieder ärgerlich)* Ja, schon gut. *(Nimmt sich zusammen, in anderem Ton:)* Wir wollen jetzt abwarten, was sie sagt...

Onoria: Seien Sie um Himmelswillen freundlich zu ihr!

Ludovico: *(gereizt)* Sie machen mir Spaß! Ausgerechnet Sie müssen mir das empfehlen, nachdem Sie gestern...

Onoria: Aber gestern hatte ich doch keine Ahnung. Mir kommt das vor, mein Gott – wie wenn man auf der Straße sieht, wie zwischen eine Meute von Kötern ein kleines Tier geraten ist, über das alle, man weiß nicht warum – aber je zahmer es ist, desto wilder – herfallen, um es zu beißen und zu zerreißen. Sie ist so verstört, so verzagt, die Ärmste!

Ludovico: *(immer noch gereizt)* Aber auch für mich, verstehen Sie, sieht die Sache jetzt ganz anders aus.

Onoria: Wieso? Sie? *(Meint – besorgt – Ersilia.)*

Ludovico: Diese ganze Geschichte, die ich für erledigt hielt und mir so völlig anders vorgestellt hatte! Schlimmer könnte es gar nicht sein! Erst der Journalist mit seinem Bericht, jetzt dieser Herr da … *(zeigt auf Franco)* und dann noch der Konsul, der mir mit seinem Protest in die Quere kommt … *(Zu Franco:)* Haben Sie das in der Zeitung gelesen?

Franco: Dann ist Konsul Grotti also hier?

Ludovico: *(heftig, um seinen Ärger zu motivieren)* Ja, hier. Er auch. Alle sind hier. Und offenbar hat auch der Vater Ihrer Verlobten ihn noch aufgesucht.

Franco: *(verblüfft, verstört)* Der Vater meiner Verlobten? Und warum?

Ludovico Ich weiß nicht – vielleicht, um sich zu erkundigen!

Franco: *(entrüstet)* Und was können die denn noch wollen? Nachdem sie mir die Tür vor der Nase zugeschlagen haben! Ah, dann hat sich also auch der Konsul Grotti gegen sie gestellt? *(Zeigt auf die Schlafzimmertür, um auf Ersilia hinzuweisen.)*

Onoria: Ja – alle gegen sie!

Ludovico: Es sieht so aus. Es ist sogar sicher. Sie müssen verstehen, ich lebe hier völlig vergraben in das, was ich schreibe.

Franco: *(wie zu sich selbst, wütend)* Ich möchte wissen, aus welchem Grunde der Konsul Grotti…

Ludovico: Der wird schon einen haben. Was mich betrifft – ich hatte mich für einen bestimmten Fall interessiert, für die Umstände, die Menschen – natürlich so, wie ich sie mir vorgestellt hatte. Jetzt, dieser ganze Wust, dieser Wirrwarr … ja, ich muß sagen, das hat es mir verdorben, hat mir alles verdorben. – Aber zum Glück sind Sie jetzt hier.

Franco: Ja, ja! Ich bin hier! Ich bin hier!

Onoria: Also gut. Ich gehe jetzt. *(Faltet die Hände, mit einer Geste des Bittens.)* Sehen Sie zu, was zu machen ist! *(Ab durch die Eingangstür.)*

Franco: *(entschlossen, eifrig)* Ich denke, ich werde mit ihr fortfahren, weit weg. Ich kriege das schon hin, mit meinen Beziehungen kriege ich das schon hin. Weit, weit fort.

Ludovico: Exaltieren Sie sich nicht zu sehr! Sie sehen ja, was daraus entsteht!

Franco: Ja – aber sie? *(Meint Ersilia.)*

Ludovico: Nun – sie ist doch gewiß der traurigste Beweis dafür. Das Opfer!

Franco: Ja, aber warum? Weil ich sie, eben um »mich nicht zu sehr zu exaltieren«, wie Sie sagen, verraten habe, und dabei vor allem mich selbst. Ich habe das Meer aufgegeben, das Meer – um hier zu ersticken, im Sumpf dieses Alltagslebens.

Ludovico: Ach, leider, an einem bestimmten Punkt…

Franco: *(mit wachsendem Eifer)* Nein, nein! Wenn man sich einreden läßt, daß es nicht möglich ist, so zu leben, wie man sich's erträumt hat, und daß schwierig und unerreichbar ist, was im Traum leicht erschien, so einfach, daß man's mit Händen greifen konnte…

Ludovico: Nun ja – und dennoch, lieber Signor Laspiga,

befreit sich unsere Seele in gewissen Augenblicken von all dem gewöhnlichen Elend...

Franco: Ja, so ist es, Signore!

Ludovico: ... springt über die kleinen Hindernisse des Alltagsdaseins hinweg, nimmt die kümmerlichen Bedürfnisse nicht mehr wahr und schüttelt die erbärmlichen Sorgen und die kleinbürgerlichen Pflichten ab.

Franco: Wunderbar! Und so losgelöst und befreit atmet sie, pulsiert sie in einer glühend leidenschaftlichen Atmosphäre, wo auch das Schwierigste, so sagte ich, ganz einfach wird.

Ludovico: Und alles ist fließend und leicht wie in einer göttlichen Trunkenheit! Ja. Aber das sind nur Augenblicke, mein Lieber!

Franco: *(schnell, mit Nachdruck)* Weil unser Geist nachgibt und nicht widersteht – darum!

Ludovico: *(lächelt)* Nein, nein. Denn Sie wissen ja nicht, welche hübschen Streiche Ihnen Ihre Seele spielt, welche Scherze sie mit Ihnen treibt und welche anmutigen Überraschungen sie für Sie bereit hält, während sie in der glühenden Atmosphäre dieser Augenblicke atmet und pulsiert, befreit von allen Fesseln, bar jeder Überlegung, entflammt und geblendet vom Feuer dieses Traumes. Sie merken es nicht, aber eines schönen Tages – eines schrecklichen Tages – fühlen Sie, wie Sie herabgezogen werden.

Franco: Das ist es! Ja! Aber man darf nicht nachgeben! Erst recht nicht! Man darf sich nicht herabziehen lassen! Und eben darum will ich fort von hier, weit fort, und sie dorthin bringen, wo sie weiterlebte und heiter, voller Vertrauen auf mich wartete, in diesem strahlenden Glück des Traumes, der mir durch eine allgemeine Trübung – des Geistes, des Bewußtseins – wie ein Wahnsinn erschien, von dem ich geheilt war. Ich war froh darüber, als ob ich mir selbst einen Beweis von ... von Lebensklugheit geliefert hätte! Aber jetzt fühle ich, daß der alte Geist wieder da ist: Ich habe mich wiedergefunden. Und das verdanke ich ihr.

LUDOVICO: Exaltieren Sie sich nicht! Sie werden sehen, wie sie heruntergekommen ist!

FRANCO: Ich richte sie wieder auf! Ich richte sie wieder auf! *(Die Schlafzimmertür öffnet sich. Ersilia erscheint.)* Ah! Da kommt sie! *(Bei ihrem Anblick wird er blaß. Wie für sich:)* Mein Gott!

ERSILIA: *(tritt ein, ihre Haare hängen ihr herab, sie ist völlig aufgelöst und totenbleich. Sie geht mit verzweifelter Entschlossenheit auf Ludovico zu)* Ich verzichte! Ich verzichte, Signor Nota! Auch das habe ich nicht gewollt! Ihr Vorschlag, nein, nein – es ist unmöglich! Ich verzichte auf alles. Auf alles!

LUDOVICO: Aber was reden Sie denn? Schauen Sie doch, wer hier ist. *(Zeigt auf Franco.)*

FRANCO: Ersilia! Ersilia!

ERSILIA: Sie? Wen meinen Sie? Sehen Sie nicht, wer ich bin? Was aus mir geworden ist?

FRANCO: *(geht auf sie zu, leidenschaftlich)* Ich sehe, wie zerstört du bist – aber du bist meine Ersilia! Meine Ersilia! *(Will sie umarmen.)* Du kommst zurück, um meine Ersilia zu sein!

ERSILIA: *(weicht entsetzt zurück)* Rühren Sie mich nicht an! Rühren Sie mich nicht an! Lassen Sie mich!

FRANCO: Wie? Du sagst »Sie« zu mir? Du? Du sollst doch mir gehören, mir, so wie du mir früher gehört hast.

ERSILIA: Oh – das ist eine wirklich unerträgliche Qual! Wie soll ich es denn sagen, mein Gott, wie soll ich es denn begreiflich machen, daß für mich alles zu Ende sein muß!

FRANCO: Aber es ist nicht zu Ende! Du siehst doch, daß es

nicht zu Ende ist, wenn ich jetzt hier bin, wieder bei dir!

Ersilia: Der Sie dort für mich gewesen sind – der können Sie jetzt nicht mehr sein.

Franco: Doch! Oh doch! Denn ich bin derselbe! Ich bin derselbe!

Ersilia: Nein! Schon aus dem Grunde nicht, ich sage es Ihnen – weil ich, ich ... mein Gott, das müßten Sie doch selbst merken – weil ich nicht mehr dieselbe sein kann!

Franco: Aber das ist nicht wahr! Du hast dich meinetwegen umbringen wollen ... das hast du gesagt! Also?

Ersilia: *(düster, fest entschlossen)* Also? – Es ist nicht wahr!

Franco: Wieso ist es nicht wahr?

Ersilia: Es ist nicht wahr! Nicht deinetwegen! Wenn ich doch nicht einmal deswegen hierhergekommen bin, weil ich dich hier, hier hätte suchen wollen. Ich habe gelogen.

Franco: Du hast gelogen?

Ersilia: Ja! Ich habe irgendeinen Grund genannt, den einzigen, der in dem Augenblick stimmte. Aber jetzt stimmt er nicht mehr.

Franco: Nicht mehr? Warum nicht mehr?

Ersilia: Weil ich, zu meinem Unglück, noch lebe, weil ich immer noch am Leben bin.

Franco: Zu deinem Unglück? Es ist ein Glück.

Ersilia: Oh vielen Dank! Ein schönes Glück! Wollt ihr mich dazu verurteilen, die zu sein, die ich habe töten wollen? Nein, nein! Schluß mit der! Laßt die doch in Ruhe mit ihrem Grund, den sie damals genannt hatte und der heute nicht mehr zutrifft, weder für mich noch für dich. Schluß damit!

Ludovico: Verzeihung, aber warum trifft er nicht mehr zu?

Franco: Wenn du doch aus diesem Grunde sterben wolltest!

ERSILIA: Eben! Deshalb! Sterben – ein Ende machen! Aber ich bin nicht gestorben, und darum gilt er nicht mehr.

FRANCO: Als ob ich nicht wiedergutmachen könnte! Ich kann es!

ERSILIA: Nein, nein!

FRANCO: Wieso nicht? Was für dich ein Grund war, sterben zu wollen, das müßte im Gegenteil jetzt der Grund sein zu leben, scheint mir.

LUDOVICO: So ist es!

FRANCO: Deswegen bin ich hier!

ERSILIA: *(legt Zeigefinger und Daumen ihrer Hände aneinander und begleitet mit einer Geste jede Silbe. In anderem Ton, entschlossen, akzentuiert)* Es fällt mir sogar schwer, dich wiederzuerkennen.

FRANCO: *(erstarrt)* Du – mich?

ERSILIA: *(reißt mit einem Ruck die Hände hoch, verdreht sie, setzt sich. Die beiden betrachten sie erstaunt, so wie man sich über jemanden wundert, der unvermutet ganz anders erscheint, als man ihn sich vorgestellt hatte. Nach einer Pause)* Treibt mich nicht zum Wahnsinn! *(Erneute Pause. Dann im früheren Ton:)* Fällt es dir vielleicht nicht auch schwer, mich wiederzuerkennen?

FRANCO: *(leise, schmerzlich)* Nein, nein – wie kommst du darauf?

ERSILIA: Weißt du – das geht so weit, daß ich das überhaupt nicht hätte sagen können, wenn ich dich vorher gesehen hätte.

FRANCO: Was sagen können?

ERSILIA: Daß ich mich deinetwegen umbringen wollte. Es ist nicht wahr! Aber nicht einmal die Stimme ... die Augen ... Hast du mit dieser Stimme zu mir gesprochen? Mit diesen Augen mich angeschaut? Ich habe dich gesehen ... weiß der Himmel, wie ich dich gesehen habe!

Franco: *(erstarrt)* Du treibst mich von dir fort, Ersilia ... Du bringst mich zum Zweifeln – an mir ... an dir ...

Ersilia: Weil du nicht begreifen kannst, was für eine entsetzliche Sache das ist, ein Leben, das zurückkommt zu dir, so ... wie ... wie eine Erinnerung, die anstatt in dir zu sein, zu dir kommt ... unerwartet von außen her zu dir kommt. So verändert, daß es dir schwerfällt, sie wiederzuerkennen. Du kannst in dir keinen Platz mehr für sie finden, denn auch du bist verändert. Und es gelingt dir nicht, dich darin wiederzufinden, obwohl du erkennst, ja, das war dein Leben, so, wie du vielleicht gestern – aber nicht vor dir selbst! –, wie du gesprochen, wie du geblickt, wie du dich bewegt hast in der Erinnerung dieses anderen – ohne daß du es selbst warst.

Franco: Aber ich bin es, Ersilia! Ich kehre zurück, um »dieser andere« zu sein, für dich will ich es wieder sein.

Ersilia: Das kannst du nicht. Mein Gott, begreifst du nicht? Denn jetzt, da ich dich sehe, weiß ich genau, daß du der niemals gewesen bist.

Franco: Ich?

Ersilia: Warum wunderst du dich? Ich habe gemerkt, eben, als du mich reden hörtest, da hast du das gleiche Empfinden gehabt.

Franco: Ja, das ist wahr. Aber weil du jetzt Dinge sagst ...

Ersilia: ...die wahr sind. Warum willst du das nicht ausnützen? Alle können Nutzen daraus ziehen. Nur ich nicht! – Du hast keine Schuld.

Franco: Aber woran, mein Gott, habe ich keine Schuld?

Ersilia: An dem, was du mir angetan hast.

Franco: Aber wieso denn keine Schuld – deswegen bin ich doch hier!

Ersilia: Im Leben kommt so etwas vor – man kann so was machen im Leben.

Franco: Aber dann kommt die Reue, so wie ich sie jetzt

empfinde, eine wirkliche Reue, weißt du – nicht eine bloße Verpflichtung dir gegenüber, die ich anerkenne.

Ersilia: Aber wenn dir nun klar geworden ist, daß ich nicht diejenige bin, die du in mir gesehen, die du dir vorgestellt hast...

Franco: *(verzweifelt, da er sie so reden hört)* Oh mein Gott, was redest du nur!

Ersilia: Auch bei Ihnen, Signor Nota, war es eine andere! Aber ich schwöre Ihnen, ich ... ich hätte alles dafür getan, um die zu sein, die Sie sich vorgestellt haben! Für Sie, ja – für Sie hätte ich es gekonnt! Denn es ging darum, in der Scheinwelt Ihrer Kunst zu leben. Aber nein – das Leben, dieses Leben, von dem ich mich hatte befreien wollen, sehen Sie, das hat mich nicht losgelassen, das hat mich mit den Zähnen gepackt und will mich nicht loslassen. Und alle sind sie nun wieder hier und fallen über mich her! – Wo soll ich hin?

Ludovico: *(leise, zu Franco)* Ich habe es Ihnen gesagt. Die Signorina muß allmählich wieder zu sich kommen und...

Ersilia: Wollen auch Sie mich jetzt noch quälen?

Ludovico: Ich? Nein – im Gegenteil!

Ersilia: Wenn Sie doch genau wissen, daß es nicht mehr möglich ist?

Ludovico: Verzeihen Sie – warum nicht?

Ersilia: Ach, für Sie, der sich das so hübsch ausgedacht hat, mag das nicht so ohne gewesen sein, vielleicht war es sogar ein Vergnügen, sich das auszumalen. Aber bedenken Sie: Das, was Sie sich in Ihrer Phantasie vorgestellt haben, das habe ich am lebendigen Leibe aushalten müssen, und die Scham und den Ekel dazu!

Ludovico: Ach – deswegen?

Ersilia: Sagen Sie ihm, sagen Sie ihm, was ich getan habe, damit er geht!

LUDOVICO: Bestimmt nicht! Denn Ihnen kann niemand Schuld daran geben!

ERSILIA: Dann sage ich es ihm! Er soll wissen, daß ich mich dem Erstbesten auf der Straße angeboten habe!

LUDOVICO: *(schnell, heftig, zu Franco, der sein Gesicht mit den Händen verdeckt)* Aus Verzweiflung! Am Abend vor dem Selbstmordversuch! Begreifen Sie?

FRANCO: Ja, ja! Oh, Ersilia...

LUDOVICO: Am nächsten Morgen hat sie in einer Parkanlage Tabletten genommen, weil sie nicht einmal mehr das Geld hatte, die Hotelrechnung zu bezahlen. Begreifen Sie?

FRANCO: Ja! Und das macht meine Reue noch größer, und meine Verpflichtung, dich für all das zu entschädigen, was ich dir angetan habe!

ERSILIA: *(mit einem Schrei)* Aber nein! Du nicht!

FRANCO: Ich! Ich! Wer sonst?

ERSILIA: *(mit äußerster Erregung)* Wollt ihr mich denn dazu bringen, alles zu sagen – alles? Sogar das, was kein Mensch eingesteht – nicht einmal sich selbst? *(Hält einen Augenblick inne, um sich zu fangen, und sagt dann fest, entschieden, während sie mit leeren Augen vor sich hinstarrt:)* Ich dachte noch einmal ganz kalt an den Ekel, den ich empfunden hatte, um zu sehen, ob ich es durchhalten würde. Ich puderte mich, bevor ich aus dem Hotel ging, das Glasröhrchen mit den Tabletten in der Handtasche. Ich hatte drei von diesen Röhrchen im Koffer. Ich war Kinderfräulein und brauchte sie gegebenenfalls zum Desinfizieren. Während ich mich puderte, betrachtete ich mich – genau wie Sie es sich vorgestellt haben – in einem kleinen Toilettenspiegel auf der Kommode. Nicht nur vor diesem ersten Versuch, auch nachher, als ich ging, um mich umzubringen. Ja! Aber auf dieser Bank im Park wußte ich bis zum letzten Augenblick nicht, w o l l t e ich nicht wissen, ob ich es tun würde. Statt dessen hätte ich ohne weiteres den Versuch wiederholen können, wenn der Zufall es gewollt hätte, wenn irgend jemand vorbeigekommen wäre, dem ich oder der mir gefallen hätte. Ich weiß nicht, ob ich dann noch versucht hätte, mich umzubringen. Ich hatte Puder aufgelegt und Rouge auf die Lippen und mit Absicht dieses hellblaue Kleid angezogen. *(Sie springt auf:)* Im übrigen: Wenn ich jetzt hier bin, was besagt das? Es besagt, daß ich den Ekel überwunden habe, nachdem ich ihn verglichen habe mit dem Tode. Sonst wäre ich nicht hier, bei einem Mann, der mir geschrieben hat, ohne mich zu kennen, und mir ein Unterkommen angeboten hat.

FRANCO: *(plötzlich entschlossen)* Hör zu! Ich weiß es, ich weiß, warum du so redest, warum du dich mit solcher Wollust marterst.

ERSILIA: Ich? Ihr martert mich!

FRANCO: Ah – siehst du? Du kannst es aussprechen. Du empfindest es als eine Grausamkeit der anderen? Und warum willst du nicht, daß wenigstens einer dieser anderen, dem das Gewissen erwacht ist, diese Grausamkeit wiedergutmacht?

ERSILIA: Und wie? Indem er sie mir noch einmal zufügt?

FRANCO: Aber nein...

ERSILIA: *(mit hämmernder Betonung jedes Satzes)* Ich sage dir, daß ich es mir ausgedacht habe, ich sage dir, daß es nicht wahr ist, ich sage dir, daß ich gelogen habe, und ich wiederhole es! Nicht die anderen sind es gewesen! Nicht du bist es gewesen! Das Leben ist es! Dieses Leben, das immer weitergeht – es ist zum Verzweifeln – ohne daß es je, daß es jemals für mich irgendeinen Inhalt haben konnte. – Was soll ich dir denn noch sagen, um dich loszuwerden! *(Es klopft laut an der Eingangstür.)*

Ludovico: Wer ist da? Herein! *(Die Tür öffnet sich, Emma tritt ein.)* Was wollen Sie?

Emma: Konsul Grotti ist gekommen.

Ersilia: *(mit einem Schrei)* Ah! Da ist er! Das habe ich mir gedacht!

Ludovico: Will er mich sprechen?

Franco: Ich bin auch noch da!

Emma: Nein, er möchte die Signorina sprechen.

Ersilia: Ja, ja, laßt mich – laßt mich mit ihm sprechen, bitte! *(Zu Emma:)* Lassen Sie ihn herein. *(Emma ab.)* Es ist besser, es ist besser, daß ich mit ihm spreche. Je eher, desto besser. *(Konsul Grotti tritt ein. Dunkel, kräftig, Mitte bis Ende Dreißig, schwarz gekleidet. In den Augen und im Gesicht ein Ausdruck düsterer, verhaltener Strenge.)* Treten Sie näher, Signore. *(Zu Ludovico, stellt vor:)* Konsul Grotti. *(Dann zu Grotti:)* Signor Ludovico Nota…

Grotti: *(verbeugt sich)* Ich kenne Sie dem Rufe nach.

Ersilia: *(fährt fort)* … der die Güte gehabt hat, mich aufzunehmen. *(Zeigt auf Franco:)* Signor Laspiga kennen Sie.

Franco: Das waren andere Zeiten, als er mich kannte. Aber jetzt bin ich hier, um…

Ersilia: *(unterbricht schnell)* Um Gotteswillen, reden Sie nicht!

Franco: Nein! *(Zu Grotti:)* Sehen Sie! *(Zeigt auf Ersilia:)* Sehen Sie, das ist die, um deren Hand ich Sie dort gebeten habe.

Ersilia: *(bebend)* Bitte, reden Sie nicht weiter!

Franco: Ich rede nicht weiter! *(Zu Grotti:)* Dieser Groll, in dem Sie Ersilia finden, wird Ihnen zur Genüge erklären, warum ich hier bin.

Ersilia: *(wie zuvor, außer sich)* Was geht Sie mein Zustand an! Ich habe Ihnen gesagt, daß Sie überhaupt keinen Grund haben, hier zu sein, und ich möchte das ausdrücklich vor ihm wiederholen; er soll wissen, mein

Groll beruht eben darauf, daß Sie so hartnäckig dabei bleiben, es nicht begreifen zu wollen.

FRANCO: Ja, du möchtest es ausdrücklich wiederholen, weil du weißt, daß der Vater meiner Verlobten ihn aufgesucht hat.

ERSILIA: *(verblüfft)* Nein! Das weiß ich nicht! *(Schaut Grotti völlig verwirrt an, beherrscht sich mühsam.)* Ah ... und Sie ... Sie haben mit ihm über mich gesprochen?

GROTTI: *(kühl, zurückhaltend)* Nein, Signorina, ich habe ihm versprochen, hierherzukommen und mit Ihnen zu reden!

FRANCO: *(schnell, laut)* Oh, das hat keinen Zweck, wissen Sie.

ERSILIA: *(herrisch, zornig)* Lassen Sie mich allein mit dem Konsul reden! *(Gleich darauf in anderem Ton zu Ludovico:)* Ich bitte Sie, Signor Nota...

LUDOVICO: Oh – meinetwegen ... *(Will gehen.)*

FRANCO: *(zu Ludovico, entschlossen, hält ihn zurück)* Nein, nein! Warten Sie! *(Zu Ersilia, stolz:)* Ich gehe. *(Zu Grotti:)* Aber vorher will ich hier dem Konsul sagen, und er soll es jedem mitteilen, der es wissen will, daß es zwecklos ist, völlig zwecklos. Denn sie *(zeigt auf Ersilia)* darf es nicht sagen, aber ich muß es. *(Zu Ersilia:)* Und das halte ich aufrecht, unumstößlich, auch vor dir! Bisher habe ich gebeten, gefleht, mich damit abgefunden, mir die gröbsten Dinge von dir anhören zu müssen, mich verhöhnen zu lassen – aber jetzt ist es genug, jetzt rede auch ich anders mit dir. Es steht dir frei, mich fortzuschicken. Aber das heißt nicht, daß ich zu jemandem zurückkehren muß, der zunächst zu Recht – wie jeder, der deine unglückselige Geschichte gelesen hat – wegen meines Verhaltens empört und beschämt war und mir die Tür vor der Nase zugeschlagen hat, aber das nun bereut und mir Unterhändler schickt!

GROTTI: Aber nein! Deswegen bin ich nicht hier!

ERSILIA: Und ich habe Ihnen gesagt, daß Ihr Verhalten mir gegenüber durchaus nicht der Grund für meine Verzweiflungstat gewesen ist!

FRANCO: Das ist nicht wahr!

ERSILIA: Was?! – Hier, Signor Nota ist Zeuge!

FRANCO: Ja, daß du es gesagt hast! *(Zu Grotti:)* Sie hat mir die schrecklichsten Dinge über sich erzählt, »die kein Mensch eingesteht, nicht einmal sich selbst«! Aber ich habe mein Gewissen, auch wenn deines nach dem, was du mir hast antun können, dich veranlaßt, mich zurückzustoßen. Und mein Gewissen, was immer er *(deutet auf Grotti)* dir sagen kann oder was du ihm sagen wirst, wie immer ihr euch im Interesse der anderen einigt – mein Gewissen ändert sich nicht! So, das wollte ich dir sagen! *(Zu Ludovico:)* Und jetzt gehen wir. Ich weiß, daß Sie auf meiner Seite sind und mir zustimmen. *(Zu Grotti:)* Auf Wiedersehen, Signore. *(Geht zur Eingangstür.)*

GROTTI: *(nickt kaum)* Wiedersehen.

LUDOVICO: *(ist zu Ersilia getreten und sagt leise, im Ton liebevollem Tröstens)* Ich kümmere mich inzwischen um Ihren Koffer. Ich hoffe, ich kann ihn Ihnen bald wiederbringen.

ERSILIA: *(gerührt)* Danke schön. Und entschuldigen Sie, Signor Nota.

LUDOVICO: Aber ich bitte Sie. *(Zu Grotti:)* Auf Wiedersehen.

GROTTI: Guten Tag. *(Franco und Ludovico ab. Sobald die Tür geschlossen ist, kauert sich Ersilia zusammen. Sie zittert am ganzen Leibe. Sie schaut angstvoll zu Grotti auf, der sich brüsk umdreht und sie mit funkelnden Augen zornbebend anstarrt. Sie kann diesen Blick nicht aushalten, bedeckt das Gesicht mit den Händen und zieht sich in sich zusammen mit hochgezogenen Schultern, als ob sie seine ganze Wut auf sich lasten fühlte. Grotti nähert sich ihr drohend, sagt leise zwischen den Zähnen:)* Idiotin! Idiotin! Idiotin! So kindisch zu lügen!

ERSILIA: *(hat den Ellbogen wie zum Schutze erhoben, wimmert)* Aber ich habe mich wirklich umbringen wollen!

GROTTI: *(schimpfend)* Und warum mußt du dann lügen? Um dir auch noch diese Geschichte aufs Gewissen zu laden?

ERSILIA: *(verteidigt sich)* Nein, damit habe ich nichts zu tun! Hast du das nicht gehört? Er sagt ja, daß er es nicht meinetwegen macht! Ich habe es ihm ins Gesicht geschrien – ich schwöre dir, ich habe es ihm ins Gesicht geschrien, daß es gelogen war, als ich gesagt habe, ich hätte mich seinetwegen umbringen wollen!

GROTTI: *(zornig)* Aber er glaubt es doch nicht! Siehst du denn nicht, daß er es nicht glaubt?

ERSILIA: *(steht auf, wütend)* Und was kann ich da tun? Sein schlechtes Gewissen, das er ja auch haben muß, hindert ihn daran, es zu glauben.

GROTTI: *(verächtlich)* Du hast den Mut, über das schlechte Gewissen anderer zu reden, du?

ERSILIA: Ach, du glaubst, ich müßte mehr als alle anderen ein schlechtes Gewissen haben? Ich habe weniger als andere – ja! Ja! – Ah, ich weiß, du gibst das nicht zu: denn den Mut, sich umzubringen, den habe ich gehabt, nicht du!

GROTTI: Ich? Ich sollte mich umbringen?

ERSILIA: Nein, du kannst ganz beruhigt sein: Das Gewissen war es nicht, auch nicht bei mir. Und deines kannst du ja aushalten. Du hast schließlich dein Auskommen. Ich – ich habe auf der Straße gelegen, von allem entblößt. Und da, weißt du, da ist es sehr viel schwieriger, fast unmöglich. Mich hat Verzweiflung überwältigt – wegen des Kindes und dann, nachdem ich diese letzte Erniedrigung durchgemacht hatte – deshalb konnte ich es tun.

GROTTI: Und du konntest nicht anders, als dann noch zu lügen?

ERSILIA: Das war fast ohne es zu wollen. – Aber es ist doch wahr, er hat sich dort mit mir verlobt.

GROTTI: Ja, zum Spaß.

ERSILIA: Das stimmt nicht! Aber wenn, dann ist es eine doppelte Gemeinheit. Denn ohne zu ahnen, was dort nach seiner Abreise zwischen dir und mir passiert war, hat er sich hier mit einer anderen verlobt und stand davor, sie zu heiraten.

GROTTI: Aber du? Du hast gewußt, was zwischen dir und mir passiert war, und du hast gelogen.

ERSILIA: Ist das nicht viel schlimmer, was er getan hat: Ohne etwas von meiner Schande zu wissen, hat er mich in aller Seelenruhe hier verraten und eine andere heiraten wollen?

GROTTI: Aber das ist doch der Beweis, daß er es dort mit dir nicht ernst gemeint hat!

ERSILIA: Das ist nicht wahr! Er hat es selbst gesagt! Und dann wäre er jetzt nicht so, wie du selbst ihn hier gesehen hast! Aber du sagst das deinetwegen, weil es dir so in den Kram paßt, das anzunehmen, um eine Entschuldigung für das zu finden, was du dort hinter seinem Rücken getan hast, unmittelbar nach seiner Abreise.

GROTTI: Und du hast jetzt diesen ganzen Wirbel hier nur veranstaltet, um ihn daran zu hindern, eine andere zu heiraten?

ERSILIA: Nein! Daran habe ich überhaupt nicht gedacht! Ich habe das gesagt, als ich glaubte, ich müsse sterben! Gar nichts wollte ich verhindern! Und ich will es auch heute nicht. Ich will es nicht!

GROTTI: Aber wenn du nun hier nicht seinen Verrat entdeckt hättest, wenn er frei gewesen wäre und bereit, sein Versprechen einzulösen?

ERSILIA: *(entsetzt)* Nein, nein! Niemals! Ich hätte ihn nicht belogen! Ich schwöre es dir bei der Seele des Kindes, ich hätte ihn nicht belogen! Ich bin ja nicht einmal zu ihm gegangen, das kann er dir selbst sagen! Es war wegen dieses Verrates – und von seiner Seite war es ja ein wirklicher und richtiger Verrat –, daß ich diese Lüge herausbringen konnte, ich hätte mir seinetwegen das Leben nehmen wollen.

GROTTI: Du hast ihn hier nicht gesucht?

ERSILIA: Nein!

GROTTI: Und woher wußtest du dann etwas von seiner bevorstehenden Hochzeit?

ERSILIA: Ach so ... ja ... ich bin ... ich bin zum Marine-Ministerium gegangen.

GROTTI: Siehst du! Und du hast ihn nicht gesucht!

ERSILIA: *(mit verhaltener Wut der Verzweiflung, drohend)* Du solltest mir dankbar sein!

GROTTI: Wofür? Daß du ihn gesucht hast?

ERSILIA: Nein! Daß mir jede Lust vergangen ist, es ihm heimzuzahlen, als ich hörte, daß er bald heiraten würde und daß er nicht mehr bei der Marine sei. Du glaubst, du ertappst mich, wie ich auf den Stufen zum Marine-Ministerium dachte, ihn hinters Licht zu führen! Du ahnst nicht, wie mir zumute war, als ich diese Stufen hinaufstieg, nachdem ich völlig verloren hier angekommen war! Von deiner Frau so davongejagt, als sie uns in diesem schrecklichen Augenblick überrascht hatte, unter dem Geschrei der Leute, die das Kind nach dem Sturz von der Terrasse aufgelesen hatten. Ich war verzweifelt, wie eine Bettlerin war ich, die keine andere Rettung sieht als den Tod oder den Wahnsinn. Und wie eine Wahnsinnige ging ich hin, um ihm alles zu sagen, alles!

GROTTI: Von uns beiden?

ERSILIA: Nein! Von dir! Von dir, daß du, nach seiner Abreise, sie dir zunutze gemacht hattest...

GROTTI: Ich allein?

ERSILIA: Ja, die Stimmung, in der ich zurückgeblieben war! Nimm dich in acht – ich kann jetzt alles sagen, das, was noch niemand je zu sagen gewagt hat – ich gehe bis zum äußersten, bis zum allerletzten, ich schreie sie heraus, die Wahrheit der Wahnsinnigen, brutale Sachen von jemandem, der nicht glaubt, daß er sich je wieder erheben kann, und der seine geheimsten Schändlichkeiten nicht mehr verbirgt! – Du hast mich gepackt, als ich noch heiß war von dem Feuer, das er entzündet hatte in meinen Sinnen und nun, wenn ich nur berührt wurde, nicht mehr widerstehen konnte. Leugne doch, daß ich dich gebissen habe! Leugne, daß ich dir den Hals, die Arme, die Hände zerkratzt habe!

GROTTI: Du gemeines Frauenzimmer! Du hast mich doch dazu gebracht!

ERSILIA: Das ist nicht wahr! Das ist nicht wahr! Niemals! Du bist es gewesen!

GROTTI: Anfangs vielleicht. Aber dann?

ERSILIA: Niemals! Niemals!

GROTTI: Du hast heimlich meinen Arm genommen!

ERSILIA: Das ist nicht wahr!

GROTTI: Nicht wahr? Du Lügnerin! Du hast mich sogar einmal mit einer Nadel in die Schulter gestochen!

ERSILIA: Weil Sie mich nicht in Ruhe gelassen haben!

GROTTI: Schau an! Jetzt sagt sie auf einmal »Sie«!

ERSILIA: Ich war Ihre Angestellte.

GROTTI: Und deswegen mußtest du tun, was ich wollte?

ERSILIA: Der Körper tat es, der Körper! Nicht das Herz, nie! Ich empfand nur Haß.

GROTTI: Lust hast du empfunden! Lust!

ERSILIA: Nein, Haß! Haß, je mehr Lust du mir bereitet

hast, ja! Damals hätte ich dich zerreißen können, so wie ich meine Schande hätte zerreißen mögen. Mit dem Herzen, das mir blutete, danach, habe ich nie die Lust gewollt, die ich mir nahm, ich habe es verraten, mein Herz, verraten wie eine schamlose Diebin! Ich schaute auf meine nackten Arme und zerbiß sie mir. Ich bin erlegen, immer erlegen, aber ich fühlte in mir, daß mein Herz ... Nein, das gab nicht nach! Oh du Schandkerl! Du hast mir durch das Laster die einzige Freude meines Lebens genommen – die mir fast unwirklich vorkam – das Glück, mich als Braut zu fühlen.

GROTTI: Während er hier im Begriff war, eine andere zu heiraten.

ERSILIA: Da siehst du es! Alle sind Kanaillen! Und du kommst, um mir ins Gesicht zu sagen, daß ich eine sei! Ich, ich, die ich nie die Kraft gehabt habe, irgend etwas zu sein! Mein Gott, nicht einmal irgendein Ding ... was weiß ich, aus Ton, das man mit den Händen geknetet hat und das kaputt geht, wenn es herunterfällt. Aber noch die Bruchstücke auf der Erde sagen dir wenigstens, daß etwas da war, was jetzt nicht mehr ist! Mein Leben ... ein Tag nach dem anderen ... und keiner, der mir je hätte gehören können ... Ich war alles, wie man's von mir verlangt hat, wie es gerade kam ... ohne begreifen zu können ... hin und her gerissen ... gepeinigt ... und niemals etwas, das mir erlaubt hätte zu sagen: Auch ich bin da! *(Plötzlich in anderem Ton, wendet sich zu ihm, wie ein geprügeltes Tier:)* Aber du, was willst du jetzt? Warum tauchst du hier vor mir auf?

GROTTI: Weil du geredet hast! Deswegen! Wegen der Dinge, die du gesagt hast! Wegen der, die du getan hast! Du hast sterben wollen...

ERSILIA: Ich weiß, ich hätte den Mund halten sollen! Einen Stein drüber – und Schluß!

GROTTI: Einen Stein, ja. Den hast du statt dessen mit Getöse in die Gosse geworfen, den Stein, und das Wasser und der Dreck sind hochgespritzt und haben alle besudelt. Wir alle haben etwas abgekriegt.

ERSILIA: Und der Dreck geht nicht mehr runter.

GROTTI: Um dich herum ist alles wie Sumpf!

ERSILIA: Und ihr wollt, daß ich allein darin versinke, damit ihr wieder in eurem alten Trott weitermachen könnt: Er, nachdem er von meiner Schande mit dir erfahren hat, kehrt zu seiner Verlobten zurück und du zu deinen Konsulatsgeschäften.

GROTTI: In mein Leben, in mein ganzes Leben, das du verdammtes Weib in einem Augenblick, in dem du mich verwirrt hast, aus der Bahn geworfen hast! Was glaubst du denn? Daß mein ganzes Ich nur darin steckt, in dieser Dummheit eines müßigen Nachmittags, in diesem kleinen bißchen Laster, das ich mit dir ausgekostet habe? Wie teuer habe ich das bezahlen müssen! Mit dem Unglück meines ganzen Lebens, dem Tod meines Kindes!

ERSILIA: Du warst es! Du bist es gewesen! Ich habe immer diesen Stuhl vor Augen, immer – den du mich nicht erst hinuntertragen ließest von der Terrasse, auf die ich mit dem Kind hinaufgestiegen war.

GROTTI: Und warum warst du hinaufgestiegen? Dein Platz war dort, neben dem Zimmer, in dem meine kranke Frau schlief, damit du jederzeit gleich bei ihr gewesen wärest, wenn sie dich gerufen hätte. Was hattest du auf der Terrasse zu suchen?

ERSILIA: Ich habe gearbeitet, und die Kleine hat gespielt.

GROTTI: Nein! Du bist absichtlich raufgegangen, damit ich nachkommen sollte!

ERSILIA: Das ist gemein! – Du wärst auch ins Zimmer neben deiner Frau zu mir gekommen!

GROTTI: Nein, nein!

ERSILIA: Leugne doch nicht! Als ob du es nicht schon mehrfach so gemacht hättest! Und da ich mich auch dort nicht sicher fühlte...

GROTTI: Weil du selber es auch wolltest! Weil du es selber auch wolltest!

ERSILIA: Nein! Weil es bei deinem gemeinen Anmachen und deinem Insistieren schließlich dazu gekommen wäre, daß auch ich es gewollt hätte – so mußt du sagen! Genervt, weil deine Frau nebenan nichts hören sollte! Ah, ich bin sicher, jetzt bin ich sicher, daß eine Stimme in mir sprach, von diesem Stuhl sprach sie, ich solle ihn nicht draußen stehen lassen, weil die Kleine, die mit ihren Spielsachen auf der Terrasse war, auf ihn hinaufklettern und über das Geländer hinunterstürzen könnte! Ich konnte nicht auf sie hören, auf diese Stimme, denn du – das weißt du doch – du an der Terrassentür, wie ein Tier hast du mich bedrängt und bedrängt! Und jetzt träume ich davon, immer träume ich davon – ich sehe ihn vor mir – dort – den Stuhl – es ist ein Alptraum – nie kann ich ihn rechtzeitig fortnehmen ... *(Sie bricht in Tränen aus. Pause.)*

GROTTI: *(versunken, wie aus einem Bedürfnis, sein Leben jenseits dieses schrecklichen Ereignisses zu sehen, während Ersilia weiter krampfhaft und unterdrückt schluchzt)* Ich habe gearbeitet... ich war... ich war wie entfernt von mir selbst, immer... ganz und gar für die anderen ... ich dachte nur an die Arbeit, um die Leere auszufüllen, die ich fühlte in meinem Leben und in meinem Haus, das ich mir erträumt hatte und das ich nie so hatte haben können, wegen der jämmerlichen, kränklichen, groben Frau, auf die ich gestoßen war ... Da bist du gekommen ... Wie bin ich zu dir gewesen, im Anfang, wie bin ich zu dir gewesen?

ERSILIA: *(weich, unter Tränen)* Gut.

GROTTI: Weil ich, je mehr die Trostlosigkeit meines Lebens mich bekümmerte, das Bedürfnis hatte, anderen Gutes zu tun, alle Last auf mich zu nehmen, damit sie freier atmen konnten im Leben. Das Bedürfnis, es wenigstens ihnen schön zu machen und daran meine Freude zu haben, ich, der ich sonst keine Freude hatte. Und wie habe ich dich ihm geschildert, als er damals auf seiner Kreuzfahrt zu uns kam! Was habe ich ihm nicht alles von dir erzählt, um dir was Gutes anzutun, damit er sich in dich verliebte! Ich bin sogar herzlicher als sonst zu meiner Frau gewesen, damit auch sie zufrieden sei und bereit, eure Verliebtheit und das gute Gelingen meines Planes für dein Glück zu fördern, dieses Planes, den ich nur ausgeheckt hatte wegen des Vergnügens, das es mir bereitet hätte, derjenige zu sein, der dir dieses Glück verschafft hätte! Und als ich euch beide dann so verliebt sah ... Nein, nein, es war nicht, weil ich begriff, daß ihr zu weit gegangen wart, daß du dich ihm hingegeben hattest ... das hat meine Frau aufgeregt, nicht mich, sie hat dadurch alle Achtung vor dir verloren...

ERSILIA: Aber bis dahin hatte ich mich noch nie jemandem hingegeben! Es war ein Taumel, ein Taumel da ... am Abend vor seiner Abreise ... ich hatte das ja noch nie erlebt!

GROTTI: Ich weiß! Ich konnte es verstehen. Ich hätte nicht im Traum daran gedacht, dir einen Vorwurf zu machen. Und niemals hätte ich das ausgenutzt, wenn du nicht ...

ERSILIA: Ich?

GROTTI: *(schnell)* ... nicht, daß du es gewollt hättest! Aber ... ich weiß nicht ... wie du mich eines Abends, als wir vom Tisch aufstanden, anschautest ... Weil du nicht daran glaubtest! Ich fühlte, du glaubtest nicht daran, daß ich so gut hätte sein können, einzig um deines Glückes willen! Ja, so war es! Und weil du es nicht geglaubt hast,

hast du alles zerstört! Denn ich brauchte es mehr denn je, daß du glaubtest, damit ich bestehen konnte und mich gegen jede Versuchung…

ERSILIA: … aber nicht durch mich! Nicht durch mich!

GROTTI: Nein, gegen meine eigene! Aber wenn du an meine Uneigennützigkeit geglaubt hättest und daran, daß ich es gut mit dir meinte – und so war es doch wirklich –, dann wäre nicht plötzlich in mir dieses wilde Tier erwacht mit seinem verzweifelten Hunger. Und auch jetzt, da ich dich wiedersehe, nachdem du den Tod gesät hast und unheilbare Feindschaft zwischen mir und dieser Frau … *(Geht auf sie los, haßerfüllt, drohend:)* Nein, weißt du?

ERSILIA: *(weicht entsetzt zurück)* Was willst du?

GROTTI: Ich will, daß du weinst, daß du mit mir weinst, über das, was wir getan haben.

ERSILIA: Mehr, als ich schon geweint habe?

GROTTI: Ich will nicht allein sein in der Qual über den Tod meines Kindes, ich will nicht, daß du dich wieder mit ihm einläßt … als ob diese schreckliche Sache nicht gewesen wäre.

ERSILIA: Nein, nein! Nie! Da kannst du ganz sicher sein: niemals! Ich bleibe hier bei dem, der mich aufgenommen hat.

GROTTI: Das wird dir nicht möglich sein, denn er ist ja schon einig mit ihm – hast du das nicht gesehen? Sie sind zusammen weggegangen. Der wird jetzt schon genug von dir haben und es für Wahnsinn halten, wenn du jetzt nicht die Reue annimmst und die Wiedergutmachung, die er dir anbietet.

ERSILIA: Aber ich habe ihm doch gesagt, daß ich sie nicht will!

GROTTI: Ja, eine unvernünftige Halsstarrigkeit, die weder der eine noch der andere hinnehmen können. Den wahren Grund, warum du nicht willst, hast du ihm nicht gesagt.

ERSILIA: Nun gut, wenn es sein muß, werde ich es ihm sagen.

GROTTI: Und dann wird ihm das, was du getan hast, so widerlich sein – die Lüge, die du verbreitet, die Aufregung, die du dadurch verursacht hast, die Ehe, die kurz vor der Hochzeit durch dich vereitelt wurde, der Skandal, das Mitleid, das du dir erschlichen hast, das Mitgefühl aller Menschen…

ERSILIA: *(niedergeschlagen, fast ohnmächtig)* Es ist wahr … es ist wahr … aber ich … ich habe das nicht gewollt … ich habe ihm auch gesagt, daß ich geredet, daß ich gelogen habe, weil ich dachte, alles sei zu Ende. So etwas kann man doch nicht aussprechen, es ist zu häßlich, zu … ja, widerlich! Wir haben es uns sagen können – jetzt, unter uns –, weil wir uns gemeinsam zu schämen haben. Wie kannst du wollen, und warum willst du, daß alles aufgedeckt wird?

GROTTI: Ich war empört über deine Lüge, und als ich von diesem Vater da erfuhr, was sie alles bewirkt hatte – die Entrüstung der Braut, seine Reue und seinen Vorsatz, alles wiedergutzumachen – ich weiß gar nicht, wie ich es fertiggebracht habe, mich vor dem alten Mann noch zu beherrschen. Ich bin zur Redaktion gelaufen, um das, was mich betraf, zu dementieren. Und du ahnst nicht, in was für eine Wut meine Frau geraten ist, als sie die Zeitung gelesen hatte! Sie wollte sofort zu seiner Verlobten gehen, um alles zu enthüllen, warum du aus dem Haus gejagt worden bist und wie wir von ihr erwischt worden sind! Ich habe ihr versprechen, ihr zusichern müssen, daß dein Schwindel auf keinen Fall weitere Folgen haben dürfe und daß wenigstens dieser Familie der Friede zurückgegeben werde. Verstehst du?

Ersilia: *(wie oben)* Ich verstehe ... ich verstehe ... *(Pause. Sie schaut eine Weile düster vor sich hin, dann sagt sie:)* Gut. *(Sie steht auf – wieder Pause – dann:)* Geh. Ich werde dafür sorgen.

Grotti: *(sieht sie verlegen an)* Was willst du tun?

Ersilia: Du sagst doch, daß es sein muß. Ich werde es tun.

Grotti: *(nach einer Pause, schaut sie weiter an)* Du bist noch verzweifelter als ich ... wie elend du aussiehst ... wie elend du aussiehst ... *(Geht auf sie zu, will sie umarmen.)* Ersilia ... Ersilia ...

Ersilia: *(heftig, sehr stolz, stößt ihn zurück)* Oh nein – bei Gott, laß mich!

Grotti: *(wieder zu ihr, umarmt sie, wie rasend)* Nein, nein ... hör doch, höre ...

Ersilia: *(sträubt sich heftig)* Laß mich, sage ich dir!

Grotti: *(wie zuvor)* Laß uns gemeinsam unsere Verzweiflung umklammern!

Ersilia: *(schreit, um freizukommen)* Das Kind! Das Kind!

Grotti: *(läßt sofort los, wie vom Blitz getroffen, verbirgt den Kopf in den Händen)* Mörderin! *(Pause. Zittert wie im Krampf)* Ich verliere den Verstand! *(Nähert sich ihr wieder)* Ich brauche dich, ich brauche dich ... wir sind beide unglücklich ...

Ersilia: *(läuft zum Fenster)* Geh jetzt, geh ... ich schreie ...

Grotti: *(folgt ihr)* Nein, nein ... hör doch ...

Ersilia: *(öffnet das Fenster)* Ich schreie! *(Fröhlicher Lärm dringt von der Straße herauf. Sie weist ihn mit einer Geste hinaus:)* Geh!

Vorhang

DRITTER AKT

Dasselbe Bild. Am selben Tag, gegen Abend.
Signora Onoria steht am Fenster, durch das die üblichen Geräusche der Straße hereindringen, die allmählich mit dem Schwinden des Tages geringer werden. An einem der Fenster auf der anderen Straßenseite scheint eine Nachbarin zu stehen, mit der Signora Onoria sich unterhält, während Emma gerade mit dem Staubwischen und dem Aufräumen des Zimmers fertig wird.

ONORIA: Ja, gut, ich sage es Ihnen nachher. *(Pause.)* Bis Mittag, aber Sie wissen ja, der Nachtschlaf ist das doch nicht. *(Pause.)* Wie meinen Sie? Ich verstehe nicht … *(Pause.)* Ah ja, sie ist jetzt fortgegangen, mit Signor Nota … Ja, wegen des Koffers. Ihm hat man ihn nicht geben wollen.

EMMA: Und Sie werden sehen, ihr gibt man ihn auch nicht.

ONORIA: *(redet weiter nach draußen)* Es ging nicht früher…

EMMA: Hoffentlich wird das nun nicht jeden Tag so.

ONORIA: *(wendet sich zu Emma um)* Was brabbelst du denn! Ich kann ja gar nichts verstehen!

EMMA: Ich meine nur – die Zimmer aufräumen – um diese Zeit! Es ist Abend!

ONORIA: *(wieder nach draußen)* Der Signor Nota, der ist einer … was wollen Sie? *(Fängt an zu lachen.)* Anscheinend will er sie bei sich behalten. *(Pause.)* Aber nein, von dem will sie doch nichts mehr wissen … er wird sie umarmt haben … *(Pause, dann hastig:)* Nein, nein! Das ist nicht möglich! Da müssen Sie sich verguckt haben: das ist ausgeschlossen! *(Pause, dann nickt sie und grüßt mit der Hand.)* Ja, auf Wiedersehen, auf Wiedersehen! *(Schließt das Fenster.)* Na sowas! Behauptet, sie hätte hier drei Männer gesehen, und alle drei hätten sie umarmt.

EMMA: Der Konsul auch?

ONORIA: Ach was! Die hat sich geirrt. Das ist unmöglich.

EMMA: Ich hab gehört, wie die geschrien haben, alle beide, als sie hier allein waren.

ONORIA: Und du hast … hast du nichts verstehen können?

EMMA: Oh – ich hab doch nicht gehorcht! Als ich durch den Salon gegangen bin, habe ich gehört, wie sie geschrien haben, das ist alles. Aber sie mehr als er.

ONORIA: Ich möchte bloß wissen, was der von der Ärmsten noch will und wozu er überhaupt hergekommen ist, nachdem er sich bei der Zeitung über sie beschwert und eine Klage angedroht hat.

EMMA: Er wird nicht wollen, daß sie sich mit ihrem Verlobten wieder verträgt.

ONORIA: Und mit welchem Recht kann er das verlangen? Es liegt leider an ihr, sie will ihn nicht mehr, und meiner Ansicht nach ist das falsch von ihr.

EMMA: Daß sie lieber hier bleibt, bei dem alten Halbverrückten …

ONORIA: … der schon genervt ist, der schon genervt ist! Und ich glaube, er hat ihr das auch zu verstehen gegeben.

EMMA: Das ist vielleicht gut für sie. Auf die Weise wird sie es einsehen und zu dem anderen gehen.

ONORIA: Vielleicht. Weißt du, was sein wird? Sie traut dem Jungen nicht mehr. Obwohl es jetzt so aussieht, als ob es ihm wirklich leid tut.

EMMA: Das scheint mir auch so.

ONORIA: Aber sie macht sich Gedanken wegen der anderen, die er jetzt ihretwegen verlassen müßte.

EMMA: Ach, ich würde mir da keine Gedanken machen! Sie wäre doch deswegen fast gestorben!

ONORIA: Ja, aber sie weiß eben, was es heißt, verlassen zu werden! Das war doch so schön in der Zeitung beschrieben! Nein, jetzt wird da ziemlich viel Haß bei ihr aufgekommen sein! Und sie muß auch begriffen haben, daß hier, Signor Nota … *(Zieht eine Grimasse.)* Ich hab gesehen, wie sie mit ihm losgezogen ist. Da sah sie so aus, als ob sie, ich weiß nicht – einen Schleier vor den Augen hätte; sie hatte einen Blick, als ob sie nichts sah. Sie konnte nicht mehr sprechen und kaum die Hand heben. Ich habe sie gefragt, wie es ihr ginge, da hat sie mich angelächelt, und mir ist eiskalt dabei geworden, und ihre Hand war auch ganz kalt. *(Bricht plötzlich ab und horcht, dann in anderem Ton:)* Oh, hör mal! Ich glaube, der Straßenhändler ruft aus: Ja, geh und hol mir die Schnur … zweieinhalb Meter, wie ich dir gesagt habe. Ich winke ihn heran. *(Emma eilig durch die Eingangstür ab. Signora Onoria läuft zum Fenster, öffnet es, beugt sich hinaus, schaut hinunter, gibt dem Händler ein Zeichen, daß er warten solle, und bleibt am Fenster stehen. Währenddessen kommt durch die Eingangstür mit düsterem Gesicht Franco Laspiga herein.)*

FRANCO: *(fragt auf der Schwelle, während die Straßengeräusche heraufdringen, einmal, dann noch einmal)* Gestatten Sie? Gestatten Sie?

ONORIA: *(schließt das Fenster und wendet sich um)* Ach, Sie, Signor Laspiga? Nehmen Sie Platz, nehmen Sie Platz. Signor Nota wird bald zurück sein mit der Signorina. *(Leise, eindringlich:)* Nicht nachlassen, dringen Sie darauf, dann kriegen Sie es schon hin.

FRANCO: *(schaut sie an, zuerst, als ob er nicht verstanden hätte, dann mit verhaltener Wut, ironisch)* Ja, ja! Sie werden schon sehen! Jetzt werden Sie sehen, wie ich darauf dringen werde!

ONORIA: *(vertraulich)* Sie muß ihm gehörig Bescheid gesagt

haben, wissen Sie? Sie muß ihn ganz gehörig zurechtgewiesen haben, diesen Konsul, das sage ich Ihnen!

FRANCO: *(zwischen den Zähnen)* Dieser Lump – dieser Schurke...

ONORIA: Da haben Sie recht – da haben Sie recht! Die arme Signorina!

FRANCO: *(kann sich nicht mehr beherrschen, bricht aus):* Ach was, Signorina! Sagen Sie bloß nicht Signorina! Wissen Sie, was sie ist? Eine Hure ist sie, eine Hure!

ONORIA: *(fällt beinah um vor Schreck)* Oh Gott, nein! Was sagen Sie? *(In diesem Augenblick kommt, den Hut auf dem Kopf, Ludovico Nota herein.)*

LUDOVICO: *(sieht Franco)* Ah, Sie sind schon hier! *(Zu Onoria:)* Ist sie noch nicht zurück?

ONORIA: *(wendet sich um und sieht ihn verblüfft an, dann, ohne zu antworten, wieder zu Franco)* Aber ist das denn möglich!

LUDOVICO: *(verständnislos)* Was ist denn los?

FRANCO: *(entschlossen, bebend vor Zorn)* Es ist los, daß die Frau des Konsuls Grotti, nachdem sie erfahren hatte, daß er heute morgen hierhergekommen ist, um seine Mätresse zu treffen...

LUDOVICO: *(fährt auf, verblüfft)* Wen?

ONORIA: Sie? Des Konsuls?

FRANCO: Seine Mätresse, ja, meine Herrschaften, seine Mätresse! Seine Frau ist heute morgen zu den Eltern meiner Verlobten gegangen und hat ihnen gesagt, daß sie ein Verhältnis miteinander hatten!

LUDOVICO: Signorina Drei mit dem Konsul?

ONORIA: Die Geliebte ihres Mannes?

FRANCO: Ja! Und ich weiß noch nicht, ob das war, ehe ich um sie angehalten habe, oder danach. Das will ich aber wissen! Deswegen bin ich hier!

ONORIA: Was denn – wieso denn?... Oh mein Gott ... ich glaube, mir bleibt der Verstand weg!

Franco: Und wissen Sie, wie und wann seine Frau dahintergekommen ist? Als das Kind von der Terrasse hinunterstürzte.

Onoria: *(mit einem Schrei, bedeckt das Gesicht mit den Händen)* Oh Gott!

Franco: Sie erwischte die zwei zusammen und jagte sie aus dem Haus wie eine Mörderin, weil die beiden das Kind allein auf der Terrasse gelassen hatten.

Onoria: Mörder, ah! Wahrhaftig, Mörder!

Franco: Wenn nicht auch er kompromittiert worden wäre, hätte sie ins Zuchthaus gehört! Ins Zuchthaus! Und nach all dem, begreifen Sie das…

Onoria: … hat sie noch die Stirn gehabt…

Franco: … hierherzukommen und mich völlig durcheinanderzubringen.

Onoria: Alle! Durch die Mitleidstour!

Franco: Begreifen Sie, was sie mir angetan hat?

Ludovico: *(wie zu sich selbst)* Das ist doch wohl unglaublich…

Onoria: Mit diesem Märtyrerinnengesicht! Betrügerin!

Franco: Alles hin! Die Schande vor der Öffentlichkeit, die Reaktion meiner Verlobten … ich dachte, ich werde verrückt! Wieso ich's nicht geworden bin, weiß ich nicht.

Onoria: Deswegen wollte sie verschwinden, deswegen! Als sie Sie gesehen und als sie gehört hatte, daß der andere hier ist! Betrügerin! Sie hat geahnt, daß ihre Lügerei herauskommen würde! *(In anderem Ton, wütend:)* Die Tränen, die ich ihretwegen geweint habe, die soll sie mir …! *(Zu Ludovico, plötzlich:)* Ah – schmeißen Sie sie raus! Raus mit ihr! Ich will die nicht mehr im Haus haben! Ich will solche Skandalgeschichten nicht, nicht in meinem Haus!

Ludovico: *(ärgerlich, schnauft)* Warten Sie, warten Sie…

ONORIA: Nein, nein, nein, nein! Was denn, warten! Raus! Ich will sie nicht! Ich will sie nicht!

LUDOVICO: Halten Sie doch den Mund, zum Donnerwetter! Ich bringe das alles noch nicht zusammen! *(Zu Franco:)* Verzeihen Sie: Wie kommt es, daß der Konsul ... *(Unterbricht sich:)* Wissen Sie, daß ausgerechnet er, der Konsul, als erster bei der Zeitung protestiert hat?

FRANCO: Das ist doch klar!

LUDOVICO: Nein. Wieso klar? Die müßten sich doch einig sein, denke ich, als Liebespaar?

FRANCO: Aber seine Frau ist doch mitgekommen! Seine Frau, über die sie solche Gemeinheiten in die Zeitung zu bringen gewagt hat!

LUDOVICO: *(erinnert sich)* Ah, so. – Ja. Ja. Wirklich, das hat sie, ja ... Darum war sie auch so durcheinander, als sie hörte, daß in der Zeitung gestanden hat...

ONORIA: ... daß diese arme Signora sie fortgeschickt hatte, um etwas zu besorgen.

FRANCO: Seine Frau muß ihn dazu gezwungen haben, wenigstens das zu dementieren.

LUDOVICO: Dann ist also alles Schwindel...

FRANCO: ... ein ganz gemeiner, ganz gemeiner...

LUDOVICO: Auch, daß sie versucht hat, sich Ihretwegen umzubringen?

ONORIA: Wie kriegt man das fertig, sage ich, so schamlos zu lügen!

LUDOVICO: *(wie zu sich selbst, nachdenklich)* Aha, ja ... gewiß, deswegen hat sie so darauf bestanden, von Ihnen keine Wiedergutmachung annehmen zu wollen.

FRANCO: Das hätte auch gerade noch gefehlt!

ONORIA: Kann man wohl sagen, Sie Armer!

LUDOVICO: *(immer mehr von Onorias Gewöhnlichkeit abgestoßen, die ihn dazu bringt, sich nun auch gegen Franco zu wen-*

den) Nein, verzeihen Sie: Man muß anerkennen, daß sie es immerhin eingesehen hat.

FRANCO: Aber wann? Als sie mich hier sah, bereit, wiedergutzumachen, was ich für meine Schuld hielt.

LUDOVICO: Ich verstehe, ich verstehe.

FRANCO: Und das, allerdings, im besten Fall. Will sagen, wenn sie erst n a c h h e r seine Geliebte geworden wäre! Wenn sie es schon vorher gewesen ist, dann wäre ich auf die schmählichste Weise von allen beiden hintergangen worden.

LUDOVICO: Nein! Das...

FRANCO: Ich bin hier, sagte ich, um mir darüber Gewißheit zu verschaffen.

LUDOVICO: Und was wollen Sie tun? Verzeihung, Sie können doch nicht leugnen, daß Sie hier bei ihr auf den entschlossensten und heftigsten Widerstand gestoßen sind.

FRANCO: Aber ich sage vorher, ob ich v o r h e r betrogen worden bin...

LUDOVICO: Oh nein, verzeihen Sie! S i e wären in keinem Fall der Betrogene gewesen!

FRANCO: Nein? – Und wieso nicht? Ich...

LUDOVICO: *(fest)* In keinem Fall! Auch nicht vorher! Sie wollten doch hier – entschuldigen Sie – gerade eine andere heiraten!

FRANCO: Aber nein, hören Sie...

LUDOVICO: Lassen Sie mich ausreden. Mir scheint, Sie hatten schon Gleiches mit Gleichem vergolten, noch ehe Sie wußten, daß Sie von denen betrogen worden sind!

FRANCO: Und mein Betrug, wenn es überhaupt einer war, würde bedeuten, daß der ihre keiner war?

LUDOVICO: Nein, gewiß nicht! Aber der kann Ihnen nicht mehr das Recht geben, von irgend jemandem Rechenschaft zu verlangen! So ist das nun mal!

Franco: *(nachdrücklich)* Doch, das kann er mir geben! Das kann er mir geben! Denn die beiden haben den Betrug begangen und ihn fortgesetzt, während ich meine Heirat abgeblasen habe und hierher gekommen bin!

Ludovico: Als Sie erfahren hatten, daß sie versucht hatte, sich umzubringen...

Franco: *(wie zuvor)* ... aber nicht meinetwegen! Das hat sie selbst zugegeben! – Großartig! Sie werfen mir meinen Betrug vor, als ob das bei der da überhaupt noch ein Betrug hätte sein können!

Ludovico: Nein, nein, schauen Sie, ich werfe Ihnen gar nichts vor. Ich möchte Ihnen bloß beweisen, daß Sie nur in einem Recht haben: Sie hat gelogen, als sie behauptet hat – ohne dazu noch berechtigt zu sein –, sie habe sich Ihretwegen das Leben nehmen wollen. Und ich kann auch wahrhaftig den Grund zu dieser Lüge nicht begreifen – und schon gar nicht im Hinblick auf den Tod. Für das Leben können gewisse Lügen nützlich sein – aber nicht für den Tod! Und daß sie ihr für das Leben nichts nützen konnte, das hat sie bestimmt selbst erkannt.

Franco: Nichts nützen konnte – das sagen Sie!

Onoria: Sie wollen den Tatsachen nicht ins Auge sehen!

Ludovico: Ja, das allerdings, das stimmt! Das ist ein Fehler von mir. Es gelingt mir nie, den Tatsachen ins Auge zu sehen!

Onoria: Gott sei Dank, daß er es wenigstens selber zugibt! Und was sind die Tatsachen, hm? Daß sie gerettet worden ist: Nummer eins!

Franco: Und daß die Lüge ihr genutzt hat! Ja, Signore, sie hat ihr genutzt, nicht was mich betrifft – das wäre der Gipfel gewesen! –, sondern weil sie hier jemanden gefunden hat wie Sie.

Onoria: Man stelle sich vor: einen Schriftsteller!

Ludovico: Ja, eben: einen Trottel!

Franco: *(schnell)* Das will ich damit nicht sagen.

Ludovico: Aber ja, sagen Sie es nur, sagen Sie es.

Onoria: Das können Sie ruhig, wenn er es von sich selbst behauptet!

Franco: Sicher wird sie sich geschmeichelt gefühlt haben – oh! – zu sehen, wie ihre Lügerei angenommen und ins Reich der Kunst erhoben wird: diese romantische Geschichte vom Selbstmord aus Liebeskummer, nicht nur von einem Journalisten, sondern von einem Schriftsteller Ihres Ranges erzählt!

Ludovico: Ja, tatsächlich, das wollte sie.

Franco: Sehen Sie?

Ludovico: Sie hat es mir sogar übelgenommen, daß ich darin eine andere, ganz von ihr verschiedene Person gesehen habe.

Onoria: Ein schönes Paar hätten die abgegeben! Sie erzählt die Lügen, und er schreibt sie auf!

Ludovico: Lügen, ja – man kann sie auch Geschichten nennen! Aber die hat doch keine Schuld, wissen Sie, diese Geschichte, daß sie nicht wahr ist! Sie braucht doch nicht wahr zu sein, wenn sie nur schön ist! Ihr ist sie, in der Wirklichkeit, mißlungen – aber das schließt doch nicht aus, daß sie gut wird, wenn ich sie schreibe! Und ich sage noch mehr: So, wie sie jetzt ist, ist sie schöner! Oh, viel, viel schöner! Und ich bin sehr froh, daß sie so klar herausgekommen ist! *(Zu Franco, zeigt auf Onoria:)* Schauen Sie, diese Signora hier, zum Beispiel: zuerst entrüstet, wütend, dann honigsüß, jetzt gallebitter –

Onoria: *(fährt auf)* Das kann man wohl sagen!

Ludovico: *(stimmt sofort zu)* Aber ja, ja, Sie haben recht! Und dennoch ist es wunderschön! Das können Sie nicht leugnen! *(Zu Franco:)* Und Sie, gestern, zuerst so überschwenglich…

Franco: *(fährt ebenfalls auf)* Aber das habe ich Ihnen doch erklärt!

Ludovico: *(wie zuvor)* Ja, ja, und es ist richtig! Völlig richtig! Und gerade deshalb ist es so schön! Aber, Verzeihung, glaubt ihr, daß ich hier den Trottel spielen muß? Oh nein! Mir macht es jetzt Spaß, euch vorzuführen, wie schön, wie außerordentlich schön diese Komödie einer entlarvten Lüge ist.

Franco: *(fährt wieder auf, gekränkt)* Schön, sagen Sie?

Ludovico: *(schnell, da er seinen Schmerz nachfühlen kann)* Gerade weil Sie darunter leiden und so gelitten haben! Oh, ich begreife, ich fühle es nach – Sie werden es nicht glauben, wie Sie leiden! Und zweifeln Sie nicht daran, daß ich es sehr lebendig darstellen werde, wenn ich einen Roman daraus mache oder auch ein Theaterstück.

Onoria: Und so mir nichts dir nichts möchten Sie da wohl auch mich mit hineinbringen?

Ludovico: Wenn ich eine Komödie daraus mache, ja.

Onoria: Oh, wagen Sie es ja nicht, mich in einer Komödie auftreten zu lassen!

Ludovico: Was würden Sie denn tun? Ein großes Geschrei machen, daß es nicht stimmt?

Onoria: Daß es nicht stimmt! Daß es nicht stimmt! Daß Sie ein Lügner sind und mit der ein schönes Paar abgeben!

Ludovico: *(lacht)* Da können Sie beruhigt sein, das werden die Kritiker schon sagen, daß es nicht stimmt. *(Bricht ab.)* Wieso ist sie noch nicht zurück? Um diese Zeit müßte sie schon hier sein … ich habe ihr etwas Geld gegeben …

Onoria: Geld? Der? Na, bravo. Da können wir uns ja auf was gefaßt machen!

Ludovico: Damit sie die Hotelrechnung bezahlen und den Koffer zurückbekommen kann.

Onoria: Wenn Sie ihr Geld gegeben haben, dann kommt

die nicht wieder! Die kommt nicht wieder! Ihre Komödie können Sie sich an den Hut stecken! Dann kann ich wirklich ganz beruhigt sein!

LUDOVICO: Nein, was das anlangt, sehen Sie, da kann man sich immer noch einen passenden Schluß ausdenken, auch wenn das Leben keinen Schluß für »Tatsachen« kennt.

FRANCO: Fürchten Sie, daß sie wirklich nicht mehr zurückkommt?

LUDOVICO: Je nachdem. Wenn der Zweck ihrer Lüge in den »Tatsachen« lag, wie Sie das nennen, dann, fürchte ich, wird sie nicht wiederkommen. Sie wird nur zurückkehren, wenn der Zweck – wie mir scheint – außerhalb der Tatsachen und über ihnen lag. Und dann werde ich die Komödie schreiben. Aber ich werde sie auch schreiben, wenn sie nicht wiederkommt.

FRANCO: Ohne sich an die Tatsachen zu halten?

LUDOVICO: Tatsachen! Tatsachen! Lieber Signore, Tatsachen sind so, wie wir sie auffassen, und dann, im Geist, sind es keine Tatsachen mehr, sondern es ist Leben, das so oder auch ganz anders erscheint. Die Tatsachen sind die Vergangenheit, wenn unser Geist nachgibt – so haben Sie das selbst gesagt – und das Leben über sie hinweggeht. Deshalb glaube ich nicht an Tatsachen. *(In diesem Augenblick kommt Emma durch die Eingangstür und meldet:)*

EMMA: Konsul Grotti ist da und möchte die Signorina oder Sie sprechen, Signor Nota.

LUDOVICO: Ah – wenigstens er, wenn sie schon nicht hier ist.

FRANCO: *(heftig, drohend, will ihm entgegengehen)* Der kommt mir gerade recht!

LUDOVICO: *(ruhig, fest, vertritt ihm den Weg)* Tun Sie mir den Gefallen und verhalten Sie sich in meinem Hause ruhig.

Und ich wiederhole, daß Sie von niemandem Rechenschaft zu fordern haben.

Franco: Ich kann ja auch gehen.

Ludovico: Nein! Sie bleiben hier. Ich gehe zu diesem Herrn hinaus. *(Auf der Schwelle erscheint, voller Angst und äußerst erregt, Konsul Grotti. Emma geht ab.)*

Grotti: Gestatten Sie? – Ist Signorina Drei hier?

Onoria: *(alarmiert, gereizt, ungeduldig)* Die ist nicht da. Die ist weggegangen.

Franco: Und vielleicht kommt sie nicht mehr zurück.

Grotti: Mein Gott, wissen Sie denn nicht ... ich frage Sie, Signor Nota ...

Ludovico: Sie kommen hier unaufgefordert herein ...

Grotti: Ich bitte um Verzeihung! Aber ich muß unbedingt wissen, ob Signorina Drei erfahren hat, daß meine Frau ...

Franco: *(schnell)* ... zu den Eltern meiner Verlobten gegangen ist, um ihnen zu sagen ...

Grotti: *(schnell, heftig, schreit)* ... daß sie wahnsinnig ist!

Franco: Sie leugnen es also?

Grotti: *(wütend, verächtlich)* Ich habe Ihnen gegenüber weder etwas zu bestätigen noch etwas zu leugnen.

Franco: Oh nein, Sie täuschen sich! Denn Sie müssen mir Auskunft geben ...

Grotti: Worüber soll ich Ihnen Auskunft geben? Über den Wahnsinn einer Frau? Ich bin bereit dazu, wenn Sie es wollen!

Franco: Gut.

Grotti: *(schnell zu Ludovico)* Ich muß nur wissen, Signor Nota, ob Signorina Drei es erfahren hat.

Ludovico: Nein, ich glaube nicht.

Grotti: Oh, Gott sei Dank, Gott sei Dank!

Ludovico: Sie war mit mir zusammen. Wir haben uns getrennt, weil sie ins Hotel gehen mußte.

GROTTI: Und Sie haben es auch nicht gewußt?

LUDOVICO: Nein, ich habe es soeben durch Signor Laspiga erfahren, den ich hier angetroffen habe.

GROTTI: Ah, gut, gut! Denn so verzweifelt, wie sie schon ist, wäre dieser neue Schlag...

LUDOVICO: Allerdings – wir warten auf sie, und sie ist noch nicht zurück.

FRANCO: Wenn sie es nicht weiß, so ist es doch höchst wahrscheinlich, daß sie damit rechnet. Und da Signor Nota ihr etwas Geld gegeben hat, könnte sie sich aus dem Staub gemacht haben.

GROTTI: Wolle Gott, daß es so ist! Aber leider fürchte ich...

FRANCO: Oh, Sie geben also jetzt zu...

GROTTI: Nichts gebe ich zu.

FRANCO: Weil Sie Kavalier sind.

GROTTI: Aber verstehen Sie denn nicht, Signore, daß es mir völlig gleichgültig ist, was Sie glauben oder nicht glauben? Sie können glauben, was Sie wollen und was Ihnen paßt.

FRANCO: *(heftig, fährt auf)* Ich? Was mir paßt? Ich will wissen, was wahr ist, nicht glauben, was mir paßt!

GROTTI: Und dann? Wenn ich Ihnen sage, daß es nicht wahr ist? Wollen Sie denn nicht begreifen, daß Sie es gewesen sind, nur Sie, der sie in die Verzweiflung getrieben hat!

FRANCO: Ich?

GROTTI: Ja! Sie!

FRANCO: Aber sie ist doch unschuldig von Ihrer Frau davongejagt worden! Sie hatte überhaupt keine Schuld an dem Unfall des Kindes!

GROTTI: *(schnell, entschieden)* Das nicht – das stimmt nicht.

FRANCO: Das ist also eine Lüge?

GROTTI: Gerade deswegen bin ich ja zur Zeitung gegangen – um gegen diese Lüge zu protestieren!

FRANCO: Und dann sind Sie hierhergekommen, um sich mit ihr zu einigen?

GROTTI: *(zitternd vor Wut, möchte sich auf ihn stürzen, beherrscht sich aber)* Verzeihen Sie, Signor Nota!... *(Dann zu Franco:)* Ich bin hierhergekommen, weil der Vater Ihrer Verlobten mich darum gebeten hat. Und hier habe ich erlebt, daß Ersilia – übrigens vor Ihnen und vor allen Anwesenden – völlig in Verzweiflung geriet, weil Sie...

FRANCO: *(sofort, scharf)* ... weil ich das Unrecht wiedergutmachen wollte, das ich ihr angetan habe! Warum ist sie denn so verzweifelt, möchte ich wissen, wenn dieses Unrecht wirklich besteht!

GROTTI: Weil sie Ihre Wiedergutmachung nicht will! Zum Donnerwetter! Sie will nicht! Sie will nicht! Sie hat es Ihnen gesagt! Mehrmals! Ganz schön halsstarrig, verdammt nochmal!

FRANCO: *(wie zuvor)* Sie werden doch wohl nicht glauben, daß mir das angenehm ist! Weiß Gott nicht! Sie wollen mich hier hinausdrängen, unter dem Vorwand, Ersilia sei so verzweifelt, nur damit Sie hier, vor Signor Nota, leichter Ihre Rolle spielen können, indem Sie ihn glauben machen, daß alles nicht stimmt. Ich aber bin hier nicht zu meinem Vergnügen, sondern weil sie, sie selbst, öffentlich erklärt hat, sie habe sich meinetwegen das Leben nehmen wollen!

GROTTI: Und hat sie Ihnen nicht schon gestanden, daß sie gelogen hat?

FRANCO: *(schnell, heftig, immer drängender)* Noch eine Lüge! Jetzt sind es zwei. Habe ich sie vielleicht gezwungen zu lügen?

GROTTI: Wer weiß, ob sie es nicht gerade deswegen geleugnet hat?

FRANCO: *(wie zuvor)* Demnach wäre es doch wahr, daß sie meinetwegen versucht hat, sich umzubringen.

Grotti: Ich weiß nicht, warum sie es getan hat.

Franco: *(wie zuvor)* Wenn es so ist, wie Sie sagen, dann hat sie es meinetwegen getan, wegen meiner Heirat! Ich sehe keinen anderen Grund.

Ludovico: Wenn es nicht vielleicht so war, wie sie es mir gesagt hat…

Franco: *(wendet sich heftig um)* Aber nein, Verzeihung – Sie haben vorhin gesagt, daß Sie überhaupt keinen Grund wüßten, nicht einmal Sie!

Ludovico: Doch … daß sie sich weggeworfen hat … auf der Straße … wie eine Bettlerin…

Franco: *(ironisch)* Aha! Als sie sich am Abend dem Erstbesten, der vorüberging, angeboten hat.

Grotti: *(finster)* Hat sie das auch gesagt?

Franco: *(laut, hitzig, kommt nach vorn)* Auch das! Auch das! Und auch das wäre meine Schuld gewesen, weil ich sie im Stich gelassen habe! Und nachdem ich das zugestanden habe, soll ich nicht hartnäckig, mit der ganzen Kraft meines Gewissens, darauf bestehen, daß sie meine Wiedergutmachung annimmt? Und ich bin bereit, das auch jetzt noch zu verlangen, wenn Sie mir Ihr Ehrenwort geben, daß Ihre Frau die Unwahrheit gesagt hat, als sie behauptete, Ersilia sei Ihre Geliebte gewesen!

Emma: *(stürzt durch die Eingangstür herein und schreit entsetzt)* Signora! Signora! Mein Gott … Signora…

Onoria: Was ist denn?

Ludovico: Sie?

Emma: Ja, Signore … sie ist zurückgekommen.

Grotti: Und wo ist sie?

Onoria: Wo ist sie?

Emma: Wie eine Tote … ich hatte kaum aufgemacht, da ist sie hingefallen … mit dem Koffer…

Ludovico: Das Gift … mein Gott … im Koffer hatte sie

noch Gift ... *(Als sie hinauslaufen wollen, erscheint Ersilia an der Tür, totenbleich, aber ruhig, fast lächelnd.)*

ONORIA: *(prallt zurück, genau wie die anderen)* Oh... da ist sie...

GROTTI: *(mit einem Ausbruch)* Ersilia! Ersilia ... was hast du getan!

FRANCO: *(vor sich hin)* Jetzt hat er sich verraten!

LUDOVICO: *(läuft auf sie zu, um sie zu stützen)* Signorina ... Signorina...

ONORIA: *(schaudernd, wie zu sich selbst)* Mein Gott ... noch einmal?

ERSILIA: Nichts. Still ... Diesmal nichts ... *(Sie legt den Finger auf den Mund.)*

GROTTI: *(schreit)* Nein! Nein! ... Gott, mein Gott! Sie braucht sofort Hilfe! Wir müssen sie wegbringen, schnell!

ONORIA: *(entsetzt)* Ja! Sofort! Gleich!

LUDOVICO: *(läuft zu ihr)* Ja, ja ... kommen Sie, kommen Sie...

ERSILIA: *(wehrt ab)* Nein, ich will nicht! – Schluß! Um Himmelswillen...

GROTTI: *(auch er läuft zu ihr)* Doch! Komm, komm mit mir mit! Ich bringe dich...

ERSILIA: *(wie zuvor)* Ich will nicht, sage ich dir...

LUDOVICO: *(wie zuvor)* Doch, sträuben Sie sich nicht, lassen Sie sich wegbringen, Signorina!

ONORIA: Ich lasse einen Wagen holen!

ERSILIA: Um Himmelswillen, Schluß, sage ich Ihnen ... es hat keinen Zweck...

GROTTI: Wer sagt das? Wir dürfen keine Zeit verlieren.

ERSILIA: Es ist zwecklos! Es gibt keine Hilfe mehr. Still, mein Gott. Laßt mich in Ruhe. Wenn Sie, Signor Nota, und Sie, Signora ... es wird nicht gleich sein, leider, aber ich hoffe, bald...

LUDOVICO: Sagen Sie, ja ... was möchten Sie? Was möchten Sie?

Ersilia: Ich möchte ins Bett.

Ludovico: Aber ja, sofort, kommen Sie!

Onoria: Kommen Sie, kommen Sie!

Grotti: *(wieder mit einem Ausbruch, sehr bewegt)* Was hast du gemacht? Was hast du gemacht?

Ludovico: Sie hätten daran denken können, Signorina, daß ich da bin! Sie hätten bei mir bleiben können!

Ersilia: Wenn ich es nicht getan hätte, dann hätte mir niemand mehr geglaubt.

Franco: *(erregt, gerührt)* Aber was, was sollten wir denn glauben?

Ersilia: *(still)* Daß ich nicht gelogen habe, um zu leben. Nur das.

Franco: Und warum sonst?

Ersilia: Um zu sterben. Das ist es. Siehst du? – Ich habe es dir laut und deutlich gesagt, als ich diese Lüge in die Welt setzte, daß ich glaubte, für mich sei alles zu Ende. Und nur deswegen habe ich sie rausgelassen. Du hast es nicht glauben wollen. Du hast recht, ja, weil ich nicht an dich gedacht habe, überhaupt nicht – ich habe nicht bedacht, daß ich dich so aus der Fassung bringen, dir so viel Aufregungen bereiten würde ... Aber ich hatte einen solchen Ekel vor mir selbst!

Franco: Aber wieso ... du hast mich doch beschuldigt...

Ersilia: Nein.

Franco: Wieso nicht?

Ersilia: Nein, nein ... Es ist so schwer zu sagen ... stell es dir vor, glaube es. Jetzt werde ich es dir sagen. Ich habe mich so verachtet, daß mir gar nicht der Gedanke kam, dir damit irgendwie schaden zu können. Du kannst mir glauben. Siehst du, ich habe mir nur das Recht erwerben wollen, daß man mir glaubt – damit ich es dir sagen kann. Ich habe dir alle diese Aufregungen verursacht und deiner Verlobten auch, und dabei wußte ich ... ich wußte, daß ich es nicht durfte, daß ich kein Recht mehr dazu hatte, denn ... *(Schaut zu Grotti hinüber, dann von neuem zu Franco:)* Du hast es erfahren? – Durch seine Frau, nicht wahr?

FRANCO: *(fast tonlos)* Ja.

ERSILIA: Das habe ich mir gedacht. Und er ist hierhergekommen, um es zu leugnen, nicht wahr?

FRANCO: *(wie zuvor)* Ja.

ERSILIA: Nun, siehst du? *(Sie schaut ihn an und macht eine hilflose Handbewegung: eine Geste, die ohne Worte ausdrückt, warum die gepeinigte Menschheit sich immer wieder genötigt fühlt zu lügen. Ganz sanft fügt sie hinzu:)* Und auch du...

FRANCO: *(bewegt – er hat die Geste verstanden –, aufrichtig)* Ja, auch ich. Auch ich.

ERSILIA: *(mit einem schon fast jenseitigen Lächeln)* Du hast von deinem Traum gesprochen ... ich weiß nicht ... es war so schön. Und du bist hergekommen, um wiedergutzumachen. Ja, so wie er, um wiedergutzumachen, geleugnet hat. *(Grotti bricht in Schluchzen aus. Sie ist bestürzt und gibt ihm mit einer Geste zu verstehen, daß er sich beherrschen möge.)* Nein, nein, um Himmelswillen! Es möchte eben jeder, jeder Mensch in gutem Lichte erscheinen. Je mehr wir ... je mehr wir ... *(sie will sagen »beschmutzt sind«, aber vor Ekel und gleichzeitig Mitleid gelingt es ihr nicht, es auszusprechen)* desto schöner möchten wir uns machen. So ist es. *(Sie lächelt.)* Mein Gott, ja, wir möchten uns halt ein anständiges Kleidchen anziehen. Ich hatte keines mehr, um vor dir erscheinen zu können. Aber ich habe erfahren, daß auch du ... ja, du hast dir deine schöne Marineuniform vom Leibe gerissen. Und ich sah mich nun ... ich sah mich auf der Straße, ohne irgend etwas ... und ... *(Ein Schatten geht über ihr Gesicht, als sie an diesen Abend denkt, an dem sie aus dem billigen Hotel hinausging auf die Straße.)* Ja, noch eine Handvoll Dreck, damit ich ganz im Schlamm untergehe. Gott, wie widerlich! Wie ekelhaft! Und da … da wollte ich mir durch den Tod wenigstens ein anständiges Kleid beschaffen. Seht ihr nun, warum ich gelogen habe? Deshalb, ich schwöre es! Im Leben habe ich nie eines haben können, in dem ich irgend etwas darzustellen vermocht hätte und das mir nicht von den Hunden vom Leibe gerissen worden wäre – den vielen Hunden, die mich immer gehetzt haben, auf allen Wegen; keines, das mir nicht aufs gemeinste und scheußlichste beschmutzt worden wäre. – Ich wollte mir eins beschaffen – ein schönes – für den Tod –, das schönste – eines, das für mich wie ein Traum gewesen war, dort … und auch das ist mir sofort heruntergerissen worden – das Kleid einer Braut. Aber nur um zu sterben darin, um darin zu sterben, zu sterben … weiter nichts … so … mit ein bißchen Trauer von allen … und Schluß. Also gut, auch das nicht. Nicht einmal das habe ich haben können. Auch dieses zerfetzt und vom Leibe gerissen. Nein! Nackt sterben. Entblößt, gedemütigt und verachtet! – So, das wäre es jetzt. Seid ihr nun zufrieden? – Und nun geht. Geht. Laßt mich in Ruhe sterben: nackt. Geht! Ich glaube, jetzt darf ich es wohl sagen, daß ich niemanden mehr sehen, niemanden mehr hören will. Geht. Geht und sagt es – du deiner Frau, du deiner Verlobten: Für diese Tote – da – für die hat es kein Kleid gegeben.

Vorhang

1922, im Jahr von Mussolinis »Marsch auf Rom«, schreibt Pirandello für die Schauspielerin Maria Melato *Die Nackten kleiden.* Nach der Uraufführung am 14. November im römischen Teatro Quirino brachte im Januar 1923 die Truppe Virgilio Tallis das Werk in Mailand und Turin mit Alda Borelli als Ersilia heraus. Der Erfolg stellte sich in beiden Fällen sofort ein. Geringer war der Erfolg mit Maria Orska in der Hauptrolle bei Max Reinhardt in Berlin; dennoch hat sich dieses Werk nach den *Sechs Personen* und *Heinrich IV.* in der Aufführungsstatistik des deutschen Sprachraums fest etabliert.
Wahrscheinlich ist, daß Pirandello von der wahren Geschichte der Ehefrau seines Mentors Luigi Capuana inspiriert wurde, obwohl Nota auch autobiographische Züge aufweist. Nach dem Erstdruck 1923 (Florenz, Bemporad) finden sich in späteren Ausgaben praktisch keine Varianten. Nach dem Krieg hatte das Stück besonderen Erfolg in Belgien und Frankreich, wo es die Comédie française auf einer vielbeachteten Mittelmeertournee 1959 spielte und es zu mehreren Fernsehadaptationen kam. Aber auch in den slawischen Ländern, in Rumänien, Griechenland und Südamerika feierte dieses Drama Triumphe.

DIANA UND DIE TUDA
(DIANA E LA TUDA)

Drama in drei Akten

Aus dem Italienischen von Michael Rössner

Für Marta Abba

Uraufführung: 20. November 1926, Zürich
Italienische Erstaufführung: 14. Januar 1927, Mailand

PERSONEN

TUDA, ein Modell
NONO GIUNCANO, ein alter Bildhauer
SIRIO DOSSI, ein junger Bildhauer
SARA MENDEL
CARAVANI, ein Maler
JONELLA, ein Modell
Die Hexen: GIUDITTA, ROSA
DIE SCHNEIDERIN
DIE HUTMACHERIN
DAS JUNGE MÄDCHEN, das die Schneiderin begleitet
DAS JUNGE MÄDCHEN, das die Hutmacherin begleitet

Ort: Rom
Zeit: Heute

ERSTER AKT

Atelier des Bildhauers Sirio Dossi. Weiße, sehr hohe Wände. Vor den riesigen, lichterfüllten Glasfenstern schwarze Vorhänge. Schwarzer Teppich, schwarze Möbel. An den Wänden, in symmetrischer Aufstellung, Gipsreproduktionen antiker Dianastatuen. Rechts eine Tür, links der Eingang.
Ein großer weißer, auf Ringen verschiebbarer Vorhang hängt etwa in der Mitte der Bühne an einer Stange und schirmt das nackte, auf einem Sockel stehende Modell ab. Dessen Schatten wird durch einen starken, hinter ihr brennenden Scheinwerfer schwarz und riesengroß auf die Hinterwand geworfen, in einer typischen Dianahaltung wie etwa bei der Cellini zugeschriebenen Bronzestatuette, die im Museum von Brescia steht.
Wenn der Vorhang aufgeht, sitzt Nono Giuncano diesseits des Vorhangs düster, unruhig, auf einem Hocker, und wartet darauf, daß die »Sitzung« dort hinten endlich zu Ende geht. Er ist etwa sechzig Jahre alt. Mächtiger Körperbau. Weißer Bart, weiße, wirre Haare. Ein zerklüftetes Gesicht, aber sehr junge, scharf blitzende Augen. Er ist schwarz gekleidet.

TUDA: *(hinter dem Vorhang, in der Haltung der Diana auf dem Sockel stehend)* Jetzt ist's aber genug, ich bitte dich!
SIRIO: *(ebenfalls hinter dem Vorhang)* Nein! Halt still!
TUDA: Ich kann nicht mehr!
GIUNCANO: Ja, doch, genug, es reicht!
SIRIO: Stillhalten, sag ich dir! Die Zeit ist noch nicht um.
TUDA: Doch, die ist um, die ist um!
SIRIO: Einen Augenblick noch!

TUDA: Ich kann nicht mehr.

SIRIO *(brüllt)* Halt den Arm still, verdammt noch mal!
(Lange Pause. Giuncano rutscht wütend hin und her.)

TUDA: *(erst mit einem beinahe kindlichen Lächeln)* Au, au, ich spür ihn gar nicht mehr. Laß ihn mich doch einen Augenblick herunternehmen. Ich bin schließlich aus Fleisch und Blut, hörst du? *(Man sieht, wie der Schatten seine Stellung aufgibt; wie er den Arm senkt; wie er ihn mit der anderen Hand ergreift, als wolle er ihn stützen.)*

SIRIO: *(groß, blond, bleiches Gesicht, energisch, helle, stahlblaue, unbeugsame Augen, die gleichsam verhärtet sind in der grausamen Kälte ihres Lichts, tritt hinter dem Vorhang hervor und wirft sein Bossierholz krachend auf den Boden. Er ist mit einem langen weißen Hemd bekleidet, das um die Taille durch einen Gürtel zusammengehalten wird. Er geht auf Nono Giuncano los)* Wie soll ich denn da arbeiten können, wenn du hier vorn sie zur Rebellion aufstachelst, anstatt sie zu überreden, daß sie stillhält?

GIUNCANO: Bring sie doch um. Bring sie um, dann hält sie wirklich still.

SIRIO: Sag mal, hast du jetzt, wo du nicht mehr arbeitest, plötzlich dein Herz für die Modelle entdeckt?

GIUNCANO: *(blickt ihn verächtlich an, dann)* Für die Modelle? Dummkopf!

SIRIO: Wenn du so darunter leidest, andere arbeiten zu sehen, warum kommst du dann zu mir?

GIUNCANO: Weil ich möchte, daß du wenigstens...

SIRIO: ...ach so? – Ausgerechnet ich? – daß ich nicht mehr arbeiten soll?

GIUNCANO: Bei deinem vielen Geld...

SIRIO: *(in einem Zornausbruch)* Hör bitte ein für allemal auf, es mir um die Ohren zu schlagen, mein Geld!

GIUNCANO: Ich? Um die Ohren? Im Gegenteil! – Ich will, daß du endlich davon Gebrauch machst –

Sirio: – um nicht mehr zu arbeiten?...

Giuncano: – und daß du es den anderen hinschmeißt, den Kerlen, die Statuen anfertigen, um davon zu leben – damit sie damit aufhören!

Sirio: Du bist tatsächlich übergeschnappt!

Giuncano *(rasch, mit Nachdruck, steht auf)* Oja, das bin ich – und ich danke Gott dafür, wenn du's genau wissen willst! – An jenem Morgen – ach, ich habe sie noch hier, wie einen Flammenschein vor meinen Augen, dort oben in Parioli – all diese Mohnblüten – diese Freude...

Sirio: *(verblüfft)* Was sagst du da?

Giuncano: ... sie wollten sie niemandem schenken – (wer hätte sie denn auch schon gesehen, da oben?) – sie hatten sie, sie hatten sie einfach für sich, die Freude, wie eine Flamme in der Sonne zu erglühen, so viele miteinander – und die Stille, über diesem scharlachroten Flammenmeer, die erschien wie ein namenloses Staunen – ein Staunen.

Sirio: *(verstört)* Die Mohnblüten?

Giuncano: Denn jetzt sehe ich. Seit ich übergeschnappt bin, wie du es nennst. Wenn du wüßtest, wie viele Dinge ich vorher nicht gesehen habe.

Tuda: *(noch hinter dem Vorhang)* Ach, Papa Giuncano, schade, daß ich so *(sie meint: nackt)* bin, ich würde Ihnen am liebsten einen Kuß geben! Aber ich gebe ihn Ihnen hierher, hören Sie, auf meinen Arm. *(Ein Stöhnen.)* Ach Gott, der ist kalt, wie tot.

Sirio: *(zu Giuncano)* Hör mal, gehst du jetzt? Läßt du mich endlich arbeiten?

Tuda: Gehen Sie nicht weg, Maestro, gehen Sie nicht weg!

Sirio: Stell dich nicht blöd und geh wieder in Position!

Tuda: Oh nein, nein, jetzt ist's genug. Es ist schon fast Mittag. Ich ziehe mich an. *(Sie wirft sich rasch einen in Violettönen gehaltenen Kimono um und kommt heraus, die nackten Füße in Pantoffeln, in der einen Hand eine Weintraube, in der anderen eine Semmel; sie streicht der ersten Statue neben dem Vorhang liebevoll über das Gesicht und sagt:)* Du hast keinen Hunger; ich schon, und ich esse!

(Sie ist sehr jung und von einer geradezu märchenhaften Schönheit; rötliche, gelockte Haare in einer griechisch-antiken Frisur. Um den Mund liegt oft ein schmerzlicher Ausdruck, als halte das Leben für sie meist nur bittere Verachtung bereit; aber wenn sie lacht, dann fliegt sofort eine strahlende Anmut über ihre Züge, die sie zu erhellen und alles an ihr zu beleben scheint.)

GIUNCANO: Ja, iß nur, meine Liebe. Ich verspreche dir, ich schwöre dir: Diese Diana, die dich so bis aufs Blut quält, wird die erste Figur sein, an der ich mein Experiment versuche.

TUDA: Was für ein Experiment? Sagen Sie's mir!

GIUNCANO: Ach, ein Experiment, meine Liebe, wenn das gelingt, dann wird es allen Bildhauern die Lust nehmen, weiter Statuen herzustellen.

TUDA: Und was tu ich dann?

GIUNCANO: Nicht mehr Modell stehen wirst du, jedenfalls nicht für Bildhauer.

TUDA: Und für Maler schon? Gott sei Dank.

SIRIO: *(zu Tuda)* Also müssen wir's vertagen? Auf wann?

TUDA: Aber ich hätte doch nicht einmal heute morgen zu kommen brauchen, hör mal! Sehen Sie, Maestro, das ist seine Dankbarkeit!

SIRIO: Du läßt mich so sitzen, und dann soll ich dir auch noch dankbar sein?

TUDA: Ich hatte dir ja gesagt, erinnere dich, daß du nicht anfangen solltest! Du hättest nicht anfangen sollen!

GIUNCANO: Ja, sehr gut: Niemals.

TUDA: Ich sage nicht gleich »niemals«; aber wenigstens nicht, ehe ich ihm hätte versprechen können, solange für ihn da zu sein, wie er mich braucht, wenn er sich schon diesen schönen Wahn in den Kopf gesetzt hat, Bildhauer spielen zu wollen.

SIRIO: Was heißt Bildhauer! Hör auf damit! Mich ekelt schon, wenn ich dich das bloß sagen höre!

TUDA: Na, ist das kein Bildhaueratelier hier? Es sieht fast aus wie ein Bühnenbild, so schön ist es! Was dich das gekostet haben muß!

SIRIO: Nun, der Beruf…

TUDA: *(zu Giuncano)* Ist es wahr, daß er auf die Idee gekommen ist …?

GIUNCANO: *(grinsend)* … jaja, die Geschichte von dem Jungen!…

TUDA: … alle sagen das…

SIRIO: … jaja, die Geschichte läuft um!…

TUDA: … der die Kopie eines Fußes anfertigte, vor seinem *(deutet auf Giuncano)* Atelier!

GIUNCANO: Verdammter Kerl!

SIRIO: *(zu Giuncano)* Nein, hör mal, nur um dich zu ärgern, sag ich dir, du bist es gewesen…

GIUNCANO: … ich? Willst du mir die Schuld daran geben?

SIRIO: … dir, ja, dir: aber keine Schuld: Es war die Wut, als ich dich wie einen Verrückten alles kaputtmachen sah…

GIUNCANO: … aber das hätte dir doch eher die Lust dran vergehen lassen müssen…

SIRIO: … nein: als ich in deinem Atelier die Verwüstung sah, die du unter all deinen Gipsmodellen angerichtet hattest…

TUDA: Ja, das war wirklich schade!…

SIRIO: … unter all den Trümmern, die dort herumlagen, von Leibern, Beinen, Händen, Gesichtern…

GIUNCANO: Ach, damals ist es gewesen?

SIRIO: Ja, die Verachtung für unsere Körper, die noch immer aufrecht stehen…

TUDA: Verachtung? Warum denn?

Sirio: *(redet weiter, ohne sie zu beachten)*... während dort auf dem Boden, diese Verwüstung ... Ich weiß nicht, beides war es: diese zerbrochenen Statuen, zwischen den groben Füßen der herbeigeeilten Leute – und diese flegelhaften Gesichter, diese verquollenen Körper, die man hätte mit Füßen treten und zu Boden schlagen wollen, oja, die schon! – mit dem Hammer ... Ganz im Ernst: in diesem Augenblick, da kam sie mir ...

Tuda: Die Idee? Ach, sieh mal an!

Sirio: ... die Idee, daß auch ich ein Stück Ton in die Hand nehmen könnte, um eine Statue hoch aufzurichten, eine einzige.

Tuda: *(reißt sich los)* Ach, ich steh da und höre dir zu, dabei muß ich laufen. Ich werde erwartet.

Sirio: Wer erwartet dich?

Tuda: Du bist nicht allein auf der Welt, mein Lieber! Ich bin nämlich Mode, weißt du? *(Sie lacht.)* Auch im Ausland! – Es ist schon komisch, Maestro! Waren Sie gestern bei der Vernissage in der Villa Medici? *(Zu Sirio:)* Geh hin, geh hin und schau dir das an! Ich bin jetzt ein Bestandteil der Geschichte der école française! Überall nur die Tuda. So viele Gemälde, so viele Tudas. Ich hatte das Gefühl, als wäre ich nackt in einen Gang mit lauter Spiegeln getreten. Aber da waren ganz schön verrückte Spiegel dabei! Mein Gott, was für Grimassen! Ich weiß nicht ... – Also los, Lieber, los. Zehn Minuten noch, und dann ist Schluß.

Sirio: Was soll ich denn mit zehn Minuten anfangen? Nein, ich lasse dich nicht fort. Ich kann schließlich den Entwurf nicht so stehen lassen.

Tuda: Aber mit Gewalt hier zurückhalten kannst du mich auch nicht.

Sirio: Auch mit Gewalt, jawohl, auch mit Gewalt, wenn's sein muß.

TUDA: *(zu Giuncano)* Der wäre dazu imstande. So eine Unverfrorenheit hab ich noch nie erlebt.

SIRIO: Ich muß den Entwurf fertig machen, um jeden Preis! Es steht mir schon bis hierher!

TUDA: Na, dann laß es sein! Verzeih, wer zwingt dich dazu?

SIRIO: *(voll Wut und Ekel, schreiend)* Ich meine doch nicht die Arbeit!

TUDA: *(zu Giuncano)* Na, sehen Sie sich den an! Und der hat den Mut zu sagen, Sie wären übergeschnappt. Er schnappt doch über wegen seiner Statue! Sehen Sie ihn bloß an! Sehen Sie ihn an! *(Zu Sirio:)* Es ist der fünfte Entwurf: Und am Ende wirst du ihn genauso wegschmeißen wie die anderen vier!

SIRIO: Nein, diesen nicht, denn er ist schon der, der er werden soll. Zum Teufel, siehst du nicht, daß mich das Fieber gepackt hat?

GIUNCANO: Na, der ist nicht wie die kleinen Taschendiebe auf der Straße, denen es reicht, den Passanten die Handtasche wegzureißen, der landet den großen Coup. Eine einzige Statue, und das war's dann.

SIRIO: Also wenigstens dafür müßtest du mich loben, wenn du noch ein wenig Vernunft hättest.

GIUNCANO: Aber gerade deshalb bist du mir doch zuwider! Weil ich weiß, daß du diese Statue wirklich machen wirst.

SIRIO: Ja, ich werde sie machen – und dann ist Schluß.

GIUNCANO: Ach, dann wechselst du den Beruf?

SIRIO: Nein, dann ist Schluß – mit allem.

GIUNCANO: *(sieht ihn an, dann)* So wie dein Bruder?

SIRIO: Mein Bruder hat das getan wie ein Trottel.

GIUNCANO: Weil er jetzt wieder gesund ist?

SIRIO: Gesund? Er ist einsamer als ich. Ich meine, wie ein Trottel, weil er nicht verstanden hat, es richtig zu tun. Du kannst sicher sein: Ich werde das können.

Tuda: Aber was sagt er da? Redet der im Ernst davon, sich umzubringen?

Sirio: *(fährt herum, voll Verachtung)* Du mischst dich da nicht ein!

Giuncano: Das liegt in der Familie.

Tuda: Hör mal, bei mir kannst du sie dir sparen, diese Töne! Du hast ja tatsächlich jemanden gefunden, der sich in die Angelegenheiten anderer Leute einmischt, und besonders in deine. Von mir aus kannst du dich auf der Stelle hier umbringen: Ich würde mich nicht mal umblicken deswegen. Ich glaube nur, wenn ich weiter Modell stehe, wirst du vorher noch mich umbringen! *(Zu Giuncano:)* Aber seien Sie beruhigt, einstweilen bringt der sich nicht um: Diese Statue kriegt er nie fertig. Und wer weiß, vielleicht ist das ganze auch nur eine Ausrede, damit er sie nicht fertigmachen muß.

Sirio: Nein, meine Liebe, denn anstatt hier mit dir zu reden, mit ihm, anstatt euren Anblick zu ertragen...

Tuda: Na, danke vielmals! Ich will ja gehen. Du hältst mich zurück!

Sirio: Aber ich meine ja auch den der anderen, den Anblick aller Dinge – das, was er »Leben« nennt. *(Zu Giuncano, mit Verve:)* Was denn? Reisen, wie das jetzt mein Bruder tut? Spielen, Frauengeschichten haben, ein schönes Haus, Freunde, sich gut anziehen, die üblichen Reden anhören, die üblichen Dinge tun? Leben um des Lebens willen?

Giuncano: ... ja, ja – und ohne auch nur zu wissen, daß man lebt ...

Sirio: ... ah ja ... wie das liebe Vieh...

Giuncano: Was heißt da Vieh! Die Tiere können nicht überschnappen!

Sirio: – ach, du meinst, wie ein Verrückter?

GIUNCANO: – wie ein Verrückter, ja, aber nach meiner Art! –

SIRIO: Danke! Das hab ich ausprobiert. Ich hab genug davon bekommen. Ich empfinde nicht einmal mehr Verachtung dafür, nur einen solchen Überdruß, eine solche erstickende Langeweile, *(wendet sich Tuda zu)* daß ich eher das Gegenteil fürchten könnte: nämlich daß ich mich mit dem zufriedengebe, was ich da gemacht habe *(deutet hinter den Vorhang, um die Statue zu bezeichnen)* und sage, es wäre fertig, nur um die Sache hinter mir zu haben.

GIUNCANO: Du ißt für deine Statue, du schläfst für deine Statue …

SIRIO: Du bist doch sonst nicht vulgär, Mensch, eine so billige Ironie könntest du dir sparen. Also gut, ich antworte dir: Ja. Und lach darüber, bitte. *(Dann wendet er sich zur Tuda:)* Jetzt hast du dich wohl ausgeruht. Los, laß uns wieder anfangen.

TUDA: Aber jetzt wird gleich Caravani kommen, um mich abzuholen!

SIRIO: Wieder mal für eine Bordellszene?

TUDA: Ach was, Bordell … Nur weil er einmal, in Paris, als junger Mann, aus einer Not heraus … – und im übrigen hat er damit sein Glück gemacht! – Du kannst nicht leugnen, daß er Talent hat für den Akt. Auch er ist jetzt in Mode – als Porträtmaler. *(Plötzlich kommt ihr eine Idee:)* Übrigens weiß das auch deine Freundin, die sich von ihm ein Porträt als Amazone malen lassen will, hoch zu Roß.

SIRIO: Schämst du dich gar nicht?

TUDA: Weshalb? Ich spioniere ja niemandem nach. Du wirst sehen, sie erzählt es dir selber.

SIRIO: Aber nein, ich meine, deinen Körper herzugeben für so etwas …

GIUNCANO: … während er ihn dir hier in einer so reinen Göttlichkeit veredelt!

TUDA: Ja, freilich! Und er läßt mich langsam eingehen dabei! – Hm, aber wissen Sie, daß ich aus Rache dem Caravani den Floh ins Ohr gesetzt habe…

GIUNCANO: … er solle auch eine Diana machen? Na herrlich!

SIRIO: *(fährt auf)* Nein, zum Donnerwetter! Nicht mit dir, hörst du! Das verbiete ich ihm!

TUDA: Ja, gehört denn die Göttin Diana dir allein?

SIRIO: Solange ich mit dir arbeite, ja! Und ich verbiete es ihm! Und um so mehr, wenn du ihm die Idee eingegeben hast!

TUDA: Aber das ist doch etwas ganz anderes…

SIRIO: Na, eben wegen der Schändlichkeit, die das werden wird! Hör mal, ich meine es ganz ernst: Ich erlaube das nicht!

TUDA: Weißt du, daß du langsam unerträglich wirst? Stellen Sie sich vor, Maestro, eine Diana, schön brav sitzend, einen Ellenbogen auf den Schenkel gestützt…

SIRIO: Halt den Mund!

TUDA: … sehr bequem! – Den Kopf hält sie so *(stützt ihn auf eine Hand)*, und dabei sieht sie den hübschen Jungen Endymion an, wie er da schläft – halb grün, halb violett zwischen den Schafen – ein richtiger Schatz! *(Sie bricht in Lachen aus.)*

SIRIO: Manchmal möchte ich sie erwürgen!

TUDA: Bist du eifersüchtig? Aber wenn ein Künstler ein Modell ganz für sich allein haben will, weißt du, was er dann tut? Er heiratet die Dame, mein Lieber! *(Auf einen verächtlichen Blick Sirios hin:)* Weshalb denn? Meinst du, das wäre eine Schande? So viele haben das so gemacht. Und mit manchen Weibern, die mir nicht das Wasser reichen könnten.

SIRIO: Was gibt er dir dafür?

TUDA: Caravani? Das Honorar für das Sitzen; mehr nicht.

SIRIO: Aber würde ihm nicht eine seiner Privatkundinnen besser konvenieren?

TUDA: »Eine seiner Privatkundinnen«! Ich sag dir doch, er porträtiert sogar deine Freundin. Im übrigen, so wie du mich als Diana gesehen hast, könnte auch er mich gesehen haben!

SIRIO: Sag das nicht, zum Teufel!

TUDA: Wenn man einen Körper hat wie ich...

SIRIO: Ich zahle dir das Doppelte, das Dreifache, das Vier-, das Fünffache, aber hör auf damit! Ich sage dir, ich kann das nicht dulden!

TUDA: Dann heirate mich!

SIRIO: Hör auf damit!

TUDA: Das würden wir doch sehen, Lieber, wenn ich dich wirklich wollte...

GIUNCANO: Nein, du nicht!

TUDA: Na, einstweilen will er mich ja nicht. Also hat man gar keinen Spaß dran, ihn zu ärgern. – Los, Lieber, gehen wir an die Arbeit. Übrigens hab ich dir's ja schon in jeder Weise zu verstehen gegeben: Du zahlst besser als die anderen, aber die Arbeit mit dir macht mir keinen Spaß. *(Sie geht wieder hinter den Vorhang und nimmt die Pose ein. Der riesige Schatten erscheint wieder auf der Rückwand.)* Papa Giuncano, zu Hilfe! Erzählen Sie mir von diesem Experiment, das Sie machen wollen.

SIRIO: Höher den Arm!

TUDA: So?

SIRIO: So.

(Lange ausgehaltene Pause.)

TUDA: Schlafen Sie, Maestro?

GIUNCANO: Ich rauche. Ich sehe dich im Schatten.

TUDA: Bin ich schön?

GIUNCANO: Freilich, Liebe. – Tot bist du.
TUDA: Wie denn, tot?
SIRIO: *(mit einem Schrei)* Stillhalten!
TUDA: Aber wenn er sagt, tot…
GIUNCANO: Eben, weil er will, daß du so stillhältst.
(Eine weitere Pause.)

TUDA: Ach, von diesem Schatten kriegt man ja Alpträume! Auch diese Marter hat er sich noch einfallen lassen müssen. Das Licht von hinten und den Schatten der Statue vor der Nase!

GIUNCANO: Auch dafür werde ich dich an ihm rächen. Aber ich habe die Masse noch nicht gefunden.

TUDA: Was für eine Masse?

GIUNCANO: Eine glühende, eine glühende Masse, die ich allen Statuen einfüllen möchte, damit sie ihre Posen aufgeben.

SIRIO: Also Schluß damit! Du bewegst dich ja in einem fort! Zieh dich an und verschwinde!

TUDA: Hab doch Geduld. Ich habe mir gerade vorgestellt, was die Statuen für ein Gesicht machen würden, wenn sie spürten, wie sie ganz allmählich ihre Posen aufgeben. Sieh mal, dort, den Schatten: so … so … so … *(langsame Bewegung)* – ohne daß sie aufhören würden, Statuen zu sein, und doch auch, ohne lebendig sein zu können…

GIUNCANO: Nein, lebendig, lebendig! Also dann schon. Dann würde ich wieder mit der Bildhauerei anfangen.

SIRIO: Das Wunder des Pygmalion.

GIUNCANO: Ihnen mit der Form auch die Bewegung geben können – und sie dann, nachdem man sie gemeißelt hat, auf einer unendlichen Straße in Gang setzen, unter der Sonne, auf der sie allein gehen könnten, gehen, gehen, immer weiter gehen, von einem Leben in der Ferne träumend, weit weg von den Blicken aller, an einem wunderbaren Ort, wie es ihn auf der Erde nicht gibt, wo sie ihr göttliches Leben leben könnten.

TUDA: *(ist schon von dem Sockel heruntergesprungen, hat sich den Kimono wieder angezogen, kommt nun hinter dem Vorhang hervor und läuft auf Giuncano zu.)* Ach, das, Papa Giuncano, das konnte wirklich nur Ihnen in den Sinn kommen! Ich gebe ihn Ihnen ganz im Ernst: Da! *(Gibt ihm einen Kuß.)*

GIUNCANO: *(düster, wehrt sich)* Nein!

TUDA: *(verwundert)* Wollten Sie ihn nicht haben?

GIUNCANO: Das gefällt mir nicht.

TUDA: Daß ich Sie küsse?

GIUNCANO: *(deutet auf Sirio)* Küß doch ihn.

TUDA: Danke vielmals. Ich küsse, wen ich will.

GIUNCANO: Aber doch nicht meinetwegen, dummes Kind. Ich meine deinetwegen. Dein Mund...

TUDA: Was ist mit meinem Mund? *(Zeigt ihn und streckt das Gesicht vor.)* Wenn er nicht lacht, sieht er so aus. *(Und sie verharrt noch einen Moment unbeweglich in dieser Haltung.)*

GIUNCANO: Sieh sie dir an! Sieh sie an! *(Und als Tuda die Haltung aufgibt und in ein Lachen ausbricht, weist er noch einmal Sirio auf sie hin.)* Da: Sieh sie an!

TUDA: *(verändert weiterhin ihre Haltung mit gespieltem Ärger)* Ach, jetzt hört mal!

GIUNCANO: Sieh sie an!

TUDA: *(nimmt eine Reihe von Stellungen ein)* Hört mal! Hört mal! Hört mal!

GIUNCANO: Und jetzt mach eine Statue daraus! Ein einziges, bebendes Leben: Jeden Augenblick ist sie eine andere!

SIRIO: Na klar! Und wenn du sie nicht in einer Geste festhältst, in der sie bestehen kann, was ist sie dann? Nichts.

TUDA: Was denn, wie denn? Ich, nichts?

GIUNCANO: Leben ist sie! Leben!

SIRIO: ... das vorbeigeht...

GIUNCANO: … eben!

SIRIO: … heute nicht mehr die von gestern, morgen nicht mehr die von heute: In jedem Augenblick ist sie eine andere! Unzählige andere! Aber ich mache eine einzige aus ihr: diese da *(deutet auf die Statue hinter dem Vorhang)*, auf ewig!

TUDA: Na danke! Eine Statue.

GIUNCANO: Eine – und das auf ewig – eine, die sich nicht mehr rührt?

SIRIO: Das ist die Aufgabe der Kunst…

GIUNCANO: *(rasch, mit Nachdruck)* … und des Todes: Der macht auch aus dir, so wie aus mir, eine Statue: auf einem Bett oder auf dem Boden, wenn du dort steif ausgestreckt liegst.

TUDA: *(förmlich singend und tanzend)* Lebendig: Augen Mund Arme Finger Beine – sieh her – ich bewege sie, ich bewege sie – und das da ist Fleisch, fühlst du: warmes Fleisch!

SIRIO: Aber was hat denn das mit dir zu tun, wie du bist, lebendig? Sie muß so sein, die Statue, nicht du. – Marmor – das ist ihre Materie, nicht dein Fleisch.

TUDA: Und wozu brauchst du mich dann?

SIRIO: Weil du mir hilfst. Mir. Nicht ihr. *(Deutet auf die Statue.)*

GIUNCANO: Und läuft's dir dabei nicht kalt den Rücken runter?

SIRIO: Wobei?

GIUNCANO: Bei dem, was du tust! Wenn du sie allmählich vor dir werden siehst, wie sie für sich Gestalt annimmt, nicht so wie du sie haben willst, sondern so wie sie sich selbst will – eine andere, eine andere als das Bild, das du dir von ihr gemacht hast – so sehr, daß du, um dich nicht unterkriegen zu lassen, mit dem noch fast unförmigen Klumpen Ton kämpfen mußt, der doch für sich lebendig ist –

Sirio: – ja, ja, das ist wahr...

Giuncano: Eben: Wenn es dir dann gelingt, dein Bild in diesen Ton einzudrücken, das Leben, das deine Finger bewegt hat, und dieser Ton, das Leben dieses Bildes erstarrt vor deinen Augen, ohne jede Bewegung: festgehalten. Und läuft es dir dann nicht ebenso kalt über den Rücken wie im Angesicht des Todes, vor einem, der eben noch lebendig war, und nun liegt er da und rührt sich nicht mehr?

Tuda: Das ist wahr, das ist wahr!

Giuncano: Da wird aus dem Schauder Ekel, wenn du an das denkst, was binnen kurzem mit ihm geschehen wird...

Sirio: Freilich. Aber im Angesicht einer Statue...

Giuncano: ... da wird aus dem Schauder Bewunderung, weil die Statue schön ist?

Sirio: Weil sie lebendig ist ... und nie mehr stirbt!

Giuncano: Was heißt da lebendig, wenn doch leben heißt, in jedem Augenblick sterben, sich in jedem Augenblick verändern, und die da stirbt nicht und verändert sich nicht mehr. Tot ist sie auf ewig, dort, in einer Pose des Lebens. Das Leben gibst du ihr, wenn du sie für einen Augenblick ansiehst. Ich kann sie alle nicht mehr ansehen, mir graut vor ihnen. Ach, ich danke vielmals für eine solche Unsterblichkeit! *(Packt Tuda bei den Armen und schüttelt sie.)* Wenn man dafür nicht mehr lebendig ist, nicht mehr lebendig auf diese Weise!

Sirio: Weißt du, wie ich mir das deute, was du da alles gesagt hast: Das ist deine Art, dich über das Altwerden zu beklagen. Du haßt die Statuen, weil du beginnst zu fühlen, daß du dich so wie sie nicht mehr bewegen kannst: das ist der ganze Grund dafür.

(Giuncano, von der Bemerkung überrascht, wendet sich um und fixiert ihn mit einem Blick, in dem Wut und zugleich Verwunderung zu lesen ist. Man hört ein Klopfen an der Tür.)

TUDA: Ach, das wird er sein, Caravani.

SIRIO: *(schroff, weil er das Klopfen erkannt hat)* Nein. – Würdet ihr bitte einen Augenblick dorthin gehen? *(Er deutet hinter den Vorhang. Giuncano und Tuda ziehen sich zurück. Sirio geht die Tür öffnen. Herein kommt Sara Mendel im Reitanzug. Braun, selbstsicher, enigmatische Ausstrahlung, überaus elegant, um die Dreißig.)*

SIRIO: Leise, ich bitte dich.

SARA: Bist du noch bei der Arbeit?

SIRIO: Sie ist schon im Gehen. Aber es ist noch jemand hier. Es geht jetzt nicht.

SARA: Wer ist da?

SIRIO: Giuncano.

SARA: Ach, der macht sich's bequem! Darf ich nicht auch…

SIRIO: Was denn?

SARA: Dich arbeiten sehen?

SIRIO: Ich habe dir doch gesagt, es geht nicht.

SARA: Komisch! Vor einem Mann schämt sie sich nicht, und vor einer Frau schon, wenn die sie nackt sieht?

SIRIO: Komm hinaus in den Garten.

SARA: Laß sie mich doch anschauen!

SIRIO: Komm, sag ich dir.

SARA: Nein, nein. Bleib ruhig. Ich gehe. Arbeite nur weiter. Aber sag einmal: Sollte sie nicht Caravani zu Mittag abholen?

SIRIO: Na eben, ich habe dir doch gesagt, sie ist schon im Gehen.

SARA: Weißt du überhaupt, daß sie mit Caravani zusammen ist?

SIRIO: Was geht mich das an, mit wem sie zusammen ist?

SARA: Und Caravani macht mir seit einer Woche den Hof, weißt du das?

SIRIO: Das sehe ich.

SARA: Was siehst du?

SIRIO: Daß du so angezogen bist wie für das Porträt, das er von dir malen will.

SARA: Ach! Wer hat dir das erzählt? Hat sie es dir gesagt? *(Deutet mit einer Kopfbewegung an, daß sie Tuda meint.)*

SIRIO: Ist sie denn nicht mit Caravani zusammen?

SARA: Aber er hat mich doch darum gebeten, er, Caravani, daß ich mich von ihm porträtieren lasse. Ach, dann sprecht ihr also von mir, bei der Arbeit?

SIRIO: Still! Gehen wir hinaus.

SARA: Ich könnte dir meinerseits erzählen, daß sie Caravani auf die Idee gebracht hat...

SIRIO: ...jaja, daß auch er eine Diana machen soll. Und das hat wieder er dir erzählt, Caravani. Ein Zeichen, daß auch ihr beide euch über mich unterhaltet.

SARA: Na freilich; während er mir den Hof macht.

SIRIO: Damit muß er aber aufhören, weißt du?

SARA: Mir den Hof zu machen?

SIRIO: Nein: das, ganz nach Belieben; auch dein Porträt soll er ruhig malen; er soll überhaupt tun, was er will; aber er soll mir mein Modell lassen, damit ich arbeiten kann!

SARA: Ach, du möchtest...

SIRIO: Ich möchte gar nichts! Arbeiten will ich! *(Es klopft an der angelehnten Tür.)*

CARAVANIS STIMME: Ist's gestattet?

SARA: Ach, da ist er! Herein, nur herein, Caravani!

CARAVANI: *(um die vierzig; braunes Haar; elegant gekleidet; als er eintritt, ist zu sehen, daß er nicht darauf gefaßt war, Sara Mendel in Dossis Atelier zu finden)* Oh – guten Tag, Signora.

SARA: Sie kommen gerade recht!

CARAVANI: *(grüßt)* Mein lieber Dossi. *(Zu Sara:)* Wieso gerade recht?

SARA: Für das Modell, das Sie benötigen.

CARAVANI: Ist sie noch hier?

SARA: Da bin ich! *(Deutet auf ihren Amazonen-Aufzug:)* Wie Sie mich haben wollten!

CARAVANI: *(dem das in Anwesenheit Dossis peinlich ist)* Jaja ... nur...

SARA: *(schnell, um ihn zu beruhigen)* ...er weiß es! Er weiß es!... Ihr Modell hat es ihm erzählt! – Ich bin gekommen, um ihn zu einem Spazierritt einzuladen – aber er sagt, er will lieber arbeiten. – Wenn Sie wollen, bin ich bereit!

CARAVANI: Was mich betrifft ... ich bin natürlich hocherfreut, Signora, was meinen Sie!

SARA: Natürlich unter der Bedingung, daß Sie ihm das Modell hier lassen! Es handelt sich um einen Tausch. *(Auf eine Geste der Verwunderung Caravanis hin:)* Er ist einverstanden! Er ist einverstanden! – Und ich bin auch einverstanden! – Gehen wir! *(Sie macht Anstalten, ihn mit sich fortzuschleppen.)*

SIRIO: *(aufs höchste gereizt)* Nein! Warte, Caravani! *(Er ruft laut, mit hörbarer Wut in der Stimme:)* Tuda!

TUDA: *(hinter dem Vorhang, schnell:)* Hier bin ich! Ich zieh mich nur noch schnell an.

SARA: Aber nein! Kommen Sie, Caravani!

CARAVANI: Also, was mich anbelangt: Ganz, wie Sie wollen!

SARA: Auch, weil es mir Vergnügen macht. Gehen wir!

CARAVANI: Ich möchte nur nicht...

SARA: Wenn ich Ihnen doch sage, daß er einverstanden ist! *(Dann, während sie sich zum Vorhang hinwendet:)* Maestro, ich weiß, daß Sie auch da hinten sind: Halten Sie sie zurück! *(Zu Caravani:)* Gehen wir, gehen wir! *(Und, als sie Giuncano hinter dem Vorhang hervorkommen sieht:)* Auf Wiedersehen, Maestro! *(Sie schleppt Caravani mit sich durch die Tür ab, lachend.)*

SIRIO: *(vor Wut zitternd)* Wie ekelhaft! Die hat mich noch nicht kennengelernt, zum Teufel! *(Stürzt den beiden nach.)*

TUDA: *(kommt nun auch hinter dem Vorhang hervor, wieder ganz angezogen und den Hut auf dem Kopf)* Was ist los?

GIUNCANO: Sie hat Caravani mit sich fortgeschleppt.

TUDA: Und der ist ihr nachgelaufen wie ein Dummkopf?

GIUNCANO: Er ist kein Dummkopf.

TUDA: Aber haben Sie denn nicht gemerkt, daß er sofort, als er das Klopfen hörte, wußte, daß sie es war?

GIUNCANO: Er wird eben wissen, wie sie immer klopft.

TUDA: Na, der Beweis ist doch, daß er ihr nachgelaufen ist.

GIUNCANO: Ja, und dabei hat er gezischt: »Wie ekelhaft!«

TUDA: Weil er gemerkt hat, daß sie ihn ärgern wollte. Als sie von dem Tausch anfing, hat er mich sofort gerufen, damit ich mit Caravani mitgehen sollte.

GIUNCANO: Sie wird auf dich eifersüchtig sein.

TUDA: Auf mich? Na, das wäre noch schöner!

GIUNCANO: Dumm ist sie – sie schon…

TUDA: *(stolz)* Weshalb dumm? *(Sie will sagen: »Hat man vielleicht keinen Grund, auf mich eifersüchtig zu sein?«)*

GIUNCANO: Ich meine doch nicht deinetwegen! Ich meine, sie ist dumm, weil sie nicht versteht, was der Grund dafür ist, daß er sie vernachlässigt. Sie sieht ihn so verbissen arbeiten und meint, das wäre vielleicht nicht der Arbeit wegen, sondern weil er hier mit dir allein sein will.

TUDA: Sie holt ihn doch jeden Tag hier um diese Zeit ab.

GIUNCANO: *(geistesabwesend)* Wenn jemand so etwas von mir sagt…

TUDA: *(in der Meinung, er spräche von Sara)* Was hat sie gesagt? Ich hab' es nicht gehört.

GIUNCANO: Daß ich die Statuen hasse…

TUDA: Aber das hat doch er gesagt, vorher noch…

GIUNCANO: … dann ist der nicht dumm, der nicht…

TUDA: … weil Sie alt sind?

GIUNCANO: … weil ich sehr bald schon unbeweglich sein werde, ebenso wie sie. Er hat recht. – Diese hart gewordenen Hände! Dieses Gesicht! *(Er betastet seinen Körper fast mit einem Ausdruck des Ekels.)* Diese ganze Form da! Du kannst das noch nicht verstehen.

TUDA: *(ernst, mit einer zarten Anwandlung von Mitleid, die sie die Augen halb schließen, aber auch ein kaum angedeutetes, etwas maliziöses Lächeln auf den Lippen stehen läßt)* Aber freilich verstehe ich das.

GIUNCANO: Nein! *(Er sieht sie an, halb herausfordernd, halb drohend.)* Was denn überhaupt?

TUDA: *(tritt liebevoll ganz nahe an ihn heran)* – daß Sie leiden – aber nicht an dem, was Sie sagen.

GIUNCANO: Ich?

TUDA: *(betont das Maliziöse noch mehr)* Nicht, weil es nicht wahr wäre, was Sie sagen. Aber deshalb, weil Ihr eigentliches Gefühl ein anderes ist.

GIUNCANO: *(wie zuvor)* Was für ein anderes?

TUDA: Ein anderes; und Sie wollen es nicht nennen.

GIUNCANO: Ich sage doch –

TUDA: – ja; etwas, das – für den, der es so wie ich versteht – dann auch nicht mehr wahr ist.

GIUNCANO: *(nachdem er sie angesehen hat, verblüfft)* Wie kommst du darauf, solche Dinge zu denken?

TUDA: Ach, ich kann mich auch so stellen, als hätte ich keine Gedanken im Kopf – aus Bosheit. Ich kämpfe mit den Künstlern! Ich tue so, als würde ich einfach so vor mich hinreden; ich drehe den Kopf ein ganz klein wenig, ohne daß ich das merken lasse; ich neige ihn; ich recke ihn in die Höhe; ich strecke ein kleines bißchen die Hand aus; wehe, wenn man merkt, daß ich, das Modell, für eine Eingebung verantwortlich war; nein, im Gegenteil, ich habe eine Dummheit gesagt; ich habe eine Handlung gesetzt, so; der Gedanke ist ihnen gekommen; und sie sind dessen so sicher, daß sie es mir sogar sagen: »Hör mal, ich denke gerade ... diese Bewegung ...« oder auch: »Was habe ich eben gesagt?« – Mit einigen muß man es eben so machen. Aber mit manchen anderen nicht. Mit ihm zum Beispiel, mit ihm auch nicht *(sie spielt auf Sirio an)*.

GIUNCANO: *(düster)* Ja freilich, der weiß genau, was er will, der schon.

TUDA: Und Sie glauben tatsächlich, daß er es machen wird?

GIUNCANO: Oja. Eine Statue. Der schon. Eine richtige Statue.

TUDA: *(als kämen ihr die Worte unwillkürlich in den Sinn)* Er ist Ihnen überhaupt nicht ähnlich...

GIUNCANO: *(nachdem er sie angesehen hat)* Warum sagst du sowas?

TUDA: *(schnell, dann sichtlich peinlich berührt)* Einfach so! Er hat ... er hat nicht dasselbe Auftreten wie die anderen; fast so, als wäre er kein Künstler...

GIUNCANO: *(mit einem traurigen Lächeln)* Vielleicht hast auch du die Geschichte gehört ...? Nein, nein. Er ähnelt viel mehr seinem Vater. Ein kalter, harter Wille.

TUDA: Die Leute erzählen, der Vater habe ihn verlassen...

GIUNCANO: ... als er noch ein Kind war, ja: Als die Mutter starb. Er ging fort, um in der Fremde ein Vermögen anzuhäufen.

TUDA: Und Sie haben ihn schon als Kind kennengelernt?

GIUNCANO: *(geistesabwesend)* Seine Mutter, ja, das war eine wirklich lebendige Frau. Wie ich nur wenige gekannt habe.

TUDA: Ist das sie, das einzige Gipsmodell, das Sie vor der Vernichtung gerettet haben? Das ist ihr Jugendbildnis?

GIUNCANO: Ja.

TUDA: Wie schön sie gewesen sein muß! *(Pause.)*

GIUNCANO: *(in einem anderen Tonfall)* Wenn ich reden höre,

wenn ich mich irgendwo umsehe und herumgehe; in den Worten, die ich höre, in dem, was ich sehe, in dem Schweigen der Dinge, habe ich immer den Verdacht, daß da etwas mir Unbekanntes sein könnte, etwas, das meinem Geist, wenngleich er doch hier präsent ist, fremd bleibt; und dabei habe ich so ein banges Gefühl, als würde mein Leben, wenn ich da eindringen könnte, sich am Ende zu ganz neuen Empfindungen öffnen; so, daß es mir erschiene, als lebte ich in einer anderen Welt. Diese Welt hier dagegen ... ich weiß nicht, sie ist nun einmal so, mit Scheuklappen; sie hört und sieht nichts, sie will immer nur das eine. *(Pause.)*

TUDA: *(geistesabwesend)* Wenn er wirklich so reich ist, wie die Leute sagen ... *(Pause.)*

GIUNCANO: *(geistesabwesend)* Wenn das Leben sich abschließt ... *(Pause.)*

TUDA: Glauben Sie, er wird wirklich tun, was er sagt?

GIUNCANO: Imstande ist er dazu durchaus. *(Pause.)*

TUDA: Aber diese Signora...

GIUNCANO: Ich glaube, die bedeutet ihm recht wenig.

TUDA: O nein. Das glaube ich nicht. Obwohl, wenn er sagen kann, daß die Statue fertig ist ... *(Pause.)*

GIUNCANO: *(als käme er wieder zu sich)* Aber das ist es nicht, was du mir sagen wolltest.

TUDA: Ja, das stimmt. Was ich sagen wollte...

(In diesem Augenblick kommen durch die angelehnt gebliebene Tür die beiden alten Schwestern Giuditta und Rosa, genannt »die Hexen« herein, beide beinahe wie im Fasching aufgeputzt mit Schleifen und Bändern in den strähnigen Haaren. Sie dringen ein wie Blinde, auf der Suche nach der Wärme des Ofens.)

GIUDITTA: Ist es gestattet?

TUDA: Wer ist da? Ach, ihr seid es?

ROSA: *(zu Giuditta)* Siehst du, daß die schon lange fertig sind? *(Zu Tuda:)* Wo ist der Signorino hingegangen?

TUDA: Er müßte im Garten sein. Habt ihr ihn nicht gesehen?

GIUDITTA: Nein, wir haben ihn nicht gesehen.

TUDA: Na, dann weiß ich's auch nicht. Weit kann er nicht sein, er ist rausgegangen, so wie er gerade war, im Kittel.

ROSA: *(zu Tuda)* Er hat uns immer reingelassen, das weißt du doch...

GIUDITTA: ...damit wir uns ein bißchen aufwärmen an der übriggebliebenen Glut im Ofen.

ROSA: Wenn der noch nicht aus ist...

TUDA: Ich weiß nicht; er wird schon noch Glut haben. Seht mal nach.

GIUNCANO: *(zu Rosa, die hinter den Vorhang gehen will)* Rosa, komm einmal her.

ROSA: *(düster und ablehnend)* Was willst denn du?

GIUNCANO: Komm her. *(Zu Tuda:)* Du sagst, ich wäre nicht alt? *(Nimmt Rosa beim Arm.)* Hierher, hierher. So, vor sie hin. *(Er zwingt sie, sich auf seinen Schoß zu setzen.)*

ROSA: Wozu? Laß mich!

GIUNCANO: Ich will mich ansehen. *(Zu Tuda, während Giuditta höhnisch lacht:)* Weißt du? Wir waren nämlich drei Jahre zusammen, wir beide!

TUDA: *(verwundert, lächelnd)* Ach, mit ihr?

ROSA: Mit mir, mit mir, jawohl! Paßt dir das vielleicht nicht?

GIUNCANO: *(immer noch mit Rosa auf dem Schoß, während Giuditta, sich die Seiten haltend, fortfährt, in gräßlicher Weise höhnisch zu lachen)* Ist jetzt dreißig Jahre her!

ROSA: Wir waren damals die allerersten, wir, zu unserer Zeit!

GIUDITTA: *(immer noch hohnlachend, mit einer Andeutung, die Röcke hochzuheben)* Die Figur von Prinzessinnen haben wir, auch jetzt noch!

Rosa: *(wendet sich Tuda zu)* Und du, in meinem Alter...

Giuditta: ... da wirst du aussehen wie ein zerbrochener Tontopf!

Tuda: Aber ich habe doch gar nichts über euch gesagt!

Giuncano: Was für ein Spiegel, hm? Was für ein Spiegel!

Rosa: Hast du die Unverfrorenheit, mir das zu sagen, du: Spiegel?

Giuncano: Nein, nein, ich meine ja bloß mich selbst!

Giuditta: *(zu Tuda)* Und eifersüchtig ist er damals gewesen, auf sie! Und sie hat ihn sitzenlassen – jawohl, weißt du? Um sich mit einem zusammenzutun, der viel besser war als er!

Giuncano: *(von der Tür aus, lachend)* Das stimmt, ja, sie war es, sie. – *(Dann, plötzlich ernst werdend, zu Tuda:)* Erinnere dich daran, wenn's um das geht, was du mir sagen wolltest. *(Er geht fort. Die beiden Alten gehen hinter den Vorhang.)*

Tuda: *(nach einem Augenblick des Nachdenkens.)* Ich gehe auch. Sagt ihm, wenn er zurückkommt, daß ich auf ihn gewartet habe und schließlich fortgegangen bin. *(Sie geht zur Tür und schickt sich zum Gehen an, da kommt Sirio mit düsterem Gesicht zurück.)*

Sirio: Du wolltest gehen? Ich muß mit dir reden.

Tuda: Aber ich muß jetzt gehen. Es ist spät.

Sirio: Du wirst hierbleiben. Ich mache es so, wie du gesagt hast.

Tuda: Du wirst ...?

Sirio: ... so, wie du gesagt hast: Ich heirate dich.

Tuda: Na, das ist ja das Allerschönste! Bist du übergeschnappt?

Sirio: Nein, meine Liebe. Ich bin ganz ruhig.

Tuda: Du heiratest mich?

Sirio: Um dich zu zwingen, nur noch mir Modell zu sitzen.

Tuda: O nein! Aus Trotz nicht, hörst du? Vielen Dank – ich mag nicht.

Sirio: Was heißt denn Trotz!
Tuda: Du hast doch mit der da gestritten! Nein, nein!
Sirio: Wer sagt dir, daß ich mit ihr gestritten habe?
Tuda: Na, ich habe euch doch von dort gehört. Aber nicht auf meine Kosten, bitte. Sie ist mit Caravani gegangen.
Sirio: Aber nein, das stimmt nicht!
Tuda: Weil sie auf mich eifersüchtig war, jawohl!
Sirio: Hör auf damit!
Tuda: Eifersüchtig war sie, eifersüchtig: Auch der Maestro hat das gesagt!
Sirio: Hör auf, sag ich dir! Und sprich mir nicht mehr von dieser Signora.
Tuda: Ah, nein, jetzt warte mal! Wie soll denn das gehen? Wir müssen sogar von ihr sprechen.
Sirio: Ich habe mir das so vorgestellt: Jeden Tag, wenn du deinen Beitrag zu meiner Arbeit geleistet hast und wir fertig sind, hast du wieder deine volle Freiheit…
Tuda: Ach, wirklich? Meine volle Freiheit?
Sirio: Zu tun und zu lassen, was du willst und was dir Freude macht.
Tuda: Und für dich hat es gar keine Bedeutung, was ich tue?
Sirio: Was soll es denn schon für mich bedeuten?
Tuda: Wenn ich doch deine Frau sein werde!
Sirio: Aber nein, Liebe, was heißt da meine Frau!
Tuda: Na, wenn du mich heiratest? Alle werden es wissen…
Sirio: Was denn?
Tuda: Na, sehr schön! Ich werde deinen Namen tragen; ich werde die Signora Dossi sein, oder? Siehst du? Das macht ja doch ein bißchen Eindruck auf dich…
Sirio: … aber nein! Überhaupt keinen Eindruck!
Tuda: … nun hör doch auf! Die Frau des Bildhauers Dossi!

Mag sein, daß ich dir nichts bedeute – aber dein Name, der wird dir nicht gleichgültig sein.

SIRIO: Mir ist schon alles gleichgültig geworden. Die Leute werden wissen, weshalb und wie du meine Frau bist. Außerdem, je mehr ich dir Gelegenheit gebe, deine Freiheit zu nutzen, um so klarer wird es jedem erscheinen, weshalb ich das getan habe. Außerdem brauche ich ja nur noch meine Statue zu vollenden!

TUDA: Ja, und dann bringst du dich um, das haben wir schon verstanden! Deshalb ist dir die ganze Sache gleichgültig. Na, dann meine ich aber auch, wenn dem wirklich so ist, dann müssen wir uns auch darüber einigen …

SIRIO: … aber ja, auch darüber!

TUDA: Du wirst verstehen, bloß für ein paar Monate würde es sich ja nicht auszahlen …

SIRIO: Wir werden uns über alles einigen, mach dir keine Gedanken. Du wirst jedenfalls ein ausgezeichnetes Geschäft gemacht haben, da kannst du sicher sein.

TUDA: Geschäft? Das ist doch nicht nur ein Geschäft!

SIRIO: O nein, es ist nur das. Dein Körper, für das, wofür ich ihn brauche.

TUDA: *(nach einer Pause des Nachdenkens)* Und … werde ich hier in deinem Haus wohnen?

SIRIO: Ja, im oberen Stock. Ich sage dir, du brauchst dir keine Gedanken zu machen. Du wirst alles haben, was du willst.

TUDA: Und – was wird sie dazu sagen?

SIRIO: Ich habe dir gesagt: Sprich nicht von ihr.

TUDA: Ich will doch wenigstens wissen, ob sie es weiß, entschuldige mal! Seid ihr euch schon einig?

SIRIO: Ich bin mein eigener Herr.

TUDA: Und auch du bist frei, was dich angeht …

SIRIO: – versteht sich.

TUDA: ... mit ihr?

SIRIO: Schluß damit, hab ich dir gesagt.

TUDA: Ich möchte doch nur sicher sein, daß es nicht einfach etwas ist, was du ihr aus Trotz antust, verstehst du?

SIRIO: Ich habe gar kein Interesse daran, ihr etwas anzutun; sie schon, sie möchte aus Trotz, daß ich nicht mehr mit dir arbeite. Sie wird alles tun, damit du nicht mehr hierherkommst.

TUDA: Ach so? Na, dann komme ich sicher, hörst du? Auch wenn du mich nicht heiratest!

SIRIO: Du kennst sie nicht. Sie könnte Wege finden, es dir unmöglich zu machen ... Und dann würdest vielleicht auch du selbst ... Nein, nein. Da diese Handlung für mich nur diesen Sinn hat und keinen Wert für sich selbst...

TUDA: Du wirst dich mit ihr kaputtmachen.

SIRIO: Und wenn schon, dann ist es meine Sache.

TUDA: Und wenn du dann, nachdem du es meinetwegen getan hast...

SIRIO: Aber doch nicht deinetwegen; ich tue es, weil ich es so will.

TUDA: – Jetzt schon; aber wenn du es später einmal bereust?

SIRIO: Ich werde keine Zeit mehr haben, es zu bereuen, nur keine Angst. *(Pause.)*

TUDA: Ich soll also nur für deine Statue da sein?

SIRIO: Nur für mich sollst du da sein; für meine Statue. *(Pause.)*

TUDA: Und deshalb heiratest du mich?

SIRIO: Deshalb, und damit du nicht mehr anderen Modell sitzt. Nimmst du das Angebot an?

TUDA: *(sieht ihn lange an, dann sagt sie herausfordernd, mit zweideutigem Unterton)* Aber gib acht, hörst du, ich bin lebendig!

SIRIO: Ach – was dich anbelangt...

TUDA: Und glaubst du nicht, daß ... *(Bricht ab.)*

SIRIO: *(nachdem er eine Weile gewartet hat)* ... daß?

TUDA: ... ach nichts; nur mal angenommen, in mir könnte etwas entstehen, wenn ich dir so nahe bin, so mit dir zusammen...

SIRIO: *(als würde er sich über sie lustig machen)* Ach, die Liebe?

TUDA: – nein, aber ... eine Sehnsucht nach dir...

SIRIO: Also bis jetzt hast du sowas noch nie empfunden.

TUDA: *(sieht ihn an, schlägt dann die Augen nieder)* Was weißt denn du?

SIRIO: Ich habe es jedenfalls nie bemerkt.

TUDA: Weil ich ja wußte, daß du mit der da zusammen bist.

SIRIO: *(schneidet ab)* Also diese Ideen mußt du dir aus dem Kopf schlagen. Du wirst verstehen, wenn das auch vielleicht am Anfang für einen Augenblick möglich gewesen wäre ...

TUDA: *(sehr lebhaft)* Ach ja? Es wäre möglich gewesen?

SIRIO: *(ungerührt)* ... dann kann jedenfalls jetzt nicht mehr die Rede davon sein.

TUDA: Ja freilich – denn ich werde jetzt tatsächlich deine Frau, und dann ... *(Sie denkt ein wenig über das nach, was sie gesagt hat, und ruft dann mit einem kaum angedeuteten, leeren und traurigen Lächeln aus:)* Ja freilich!... *(Pause.)* Also gut: Ich nehme an. *(Nach einer weiteren, kürzeren Pause:)* Ich möchte doch sehen, wie das wird. *(Nach einer weiteren Pause:)* Du hattest es wohl nur zum Scherz gesagt ... *(Nach einer weiteren Pause:)* Ich habe meinen Vater dort in Anticoli; meine Schwestern...

SIRIO: Du wirst mir die alle fernhalten!

TUDA: Nein, ich denke nur, daß ... *(bricht ab; starrt mit glücklichen Augen und einem Lächeln der vagen Befriedigung auf den Lippen ins Leere)* dort auf dem Land ... als Signora ... *(Pause.)* Das Haus oben wird schön sein ... Der Garten … Und ich … *(Sie versucht Sirio anzusehen, der sich sofort abwendet, um ihrem Blick auszuweichen.)* Darf ich dich denn nicht einmal ansehen? *(Nimmt entschlossen den Hut ab.)* Also gut! Gehen wir hinauf! Du wirst sehen, wie ich sie dich schnell zu Ende bringen lasse, deine Statue! *(Und während sie beginnt, sich das Kleid aufzuknöpfen, geht sie mit Sirio auf den Vorhang zu. Ehe sie dahinter verschwindet, hält sie inne.)* Ach ja, schau, da sind noch die Hexen. *(Hinter dem Vorhang:)* Fort! Fort! Hinaus mit euch!

SIRIO: Aber nein, laß sie nur, wenn sie still sind.

TUDA: *(kommt wieder heraus, mit Giuditta und Rosa, die sie mit einer Hutnadel lachend bedroht:)* Nein, raus mit euch! Raus! Raus!

GIUDITTA: Nicht piksen, he! Du bist gemein!

ROSA: Nun sieh mal: Jetzt jagt sie uns davon!

TUDA: Ich, ja, ich! Habt ihr nicht gehört, daß er mich heiratet?

GIUDITTA: Hm, wir haben's gehört, ja…

TUDA: Und also bin ich hier die Herrin im Haus! Raus! Raus! Ich werd's euch schon zeigen, wie ein zerbrochener Tontopf aussieht!

SIRIO: Na hör schon auf, laß sie doch bleiben.

GIUDITTA: Wir hocken uns hierher!

SIRIO: Und keinen Mucks!

ROSA: Ja, freilich, wir werden nicht mal laut atmen!

TUDA: *(lacht, läuft auf den Vorhang zu, verschwindet wieder dahinter, und einen Augenblick später, während sie nackt und voller Freude auf den Sockel steigt)* Da bin ich, ich bin bereit! *(Es erscheint wieder der riesige Schatten auf der Rückwand. Die beiden Alten drehen sich um und betrachten ihn voll Bangigkeit.)*

Vorhang

ZWEITER AKT

Dasselbe Bühnenbild wie im ersten Akt.
Wenn der Vorhang aufgeht, betrachtet sich Tuda, in einem sehr eleganten Abendkleid, gerade in einem Spiegel, den das junge Mädchen, das die Schneiderin begleitet, ihr vorhält. Diese steht neben ihr und hakt das Kleid auf einer Seite noch rasch zu. Hinter ihr steht die Hutmacherin, begleitet von einem anderen jungen Mädchen, mit einer großen Schachtel mit Hüten und Kunstblumen. Die Schneiderin hat auch Stoffe zur Auswahl für ein neues Kleid mitgebracht. Sirio ist hinter dem Vorhang und wartet darauf, daß die Anprobe vorbei ist.

TUDA: Nein, nein, das gefällt mir nicht! Das gefällt mir gar nicht!

DIE SCHNEIDERIN: Aber es steht Ihnen doch ganz ausgezeichnet, Signora!

TUDA: Was heißt ausgezeichnet? Es ist überhaupt nicht so geworden, wie ich es haben wollte!

DIE SCHNEIDERIN: Aber ich habe alles genauso gemacht, wie Sie es mir gesagt haben!

TUDA: Ich habe Ihnen nicht gesagt, daß ich dieses ganze Zeugs da haben will, wie heißt es nur ... »Pailletten«? – das da.

DIE SCHNEIDERIN: Aber das gibt doch so viel her, Signora! Eine wahre Pracht, glauben Sie mir.

TUDA: Zuviel, viel zuviel. Es gefällt mir nicht! – Nein, nein, fort damit! – Ich kann es nicht mehr an mir sehen! Haken Sie es wieder auf, haken Sie es auf!

DIE SCHNEIDERIN: So werfen Sie mir die schöne Arbeit weg! Nur immer mit der Ruhe, das kann man ja nachbessern!

TUDA: Was wollen Sie da noch nachbessern! Nein. Nicht einmal die Farbe gefällt mir mehr. Und außerdem paßt es überhaupt nicht, das noch dazu.

DIE SCHNEIDERIN: Ja, ich habe auch ein paar Fehler gesehen, aber nur ganz leichte, die lassen sich problemlos beseitigen. Und es ist nicht meine Schuld, glauben Sie mir. Die Signora ist eben, Sie verzeihen schon, ein bißchen...

TUDA: Was?

DIE SCHNEIDERIN: – schlanker geworden –

TUDA: Ich?

DIE SCHNEIDERIN: – ja, seit dem letzten Mal.

TUDA: Ist das denn möglich? In den paar Tagen?

DIE SCHNEIDERIN: – Aber ja, glauben Sie mir!

TUDA: Mir geht's doch sehr gut!

DIE SCHNEIDERIN: Oh, ich sage ja gar nichts! Sie haben eine wunderbare Figur!

TUDA: Muß ich doch, als Modell! *(Ohne der Sache Gewicht beizumessen, eher lächelnd:)* Sie nennen mich Signora –

DIE SCHNEIDERIN: Wie sollte ich Sie denn sonst nennen?

TUDA: Signora ... Signora Modell – schließlich wissen doch alle, daß ich nur deshalb Signora geworden bin. – Aber ja, ich fühle mich tatsächlich ein bißchen müde –

DIE SCHNEIDERIN: Na eben, und dann ist das Grau, wenn Sie nicht mehr Ihre schöne, gesunde Farbe haben, natürlich ... *(Unterdessen hat sie ihr das Kleid abgenommen, und Tuda sitzt in einem ganz dünnen rosa Unterkleid da.)*

TUDA: Ich kann mich nicht sehen darin!

DIE HUTMACHERIN: Ja, sicher, es macht ein bißchen blaß.

TUDA: Wenn man daran dächte, wie man sich damit kaputt macht ... Und ich... *(Sie bricht in Lachen aus, als sie daran denkt, daß sie eigentlich geheiratet worden ist, um als Modell zu arbeiten: Wie, wenn sie es nun nicht mehr tun könnte!)* Das wäre ja geradezu zum Lachen! Aber wenn das so weitergehen soll – *(Die letzten Worte spricht sie laut, damit Sirio da drüben sie hören und verstehen soll.)*

DIE SCHNEIDERIN: Oh, das ist sicher nur ein vorübergehendes Unwohlsein!

TUDA: *(betrachtet sich genau im Spiegel)* Nein, nein; es ist wahr; ich hatte mich noch nicht genau gesehen – Ja, was denn! Es stimmt, ich sehe erbärmlich aus! Ja, daran müßte man eben auch mal denken ... *(Wie oben.)*

DIE SCHNEIDERIN: Oft ist es gerade ein Kleid, durch das wir so etwas bemerken. Für uns Schneiderinnen dürften die Kunden nie etwas anprobieren, wenn sie sich nicht wirklich gut fühlen.

DIE HUTMACHERIN: Es geht eben alles daneben, wenn Sie nicht mit ihrem hübschen Gesichtchen zufrieden sind.

DIE SCHNEIDERIN: Also dann *(deutet auf das Kleid, das sie über den Arm gehängt hat)* – dann sollen wir gar nicht erst versuchen, es zu ändern?

TUDA: Nein, nein, sprechen Sie mir nicht mehr davon! Haben Sie die Stoffe mitgebracht?

DIE SCHNEIDERIN: Freilich, jede Menge: da sind sie.

TUDA: Schauen wir mal, schauen wir. – Aber was sind denn das für Farben?

DIE SCHNEIDERIN: Die Modefarben dieser Saison.

TUDA: Gibt's denn kein Lila dabei?

DIE SCHNEIDERIN: Ehrlich gesagt, in diesem Jahr ist Lila überhaupt nicht gefragt.

TUDA: Aber mir steht es.

DIE SCHNEIDERIN: Es ist eben nicht in Mode.

TUDA: Die Mode für mich mache ich mir selber. *(Sie findet den richtigen Stoff.)* Da haben wir ihn. Diesen. Sehen Sie, es gibt's ja doch. Ja, ja: das ist er, das ist er. *(Wirft sich den Stoff über und schaut in den Spiegel.)* Ja, der gefällt mir.

DIE SCHNEIDERIN: Freilich, der steht Ihnen sehr gut.

DIE HUTMACHERIN: Wunderbar!

Tuda: Ich denke mir meine Kleider selbst aus. *(Drapiert sich den Stoff.)* Ohne den ganzen Putz und Firlefanz. Ganz einfach! Und nicht zu sehr ausgeschnitten. So, sehen Sie, so. Zeichnen Sie's an.

Die Schneiderin: Es ist wirklich ein Vergnügen, einen Körper wie den Ihren anzuziehen

Tuda: – der ständig dazu verdammt ist, sich auszuziehen! – So, jetzt müßten wir noch eine Spitze finden…

Die Schneiderin: Eine Spitze?

Tuda: Ist die Spitze vielleicht auch nicht in Mode?

Die Schneiderin: Na, wenn Sie mal in die Schaufenster sehen…

Tuda: In die sehe ich nie. Ich setze die Spitze drauf, egal ob man das jetzt so macht oder nicht. Haben Sie keine Spitzen mitgebracht?

Die Schneiderin: Nein, Signora.

Tuda: Macht nichts. Ich habe so viele da oben. *(Zu dem jungen Mädchen, das die Schneiderin begleitet:)* Seien Sie so gut, gehen Sie schnell dort hinauf *(deutet auf die Tür links)* in den zweiten Stock und lassen Sie sich von dem Mädchen die Spitzen geben, sie sind im Kasten rechts in meinem Zimmer, in der Lade. *(Das junge Mädchen geht los.)* Warten Sie! Tun Sie mir noch den Gefallen, und lassen Sie sich auch den Hermelinpelz geben. *(Zur Schneiderin:)* So sehen wir, wie das zusammenpaßt. *(Zu dem jungen Mädchen:)* Aber rasch, ich bitte Sie. *(Das junge Mädchen ab. Sirio kommt hinter dem Vorhang hervor.)*

Sirio: Noch immer nicht fertig?

Tuda: Hab Geduld. Ein unmögliches Kleid!

Sirio: Aber nein, ich meine, wenn du schon soviel Zeit damit verlieren mußt, dann hättest du gleich zum Probieren raufgehen können, anstatt mir diesen ganzen Basar hier zu veranstalten. Geh doch hinauf, geh hinauf, das ist für dich auch angenehmer.

TUDA: *(sieht ihn absichtsvoll an)* Nein, mein Lieber. Für mich ist es besser hier.

SIRIO: *(versteht, entschlossen:)* Ich weiß, du machst das absichtlich.

TUDA: *(rasch)* Und zudem weiß ich auch, warum dir das so auf die Nerven geht!

SIRIO: *(wütend)* Um meinetwillen, nur um meinetwillen geht es mir auf die Nerven!

TUDA: Da hast du unrecht. Denk ein bißchen nach, dann wirst du anerkennen, daß es dir sogar hilft.

SIRIO: Was hilft mir?

TUDA: Das Provozieren.

SIRIO: Mir scheint, hier provozierst du!

TUDA: Nein. Ich reagiere mich bloß ab, sonst nichts.

SIRIO: Und mir hilft es zu provozieren?

TUDA: Ja; und du solltest es nicht übertreiben. *(Wendet sich an die Schneiderin:)* Gestern bekam ich plötzlich einen Schwindelanfall; es fehlte nicht viel, und ich wäre dort hinten *(deutet hinter den Vorhang)* vom Sockel gestürzt wie vom Blitz getroffen. *(Zu Sirio:)* Sie hat es auch gemerkt, *(deutet auf die Schneiderin)* weißt du, daß ich ein bißchen müde bin.

SIRIO: Aber ich habe dir gesagt, meine ich, daß du hinaufgehen sollst; daß du nicht weiter Modell stehen sollst, wenn du dich nicht danach fühlst!

TUDA: Aber ich fühle mich doch danach! Und ich habe große Eile, viel mehr als du, glaube mir! Du weißt sehr gut, daß ich manchmal weitermachen möchte und es an dir liegt. – Findest du nicht, daß mir diese Farbe hervorragend steht?

SIRIO: Gut, sehr gut, jawohl. Dann gehe also ich hinauf. *(Er geht verärgert durch die Tür links ab. Ein Augenblick peinlichen Schweigens.)*

DIE HUTMACHERIN: Ach, sind die Männer ungeduldig.

TUDA: *(von einer Laune gepackt, kommt wieder zu sich)* Und dann werde ich … *(Zur Schneiderin:)* Geben Sie mir dieses Paillettenkleid.

DIE SCHNEIDERIN: *(perplex, nimmt es)* Wieso?

TUDA: – geben Sie es her! Und das andere –

DIE SCHNEIDERIN: Das Straßenkleid?

TUDA: – haben Sie es mitgebracht?

DIE SCHNEIDERIN: – Ja, hier ist es.

TUDA: Geben Sie es her! Nein, warten Sie, halten Sie es lieber, dieses Kleid! *(Zur Hutmacherin:)* Und Sie nehmen diese Stoffe!

DIE HUTMACHERIN: *(nimmt sie auf)* Diese?

TUDA: Ja, ja! Helfen Sie mir! Ich will ihm alle diese Statuen anziehen! *(Lachen.)*

DIE SCHNEIDERIN: Anziehen?

TUDA: Ja, ziehen Sie die da an! *(Deutet auf eine der Statuen.)* Das Straßenkleid.

DIE SCHNEIDERIN: *(lachend)* Aber das wird ihr nicht passen!

TUDA: Macht nichts! Versuchen Sie's! Je plumper es aussieht, desto besser!

DIE HUTMACHERIN: *(lachend)* Und ich soll mit denen da … *(Zeigt die Stoffe vor.)*

TUDA: Jawohl, die da über die anderen drapieren! Lassen Sie sich ruhig helfen. Ich ziehe einstweilen dieser da das Paillettenkleid an. *(Lachen.)* Was heißt hier Basar! Das ist das Museum der nach der letzten Mode gekleideten Statuen! Er hat die Verrücktheit nicht allein gepachtet, weil er mich geheiratet hat: Jetzt bin ich auch einmal verrückt! Seht nur, seht! – Ach, herrlich sind die! – Mein Gott, wie die aussieht! – Wunderbar. – Ja, ja! *(Zu dem Mädchen, das lacht:)* Zu komisch! Einen Hut muß man ihr noch aufsetzen! – Ja, ja, allen einen Hut! Nehmen Sie sie nur, nehmen Sie sie! *(Das Mädchen nimmt zwei Hüte aus der Schachtel.)* Geben Sie mir einen! – Nehmen Sie noch welche heraus! – Ach, wie wunderbar! Sehen Sie nur! *(Zu dem Mädchen, das mit den Spitzen und dem Hermelin herunterkommt und zunächst ganz verdutzt stehenbleibt:)* Herrlich, nicht wahr? Geben Sie mir das Cape!

DAS MÄDCHEN: *(lachend)* Bitte sehr! *(Reicht es ihr.)*

TUDA: – Hier *(legt es der Statue um, der sie das Paillettenkleid angezogen hat)* – so. Wunderbar! So soll er sie finden! Stellt euch das mal vor! Er wird entsetzt sein, wird schreien, man habe sie ihm entweiht! Als ob das nicht viel schlimmer wäre, was er mit mir treibt! Ich soll also bloß eine Statue sein, ich, hier? Wie eine Schwester dieser anderen? Na gut, ich ziehe mich an; dann sollen sie sich auch anziehen! *(Lachen.)*

DIE HUTMACHERIN: Sehr gut!

DIE SCHNEIDERIN: Ganz richtig!

TUDA: Das Traurige ist nur, daß die – na gut, sie sehen ein bißchen plumper aus – aber sie machen sich dabei nicht so kaputt wie ich. *(Zu dem Mädchen, das von oben gekommen ist:)* Haben Sie die Spitzen mitgebracht?

DAS MÄDCHEN: Ja, da sind sie – *(Gibt sie ihr.)*

TUDA: – sehr gut, danke! *(Zur Schneiderin:)* Jetzt müssen wir eine aussuchen, die paßt, in der Farbe ... Schauen Sie nur, wie schön die sind, diese Spitzen!

DIE SCHNEIDERIN: Ah, das sind alte!

TUDA: Eine schöner als die andere!

DIE HUTMACHERIN: Da müssen Sie ja ein Vermögen dafür bezahlt haben! Wo haben Sie die nur gefunden?

TUDA: Die habe ich geschenkt bekommen. Wenn Sie wüßten, aus was für einem Haus die stammen! – Da, diese hier, schauen Sie. Wenn man die so appliziert. Was meinen Sie?

DIE SCHNEIDERIN: Hmm ... ja, mir scheint ... ja, ja, das ist ausgezeichnet so, ganz ausgezeichnet!

TUDA: *(zur Hutmacherin)* Haben Sie Blumen mitgebracht?
DIE HUTMACHERIN: Ja, viele.
TUDA: Blumen, Blumen. Lassen Sie mal sehen.
DAS MÄDCHEN DER HUTMACHERIN: *(zeigt die Schachtel vor)* Da sind sie.
TUDA: *(wühlt darin und sortiert aus, bis sie gefunden hat, was sie sucht)* Die nicht, die auch nicht – nein, nein – weg mit denen, die nicht – da, diese hier – sehen Sie – wenn man die so anheftet – und dann andere unten quer. Probieren Sie's mal! *(Die Schneiderin tut es.)* Ja, genau so.
DIE HUTMACHERIN: Ja, das sieht sehr gut aus!
TUDA: Ja, ja. Genau so muß es sein. Den Umhang! Den Umhang! *(Zu dem Mädchen der Schneiderin, wobei sie auf die Statue anspielt, die den Hermelin umgelegt bekommen hat:)* Fragen Sie sie höflich um Erlaubnis und nehmen Sie ihn ihr ab. *(Das Mädchen geht lächelnd den Umhang holen und legt ihn Tuda um die Schultern.)*
DIE SCHNEIDERIN: Ach, das sieht wirklich großartig aus!
DIE HUTMACHERIN: Eine Königin!

(In diesem Augenblick hört man einen Schlüssel in das Schloß der rechten Tür stecken, die gleich darauf aufgeht. Herein kommt Sara Mendel, die den Schlüssel aus dem Schloß zieht und die Tür hinter sich schließt. Sofort erstarrt sie angesichts des seltsamen Schauspiels der bekleideten Statuen und kann einen Ausruf der Überraschung und Empörung nicht zurückhalten.)

SARA: Was?

(Die Schneiderin, die Hutmacherin und die beiden Mädchen sehen sie verwundert an. Tuda betrachtet sich weiterhin ungerührt im Spiegel.)

TUDA: *(zur Schneiderin)* Ja. Das ist nicht schlecht. Mir scheint, so geht es ganz gut. *(Dann, indem sie sich kaum zu Sara umwendet:)* Was für ein Schauspiel, hm?
SARA: Ein Schauspiel, das kann man wohl sagen!
TUDA: – ein sehr geschmackloses, freilich! Aber das ist Ab-

sicht, alles Absicht. *(Zur Schneiderin:)* Vielleicht ein bißchen weiter ausgeschnitten.

DIE SCHNEIDERIN: Ja, genau. Das wollte ich schon sagen. Sehen Sie, so. *(Sie zeigt es.)*

SARA: *(nach einer von Peinlichkeit bestimmten Pause)* Dossi ist nicht da?

TUDA *(zur Schneiderin)* Und vielleicht noch diese Blumen ... *(Sie unterbricht sich, um Sara zu antworten, ohne sie anzusehen:)* Ich glaube, er ist hinaufgegangen.

SARA: Aber er weiß doch, daß ich ihn immer um diese Zeit abhole.

TUDA: Natürlich. Aber er weiß auch, daß Sie jetzt den Schlüssel haben, um hereinzukommen, wann immer Sie wollen, und daß Sie, wenn es Ihnen Spaß macht, auch hinaufgehen können.

SARA: *(schnell, gekränkt)* Hinaufgegangen bin ich noch nie.

TUDA: *(zur Schneiderin)* Es muß aber schnell gehen. Das Fest im Club ist schon Samstag abend. *(Zu Sara:)* Sie müssen ihn entschuldigen, Signora. Er hat sich ein bißchen über mich geärgert, weil ich hier meine Kleider anprobieren wollte; und er ist hinaufgegangen, glaube ich, weil er meinte, das könnte Sie kränken.

SARA: Mich? Wieso denn?

TUDA: Eben. Das frage ich mich auch: Wieso? Im Gegenteil, ich meine, es müßte Ihnen sogar ein großes Vergnügen bereiten, dieser Wahnsinn, der mich da ergriffen hat, die Lust an Kleidern, Pelzen, Hüten, durch den ihn die Dummheit, mich geheiratet zu haben, teuer zu stehen kommt. Ich träume von Strömen von Seide, Büscheln von Federn und einem Schaumbad aus Spitzen ... ich werde ihn noch ruinieren! *(Sie lacht.)*

SARA: Ja, ja, da tun sie gut daran, sehr gut!

TUDA: Ich wäre ja selbst blöd, meinen Sie nicht? – wenn ich das nicht ausnützte.

Sara: Dieses Hermelincape ist wirklich wundervoll!

Tuda: Nicht wahr? Mehr als dreihundert Felle! Und alle ganz gleich, sehen Sie?

Sara: – ja, sehr schön –

Tuda: – die kommen aus einer Stadt in Deutschland –

Sara: – aus Leipzig, da ist ein besonderer Markt dafür. Und auch diese Spitze ist entzückend. So wird Ihnen das Kleid wunderbar stehen.

Tuda: *(zur Schneiderin)* Wir sind uns schon einig. So wird es. *(Zu Sara:)* Jetzt werde ich Ihnen was zeigen. *(Sie schaut sich nach der Statue um, die das Straßenkleid anhat.)* Da ist es schon. *(Zu dem Mädchen:)* Nehmen Sie es ab, bitte. *(Das Mädchen nimmt es ab.)* Und einstweilen, weg damit! *(Mit Hilfe der Schneiderin nimmt sie sich den lila Stoff ab und schlüpft dann in das Straßenkleid.)* Und jetzt schauen Sie, was ich mir extra zu diesem Kleid für einen Hut habe machen lassen. *(Zu der Hutmacherin:)* Haben Sie ihn mitgebracht?

Die Hutmacherin: Aber sicher! Und noch viele andere, wie Sie sehen!

Tuda: Ja, denn ich will ihn wirklich völlig ruinieren.

Sara: Das können Sie ohne Gewissensbisse tun. Er ist sehr reich.

Tuda: Ohne Gewissensbisse: oh, das ist sicher, was mich anbelangt! – *(Betrachtet sich mit dem Kleid, das sie nun angezogen hat, im Spiegel.)* Oja, das sieht gut aus.

Die Schneiderin: Es könnte Ihnen gar nicht besser stehen. Das ist halt doch was anderes als die Statuen, eine so wunderbare Figur!

Sara: Perfekt. Da kann man gar nichts sagen. Sehr geschmackvoll.

Tuda: Den Hut! Den Hut!

Die Hutmacherin: Da ist er! *(Sie reicht ihn ihr.)*

Tuda: *(setzt sich den Hut auf)* An dem liegt mir wirklich viel.

Er ist ein bißchen extravagant, aber mir scheint, er paßt gut dazu –

SARA: Oja, er paßt wunderbar! Er gefällt mir sehr!

TUDA: Mein eigener Entwurf! Stimmt's?

DIE HUTMACHERIN: Stimmt genau!

TUDA: Vielleicht diese Krempe ... Nein, das ist gut so! Für den Preis müssen Sie sich aber auch selbst übertreffen!

DIE HUTMACHERIN: Ich habe immer versucht, mich selbst zu übertreffen!

TUDA: Na, was das anbelangt ... *(Zur Schneiderin:)* Und mit dem Kleid, da kann ich mich auf Sie verlassen? In drei Tagen. Aber jetzt ist die Sache ja ganz einfach!

DIE SCHNEIDERIN: Keine Angst: Für Samstag ist es versprochen. Auf Wiedersehen, Signora. Auf Wiedersehen.

DIE HUTMACHERIN: Ich gehe auch. *(Zu dem Mädchen:)* Pack die Hüte zusammen und steck sie rasch in die Schachtel. *(Zu Tuda:)* Ich dachte, Sie wollen noch den einen oder anderen aussuchen.

TUDA: Nein, der genügt für den Augenblick.

DIE HUTMACHERIN: Auf Wiedersehen. *(Zu Sara:)* Meine Verehrung, Signora.

TUDA: Auf Wiedersehen.

(Die Schneiderin und die Hutmacherin gehen mit den beiden Mädchen durch die Tür rechts ab und nehmen alles mit.)

TUDA: *(sofort mit einem anderen Ausdruck)* Jetzt wollen wir uns mal unterhalten, Signora.

SARA: Aber ganz ruhig, will ich hoffen.

TUDA: Völlig ruhig. Sie haben sich also einen Schlüssel von diesem Haus geben lassen...

SARA: *(rasch, ohne sie aussprechen zu lassen)* Das war das Mindeste, was ich von ihm verlangen konnte.

TUDA: Mit welchem Recht? Ich tue hier meine Arbeit als Modell.

SARA: Ja, aber mit einem Luxus…

TUDA: *(deutet hinter den Vorhang)* Ich meine dort: als Modell. Und das heißt, nackt. Versuchen Sie nicht abzulenken. Die Kleider haben jetzt nichts mit der Sache zu tun.

SARA: Mit denen haben Sie hier geprotzt…

TUDA: Das liegt nur an Ihrer Überheblichkeit.

SARA: Ach! An mir? An meiner – Überheblichkeit?

TUDA: Hier als Hausherrin aufzutreten, ohne daß Sie dazu das Recht haben.

SARA: Wann immer ich hier hereingekommen bin, habe ich nie den Kopf hineingesteckt, nicht einmal aus Neugier, um zu sehen, was hinter diesem Vorhang vorging.

TUDA: Wenn Sie hier hereingekommen sind, ist das für mich genauso, als ob Sie auch hinter den Vorgang gegangen wären. Ich muß mich ja wirklich nicht vor Ihnen verstecken, so wie ich gebaut bin, Gott sei Dank! – Ach, das wollten Sie auch noch? Das kann ich Ihnen gerne erlauben. Aber zu erlauben habe ich das, verstehen Sie? Denn dieses Recht habe hier ich allein.

SARA: Na, er doch auch, nehme ich an.

TUDA: Nein. Nur ich allein. Niemand kann mich zwingen, vor Fremden zu posieren. Sie hätten sich allenfalls von ihm den Schlüssel für die oberen Räume geben lassen können. Aber nicht für diesen hier.

SARA: Ich wollte aber gerade den Schlüssel für hier. Was sollte ich mit dem für oben?

TUDA: Sie hätten im übrigen auch kein Anrecht mehr auf den anderen.

SARA: Nicht einmal auf den anderen?

TUDA: Nicht einmal auf den. Denn ich möchte doch sehen, was er sagen würde, wenn ich – selbst unter den Bedingungen, unter denen er mich geheiratet hat, ohne jede Verpflichtung zur Treue – bei mir oben hereinlassen würde, wen mir beliebt.

SARA: Richtig. Und tatsächlich – ich sage es Ihnen noch einmal – bin ich niemals hinaufgegangen. Und den Schlüssel von unten habe ich mir eben aufgrund der Bedingungen geben lassen, unter denen er Sie geheiratet hat.

TUDA: Damit ich nicht einmal als Modell hier die Hausherrin sein darf? Hören Sie, Signora, wenn Sie mich herausfordern, dann kann ich ihm die Verpflichtung auferlegen, daß niemand ins Atelier kommen darf, solange ich Modell stehe.

SARA: Versuchen Sie's doch!

TUDA: Ach ja? Sie fordern mich also tatsächlich heraus?

SARA: Ich sage Ihnen: Tun Sie's ruhig.

TUDA: Sie glauben also, Sie wären so stark und seiner so sicher? Obwohl Sie wissen, daß er mich geheiratet hat, weil er um jeden Preis seine Statue fertig bekommen will?

SARA: Es ist nicht absolut unumgänglich, daß er sie mit Ihnen fertigstellt!

TUDA: Wenn er mich doch deshalb geheiratet hat!

SARA: Nein. In Wirklichkeit hat er Sie geheiratet, damit Sie nicht mehr anderen Modell stehen, solange er Sie für seine Statue braucht.

TUDA: Na und?

SARA: Das ist etwas anderes. Vor allem konnte er nicht dulden, daß Sie Caravani für eine andere Diana Modell stehen, zu der Sie ihn angeregt hatten. Ist es nicht so?

TUDA: So ist es. *(Sie fährt plötzlich herum und sieht sie an.)* Was wollen Sie damit sagen?

SARA: Gar nichts. *(Pause.)* Der arme Caravani ist mit seiner halbfertigen Diana sitzen geblieben. Er hatte auch Feuer gefangen. Wegen einer bestimmten Farbkombination, wie er sagt, die er dabei entdeckt hatte.

TUDA: Wollen Sie mich noch weiter herausfordern?

SARA: Ich? Nein. Weshalb?

TUDA: Sie werden wohl wissen, daß ich Caravani aufgefordert habe, mich hier abzuholen.

SARA: Ja. Er hat es mir selbst gesagt.

TUDA: Ach, er hat es Ihnen gesagt …? Und mit welcher Absicht?

SARA: Ach, mein Gott, er bekam Ihr Billet gerade in dem Augenblick, als ich ihm in seinem Atelier für das Porträt gesessen habe, das er von mir macht. Er wollte meinen Rat, wollte wissen, ob Sirio es nicht übel nehmen würde, wenn er hierherkäme, um Sie abzuholen.

TUDA: Genauso, wie Sie ihn abholen kommen.

SARA: Eben. Und tatsächlich habe ich ihm gesagt, da wäre gar nichts dabei, solange er nicht versuchte, Sie zu überreden, ihm wieder Modell zu sitzen, damit er sein Bild fertigmalen könnte – das im übrigen wirklich ziemlich häßlich ist; Dossi hat ganz recht.

TUDA: *(nachdenklich, düster)* Natürlich. Denn das wäre ja tatsächlich der einzige Betrug, den ich ihm antun könnte.

SARA: Sicher: als Modell. Denn als Ehefrau können Sie ihn nicht betrügen.

TUDA: Sie kommen also, um das Modell herauszufordern.

SARA: Aber Sie werden ihn nicht betrügen, denn dann ist's aus mit dem Haus, aus mit den Kleidern, aus mit den Pelzen!

TUDA: *(schaut sie lange an, beherrscht sich)* Eben, ich müßte ja verrückt sein!

SARA: Ihn verlieren, nur wegen des Vergnügens, Caravani Modell zu sitzen!

TUDA: Jetzt, wo ich einen wahnwitzigen Geschmack an der Sache gefunden habe und an gar nichts anderes mehr denke, das kann man wohl sagen! – Dann haben Sie es also Caravani nicht ausgeredet, daß er mich holen kommt?

Sara: Na, ganz im Gegenteil!

Tuda: Sie werden ihm sogar die Idee eingegeben haben, er solle mich überreden...

Sara: Ihm Modell zu sitzen? Aber nein. Ganz unnötig. Das wird er zweifellos tun, ohne daß es ihm irgend jemand eingeben müßte. Die häßlichen Bilder finden immer einen Käufer. Es scheint, ein Herr aus Chile will ausgerechnet dieses Bild kaufen; schade, sagt er immer, daß es nicht fertig ist.

Tuda: Auch die Statue dort ist nicht fertig.

Sara: Aber sie ist doch schon sehr weit gediehen, glaube ich.

Tuda: Sie haben sie nicht gesehen, so wie sie jetzt ist?

Sara: Nein. Ich habe sie schon lange nicht gesehen.

Tuda: Sie müßten sie sich einmal anschauen.

Sara: Hat er sie sehr verändert?

Tuda: Oja, sehr. Glauben Sie wirklich, er kann sie ohne mich fertig machen, mit einem anderen Modell?

Sara: Um so eher, wenn er sie sehr verändert hat, wie Sie sagen.

Tuda: Also gut, Signora. Gehen Sie hinauf und sagen Sie ihm, ich werde Caravani sein Bild für diesen Herrn aus Chile fertigmalen lassen.

Sara: Sie werden doch nicht diesen Wahnsinn begehen!

Tuda: Signora, ich habe Sie verstanden, und ich nehme Ihre Herausforderung an: Ich werde es tun, ich werde Caravani Modell stehen, damit er seine Diana so abscheulich fertigmalen kann, wie es mir nur möglich ist. Gehen Sie und sagen Sie es ihm. *(Man hört es an der Tür klopfen.)*

Sara: Oh, vielleicht ist er das.

Tuda: Wenn er es ist, gehe ich gleich. *(Sie öffnet die Tür, sieht Nono Giuncano vor sich und ist überrascht.)* Ach, Sie sind es, Maestro?

Sara: *(zu Giuncano)* Hindern Sie sie daran, weitere Verrücktheiten zu begehen.

Tuda: Ach, Sie raten ihm das?

Giuncano: Was denn für Verrücktheiten?

Sara: Schluß jetzt mit diesen Szenen! – Ich gehe also hinauf und hole Dossi, da er immer noch nicht herunterkommt. *(Ab durch die Tür links.)*

Tuda *(schnell, mit Nachdruck)* Sehen Sie nicht hin, achten Sie nicht darauf, wie ich angezogen bin!

Giuncano: *(verwirrt)* Wieso?

Tuda: Ich schmeiße alles hin! Alles!

Giuncano: Was sagst du da?

Tuda: Ich sehe doch, wie Sie mich ansehen! Nein, hören Sie! Ich kann wieder die sein, die ich vorher gewesen bin!

Giuncano: Aber warum erzählst du mir das?

Tuda: Wollen Sie mich wirklich daran hindern, diese weitere Verrücktheit zu begehen?

Giuncano: Was für eine weitere Verrücktheit? Ich weiß doch von nichts!

Tuda: Haben Sie nicht gehört, daß sie unverschämt genug war, mir selbst davon abzuraten? Ausgerechnet sie! Eine weitere, eine weitere! Na, ich bin schon dabei, sie zu begehen!

Giuncano: He! Aber da werde ich dich dran hindern!

Tuda: Ja, Sie allein, Sie allein können das: Unter der Bedingung, daß ich's für Sie tue!

Giuncano: Was denn für mich tun?

Tuda: *(mit einer aus dem Bereuen erwachsenden Intensität, wobei ihr fast die Tränen kommen)* Ach, wenn damals, hier, erinnern Sie sich?, als wir miteinander sprachen, nicht diese beiden Hexen dazu gekommen wären –

Giuncano: *(schüttelt den Kopf)* – ausgerechnet an diesem Tag …

TUDA: Ja, als er mir das Angebot machte, kurz nachdem Sie gegangen waren.

GIUNCANO: Aber zuvor hattest du – ich erinnere mich ganz genau – von mir zu sprechen angefangen.

TUDA: Ja, ich hatte bemerkt, daß Sie litten.

GIUNCANO: – und dann hast du mich zur Seite geschoben und begonnen, mich über ihn auszufragen, jede Menge Fragen…

TUDA: – weil mir der Mut fehlte!

GIUNCANO: Aber ja, das ist nur natürlich!

TUDA: Nein, nein: Ich schwöre Ihnen, ich hätte niemals erwartet, daß er mir ausgerechnet an diesem Tag einen Heiratsantrag macht!

GIUNCANO: Aber ich hätte dir damals gesagt, so wie ich es dir jetzt sage, daß du damals und jetzt keine andere Pflicht hast, als die, so richtig gemein zu sein.

TUDA: So richtig gemein?

GIUNCANO: So wie dich alle hinstellen.

TUDA: Ich? Wer sagt das?

GIUNCANO: Alle, die denken, daß du es gewesen bist.

TUDA: Ich? Was soll ich gewesen sein?

GIUNCANO: Die mich in den Wahnsinn getrieben hat.

TUDA: Das sagen die Leute?

GIUNCANO: *(verächtlich)* Machst du dir was daraus?

TUDA: Weil es doch nicht wahr ist! – Ja, ich hatte es bemerkt, daß Sie immer dort waren, wo ich war: Wenn ich hier Modell saß, dann fand ich auch Sie hier…

GIUNCANO: Wem gegenüber willst du dich entschuldigen? Mir gegenüber?

TUDA: Nein! Nur, weil es wirklich so ist! Und Sie hatten mir auch nie etwas davon gesagt!

GIUNCANO: Wolltest du, daß ich es dir sage?

TUDA: Hätten Sie's doch getan!

GIUNCANO: Ich hätte es dir nie gesagt!

TUDA: Ganz gleich; ich weiß es jetzt. Das ist immer noch zur rechten Zeit.

GIUNCANO: Was weißt du?

TUDA: Daß Sie immer noch so sehr leiden.

GIUNCANO: Und was weiter?

TUDA: Ich sage Ihnen doch, ich kann wieder die sein, die ich vorher gewesen bin!

GIUNCANO: Aber jetzt leide ich ja um deinetwillen! Wenn ich dich so sehe!

TUDA: Nein, nein, glauben Sie das nicht!

GIUNCANO: *(mit einem sehr bitteren Lächeln)* Die du vorher gewesen bist?

TUDA: Ja! Denn in mir ist nichts anderes mehr als Wut, Wut, glauben Sie mir das, nichts als Wut gegen diese Frau, die hierherkommt, um mich zu erniedrigen, um mich mit Füßen zu treten. Ich muß mich freimachen, ich muß mich aus dieser Situation befreien. Sehen Sie – wenn Sie wollen – da Sie gerade im richtigen Augenblick gekommen sind, anstatt dieses Kerls …

GIUNCANO: Von wem sprichst du?

TUDA: Von Caravani – er hätte mich hier abholen sollen.

GIUNCANO: Niemand kann dich daran hindern fortzugehen, mit wem du willst!

TUDA: Nein; daran hindert mich auch niemand! Aber heute wäre ich zu ihm gegangen, um mich zu rächen.

GIUNCANO: Wofür?

TUDA: Für das, was die mir antun! Als Modell, als Modell wollte ich mich rächen: Eine andere Möglichkeit der Rache habe ich nicht!

GIUNCANO: Als Modell?

TUDA: Ja, für diese Beleidigung! Und alles hinschmeißen!

GIUNCANO: Das verstehe ich nicht…

TUDA: Es spielt keine Rolle, ob Sie es verstehen! Wollen Sie mir etwas zuliebe tun?

Giuncano: Ich, dir etwas zuliebe tun?

Tuda: Ja: Nehmen Sie mich zu sich!

Giuncano: Ich? Was sagst du da?

Tuda: Ich könnte, ja ich könnte für all das, was Sie gelitten haben.

Giuncano: Ach, ein bißchen Mitleid? – Aber das hab doch mit dir, dieses Mitleid! –

Tuda: Aber das habe ich ja mit mir! Ich sage es Ihnen ja meinetwegen! – Aber Ihnen würde ich, wenn ich könnte, all das, was Sie gelitten haben.

Giuncano: Aber laß doch mich aus dem Spiel!

Tuda: Ihnen würde ich gern wirklich eine Freude schenken können.

Giuncano: – Du?

Tuda: Ich weiß schon, ich bin ja nichts ...

Giuncano: Ach, du meinst, du bist nichts – so lebendig wie du bist?

Tuda: *(mit verzweifeltem Verlangen)* Jaja – aber lebendig – für wen –?

Giuncano: Siehst du? Du mußt für jemanden lebendig sein!

Tuda: Nein, nein! Für Sie! Ich könnte es, noch könnte ich es!

Giuncano: Was heißt da für mich! Für niemanden! Für dich selbst mußt du lebendig sein!

Tuda: Und was hat das für einen Sinn?

Giuncano: Für dieses Nichts, für das du dich hältst! Außerhalb von dir selbst, völlig außerhalb in allem, was du tust: ohne dich anzusehen – wie du lebst, ohne das zu wissen – mit allem, was dir durch den Sinn geht.

Tuda: Wenn Sie wüßten, was das für Dinge sind...

Giuncano: Nicht die, die du denkst! Ich rede von den ganz fernen Dingen, von denen, die dich zu dir selbst zurückrufen, ohne daß du wüßtest, wie dir geschieht; und du folgst ihnen, kaum daß du ihren Ruf spürst. Das ist es, folge ihnen: flüchtig wie sie. Solange dein Körper ihnen folgen kann! Lange dauert das nicht, gib acht! Auch ich bewege mich – ja, innen in mir selbst – auch ich fühle, noch fühle ich, ich fühle mit aller Kraft der Seele: aber ich – siehst du? – ich habe hier jetzt diesen Körper, ich, jetzt – diesen Körper, den ich hasse.

TUDA: *(fast entsetzt)* Weshalb?

GIUNCANO: Ich habe mich nie in ihm wiedererkannt!

TUDA: Wie denn! Aber ist er nicht Sie?

GIUNCANO: Nein – er ist das, was die anderen sehen – ein Fremder. – Du kannst davon nichts wissen. Ich habe ihn mir ja nicht selbst gemacht, diesen Körper. Er ist mir zugefallen von einem, den ich stets als einen Fremden empfunden habe.

TUDA: Von wem?

GIUNCANO: Von irgendeinem: von meinem Vater!

TUDA: Als Fremden?

GIUNCANO: Das ist schrecklich, ja! Er altert, und so gehört er immer mehr ihm – je mehr das Gesicht einfällt und die Falten sich in die Haut graben. – Und in mir wächst der Haß. Aber du lebst indessen, ohne dich zu denken, du weißt nicht, wie du bist, wie dich die anderen sehen, von außen...

TUDA: *(naiv, öffnet die Arme, um sich zu zeigen)* Wie? Na, so sehen sie mich!

GIUNCANO: Ach, da kannst du jedenfalls froh darüber sein! – Aber wehe, wenn mir das Bild vor Augen tritt, das Bild dieses Fremden – eines, der nicht ich bin – von dem ich so oft meine, ich schleppte ihn mit mir mit wie einen müden Bettler, dem ich, so sehr ich ihn auch hasse, dann und wann das Almosen von ein bißchen Mitleid schenken muß – ja, ich schon – heimlich: Ach, was für Tränen, die diese verzweifelte, wilde Bitterkeit vergiftet. – Aber du nicht! Du jag ihn mit einem Fußtritt davon.

TUDA: Ich?

GIUNCANO: Ja, du – ich will nicht, daß er an irgend jemandes Tür klopft, und an deine schon gar nicht; ein alter Kadaver, der nur noch zum Begraben taugt, und dann die Erde drauf – so!

TUDA: O Gott, nein, was sagen Sie da?

GIUNCANO: Du bist es, die mich das sagen läßt!

TUDA: Weil ich will …?

GIUNCANO: Das Leben darf mich nicht wieder packen! Es darf mich nicht wieder packen!

TUDA: Es hat Sie schon gepackt!

GIUNCANO: Ich will nicht! Ich will nicht!

TUDA: Das liegt nicht an uns…

GIUNCANO: *(kraftvoll)* Nein, es liegt an uns, wenn man das nicht tun darf! Um jeden Preis, wenn man es nicht darf.

TUDA: Und wenn man es nicht kann?

GIUNCANO: Wenn man nicht kann, dann macht man es anders. *(Pause.)*

TUDA: Genau das ist es, sehen Sie? Das hat mich damals zurückgehalten. Die Angst, es könnte für Sie nur eine zusätzliche Qual sein.

GIUNCANO: Aber ganz gewiß! Für mich war's vorbei, das Leben, seit so langer Zeit schon: Mir war an nichts mehr gelegen. Leer, erloschen. Ich hatte es ganz aufgebraucht – ich Irrer – damit, Statuen herzustellen! – Weshalb denkst du denn, daß ich sie alle kurz und klein geschlagen habe?

TUDA: Ach, deshalb?

GIUNCANO: Als ich sie da vor mir sah – unbeweglich und vollkommen – und als ich ihnen gegenüber meinen Körper erblickte, in dem das Leben sich wieder zu regen begann – verbraucht, alt … Dieser Horror der Form –

sieh mal: *(deutet auf eine der Statuen)* wenn sie dort steht, Statue, Kunst…

TUDA: – dann bewegt sie sich nicht mehr!

GIUNCANO: Und nun mach, daß sie sich bewegt – Körper, Leben – *(er packt sich selbst am Körper)* – da hast du's – dann wird sie dir alt!

TUDA: *(mit einer fast naiven Überraschung)* Hm, das hab ich aber auch gesagt, wissen Sie? Über die Statue hab ich das gesagt und über mich, die ich mich dabei so kaputt gemacht habe…

GIUNCANO: Gefangen in der Falle – ich – du – alle!

TUDA: Das Leben?

GIUNCANO: Nenn es ruhig Leben! Als kleines Mädchen hast du dich noch mehr bewegt – du bist hin- und hergeflitzt – jetzt ist's ein bißchen weniger – und es wird immer weniger, immer weniger – bis schließlich – hast du geglaubt, du lebst? – Du bist bloß zu Ende gestorben!

TUDA: Ja, das ist wahr. Aber dann muß man doch, so lang man noch kann…

GIUNCANO: Sich bewegen, nie stillhalten, sich in keinem Gefühl fixieren lassen…

TUDA: Aber Sie…

GIUNCANO: *(düster, plötzlich zurückhaltend)* Ich bin nun einmal so. Mit offenen Augen, die nicht mehr wissen wollen, was sie sehen: die Dinge, so wie sie sind, die all das Leid zu tragen haben, daß sie so sind, wie sie sind, daß sie nicht mehr anders werden können. Was bin ich für dich: ein anderer – der, der ich sein müßte – nicht einmal mehr der, der ich war, als die Frauen … *(Er unterbricht sich.)* Ach, wenn du wüßtest, was für Ekel ich empfinde, nun, da ich in mir meinen Vater sehe: ja, ich weiß nicht, als ob sie ihn geliebt hätten, nicht mich: ihn, so – auch damals – als ich jung war. – Ja, er wußte sie zu lieben, die Frauen; und meine Mutter ist aus Verzweiflung daran zugrunde gegangen! – Man sieht schon – dieser Körper – dieser Anblick – die Frauen ... Ich kann's dir nicht sagen. Ich weiß es, ich weiß es jetzt, daß es nicht ich gewesen bin – und daß auch alle die, die ich geliebt habe, es in einem bestimmten Augenblick gemerkt haben müssen und sich von mir entfernten, alle, denn unter diesem Körper haben sie mich entdeckt, der ich so anders bin. – Es ist mehr, mehr als Ekel, es ist Haß, richtiger Haß. – Für mich wäre es, als würde ich in dir, die du so schön bist, das Leben verunreinigen, mit Händen, die nicht mir gehören. *(Pause.)* Laß mich, laß mich gehen. *(Er geht ab. Eine weitere, lange Pause.)*

(Tuda bleibt gedankenverloren zurück. Nach einer Weile setzt sie sich, verstört. Dann, als hätte sie sich entschieden, nicht mehr zu Caravani zu gehen, nimmt sie den Hut ab und legt ihn auf die Knie. Durch die angelehnt gebliebene Tür kommt Caravani herein, den Hut auf dem Kopf, den Mantel über den Arm gelegt. Er sieht Tuda, die ihm den Rücken zukehrt, unbeweglich in dieser Haltung, und nachdem er sich umgeblickt hat, um sicherzugehen, daß sonst niemand im Atelier ist, nähert er sich ihr auf Zehenspitzen, streckt den Kopf vor und versucht sie auf eine Wange zu küssen. Tuda springt noch rechtzeitig auf und versetzt ihm eine Ohrfeige. Caravani öffnet instinktiv die Arme und läßt den Mantel zu Boden gleiten.)

CARAVANI: *(als er die Ohrfeige bekommt)* Ah!

TUDA: Wage es ja nicht, mich zu berühren, zum Teufel!

CARAVANI: Ja, wieso denn? Du hast mir doch geschrieben, ich soll dich abholen!

TUDA: Ja. Aber doch nicht dafür! Das schlag dir aus dem Kopf! – Sag einmal, ist es wahr, daß man dir dieses Drecksbild abkaufen will?

CARAVANI: Welches Bild?

TUDA: Die »Diana«. Die, an der du mit mir gemalt hast. Stimmt es, oder stimmt es nicht?

Caravani: Ja, es stimmt. Wer hat es dir gesagt?

Tuda: Ein bißchen gehört es ja auch mir, dieses Bild.

Caravani: Ja. Und ich bitte dich, mir zu glauben, daß es alles andere als ein Drecksbild ist.

Tuda: Na gut. Wenn es das nicht ist, dann werden wir jetzt alles nur Mögliche tun, damit es eines wird.

Caravani: *(überrascht)* Wie?

Tuda: Laß mich nur machen!

Caravani: Ja, willst du mir am Ende Modell stehen?

Tuda: Modell! Ja, Modell! Aber unter der Bedingung, daß es häßlich wird, häßlicher noch als du; ganz, ganz häßlich: ein richtiger Graus! *(Sie hebt den Mantel vom Boden auf und wirft ihn ihm ins Gesicht.)* Da, nimm! Gehen wir!

Caravani: Aber entschuldige; hast du daran gedacht ... – was wird er dazu sagen?

Tuda: Was liegt dir daran zu wissen, was er dazu sagen wird?

Caravani: Ich hab begriffen, weißt du?

Tuda: Was hast du begriffen?

Caravani: Weshalb du das tust, und weshalb du willst, daß es häßlich wird!

Tuda: Ich sorge dafür, daß du das Bild verkaufst. Bist du damit nicht zufrieden?

Caravani: Du bist herrlich! Ich war eigentlich gekommen, um...

Tuda: Wehe dir, ich sag dir's noch einmal, wenn du mich anrührst! Ich komme nur mit, um dir Modell zu stehen. *(Und da Caravani sich noch einmal umsieht, verwundert und lächelnd, weist sie ihm die Tür:)* Los! Gehen wir! *(Und sie stürzt hinaus. Caravani folgt ihr verdutzt.)*

Vorhang

DRITTER AKT

Dasselbe Bühnenbild wie im ersten Akt.
Wenn der Vorhang aufgeht, bläst Sara stehend lange den Rauch der Zigarette aus; dann spricht sie sehr langsam, als wollte sie ihre unverschämte Offenheit auskosten, zu Giuncano, der sitzt und zu erkennen gibt, daß er nicht zuhört.

Sara: ... außerdem, verstecken, vor wem sollte ich mich verstecken? Für das, was ich tue, habe ich niemandem Rechenschaft abzulegen; noch viel weniger also für das, was ich fühle. Alle wissen, was zwischen mir und Dossi ist. Und mit einem Mann, wie er einer ist ... *(Sie unterbricht sich; sie sieht ein wenig Giuncano an, dann fügt sie in anderem Ton hinzu:)* Passen Sie auf: Wenn Sie vortäuschen wollen, Sie hörten mir nicht zu, dann habe ich ein Mittel, Sie zum Zuhören zu zwingen.

Giuncano: *(hebt verächtlich den Kopf)* Sie?

Sara: Na bitte: Sehen Sie, daß Sie mir schon zuhören?

Giuncano: Sie ge-hen-mir-auf-die-Ner-ven!

Sara: Wenn einer von uns beiden, lieber Maestro, gut daran täte, seine Gefühle zu verbergen, dann sind das sicherlich Sie. Es ist zum Erbarmen, glauben Sie mir, zum Erbarmen für alle, wenn man Sie so sieht – in Ihrem Alter – bei dem Respekt, den alle vor Ihnen haben sollten – und das Ganze wegen einer...

Giuncano: *(springt auf)* Ich befehle Ihnen zu schweigen!

Sara: Oh! *(Sie sieht ihn an, als gefiele er ihr; dann sagt sie kalt:)* Nur für den Fall, daß es wahr wäre, was ich gelegentlich habe sagen hören.

Giuncano: Es ist nicht wahr – aber ich befehle Ihnen dennoch zu schweigen!

Sara: Ach, lieber Maestro, nein, wenn Dossi nicht Ihr Sohn ist, dann haben Sie mir gar nichts zu befehlen.

Giuncano: Ich hasse ihn, ich hasse ihn – das können Sie ihm sagen –

Sara: Um so mehr!

Giuncano: – wie ich ihn gehaßt habe, als ihn seine Mutter geboren hat!

Sara: Auch dieses Gefühl sollten Sie lieber verbergen.

Giuncano: Aber ich werde es ihm ins Gesicht schreien, sobald ich ihn sehe!

Sara: Es wissen doch alle, daß Sie, als die Mutter gestorben war und der Vater ihn verlassen hatte, ihn wie einen eigenen Sohn ins Herz geschlossen haben. Wenn Sie ihn jetzt neuerlich hassen, wegen einer anderen Eifersucht –

Giuncano: – das ist jetzt aber Grund genug, meine ich, es nicht zu dulden, daß Sie weitersprechen! Ich bin hier, weil er mir geschrieben hat, ich solle kommen; nicht, um Ihnen zuzuhören.

Sara: Ich weiß. Und ich weiß auch, was er Ihnen sagen will.

Giuncano: Sagen Sie es mir, und ich gehe.

Sara: Na, ganz sicher weiß ich es nicht; ich vermute es. – Er hat versucht, mit anderen Modellen zu arbeiten –

Giuncano: – und er hat es nicht gekonnt!

Sara: Weil er fixiert war! – Jetzt wird gleich eine kommen, die hundertmal mehr wert ist! Und auch die anderen, die er weggeschickt hat, waren alle viel mehr wert als diese Person!

Giuncano: Man braucht bloß dorthin zu schauen *(deutet hinter den Vorhang, wo die Statue steht)*, um zu verstehen, was Sie im übrigen sehr gut verstanden haben.

Sara: Nein, nein; ich, was mich angeht…

Giuncano: Sie stellen sich, als würden Sie nicht verstehen –

SARA: – daß er nicht mehr ohne sie auskommen kann?

GIUNCANO: Daß er sie nun nicht mehr fertigmachen kann, diese Statue, außer mit ihr.

SARA: Wenn das stimmt, was er immer gesagt hat –

GIUNCANO: Aber gar nichts stimmt! Und jetzt merkt er das auch, wenn er fühlt, wie zwischen seinem Daumen und dem Ton die Gabe dahinschwindet, mit der er gearbeitet hat –

SARA: Das Talent? Aber ganz im Gegenteil!

GIUNCANO: Wer spricht denn von Talent! Die Gabe, die sie aus sich selbst, aus ihrem Leben, dieser Statue gebracht hat! –

SARA: Sie hätte sie hassen müssen.

GIUNCANO: Ja, die Statue; wäre sie nicht für sie die einzige Weise gewesen, vor seinen Augen zu leben, die sie – ohne das zu verstehen – in sich einsogen und in diesen Ton umwandelten. – Und jetzt möchte er, daß ich sie dazu überrede, zurückzukommen.

SARA: Das vermute ich.

GIUNCANO: Aber eher würde ich sie dazu überreden zu sterben! – Wissen Sie vielleicht, wo sie ist?

SARA: Wie! Sie wissen es nicht?

GIUNCANO: Ich weiß es nicht.

SARA: Sie auch nicht?

GIUNCANO: Dann weiß man also nicht, wo sie steckt?

SARA: Sirio war überzeugt, Sie wüßten es.

GIUNCANO: Ich weiß gar nichts. Ich habe sie nicht mehr wiedergesehen.

SARA: Caravani auch nicht. Haben Sie nicht nach ihr gesucht?

GIUNCANO: Ich nicht.

SARA: Sie wird nach Hause in ihr Dorf gefahren sein, oder zu einer Freundin, oder zu irgend jemand sonst…

GIUNCANO: *(nach einer Pause)* Das mußte ja so ausgehen.

SARA: Ich habe Sie rechtzeitig gewarnt. Ich muß mir da keine Vorwürfe machen. Aber vielleicht rechnet sie nicht damit, daß man sie zurückruft. Sie hat ja alles hier gelassen. Und dabei hatte sie so schön gelernt, die feine Dame zu spielen...

GIUNCANO: Mir scheint doch eher, sie hat bewiesen, daß sie damit nichts anzufangen wußte!

SARA: Ja, aber wenn er sie jetzt bittet, zurückzukommen ... – Das müßten Sie doch wenigstens zugeben, das übersteigt nun wirklich die Grenze des Erträglichen.

GIUNCANO: Für Sie?

SARA: Auch für mich, jawohl.

GIUNCANO: Aber Sie sind doch die Ursache davon!

SARA: Aha – sehen Sie? Ich wollte Ihnen alles beichten; Ihnen bekennen, wie weit das Böse gegangen ist, das ich von meiner Seite begangen haben könnte.

GIUNCANO: Als ob ich das nicht wüßte!

SARA: Es könnte sein, daß ich es selbst nicht weiß...

GIUNCANO: Sie gehören zu diesen unglückseligen Menschen, die sich zynisch geben, um den anderen weiszumachen, sie verstünden was vom Leben.

SARA: An das Gutsein sind wir nicht mehr gewöhnt, was wollen Sie? Sich zynisch geben, wie Sie es nennen, das ist immerhin eine Methode, das Leben ein bißchen leichter zu machen, wenn es anfängt, schwer auf uns zu lasten.

GIUNCANO: Die Leichtigkeit der Fliege!

SARA: Richtig: Nichts ist leichter, und nichts geht uns mehr auf die Nerven. Das Leben sollte lieber wie eine Feder sein. Ja, freilich! Man müßte die Seele ständig in einer Art Schmelzzustand halten, damit es sich nicht zusammenklumpt, nicht steif wird. Aber dazu braucht man Feuer, lieber Maestro. Und was tun Sie, wenn die Flamme in Ihnen erloschen ist? Wenn der Tod kommt und sie ausbläst? Ich hatte eine Tochter, wie Sie wissen: Sie ist gestorben. *(Giuncano wendet sich um und sieht sie betroffen an, als wollte er die Ehrlichkeit ihres Ausdrucks prüfen. Sie schüttelt leicht den Kopf, dann führt sie das Taschentuch an die Augen.)*

GIUNCANO: *(als spräche er zu sich selbst, leise)* Frauen! Die brauchen nur mit tränenerstickter Stimme eine Lüge aussprechen, und was ist es dann noch für eine Lüge? Das Weinen ist echt, echter geht's nicht.

SARA: Eine Lüge, dieses Weinen?

GIUNCANO: Nein. Eben nicht. Aber Sie haben sie so wenig geliebt, diese Tochter…

SARA: Was wissen denn Sie davon, ob ich nachher…

GIUNCANO: Ja, natürlich, das ist möglich.

SARA: Besser, wir rühren nicht daran. *(Pause.)* Sehen Sie sich doch um: Sie werden keinen dürren Zweig mehr finden, um das Feuer damit anzuzünden. Man wird böse. Und es gibt nichts Schlimmeres, als festzustellen, daß man den anderen zur Last zu fallen beginnt! Da kommt ein so kaltes Gereiztsein auf! Wir tun, als würden wir es nicht bemerken, um unsere Selbstachtung vor uns zu retten … Sehen Sie: Ich versichere Ihnen, diese Fliege wäre längst wieder von hier fortgeflogen, wenn man ihr nicht mit dieser Ehe die Chance auf ein Vergnügen geboten hätte, das unerwartet, unverhofft (und perfide, ja, das sage ich mir selbst) gewesen ist: das Vergnügen, hier einzudringen und dieser Ehefrau, die nichts dagegen sagen durfte, den Ehemann wegzunehmen. Ich habe mich königlich amüsiert, als ich sie blaß werden sah.

GIUNCANO: Und er?

SARA: Er nicht.

GIUNCANO: Hat er ihnen den Schlüssel zu diesem Haus gegeben, damit Sie sich dieses Vergnügen verschaffen konnten?

SARA: Nein. So sind die Männer nicht, lieber Maestro. Ein Mann empfindet eine instinktive Dankbarkeit für die Frau, die – unter dem Opfer von ein wenig Schamgefühl – zeigt, daß sie nur einem einzigen gefallen will und damit das Gerede der anderen herausfordert; aber er kann es nicht dulden, daß diese Frau dann eine andere Frau zu kränken sucht, die gezeigt hat, daß sie eine gewisse Sympathie für ihn empfindet.

GIUNCANO: Aber er hat Sie doch hier und anderswo tun lassen, was Ihnen in den Sinn kam, alles Gemeine und alles Böse.

SARA: Weil er sich um nichts mehr kümmert. Um jeder Diskussion aus dem Weg zu gehen, widersetzt er sich bei fast gar nichts mehr. Sie wissen doch, wie er ist. Er will nur noch arbeiten.

GIUNCANO: Und Sie haben ihn arbeiten lassen, indem Sie sich so benommen haben: Das sieht man ja!

SARA: Ihnen würde es so gefallen, das weiß ich, wenn er an dieser Statue arbeitet und sie so schnell wie möglich fertigstellt.

GIUNCANO: Haben Sie denn all das getan, um ihn daran zu hindern, daß er sie fertigmacht?

SARA: Nein. Denn ich habe nie das geglaubt, was er sagt. Jetzt nützen Sie aber bitte meine Offenheit nicht aus!

GIUNCANO: Ich? Ich Ihre Offenheit?

SARA: Sie reden von dem Bösen, das ich getan habe –

GIUNCANO: – in perfider Weise –

SARA: – ja, das habe ich Ihnen doch selbst gesagt! – Aber lassen wir doch jetzt ein bißchen, verzeihen Sie, lassen wir die Gefühle beiseite, die ich Ihnen so offen –

GIUNCANO: – so zynisch, meinen Sie –

SARA: – so zynisch, gut – enthüllt habe, auch um den Preis, mich zu erniedrigen – denn ich versichere Ihnen, es war für mich eine rechte Erniedrigung, erkennen zu müssen, daß ich mich von einer Frau wie dieser da beleidigt fühlte.

GIUNCANO: Eine Erniedrigung?

SARA: Eine Erniedrigung! Eine Erniedrigung! – und ich gestehe Ihnen auch, daß es vielleicht der Ärger über diese Erniedrigung gewesen ist, der mich ihr gegenüber grausamer handeln ließ, als ich es vielleicht gewollt hatte – Aber lassen wir die Gefühle beiseite, wie gesagt: Kommen wir zu den Tatsachen. Ist es denn meine Schuld, was geschehen ist?

GIUNCANO: Das haben Sie doch selbst zugegeben!

SARA: O nein, langsam! Dann gestehe ich ihnen jetzt nichts mehr, wenn Sie das so auffassen! Vor meiner Schuld war da doch ihre Schuld!

GIUNCANO: Ja: Wenn es Schuld ist, natürlich zu handeln.

SARA: Beleidigung, Erniedrigung, Ärger, habe ich die empfunden? Ja! Und also habe auch ich ganz natürlich gehandelt. Wir haben beide natürlich gehandelt, hören Sie? Nur hat sie gehandelt wie eine Idiotin und ich nicht!

GIUNCANO: O nein, Sie nicht: soviel ist sicher.

SARA: Überlegen Sie doch einmal mit mir ... *(auf einen Blick Giuncanos hin:)* Ich weiß, Sie können das nicht. Also lassen Sie mich allein überlegen. Hat sie sich dafür hergegeben, ja oder nein, für diesen Streich, den mir Dossi in kindischer Weise zu spielen versuchte, indem er sie geheiratet hat? Das ist unbestreitbar. Und es war durchaus ihre Absicht, mir damit die Stirn zu bieten! Da mußte sie doch erwarten, daß ich mich beleidigt fühlen würde, oder? Dann hätte sie mir aber zeigen müssen, wenn sie keine Idiotin war, daß sie es getan hatte, weil sie darin bloß einen materiellen Vorteil sah. Aber nichts da! Statt dessen zeigt sie mir, daß sie gekränkt ist, sie – und wieso? Darüber, daß ich genauso hierherkomme wie früher? –

Und worüber ist sie gekränkt, wenn Sirio doch von vornherein klare Abmachungen getroffen hatte? – Erste Schuld – oder erste Blödheit, aber nicht meine, sondern ihre. – Ich tue gar nichts Böses, nicht im geringsten, ich komme einfach weiter hierher. Und wenn sie deshalb blaß wird, um so schlimmer für sie. Sie bietet mir das Vergnügen eines Schauspiels, das ich wahrhaftig nicht erwarten konnte. – Aber sie macht's noch schlimmer! Als würden Sirio und ich ihr tatsächlich ein Unrecht antun, will sie sich rächen und begeht diese riesige Dummheit mit Caravani!

GIUNCANO: Ich wüßte nur gerne, welches Vergnügen Sie dabei empfunden haben – wenn sie für Sie nichts anderes als eine arme Idiotin ist –, sie so zugrunde zu richten, wie Sie es getan haben, wenn Sie doch zugleich verstanden haben, daß sie ganz natürlich gehandelt hat.

SARA: Da fangen wir wieder von vorn an! Aber natürlich, natürlich habe auch ich gehandelt, lieber Maestro! Ich habe damit gerechnet, daß Sirio, sobald er diesen merkwürdigen Verrat entdeckte, sie mit einem Fußtritt vor die Tür setzen würde, wie sie es verdient hatte. Aber sie hat sich selbst davongejagt, weil sie gemerkt hat, daß ihr Handeln wirklich unverzeihlich gewesen ist. Ja, wie denn? Sirio heiratet sie ausschließlich zu dem Zweck, sie daran zu hindern, anderen Modell zu stehen, und sie, anstatt zu Caravani zu gehen, wie sie es gekonnt und gedurft hätte, um ein bißchen mit ihm zusammenzusein, wenn ihr das Spaß machte, sie läßt sich überreden, ihm Modell zu sitzen, und noch dazu für diese Diana, die halbfertig zurückgeblieben war?

GIUNCANO: Und Sie haben sich, um Sirio die Möglichkeit zu geben, diesen Verrat zu entdecken, auch den Schlüssel zu Caravanis Atelier verschafft.

SARA: Ach, das habe ich unter einem ganz natürlichen Vorwand getan. Ich hatte den Schlüssel ja schon seit einer Weile.

GIUNCANO: Sie reden sogar von einem »Vorwand«!

SARA: Ich spiele eben mit offenen Karten! Im übrigen war es die Wahrheit: Caravani malte mein Porträt. Mit fixen Stundenplänen habe ich nie leben können. Ich habe ihm deshalb keine genaue Uhrzeit für die Sitzungen angegeben. Ich ging hin, wann ich wollte, wann ich konnte. Und um nicht manchmal vor verschlossener Tür zu stehen, hatte ich mir den Schlüssel geben lassen. Was wollen Sie? Es überkam mich ganz spontan der Gedanke, ihn Sirio in die Finger zu schieben, der nicht glauben wollte, was ich gesehen hatte, mit meinen eigenen Augen: die noch frischen Farben auf dieser Leinwand, die auf der Staffelei verblieben war. Im übrigen hatte es mir Caravani selbst anvertraut! Für mich war das die schönste Genugtuung! Ihn die Dummheit, die seine Ehe bedeutet hatte, sehen und mit Händen greifen zu lassen: da, in dem einzigen Betrug, den sie an ihm verüben konnte. Ich habe ihn sie nackt antreffen lassen, gerade während einer Sitzung. Ach, das war eine Szene! Sie lief davon, um sich zu verstecken, um Schutz zu suchen zwischen all den Leinwänden im Atelier; aber Sirio lag nicht das Geringste daran, sie hervorzuholen und bloßzustellen, er packte Caravani am Hals und schrammte sein Gesicht über diese Leinwand; dabei hat er ihn übel zugerichtet, mit all den frischen Ölfarben, das können Sie sich ja vorstellen! Der arme Caravani! Als Draufgabe hat er jetzt auch noch einen Säbelhieb über die Wange bekommen! Ich habe ihn gestern gesehen, und er – *(Man hört es an der Tür klopfen.)* – Ach, das wird das Modell sein. *(Sie steht auf und öffnet. Jonella tritt auf: wunderschön, kaum Zwanzig, mit einem weichen, beinahe animalischen*

Gang. Sie ist ohne Hut und trägt ein Schultertuch. Sie spricht in einem singenden Tonfall.)

JONELLA: Guten Tag.

SARA: Guten Tag, meine Liebe. *(Sie weist Giuncano auf sie hin.)* Sehen Sie? Wunderbar! Sie wollten ja die Statuen lebendig werden lassen! *(Zu Jonella:)* Sie heißen?

JONELLA: Jonella. Ich bin aus Cori. *(Sieht sich um:)* Oh ... sieht das aber schick aus hier!

SARA: *(nachdem sie sie ein wenig betrachtet hat, verzückt zu sich selbst)* Nicht zu wissen, was das Leben sein kann ... wie manche Dinge entstehen können, manche Geschöpfe ... wie die Blüten ... ein Lachen am Morgen ...

JONELLA: Sprichst du mit mir?

GIUNCANO: Und ich, der ich eine solche Ungeheuerlichkeit nicht vorhergesehen hatte!

JONELLA: *(nachdem sie erst die eine, dann den anderen angesehen hat)* Redet hier eigentlich jeder nur mit sich selbst?

SARA: Wenn einer das, was er denkt, nicht für sich behält...

JONELLA: Wo ist denn der, der mich haben will? *(Deutet auf Giuncano:)* Ist es der da?

GIUNCANO: Ich fühle es, der Riß in mir geht schon so tief...

JONELLA: Ich frage da was, und untereinander antwortet ihr auf was ganz anderes?

SARA: Nein, er ist es nicht. Der kommt erst.

JONELLA: Aber ich habe keine Lust, hier herumzuhocken wie bestellt und nicht abgeholt.

GIUNCANO: Ich weiß es nicht, ich weiß nicht, wozu ich noch imstande sein werde. Wenn man einmal in nichts mehr einen Sinn sieht...

SARA: *(zu Jonella)* Setz dich, setz dich. Er wird gleich hier sein. *(Zu Giuncano:)* Den Sinn von irgend etwas sehen...

GIUNCANO: Ich sehe gar nichts mehr, und ich bin jetzt zu allem imstande!

SARA: Ich finde das hübsch: Zuerst predigen Sie den Wahnsinn, und jetzt suchen Sie verzweifelt den Sinn dahinter. Wenn es ein Wahnsinn war...

GIUNCANO: Ich, den Sinn? Ich suche ganz was anderes! Was anderes suche ich!

SARA: Suchen Sie lieber die Tuda.

JONELLA: Tuda? Die hab ich gesehen, die Tuda.

SARA: Ja? Wann? Und wo?

JONELLA: Unten in Prati bei Assunta, erst vorgestern. Die ist schlimm heruntergekommen.

SARA: Ach – schlimm?

JONELLA: Gar nicht mehr wiederzuerkennen. Sie sagt, man habe sie umbringen wollen ... Ich weiß nicht, was die Leute alles reden ... daß sich zwei im Duell ihretwegen geschlagen haben ... Ich weiß nur, daß sie wirkt wie eine Verrückte, und daß sie – so sagt sie wenigstens – nicht mehr hierher zurück will. *(Plötzlich tritt Sirio Dossi auf, in düsterer Erregtheit.)*

SIRIO: *(sofort, als er Giuncano erblickt)* Ach, da bist du ja. Ich war eben bei dir zu Hause. Tuda ist da.

GIUNCANO: Hier?

SARA: Hast du sie gefunden?

GIUNCANO: Wo ist sie?

SIRIO: Im Garten...

JONELLA: Ach sieh mal...

SARA: Ist sie von selbst gekommen?

SIRIO: *(rasch und hart)* Sie ist nicht von selbst gekommen. *(Zu Giuncano:)* Sie will nicht hereinkommen. Sie will zuerst mit dir sprechen.

GIUNCANO: *(der auf die Tür zugeht)* Mit mir?

SIRIO: Warte!

JONELLA: Sie hat doch gesagt, sie will nicht mehr zurück . . .

SARA: Also bist du hingefahren, sie zu holen?

Sirio: *(fährt zunächst herum und blickt Sara an, dann sagt er zu Giuncano)* Bring sie dazu, daß sie hereinkommt.

Sara: *(rasch, um Giuncano zurückzuhalten)* O nein, ich bitte dich. Dann laß mich wenigstens vorher gehen!

Giuncano: Und außerdem mach ich das nicht!

Sirio: Führ sie doch herein! Ich meine ja nicht, du sollst sie hereinschicken!

Giuncano: Wenn sie nicht will!

Sirio: Ich habe ja nicht gesagt, daß sie nicht will. Ich habe gesagt, sie will erst mit dir sprechen. Mach das oben.

Sara: Aber dann gehe ich. Ich werde doch nicht darauf warten, daß sie dies als Bedingung stellt, um zurückzukommen.

Giuncano: Grund genug dazu hätte sie!

Sirio: Schluß mit Bedingungen! Die Bedingungen stelle ab jetzt ich allein – für alle –, denn ich bin der einzige, der etwas tun will und etwas tun muß! *(Er nimmt von einer Staffelei eines der tonverkrusteten Bossierhölzer und zeigt es Giuncano.)* Aber sieh doch, sieh mal meine Bossierhölzer an! Dämliche Launen, Lächerlichkeiten; und ich kann nicht mehr arbeiten! Na los, los, geh! Ich weiß nicht, was sie dir sagen will. Sie sagt, sie könne es nur dir allein sagen. *(Giuncano ab.)*

Sara: Also mir reicht's jetzt.

Jonella: Und ich kann dann ja wohl gehen, wenn sie wieder da ist.

Sirio: So wie sie jetzt ist, kann ich einstweilen nichts mit ihr anfangen.

Jonella: *(zu Sara)* Jaja, das hab ich ja gesagt: ein Wrack!

Sirio: Als wäre sie gar nicht mehr sie selbst! Das wird weiß Gott wie lange dauern, bis sie wieder beieinander ist.

Sara: Na, um so edler, daß du extra hingefahren bist, sie zu holen, wenn du nichts mit ihr anfangen kannst!

Sirio: Das habe ich nicht gewußt, als ich losgefahren bin; aber selbst wenn ich es gewußt hätte, wäre ich gefahren!

Sara: Ja, das sieht man schon daran, daß du sie mitgebracht hast und alles tust, um sie hier zu halten.

Sirio: Genau. Hast du was dagegen?

Sara: Aber nein, nur zu, wenn dich das glücklich macht! Schließlich ist sie ja deine Frau; und sie hat dich immer so gut behandelt!

Jonella: Hm, ich meine nur, wenn du ohnehin im Augenblick nichts mit ihr anfangen kannst und ein Modell brauchst; schließlich habt ihr mich den ganzen weiten Weg hierherkommen lassen ... *(Tuda stürzt herein, gefolgt von Giuncano. Wirre Haare, eingefallenes Gesicht, harte, fast gläserne Augen.)*

Tuda: Ja, bravo, du, Jonè: Steh du ihm Modell! *(Zu Sirio:)* Da hast du sie, die kann dir bessere Dienste leisten als ich. Also kann ich gehen: mach sie nur glücklich, mach sie glücklich, die Signora!

Sirio: Aber nein!

Jonella: *(gleichzeitig)* Wieso denn? Ich...

Tuda: *(gleichzeitig)* Aber ja! Aber ja!

Sirio: Das ist nicht möglich!

Jonella: *(gleichzeitig)* Ich habe das doch nur gesagt, weil er...

Tuda: *(zu Giuncano)* Gehen wir! Gehen wir!

Sirio: *(mit Nachdruck)* Es ist nicht möglich, sag ich, zum Donnerwetter, daß ich jetzt mit einer anderen anfange zu arbeiten!

Sara: *(zu Tuda)* Und Sie können sich beruhigen: Ich weiß, daß er zu Ihnen gefahren ist, um Sie zu holen!

Tuda: Ja, das ist er; und sag ihr auch, wohin; und ob ich mich versteckt habe, als ich wußte, daß du mich suchst; sag ihr, wer mich für dich ausspioniert hat; und auch, ob ich mit dir gekommen bin, um hierzubleiben. Ich will nicht bleiben!

SIRIO: Du wirst hierbleiben.

TUDA: Nein. *(Zu Giuncano:)* Ich komme mit Ihnen! Ich bleibe bei Ihnen!

SIRIO: Aber du hast mir versprochen –

TUDA: – ja – daß ich zurückkomme.

SIRIO: Nein – daß du hierbleiben würdest, das hast du mir versprochen.

TUDA: Nein, nein!

SIRIO: Aber ja, nachdem du mit ihm geredet hast, *(deutet auf Giuncano)* so hast du es mir gesagt.

TUDA: Hier bleibe ich nicht – nein, nein – hier bleibe ich nicht mehr – ich werde nur noch zum Arbeiten kommen, wenn ich es wieder kann. Und jetzt gehe ich.

JONELLA: Dann kann ich ja...

TUDA: Aber du kannst auch nicht hierbleiben, Jonè! – Nicht, weil ich dir das Brot wegnehmen will, das ich selbst doch verschmäht habe – ja, und auch den Namen, den er mir gegeben hat, und die Kleider und da oben, das Haus ... – Was soll ich denn für einen Spaß dran haben, die Signora zu spielen! Ich hätte doch all das nicht getan, was ich getan habe, wenn mir das Spaß machen würde! – Aber ich möchte, daß du dich selbst davon überzeugst! Komm her, sieh dir das an! *(Sie zieht sie zu dem Vorhang hin, packt diesen an einem Zipfel und reißt ihn mit einer wütenden Armbewegung weg, so daß er an den Ringen, an denen er aufgehängt ist, zur Seite gleitet. Es erscheint groß auf dem Gestell die halbfertige Statue.)* Schau sie an! Schau sie dir genau an! Schau dir die Augen an, die Augen! Und jetzt schau dir meine an! Siehst du? Siehst du das? Es sind meine, da oben, diese – so, wie du sie jetzt siehst – die Augen einer Wahnsinnigen – die sind so, weil diese beiden hier sie mir so haben werden lassen – die Augen einer Wahnsinnigen – alle beide! *(Sie deutet auf Sirio und Sara:)* – Glaubst du, in diesen Augen ist noch Liebe? Sag, sag!

JONELLA: Mir kommen sie vor wie die Augen einer Katze!
GIUNCANO: Einer geprügelten Katze!
TUDA: Haß ist da drinnen, Haß wegen der Qual, die die beiden mich haben ausstehen lassen! – Vorher hatte sie sie nicht *(deutet auf die Statue)*, diese Augen – es waren ganz andere Augen! Er hat sie mir genommen und ihr gegeben: Schau sie an! Und diese Hand da, die sich auf die Seite legt – siehst du sie? Die war vorher offen, diese Hand! Siehst du sie jetzt? Geschlossen, zusammengepreßt, zur Faust geballt. Die haben sie mich zumachen lassen, so zusammenballen, um die Tortur auszuhalten – und die Statue, siehst du, die auch – sie hatte sie offen – nun hat sie sie schließen müssen! Ich habe gesehen, wie sie sie geballt hat – sie konnte gar nicht anders! Es ist nicht mehr die, die er machen wollte! Jetzt stehe ich dort, begreifst du? Ich – und das kannst nicht du sein, Jonè, und auch sonst keine andere! – Geh fort!
SIRIO: Ja, ja, fort, fort! Schluß!
JONELLA: Ja, meinetwegen. Ich war ja nur gekommen –
SARA: Weil ich sie bestellt hatte!
SIRIO: *(sofort)* – und jetzt verschwindet sie wieder!
JONELLA: Sie werden mir doch hoffentlich wenigstens die Spesen ersetzen, dafür, daß ich bis hierher gefahren bin.
SIRIO: Aber ja, ja, geht in Ordnung. Jetzt verschwinde!
JONELLA: Auf Wiedersehen, Signora. Ciao, Tu'! *(Sie schickt sich zum Gehen an.)*
TUDA: Nein, warte, ich komme gleich mit. Ich will nur noch der Signora hier sagen, *(Jonella zuckt die Achsel und geht ab.)* daß – wissen Sie, wer mir das Recht gegeben hat, das zu tun, was ich getan habe? – Er –
SIRIO: Ich?
TUDA: Du, du, jawohl – indem du ausgenützt hast, was ich hier alles gelitten habe, mit meinem ganzen Körper, unter deinen Augen – ihretwegen – *(deutet auf Sara:)*

SARA: Um meinetwegen?

TUDA: Um Ihretwegen, jawohl! Und Sie haben es absichtlich gemacht!

SARA: Aber nein, meine Kleine!

GIUNCANO: Leugnen Sie das nicht! Sie haben es mir eingestanden!

TUDA: Und er hat begriffen, daß es absichtlich war – und hat das ausgenützt!

SARA: Ach, das schon! Ausgenützt hat er die Sache, und mich dazu!

TUDA: Denn er hat Sie nicht mehr geliebt! Er hat Sie nicht mehr geliebt!

SARA: Aber das weiß ich doch! Es war ihm daran gelegen, vor allen zu demonstrieren, daß seine Beziehung mit mir noch bestand, damit niemand auf die Idee käme, er hätte Sie im Ernst geheiratet.

TUDA: Ach, das hatten Sie begriffen? Und dazu haben Sie sich hergegeben? Hören Sie sie, Maestro? Dann war es also nur aus Bosheit mir gegenüber? Nicht aus Eifersucht?

SARA: Na, was denn für Eifersucht – Ihretwegen!

TUDA: Ach so? Aber sagen Sie mir, inwiefern Sie mehr sein konnten als ich, wenn ich doch da war, ganz, so wie ich geschaffen war, vor seinen Augen?

SARA: Etwas so Wunderbares, daß er, damit niemand glaubte, es gehöre ihm, wie ich schon sagte, lieber mich ausnützte!

TUDA: *(mit Nachdruck, wie erleuchtet)* Nein, Signora, das nicht! Nicht das hat er ausgenützt, glauben Sie das nicht! Er hat Sie ausgenützt, so wie er mich ausgenützt hat, nur für seine Statue, all das, was Sie mir angetan haben – ich dachte, aus Eifersucht, nun weiß ich, daß es aus Bosheit war – weil es seiner Statue zugute kam! *(Sie entdeckt Sirio, der lächelnd nickt.)* Da, sehen Sie? Er stimmt mir zu! Er lächelt und stimmt mir zu!

Giuncano: Lach nicht, lach nicht, hörst du? Reize uns jetzt nicht noch mehr!

Sirio: Ach – reizen! Ich lache, weil ich mich freue, daß sie das so gut verstanden hat.

Giuncano: Die Folter, die du ihr angetan hast?

Sirio: Aber nein! Daß ich hier nicht wie ein Trottel die lächerliche Figur des Mannes gespielt habe, der zwischen zwei Frauen hin- und hergerissen ist. *(Er lacht neuerlich.)*

Tuda: *(schnell zu Giuncano)* Lassen Sie nur, lassen Sie ihn nur lachen! Ich freue mich auch, daß er lacht, und daß er auf diese Weise selbst zugibt, daß er uns alle ausgenützt hat! Ich habe es sofort begriffen, wissen Sie, warum? Denn als ich dort oben stand *(deutet auf das Podest)*, da hätte er mich anschreien müssen: »Mach nicht solche Augen!« »Mach diese Hand auf!« »Mach diese Hand auf!« – Aber er hat mich nie angeschrien.

Giuncano: Er ließ die Statue die Hand zur Faust ballen; und diese Augen haben!

Tuda: Ja! Genau! Und dafür – sehen Sie? – dafür wollte ich mich mit der Hilfe dieses Dummkopfs rächen! *(Zu Sirio:)* Denn du hattest dir in mir das Modell gekauft, und das Modell hättest du für deine Statue verwenden sollen, wie sie war; nicht mich in meinem Leiden, damit du aus ihr eine andere machst! – Wissen Sie das, wissen Sie, Maestro, was ich getan habe?

Giuncano: Ich weiß es.

Tuda: Deshalb habe ich es getan! Verstehen Sie das? *(Sie wendet sich zu Sirio:)* Und auf dieselbe Wange, die du ihm aufgeschlitzt hast, hatte ich ihm vorher eine Ohrfeige gegeben, weil er nicht verstehen wollte, daß ich nur zu ihm gegangen bin, um ihm Modell zu sitzen! – Nur aus diesem Grund hab ich's getan!

Giuncano: Aber der Künstler, meine Liebe, hält es für sein

Recht, aus allem Nutzen zu ziehen. *(Er wendet sich düster und stolz an Sirio:)* Aber nicht vor mir, paß auf! Denn das Leben, das habe ich an meiner eigenen Kunst gerächt. Dieses Recht, das gestehe ich nicht mehr zu!

SIRIO: Du gestehst es nicht mehr zu; und weiter?

GIUNCANO: Ich lasse es nicht mehr zu und ich verweigere es dir, um so mehr, wenn es sich um das Leben anderer handelt!

SIRIO: Hast du einen besonderen Grund, es zu verteidigen?

GIUNCANO: Ja, das habe ich! Und ich sage dir: Paß auf! *(Zeigt ihm Tuda:)* Siehst du, was du mit dem Leben anderer getan hast? *(Nimmt Tudas Gesicht in beide Hände.)* Sieh sie an! Sieh sie an!

TUDA: *(macht sich los, mit einer überschäumenden Fröhlichkeit, als genieße sie seinen Schmerz)* Macht nichts! Macht nichts! Lassen Sie ihn ruhig lachen!

SARA: Aber über mich nicht: Jetzt reicht es! Ich versichere Ihnen, über mich wird er nicht mehr lachen – *(Sie schickt sich an zu gehen.)*

TUDA: *(rasch, sie zurückhaltend)* Aber nein, was heißt, es reicht, Signora? Nein! Nein! Sie wollen, daß er nach all dem, was ihr mich hier habt ausstehen lassen, seine Statue nicht fertig machen soll? O nein! Er muß sie fertig machen, er muß! Und deshalb müssen Sie auch weiterhin hierherkommen!

SARA: Aber nein, was soll das! Es reicht! Es reicht!

TUDA: Aber ja! Damit die Statue diese Augen bekommt! Verstehen Sie? Wenn er sie so fertig machen will, wie sie jetzt ist, dann muß sie diese Augen haben! Und deshalb müssen Sie weiterhin hierherkommen! Sie muß diese Augen haben! Ich will dort stehen, mit diesen Augen!

GIUNCANO: *(zu Tuda)* Und wie, du dummes Kind? Wenn du dich dabei so zugrunde richtest? Verstehst du denn nicht, diese Augen haben bedeutet, daß du dabei so herunterkommst und niemandem anderen mehr Modell stehen kannst?

TUDA: *(verzweifelt, entsetzt)* Ach ja, das ist wahr ... es ist wahr ... O Gott, was tu ich nur? Es ist wahr ... So kann ich nicht mehr weiter ... Es ist wahr! Ich kann nicht mehr! O Gott! O Gott! Was soll ich tun? *(Zu Giuncano:)* Aber Sie verstehen das? Da *(deutet auf den Sockel)* da konnte ich sein, mit meinem Fleisch, meinem Blut, meinen Augen, die all das sahen, was er mit mir anstellte, der mich nahm, mich ganz und gar für seine Statue in Besitz nahm; dort oben ich sein – lebendig – und zugleich nichts sein! Ist das möglich? – Wenn er es nicht gemerkt hätte, daß ich litt! Aber er hat es gemerkt, er hat es gemerkt, wenn er mir diese Augen in der Statue gemacht hat! Ich weiß es, ich weiß es: Ich hätte nichts für ihn sein dürfen; aber ich, ich war doch aus Fleisch und Blut! Aus Fleisch und Blut, das nun so zugerichtet worden ist! Was soll ich jetzt tun? Was soll ich tun? *(Sie bricht in ein hemmungsloses Weinen aus.)*

(Im Atelier ist es dunkel geworden. Nur die Statue hebt sich davon ab, in dem Licht, das durch das Glasdach dringt. Die vier Leute im Raum erscheinen wie Schatten im Dunkel.)

GIUNCANO: *(zu Sara)* Gehen Sie! Gehen Sie! Sie haben hier jetzt nichts mehr zu suchen. Lassen Sie uns allein. Hier wird jetzt abgerechnet. Gehen Sie! *(Und kaum daß Sara Mendel, ohne ein Wort zu sagen, fortgegangen ist, wendet er sich Sirio zu, während Tuda weiterhin weint:)* Eine Papiermaché-Puppe hättest du heiraten sollen für deine Statue! Die wäre dir hier schön still stehen geblieben, wie es zu sein hatte – für deine Statue, die dort ebenfalls schön still stand, wie es zu sein hatte: alterslose Zeit: das Allerschrecklichste!

SIRIO: Was heißt alterslos?

GIUNCANO: Das Alter – das ist die Zeit, wenn sie menschlich wird – die Zeit, wenn sie uns weh tut – uns, die wir aus Fleisch und Blut sind: dieses arme Mädchen, das nicht mehr so ist, wie es für deine Statue zu sein hätte, sondern so, wie es nun einmal sein muß, nachdem es das durchgemacht hat, was ihr – du und diese Person – sie habt erdulden lassen.

TUDA: *(noch immer zwischen Tränen)* Aber wenn Sie…

GIUNCANO: *(sofort)* Ich? Ich wollte das Leben in dir respektieren! Genau das Gegenteil von dem, was er jetzt macht!

SIRIO: *(ruhig und fest)* Ach, ich achte sie nicht? Du hast den Mut, mir zu sagen, ich würde sie nicht achten, weil ich möchte, daß sie sich in den Dienst von etwas stellt, das über und jenseits von all dem angesiedelt ist, was wir erleiden können – du – sie – ich selbst?

GIUNCANO: *(voller Spott)* Du?

SIRIO: Wenn ich mein ganzes Leben daran gebe, und das der anderen dazu…

GIUNCANO: Indem du sie tötest?

SIRIO: Nein, im Gegenteil, damit sie nicht mehr stirbt!

GIUNCANO: Und unterdessen auf ewig stirbt?

SIRIO: Ist dir bewußt, daß meine Statue schön ist? Schön, wahrhaft schön! Und was soll mich dann anderes kümmern, wenn ich schließlich am meisten von allen für die Vollendung meines Werks zahlen werde?

GIUNCANO: Wenn für dich das Leben keinen Preis mehr hat…

SIRIO: *(rasch, mit Nachdruck)* Aber ja, diesen Preis: meine Statue!

TUDA: *(springt auf, geradezu frenetisch)* Dann nimm mich! Wenn ich dir nicht mehr von Nutzen sein kann –

SIRIO: *(ärgerlich)* – weg mit dir, verschwinde!

TUDA: – Nein! Nein, wenn du dich dann wirklich umbringen willst!

SIRIO: *(wie oben)* Verschwinde, sag ich dir!

TUDA: Wie soll ich denn verschwinden? Fühlst du nicht, daß ich im Begriff bin, für dich zu sterben? Nimm mich, nimm mich, nimm das bißchen Leben, das noch in mir ist, und schließ mich in deiner Statue dort ein!

SIRIO: Bist du verrückt geworden?

TUDA: Ja, ja! Damit ich in ihr drinnen sterbe! Wenn du mich schon nicht leben lassen willst! *(Zu Giuncano:)* Sie haben doch eine glühende Masse gesucht, um sie in Ihre Statuen einzufüllen? Da ist sie! Da ist sie! Ich glühe! Ich verbrenne! *(Verzweifelt, immer erregter will sie sich die Kleider vom Leib reißen und stürzt zu den drei Holzstufen unter dem Gestell, auf dem die Statue aufgebaut ist.)* Und ich will dort sein, dort drinnen!

SIRIO: *(läuft ihr mit einem Bossierholz nach und holt sie auf der letzten Stufe ein)* Rühr sie nicht an, oder ich bringe dich um!

GIUNCANO: *(wie ein wildes Tier, springt ihm nach und packt ihn mit einer Hand an der Kehle, reißt ihn herunter und stürzt mit ihm zu Boden)* Wen bringst du um? Wehe dir, wenn du sie anrührst! – Nein! – Eher bringe ich dich um!

TUDA: O Gott, nein! Lassen Sie ihn los! Lassen Sie ihn los! *(Giuncano hebt den Kopf ein wenig, mit dem Gesicht eines Irren und der noch immer gekrümmten Hand. Sirio liegt unbeweglich auf dem Boden: Er ist tot. Tuda, der die Stimme fast völlig versagt, beugt sich, noch immer auf der obersten der drei Stufen stehend, bestürzt herab, um zu sehen, was passiert ist.)* Was haben Sie getan? Was haben Sie getan? Haben Sie ihn getötet? O Gott, haben Sie ihn getötet? Meinetwegen?

GIUNCANO: *(vor sich hinmurmelnd, wie eine Litanei)* Blindheit … Blindheit …

TUDA: *(steigt die drei Stufen hinunter; beugt sich über Sirio)* O Gott, nein! Nein! Kalt … Tot!

GIUNCANO: Blindheit…

TUDA: Getötet, meinetwegen, meinetwegen, ich bin an allem schuld…

GIUNCANO: Blindheit…

TUDA: Ich, ja ich, an allem – weil ich es nicht verstanden habe, für ihn die zu sein, als die er mich haben wollte!

GIUNCANO: Blindheit…

TUDA: *(deutet mit Entsetzen auf die Statue hinter sich)* Diese da! Diese da!

GIUNCANO: *(wie oben)* Blindheit…

TUDA: Und nun bin ich das: nichts … gar nichts mehr…

Vorhang

In einem Brief erklärt Pirandello, den ersten Akt dieses Werks während seiner Deutschlandtournee mit dem Teatro d'Arte und Marta Abba für seine Schauspielerin »in einem Hotel in Leipzig« geschrieben zu haben. Das war im Oktober 1925, im August 1926 ist das Werk fertig. Die Uraufführung erfolgt in Hans Feists deutscher Übersetzung im Schauspielhaus Zürich (20. November 1926). Am 14. Januar 1927 folgt die italienische Erstaufführung mit Pirandellos Truppe und Marta Abba. Es fand geteilte Aufnahme. Vor allem der Philosoph Adriano Tilgher, dessen Formel Leben/Form Pirandello diesmal allzu plakativ umzusetzen schien, distanzierte sich ein wenig ironisch von seinem Lieblingsautor. Nichtsdestoweniger wurde das Stück in Italien oft gespielt, auch noch nach dem Zweiten Weltkrieg, während der Erfolg im Ausland nicht so rauschend ausfiel: eine Aufführung in New York, eine in Barcelona, zahlreiche Übersetzungen in Argentinien. Pirandello führte die Reserviertheit des Publikums (vielleicht nicht zu Unrecht) auf die »Fixierung« auf das Leben-Form-Problem zurück, wodurch andere Aspekte des Dramas unter den Tisch fielen.

BELLAVITA

Komödie in einem Akt

Aus dem Italienischen von Georg Richert
Überarbeitet von Michael Rössner
und Maria Sommer

Uraufführung: 27. Mai 1927, Mailand

PERSONEN

BELLAVITA, Konditor
DENORA, Notar
CONTENTO, Rechtsanwalt
SIGNORA CONTENTO, seine Frau
DER KANZLEISEKRETÄR
Mandanten von Rechtsanwalt Contento, unter ihnen:
SIGNOR GIORGINO

Zeit: Heute

Großes Zimmer zwischen Wohnung und Kanzlei des Rechtsanwalts Contento. Die Eingangstür im Hintergrund führt auf einen Korridor. Rechts eine Tür zur Wohnung. Links zwei Türen: die erste zum Wartezimmer, die andere zum Arbeitszimmer.

Wenn der Vorhang aufgeht, läßt gerade der Sekretär, ein junger, aber mit einem gewissen Hang zur Eleganz gekleideter Mann, mit einem Kopf wie aus dem Schaufenster eines Frisiersalons auf einem zu langen Hals, den Notar Denora herein. Denora ist dick und kahlköpfig, etwa vierzig Jahre alt, hat rötlichen Haarflaum und ein breites, pickeliges Gesicht, das ins Violette schimmert.

SEKRETÄR: Nehmen Sie bitte hier Platz, Herr Notar.

DENORA: *(finster, hält nur mit Mühe die Erregung zurück, die ihn übermannt)* Muß ich lange warten?

SEKRETÄR: Ein wenig schon, fürchte ich, aber ich werde gleich der Signora Bescheid sagen. *(Geht zur rechten Tür.)*

DENORA: *(hält ihn zurück)* Nein, lassen Sie! Was hat die Signora damit zu tun?

SEKRETÄR: Sie soll Ihnen Gesellschaft leisten.

DENORA: Vielen Dank! Ich kann allein warten.

SEKRETÄR: Der Herr Rechtsanwalt hat es mir aufgetragen.

DENORA: *(schreit)* Und ich entbinde Sie davon! (*Mäßigt sich:*) Ich möchte nicht, daß die Signora gestört wird.

SEKRETÄR: Nein, schauen Sie, ich habe Grund, anzunehmen, daß die Signora selbst…

DENORA: … Vergnügen … Vergnügen daran hätte, mir Gesellschaft zu leisten?

SEKRETÄR: Ja, denn sie hat gesagt…

DENORA: … daß auch sie gern auf meine Kosten lachen möchte. Ich hab's begriffen.

SEKRETÄR: Nein, was sagen Sie da, Herr Notar! Ich sollte der Signora sofort Bescheid geben, wenn Sie hier sind. Aber da ist sie ja selbst! *(Von rechts tritt Signora Contento ein: etwa dreißigjährig, graziös, mit kleiner gerader Nase und funkelnden Augen. Der Sekretär geht durch die erste Tür links ab.)*

SIGNORA CONTENTO: Mein lieber Denora, so weit ist es nun also gekommen, wie?

DENORA: Um Gotteswillen, Signora, lassen Sie mich in Ruhe! Sonst begehe ich womöglich wirklich noch die Dummheit!

SIGNORA CONTENTO: *(verblüfft)* Wieso? Was habe ich denn gesagt?

DENORA: Nichts haben Sie gesagt, aber ich beschwöre Sie, richten Sie keine Fragen an mich! Denken Sie daran, wenn die Kanzlei Ihres Mannes so voll von Mandanten ist, und wenn er jetzt die dicksten Fälle hereinbekommt, dann verdankt er das zum großen Teil mir – mir! – Aber wenn ich jetzt mein Notariat schließe und hier alle im Stich lasse und mich irgendwo auf dem Lande vergrabe, dann wird das auch zu seinem Schaden sein, also: Denken Sie daran.

SIGNORA CONTENTO: Ich verstehe nicht, warum Sie so mit mir reden.

DENORA: An der Miene, mit der Sie hereingekommen sind, sehe ich, daß auch Sie sich am Anblick meiner Verbitterung weiden möchten.

SIGNORA CONTENTO: Aber nein, Sie beurteilen mich falsch, Herr Notar. *(In diesem Augenblick tritt Rechtsanwalt Contento durch die zweite Tür links ein. Er ist an die Vierzig, hager, mit hellen Augen, die unentwegt hierhin und dorthin wandern, als ob er glaubte, von allen Seiten gerufen zu werden. Er hat einen breiten, lächelnden Mund mit feuchten Lippen, graue, ziemlich lange*

Haare, die an der Stirn borstig aufstehen wie Igelstacheln, sein Ausdruck spielt zwischen zerstreut und nachdenklich.)

CONTENTO: Was ist denn, was ist denn, mein lieber Notar?

SIGNORA CONTENTO: Ich verstehe das nicht! Ich bin hereingekommen, um ihm Gesellschaft zu leisten, so wie du mir gesagt hattest…

CONTENTO: Ja, weil leider eine Menge Leute warten!

SIGNORA CONTENTO: Und er hat es übelgenommen!

CONTENTO: Wie? – Was?

SIGNORA CONTENTO: Weil er den Verdacht hat … lieber Denora, verzeihen Sie, das ist Ihrer nicht würdig.

CONTENTO: Verdacht? Was für einen Verdacht?

SIGNORA CONTENTO: Daß auch wir uns über ihn lustig machen wollen!

CONTENTO: Ich? Mich lustig machen?

DENORA: Lustig machen habe ich nicht gesagt!

SIGNORA CONTENTO: Daß wir uns an dem Anblick weiden, weil er…

DENORA: Ja, daß auch Sie immerhin Ihren Spaß daran haben!

CONTENTO: Aber was haben Sie sich in den Kopf gesetzt, um Gotteswillen, lieber Notar! Wie können Sie sich so etwas vorstellen – von mir!

DENORA: Weil es natürlich ist, ganz natürlich. Glauben Sie denn, ich könne das nicht verstehen? Das Schreckliche ist ja, daß ich das Lächerliche meiner Situation sehe und selber, das schwöre ich Ihnen, über jeden andern lachen würde, dem so etwas passiert, und wenn es mein Bruder wäre. Aber daß ich es nun durchmachen muß, während ich doch darüber lachen würde, wie alle darüber lachen, das ist etwas … etwas, das mich wahnsinnig macht, ja: wahnsinnig!

CONTENTO: Aber ich bin doch jetzt da, um Ihnen zu helfen, lieber Denora! Um Sie aus diesem Gemütszustand rauszuholen, der mich ebenso sehr bekümmert wie alle, die Sie mögen und Sie als den Ehrenmann schätzen, der Sie sind. Also los. Ich habe diese Nervensäge schon herzitiert, um Ihnen den Kerl vom Hals zu schaffen. Er muß gleich hier sein. Nur um Sie nicht allein warten zu lassen, hatte ich meine Frau gebeten…

DENORA: Ich muß mich sehr entschuldigen, Signora, verzeihen Sie mir, ich bin wie besessen davon.

SIGNORA CONTENTO: Aber natürlich! Ich kann das sehr gut nachfühlen.

CONTENTO: Lassen Sie mich nur machen! Im Handumdrehen erlöse ich Sie davon, sobald er hier ist. Ich habe veranlaßt, daß er sofort hereingelassen wird, Sie gehen mit meiner Frau dort hinüber *(zeigt auf die rechte Tür)*, und ich rede mit ihm, wie besprochen.

DENORA: Das beste Internat von Neapel! Sagen Sie ihm das ausdrücklich!

CONTENTO: Lassen Sie mich nur machen! Ich habe alles verstanden. Und seien Sie unbesorgt. Bis bald. *(Ab durch die Tür, durch die er hereingekommen ist.)*

SIGNORA CONTENTO: Ich persönlich glaube, daß der Junge nicht so schnell als Ihr Sohn anerkannt werden müßte! Ich würde es wenigstens noch im Zweifel lassen. Das habe ich auch meinem Mann gesagt.

DENORA: Nein, nein! Darauf kommt es nicht an, Signora! Auch wenn er es nicht wäre! Ich gebe alles zu! Ich gehe auf alles ein!

SIGNORA CONTENTO: Aber weil – verstehen Sie – wenn man beweisen könnte, daß er es nicht ist…

DENORA: Wie soll man das beweisen? Es ist ja nicht nur der Vater, liebe Signora, der es nicht mit Sicherheit wissen kann, auch die Mutter kann doch nie ganz genau wissen, ob der eigene Sohn dem Ehemann oder dem Liebhaber zu verdanken ist. Das sind alles nur Vermutungen.

Signora Contento: Aber sagen Sie doch, sieht er Ihnen denn ähnlich?

Denora: Man behauptet es. Manchmal scheint es mir auch so und dann wieder gar nicht. Auf Ähnlichkeiten kann man sich nicht verlassen. Im übrigen sage ich Ihnen, daß ich über diesen Punkt nicht diskutieren will. Ich bin zu allem bereit: zur Adoption und zu einem Testament, das ihm die Erbschaft sichert. Ich habe niemanden. Und mir ist nichts mehr wichtig. Ich will ihn loswerden, den Vater, um jeden Preis. Aber die Taste »Geld« gibt keinen Ton bei diesem Mann, es hat keinen Zweck, sie anzuschlagen. Er hat niemals aus Gewinnsucht gehandelt. Gerade deswegen bin ich verzweifelt.

Signora Contento: Es ist wirklich unerhört!

Denora: *(springt auf)* Unerhört! Unerhört! Und ausgerechnet mir mußte es passieren, an einen Ehemann von dieser Sorte zu geraten!

Signora Contento: »Bellavita« wird ein Spitzname sein, denke ich mir.

Denora: Neid. Wenn die Leute an der Konditorei vorbeikamen und sie immer voller Kunden sahen und die Frau wie eine Signora hinter dem Ladentisch – »Oh, bella vita.«

Signora Contento: Das Lumpenpack, man weiß ja, wie das ist. Ich bin gestern an dem Geschäft vorbeigekommen. Ein Jammer! Diese schönen Auslagen in den weißlackierten, glänzenden Rahmen – nicht wiederzuerkennen! Vergilbt, abgeblättert. Wie trostlos diese beiden verschossenen Tücher, eines rosa, das andere himmelblau, über dem vertrockneten Gebäck und den verschimmelten Torten vor dem Ladentisch. Niemand geht mehr hin. Das hat sich ja wohl hauptsächlich auf Sie gestützt, das Geschäft?

Denora: Auf mich? Ach was! Verleumdung, Signora! Ich sage Ihnen, er hat schließlich seiner Frau sogar verboten, von mir etwas anzunehmen, sozusagen nicht mal eine Blume. Wenn ich mit meinen Freunden dort war, kassierte er für den Kaffee, denn wenn er es nicht täte, hätte er gemeint, das würde auffallen. Aber er hat bestimmt darunter gelitten.

Signora Contento: Ich weiß nicht, wie man sich das erklären soll.

Denora: Was wollen Sie da erklären, Signora? Gewisse Dinge lassen sich nicht erklären.

Signora Contento: Wie jemand so sein kann!

Denora: Wenn wir etwas nicht wissen wollen – und das kommt schnell mal vor –, tun wir so, als wüßten wir es nicht. Und wenn dieses Vortäuschen mehr uns selbst als anderen gilt, dann ist es schließlich – das können Sie mir glauben – genauso, ganz genauso, als wenn wir nichts wüßten. Er ist übrigens voller Dankbarkeit für mich.

Signora Contento: Dankbarkeit?

Denora: Ja, Signora. Weil ich ihn immer gegen seine Frau in Schutz genommen habe, von der ersten Zeit ihrer Ehe an.

Signora Contento: Ein Schwächling, ja, ganz klapperig. Ich verstehe nicht, wie sie ihn heiraten konnte. Sie kam doch sogar aus guter Familie, die Frau.

Denora: Aus heruntergekommener.

Signora Contento: Ich weiß nicht, was sie an ihm hat finden können!

Denora: Sie warf ihm vor, daß es ihm an Vernunft fehle, an Takt gegenüber der Kundschaft, und daß er grob wäre.

Signora Contento: Ja, grob ist er wirklich…

Denora: Wem sagen Sie das! – Szenen habe ich mit ihm erlebt! Sie werden verstehen, ich hatte die Gewohnheit angenommen, mit meinen Freunden in dieses Café zu gehen – und friedfertig, wie ich immer gewesen bin, litt ich darunter. Ich habe versucht, den Frieden wiederherzustellen…

SIGNORA CONTENTO: … heute versucht und morgen versucht…

DENORA: Mißgeschicke, die dann eben passieren.

SIGNORA CONTENTO: Leider. Sie war so schön! Ich sehe sie noch vor mir, wie sie an der Kasse sitzt, lächelnd, strahlend, mit ihrem weißgepuderten Näschen und diesem rotseidenen Tüchlein mit gelben Monden über der Brust, den goldenen Ringen an den Ohren und den Grübchen in den Wangen, wenn sie lachte: hinreißend! *(Und als Denora bei dieser Beschreibung zu weinen anfängt, und, da seine Schluchzer nicht die Kraft haben, herauszukommen, heftig durch die Nase schnauft und mit der Hand die Augen bedeckt:)* Sie Armer, Sie haben sie wirklich geliebt!

DENORA: Ja, Signora! Und ich hasse diesen Mann, weil es ihm nicht genug war, mir erst das einzige Glück meines Lebens zu vergiften, jetzt vergiftet er auch noch meinen Schmerz, es verloren zu haben. Und wissen Sie, wie er das macht? Indem er zeigt, daß er darüber selig ist. Ja. Als ob er ihn mir zur Nahrung gäbe, diesen Schmerz, in den er mich versunken sah, um daran zu saugen, wie eine Mutter ihrem Kind die Milch aus ihrer Brust gibt. Schauen Sie, ich bin sicher, wenn er jetzt diese Tränen sähe, hier auf der Wange, er käme, um sie zu schlürfen. Deshalb hasse ich ihn! Weil er mich nicht allein weinen läßt, wie ich es möchte. Begreifen Sie, Signora, daß ich mich davor ekle, mich ekle, mit ihm gemeinsam zu trauern? Er kam nach dem Begräbnis zu mir, mit dem Jungen, nur um mir zu sagen, daß er zwei Kränze bestellt habe, einen für mich und den anderen für sich, und daß er sie auf dem Wagen nebeneinander habe legen lassen. Seinen und meinen. Sie hätten miteinander gesprochen.

Signora Contento: *(verwirrt)* Wer hat gesprochen?

Denora: Die beiden Kränze. Da. Nebeneinander. Er sagte, sie hätten gesprochen. Er mußte wohl in meinen Augen den Haß lesen: Er warf sich mir an den Hals, weinte verzweifelt und fing an zu schreien, ich dürfe ihn um Himmelswillen nicht im Stich lassen, ich müsse Rücksicht auf ihn nehmen und Mitleid mit ihm haben, denn nur ich allein könne mit ihm fühlen, da ich ja wegen desselben Unglücks weinte. Ich schwöre, Signora, er hatte, als er so mit mir sprach, diese verstörten Blicke eines Wahnsinnigen, so daß ich versucht war, ihn mit einem Schubs weit von mir wegzustoßen.

Signora Contento: Das kann doch nicht wahr sein! Das kann doch nicht wahr sein!

Denora: Ich spüre jetzt noch ganz stark, da, in meinen Fingern, den Ekel vor seinen mageren Armen unter dem billigen Stoff seines schwarz gefärbten Anzugs, als ich versuchte, mich von der Gewalt zu befreien, mit der er sich an meinem Hals festklammern wollte. Und ich weiß nicht, wieso – aber manche Dinge kommen in bestimmten Augenblicken hoch, und verlöschen werden sie nie. Er, der an meiner Brust weint, und ich, der ich mich zum Fenster umdrehe, als suchte ich nach einem Ausweg. Und in diesem Fenster, Signora, das Kreuz der beiden verrosteten Sprossen auf den Scheiben. Die ganze Trostlosigkeit meines kaputten Lebens als alter Junggeselle sehe ich da in diesem Kreuz, auf den besudelten Fensterscheiben unter diesem wolkenverdreckten Himmel. Ach, Signora, dieses Kreuz, diese verschmutzten Scheiben kann ich nie wieder loswerden!

Signora Contento: Aber nein, kommen Sie, armer Denora, beruhigen Sie sich! Sie werden sehen, daß mein Mann jetzt…

Sekretär: *(tritt eilig durch die erste Tür links ein)* Er ist da! Er ist da!

Denora: *(springt auf)* Er ist gekommen?

Signora Contento: Wir gehen da hinein. *(Zeigt auf die rechte Tür.)* Kommen Sie.

Sekretär: Ja, Signora, denn der Herr Rechtsanwalt hat mir gesagt, ich solle ihn hier in dieses Zimmer bringen.

Signora Contento: Also dann verschwinden wir.

Denora: Ich bringe ihn um! Ich bringe ihn um!

(Ab mit Signora Contento rechts. Der Sekretär geht durch die Tür im Hintergrund hinaus und kehrt kurz darauf mit Bellavita zurück. Bellavita ist ganz dünn, von einer Magerkeit, die Ekel erregt, wachsbleich, die Augen blicken krampfhaft starr. Er ist in tiefer Trauer und trägt einen schäbigen Anzug, den er sich schwarz hat färben lassen. Um den Hals hat er sich einen schwarzen Wollschal gewickelt, der vorn und hinten herunterbaumelt.)

Sekretär: Nehmen Sie hier Platz, lieber Bellavita, der Herr Rechtsanwalt kommt sofort.

(Ab durch die erste Seitentür links. Bellavita bleibt eine ganze Weile in der Mitte des Zimmers stehen, unbeweglich, wie ein Gespenst. Dann wendet er den Kopf zur Tür, durch die der Sekretär hinausgegangen ist, und seufzt, bleibt dann noch einen Augenblick stehen, seufzt wieder und setzt sich dann auf die äußerste Kante eines Stuhles neben einen kleinen Tisch. Kurz darauf tritt durch die zweite Seitentür links Contento ein.)

Contento: Mein lieber Bellavita! Ich stehe zu Ihrer Verfügung.

Bellavita: *(springt, als er ihn hört, mit einem Satz auf)* Sehr verehrter Herr Rechtsanwalt! *(Hält sich plötzlich eine Hand vor die Augen, weil ihm schwindlig wird und stützt sich mit der anderen auf das Tischchen.)*

Contento: *(stützt ihn)* Mein Gott, Bellavita – was ist denn?

Bellavita: Ach nichts, Herr Rechtsanwalt. Die Freude. Als ich Ihre Stimme hörte ... Ich bin zu rasch aufgestanden, und … ich bin so schwach, Herr Rechtsanwalt! Aber es ist nichts. Es ist schon vorüber.

CONTENTO: Armer Bellavita, ja, ich sehe, Sie sind sehr mitgenommen. Setzen Sie sich doch. Setzen Sie sich.

BELLAVITA: Nach Ihnen.

CONTENTO: Na schön, ich setze mich hierher. – Also ich habe Sie rufen lassen, um eine – sagen wir – ziemlich heikle und delikate Situation zu klären – besser gesagt, um sie aus der Welt zu schaffen.

BELLAVITA: Was für eine Situation? Meine?

CONTENTO: Nun ja, Ihre, die des Jungen und die des Notars, heikel und delikat, lieber Bellavita. Das … wie soll ich es nennen … das Unglück, das Ihnen zugestoßen ist … ja, ich meine … das hat es auch mit sich gebracht, daß diese Situation ein Ende fand, mit einem Schlag, brutal, mit einem sauberen Schnitt, einem sehr schmerzhaften, aber – unter einem bestimmten Gesichtspunkt – ich möchte sagen: chirurgischen! Sie haben nicht gewollt … Aber wie auch immer, kommen wir zur Sache.

BELLAVITA: Jawohl, Herr Rechtsanwalt. Denn ich *(berührt mit einem Finger seine Stirn)* wissen Sie? Auch im Kopf fühle ich mich ein wenig geschwächt. Von dieser ganzen Rede, die Sie soeben die Güte hatten, mir zu halten, habe ich kein Wort verstanden.

CONTENTO: Nun ja, nun ja. Hören Sie mir genau zu. Es wird eine große Erleichterung für Sie sein, lieber Bellavita, eine große Erleichterung, die Sie nötig haben – das sehe ich. Dringendst. So nötig wie das tägliche Brot.

BELLAVITA: Ja, Signore. Seit vielen Tagen esse ich nicht mehr, schlafe ich nicht mehr. Von morgens bis abends sitze ich auf einem dieser eisernen Schemel im Café…

CONTENTO: Daher … Ja … Nun also …

BELLAVITA: Als ob ich nicht mehr ich wäre, wissen Sie.

CONTENTO: Ich sehe es, ich sehe es!

BELLAVITA: Als ob mich jemand an den Armen gepackt und mich an einen Tisch gesetzt hätte, wie eine Marionette.

CONTENTO: Jetzt wollen wir besprechen…

BELLAVITA: *(macht mit der Hand ein Zeichen, noch etwas zu warten)* Ein wenig Geduld. Sie kommen noch nicht.

CONTENTO: Wer kommt nicht?

BELLAVITA: Die Worte, Herr Rechtsanwalt, wenn Sie so schnell mit mir reden wollen. Ich bin … ich bin wie betäubt, wie verblödet. Lassen Sie mich ein wenig zu mir kommen. Seit langem habe ich mit keinem Menschen mehr gesprochen. Jetzt, da ich diese Wohltat genieße … ach, was für Tage ich verbringe, Herr Rechtsanwalt! Was für Tage, dort im Café an dem kleinen Tisch! Ich male mit dem Finger auf der Tischplatte herum, ein Finger voller Staub, denn es gibt nichts anderes mehr als Staub im Café.

CONTENTO: Das ist eine Windgegend hier. Da wirbelt's den Staub überall hin.

BELLAVITA: Und die Fliegen? Sie fressen mich bei lebendigem Leibe. Die Fliegen. Ich höre sie sogar in meinem Schädel summen. Ich hebe die Hand, um sie zu fangen, wenn sie schon wieder weg sind. Ich setze mich mit dem Rücken zum Ladentisch, damit ich die Waage darauf nicht sehe, mit einem Messinggewicht, das noch auf einer der Platten stehengeblieben ist, vom letzten Mal, als sie dem Rechtsanwalt Giumia ein Kilo Pralinen verkaufte. *(Er verzieht schrecklich das ganze magere Gesicht, weil er anfängt zu weinen, holt ein schwarzes Schnupftuch aus der Tasche und führt es an die Augen.)*

CONTENTO: Begreifen Sie, lieber Bellavita, wenn Sie so weitermachen, wird kein Monat vergehen und Sie werden mit der Seligen wieder vereint sein.

Bellavita: Gott gebe es – wenn nur Michelino nicht wäre.

Contento: Oh! Na also. Da sind wir. Michelino. Ich habe Sie rufen lassen...

Bellavita: *(schnell, ängstlich)* ... wegen Michelino?

Contento: Ich kann mir denken, daß der Junge für Sie eine große Sorge sein muß.

Bellavita: Wenn Sie ihn sehen würden...

Contento: Nun ja – er ist jetzt ohne Mutter...

Bellavita: Auch er ist so heruntergekommen, der arme Kerl, in der kurzen Zeit ... Ich kann nichts anderes als weinen, weinen, weinen...

Contento: Und darum – sehr gut... Ich habe Ihnen einen Vorschlag zu machen, lieber Bellavita.

Bellavita: Einen Vorschlag? Wegen Michelino?

Contento: Ja. Im Auftrag des Notars.

Bellavita: Und was für einen?

Contento: Lassen Sie mich reden.

Bellavita: Aber verzeihen Sie, hat der Herr Notar es für nötig gehalten, durch Sie ...?

Contento: Ich bin sein Anwalt.

Bellavita: Um so schlimmer!

Contento: Ah – hier vermittle ich als sein Freund!

Bellavita: Ich wollte sagen – er muß sich an Freunde wenden, wenn er mir etwas vorschlagen will, was Michelino betrifft? Kann er mir das nicht selber sagen? *(Erregt:)* Mein Gott, Herr Rechtsanwalt...

Contento: Regen Sie sich doch nicht auf, regen Sie sich nicht auf, bevor Sie wissen, was ich Ihnen zu sagen habe!

Bellavita: Natürlich rege ich mich auf! Ich rege mich auf, weil, wenn der Notar Denora sich an Sie gewandt hat...

Contento: Aber ich bin doch auch Ihr Freund...

Bellavita: Vielen Dank, Herr Rechtsanwalt! – Freund? Oh nein. Zu viel der Ehre! Ich bin bloß Ihr Diener! Aber sehen Sie nicht? Ich ... ich ... ja, ich werde immer weniger. Immer weniger.

CONTENTO: Aber nein! Was denn! Verdammt nochmal! Hören Sie mir zu!

BELLAVITA: Mein Gott, ich glaube, Sie wollen mir jetzt auch noch die Luft zum Atmen nehmen...

CONTENTO: Weil ich Ihnen etwas zum Wohl Ihres Sohnes vorschlage?

BELLAVITA: ... Im Namen des Herrn Notars?

CONTENTO: Der immer ein großes Wohlwollen für Sie hatte, das können Sie nicht leugnen, und er hat es nach wie vor.

BELLAVITA: *(dessen Augen plötzlich unter Tränen lachen)* Ah – ja? Ah – ja? Und warum, verzeihen Sie, hat er dann...

CONTENTO: *(streckt die Hände aus, um ihn aufzuhalten)* Lassen Sie mich doch in Gottes Namen reden! Notar Denora schlägt Ihnen vor, den Jungen in ein Internat geben, nach Neapel.

BELLAVITA: Den Jungen? Nach Neapel?

CONTENTO: In das beste Internat von Neapel.

BELLAVITA: *(mit weit aufgerissenen Augen)* Und warum?

CONTENTO: So eine Frage! Um ihm eine hervorragende Erziehung zu ermöglichen.

BELLAVITA: In Neapel?

CONTENTO: Der Notar übernimmt natürlich sämtliche Kosten, vorausgesetzt, daß Sie in die Trennung einwilligen.

BELLAVITA: Ich? Was sagen Sie da? Ich, von dem Jungen?

CONTENTO: Nun ja...

BELLAVITA: Mich von ihm trennen? Herr Rechtsanwalt, was sagen Sie da?

CONTENTO: Das ist der Vorschlag des Notars.

BELLAVITA: Aber, Verzeihung, warum denn?

CONTENTO: Ich habe Ihnen gesagt, warum.

Bellavita: Aber der Junge lernt hier, er ist gut in der Schule, und der Notar weiß das. Ihn nach Neapel schikken? Und ich? Ach so, er will auf mich keine Rücksicht mehr nehmen, der Herr Notar?

Contento: Wer sagt das?

Bellavita: Ohne den Jungen würde ich sterben, Herr Rechtsanwalt! Ich sterbe, Herr Rechtsanwalt, ich sterbe an gebrochenem Herzen, so von allen verlassen, ohne zu wissen warum. Aber was habe ich denn dem Herrn Notar Böses getan, daß ich so behandelt werde, nicht nur von ihm, auch von allen seinen Freunden?

Contento: Ich habe Sie immer gut behandelt...

Bellavita: Und warum läßt er sich nicht mehr sehen im Café?

Contento: Oh du meine Güte – weil er keine Zeit hat.

Bellavita: Das ist nicht wahr. Entschuldigen Sie! Früher hatte er Zeit.

Contento: Und jetzt hat er sie nicht mehr!

Bellavita: Gerade jetzt, wo ich so gelähmt bin durch mein Unglück? Aber wenn einer von uns beiden, ich meine den Notar und mich, jemals Gewissensbisse haben sollte, weil er dem Anderen etwas angetan hat ... dieser eine, Herr Rechtsanwalt, bin bestimmt nicht ich! Und nun will er mir auch noch den Jungen wegnehmen?

Contento: Sie lassen mich ja nicht zu Ende reden!

Bellavita: Was wollen Sie da zu Ende reden! Sie hätten gar nicht wagen dürfen, damit anzufangen, entschuldigen Sie! Ich werde mir Luft machen, Herr Rechtsanwalt! Es ist gar nicht wahr, wissen Sie, es ist nicht wahr, daß ihm Michelinos Erziehung am Herzen liegt. Nein! – Es ist etwas anderes! – Und ich weiß, was es ist! – Wie denn? Er spricht zu mir von Kosten, er? Er wagt, von Kosten zu sprechen – zu mir – er? Wann habe ich mich denn je an ihn gewendet, um Michelino wie einen Sohn feiner Leute erziehen zu lassen? Ich, mit meinen Mitteln allein, ich! Und solange ich lebe, sorge ich für ihn allein, sagen Sie ihm das. Nach Neapel kann ich ihn nicht schicken. Und auch wenn ich es könnte, würde ich's nicht wollen. Warum läßt mir der Herr Notar das durch Sie sagen? Hat er vielleicht gedacht, daß ich ein Geschäft dabei machen will, wenn ich ihm den Jungen überlasse?

CONTENTO: Aber nein! Machen Sie jetzt nicht solche Unterstellungen, die – ich will nicht sagen des Notars, aber Ihrer selbst unwürdig sind.

BELLAVITA: Aber verzeihen Sie – dann also: Warum? Will er auch den Jungen nicht mehr sehen? Mich sieht er seit einer Weile schon nicht mehr! Unwürdige Unterstellungen, sagen Sie?

CONTENTO: Unwürdig, unwürdig und absurd.

BELLAVITA: Wieso absurd, nein! Ich habe begriffen, wissen Sie? Ich habe sehr wohl begriffen, daß meine Besuche dem Notar nicht mehr genehm waren! Ich habe die Zähne zusammengebissen und mir das Herz abgedrückt, damit es nicht schrie und habe mich bei ihm nicht mehr sehen lassen. Ich schicke Michelino in die Kanzlei, und ich bleibe ganz still im Vorzimmer sitzen, neben der grün bespannten Tür mit dem Guckloch, und warte, bis er wieder herauskommt. Wenn einer weint, Herr Rechtsanwalt, dann muß seine Nase laut schnauben, aber wissen Sie, wie ich mich schneuze? Ganz leise, um ja nicht zu stören und damit er mich nicht hört! Aber verstehen Sie, je mehr ich mich so verhalte, desto mehr empfinde ich, wie schlecht mein Taktgefühl belohnt wird. Ich will nicht weinen, und ich weine um so mehr. Ich löse mich auf, ich löse mich in Tränen auf, Herr Rechtsanwalt!

CONTENTO: Zur Sache! Kommen wir zur Sache. Lassen Sie

mich ein für alle Mal sagen, was ich Ihnen zu sagen habe, und machen wir ein Ende.

BELLAVITA: Nun gut, Signore, ja, reden Sie: Ich höre.

CONTENTO: Ich möchte Sie bitten – da die Rolle, die ich Ihnen gegenüber zu spielen habe, wie ich sehe, nicht ganz leicht ist – ich möchte Sie bitten, alles zu tun, mich zu verstehen und mich nicht zu zwingen, zuviel zu sagen – ja – und das vor allem aus Rücksicht auf Sie selbst!

BELLAVITA: Aus Rücksicht auf mich? Um Himmelswillen, erschrecken Sie mich nicht, Herr Rechtsanwalt! Sagen Sie mir schnell, was passiert ist!

CONTENTO: Nichts ist passiert, mein Guter. Was passieren mußte, das ist ja schon gut und gern passiert, scheint mir.

BELLAVITA: Das Unglück, meinen Sie?

CONTENTO: Eben! Und jetzt sollten Sie zur Ruhe kommen.

BELLAVITA: Und wie, Herr Rechtsanwalt?

CONTENTO: Einen Schlußstrich machen und nicht mehr davon reden.

BELLAVITA: Ich? Einen Schlußstrich?

CONTENTO: Ich sage ja nicht, daß Sie für sich selbst nicht mehr Ihre Frau beweinen sollen, die Ihnen gestorben ist. Beweinen Sie sie, soviel Sie wollen. Ich rede von Ihrer – wie soll ich es nennen? Ihrer Er … Ergebenheit, ja, Ergebenheit, die etwas Unwahrscheinliches hat, lieber Bellavita, in Ihrer Beziehung zum Notar.

BELLAVITA: Meine Ergebenheit?

CONTENTO: Ja. Und die lastet, lastet wie ein Alpdruck auf ihm, machen Sie sich das einmal klar.

BELLAVITA: Was heißt Ergebenheit, bitte? Ich verstehe nicht.

CONTENTO: Versuchen Sie mich zu verstehen, mein Gott.

BELLAVITA: Weil ich ihm immer Respekt entgegengebracht habe?

CONTENTO: Ja. Das ist es! Zuviel!
BELLAVITA: Zuviel Respekt?
CONTENTO: Und weil Sie das auch weiterhin tun werden.
BELLAVITA: Das will er nicht mehr?
CONTENTO: Das will er nicht mehr.
BELLAVITA: Das belastet ihn? Ihn?
CONTENTO: Aber ja, denn die Beziehung zwischen Ihnen beiden, verstehen Sie, bestand doch nur und war nur erträglich, solange Ihre selige Frau noch am Leben war. Aber jetzt, da Ihre Frau ja nicht mehr ist – es tut mir leid! – jetzt soll der Notar weiterhin mit Ihnen verbunden sein durch den gemeinsamen Schmerz, die gemeinsame Trauer um ihren Verlust?
BELLAVITA: Und warum nicht?
CONTENTO: Aber das ist lächerlich, – entschuldigen Sie.
BELLAVITA: Lächerlich?
CONTENTO: Lächerlich! Lächerlich! Ich begreife gar nicht, daß Sie das nicht selbst merken!
BELLAVITA: Und es belastet ihn? Ihn?
CONTENTO: Wenn der Tod doch die Bindung gelöst hat, lieber Bellavita! Versuchen Sie das zu verstehen. – Der Schmerz, wenn der Notar ihn empfindet – und er empfindet ihn!...
BELLAVITA: ... ach, er empfindet ihn?
CONTENTO: ... aber natürlich empfindet er ihn! Er empfindet ihn! Und die Trauer, wenn er sie tragen will – und er trägt sie im Herzen – ... es gibt doch keinen Grund mehr, seien wir doch gerecht, sie mit Ihnen gemeinsam zu empfinden und zu tragen!
BELLAVITA: Weil er Angst vor der Lächerlichkeit hat? Ich habe verstanden. Ich bringe ihm Respekt entgegen, und er hat Angst vor der Lächerlichkeit! Er, der mich mehr als zehn Jahre lang zur Zielscheibe des Spottes der ganzen Stadt gemacht hat, er fürchtet die Lächerlichkeit. Er!

Contento: Verstehen Sie, gewisse Situationen…

Bellavita: Ich verstehe, ich verstehe. Und Sie können sich nicht vorstellen, Herr Rechtsanwalt, was das für mich heißt. Ah! Deswegen also will er mich und Michelino loswerden?

Contento: Aber doch nicht loswerden!

Bellavita: Fernhalten: den Jungen entfernen – nach Neapel; und ich? Ich soll an ihm vorbeigehen, tun, als ob ich ihn nicht sehe und ihn nicht mehr kenne, nicht wahr? Damit die Leute nicht lachen, wenn ich den Hut vor ihm ziehe … Ich habe verstanden, ich habe verstanden. Also gut, Herr Rechtsanwalt, sagen Sie ihm, bitte sehr, was die Besuche bei ihm anlangt, ich werde ihn nicht mehr in seiner Wohnung aufsuchen, weder allein noch mit dem Jungen. Aber was den Respekt betrifft, ah! Was den Respekt betrifft, es tut mir leid, darauf kann ich nicht verzichten, sagen Sie ihm das.

Contento: Was soll das heißen?

Bellavita: Na, ihm Respekt bezeugen … Kann er mir das etwa verbieten? Ich habe ihm Respekt erwiesen, als der Respekt mich Demütigung und Erniedrigung kosten konnte, und ich soll jetzt, gerade jetzt, mit einem Schlag, ihn nicht mehr respektieren? Das ist doch nicht möglich, Herr Rechtsanwalt! Gezwungenermaßen werde ich ihn immer respektieren. Sagen Sie ihm das!

Contento: Ja wie denn – aus Trotz?

Bellavita: Ach was – Trotz! Verzeihen Sie – er selber zeigt mir jetzt, wie ich mich rächen kann! Und das soll ich nicht wahrnehmen? *(In diesem Augenblick stürmt von rechts der Notar Denora herein, hinter ihm Signora Contento.)*

Denora: Ah, auf diese Weise willst du dich also rächen?

Bellavita: Ich nicht, Herr Notar! Ich habe das nie gewollt!

Denora: Du hast es aber gerade zum Herrn Rechtsanwalt gesagt.

BELLAVITA: Aber weil Sie das jetzt so wollen, Herr Notar! Ich will Sie respektieren, wie ich es immer getan habe, und nichts anderes!

DENORA: Aber doch um dich jetzt zu rächen!

BELLAVITA: Nein, Herr Notar! Ich bleibe beim Respekt! Sie machen jetzt daraus eine Rache, weil Sie mich daran hindern wollen.

DENORA: *(wütend)* Wenn ich es doch nicht mehr will!

BELLAVITA: Sie wollen es nicht mehr, aber ich will ihn, entschuldigen Sie, Ihnen doch entgegenbringen.

DENORA: Ah – so?

BELLAVITA: Sagen Sie mir, wie ich es machen soll, ihn nicht zu erweisen. Ich habe es immer getan.

DENORA: *(wutschnaubend)* Ich trete dich in den Hintern!

BELLAVITA: Nur zu, Herr Notar! Sie treten – ich lasse mich treten.

DENORA: Paß auf, Bellavita – ich trete wirklich!

BELLAVITA: Treten Sie! Treten Sie! Ich sage, ich nehme es hin, und obendrein danke ich Ihnen.

DENORA: Ah – ja, du Lump? *(Er stürzt sich wütend auf ihn.)* Also dann – da! Da! Da! Du Miststück!

CONTENTO: *(wehrt ihn ab)* Nein, um Himmelswillen! Was machen Sie da, Herr Notar!

BELLAVITA: Los, los! Lassen Sie ihn doch! Ich nehme es hin! Ich will es nicht anders, und er soll es nicht nur hier, er soll es auch draußen tun, öffentlich! Los! Fußtritte! Und ich werde ihm öffentlich danken!

DENORA: *(nimmt seinen Stock)* Schafft mir den Kerl weg, um der Muttergotteswillen, oder ich schlage ihn tot! Ich schlage ihn tot! *(Durch das Geschrei angezogen, kommen von links mehrere Mandanten von Rechtsanwalt Contento herein, unter ihnen auch Signor Giorgino.)*

DIE KLIENTEN: Was ist los? Was ist los? – Was passiert hier? Der Notar? Mit Bellavita?

GIORGINO: *(besorgt zu Bellavita)* Tritt er dich mit Füßen?

BELLAVITA: Ja – sehen Sie? Weil ich ihn respektieren möchte, tritt er mich mit Füßen.

DENORA: Das ist nicht wahr! Rächen will er sich! Rächen!

BELLAVITA: Und wofür? Weil ich immer nur Zuneigung für ihn gezeigt habe? Alle sind Zeugen, ob das nicht wahr ist!

DENORA: Ja, ja, aber genau das ist deine Rache, du Hund.

BELLAVITA: Die Zuneigung, die ich für Sie gezeigt habe, nach all dem Bösen, das Sie mir angetan haben?

DENORA: Ja, ja! Du hast mich ganz besudelt mit Deiner Zuneigung!

BELLAVITA: Weil Sie jetzt lächerlich geworden sind? Ah, was für eine Erleichterung, Herrschaften! Ich kann lachen! Ich kann lachen! Ich habe so viel geweint! Jetzt kann ich lachen! Lachen und alle mit mir lachen lassen über die Tränen, die ich um diesen Undankbaren vergossen habe. – Ah! Was für eine Erleichterung!

DIE MANDANTEN: Aber wieso denn? – Was sagt er? – Ist er verrückt geworden?

BELLAVITA: Die Rache, die neue Rache von uns betrogenen Ehemännern allen! Verstehen Sie nicht? Sind Sie auch dabei, Signor Giorgino? *(Alle lachen.)*

GIORGINO: Ich? Wieso ich? Was redest du da?

BELLAVITA: Ja, kommen Sie, kommen Sie näher, Sie auch! Kommen Sie, Signor Giorgino!

GIORGINO: Ich? Was habe i c h damit zu tun, Du Schurke??

BELLAVITA: Na kommen Sie, Signor Giorgino, das wissen doch alle!

GIORGINO: *(rasend, stürzt sich auf ihn)* Wissen? Was wissen alle? Du Dreckskerl!

BELLAVITA: Tun Sie doch nicht so, als wüßten Sie es nicht. Hören Sie? Alle lachen sie! Und S i e wissen es auch! Ein Geweih wie ein Hirsch! Ein Geweih wie ich! Aber machen Sie sich nichts draus! Es hat nichts zu sagen! Wollen Sie sich rächen? Dann verehren Sie, verehren Sie ihn, machen Sie sich daran, ihn zu verehren, den Geliebten Ihrer Frau, ihn zu beweihräuchern. Schauen Sie, so wie ich es hier mit dem Herrn Notar mache! Schauen Sie, schauen Sie! So! Verbeugung, Hut ab – So!

DENORA: *(außer sich vor Wut)* Aufhören, aufhören, Bellavita, oder ich bringe dich um! *(Stürzt sich auf Bellavita, wird aber zurückgehalten.)*

BELLAVITA: Ja, ja, bringen Sie mich um, bringen Sie mich um! Verbeugung, Hut ab!

DENORA: *(macht sich los)* Laßt mich! Laßt mich raus! Ich bring ihn sonst noch wirklich um! *(Läuft unter allgemeinem Gelächter hinaus.)*

BELLAVITA: Na also, seht ihr, jetzt reißt er aus! Lacht! Lacht! Lacht, wenn euch alle verspotten! Und jetzt lauf ich ihm nach und durch alle Straßen, Grüßen, Verbeugung, Hut ab! Keine ruhige Minute soll er mehr haben! Ich gehe zum Schneider! Ich bestelle mir einen sensationellen Traueranzug! Und los geht's. Kerzengerade hinter ihm aufgepflanzt, ständige Begleitung mit zwei Schritten Abstand! Bleibt er stehen, bleibe ich auch stehen. Geht er weiter, gehe ich auch weiter. Er der Körper, ich sein Schatten! Der Schatten seines Gewissens! Von Beruf! Laßt mich vorbei! *(Geht ab, stößt dabei den einen und den anderen beiseite unter den Späßen und dem Gelächter aller.)*

Vorhang

Bellavita ist die späteste Bearbeitung einer sizilianischen Novelle zu einem Einakter, wie das für die dramatischen Anfänge Pirandellos typisch war: Das 1926 aus der Novelle *L'ombra del rimorso* (»Der Schatten des Gewissens«, 1914; enthalten in Band 8 dieser Edition) geschaffene Bühnenstück wurde am 27. Mai 1927 von der Truppe Gigi Almirantes in Mailand mit großem Erfolg uraufgeführt. Später gehört es zu den in Italien selten gespielten Stükken, findet aber international und in der Nachkriegszeit einigen Anklang, wie Aufführungen in Paris, Berlin (1967 und 1976), London, Ungarn und Griechenland ebenso demonstrieren wie eine 1970 entstandene deutsche Fernsehfassung (in der Übertragung Ettore Cellas).

DIE FREUNDIN IHRER FRAUEN
(L'AMICA DELLE MOGLI)

Drama in drei Akten

Aus dem Italienischen von Gesa Schröder
Überarbeitet von Michael Rössner
und Maria Sommer

Uraufführung: 28. April 1927, Rom, Teatro Argentina

PERSONEN

MARTA, die Freundin der Ehefrauen
FRANCESCO VENZI
FAUSTO VIANI
ELENA, seine Frau
ANNA, Venzis Frau
SENATOR PIO TOLISANI, Martas Vater, Staatsrat
SIGNORA ERMINIA, seine Frau
CARLO BERRI, Abgeordneter
ROSA, seine Frau
PAOLO MORDINI
CLELIA, seine Frau
NINETTA, Paolos Schwester, genannt
»Das Schwägerinchen«
DAULA, Musiklehrer
ARZT
KRANKENSCHWESTER
1. ZIMMERMÄDCHEN (Antonia)
2. ZIMMERMÄDCHEN (Maria)
DIENER

Ort: Rom
Zeit: Heute

ERSTER AKT

Die Halle einer kleinen Villa, mit feinstem Geschmack ausgestattet. Stoffe und Möbel sind neu. Viele Spiegel. Im Hintergrund erkennt man durch eine große Glastür einen kleinen, intimen Salon, auch er ist mit neuen und erlesenen Möbeln eingerichtet. Ein Klavier fällt ins Auge. Hinter dem Salon sieht man durch eine andere Glastür in ein geräumiges, prächtiges Speisezimmer. Haupteingang rechts vorn. Links wird die Wand vom Treppenhaus unterbrochen, von dem aus man in die oberen Räume gelangt.
Beim Öffnen des Vorhangs ist die Szene leer und dunkel. Man hört das Geräusch eines Schlüssels im Schloß. Die Tür öffnet sich. Marta tritt ein, gefolgt von zwei Zimmermädchen und einem Diener. Marta macht sofort Licht in der Halle, und man sieht sie mit einem großen Blumenstrauß im Arm. Sie ist wunderschön: rotblond, meerblaue Augen von leuchtendem Glanz. Sie ist 24 Jahre alt. Ihre Haltung ist nicht steif, aber äußerst reserviert, was jedoch den reinen Eindruck von Vornehmheit und fraulicher Anmut überhaupt nicht mindert. Gekleidet ist sie mit erlesener Eleganz. Auch die beiden Zimmermädchen tragen Blumen.

MARTA: So, da wären wir. Wir sind ein bißchen spät dran.
DIENER: Der Zug kommt um neun.
1. ZIMMERMÄDCHEN: Wir haben noch über eine Stunde Zeit.
MARTA: Wenn alles fertig werden soll, müssen wir uns beeilen. Diese Blumen ... *(zum Diener:)* da, halten Sie die ... *(Nimmt sie wieder zurück:)* Nein, wir legen sie besser hierhin. *(Sie legt sie auf ein Tischchen.)* Ich gebe Ihnen die Schlüssel. *(Sie öffnet die Handtasche und zieht ein Schlüsselbund hervor. Sie wendet sich an das 2. Zimmermädchen:)* Ma-

chen Sie inzwischen Licht hier im Salon und dann dort im Speisezimmer. *(Das Mädchen tut es.)* Und gleich den Tisch decken, für zwei. Hier sind die Schlüssel für die Vitrinen und für die Kredenz. *(Zum Diener:)* Ich gebe Ihnen noch die Tischwäsche heraus. Das Weitere überlasse ich dann Ihnen. *(Zum 1. Zimmermädchen:)* Legen Sie die Blumen auch hierher. Ich werde sie später im Haus verteilen. Ach nein, – warten Sie – noch besser bringen Sie diese schon ins Eßzimmer. Los, los, beeilen Sie sich, wenn ich bitten darf. *(Sie geht durch die Glastür, vom Diener und den beiden Zimmermädchen gefolgt. Zum Diener:)* Halten Sie diese Glastür offen. *(Der Diener tut es. Zum Zimmermädchen:)* Das ist der Salon.

ZIMMERMÄDCHEN: Schön.

MARTA: Er braucht sehr viel Pflege, die Möbel sind äußerst empfindlich, sie leiden sonst. Und nun schnell den Tisch decken.

ZIMMERMÄDCHEN: Und die Schlafzimmer?

MARTA: Oben im ersten Stock. Die sind schon fertig. Wir müssen nur noch den Tisch decken und die Blumen verteilen. *(Zum Diener:)* Lassen Sie auch die andere Tür offen. *(Der Diener tut es. Jetzt sind alle hinten im Speisezimmer. Man sieht Marta Anordnungen geben, während der Diener und beide Zimmermädchen damit beschäftigt sind, den Tisch zu decken. Kurz darauf kehrt Marta in die Halle zurück. Sie geht zu einem der Spiegel, betrachtet sich, nimmt den Hut ab, ordnet ihr Haar, pudert sich.)*

MARTA: Ach, ich bin todmüde. *(Sie geht nach links, um den Hut im Treppenhaus abzulegen. Man hört, wie an der Tür rechts mit einem Finger geklopft wird, wie ein verabredetes Zeichen. Stille. Das Klopfen wird wiederholt. Marta kommt zurück, hört es und ist beunruhigt. Zu sich selbst:)* Mama? Das ist nicht möglich. *(Sie nähert sich der Tür und fragt:)* Wer ist da? Mama! (*Stille. Erneutes Klopfen.*)

Die Stimme von Venzi: Öffnen Sie, Signorina.

Marta: *(ohne zu öffnen)* Ach Sie, Venzi? Entschuldigen Sie, aber warum klopfen Sie denn? Es gibt doch eine Klingel. Läuten Sie. Ich glaubte, es sei Mama.

Venzi: Machen Sie mir auf, bitte.

Marta: *(öffnet)* So. Wie sind Sie denn durch das Tor gekommen?

Venzi: *(Vierziger: kräftig, besonders der Oberkörper, hohe Schultern, mächtiger Lockenkopf, schon ein wenig ergraut an den Schläfen, dunkler Teint, bartlos, immer noch schön, obgleich etwas schwammig. Er krallt oft die Hände in die Brust, steht da mit hängendem Kopf und läßt den trüben, beinahe kindlichen Blick eines maulenden, duckmäuserischen Jungen umherwandern. Dunkle, nicht sehr gepflegte Kleidung.)* Es war offen.

Marta: Dann muß man es zumachen. Wir haben es vergessen.

Venzi: Ich habe es zugemacht. Sie sind nicht allein?

Marta: Da sind, wie Sie sehen, die beiden Mädchen und der Diener, die heute ihren Dienst aufnehmen. Aber woher wissen Sie, Verzeihung, daß Mama in dieser Weise klopft, ohne zu läuten?

Venzi: Meine Frau hat es mir gesagt.

Marta: Ah. Und aus welchem Grund?

Venzi: Ohne Grund. Wissen Sie nicht, wie sie ist? Sie beobachtet die unwichtigsten Dinge und erzählt sie. Sie erzählt alles.

Marta: Und Sie haben das ausgenützt. Warum?

Venzi: Sie sollten glauben, es sei die Mama.

Marta: Das konnte ich gar nicht. Ich habe sie gerade eben zu Hause verlassen.

Venzi: Und trotzdem haben Sie es vermutet. Sie haben doch »Mama« gerufen, nicht wahr?

Marta: Weil es mir unmöglich schien. Es sei denn, sie wäre mir nachgelaufen aus einem unvorhergesehenen

Grund. Ich verstehe nicht, Venzi, warum Sie das gemacht haben.

Venzi: *(nachdem er sie angesehen hat)* Sagen Sie ruhig, Sie wollen es nicht verstehen.

Marta: *(verschlossen)* Ich sage Ihnen ausdrücklich, daß ich es nicht verstehe.

Venzi: Wenn das stimmte, hätten Sie mich nicht so vorwurfsvoll gefragt. Sie hätten sich ohne weiteres vorstellen können, daß ich nur einen Scherz machen wollte.

Marta: Ich weiß, das ist nicht Ihre Art. Von Vorwurf keine Spur. Ich wüßte nicht, was ich Ihnen vorwerfen sollte. Trotzdem finde ich es seltsam, daß Sie das gemacht haben, und ich frage Sie nach dem Grund.

Venzi: Wollen Sie, daß ich wieder gehe?

Marta: Nein, bleiben Sie, wenn Sie schon einmal hier sind. Aber ich muß mich noch um so vieles kümmern. Da, diese Blumen hier noch im Salon verteilen. *(Sie tut es.)* Dem Personal, das neu im Haus ist, erklären, wie es sich zu verhalten hat. *(Sie ruft ein Zimmermädchen:)* He, Antonia! *(Die Gerufene kommt.)* Mein Gott, es müssen doch nicht drei Leute einen Tisch für zwei Personen decken!

Zimmermädchen: Wenn Sie uns die Schlüssel für oben geben würden…

Marta: Ja, holen Sie mir von dort *(sie zeigt ins Vestibül)* meine Handtasche. Sie hängt in der Garderobe. *(Zu Venzi, während das Zimmermädchen geht:)* Ich muß ihnen auch noch die Instruktionen für alles geben … *(Zum Zimmermädchen, die ihr die Tasche gibt:)* Danke. Hier sind die Schlüssel für oben. *(Zu Venzi:)* Ich habe zur Vorsicht alles abgeschlossen. *(Zum Zimmermädchen:)* Eins und zwei: für die beiden Schlafzimmer nebeneinander.

Venzi: Sie haben sie zum Schlafen in zwei getrennte Zimmer gelegt?

Marta: Viani hat es mir so gesagt.

Venzi: Aber in der Provinz ist das nicht üblich, und Sie werden sehen, die Braut wird das nicht mögen.

Marta: Das wäre schade, denn ich habe die Einrichtung der beiden Zimmer so schön aufeinander abgestimmt. *(Zum Zimmermädchen:)* Hier, da sind alle. *(Sie gibt ihr noch einige Schlüssel:)* Passen Sie auf, der kleinere ist für das Bad. Ich komme dann nach oben. Gehen Sie jetzt. *(Das Zimmermädchen geht durch das Vestibül ab.)*

Venzi: Die Zimmer aufeinander abgestimmt...

Marta: Ihre Seelen werden sie selber abstimmen müssen. Es wäre besser gewesen, Ihre Frau wäre an Ihrer Stelle gekommen – ja, – um mir zu helfen, und Sie später, mit den anderen, so wie wir gestern abend verblieben sind.

Venzi: Ich bin nur gekommen, wenn Sie's wissen wollen, um Ihnen mitzuteilen, daß Anna wahrscheinlich nicht kommen wird.

Marta: *(bleibt stehen)* Nicht kommen wird? Warum? *(Sie sieht ihn an und sagt dann:)* Das Übliche?

Venzi: *(mit gequältem Ausdruck)* Ich kann sie nicht mehr ertragen!

Marta: Hören Sie, wenn Sie sich wieder mit Ihrer Frau gestritten haben, bin ich diesmal ganz sicher, daß die Schuld nicht bei Anna liegt.

Venzi: Nicht bei Anna.

Marta: Also, bei wem dann?

Venzi: *(sehr kühl)* Bei Ihnen, Signorina.

Marta: Bei mir? *(Sie sieht ihn an.)* Was sagen Sie da?

Venzi: Ich sage: bei Ihnen.

Marta: Aber wieso bei mir, verzeihen Sie? Erklären Sie das! Sie haben heute eine merkwürdige Art, sich auszudrücken.

Venzi: Nehmen Sie zum Beispiel an, ich hätte den Grund erraten, warum Sie gestern abend mit so großem Eifer meiner Frau das Versprechen abgenommen haben, mir nicht den geringsten Anlaß zu einem Streit zu geben.

MARTA: Und weiter?

VENZI: Und weiter werden Sie verstehen, daß, weil ich den Grund erraten habe –

MARTA: – den Grund? Aber der ist doch ganz einfach!

VENZI: Oh – nicht einfach! Alles andere als einfach! Im Gegenteil, äußerst kompliziert! Und er ist ganz typisch für Sie, dieser Grund!

MARTA: Dann lassen Sie mich hören, warum »mein« Grund Ihrer Meinung nach so kompliziert sein soll.

VENZI: Das muß ich Ihnen doch gar nicht sagen. Schauen Sie sich nur um. Man braucht nur dieses Haus zu sehen, die Mühe, die Sie sich gemacht haben, den Geschmack, mit dem Sie jedes Stück ausgewählt und hier angeordnet haben.

MARTA: Das verstehe ich nicht. Dieses Haus sollte also der Grund sein, weshalb ich Anna das Versprechen abgenommen habe?

VENZI: Nicht das Haus als solches – die Person, für die Sie alles so schön arrangiert und besorgt haben.

MARTA: *(brüsk, entrüstet)* Ach, Sie sind verrückt! Sie dürften ruhig daran denken, daß ich vor vier Jahren Ihr Haus mit der gleichen Sorgfalt...

VENZI: Oh, nicht mit der gleichen, bitte sehr!

MARTA: Mit ganz genau der gleichen! Sicher, ich konnte damals nicht...

VENZI: Eben! Ich war vor vier Jahren nicht in der Lage, wie heute Viani, Ihnen solche Mittel anzubieten, damit Sie zeigen, wie Sie ein Haus einrichten können.

MARTA: Hören Sie, Venzi, das ist eine schöne Art, mir für die Mühe zu danken, die ich mir gegeben habe, um euch allen, euch Freunden, aus der Verlegenheit zu helfen, sich hier in Rom ein Haus einzurichten...

VENZI: – für die Frauen, die wir uns in der Ferne gesucht haben, wo wir doch hier eine in der Nähe hätten finden können…

MARTA: Tja, – wunderbar – das hätte mir die Verantwortung für die großen Ausgaben und für die Auswahl von all dem erspart: Möbel, Vorhänge, Tapeten, mit dem Risiko, den Geschmack nicht richtig zu treffen. – Sie immerhin haben mir ein wenig zur Seite gestanden, damals, vor vier Jahren, dagegen Viani heute…

VENZI: *(schnell)* Erinnern Sie mich nicht an diese Zeit!

MARTA: Sie tun Unrecht, Sie tun Unrecht – wenn Sie sich schämen, sich in Gedanken so zu sehen, wie Sie damals waren. Viel, viel besser als heute! Sie waren verliebt –

VENZI: *(wie oben)* Ach was, verliebt!

MARTA: Und wie!

VENZI: Aus Gewohnheit, eine Gewohnheit, so lang wie eine Schlange – sechs Jahre verlobt!

MARTA: Sagen Sie das jetzt nicht! Sie haben ihr jeden Tag geschrieben!

VENZI: Sechs Jahre Liebe per Post: wie heiter!

MARTA: Rasend verliebte Briefe! Das können Sie nicht leugnen: Sie wissen, daß ich sie gelesen habe.

VENZI: Und Sie wissen, daß ich sie zerrissen habe, weil Anna sie Ihnen zu lesen gegeben hat!

MARTA: Ah ja – schöne Heldentat! Arme Anna!

VENZI: Für mich ist eine Frau, die sowas tut…

MARTA: Wenn sie sich doch gemeinsam mit mir daran freuen wollte…

VENZI: Wie blöde! Hält man denn solche Freuden einer Anderen vor die Nase?

MARTA: Lassen wir das, lassen wir das! Sie wissen, ich war sehr entrüstet über Ihre bösartige Reaktion, ich habe sie verurteilt und tue es noch. Lassen wir's. – Viani jetzt ist unvergleichlich! Er ist aufs Land gefahren, um den Monat nach dem Aufgebot noch zu genießen und überläßt mir die Sorge für alles, ohne den geringsten Anhaltspunkt. »Machen Sie! Machen Sie nur!« – Geld im Überfluß, volle Freiheit, darüber zu verfügen…

VENZI: Seien Sie unbesorgt, Viani wird alles aufs Höchste bewundern.

MARTA: Vielen Dank! Ich denke an die Braut! Ich möchte, daß sie zufrieden ist; für sie habe ich das arrangiert!

VENZI: Ich möchte gern wissen, wie dieses Haus aussehen würde, wenn sie es für sich selbst getan hätte. *(Er grinst höhnisch, kalt.)*

MARTA: Sicher, welchen Geschmack Vianis kleine Frau haben mag, das weiß ich noch nicht.

VENZI: Welchen Geschmack soll sie schon haben! Den werden Sie ihr schon beibringen, den Geschmack, falls sie dafür empfänglich ist.

MARTA: Wenn ich diese kleine Villa betrachte, die Viani aus eigener Initiative hat kaufen wollen, scheint mir, daß alles, was ich ausgesucht habe, genau paßt.

VENZI: Ganz fabelhaft! Und Sie werden sehen, was für eine Freude es für Viani sein wird, hier mit seiner Frau zu wohnen. Die wird sich vielleicht verloren vorkommen, könnte ich mir denken, wie eine verirrte Henne aus dem Hühnerhof.

MARTA: Urteilen Sie nicht über sie, ohne sie zu kennen, mein Gott! Kann man indessen erfahren, was zwischen Ihnen und Ihrer Frau vorgefallen ist und weshalb Sie glauben, Anna würde nicht kommen?

VENZI: Die natürlichste Sache von der Welt. Sie hat mich den ganzen Morgen so genervt mit ihrer Gefügigkeit bei allem, was ich zu ihr sagte, daß ich schließlich der Versuchung nicht widerstehen konnte, ihr klar zu machen, wie blöde sie war, Ihnen zu gehorchen.

MARTA: Mir zu gehorchen?

VENZI: Ja. Das Versprechen zu halten, daß sie Ihnen gegeben hat.

MARTA: Das haben Sie ihr klar gemacht?

VENZI: So klar, daß sie vielleicht – ich wiederhole es – nicht kommen wird.

MARTA: Geben Sie acht, Venzi, Sie fangen an, mich ernsthaft zu verletzen, wenn Sie Ihre Worte so, wie Sie es tun, mit einem Gift versehen, von dem ich nicht weiß und nicht erkenne, wie und warum es mich ätzen soll. Reden Sie, aber reden Sie deutlich! Was haben Sie Anna klargemacht?

VENZI: Wenn Sie wirklich wollen, daß ich es Ihnen sage, dann werde ich es sagen.

MARTA: Ja, sagen Sie, sagen Sie!

VENZI: Ich habe Anna klar gemacht, daß sie von nun an, wenn heute abend die junge Frau ankommt, nur noch die zweite Rolle spielen wird.

MARTA: Wer? Anna? Und warum?

VENZI: Weil Sie ganz sicher all Ihre Aufmerksamkeit nur noch Frau Vianis junger Frau zuwenden werden, wie man an dem Haus sehen kann, das Sie ihr vorbereitet haben.

MARTA: Das ist boshaft, und vielleicht mehr als boshaft, es ist schändlich von Ihnen, verzeihen Sie, Venzi, denn Sie wissen genau, daß nach Ihnen Berri geheiratet hat, Mordini geheiratet hat und die Freundschaft, die Zuneigung, die ich für die Frau des einen wie des anderen empfinden konnte, für Rosa genau so wie für Clelia und auch für die Schwester von Clelia…

VENZI: Jawohl! Auch für das »Schwägerinchen«!

MARTA: – vielleicht bin ich nicht immer mit ihrem Verhalten einverstanden, aber ich mag sie – daß all dies nicht im geringsten, nicht im allergeringsten meine Freundschaft und Zuneigung zu Anna hat schmälern können.

Und wenn jetzt Viani geheiratet hat, sehe ich keinen Grund, warum das anders werden sollte. Vianis Frau wird – wenn sie das möchte – eine Freundin mehr sein: basta! Sie wollten Anna eifersüchtig machen.

VENZI: Die Eifersucht war schon da, ich habe sie nur angefacht.

MARTA: Und warum haben Sie das getan?

VENZI: Das habe ich Ihnen schon gesagt: weil sie mich genervt hat.

MARTA: Weil Sie sehen, daß sie mir folgt? Sie geben also zu, daß Sie es sind, der – wenn Anna mir folgt – fürchtet, es könnte anders werden. Warum?

VENZI: Na! Das sehe ich voraus. – Ich werde mich jedenfalls davon überzeugen. – Weil ich ständig hier sein werde. Viani tut sich mit mir zusammen. Wissen Sie das?

MARTA: Ich weiß es.

VENZI: Ab morgen wird meine Kanzlei hier sein.

MARTA: Und Sie möchten nicht, daß Anna die Freundin von Vianis Frau wird, obgleich Viani Ihr Sozius ist und Sie mit ihm eine gemeinsame Kanzlei aufmachen?

VENZI: Nein, ich bitte Sie. Jedes an seinem Platz. Die Kanzlei gehört mir. Viani ist ein vermögender Mann, der wird den Anwalt nur spielen, damit er was zu tun hat; ich nehme ihn zu mir, weil er mich darum gebeten hat, und nur, um mit mir zusammen zu sein, hat er mir hier Raum angeboten, er wußte, daß ich von da, wo ich jetzt bin, weg muß. Mir kam das ganz zupaß. Ich habe angenommen.

MARTA: Wir alle wissen sehr gut, daß Sie jetzt einer der angesehensten Anwälte sind. *(Man hört die Torglocke, im Garten.)* Ach, es läutet. Ich wette, das ist Anna.

DIENER: *(kommt aus dem Hintergrund gelaufen)* Hat es geläutet?

MARTA: Ja, gehen Sie und öffnen Sie das Tor. *(Der Diener geht ab.)*

Venzi: Ein Beweis mehr für ihre Dämlichkeit, wenn sie es ist. *(Er nähert sich Marta und fügt leise erregt hinzu:)* Ich habe mich da in ein dummes Geschwätz verrannt. Ich bin eigentlich gekommen, um mit Ihnen ein sehr ernstes Gespräch zu führen.

Marta: *(schroff, kühl)* Worüber, Venzi?

Venzi: Sie wissen es.

Marta: Ich weiß gar nichts.

Venzi: Fordern Sie mich nicht heraus, um Himmelswillen!

Marta: Genug jetzt, Venzi! Oder von heute ab ist jegliche freundschaftliche Beziehung zwischen uns beendet.

Venzi: Aber ich will nichts von Ihnen! Ich weiß, daß ich nichts wollen darf! Schenken Sie mir heute abend, sobald Sie können, einen Augenblick, um mit Ihnen zu sprechen.

Marta: Ich wüßte nichts, was ich mir von Ihnen im Geheimen anhören wollte. Schluß jetzt. *(Sie geht zur Tür, die angelehnt geblieben ist, öffnet sie und fragt:)* Wer ist da? *(Und da niemand antwortet, tritt sie hinaus in den Garten, um nachzusehen.)* Aber was ist denn da?

(Rosa Berri und Ninetta, das »Schwägerinchen«, treten ein. Rosa, älter als ihr Mann Carlo Berri, eine reiche Provinzlerin, die ihres Geldes wegen geheiratet worden ist, gibt in ihrem eleganten Kleid, das Marta ihr ausgesucht hat, eine Kostprobe ihrer Plumpheit. Ninetta möchte zu gern großstädtisch wirken und übertreibt deshalb in allem.)

Rosa: Nichts. Anna ist…

Marta: Wo ist sie?

Rosa: Sie weint.

Ninetta: Die Dumme!

Marta: Aber warum denn?

Rosa: Wir haben sie überredet, mitzukommen…

Ninetta: Und jetzt will sie nicht reinkommen. – Sie ist mit Clelia und Paolo im Garten.

MARTA: Ich hole sie. *(Sie geht hinunter in den Garten.)*

ROSA: *(zu Venzi)* Und alles Ihretwegen, wissen Sie das?

NINETTA: Hören Sie, Anna ist dumm, daß sie weint. Aber Sie sind wirklich gemein gewesen, einfach gemein!

VENZI: Ich bin immer gemein.

NINETTA: Und dabei sollten Sie zu Anna immer gut sein, weil sie selber gut ist.

VENZI: Und Sie sollten bedenken, ihre Güte ist ein Verdienst, das auf meiner Gemeinheit beruht.

NINETTA: Wie das?

VENZI: Was für ein Verdienst wäre es, gut zu sein, wenn ich auch gut wäre?

NINETTA: Ah ja? Sie sind also gemein zu ihr –

VENZI: – damit ihre Güte ins Auge fallen kann; haben Sie das noch nicht begriffen?

(Marta kommt zurück, sie stützt die in Tränen aufgelöste Anna, gefolgt von Clelia und Paolo Mordini. Anna ist nahe der Dreißig: gutmütig, dumm und ungraziös. Um reicher und auffälliger zu erscheinen, ist sie mit Schmuck und künstlichen Blumen überladen. Clelia ist ziemlich hübsch, von einer ständigen lächelnden Trägheit, sie spricht ganz weich, mit halb geschlossenen Augen und herabhängenden Händen, sie hat den Beruf der Ehefrau ergriffen, und es scheint, als könnte sie gar nichts anderes mehr sein, wie auch ihr Mann seinerseits den des Ehemanns ausübt. Paolo Mordini, der elegant sein möchte, dem aber alles dazu fehlt, hat das Aussehen eines jungen Pfaffen: sauber, sehr blond, ovale Augen, gerade Nase und ein Puppenmündchen – er leidet sehr darunter und ist ständig in seiner Eitelkeit verletzt.)

MARTA: *(zu Venzi)* Tun Sie mir den Gefallen, und gehen Sie mit Mordini einen Augenblick dort hinüber. *(Zeigt auf den Salon.)* Lassen Sie uns allein.

VENZI: Ich kann auch ohne weiteres gehen.

MARTA: Oh, wenn Sie wollen. Glauben Sie nicht, daß Sie hier gebraucht werden. Berri oder Mordini, oder auch ich mit Papa und Mama können Anna später nach Hause bringen.

NINETTA: *(klatscht in die Hände)* Wundervoll!

VENZI: Mhm, gern. Aber es ist so, daß – ich habe es Ihnen bereits gesagt, auch ich bin hier so gut wie zu Hause.

MARTA: *(schnell, sehr streng)* »Auch ich« soll heißen, zusammen mit Viani?

VENZI: Nun ja: als Sozius. Sie konnte ich ja mit »zu Hause« nicht meinen, verdammt nochmal! – Sie werden mir zugestehen, daß ich mit Viani noch einiges zu besprechen haben könnte...

MARTA: Gut, gut, bleiben Sie also...

VENZI: Zum Beispiel über den Umzug der Kanzlei. – Aber da Sie mich jetzt darauf bringen: ... sieh mal, Paolo, das Haus ist noch unberührt, Viani ist noch nicht da, seine Frau – wir können sie uns gut vorstellen – aber noch wissen wir nicht, wer sie ist. Hast du nicht auch den Eindruck, daß die Herrin des Hauses hier –

MARTA: – ich bin? – *(Zu Paolo:)* Na, dann sagen Sie es ihm, damit er zufrieden ist.

PAOLO: Aber ja, wahrhaftig, die Hausherrin, von der man Anweisungen erwartet, und als deren Gäste wir uns alle betrachten.

ANNA: *(aggressiv zu ihrem Mann)* Das müßte tatsächlich Marta sein!

MARTA: *(heftig)* Was schwätzt du da, Anna?

VENZI: *(gleichzeitig, lachend)* Ja, sehr gut, sag du es!

ANNA: Ja! Ja! Ich sage es! Wenn ein bißchen Gerechtigkeit auf dieser Welt wäre!

ROSA: Das habe ich auch gesagt! Das habe ich auch gesagt!

CLELIA: Wir alle haben es gesagt!

ANNA: Daß Viani wirklich ein Esel ist, nicht dich zu heiraten!

MARTA: *(wie auf glühenden Kohlen)* Wollt Ihr gefälligst aufhören!

Venzi: *(bricht in krampfartiges Hohngelächter aus)* Oh Gott, oh Gott ... unbezahlbar, dieser Chor der Ehefrauen! Komm, komm, Mordini! *(Lachend zieht er sich mit Mordini in den Salon zurück.)*

Marta: Wie kann man so einen Unsinn denken und aussprechen?

Anna: *(bleibt fest)* Wieso?

Marta: Wieso! – Ach, ihr drei! Viani hat die geheiratet, die er heiraten wollte.

Ninetta: Nein, das stimmt nicht!

Marta: Was weißt du davon?

Ninetta: Er war bis zuletzt unentschlossen.

Clelia: Das ist wahr, ja, das stimmt!

Anna: Da hörst du es.

Rosa: Und er hat es allen gesagt!

Clelia: Meinem Mann auch.

Anna: Er schien auf irgend etwas zu warten ... Ich weiß, nicht ... Du wirst dich erinnern, daß ich dich darauf aufmerksam gemacht habe.

Marta: Ja, aber erinnere du dich, daß ich dich schon damals gebeten habe, damit aufzuhören! So wie ich euch auch jetzt bitte. Diese Unterhaltung ärgert mich schrecklich. Sie ist fehl am Platz. Es gibt nicht den geringsten Grund, sie zu führen! *(Mit verändertem Ausdruck:)* Kommt jetzt ... *(Zu Anna:)* Schau dir lieber an, wie du dir deine Augen zugerichtet hast!

Anna: Die brennen, die brennen wie Feuer, wenn du nur wüßtest! Ich halte es nicht mehr aus.

Marta: Ist dir vielleicht Wimperntusche reingekommen? *(Sie wendet sich streng an Ninetta:)* Hast du ihr das eingeflüstert?

Ninetta: Ich nicht!

Anna: Nein, nein: Er war das! *(Sie zeigt auf ihren Mann.)* Er war das!

MARTA: Dein Mann?

NINETTA: Oh, sieh mal an! Wimperntusche. Ja, da glaube ich, daß sie dir brennen!

ANNA: *(krümmt sich vor Schmerzen)* Oh Gott, oh Gott ... Er hat mich bestimmt absichtlich zum Weinen gebracht ... Oh Gott, Gott!

NINETTA: Hier, versuch mal mit dem Taschentuch ... warte. *(Sie holt einen Spiegel aus der Handtasche.)* Ich halte dir den Spiegel!

MARTA: Brennt es denn so sehr?

ANNA: Fürchterlich!

NINETTA: Da gibt es leider kein Mittel! So, mit dem Taschentuch zwischen die Wimpern, vorsichtig ... ganz vorsichtig ... abtupfen ... nicht reiben ...

ROSA: Mir war gleich so, als ob mit den Augen irgendwas anders war ...

CLELIA: Ja, mir auch! Ich hab sie immer angeguckt ...

MARTA: Wird es besser?

ANNA: Ja, ein bißchen schon.

MARTA: Aber wieso hast du dich denn überreden lassen?

ANNA: Er hat mir das mitgebracht. Er hat es mir selber mit dem Bürstchen aufgetragen.

NINETTA: *(lacht)* Er selber? Venzi? Unglaublich!

MARTA: *(zu Ninetta)* Er wird gesehen haben, wie du das machst ...

ANNA: Ja, das hat er mir gesagt, tatsächlich. Und er wollte auch, daß ich mir die Haare so schneiden lasse wie sie. *(Sie zeigt auf Ninetta.)*

MARTA: Die Haare schneiden lassen?

NINETTA: Das ja, hab ich dir gesagt, es würde dir fabelhaft stehen.

ANNA: Ach nein, das glaube ich nicht, und das mache ich auch nicht – nie. Wirklich nicht. *(Zu Marta:)* Ich weiß, du magst das nicht ...

Marta: Ich ganz gewiß nicht. Aber wenn es deinem Mann wirklich gefallen sollte…

Anna: Ach dem! Dem gefällt überhaupt nichts mehr an mir!

Marta: Aber nein: Vielleicht hat er es dir nur eingeredet, weil du, meine liebe Anna, mit deinen Haaren nicht zurechtkommst…

Anna: Vielleicht hat meine Frisur sich aufgelöst…

Marta: Aber nein, du bist einfach schlecht frisiert. Du willst sie so tragen wie ich – und das würde dir auch gut stehen – aber du kriegst das noch nicht hin; dabei hab ich dir schon hundertmal gezeigt, wie man das macht. Wenn wir jetzt nach oben gehen, kämme ich dich noch mal.

Anna: Wenn nun die Frau von Viani mit einem Herrenschnitt kommt…

Rosa: Sieh mal an! Du hast auch schon daran gedacht?

Clelia: Dann lassen wir sie uns alle drei abschneiden.

Ninetta: *(zu Clelia)* Hört, hört! Du auch? Welche Fortschritte!

Clelia: Allein würde ich es nicht tun.

Ninetta: Ein Wunder, daß du keinen Skandal gemacht hast, als ich sie mir habe abschneiden lassen!

Marta: Beruhigt euch, Vianis Frau trägt sie lang, und ich weiß, sie läßt sie sich nicht schneiden.

Anna: Woher weißt du das?

Marta: Ich weiß es.

Rosa: Hat Viani es dir gesagt?

Anna: – daß seine Frau sie sich nicht schneiden läßt?

Ninetta: *(betrachtet Martas langes Haar)* Nein, vielleicht gefallen ihm lange Haare, und das wird er ihr gesagt haben.

Clelia: Wie kommst du darauf? Du legst immer Bosheit in alles, was du sagst. Ich kann das nicht ausstehen!

Ninetta: Wieso Bosheit? Ich komme darauf, weil Viani, als er mich so mit meinen Haaren sah, mir sagte, genau wie Marta, daß ihm Frauen mit Herrenschnitt nicht gefallen. *(Zu Anna:)* Seltsam, daß dir dein Mann jetzt sagt, du sollst sie dir kurz schneiden lassen, denn auch er hat mir erklärt, daß ihm das nicht gefalle.

CLELIA: Dann gefällt es ihm eben jetzt!

MARTA: *(abschließend zu Clelia)* Nein. *(Zu Anna:)* Und du hör auf mich: Laß sie dir nicht schneiden. Es steht dir nicht.

ANNA: Ja, ja, ich weiß. Und er würde darüber lachen, nachdem er mir selber dazu geraten hat. Er lacht jetzt immer ganz teuflisch, ich weiß nicht, warum.

MARTA: Zu viele Blumen, Anna, viel zu viel Schmuck! Du siehst aufgedonnert aus ... Das bringen wir alles in Ordnung. Und du, Rosa, mein Gott, wie kann man nur auf diese Weise ein Kleid tragen.

ROSA: Warum? Wie sehe ich aus?

MARTA: Nicht gut, Liebste!

ROSA: Finde ich nicht –

MARTA: – aber ich! Es sitzt nicht, und dieses Band dazu! Nein, weg damit! Weg!

ROSA: Ich habe es extra angemacht, um ihn zu ärgern!

MARTA: Aber den Ärger bekommst du und nicht dein Mann, entschuldige.

ROSA: Tu mir den Gefallen und sag ihm, wenn er kommt...

MARTA: Verzeih, Liebe, wenigstens heute abend möchte ich, daß ihr alle ein bißchen friedlich und vergnügt seid –

ANNA: Ah siehst du, siehst du, es stimmt also!

MARTA: Was stimmt?

ANNA: Daß du nur an sie denkst, an sie!

MARTA: Aber ich sag es doch euretwegen!

ROSA: Du hast aber gesagt »wenigstens heute abend«.

ANNA: Oh ja, ich habe es genau gehört! Weil sie ankommt, heute abend, die Frau von Viani! –

Marta: Eben! Deshalb! – und ich will nicht, daß ihr ein schlechtes Beispiel gebt – ausgerechnet am ersten Abend –

Rosa: – wenn wir uns mit unseren Männern streiten?

Marta: Aber nein, das ist ihre Sache, genau so wie es eure sein müßte! Ich sage es meinetwegen: das schlechte Beispiel für etwas, womit ihr mich schon seit längerem belastet, das nun anfängt, mich ernsthaft zu ärgern, wenn ihr es wissen wollt! –

Anna: Was denn?

Marta: Was denn? – Die Rolle, die ihr mir in euren ständigen Streitereien zuschiebt, bei den Kränkungen, bei euren Sticheleien, Bosheiten, Mißverständnissen, üblen Launen: »Tu mir den Gefallen und sage ihm…« »Um Himmelswillen, Signorina, bitte machen Sie ihr begreiflich …«. Ihr unter dem Vorwand, daß ich eure Männer schon kannte, bevor sie euch geheiratet haben, und sie mit dem, daß ich ja eure Freundin geworden bin und daß ich euch verteidige, wenn ich es für richtig halte, daß ich euch berate, so gut ich kann und versuche, euch alle zufriedenzustellen. So.

Ninetta: Ich dachte, das dürfte dir nicht unangenehm sein –

Marta: Es ist mir auch nicht unangenehm, wenn es mir wirklich gelingt, durch mein Vermitteln die Eintracht zwischen euch wieder herzustellen, aber daß es mir Freude machte – nein!

Clelia: Wer hat denn das je gesagt?

Marta: Wenn eine unter euch es gesagt oder auch nur gedacht hätte –

Anna: Ich nicht! –

Rosa: Ich auch nicht! –

Clelia: Und ich erst recht nicht! –

Anna: Keine, keine von uns! –

NINETTA: *(zu Anna)* Vielleicht dein Mann? –

MARTA: *(sofort, entschieden)* Ich weiß es nicht! Ich sage nur, wenn es irgend jemanden gibt, der so etwas gesagt oder gedacht haben könnte, der soll sich das aus dem Kopf schlagen. Auch heute abend bin ich hier, um den anderen einen Gefallen zu tun und nicht mir. Es hat mich Sorgen, Gedanken und viel Arbeit gekostet, und ich hatte wirklich nicht erwartet, daß du, Anna, –

ANNA: *(schnell, bewegt, umarmt sie)* Nein, nein, um Gotteswillen! Verzeih mir! Verzeih mir! – Er war es, ja, er ist es gewesen, *(meint Venzi)* der mir diesen häßlichen Gedanken in den Kopf gesetzt hat: Vergib mir! Vergib mir!

MARTA: Aber ja, schon gut, genug jetzt, Schluß! Wir wollen nach oben gehen. – Ach, da ist Mama. – Seid ihr jetzt alle da?

(Signora Erminia, der Senator Tolisani, der Abgeordnete Carlo Berri, der Musiklehrer Daula und Guido Migliori treten auf.

Signora Erminia ist hochgewachsen und steif, mit etwas kurzsichtigen, immer leicht geschlossenen Augen, als ob sie sie schmerzten. Sie spricht, ohne eine Miene zu verziehen, als ob der Mund alleine für sich spräche, was sie jedoch sagt, ist immer so gefühlsbetont, daß die scheinbare Unempfindlichkeit des Gesichts und der ganzen Persönlichkeit einen oft verblüfft und verwirrt.

Der Senator Pio Tolisani ist ein sanfter Alter, bleich, einer von denen, die nicht ahnen, das sie schon längst tot sind und weiter mit einer Vernunft und Weisheit sprechen, die aber auch zu gar nichts mehr führen.

Carlo Berri ist ungefähr dreißig: dunkelhaarig, er macht einen hochmütigen Eindruck, die Augen blicken mißtrauisch.

Daula, nahe an die Vierzig, kahlköpfig, mit dunklem, schon graumeliertem Bärtchen, der rote Kindermund verbittert durch das traurige und ironische Lächeln eines Versagers.

Guido Migliori ist ein blonder, schöner, starker junger Mann, etwas dumm, aber angenehm, sehr elegant, ein guter Junge.)

DAULA: Alle miteinander, und auch noch jemand, mit dem wir gar nicht gerechnet hatten.

MARTA: Ah Sie, Migliori? Wunderbar!

GUIDO: Ja, Signorina, da bin ich!

BERRI: Bravo! Bravo! Ah, schön ist das hier!

MARTA: Nein, nein, Sie bleiben vorläufig noch hier! – Du, Mama, führ sie doch ein bißchen herum, zeig ihnen den Salon, das Eßzimmer, die Kanzlei und die anderen Zimmer. Wir Frauen gehen nach oben.

GUIDO: Und könnte ich nicht auch?

MARTA: Nein, nein: wir möchten keine Männer! Oben können Sie sich später umsehen. Inzwischen führt Mama Sie herum. – Kommt jetzt! Kommt!

BERRI: Aber so viel Zeit, um zu gratulieren, sollte doch sein…

MARTA: Später, gratulieren Sie später: und dann auch nicht mir, sondern dem Hausherrn! *(Links ab mit Anna, Rosa, Clelia und Ninetta.)*

DAULA: Allerdings! Dem Hausherrn, sagt sie!

BERRI: Ein Schlitzohr, dieser Viani! Findet das fertige Nest vor, ohne den Finger zu rühren. *(Aus dem Salon kommen Venzi und Mordini zurück.)*

PAOLO: *(zu Signora Erminia)* Verehrte Signora. *(Er küßt ihr die Hand, dann wendet er sich an ihren Mann:)* Lieber Senator, wie geht es, wie geht es? *(Zu Berri:)* Und du, Herr Abgeordneter? Du hast auf dich warten lassen. *(Zum Senator:)* Wissen Sie, worüber Venzi und ich gesprochen haben? *(Er unterbricht sich, bemerkt Migliori und macht Venzi auf ihn aufmerksam.)* Sieh mal, Venzi, wer da ist: der letzte!

GUIDO: Wieso der letzte?

VENZI: Als letzter gekommen.

GUIDO: *(begreift nicht)* Nein, ich bin mit den anderen zusammen gekommen.

Paolo: Ja, ja, und trotzdem »der letzte«, darüber sprach ich gerade mit Venzi, über uns alle, die wir aus den verschiedensten Gegenden gekommen waren und uns im Hause des Senators und der Signora Erminia begegnet sind, was wir dort empfangen haben und wie wir miteinander verbunden geblieben sind.

Berri: Ja, bei mir ist es eine ganz echte kindliche Zuneigung.

Der Senator: Danke, danke ihr Lieben...

Berri: Venzi hat etwas ganz Wunderbares gesagt.

Venzi: *(schroff)* Ich bitte dich, es nicht zu wiederholen.

Der Senator: Und warum nicht, wenn es so wunderbar war? Lassen Sie uns hören!

Berri: Wir möchten es hören!

Venzi: Nein! Ich bin nicht sicher, ob es der Signora Erminia gefällt.

Signora Erminia: Wenn es aufrichtig ist, wird es mir gefallen.

Venzi: Aufrichtig ist es, Signora! Und gerade darum ist es mir peinlich, wenn es wiederholt wird.

Paolo: Daula müßte es von allen am besten verstehen!

Venzi: Im Gegenteil, Dummkopf! Ein Musiklehrer...

Berri: Lieber Gott, du schürst eine Neugier...

Daula: Hat es denn was mit Musik zu tun?

Paolo: Ja, wenn wir Musik hören und traurig sind, ja, da ergreift uns diese angstvolle Sehnsucht nach einem Leben, wie es vielleicht hätte sein können und nicht gewesen ist ... einem Leben, von dem man vielleicht noch träumen kann, jedoch mit der Gewißheit, daß es so niemals sein wird. Das ist es. *(Sie sind alle etwas enttäuscht, können nichts damit anfangen.)*

Guido: Ja, das mag wohl schön sein, daß die Musik eine solche Wirkung hat, wenn man traurig ist; ich weiß aber nicht recht ... vielleicht, weil ich niemals traurig bin ...

Venzi: Ach du, das versteht sich…

Guido: Entschuldige, nein: wieso versteht sich das?

Venzi: Als Junggeselle!

Guido: Ah, das alte Lied: traurig, weil verheiratet? Mein Gott, das kommt darauf an, wie man sich verheiratet!

Venzi: Vielleicht hast du das Glück, daß du nie traurig wirst, nicht einmal, wenn du heiratest. Es kann immer mal vorkommen, daß man plötzlich, aus heiterem Himmel, jemanden neben sich findet, der dazu bestimmt ist, wer weiß warum, uns das Wunder zu zeigen, das man am wenigstens erwartet.

Guido: Wenn du in Rätseln sprichst … ich versteh dich nicht.

Venzi: Mhm! Vielleicht kann Daula dir ein Licht aufstecken.

Daula: *(verstimmt)* Ich?

Der Senator: Ja, wirklich, Venzi, entschuldigen Sie, auch ich verstehe den Zusammenhang nicht zwischen der Wirkung, die Sie der Musik zuschreiben und dem Band unserer Freundschaft…

Signora Erminia: Etwas bedauern, was hätte sein können und nicht gewesen ist, das meinen Sie doch?

Paolo: Genau das, genau das ist gemeint! Sehr gut, Signora Erminia!

Venzi: Und daher unser allerzärtlichstes Gefühl für Sie, das so manches Mal, wenn man traurig ist, in Angst übergeht. Du, lieber Migliori, bist niemals traurig, also wirst du das auch nie verstehen.

Berri: *(versteht und ist bestürzt)* Genauso ist es, genauso! *(Um das Thema zu wechseln:)* Gehen wir, Signora Erminia, führen Sie uns und zeigen Sie uns, was für Wunder Ihre Tochter vollbracht hat … Komm, Paolo.

Venzi: *(um seine Bewegung zu verbergen)* Ich gehe noch einen Moment in die Kanzlei. *(Links ab.)*

SIGNORA ERMINIA: Kommen Sie bitte, hier – das ist der Salon. *(Sie geht hinüber, gefolgt von ihrem Mann, Berri und Mordini. Daula und Migliori bleiben zurück.)*

GUIDO: Entschuldige, erkläre mir doch bitte, was Venzi damit meinte, du könntest mir »ein Licht aufstecken«?

DAULA: Gut, ich erklär dir's, ja. Daß es drei Idioten sind! Mit Viani vier! Einer mehr als der andere! Bedauern! Jetzt bedauern sie …

GUIDO: Daß sie geheiratet haben, jawohl! Aber ich hab's ihm gut gegeben, glaube ich. Verdammt nochmal! Lauter Mumien haben sie sich genommen!

DAULA: Das ist es aber nicht, was sie so bedauern!

GUIDO: Aber ja doch, ich habe es so verstanden.

DAULA: Zuerst habe ich dem einen zugeredet, dann dem anderen, dann dem nächsten … allen vieren zur rechten Zeit.

GUIDO: Aber glaubst du denn, daß die Signorina Marta …?

DAULA: Wenn sie ihr richtig den Hof gemacht hätten …

GUIDO: Tja! – Sie hätte Ja gesagt? Das glaubst du?

DAULA: Niemand hat gewagt, ihr offen den Hof zu machen!

GUIDO: Lieber Gott, aber du weißt doch, wie sie ist?

DAULA: Wie ist sie?

GUIDO: Als Viani an der Reihe war, habe ich sehr über sie lachen müssen. Ich konnte mir, überrascht wie ich war – denn niemand hatte erwartet, daß er so unversehens heiraten würde –, die Bemerkung nicht verkneifen: »Oh, sieh mal an, jetzt auch Viani?«. Und darauf sie: »Tja, es ist komisch: Von Zeit zu Zeit verschwindet einer, und dann kommt er mit einer Frau zurück.«

DAULA: Und darüber mußtest du lachen?

GUIDO: Über die Art, wie sie es sagte: Genauso, wie ich es dir eben vorgemacht habe. Ich bin als letzter ins Haus des Senators gekommen, wie Viani ganz richtig sagt.

Mein Lieber: Liebenswürdigkeit – ja, Vornehmheit, wirkliche Güte und von seiten der Signorina ein so großmütiges Vertrauen, das sofort jede Befangenheit nimmt und Sicherheit gibt, aber dann verborgen hinter einer, wie soll ich sagen, lächelnden und nicht greifbaren Ungezwungenheit eine Zurückhaltung, die – wenigstens mich – immer daran gehindert hat, auch zu versuchen, ihre Gunst zu erlangen. Vielleicht hat jeder gedacht, »sie könnte mich doch genausogut heiraten wie einen anderen«. Und dann, verstehst du, an einem gewissen Punkt, wenn man die Kälte dieser Zurückhaltung spürt, gibt man auf. Glaubst du zum Beispiel, daß –

DAULA: – wenn du dich bemühen würdest? –

GUIDO: Nein, ich meine –

DAULA: Aber mein Lieber, jetzt ist der Augenblick, der richtige Augenblick für dich! –

GUIDO: Meinst du wirklich? –

DAULA: Du solltest nicht eine Minute zögern! –

GUIDO: Warum sagst du »der richtige Augenblick«? –

DAULA: Aber siehst du denn nicht dieses Haus hier? Bereit! – aber eben nicht für sie! *(Von links tritt Francesco Venzi auf, mit traurigem, spöttischem Lächeln.)*

VENZI: Eine schöne Kunst, ach, eine schöne Kunst, die Musik! Schade…

DAULA: *(geht ihm drohend entgegen)* Was willst du damit sagen?

VENZI: Schade, daß du sie auf so unglückselige Weise ausübst.

DAULA: Nimm dich in acht, es ist jetzt das zweite Mal, daß du mich provozierst!

VENZI: *(nimmt ihn auf die Schippe und behandelt ihn gleichzeitig von oben herab, in zweideutigem Ton)* Dumm, mein Lieber, kann man auf zweierlei Art sein: indem man eine Dummheit begeht, wie es vielen passiert, ohne daß sie gleich Dummköpfe sind, und dann lacht man nicht über uns, sondern über die Dummheit, die wir gemacht haben; oder man ist dumm aus angeborener Dummheit, und dann lacht man immer über uns, was immer wir auch tun mögen, auch wenn es noch so ernsthaft ist: so wie das, was du gerade diesem netten jungen Mann geraten hast. Habe ich mich verständlich gemacht?

GUIDO: *(stürzt sich auf ihn, stößt ihn mit Faustschlägen gegen die Brust zurück.)* Aha! Ich bin also ein Dummkopf?!

DAULA: *(sofort dazwischen)* Meine Herren, was soll das?

VENZI: *(erholt sich von dem Angriff und geht seinerseits auf Guido los, wird jedoch von Daula zurückgehalten)* Gegen mich losgehen? Verdammt nochmal! *(Alle kommen entsetzt von hinten aus dem Speisezimmer und dem Salon gelaufen, reden durcheinander.)*

BERRI: Was ist los? Was ist los?

SIGNORA ERMINIA: Oh Gott, um Himmelswillen!

DAULA: Nichts! Nichts!

PAOLO: Venzi! Du?

DER SENATOR: Um Gotteswillen! Ein Streit?

VENZI: *(schnell, beherrscht sich)* Nein! Nichts ... Nichts ...

SIGNORA ERMINIA: Aber Migliori, Sie?

GUIDO: Nein, nein, beruhigen Sie sich. Schon vorbei!

BERRI: Aber was war denn?

DAULA: Gar nichts! Genug jetzt, Schluß!

PAOLO: Ja bitte! Die Damen kommen herunter! *(Von links kommen die Treppe herunter Marta, Anna, Rosa, Clelia und Ninetta. Auch sie sprechen alle gleichzeitig.)*

CLELIA: Ein Wunder! Ein Wunder!

ANNA: Hinreißend!

ROSA: Prachtvoll!

NINETTA: *(zu Signora Erminia)* Diese Ecke zwischen den beiden Zimmern, mit dem Lichteffekt im Spiegel!

ANNA: Und ihr Zimmer!

Rosa: Dieser Betstuhl! Dieser Betstuhl!
Ninetta: Und darüber das kleine Weihwasserbecken!
Venzi: Sogar ein Betstuhl?
Rosa: Dachten Sie, wir Frauen seien alle exkommuniziert wie Sie?
Venzi: *(zu Ninetta)* Beten Sie abends auch, Signorina, bevor Sie zu Bett gehen?
Ninetta: Wenn ich einen Betstuhl hätte wie den da, würde ich beten.
Daula: Sehr gut!
Berri: Sie hätte nicht besser parieren können.
Der Senator: Setzen wir uns, setzen wir uns!
Berri: Das junge Paar müßte nun bald kommen.
Paolo: Man könnte inzwischen das Klavier ausprobieren.
Ninetta: Ja, ja, spielen Sie, Daula! Spielen Sie, Daula!
Berri: Lassen Sie sich nicht bitten!
Daula: Ich habe mich niemals bitten lassen!
Berri: Sehr gut! Sehr gut!
Anna: Und Marta singt!
Alle: *(im Chor)* Ja, ja! – Sehr gut! – Sing! Sing, Marta! Setzen wir uns. Setzen wir uns.
Marta: *(abwehrend)* Ach was, wieso denn singen!
Anna: Doch, bitte!
Rosa und Clelia: Singen! Singen!
Ninetta: Die letzte Komposition von Daula!
Anna: Ja, ja, das Schneelied, wie heißt es doch noch?
Guido: Wunderbar, ja: »Die Melancholie des Schnees« – Tun Sie uns den Gefallen, Signorina!
Berri: Wir alle bitten Sie!
Marta: *(gibt nach)* Ich weiß nicht, ob ich bei Stimme bin … Ich bin so müde …
Paolo: *(zu Daula)* Na los, Maestro! Ruhe! Ruhe bitte!
(Alle setzen sich, einige in die Halle, einige in den Salon, während Marta am Flügel stehen bleibt, auf dem Daula sein Lied

anschlägt. Nachdem Marta das Lied beendet hat, hört man zwischen Applaus und Gratulationen das Hupen eines Autos.)

MARTA: Ah, da sind sie! Sie sind es! Sie sind da!

(Sie läuft zur Tür und öffnet sie. Alle erheben sich und folgen ihr in den Garten, außer Venzi, dem Senator und Signora Erminia. Sie müssen länger warten als angenommen. Das verursacht eine gewisse Verlegenheit, die noch durch die wirren Stimmen aus dem Garten gesteigert wird.)

VENZI: Was mag da passiert sein?

(Elena kommt überraschend herein, sie ist aufgelöst und wütend; sie wird wenig später von Fausto Viani gefolgt, der sie zu beruhigen sucht. Elena ist etwas über die Zwanzig, dunkel und herb, und obgleich sie unordentlich und vernachlässigt wirkt, lassen Gesicht und Gestalt erkennen, wie schön und wohlgeformt sie erscheinen könnte, wäre sie nur etwas gepflegter. Aber von diesem ersten Auftreten an erkennt man in ihren Augen und auf ihrer Stirn etwas wie eine tödliche Verlegenheit, die im Gegensatz zu der Wut steht, die sie gefangen hält.)

(Fausto Viani ist Anfang Dreißig. Hochgewachsen, sehr gut aussehend, lockiges Haar, sanfte, lebhafte Augen, sehr elegant.)

ELENA: Aber nein! Nein! Ich mache es selbst! Was für ein Getue! Ich muß mich sofort hinlegen! Ich will niemanden sehen!

FAUSTO: Hab doch Geduld!

ELENA: Wo ist das Schlafzimmer? Wie finde ich es? Ich muß mich ausruhen!

SIGNORA ERMINIA: Hier hinauf, Signora. *(Sie weist nach links.)*

FAUSTO: Aber wenigstens bedanke dich erst noch bei den Herrschaften…

ELENA: Ich habe mich schon bedankt! Das genügt! Es geht mir nicht gut! Du hast mich dermaßen kaputt gemacht, und nun willst du mich vorführen wie ein Stück Vieh auf dem Markt?

FAUSTO: Aber ja, aber ja, komm nach oben! Komm nach oben! *(Während er Elena nach links führt, wendet er sich an die anderen.)* Ich bitte um Verzeihung ... *(Links ab mit Elena. Aus dem Garten treten sehr bedrückt Marta, Berri, Rosa, Ninetta, Clelia, Paolo, Anna, Daula und Guido ein. Sie sind verlegen und gekränkt.)*

BERRI: Alles in allem, nun ja, sie fühlt sich nicht gut, aber ich meine...

PAOLO: ... das ist keine Art, sich zu bedanken...

CLELIA: Wir sind schließlich gekommen, um sie zu begrüßen.

ROSA: Bei uns zu Hause nennt man das eine Flegelei!

PAOLO: Er selbst hatte doch geschrieben...

MARTA: Ja, – daß er gern gleich bei der Ankunft allen Freunden seine junge Frau vorstellen möchte.

ROSA: Wir sind von dir eingeladen worden...

NINETTA: Wer konnte sich einen solchen Empfang vorstellen!

ANNA: Wir wären bestimmt nicht gekommen...

DAULA: Aber bedenkt doch, sie muß sich wirklich schlecht fühlen!

MARTA: Eben, das hat er mir gesagt!

VENZI: *(mit hinterhältiger Bosheit)* Das hat er Ihnen gesagt?

MARTA: Er, er! – Und daß es sehr schlimm gewesen ist! Ganz überraschend. Er hat sogar gesagt: »Ich dachte, das ist das Ende.«

GUIDO: Ja, ja, das habe ich auch gehört!

BERRI: Aber benachrichtigen hätte er uns können.

MARTA: Da liegt sein Fehler!

PAOLO: Wenigstens mit einem Telegramm...

DAULA: Sie konnte sich offenbar kaum mehr aufrecht halten.

GUIDO: Ja, er wollte sie tatsächlich auf den Armen tragen...

ROSA: Sie hat uns alle gesehen, und das hat sie wütend gemacht.

NINETTA: Sie hat sich von ihm losgerissen...
CLELIA: Aber sie war am Umfallen.
ANNA: Es tut es mir so leid für dich, Marta, ernsthaft...
MARTA: *(schnell)* Wieso für mich?
ROSA: Soviel Mühe...
CLELIA: Soviel Sorgfalt...
NINETTA: Und dann dieser Dank!
MARTA: Wer denkt denn jetzt an Dank!
VENZI: Es wird eine vorübergehende Schwäche sein...
MARTA: Für sie tut es mir leid, daß sie sich so elend fühlt und daß sie einen so unliebsamen Eindruck von uns hatte...
BERRI: Und wir wollten sie so herzlich empfangen!
PAOLO: Wie konnten wir wissen...
ROSA: Seine Schuld!
NINETTA: Wir mischen uns da nicht ein!
MARTA: Vielleicht wäre es gut, Mama, wenn du nach oben gingest, um nachzuschauen...
SIGNORA ERMINIA: Oh nein! Das tue ich nicht.
MARTA: Also, dann ich.
ROSA: Und wir machen uns davon.
CLELIA: Ja, ja, wir gehen alle, wir gehen alle!
ROSA: Was können wir hier noch weiter tun?
NINETTA: Wie bestellt und nicht abgeholt!
BERRI: Ja sicher, es ist besser, wir gehen.
DAULA: Wir sind so viele, da ist man nur im Wege!
GUIDO: Das glaube ich auch...

(Allgemeine Wendung zum Vestibül, um Schals und Hüte zu holen, Verabschieden vom Senator, Signora Erminia und Marta. Berri mit Rosa, Paolo und Clelia mit Ninetta, Daula und Guido sind im Aufbruch.)

MARTA: Anna, du solltest bleiben, scheint mir.
ANNA: Ich, warum?
VENZI: Aber nein! Wir gehen auch.

Marta: Entschuldigt, aber jetzt sieht es wirklich so aus, als nähmen wir es übel, daß es kein Fest gegeben hat, als wäre das nicht unsere Sache gewesen, und als ob wir statt dessen erwarteten, daß sie uns eines ausrichteten.

Berri: Aber wir wollten es doch! Entschuldigen Sie, es liegt doch nicht an uns...

Paolo: Das ist so schlecht aufgenommen worden, daß man nur noch gehen kann...

Marta: Aber aus einem wirklich schwerwiegenden Grund! Ich finde, wir sollten sie nicht allein lassen, kaum, daß sie angekommen sind; sie könnten uns brauchen...

Berri: Nicht uns alle, jedenfalls!

Daula: Das ganz gewiß nicht. Es ist im Gegenteil gut, wenn wir verschwinden!

Marta: Ich hatte es ja zu Anna gesagt. Da dein Mann Sozius von Viani ist ... vielleicht bist du ... ich weiß es nicht ... besser geeignet als ich ... geh wenigstens hinauf, um zu fragen ... zu hören...

Venzi: Aber die Zimmermädchen und der Diener sind doch da.

Marta: Macht, was ihr wollt! Ich hab das Gefühl, ich sollte hinaufgehen. *(Sie geht die Treppe hinauf. Alle bleiben ein bißchen unsicher zurück, schweigend.)*

Anna: *(zu Signora Erminia)* Ich hab da kein gutes Gefühl...

Venzi: Eben, es ist besser, wir lassen die beiden in Ruhe. Sie wird müde sein.

Paolo: Das denke ich auch. Es wird Überanstrengung sein. Das kommt vor...

Anna: Viel mehr leid tut mir Marta.

Clelia: Nach allem, was sie getan hat –

Ninetta: Das hat sie wirklich nicht verdient!

Paolo: Also: gute Nacht Signora, gute Nacht, Senator. *(Man verabschiedet sich gegenseitig und alle gehen hinaus.)*

Venzi: *(wendet sich noch einmal um und sagt zum Senator und zu Signora Erminia)* Versuchen Sie, Marta mitzunehmen. Machen Sie ihr begreiflich, daß sie schlecht behandelt worden ist, mein Gott, und daß ihr Platz nicht hier ist! Gute Nacht. *(Er geht ab, schließt die Tür. Die beiden Alten bleiben eine Zeitlang schweigend. Signora Erminia schüttelt bitter den Kopf.)*

Signora Erminia: Das ist grausam...

Der Senator: *(nach einer Pause)* Und du glaubst tatsächlich...

Signora Erminia: Ich habe gehört, wie sie geweint hat. *(Schweigen.)*

Der Senator: Vielleicht nicht deswegen ... ich glaube nicht, daß sie jetzt so sein könnte ... wenn es deshalb war. *(Schweigen.)*

Signora Erminia: Aber für sie bleibt es grausam.

Der Senator: Ja, sicher, wenn man denkt daß sie hier ist... *(und auch er schüttelt den Kopf.)*

Signora Erminia: Soviel Fürsorge ... soviel praktischer Verstand ... sie wäre ein Segen für ein Haus ...

(Fausto Viani kommt die Treppe herunter.)

Fausto: Verzeihen Sie auch, daß ich Sie jetzt warten ließ...

Signora Erminia: Marta?

Fausto: Sie muß gleich herunterkommen...

Der Senator: Es tut uns leid für Ihre Frau...

Signora Erminia: Wie fühlt sie sich jetzt?

Fausto: Sie hat sich hingelegt. – Ach, Signora, ich bin voller Dankbarkeit und Bewunderung für Ihre Tochter.

Signora Erminia: Sie hat sich große Mühe gegeben.

Fausto: Nein, ich spreche jetzt nicht von dem Haus, ich habe nur flüchtig sehen können, wie sie alles gemacht hat. Ich spreche von einem anderen Wunder, Signora: von dem, das sie an meiner Frau vollbracht hat, in einem einzigen Augenblick. Ich bin darüber – ich weiß nicht, wie ich es sagen soll ... ja, ich zittere vor Freude ... Meine Frau ist widerspenstig ... leider, ja ... sie ist ohne Mutter aufgewachsen, die Arme, und in den letzten Tagen hat sie – wohl verschlimmert durch ihr Leiden – ein Wesen offenbart, so gereizt, so bitter – auch ist sie mit so ungünstigen Vorurteilen hier angekommen, daß – Sie haben es erlebt – ich habe mich wirklich geschämt...

Der Senator: Wenn es ihr aber nicht gut geht...

Fausto: Ja, es geht ihr wirklich nicht gut ... aber Signorina Marta brauchte bloß zu erscheinen, sie brauchte kaum den Mund zu öffnen ... ich weiß nicht, wie sie es gemacht hat ... sie hat die richtige Art gefunden, ihr mit einer Aufrichtigkeit, einer Zuvorkommenheit ihre Freundschaft anzubieten, ihre Hilfe, daß Elena ihr augenblicklich völlig ergeben war ... sie ließ sich sogar ins Bett bringen, sie zog sie an sich heran ... mit einen Urvertrauen, daß man es kaum für wahr halten würde ... kaum für wahr...

Signora Erminia: Ach, da bin ich froh.

Fausto: Und ich erst! Mir war es schrecklich zu denken, daß nach allem, was Signorina Marta für uns getan hat, sie von meiner kranken Frau mit Grobheit belohnt werden würde. Statt dessen werden die beiden Freundinnen, so wie ich es mir gewünscht hatte. – Da kommt sie herunter. *(Marta kommt die Treppe herab.)*

Marta: Gehen Sie, gehen Sie nach oben, Viani. Die Ruhe scheint ihr gut zu tun. Ich habe ihr versprochen, daß ich morgen früh wieder hier sein werde, mit Mama. Sie werden einen guten Spezialisten zu Rate ziehen müssen. Sie tut mir so leid.

Fausto: Aber ja, ich habe schon daran gedacht...

Marta: Sie braucht jetzt eine Frau wie Mama an ihrer Seite, eine Mutter ... sie ist einsam ... gehen Sie, gehen

Sie jetzt zu ihr! Ich gebe hier dem Mädchen noch Anweisungen.

FAUSTO: Ja. Ich weiß nicht, wie ich Ihnen Dank sagen soll ... Bis morgen, Signora, gute Nacht, Signorina, gute Nacht, Senator. *(Er geht links ab.)*

MARTA: *(ruft in das Speisezimmer)* He, Maria! Laß bitte auch den Diener kommen! *(Das 1. Zimmermädchen und der Diener kommen angelaufen.)* Ich habe dem Mädchen oben gesagt, daß sie sich bereit halten soll, falls die Signora während der Nacht etwas benötigt. Wenn es sein muß, könnt ihr euch abwechseln. Räumt hier noch auf und macht das Licht aus. Und schließt gut ab. Morgen früh bin ich hier wegen der Übergabe, die heute abend nicht möglich war. *(Zum Diener:)* Schließen Sie das Tor. Gute Nacht. – Gehen wir, Mama, gehen wir, Papa!

SIGNORA ERMINIA: Du wirst sehr müde sein, mein Kind.

MARTA: Müde ja, aber ich bin auch zufrieden jetzt. Sehr zufrieden sogar, weißt du, Mammina! Gehen wir! Gehen wir! *(Sie gehen hinaus.)*

Vorhang

ZWEITER AKT

Salon und gemütliches kleines Arbeitszimmer im 2. Stock der Villa, vor dem Schlafzimmer von Fausto. Im Hintergrund ein Rundbogen mit einer Eisenstange, an dem an Ringen befestigt ein schwerer, grüner Samtvorhang hängt. Der Vorhang ist geöffnet, man sieht gerade noch das Fußteil eines Bettes und an der hinteren Wand von Faustos Schlafzimmer eine Tür, die ebenfalls mit einem Vorhang versehen ist, sie führt in Elenas Schlafzimmer. Haupteingang links. Neben dem Rundbogen links ein Tischchen mit einigen Nippes. Rechts ein Diwan, Sessel, ein Teetischchen. Im Vordergrund links ein Sekretär und zwei elegante Bücherborde. Es ist später Nachmittag.
Wenn der Vorhang aufgeht, sind Elena und Venzi auf der Szene. Elena trägt ein Straßenkleid und einen Hut. Sie ist sehr abgezehrt. Mit sichtbarer Anstrengung hält sie sich aufrecht. Ihre Augen blicken verstört und zornig zugleich.

ELENA: Ach was, Marta! Ich sage Ihnen: nein.
VENZI: Sie war es nicht? – Also dann Ihr Mann?
ELENA: Erst recht nicht. *(Sie lächelt.)* Wenn er es mir geraten hätte, wäre ich vielleicht dort geblieben.
VENZI: Also sind Sie es selber gewesen, die unbedingt heraus wollte?
ELENA: Ich! Ja, ich! – Es war vielleicht falsch.
VENZI: Sehr falsch sogar.
ELENA: Ich weiß! – Aber andererseits, wenn ich es dort nicht mehr ausgehalten habe? – Die Frage ist, ob ich wirklich mit dieser Krankheit zum Tode verurteilt bin.
VENZI: *(heftig)* Zum Tode! So etwas dürfen Sie nicht einmal aussprechen! Das kann nicht sein!

ELENA: Wenn es aber so ist, lieber Venzi, werden weder Sie noch irgendein anderer es verhindern können.

VENZI: Die Ärzte schließen es aus.

ELENA: Ja, vor der Operation. Aber jetzt? Sie haben mir versichert, daß ich nach dem Eingriff geheilt sein würde: Ich bin es nicht.

VENZI: Sie werden bestimmt wieder gesund! Wenn Sie sich pflegen, natürlich. Sie hätten die Klinik nicht verlassen dürfen!

ELENA: Ich wäre dort erstickt, oh Gott, erstickt.

VENZI: Sie hatten dort doch die richtige Betreuung!

ELENA: Durch Marta, ja, morgens und abends. Und sie ist auch mehr als einmal nachts bei mir geblieben!

VENZI: Sogar nachts?

ELENA: Und Anna ist auch gekommen.

VENZI: An Gesellschaft hat es Ihnen also nicht gefehlt.

ELENA: Gott sei Dank! Aber ich fühlte mich dort so eingesperrt, ich bin erstickt und habe alle um mich herum mit erstickt. – Entschuldigung, wenn dieselben Ärzte, die erst dagegen waren, am Ende nachgegeben haben und mich gehen ließen, was bedeutet das?

VENZI: Daß sie meinen, Sie werden gesund werden, wenn Sie zu Hause die Schonung haben, die Sie natürlich in der Klinik besser haben konnten: Sie werden gesund werden, daran ist kein Zweifel!

ELENA: Na gut, wenn es so ist …

VENZI: Aber Schonung brauchen Sie.

ELENA: Und die habe ich hier nicht?

VENZI: Sie gehen aus, anstatt zu Hause zu bleiben und so viel wie möglich im Bett auszuruhen.

ELENA: Nein! Ich bin es leid, ich bin es leid, im Bett zu bleiben! Ich habe es satt! – Wissen Sie, daß ich noch nichts von Rom habe sehen können?

VENZI: Sie werden noch genug Zeit haben, die Stadt zu sehen.

ELENA: Ich erwarte Marta, um Einkäufe zu machen.

VENZI: *(mit aufsteigendem Zorn)* Schlägt man Ihnen das vor, Einkäufe zu machen!

ELENA: Man, wer?

VENZI: Na die, die Ihnen so nahe stehen –

ELENA: Marta, mein Mann?

VENZI: ... Auch Anna –

ELENA: *(bemerkt seine Verhaltenheit bei diesem Zusatz)* Ah!

VENZI: Das dürften sie nicht! Das dürften sie nicht!

ELENA: *(nach einem Schweigen)* Es liegt Ihnen also wirklich viel daran, daß ich wieder gesund werde?

VENZI: Sehr viel, ja! Sie können sich gar nicht vorstellen wieviel!

ELENA: Seltsam! Danach zu urteilen, wie Sie das sagen, scheint Ihnen nicht nur meinetwegen etwas daran zu liegen.

VENZI: Doch, Ihretwegen, vor allem Ihretwegen!

ELENA: Und an wen denken Sie dabei noch?

VENZI: An wen! An alle, die Sie gern haben.

ELENA: *(bringt von neuem mit Nachdruck die beiden Namen in Verbindung)* Fausto, Marta?

VENZI: *(Wieder um abzuschwächen)* Auch Anna ...

ELENA: *(bricht in Lachen aus)* Auch Anna! Und warum zählen Sie sich selbst nicht mit?

VENZI: Ich auch, ich auch! Lachen Sie nicht!

ELENA: *(lacht weiter)* Ich hatte Angst, ich hatte wirklich Angst, Sie würden mir sagen, es läge Ihnen nur Ihretwegen etwas daran ...

VENZI: *(finster, heftig)* Und wenn genau das der Fall wäre?

ELENA: *(hört auf zu lachen, verblüfft)* Ihretwegen? Was reden Sie da!

VENZI: *(mit ungeheurer Verbitterung)* Weh mir, wehe uns allen, wenn Sie hier – was Gott verhüten möge – nicht mehr da wären!

ELENA: Sie erschrecken mich, Herr Rechtsanwalt! Was soll das?

VENZI: Aber begreifen Sie denn nicht? Sehen Sie denn nicht?

ELENA: *(springt erregt auf)* Ich begreife – wissen Sie was? – und ich sehe es seit acht Tagen, seit ich aus der Klinik zurück bin, etwas, das mir Abscheu und Entsetzen einflößt ...

VENZI: Aha, Sie haben es also bemerkt ...

ELENA: Ja – und Sie sollten sich dafür nicht nur schämen, sondern ein schlechtes Gewissen haben.

VENZI: Ich?

ELENA: Ja – ein sehr, sehr schlechtes Gewissen – in dem Zustand, in dem ich mich befinde – außerdem ist es geradezu eine Infamie ...

VENZI: Eine Infamie?

ELENA: Daß Sie mich dazu bringen wollen, meinen Mann und Marta zu verdächtigen, jawohl!

VENZI: Nicht verdächtigen! Nein! Wahrnehmen! Wahrnehmen!

ELENA: Was soll ich wahrnehmen?

VENZI: Nun: vielleicht noch gar nichts! Nein! Aber erkennen –

ELENA: *(sofort)* – daß dieses Haus hier bereit ist – sobald ich nicht mehr sein werde – für die beiden bereit?

VENZI: Eben. Genau das: bereit ...

ELENA: So wie Marta es eingerichtet hat, nach ihrem Geschmack, nicht wahr, ohne etwas von mir zu wissen?

VENZI: Und wie Fausto es sie hat einrichten lassen, ohne irgend etwas dazu sagen zu wollen, zufrieden, ein Haus zu haben, wie sie es für ihn bereitet hatte. Ist das nicht so? Ist das nicht so?

ELENA: Aber Sie sind es, Sie, der mich dazu bringt, diesen infamen Gedanken zu denken, seit acht Tagen!

VENZI: Weil Sie es als richtig erkennen!
ELENA: Nein! Es ist infam! Infam!
VENZI: Wieso infam?
ELENA: Infam Fausto und Marta gegenüber!
VENZI: Nein, es trifft auf beide zu.
ELENA: Das ist nicht wahr! S i e haben daran gedacht, nicht die beiden!
VENZI: Man kann mehr als sicher sein!
ELENA: Nein, Sie! Sie sind es! Und Sie haben auch mich dazu gebracht, das ...
VENZI: Der eine wie die andere!
ELENA: Nein! Ich bin hellhörig geworden, habe sie beobachtet, belauert, jedes ihrer Worte auf die Goldwaage gelegt, sie sind weit entfernt davon, weit entfernt –
VENZI: Ja, entfernt –
ELENA: – zu mutmaßen, oder sogar anzunehmen, andere könnten so etwas von ihnen denken!
VENZI: Aber Sie denken es!
ELENA: Weil Sie es mir in den Kopf gesetzt haben!
VENZI: Nein, nein: weil Sie es für möglich halten, weil Sie es für möglich halten! Ich halte es für gewiß!
ELENA: Und das ist Ihre Grausamkeit ...
VENZI: Meine?
ELENA: Ja, ja, Ihre – eine echte, unmenschliche Grausamkeit mir gegenüber, es mir als möglich erscheinen zu lassen, daß so etwas passiert!
VENZI: Weil es beinahe schon – passiert ist ...
ELENA: *(schreiend)* Aber ohne, daß sie etwas davon ahnen!
VENZI: Wie sollten die beiden nichts davon ahnen?
ELENA: Nichts! Nichts! Man kann ihnen keine Schuld geben!
VENZI: Ach nein?
ELENA: Es gibt nichts, weshalb sie ein schlechtes Gewissen haben müßten!

VENZI: Sie sind also unschuldig?

ELENA: Im Gegenteil: Sie müßten es haben! Sie müßten ein schlechtes Gewissen haben – meinetwegen! *(Plötzlich:)* Sind Sie bewaffnet?

VENZI: Ich, bewaffnet?

ELENA: Als wenn Sie mit einer Waffe auf mich geschossen hätten ... Aber wissen Sie, daß ich jetzt, so verurteilt, wie ich mich fühle, nicht mehr davon loskomme, an diese Sache zu denken. Und ich könnte im nächsten Augenblick ... Fausto hat dort im Schreibtischfach einen Revolver ...

VENZI: Ich nehme ihn sofort an mich! *(Er tut es.)*

ELENA: Nehmen Sie ihn, ja, nehmen Sie ihn! – Danke! – Gestern war ich nahe daran ...

VENZI: Das dürfen Sie nicht einmal im Scherz sagen.

ELENA: Oh, da hat nicht viel gefehlt!

VENZI: Sind Sie verrückt? Schlagen Sie sich das aus dem Kopf! Wollen Sie denen das Feld überlassen? Was Besseres könnten die beiden sich nicht wünschen.

ELENA: Aber es ist meinetwegen. Weil – ich – ich kann so nicht mehr leben, jetzt, mit diesem Gedanken, der mich in Stücke reißt! Es ist nicht wegen der beiden, ich bin sicher, daß sie nicht die geringste Ahnung haben! – Es ist möglich – Ihrer Meinung nach sicher – aber wenn es morgen eintrifft ...

VENZI: Ach, es wird nicht eintreffen!

ELENA: Aber die Qual ist doch für mich, daß ich es denken kann. Und daß ich mich nicht einmal beleidigt fühlen darf. Weil alle beide keine Schuld hätten, keine! Und keine Gewissensbisse! Ihnen bleibt das Leben, wenn ich nicht mehr sein werde. Es ist ihr gutes Recht. Kann ich mich dagegen auflehnen? – Ich schlafe nicht mehr! Ich spüre das Bett in meiner Schlaflosigkeit, als ihres, so wie sie es spüren wird, wenn sie einmal da sein wird, an meiner Stelle, mit ihrem Körper dort statt des meinen! Mit meinem Recht auf meine Sachen, auf meinen Mann …

VENZI: Nein! Nein! Das wird nicht geschehen, das wird nicht geschehen, ich sage es Ihnen!

ELENA: Aber begreifen Sie doch, daß Sie mich vergiftet haben, und alle Sorgen, alle Bemühungen, all die Aufmerksamkeiten, die beide mir entgegenbringen, sind jetzt auch vergiftet. Ich muß jedesmal meine ganze Kraft zusammennehmen, um den Abscheu zu verbergen, den ich spüre, wenn ich – zu Unrecht, zu Unrecht, aber unbezwingbar – denke, daß sie dadurch immer mehr das Recht erwerben, sich später wie an einer Belohnung zu erfreuen, die weder das Leben noch ihr Gewissen ihnen verweigern können. Sie begleiten mich beide mit unschuldigen Händen, liebevoll und betrübt bis an die Pforte des Todes: »Arme Elena, was willst du? Wir haben alles getan, aber das Leben hat dich nicht gewollt, und nun …« Das ist ein Martyrium, und Sie sind es, der es mir auferlegt! – Sie! Warum? Es muß einen Grund dafür geben! Was habe ich Ihnen getan?

VENZI: *(sieht sie mit furchtbarem Ausdruck an)* Es gibt einen! Es gibt einen! Fühlen Sie nicht, daß es einen Grund gibt?

ELENA: Oh Gott! – Sie … Marta? *(Man hört Martas Stimme, die im Näherkommen fröhlich ruft:)*

MARTAS STIMME: Elena! Elena!

ELENA: *(der Ohnmacht nahe, wie erstickt)* Oh Gott … oh Gott! *(Und während Venzi zu Elena stürzt, um sie aufzufangen, tritt Marta, gefolgt von Anna und Fausto, durch die linke Tür ein.)*

MARTA: Elena! *(Schnell, bleibt stehen.)* Was ist denn? Elena?

ANNA: Ist ihr nicht gut?

FAUSTO: Elena! Elena!

VENZI: Ganz plötzlich, als sie hörte, daß sie gerufen wurde …

Marta: Dort hin, dort hin, aufs Bett! *(Zu Fausto:)* Stützen Sie sie! Vorsichtig, Anna! Aufs Bett! *(Zu Venzi:)* Machen Sie die Tür auf! *(Zeigt auf die Tür im Hintergrund.)* Wir bringen sie nach drüben! Langsam!

Anna: Mein Gott, wie kalt sie ist!

Marta: Das hat nichts zu sagen! Wir geben ihr sofort die Tropfen! Vorsicht! *(Durch die hintere Tür ab mit Fausto und Anna, die Elena stützen. Für einen Augenblick bleibt Francesco Venzi allein auf der Bühne zurück, düster. Man hört entfernt die Stimmen der anderen.)*

Fausto: *(kommt erregt zurück und geht zum Telefon auf dem Schreibtisch.)* Ich rufe den Arzt!

Venzi: Geht es ihr nicht besser?

Fausto: Der übliche Herzanfall! *(Ins Telefon:)* Hallo! Ist der Doktor zu Hause? *(Ungeduldig:)* Mein Gott, der ist nie zu erreichen! *(Ins Telefon:)* Bitte, sagen Sie ihm, Signora, sobald er zurück ist, er möchte sofort kommen. Ja. Empfehlung. Auf Wiedersehen. *(Er legt den Hörer auf.)*

Anna: *(kommt erleichtert hereingelaufen)* Lassen Sie, lassen Sie, Viani, sie ist wieder zu sich gekommen! Es geht ihr besser! Ein paar Tropfen haben genügt!

Fausto: Gott sei Dank! Spricht sie?

Anna: Ja, mit Marta. Sie hat sogar gelächelt!

Fausto: Ich komme.

Anna: Nein, bleiben Sie hier. Marta bringt sie gerade zu Bett. Gehen Sie später rein. *(Ab durch die Tür, aus der sie kam.)*

Fausto: Ist das ganz plötzlich gekommen, als sie mit dir sprach?

Venzi: Ja, sie hat Signorina Marta rufen hören und –

Fausto: – sie wollten zusammen ausgehen –

Venzi: – der Klang ihrer Stimme. Du tust nicht gut daran, mein Lieber –

Fausto: – sie ausgehen zu lassen?

Venzi: Das auch! Nicht gut, meine ich, in der Gesellschaft ...

Fausto: *(verdutzt)* Von Signorina Marta?

Venzi: Sie ist weder blind noch dumm, deine Frau!

Fausto: Was redest du da? *(In großer Besorgnis:)* Hat sie mit dir darüber gesprochen?

Venzi: Nein, nein, überhaupt nicht. Im Gegenteil, von der Signorina sagt sie nur Gutes.

Fausto: Ah! – Also dann?

Venzi: *(schnell, schneidet ihm das Wort ab)* Siehst du? Du fühlst dich erleichtert.

Fausto: *(verblüfft)* Ich? Erleichtert?

Venzi: Du hast »Ah« gemacht, gleich als ich dich beruhigt hatte, daß sie mir davon nichts gesagt hat.

Fausto: Naja! Weil es schändlich wäre, ungeheuerlich...

Venzi: Uh! »Schändlich«, »ungeheuerlich« – übertreib nicht so!

Fausto: Aber du nimmst wirklich an?

Venzi: Ich nehme nicht an, ich bin sicher ... wenn du willst, daß Deine Frau gesund wird, mußt du Signorina Tolosani aus deinem Haus entfernen.

Fausto: Sag mir die Wahrheit, Venzi, um Gotteswillen! Das ist eine Sache, bei der du mir nichts verheimlichen darfst!

Venzi: Mir scheint, deutlicher, als ich mit dir rede, kann man nicht reden.

Fausto: Aber du sprichst im Namen von Elena?

Venzi: Ach was! Sie hat mir keinerlei Auftrag gegeben.

Fausto: Aber sie hat sich dir anvertraut?

Venzi: Nein, gar nicht ... im Gegenteil...

Fausto: Also ist es eine Vermutung von dir?

Venzi: Wenn jemand herzkrank ist, das sagen dir schließlich alle Ärzte, ist die Empfindlichkeit...

Fausto: *(entschlossen, unterbricht ihn)* Du mußt Elena versprochen haben, mir irgend etwas zu verschweigen, das sie dir gestanden hat.

VENZI: Ich habe ihr gar nichts versprochen!

FAUSTO: Doch, doch – sie muß dir irgend etwas gesagt haben, von dem sie nicht will, daß es weiter erzählt wird – aus einer Rücksicht, die ich angesichts ihres Zustands nicht akzeptieren kann noch will. Ist sie auf Signorina Marta eifersüchtig?

VENZI: Nein, habe ich dir gesagt! – Nein! – Ganz im Gegenteil, vor der hat sie die allergrößte Achtung! Und auch vor dir! Sie hat mir nichts gestanden, und ich habe ihr nichts versprochen. Aber richtig ist, daß ich dir geraten habe, ich, ich – von mir aus – wenn du willst, daß deine Frau wieder gesund wird –

FAUSTO: – muß ich sie aus meinem Haus entfernen.

VENZI: Ja, diese andere.

FAUSTO: Weil du glaubst, daß Elena unter ihr leidet?

VENZI: Ganz schrecklich!

FAUSTO: Aber sie hat es nie gezeigt!

VENZI: Gezeigt hat sie das Gegenteil …

FAUSTO: Das Gegenteil, ja eben!

VENZI: Aber sie leidet unter ihr! Sie leidet!

FAUSTO: Hat sie dir das gesagt?

VENZI: Nein, aber es ist so!

FAUSTO: Wieso nimmst du das an?

VENZI: Weil ich es sehr wohl begriffen habe! Und seit einiger Zeit hättest auch du es begreifen müssen.

FAUSTO: Aber wieso denn? Wenn sie selber ihre Nähe sucht, sie braucht, wenn sie sich nicht wohl fühlt, keine Ruhe findet, bis sie sie nicht bei sich hat, nicht ihre Nähe fühlt, sie nicht sprechen hört, weil ganz allein Marta die rechte Weise gefunden hat, sie aufzuheitern, sie zu beruhigen …

VENZI: *(teuflisch)* Siehst du? Siehst du, wie du schwärmst?

Fausto: *(sieht ihn an wie vor den Kopf gestoßen)* Was sagst du da? Sagst du das zu mir?

Venzi: Ja, zu dir – so wie ich dich vor mir sehe! Und du glaubst, deine Frau sieht das nicht, merkt das nicht?

Fausto: Du bist ja verrückt! Was siehst du?

Venzi: Das, was du selbst vielleicht nicht einmal in dir vermutest!

Fausto: Nein! Nein! Bist du wahnsinnig?

Venzi: Wahnsinnig? Du siehst es nicht, also bist du blind.

Fausto: Was soll ich sehen?

Venzi: Wie selig du bist, wie selig, wenn du von der rechten Weise sprichst, die sie allein gefunden hat, um deine Frau zu erheitern und zu beruhigen. Das ist es doch! Das ist es! Du hast die Gefahr noch gar nicht erkannt …

Fausto: *(wie zu sich, verblüfft wie noch nie, aber schon beeindruckt)* Die Gefahr?

Venzi: *(fährt mit großem Eifer fort, nach und nach immer aufgebrachter)* Wir haben Marta unsere Frauen zugeführt, glücklich darüber, wie sie sie aufgenommen hat: und auch vorher, wie sie alles für uns getan hat, wie sie das Haus vorbereitet hat, über all die Mühen, die sie auf sich genommen hat: aus reiner Freundschaft, aus Herzensgüte – wer hätte je daran gezweifelt? Du warst entsetzt bei dem Gedanken, deine Frau könnte eifersüchtig auf sie sein! Wie kann man auf Marta eifersüchtig sein, auf sie, die Freundin, die wahre Freundin unserer Frauen, die sie uns formt, die sie uns leitet, sie uns erzieht und sie uns dabei gut und sanft macht. Begreifst du denn nicht, daß sie es ist, die unser Leben bestimmt? Es uns gestaltet? Unsere Frauen können nicht mehr ohne sie auskommen, sie sind in ihrer Hand und glücklich, es zu sein, sie folgen ihr wie verzaubert, ohne sie können sie nicht sprechen, sich nicht kleiden, sich nicht bewegen, sie sind eifersüchtig, ja, aber untereinander, sobald sie befürchten, sie könnte eine mehr mögen als die andere. Und wehe, wenn man an Marta rührt! Und das merkwürdigste und schrecklichste ist, daß sie es dir auch noch vorführen, sie führen dir vor, daß sie alle Marta nicht das Wasser reichen können! Als sie, bei der du – du weißt nicht mehr, wie – jetzt, wo sie immer gegenwärtig ist in deinem Leben, auch wenn sie nicht da ist, gegenwärtig und unumgänglich – sie, bei der du früher einmal – du weißt nicht mehr, wie, auch einmal am Zug warst, du hättest sie dir nehmen können, und du hast sie stehen lassen, um dir statt dessen die zu holen, die du jetzt neben sie stellst und die dir selber sagt, wieviel weniger wert sie ist, je besser du sie kennst, je mehr sie dich langweilt; unterdessen bleibt die andere vor dir unberührt, unantastbar, eine, die du nur anbeten kannst, anbeten wie eine Heilige, und du bist verärgert und verletzt, weil auch deine Frau sie anbetet, auf eine Art, die dich rasend macht, die dir auf den Magen schlägt, hier, und die dich dazu bringt, ganz wahnsinnige Dinge zu tun, paß auf, paß nur auf, ich gebe dir gleich eine Probe! *(Er springt zur hinteren Tür am Rundbogen und ruft:)* Anna! Anna!

FAUSTO: *(versucht ihn zurückzuhalten)* Aber nein, laß das!

VENZI: Warte! – Anna, komm her!

FAUSTO: Was denn für eine Probe?

VENZI: Du wirst es gleich sehen! Anna! *(Anna kommt aus der hinteren Tür.)*

ANNA: Was willst du? Mit deiner Trompetenstimme hast du sie aufgeschreckt!

VENZI: Hat sie geschlafen?

ANNA: Sie war gerade am Einschlafen!

VENZI: Ohne Marta an ihrer Seite?

ANNA: Marta hat sich keinen Augenblick weggerührt.

VENZI: Na also! Dann schläft sie gleich wieder ein, keine

Sorge. *(Zu Anna, teuflisch:)* Wie macht sie das? Wie macht sie das? Was sagt sie?

ANNA: Ich weiß nicht, sie hat eine Zauberstimme und Zauberhände.

VENZI: *(zu Fausto)* Na bitte, hörst du?

FAUSTO: *(verletzt)* Du könntest begreifen, daß dies nicht angebracht ist!

ANNA: *(verdutzt)* Wieso? Ich verstehe nicht.

VENZI: Nein, nein warte noch! – Sag mal, Anna! Was sind wir doch für Dummköpfe, was für Idioten gewesen, wir alle, da haben wir damals die Signorina Marta kennengelernt, haben in ihrer Nähe gelebt und in ihrem Haus verkehrt, und dann sind wir losgezogen und haben eine andere geheiratet. Sag, sag doch, hab ich nicht recht? Wenn du ein Mann wärest, hättest du nicht sie geheiratet?

ANNA: Sie, sie, ja, ich habe es dir schon hundertmal gesagt und sag es dir wieder: Ich bin ganz sicher, ich hätte keine bessere finden können als sie.

VENZI: *(zu Fausto)* Hörst du? Hörst du? Und das hat sie auch von dir gesagt, und nicht sie allein, auch die anderen: Berris Frau, Mordinis Frau: bevor du hier angekommen bist.

ANNA: *(empört)* Aber nein! Was soll das jetzt noch hier?

VENZI: Ja, ja, daß du ein Idiot warst, sie nicht zu heiraten, aber ich auch, ein Idiot, nicht wahr? Auch Berri, auch Mordini!

FAUSTO: Hör auf, um Gotteswillen! Das ist doch wohl nicht der richtige Zeitpunkt, wenn sie dort drüben –

VENZI: Wer, sie?

FAUSTO: Meine Frau, der es nicht gut geht und die uns hören könnte!

VENZI: Ach so! Ich dachte ... s i e ... also Schluß! Schluß! *(Zu seiner Frau:)* Warum hast du dir die Haare nicht abschneiden lassen?

ANNA: *(von neuem verdutzt)* Die Haare?

VENZI: Ja! Ich hatte dir gesagt, du sollst sie dir abschneiden lassen! Warum ist das nicht geschehen?

ANNA: Weil ich sie mir nicht abschneiden lassen wollte!

VENZI: Das ist nicht wahr!

ANNA: Ich wollte sie mir nicht abschneiden lassen!

VENZI: Du hattest es doch aber gewollt! Hat sie dir davon abgeraten, die Signorina Marta?

ANNA: Und wenn? Sie hat mich überzeugt, daß es mir nicht stehen würde!

VENZI: Aber du sollst mir gefallen, nicht ihr!

ANNA: Und genau das hat sie zu mir gesagt: Du mußt deinem Mann gefallen.

VENZI: *(zu Fausto:)* Hörst du? Hörst du? *(Zu Anna:)* Und warum hast du sie dann nicht abschneiden lassen?

ANNA: Weil ich begriffen habe, daß du es mir nur gesagt hast, um dich über mich lustig zu machen!

VENZI: Und Marta?

ANNA: Auch sie hat das begriffen, und so hat sie mir geraten, es nicht zu tun. – Aber wieso höre ich dir hier zu – laß mich gehen! *(Wütend ab durch die hintere Tür.)*

VENZI: *(der über den Abgang seiner Frau schrecklich gelacht hat)* Hast du begriffen? Hast du es begriffen? Befreie dich von ihr! Befreie dich, solange es noch Zeit ist! *(Plötzlich kommt Anna zurück mit dem Zeigefinger auf den Lippen: Man möge schweigen.)*

ANNA: Sie ist eingeschlafen! Sie ist eingeschlafen! *(Marta kommt herein, ohne Hut.)*

MARTA: Ich habe Mühe gehabt, die Hand wegzuziehen, ohne sie aufzuwecken … Hat der Arzt gesagt, daß er kommt?

FAUSTO: Ja. Aber ich konnte nur eine Nachricht hinterlassen. Er war nicht da, wie üblich!

MARTA: Es wäre gut, wenn Sie ihn selbst holen würden.

Fausto: Warum? Ist Ihnen etwas aufgefallen?

Marta: Nein. Sie ist jetzt ganz ruhig! Aber ich mache mir Sorgen über einen gewissen Krampf, wie sie sagte, hier am Mageneingang.

Venzi: *(für sich, jede einzelne Silbe betonend)* Kardiale Irradiation. Symptom für bevorstehende Synkope.

Fausto: *(schnell)* Was zum Teufel sagst du?

Venzi: Gerichtsmedizin.

Fausto: Ein schlechtes Zeichen also?

Marta: Es ist schon vorbei, schon vorbei! Keine Aufregung jetzt! Doch für die Nacht wäre es vielleicht gut, vorsichtshalber eine Krankenschwester zu rufen. Ich weiß nicht, ob es mir möglich sein wird zu bleiben.

Fausto: Ja, natürlich. Aber wo findet man jetzt den Arzt, unterwegs bei seinen Hausbesuchen?

Marta: Fahren Sie doch auf jeden Fall bei der Klinik vorbei.

Fausto: Ja, auch wegen der Krankenschwester.

Marta: Und du, Anna, tu mir den Gefallen, schau bei mir zu Hause hinein und sage der Mama, daß ich noch etwas hierbleibe.

Anna: Ja, ja, das mache ich.

Marta: Sag, daß ich sie nicht allein lassen kann.

Fausto: Danke, Signorina, danke für alles …

Marta: Aber ich bitte Sie! *(Zu Anna:)* Sie kann jederzeit rufen.

Fausto: Kommen Sie, Signora Anna!

Anna: *(zu Marta)* Auf Wiedersehen. *(Zu Venzi:)* Ich gehe dann nach Hause.

Fausto: *(zu Venzi)* Auf Wiedersehen. *(Durch die Tür links ab mit Anna. Marta will zu Elena zurück.)*

Venzi: Warten Sie.

Marta: Ich fürchte, daß sie aufwacht.

Venzi: Man könnte meinen, Sie hätten Angst, einen Moment mit mir allein zu sein.

MARTA: Machen Sie keinen Ärger! Ich habe mich im Augenblick um Wichtigeres zu kümmern als um Sie.

VENZI: Wissen Sie, da täuschen Sie sich! Sie kümmern sich um alle, und nur um mich nicht? Ich habe Ihnen etwas zu sagen.

MARTA: Betrifft es Sie?

VENZI: Schon – aber es geht nicht um mich selbst, sondern vor allem um die, um die Sie sich gerade kümmern wollen.

MARTA: Um Elena?

VENZI: Um Elena – und Fausto.

MARTA: Inwiefern?

VENZI: Ich habe heute mit ihr und auch mit ihm eine Unterredung gehabt, und ich habe gegen Sie gesprochen.

MARTA: *(nachdem sie ihn angeschaut hat)* Und Sie glauben, das könnte mir wichtig sein?

VENZI: Ja, ja, sehr sogar. Weil dabei etwas ans Licht gekommen ist.

MARTA: Über mich?

VENZI: Über das Böse, das Sie tun.

MARTA: Ich?

VENZI: Sie wissen, das kann man tun, auch ohne es zu wollen.

MARTA: Ja, sicher!

VENZI: Ich weiß nicht, bis zu welchem Punkt Sie es nicht wollen. Aber ich weiß, daß es sehr schlimm ist.

MARTA: Dieses Böse, das ich täte?

VENZI: Dieses Böse, das Sie tun, ja. Sehr schlimm.

MARTA: Um zu sehen, ob das wahr ist, müßte ich wissen, was es ist.

VENZI: Sie können ganz sicher sein, daß es wahr ist.

MARTA: Finden das auch andere hier – wahr – außer Ihnen?

VENZI: Ja.

Marta: Ah ja? – Sagen Sie mir, wer!

Venzi: Jemand, der am meisten darunter leidet.

Marta: Elena?

Venzi: Wieso kommen Sie sofort auf Elena?

Marta: Weil sie diejenige ist, die hier im Augenblick am meisten leidet.

Venzi: Ja, Elena.

Marta: Aber ich habe bisher geglaubt, daß sie an ihrer Krankheit leidet und nicht darunter, was ich – wirklich, ohne eine Ahnung davon zu haben – ihr antue. – Hat Elena Ihnen das gesagt?

Venzi: Ja. Kurz bevor Sie kamen, als sie Ihre Stimme hörte.

Marta: Deshalb also? – Sie hat Ihnen von diesem schlimmen Bösen erzählt, das ich ihr antue?

Venzi: Ja. Dem ungeheuer Bösen.

Marta: Ihr willentlich antue? Bewußt?

Venzi: Nein! Elena lehnt es ab, Ihnen irgendeine Schuld zu geben. Im Gegenteil, sie ist empört – kann ich hinzufügen – ernstlich empört über mich, der ich das tue.

Marta: Es interessiert mich nicht, daß Sie mir Schuld geben. Elena hat also den Verdacht, daß ihr Mann …

Venzi: Nein! Aber das ist es ja gerade, worunter sie leidet: daß Sie Ihnen beiden keine Schuld geben kann, weder Ihnen noch ihrem Mann! Und obendrein noch Gewissensbisse hat, weil sie gezwungen ist, so über Sie beide zu denken.

Marta: Gezwungen? Wieso gezwungen?

Venzi: Weil sie es denkt, ohne es zu wollen, sich sogar gegen diesen Gedanken wehrt! Jedoch alles hier, dieses Haus, Ihre Gegenwart, Ihre Art und Weise, die Mühen, die Liebe, die Aufmerksamkeit, die Sie ihr erweisen, alles, alles führt ihr dieses Furchtbare vor Augen. Sie hat es mir gesagt. Sie hat mir Dinge gesagt, die schrecklich anzuhören waren! Wie sie leidet, da in ihrem Bett, nachts, schlaflos, wenn sie nachdenkt. Eine furchtbare Qual! Ein Martyrium!

MARTA: Und diese schrecklichen Dinge haben Sie sich angehört und nichts dazu gesagt, nicht einmal aus Mitleid mit ihrer Krankheit?

VENZI: Ich? Wenn ich doch auch so denke!

MARTA: Aber ich sage aus Mitleid mit ihrer Krankheit!

VENZI: Mitleid! Wenn ich mehr darunter leide als sie!

MARTA: Ob Sie darunter leiden oder nicht, ist mir gleich!

VENZI: *(schnell)* Sehr zu Unrecht, zu Unrecht – denn – schauen Sie, daß ich gelitten habe, daß ich selber so darunter gelitten habe, Sie beide hier neben ihr zu sehen, das hat ihr alles klargemacht.

MARTA: Aber was denn klargemacht? Wissen Sie eigentlich, was Sie da reden?

VENZI: Ich schwöre, daß ich ihr nicht ein Wort gesagt habe! Sie hat es mir von den Augen abgelesen.

MARTA: *(zornig)* Was?!

VENZI: Mein Leiden, meines! Und sie ist davon angesteckt worden! Sie sagt es ja, daß ich es gewesen sei, der sie dazu gebracht hat, diese Infamie von Ihnen beiden zu denken.

MARTA: Infamie?

VENZI: Nein, nein: verstehen Sie mich recht! Infamie deshalb, weil sie es wagt, so etwas von Ihnen zu denken! – Aber sie denkt es, sie denkt es! Genauso wie ich!

MARTA: Was denkt sie? Ich könnte ...?

VENZI: Ja, später, nach ihrem Tod!

MARTA: Ah, das ist grauenhaft!

VENZI: Als Gedanke für sie, *(teuflisch:)* aber nicht als die Sache an sich, die ist nämlich möglich – durchaus möglich – so gut wie sicher!

MARTA: *(bestürzt)* Was sagen Sie da?

VENZI: Na hören Sie! Sie sollten nicht daran gedacht haben?

MARTA: *(sehr erregt und stolz)* Schweigen Sie! Es schaudert mich, auch nur annehmen zu müssen, daß selbst jemandem wie Ihnen solch ein Gedanke in den Sinn kommen kann!

VENZI: Aber gewisse Dinge denkt man eben, das wissen Sie, die muß man denken.

MARTA: Schweigen Sie, sage ich! Ich kann Sie nicht mehr reden hören!

VENZI: Man kann alles denken, alles, was in uns selbst verborgen liegt! Es ist ganz natürlich, gewisse Dinge zu denken, glauben Sie mir!

MARTA: Ja, für einen Menschen wie Sie!

VENZI: Eben – weil ich fähig bin, es auch auszudrücken! – Aber seien Sie ehrlich! – Etwas, das hätte sein können, das vielleicht hätte sein müssen und doch nicht gewesen ist – das könnte doch morgen sein, ohne daß irgend jemand sich etwas Schlechtes dabei denkt! – Das Haus hier ist bereit.

MARTA: Ah, ich gehe! Ich gehe auf der Stelle!

VENZI: Nein, warum wollen Sie gehen, wenn es nicht wahr ist.

MARTA: Gerade weil es nicht wahr ist! Ich kann hier nicht länger bleiben!

VENZI: Aber Sie bringen sie um, verstehen Sie! Wenn Sie in diesem Augenblick gehen, bringen Sie Elena um!

MARTA: Das haben Sie ihr eingespritzt, wie eine Viper, das Gift dieses Gedankens!

VENZI: Wenn Sie das glauben, verzeihen Sie, dann um so mehr. Ich sage Ihnen, wenn Sie gehen, sind Sie daran schuld, daß sie an ihrem schlechten Gewissen stirbt.

MARTA: Sie sind es, der sie umbringt, durch das, was Sie getan haben!

VENZI: Ich nicht, das schwöre ich! Für mich wäre es schrecklich, wenn sie stürbe! Sie ist selber darauf gekommen, glauben Sie mir, es ist mir eiskalt über den Rücken gelaufen, als sie mit meinen eigenen Worten dasselbe ausdrückte, was ich auch denke! Wie Sie beide sich überbieten an Freundlichkeit, diese Vorführung edelster Nächstenliebe, mit der Sie sie begleiten und weiterschieben bis an die Schwelle des Todes.

MARTA: *(entsetzt)* Ich? – hat sie das so gesagt?

VENZI: *(sieht ihr in die Augen)* So! Genau so! Aber wenn Sie das wirklich nicht gedacht haben sollten …

MARTA: Wie hätte ich jemals etwas so Entsetzliches denken können!

VENZI: Dann haben Sie die Verpflichtung, hier zu bleiben und diese äußerste Barmherzigkeit zu vollenden! – Auch meinetwegen: Sehen Sie mich an – sehen Sie, wie ich bin!

MARTA: *(kaum noch zornig)* Sie sind ein Elender.

VENZI: Ja, ja, ein Elender! Und wenn Ihre Hand so rein ist, dann legen Sie sie mir auf die Stirn.

MARTA: Um die schrecklichen Dinge auszulöschen, die Sie denken?

VENZI: *(zieht sich zurück)* Nein, nein, tun Sie es nicht! Tun Sie es nicht! Ich würde es für eine Liebkosung nehmen. Ich muß, ich muß Sie für böse halten, um Sie so lieben zu können, wie ich Sie liebe!

MARTA: Oh, ich weiß! Ich sehe es!

VENZI: Aber Sie sind es! Sie sind böse, ja, ja, böse. Sie sind böse.

MARTA: *(mit einem sehr schmerzlichen Lächeln)* Weil es mir jetzt gelingt, meinen Zorn zu besiegen und weil ich gut zu Ihnen bin?

VENZI: Nein! Nein! Weil Ihre ganze makellose Güte …

MARTA: Ich bin mir ihrer nicht bewußt, glauben Sie mir!

VENZI: Ach was – wie können Sie sich ihrer nicht bewußt

sein, wenn Sie sie uns ständig vorführen wie ein unaufhörliches Wunder?

MARTA: Ich führe sie vor?

VENZI: Ja – und Sie lassen alle leiden unter Ihrer makellosen Güte: faszinieren diesen, faszinieren jenen – die Frauen nicht weniger als die Männer – wir sind alle von Ihnen gefangengenommen, wir leiden alle darunter – und das ist Ihre Rache!

MARTA: Meine Rache?

VENZI: Ihre Rache, ja, diese Güte.

MARTA: Aber Rache – wofür?

VENZI: Daß wir nicht rechtzeitig das Gute bemerkt haben, das uns so nahe war. Für dieses Wunder an Liebenswürdigkeit, an Barmherzigkeit, an Großzügigkeit, das Sie uns ständig vor Augen führen, und immer mit ganz schlechtem Ergebnis! Sie glauben, Sie machen uns unsere Frauen angenehmer, wenn Sie ihnen beibringen, so zu sprechen, so zu handeln, sich so zu benehmen wie Sie? Sie bemühen sich, Ihnen zu ähneln, und sie erweisen sich sofort, unausweichlich als ihres Vorbildes unwürdig, als plump, geschmacklos, grob, jämmerlich! Sie sollten sie im Gegenteil anleiten, Ihnen durchaus nicht zu ähneln, ganz anders zu sein, als Sie es sind – das genaue Gegenteil – eitel, kokett, frech, aufreizend, leichtfertig: halb nackt, Herrenschnitt, die Augen geschminkt, die Lippen wie eine offene Wunde, mit einer Zigarette im Mund – so!

MARTA: Ja, so, jawohl! Weil Ihr sie überhaupt nur so bemerken könnt – das ist es! Während ihr eine, wie ich es war, damals nicht zur Kenntnis nehmen wolltet oder konntet …

VENZI: Aber weil Sie …

MARTA: Oh, ich weiß, ich hätte euch treiben, reizen, provozieren müssen – dann ja!

VENZI: Nein! Aber wenigstens zu erkennen geben, daß es Ihnen angenehm gewesen wäre ...

MARTA: Zu erkennen geben, ich? Was wissen Sie davon, ob ich es in meinem Innern nicht angenehm gefunden habe?

VENZI: Hätten Sie mich genommen?

MARTA: Als Sie in unser Haus kamen, waren Sie schon mit Anna verlobt.

VENZI: Ich hätte die Verlobung in den Wind geschlagen, wenn ich bei Ihnen auch nur das leiseste Anzeichen bemerkt hätte.

MARTA: Wie hätten Sie es bemerken können – wenn es mir gar nicht in den Sinn gekommen war?

VENZI: Hätten Sie Berri geheiratet? Sagen Sie – hätten Sie Mordini geheiratet? – Viani ja, Viani sicher, leugnen Sie es nicht!

MARTA: Hören Sie damit auf, Venzi, mißbrauchen Sie nicht meine Geduld, ich höre Ihnen nur zu, weil Sie mir leid tun.

VENZI: Aber wenn es Ihnen angenehm war...

MARTA: Ich habe mich gerade bemüht, es nicht zu zeigen, weil ich innerlich eifersüchtig war, auf mein eigenes Gefühl, niemand sollte es merken –

VENZI: – auch der nicht, der es in Ihnen erweckt hatte?

MARTA: Aber der es in mir erweckt hätte, der hätte es doch selber merken müssen, ohne daß ich es ihm zeigte! Wenn keiner es hat entdecken können, so bin ich jetzt froh darüber, denn das ist ein Zeichen, daß man mich nur so gewollt hätte, wie eine Frau nach meinem Empfinden nicht sein sollte! Ich sehe wohl, ja, ich sehe wohl, wie ihr eine Frau haben möchtet! So – wie das, was ihr aus ihr gemacht habt: eine ungeheuerliche Schande. Euer eigenes Laster, nichts anderes. So sehr, daß die Arme in ihrer unerhörten Dreistigkeit jetzt glaubt, auf euch verzichten zu können! Oh, wundern Sie sich nicht, mich so reden zu hören! Ich bin nicht eine von den Heiligen, die so tun, als hätten sie keine Ahnung! Ich bin so, gerade weil ich Bescheid weiß. Und Gott ist mein Zeuge, was es mich an Ekel und Entsetzen gekostet hat, es zu wissen und zu sehen und zu erkennen – tagtäglich in den Augen und im Verhalten der Frauen. Oh Gott, auch der alten Frauen! – Sie hatten ein Gesicht, oh Gott, das alles ausdrücken konnte. Die Freude, wenn sie sie empfanden, den Schmerz, wenn sie ihn fühlten, das Wunder zu leben: Und daraus haben sie eine Maske gemacht, auf die nur ein einziger Ausdruck gemalt ist, der widerlichste: das Laster, die Zote! – Und Sie möchten, daß Ihre Frau so sein soll?

VENZI: Nein! Nein!

MARTA: Das haben Sie gesagt!

VENZI: Da sie nicht so wie Sie sein kann, habe ich gesagt!

MARTA: Ah ja? Also dann doch schmutzig, unverschämt, lasterhaft? Mich dagegen, weil ich so bin wie ich bin – mich wollte damals niemand! Und jetzt sollte ich, nicht wahr, Anna dazu bringen, anders zu sein? Und ich wäre dann nicht mehr böse, und meine Güte würde nicht mehr Schlimmes bewirken! Sehen Sie, sehen Sie denn nicht, zu welcher Absurdität Sie Ihre Verblendung führt? Gott weiß, ob Hochmut in mir steckt, ob ich im Innersten das Gefühl habe, so zu sein, wie ich wirklich denke, daß eine Frau sein sollte! Ich werfe mir so vieles vor, in jedem Augenblick! Aber könnte das nicht der größte Preis sein für euch Männer? Eine Frau, eine wirkliche Frau an eurer Seite? Eine Auszeichnung, von der niemand zu wissen braucht, eine, von der man nicht spricht, die insgeheim leidet unter der Freude, die sie gibt. Und in diesem ihrem Leiden liegt auch ihre Freude – Freude, ja, erlittene Freude, aus der dann wiederum das Leben erwächst? Die Zurückhaltung, die Klugheit – die echte, die des Herzens, die das Geheimnis bewahrt, weil sie gesehen hat und weiß, weil sie das ganze Leben des Mannes kennt, der sich ihr anvertraut. Und in diesem Innersten des Herzens braucht es nichts mehr von dem, was außen ist: weder Gesetz noch Urteil der anderen, denn sie kann sogar ein Verbrechen vergeben, wie auch umgekehrt das, was andere gutheißen, verdammen. Die Geliebte und die Mutter, die Geliebte, die zur Mutter wird und die danach mit einem Schulterklopfen, wie man das bei einem Kind tut, sagt: »Jetzt ist's genug, sei ein Mann, sieh in mir und in dir nicht nur das!« *(Sie unterbricht sich plötzlich, weil sie sieht, daß Venzi, der sie so reden hört, zu weinen anfängt.)* Nein, nein, gehen Sie, Venzi, gehen Sie, weinen Sie nicht! Ich weiß nicht, was Sie mich haben sagen lassen, Sie haben mir einen wirklichen Schmerz zugefügt, weil Sie nicht einmal vermochten, dasselbe Gefühl in mir zu respektieren, das in Ihnen zu erwecken ich weiß Gott nicht getan habe. Gehen Sie, gehen Sie! Sie müßten begreifen, wie ungeheuerlich das für mich ist.

VENZI: Ich begreife es! Ich begreife es!

MARTA: Genau wie alles, was Sie von mir haben denken können.

VENZI: Und Sie verstehen nicht, daß hingegen das, was ich jetzt denke, schlimmer, noch viel schlimmer für mich wird?

MARTA: Aber Sie sind es doch, der alles ins Schlimme wendet, nicht ich! Und, so scheint es, nicht für Sie allein, wenn auch diese Ärmste … Mein Gott! Mein Gott! Und ich weiß nicht mehr, jetzt weiß ich wirklich nicht mehr, wie ich es hier noch machen sollte, was ich tun könnte, wenn meine Anwesenheit, wenn so viel Fürsorge und so viel Zuneigung, die ich aufgewendet habe, Gedanken entstehen lassen konnten ... Ich rede nicht von mir, nein, daß ich gekränkt wäre, nein, nein – aber selbst wenn es nicht in böser Absicht war, ist doch das Böse im Herzen dieser armen Frau entstanden. Oh Gott! Was für eine Geschichte! Was für eine Sache, mein Gott! Gehen Sie! Gehen Sie, gehen Sie um Gotteswillen ... es ist fast Abend ... ich will nachdenken.

VENZI: Geben Sie mir Ihre Hand?

MARTA: Nun ja, hier ... Gehen Sie aber ... *(Auf eine Geste von Venzi hin:)* Nein, oh Gott, lassen Sie das!

VENZI: Nein, nein, ich küsse sie nicht, ich küsse sie nicht! Verzeihen Sie mir.

(Er geht links ab. Die Dunkelheit nimmt zu, Marta ist unschlüssig, ob sie in Elenas Zimmer gehen soll. Lange Pause. Fausto tritt durch die Tür ein.)

FAUSTO: Hier im Dunkeln?

MARTA: Ich habe nachgedacht.

FAUSTO: Venzi ist gerade gegangen?

MARTA: Ja. Wir haben miteinander geredet.

FAUSTO: *(auf Elena bezogen)* Ist sie noch nicht aufgewacht?

MARTA: Ich wollte gerade nachsehen. Aber ich glaube nicht. Sie hätte mich gerufen.

FAUSTO: Ich habe ihn gefunden. In der Klinik.

MARTA: Ah! Den Arzt? Kommt er?

FAUSTO: Er muß noch operieren, hat er gesagt. Er wird nicht vor zwei Stunden hier sein. Die Krankenschwester habe ich benachrichtigt. *(Pause.)* Wir wollen Licht machen! Es ist zu traurig so. *(Fausto macht Licht im Zimmer, dann sieht er Marta an:)* Sie sind bedrückt, Signorina. Sagen Sie mir die Wahrheit: Glauben Sie, daß es wirklich schlecht um sie steht? *(Er meint Elena.)*

MARTA: Nein, sehen Sie, sie schläft noch. Es ist ganz wichtig, daß sie unbedingte Ruhe hat ... und ich fürchte leider ...

Fausto: *(nachdem er ein wenig abgewartet hat)* Was?

Marta: Ach nichts. Ich werde jetzt nach ihr sehen, ganz leise, damit sie nicht aufwacht.

(Sie geht durch den Rundbogen im Hintergrund, durchquert Faustos Zimmer, öffnet vorsichtig die Tür und verschwindet. Fausto bleibt einen Moment in Gedanken versunken, dann schaut er sich um und sagt, wie unter dem Eindruck der Unbeweglichkeit der Dinge, die ihn umgeben, beinahe mit Abscheu:)

Fausto: Dieses Haus ... *(Pause, in Gedanken:)* Ob Venzi es ihr gesagt hat?

Die Stimme des Dieners: *(hinter der Tür links)* Gestatten Sie?

Fausto: Herein. *(Der Diener tritt ein, und gleichzeitig treten aus Faustos Zimmer Marta und Elena ein, diese trägt ein rotes Negligé, das sie noch bleicher erscheinen läßt, sie hat Pantoffeln an wie eine, die gerade aus dem Bett aufgestanden ist. Marta stützt sie.)*

Marta: Nein, nein, nicht da hin, das erlaube ich nicht! Nur bis hierher!

Fausto: *(läuft zu ihr)* Ah, du bist aufgestanden?

Elena: Ja, ja, ich bleibe hier, ich bleibe hier, weiter gehe ich nicht!

Marta: Sie wollte aufstehen, und sie soll es nicht!

Fausto: Sei doch vernünftig, Elena!

Elena: Also ich werde mich hier auf dein Bett legen. *(Zu Marta:)* Ist das gut so? Das könntet Ihr mir doch zugestehen!

Marta: Aber ja, gewiß! Nur im Bett sollst du bleiben ... *(Begleitet sie zum Bett und hilft ihr, sich hinzulegen.)*

Fausto: So! So ist es brav! *(Dann wendet er sich an den Diener, der wartet:)* Was gibt's?

Diener: Ich komme, um zu melden, daß unten alles bereit ist für das Abendessen.

Elena: Nein, nein, Fausto, nicht unten! Hier, hier, du kannst hier decken lassen: für Marta und für dich!

Marta: Aber nein, was kommt dir in den Sinn? Ich gehe nach Hause.

Elena: Nein, hier! Hier! Tu mir den Gefallen! Hier, Marta!

Marta: Ich hol nur meinen Hut aus deinem Zimmer ... *(Will gehen.)*

Elena: *(verläßt das Bett)* Also dann stehe ich auf, wenn du nicht bleibst!

Marta: Aber nein, komm, sei nicht kindisch. Laß mich gehen!

Elena: Ich laß dich nicht gehen, nein! Du mußt hierbleiben. Schau, ich habe solche Angst, wenn du heute abend weggehst ...

Marta: Aber ich komme später wieder, Liebes!

Elena: Nein, nein, bleib hier, mit Fausto, und ich höre vom Bett aus, wie ihr miteinander redet...

Fausto: Tun Sie ihr den Gefallen, Signorina. Zumal Signora Anna Ihre Eltern schon benachrichtigt hat. *(Zum Diener:)* Decken Sie hier auf diesem Tischchen. *(Zeigt nach links neben dem Bogen.)*

Elena: Für zwei! Für zwei!

Diener: Sehr wohl, Signora, für zwei. *(Er nimmt das Tischchen, stellt es in die Mitte des Zimmers und geht.)*

Marta: *(zu Elena)* Und du schnell wieder ins Bett! *(Sie begleitet sie wieder und hilft ihr ins Bett.)* Warte, ich hole dir die Decke aus deinem Zimmer. *(Sie geht und kommt kurz darauf mit der Decke zurück. Inzwischen klingelt das Telefon auf dem Sekretär. Fausto läuft hin.)*

Fausto: *(ruft ins Telefon)* Hallo! *(Kurze Pause.)* Ja. *(Pause.)* Natürlich, ich rufe sie sofort! *(Zu Marta, den Hörer in der Hand haltend:)* Für Sie, Signorina, von zu Hause.

Marta: Für mich? *(Sie läuft herbei.)* Vielleicht ist Anna noch nicht da gewesen.

Elena: Gut, da kannst du es ihnen selber sagen.

Fausto: *(gibt Marta den Hörer)* Bitte.

MARTA: *(spricht ins Telefon:)* Hallo! Ja, ja, ich bin's: ich höre, Mama.

(Sie hört zu. Lange Pause. In der Zwischenzeit tritt der Diener mit einem großen Tablett ein, mit allem Nötigen zum Decken und mit einem Tischtuch unter dem Arm. Während des Telefongesprächs deckt er den Tisch für zwei Personen.)

Aber nein, was sagst du da? *(Ein Moment des Erstaunens, der sie beinahe den Hörer auflegen läßt.)* Ja, ja, gewiß, ich bin völlig überrascht ... Ich hab verstanden, natürlich, aber ich ... *(Sie hört zu: eine ziemlich lange Pause.)* Aber nein! Einfach so per Telefon, ich bitte dich! Nein, ich kann im Augenblick nicht. Ja. Ich bleibe hier bei Elena ... wie Anna gesagt hat. – Was soll ich denn da machen! Nein, nein, ich komme nicht. *(Pause.)* Du sagst ihm, er kann mit mir sprechen, wenn ich nach Hause komme, und ... Ah, er weiß, daß du mit mir telefonierst? Also sage, daß ich ihm auf keinen Fall telefonisch antworten kann auf solch eine Frage ... Aber ja, danke ihm und sag ihm, daß ich darüber nachdenken werde. Er wird eine Antwort bekommen ... Ja, genau so. Leb wohl. *(Sie legt den Hörer auf, bleibt in Gedanken versunken stehen, überrascht und verwirrt.)*

ELENA: Was ist?

MARTA: Eine seltsame Sache! Und ausgerechnet heute, nachdem ... Mama macht mir Spaß ... Als ob keine Zeit wäre, es mir selber zu sagen ...

ELENA: Du, ich habe verstanden.

MARTA: Was hast du verstanden?

ELENA: Daß Guido Migliori bei euch zu Hause um deine Hand angehalten hat.

MARTA: *(überrascht und in Besorgnis)* Wie konntest du das wissen?

ELENA: Als er das letzte Mal mit uns zusammen war, ist mir aufgefallen, daß er ein Auge auf dich geworfen hatte. Dir nicht?

Fausto: Ja, ja, das habe ich auch gemerkt.

Marta: Ich ja auch, du lieber Gott! Gewisse Dinge fallen einem sofort auf. Ich habe jedoch nicht erwartet … *(Der Diener bringt den ersten Gang und stellt das Tablett auf dem Sekretär ab.)*

Fausto: *(hält Marta einen Stuhl hin)* Bitte, setzen Sie sich inzwischen, Signorina.

Elena: Marta, soll ich dir was sagen? Guido Migliori ist nichts für dich! Er ist gut, ja, aber so dumm, so schrecklich dumm, der Arme!

Marta: Ah, er ist sicher kein Kirchenlicht …

Fausto: Nun also, wenn auch ich meine Meinung sagen darf, Guido scheint mir tatsächlich nicht die geeignetste Partie für Sie zu sein.

Marta: Er muß auch ein paar Jahre jünger sein als ich…

Elena: Er ist reich.

Fausto: Und ein schöner junger Mann.

Elena: Aber das genügt doch nicht für Marta, entschuldige. Ein schöner junger Mann … die gibt's viele, schöne junge Männer. *(Pause. Man muß merken, wie in diesem Schweigen alle eine große Verlegenheit überkommt.)*

Fausto: Wer weiß, ob ihm die Idee nicht am Abend unserer Ankunft gekommen ist.

Elena: Die Idee würde immerhin beweisen, scheint mir, daß er doch nicht der Dümmste ist unter euch Intelligenzbestien. *(Pause.)*

Marta: *(langsam, die Augen ins Leere gerichtet)* Und doch, vielleicht … ja, es wäre vielleicht gut, wenn ich ja sage…

Fausto: Soll das heißen, wirklich »gut«, für Sie, Signorina? Ich würde noch darüber nachdenken.

Elena: Ja, ja, Marta, du mußt es dir überlegen, gut überlegen … Das sage ich dir, Marta …

Marta: Das sagst du mir? Wärst du nicht froh, wenn Marta endlich…

ELENA: Ja! Aber nur mit einem, der deiner würdig ist! Das würde mich unglaublich freuen! Du kannst warten ... Warte, warte ab ... Und wer weiß!

MARTA: *(abschließend)* Nein, Liebes, du wirst sehen, du wirst sehen, ich sage ja! *(An dieser Stelle hört man an der Tür links eine Stimme.)*

VENZI: Darf man eintreten?

FAUSTO: Ach du bist es? Komm, komm herein, Venzi.

VENZI: Ah, gut ... Ihr eßt hier zu abend?

ELENA: Und ich hier, Venzi! Ich sehe nicht, aber ich höre.

VENZI: Guten Abend, Signora Elena. Meine Glückwünsche.

ELENA: Wozu?

VENZI: Na, ich sehe, daß es Ihnen besser geht, auch ohne Sie zu sehen! *(Übergibt Fausto einen Schlüssel:)* Hier ist der Schlüssel der Kanzlei. Wenn morgen früh der Bote kommt, soll er die Papiere sofort zum Notar bringen, sie liegen fertig auf meinem Sekretär.

FAUSTO: Ja, gut.

VENZI: Ich habe unten gesagt, daß man mich anrufen soll, wenn man mich braucht ... Und ... guten Appetit, euch beiden! *(Das Telefon läutet von neuem, Venzi, der am nächsten steht, hebt den Hörer ab.)*

MARTA: Oh Gott, schon wieder!

VENZI: *(ruft ins Telefon)* Hallo!

MARTA: *(reißt ihm den Hörer aus der Hand)* Nein, lassen Sie, es ist für mich!

VENZI: Verzeihung, woher wollen Sie das wissen? Entschuldigen Sie.

MARTA: Es ist für mich.

ELENA: Guido Migliori hält um Martas Hand an, Venzi! Sag nein, Marta, nein, nein: damit sie aufhören!

VENZI: Aber natürlich! Etwas anderes kann sie doch gar nicht antworten!

MARTA: *(am Telefon)* … aber entschuldige, Mama, was für ein gutes Wort soll ich dir sagen, das ist doch lächerlich! Nein, nein. Schluß damit! *(Sie legt den Hörer auf und sieht Venzi distanziert an.)* Ich konnte guten Gewissens nichts anderes antworten.

VENZI: Natürlich nicht! Natürlich nicht! Das habe ich ja gesagt! *(Er grinst.)* Haha, man stelle sich vor! Guido Migliori … Guten Abend! Guten Abend!

(Immer noch grinsend geht er ab. In der Stille breitet sich eine noch größere Verlegenheit aus als zuvor. Marta und Fausto sitzen sich gegenüber, sie wissen nicht, ob sie essen sollen, nicht, wo sie hinschauen, noch, was sie sagen sollen. Plötzlich erscheint im Rundbogen Elena, die leise das Bett verlassen hat, totenbleich.)

ELENA: Ihr seid so gut zusammen, Ihr beiden, so wie ihr es sein werdet, wie Ihr es sein werdet, wenn ich nicht mehr bin. *(Marta und Fausto laufen zu ihr, bestürzt.)*

MARTA: Nein, oh Gott, Elena, was sagst du da? Was denkst du?

FAUSTO: Elena! Elena! Wie kannst du so etwas denken?

ELENA: Ich sehe euch, ich sehe euch so, wie ihr sein werdet!

MARTA: Nein, Elena! Schlag dir diesen entsetzlichen Gedanken aus dem Kopf!

ELENA: Aber ich will es so! Ich will es!

MARTA: Was willst du? Du bist verrückt! Du bist da! Du wirst gesund werden!

FAUSTO: Du mußt leben! Du mußt leben!

ELENA: Ihr wollt, daß ich lebe? Du willst, daß ich lebe, Marta, willst, daß ich lebe?

MARTA: Aber ja, Liebes, natürlich! Ich würde mein Leben für dich geben!

ELENA: Nein, es genügt, daß du heiratest! Es genügt, daß du heiratest!

MARTA: Ja, ja, Guido Migliori, glaub mir, ich werde ihn heiraten, ich heirate ihn!

ELENA: Nicht meinetwegen, weißt du! Ich glaube dir ja, ich glaube dir! Es ist, um diesem gemeinen Kerl den Gedanken aus dem Kopf zu holen, den er mir hier hineingetrieben hat wie einen Nagel und der mich verrückt werden läßt und sterben, sterben!

MARTA: Ja, ja!

ELENA: Um ihm zu beweisen, daß es nicht wahr ist! Daß es eine Infamie ist, eine Infamie, was er von dir denkt! Denn du bist gut, du bist gut, und daran glaube ich, liebe, liebe Marta! Gut, gut … *(Und sie überschüttet sie mit Liebkosungen.)*

MARTA: Aber ja, ja, Liebes. Du kannst mir glauben! Sei ruhig, sei ganz ruhig! Du machst dich krank … sei ruhig, Liebes … Du kannst ganz sicher sein! Ganz sicher. Denn ich bin so, ja, wahrhaftig, so wie du glaubst.

Vorhang

DRITTER AKT

Dieselbe Szene wie im 2. Akt, wenige Stunden später. Es ist Nacht. Im Salon ist alles Licht gelöscht. Nur ein schwacher Schein dringt oberhalb des geschlossenen grünen Samtvorhangs, dort, wo er an den Ringen hängt, und dem Bogen darüber aus dem Zimmer, in dem Elena stirbt. Sie stirbt im Bett ihres Mannes. Im Dunkel des Salons sollte ein heller Lichtstrahl vom Rundbogen her auf eine Falte des Vorhangs nahe dem Spalt treffen, um das dunkle Grün des Samtes zu betonen. Dieser Lichtstreif könnte bis auf den Boden reichen.

Wenn der Vorhang aufgeht, müßte die Szene zunächst leer erscheinen, erst wenn die Augen sich an das Halbdunkel gewöhnt haben, nimmt man undeutlich Francesco Venzi wahr, der am Spalt des Samtvorhangs steht und in das andere Zimmer späht.

Der ganze – sehr kurze – Akt aus wenigen Worten und vielen langen und unheimlichen Pausen beruht auf dem, was man von Elenas Sterben im anderen Zimmer erahnen kann. Zwischen den Pausen müssen die Worte, ob es die Martas, Faustos, des Arztes oder der Krankenschwester sind, klar zu verstehen sein und den Eindruck des Lebens wiedergeben, von Menschen, die am Leben sind und bleiben für Dinge, die sie tun müssen, denn auch der Tod – und sei es selbst der einer geliebten Person – ist eine zwar ernste, aber gewöhnliche Sache des Lebens, bei der man helfen und sich kümmern muß, wobei ganz bestimmte Handlungen mit einer Geistesgegenwart vorgenommen werden müssen, daß es bisweilen so scheinen könnte, als fehle das Mitleid. Anfangs hört man nur, in gewissen Abständen und beinahe schon mechanisch, das Klagen von Elena.

Die Darstellerin der Elena liegt tatsächlich auf dem Bett, und alle anderen Schauspieler und Schauspielerinnen hinter dem grünen Samtvorhang agieren in den vorgegebenen Situationen so, als würde das Publikum sie sehen.

ELENA: Oh Gott, oh mein Gott, oh Gott mein Gott! Oh Gott, oh mein Gott...
(Und dieses Stöhnen, in Abständen und fast mechanisch, wiederholt sich einmal verstärkt, dann wieder mit schwächerer Stimme, dazwischen tiefe Seufzer bis zum Augenblick des Todes.)

MARTA: Glauben Sie nicht, daß man ihr noch eine Injektion geben sollte, Doktor?

FAUSTO: Ja, der Puls ist so schwach! Man fühlt ihn kaum! Schnell, Doktor, schnell!

KRANKENSCHWESTER: Wir haben noch zwei Ampullen mit Kampferöl. Und eine mit Äther.

DOKTOR: Machen Sie die Spritze fertig. Aber es scheint leider, daß sie kaum noch nützen wird.

FAUSTO: Aber nach der zweiten Spritze ist der Puls doch wiedergekommen, beinahe normal.

DOKTOR: Wir wollen es versuchen. *(Zur Krankenschwester:)* Nein, die brauche ich nicht, geben Sie mir das da! *(Lange Pause. Man hört wieder das Stöhnen von Elena.)*

FAUSTO: Haben Sie gesehen – sie merkt den Stich nicht einmal, schauen Sie nur. *(Pause. Von neuem langes Jammern.)*

MARTA: Wird sie das lange so machen?

DOKTOR: Eine Art mechanisches Stöhnen.

FAUSTO: Ach, vielleicht weiß sie nicht einmal, daß sie das macht. Es ist grauenvoll!

KRANKENSCHWESTER: Es wäre vielleicht nicht falsch, ihr den Kopf etwas höher zu legen.

MARTA: Ja, ich glaube, so liegt sie schlecht.

KRANKENSCHWESTER: Warten Sie, warten Sie ...

FAUSTO: Lieber nicht anfassen!

Marta: Nur ein bißchen, ganz, ganz wenig ... Nein, lassen Sie, ich mach das! *(Pause für die Handlung. Das Stöhnen von Elena hört etwas auf, dann beginnt es von neuem.)*

Fausto: *(fühlt Elena wieder den Puls)* Was denn? Oh Gott, fühlen Sie, Doktor, der Puls schlägt wirklich nicht mehr! *(Pause. Der Arzt fühlt Elenas Puls und horcht sie ab. Dann:)*

Doktor: Nein, nein, er ist kaum wahrzunehmen, aber er schlägt.

Marta: Sie schwitzt so sehr ...

Fausto: Sie ist eiskalt.

Marta: *(zur Krankenschwester)* Geben Sie mir, geben Sie mir das Taschentuch da! *(Pause.)* Elena, meine Elena ... *(Neue Pause. Elenas Stöhnen wird lauter, dann plötzlich bricht es nach dem dritten: Oh! ab. Man wartet eine kurze Pause lang –)*

Fausto: Wie denn? Sie stöhnt nicht mehr!

Marta: Sie hat Mühe zu atmen.

Doktor: Versuchen wir es mit Sauerstoff. Wo ist er? Haben wir etwas mitgebracht?

Krankenschwester: Ja, einen Behälter, er ist drüben. *(Der Arzt schiebt den Samtvorhang zur Seite und kommt in den Salon. Er sucht im Dunklen, findet nicht. Francesco Venzi hat sich etwas zurückgezogen. Aber schon beginnt Elena von neuem zu stöhnen.)*

Doktor: Wo steht er?

Krankenschwester: Dort, Doktor! *(Auch sie betritt den Salon und nimmt links am Rundbogen, wo das Tischchen stand, den Sauerstoffbehälter auf.)* Hier ist er!

Doktor: Versuchen wir, sie damit zum Atmen zu bringen. *(Die Krankenschwester geht in das andere Zimmer zurück, in das man jetzt etwas hineinsehen kann, weil der Arzt die linke Bahn des Samtvorhangs an den Ringen fast bis zur Mitte zurückgeschoben hatte. Francesco Venzi, der nach rechts in den Schatten ausweicht, sieht den Arzt in das Zimmer zurückkehren und ruft ihn.)*

Venzi: Doktor! Doktor ...

Doktor: *(kommt schnell zurück)* Wer ist da? Ach Sie, Herr Rechtsanwalt?

Venzi: Ich bin schon eine Weile hier. *(Er fleht plötzlich mit dumpfer Stimme, beinahe drohend:)* Retten Sie sie, retten Sie sie um Gotteswillen, Doktor, retten Sie sie!

Doktor: Tja! Was wollen Sie da jetzt noch retten!

Venzi: Sagen Sie das nicht! Sagen Sie das nicht! Sie müssen alles tun, um sie zu retten, Doktor! Und wenn es ein noch so riskantes Mittel gibt: Versuchen Sie es wenigstens!

Doktor: Hier hilft kein Mittel! Nur noch ein Wunder ...

Venzi: Tun sie es! Tun sie es!

Doktor: Das Wunder?

Venzi: Sie wissen nicht, was alles von diesem Tod abhängen kann!

Doktor: Sie meinen für ihren Mann?

Venzi: Für ihren Mann und für alle! Machen Sie, daß es nicht dazu kommt, um Himmelswillen! Ich beschwöre Sie!

Doktor: Aber das steht leider nicht in meiner Macht ... Es ist nur noch eine Frage von Minuten ... Fürchten Sie besonders für ihren Mann?

Venzi: Ja, für ihren Mann.

Doktor: Es wird schrecklich sein, ich weiß, so kurz erst verheiratet, aber dennoch wird er sich abfinden müssen ... *(Er kehrt in das andere Zimmer zurück.)*

Venzi: *(allein, wie ein Raubtier im Käfig)* Sich abfinden? Sich abfinden? Ah ja, sich abfinden, sagt er! Das wird man sehen! Das wird man sehen! *(Er setzt sich in den Sessel neben dem Diwan, mit dem Rücken zum Publikum. Schweigen. Und von neuem in das Schweigen hinein die Stimmen von drüben.)*

Marta: Sie schafft es nicht, sie schafft es nicht ...

Fausto: Lassen Sie sie in Ruhe, um Gotteswillen!

Doktor: *(zur Krankenschwester)* Aber ja, lassen Sie sie, lassen Sie sie.

Fausto: Sie haben sie verrenkt, sie ist ganz verändert … sie stöhnt nicht einmal mehr … Elena, Elena! Jammere doch wenigstens … ich kann dich so nicht sehen … Elena, Elena … *(Er bricht in schmerzliches Weinen aus.)*

Doktor: Nein, das nicht, hier wird jetzt nicht geweint!

Marta: Aus Mitleid mit ihr, Viani, kommen Sie, kommen Sie, so geht das nicht … kommen Sie mit, kommen Sie!

Fausto: Nein, lassen Sie mich! Lassen Sie mich bei ihr bleiben!

Marta: Sie machen es nur schlimmer! Seien Sie vernünftig! Hören Sie auf den Doktor!

Fausto: Wenn sie nichts mehr hört? Sehen Sie nicht? Sie hört nichts mehr!

Marta: Aber sie spürt es! Kommen Sie, kommen Sie!

Doktor: Seien Sie vernünftig! Es ist besser, wenn Sie hinausgehen … dort, dort hinüber, Signorina … *(Er übergibt ihn Marta und bleibt selbst am Bett der Sterbenden.)*

Marta: *(begleitet Fausto, indem sie ihn stützt)* Ja, bleiben Sie so lange hier – ja, setzen Sie sich hier hin … Haben Sie daran gedacht, die Eltern zu benachrichtigen?

Fausto: Ich glaube, ich habe unten gesagt, man möge sofort das Telegramm aufgeben, das ich für den Vater aufgesetzt habe … dringend …

Marta: Ah, gut … wenn Sie das gemacht haben …

Fausto: Aber es wird sicher nicht rechtzeitig ankommen!

Marta: Wer sagt Ihnen das? Es wird rechtzeitig ankommen! Setzen Sie sich hierher.

Fausto: Ich weiß freilich nicht, ob der Diener auch gegangen ist, es aufzugeben.

Venzi: Er ist gegangen, ja.

Fausto: *(bemerkt jetzt die Anwesenheit Venzis)* Du bist hier? Wer hat dich gerufen?

Venzi: Ich bin verständigt worden.

Fausto: Wer hat dich verständigt? Ich nicht!

Marta: Ich auch nicht …

Venzi: Ich habe beim Weggehen unten hinterlassen, man möge mich benachrichtigen.

Fausto: Um der Vollendung deines Werkes zuzusehen?

Venzi: Aber nein …

Fausto: *(zeigt nach hinten)* Da! Da! Siehst du sie?

Marta: Um Gotteswillen, lassen Sie das, Viani, lassen Sie das!

Venzi: Du klagst mich an?

Fausto: Dich, dich, ja! Du bist es gewesen, du, der ihre Krankheit beschleunigt hat! Du mit deiner Bosheit! Schau sie dir an! Da, schau sie dir an!

Marta: Aber nein, lassen Sie das, Viani! Schweigen Sie! Kommen Ihnen diese Beschuldigungen nicht sinnlos vor, jetzt, hier?

Fausto: Weil Sie so großzügig sind?

Marta: Lassen Sie mich aus dem Spiel! Warum ziehen Sie mich mit hinein?

Fausto: *(zu Venzi)* Verschwinde! Verschwinde! Und zwar für immer. Für dich gibt es in diesem Haus keinen Platz mehr!

Doktor: *(kommt und tritt dazwischen)* Ich bitte Sie, ich bitte Sie, meine Herren! Dies ist nicht der geeignete Augenblick!

Marta: Setzen Sie sich, setzen Sie sich, Viani! Beruhigen Sie sich!

Venzi: Gehen Sie fort, Doktor? Ich begleite Sie.

Fausto: *(dreht sich ruckartig um)* Aber wieso, Doktor, Sie gehen?

Doktor: Da ist im Augenblick nichts zu tun.

Fausto: Nein, nein, Sie müssen bleiben! Sie wollen sie so allein lassen?

Doktor: Aber Verzeihung, was soll ich noch tun?

Fausto: Ihr beistehen! Sie wollen weggehen? Sie müssen da sein, wenn Sie gebraucht werden.

Doktor: Aber ich habe der Schwester alle Anweisungen gegeben.

Fausto: Nein, nein! Sie müssen ihr helfen, Sie müssen ihr helfen! Ich lasse Sie nicht gehen!

Doktor: Es ist sinnlos, sage ich Ihnen! Sie ist jetzt viel ruhiger. Es scheint, als hätte sich ihr Puls ein wenig erholt.

Fausto: Ah ja?

Doktor: Und auch die Atmung.

Fausto: Also besteht Hoffnung?

Doktor: Ich will Sie nicht täuschen. Es ist sehr ernst. Hoffen wir, daß diese Ruhe anhält. Wenn sie, wie es jetzt aussieht, die Nacht übersteht, bin ich morgen in aller Frühe wieder hier. Fassen Sie Mut! Gute Nacht. Gute Nacht, Signorina!

Marta: Auf Wiedersehen, Doktor. *(Fausto sinkt wieder in den Sessel und weint. Der Arzt gibt Marta mit dem Kopf ein Zeichen, um ihr verständlich zu machen, daß das Ende unvermeidbar ist und wohl nahe bevorsteht. Er geht mit Venzi zum Ausgang links.)* Kopf hoch, Viani, Mut, Mut, Sie dürfen so nicht aufgeben …

Fausto: *(hebt den Kopf)* Der wagt es, sich hier sehen zu lassen!

Marta: Denken Sie nicht mehr daran. Er ist gegangen. Schluß.

Fausto: Jawohl! Wie die Täter an den Ort des Verbrechens. Er wollte zusehen! Sie wissen so gut wie ich, daß er es war, er, nach der eindeutigen Aussage meiner armen kleinen Elena da …

Marta: Ja, aber bedenken Sie, das Übel, das er angerichtet hat…

Fausto: Ich sage, er hat ihre Krankheit beschleunigt.

Marta: Ja sicher, aber Ihre arme kleine Elena hatte sie schon in sich.

Fausto: Man mußte nicht noch nachhelfen! Und es geht auch um Sie, Marta! Eine so niederträchtige, schändliche Unterstellung … Ihr so etwas in den Kopf zu setzen … Ja! Ein teuflisches Werk …

(Pause. In dem Schweigen hört man von neuem das Stöhnen Elenas, aber so gehaucht, als käme es schon von weit, weit her. Marta bleibt nahe bei Fausto stehen, sie wendet sich ein wenig, um zu horchen: Sie sagt kein Wort. Fausto, der in diesem Schweigen eine tiefe Angst und unendlichen Schmerz empfindet, hebt ein wenig den Kopf, um sie anzusehen, sie zu beobachten, dann sinkt er wieder zurück. Und das Schweigen dauert an. Und das Stöhnen.)

Elena: Oh Gott, oh mein Gott … oh Gott, oh mein Gott … oh Gott, oh mein Gott …

Fausto: *(verfolgt seinen Gedankengang)* Und das Gespräch, das er vorhin mit mir hatte, über Sie, mit einer geradezu wüsten Anmaßung … er rief seine Frau … um mir ins Gesicht zu sagen, ja, das hat er gewagt … mir ins Gesicht zu sagen, daß mich alle einen Idioten genannt haben, weil ich nicht … *(Er unterbricht sich. Dann hebt er erneut den Kopf, um Marta zu beobachten, wenig später sinkt er wieder zurück.)*

Marta: Um Himmelswillen, sprechen Sie nicht von ihm …

Fausto: Wer weiß, wie Sie gelitten haben – durch ihn!

Marta: Schweigen Sie, tun Sie mir den Gefallen! Niemals, glauben Sie mir, niemals so wie jetzt –

Fausto: – haben Sie gelitten?

Marta: Ja. Schweigen Sie.

Fausto: Seinetwegen? *(Marta antwortet nicht. Sie führt das Taschentuch an die Augen. Schweigen. Und in das Schweigen fällt, wieder etwas stärker, das Stöhnen.)*

Elena: Oh Gott! Oh mein Gott ... oh Gott ... oh mein Gott ... oh Gott ... oh mein Gott ...

Fausto: *(in seinem Gedankengang)* Aber was kann er wollen? Was wagt er, was wagt er, von Ihnen zu wollen?

Marta: Ich habe Sie gebeten, Viani, jetzt nicht über ihn zu sprechen. Warum wollen Sie, daß ich an ihn denke, jetzt?

Fausto: Ich versuche, mir seine rasende Wut zu erklären!

Marta: Da gibt es nicht viel zu erklären. Gerade weil er weiß, daß er es nicht wagen kann, etwas von mir zu verlangen –

Fausto: – was andere könnten? *(Schweigen. Man hört kein Stöhnen mehr.)*

Marta: *(nachdem sie ein wenig abgewartet hat)* Sie stöhnt nicht mehr? *(Im Rundbogen ist die Krankenschwester erschienen – unbeweglich – und ruft:)*

Krankenschwester: Signorina.

Marta: *(versteht)* Ah – ja? *(Und sie geht ins andere Zimmer.)*

Fausto: Was ist? Tot? Tot? *(Er läuft schreiend und weinend hinzu.)* Elena! Meine Elena! Elena! Elena! *(Kaum in das andere Zimmer eingetreten, weicht er wieder zurück:)* Oh, lieber Gott! Warum macht sie das so?

Krankenschwester: Aber sie ist schon tot.

Fausto: Aber nein! Sehen Sie? Wie entsetzlich! Ein ganz anderes Gesicht ...

Krankenschwester: Wenn man an Herzversagen stirbt ...

Fausto: Aber der Mund ... Oh Gott! So nicht ...

Marta: Kommen Sie, kommen Sie, lassen Sie das die Krankenschwester machen, sie richtet das alles ...

Fausto: Nein, nein! *(Er geht an das Bett und beugt sich über die Tote.)* Meine Elena, meine Elena, so schnell bist du gegangen! Meine arme, kleine Elena, so schnell ... ohne etwas gesehen zu haben, ohne etwas genossen zu haben, so schnell dahin, so schnell! Was war dein Leben mit mir? Du hörst mich nicht mehr! Du hörst mich nicht mehr! Elena! Elena! *(Während Fausto bei seiner toten Frau weint, tritt Francesco Venzi vorsichtig durch die linke Tür ein und geht sofort wieder nach rechts in den Schatten.)*

MARTA: *(nötigt Fausto, sich von dem Bett zu lösen und führt ihn dann durch den Samtvorhang nach vorn)* Nun, nun, Viani, gut, gut. Kommen Sie jetzt, kommen Sie, nachher können Sie wieder zu ihr ... Die Schwester muß sich jetzt um das kümmern, was zu tun ist. Seien Sie ein Mann, und bleiben Sie ein Weilchen hier ...

(Sobald Marta mit Fausto durch den Samtvorhang gegangen ist, zieht die Krankenschwester die linke Hälfte des Vorhangs zu. Die Szene bleibt also fast im Dunkeln, wie am Anfang des Aktes.)

FAUSTO: Ja, ja, ich bleibe hier, ich bleibe hier ...

MARTA: Setzen Sie sich hier hin ...

(Marta läßt ihn sich in den anderen Sessel am Diwan setzen, und zwar so, daß das Publikum ihn erkennen kann. Er wendet sich im Sessel nach links und legt die rechte Hand an den Kopf.)

MARTA: Ich bleibe jetzt auch da ... ich kümmere mich um sie ... Machen Sie sich keine Sorgen.

(Sie schiebt den Samtvorhang beiseite und geht in das Sterbezimmer. Und sofort nähert sich Francesco Venzi von hinten dem Sessel, in den Fausto sich gesetzt hat, er hebt die Hand, in der er den Revolver hält, den er im 2. Akt aus dem Sekretär genommen hat, feuert auf Faustos Schläfe ab und läßt die Waffe in dem Moment fallen, in dem auch der sterbende Fausto seinen Arm sinken läßt, den er am Kopf gehalten hatte. Bei dem Schuß hört man zwei Schreie hinter dem Samtvorhang. Marta und die Krankenschwester stürzen verstört heraus.)

MARTA: Was ist?

VENZI: Er hat sich umgebracht! *(Marta blickt ihn entsetzt an.)*

KRANKENSCHWESTER: Er hat sich umgebracht? Oh Gott ...

(Sie kommt näher, um Fausto anzusehen:) Er ist tot! Ja, er ist tot!

VENZI: *(gebieterisch)* Rühren Sie ihn nicht an! Man muß sofort die Polizei benachrichtigen. Gehen Sie, sagen Sie dem Diener, er soll sie sofort holen!

KRANKENSCHWESTER: *(gehorcht erschrocken dem Befehl)* Ja, ja, ich gehe, ich gehe ... Oh Gott, sowas ... *(Läuft durch die linke Tür ab.)*

MARTA: *(sofort zu Venzi, fast tonlos)* Sie haben ihn getötet!

VENZI: *(verschlossen und finster, mit dumpfer Stimme)* Wenn Sie das glauben, zeigen Sie mich an!

MARTA: *(sieht ihn immer noch entsetzt an und wiederholt, betont)* Sie haben ihn getötet.

VENZI: Zeigen Sie mich an. Die Waffe, schauen Sie, ist seine.

MARTA: Sie haben es getan! Und können weiter zuschauen! Sie haben ihn ohne Grund getötet! Weil ich ihn liebte – aber ich hätte ihn niemals geheiratet!

VENZI: Mir hat es genügt zu wissen, daß Sie ihn lieben.

MARTA: *(nähert sich Fausto und streicht zart mit der Hand über sein Haar)* Ach, mein Armer ... Armer ... Armer ...

VENZI: Und Sie sagen, Sie hätten ihn nicht geheiratet!

MARTA: *(hochmütig, richtet sich auf)* Ich sage Ihnen, ich hätte ihn niemals geheiratet!

VENZI: Gut. Und nun zeigen Sie mich an. Zeigen Sie mich an. Wenn nicht, sind Sie meine Komplizin.

MARTA: *(wendet sich um und sieht ihn an, höchst widersprüchliche Gedanken und Gefühle wühlen sie auf: Sie – Komplizin? Aber er hat gesagt, sie liebe Fausto... Sie wendet sich ihm zu, der tot da liegt: Anzeigen? Nein, sie wird es nicht tun: Er wird den Weg finden, sich seinem eigenen Gewissen zu stellen. Und sie sagt in gelassenem Ton, aber mit fester Überzeugung)* Sie werden sich selbst anzeigen.

VENZI: Ach, Sie möchten, daß es bei mir liegt, mich anzuzeigen oder nicht anzuzeigen? Für mich ist allein wichtig, daß Sie, nach allem hier, niemandem mehr gehören werden.

MARTA: *(nimmt das an wie etwas, das sie erhöht)* Und Sie glauben, das sei eine Strafe für mich? *(Schweigen. Dann kommen von links atemlos die Ehefrauen herbei: Anna, Rosa Clelia mit der Krankenschwester, die Zimmermädchen. Nach den ersten, nicht aufzuhaltenden Ausrufen, bleiben sie voller Schrekken, fast ohne Atem und ganz und gar nur Auge, an der Tür stehen.)*

ANNA: Oh Gott, was für eine Tragödie! Da liegt er! Da liegt er.

ROSA: Aber wie hat er...

CLELIA: Wie konnte das geschehen?

KRANKENSCHWESTER: Auf einmal! Die Signorina hat ihn hierhergebracht, und ...

ANNA: *(zu ihrem Mann)* Du warst hier?

KRANKENSCHWESTER: Von einem Augenblick zum anderen!

ROSA: Und sie da drüben: Seht nur! *(Sie zeigt auf Elena im Bett des anderen Zimmers.)* Oh Gott, seht nur!

ANNA: Alle beide! Was für ein Schicksal! Und du: arme Marta!

ROSA: In einer solchen Tragödie! Ich habe gleich an dich gedacht, als Anna mich holte: Und Marta? Und Marta?

ANNA: *(zeigt auf ihren Mann)* Er ist sofort losgerannt, als der Anruf kam, ich war schon im Bett, ich hab sie gleich geholt! *(Sie zeigt auf Rosa und Clelia.)*

CLELIA: Arme Marta, was für ein Schreck muß das für dich gewesen sein! Ich bin gekommen, siehst du, so wie ich war. Paolo ist zu Haus geblieben, mit einer furchtbaren Migräne.

ROSA: Ich weiß nicht einmal, ob ich abgeschlossen habe! Arme Marta!

MARTA: Genug! Genug jetzt! Ich bitte euch! Macht euch um mich keine Gedanken, macht sie euch um ganz etwas anderes! Ich bitte euch, geht! Ja, ja, Anna, ich bitte dich, ich bitte dich. *(Zeigt auf Venzi:)* Nimm ihn mit dir!

ANNA: Wie, du willst allein bleiben?

CLELIA: Hier, allein?

ROSA: Deinetwegen sind wir gekommen!

MARTA: Allein, ja, allein! Ich danke euch, aber geht jetzt, ich bitte euch! Ich will allein sein ... Nimm ihn mit, nimm ihn mit, Anna!

VENZI: Nein. Ich muß bleiben.

MARTA: *(in drohendem Ton)* Sie werden mit Ihrer Frau gehen. *(Dann wendet sie sich an die Frauen, empört:)* Wie soll ich es euch denn noch sagen, damit ihr endlich geht? Laßt mich allein! Ich will allein sein! Allein, allein, allein!

Vorhang

1926 entstand dieses für seine verehrte Primadonna Marta Abba und seine eigene Schauspieltruppe konzipierte Stück in »weniger als zwanzig Tagen«, wie Pirandello der Abba brieflich vermeldete. Ausgangspunkt ist eine damals mehr als dreißig Jahre alte, gleichnamige Novelle Pirandellos, die bereits 1894 in dem Novellenband *Amori senza amore* (»Lieben ohne Liebe«; siehe im Anhang zu diesem Stück) erschienen war. Die Uraufführung fand am 28. April 1927 durch die eigene Truppe im römischen Teatro Argentina statt. Das italienische Publikum blieb dem Stück auch nach dem Zweiten Weltkrieg treu, wie eine umfangreiche Aufführungsliste zeigt. Im Ausland blieb der Erfolg eher gering: 1930 gab es eine Aufführung in Prag, nach dem Krieg eine deutsche und eine französische Fernsehfassung; von Marta Abbas eigener Übertragung ins Englische ist nicht bekannt, ob sie je zur Aufführung gelangte.

DIE FREUNDIN DER EHEFRAUEN

I

Es schien einigen Freunden – und zu ihnen zählte Paolo Baldía –, daß Signorina Pia Tolosani ein wenig zu jener vagen Melancholie neigte, wie sie aus übermäßiger Lektüre entstehen kann, wenn man die Gewohnheit angenommen hat, die oft unbeschriebenen Blätter des eigenen Lebens an den Satzspiegel der bedruckten Seiten des einen oder anderen Romans anzupassen; das aber ohne große Einbuße der eigenen Spontaneität, meinte wiederum Giorgio Dàula, ein anderer Freund. Im übrigen war diese Melancholie überaus verständlich und des Mitgefühls würdig, und sie konnte auch mehr als aufrichtig erscheinen bei einer vorausschauenden jungen Dame, die schon an die sechsundzwanzig zählt, sich bewußt ist, daß es ihr an einer Mitgift ermangelt, und ihre Eltern schon in vorgeschrittenem Alter sieht. Auf diese Art und Weise entschuldigte sie schließlich Filippo Venzi, seines Zeichens Rechtsanwalt.

Keiner der jungen Männer, die den Salon der Tolosanis frequentierten, hatte sich je dazu aufgerafft, Pia ein bißchen den Hof zu machen; die vertrauliche Freundschaft des Vaters, die schweigende Güte der Mutter oder auch der übermäßige Respekt, den Pia allen einflößte, da sie so verschlossen erschien in ihrer Aufgabe – einer Aufgabe, die sie sich ofenbar selbst gestellt hatte, nämlich in sich jede Handlung oder jede Äußerung abzuschneiden, die auch nur entfernt an Koketterie erinnern konnte –, schienen alle zu lähmen. Und dennoch ging diese Zurückhaltung Pias einher mit der allerfreiesten Gelöstheit des Charakters, mit den auserlesensten gesellschaftlichen Umgangsformen in Verbindung mit einer Ausstrahlung, die etwas von wohlmeinender Vertraulichkeit an sich hatte und jeden Neuankömmling sofort von seiner anfänglichen Verlegenheit befreite, dennoch sahen alle in ihr die kluge und vorausschauende kleine Ehefrau, und es schien, als setzte auch sie all ihren Eifer, ja ihre ganze Person daran, zu beweisen, daß sie das tatsächlich sein könnte, wenn irgendeiner sich nur endlich dazu durchringen würde, freilich ohne von ihr irgendeinen Anstoß zu erwarten: keinen Blick, kein Lächeln, kein Wort auf Vorschuß.

Alle bewunderten, wie schmuck dieses Haus war, das in jeder Einzelheit die Sorgfalt ihrer makellosen Hände verriet; alle bemerkten die Einfachheit und den guten Geschmack, die dort herrschten; aber niemand vermochte sich zu mehr aufzuraffen, als fühlten sie alle, daß man sich dort schon genug wohlfühlte, wenn man alles bewunderte und in freundschaftlichem Gespräch verharrte, ohne noch mehr zu wollen.

Außerdem zeigte Pia Tolosani für niemanden eine Vorliebe. »Vielleicht würde sie mich heiraten, ebenso wie jeden anderen der ständigen Gäste des Hauses«, so dachte ein jeder. Ja, es war schon genug, daß irgendeiner versuchte, ein bißchen höher in ihrer Gunst zu steigen, um sie dazu zu veranlassen, sich mit wohlkalkulierter Kühle von ihm zu entfernen, als wollte sie auch dem unschuldigsten Gerede rechtzeitig vorbeugen.

Auf diese Weise war Filippo Venzi, der nunmehr Beweibte, ihrem insgeheim ersehnten Joch entronnen, und so wie er noch zwei andere geheime Prätendenten. Und dann war die Reihe an Paolo Baldía gewesen.

»So verlieb dich doch! Du bist ja wirklich ein Dummkopf«, hatte Giorgio Dàula, der Busenfreund des letzteren und zugleich ein alter Freund des Hauses Tolosani, zu ihm gesagt.

»Mein Lieber, mir reicht's!« hatte ihm Baldía, stets verärgert, geantwortet. »Damit habe ich schon zweimal sehr schlechte Erfahrungen gemacht.«

»Dann versuch's doch ein drittes Mal, zum Teufel!«

»In wen soll ich mich denn verlieben?«

»Na, du bist gut! In Pia Tolosani natürlich!«

Und so, quasi aus Gefälligkeit, hatte sich Baldía fast und fast darauf eingelassen. Ob Pia Tolosani es gemerkt hatte? Giorgio Dàula schwor, daß es so wäre, er behauptete sogar, sie habe ihre Gefühle bei keinem anderen, nicht einmal bei Venzi, so klar verraten wie nun bei ihm.

»Was heißt denn da verraten! Sie ist doch völlig ungerührt!« rief Baldía aus.

»Kindereien! Du wirst schon sehen. Und außerdem, diese Ungerührtheit ist doch für dich nur eine Sicherheit mehr, wenn du sie heiraten solltest.

»Verzeih, warum heiratest du sie eigentlich nicht selbst?«

»Weil ich's nicht kann, das weißt du doch genau! Könnte ich es, so wie du es kannst, dann ...«

II

Plötzlich war Baldía aus Rom abgereist und in seinen Heimatort gefahren. Dieses Verschwinden wurde im Hause Tolosani in vielfältiger Weise kommentiert. Einen Monat später war er wieder da.

»Na?« fragte Dàula, als er ihn zufällig, aufs höchste beschäftigt, in der Stadt traf.

»Ich habe deinen Rat befolgt. Ich heirate!«

»Im Ernst? Pia Tolosani?«

»Was denn, Pia Tolosani! Eine von dort unten, aus meinem Dorf...«

»Ach, du Schelm! Die hattest du wohl die ganze Zeit in petto?«

»Nein, nein«, lachte Baldía. »Das war eine ganz einfache Geschichte. Mein Vater macht mir einen Vorschlag: ›Ist dein Herz noch frei?‹ Ich antworte: ›Es ist noch frei!‹ – Na, ehrlich gesagt, ganz und gar frei war es nicht ... Na gut. Ich sage nicht ja und sage nicht nein. ›Lassen Sie sie mich einmal ansehen. Vor allem darf sie mir nicht unsympathisch sein‹. Direkt unsympathisch war sie mir nicht. Ein braves Mädchen, eine ordentliche Mitgift ... Na, kurz gesagt, ich habe zugestimmt, und da bin ich nun. Ach, sag, soll ich heute abend zu den Tolosanis gehen? Heute ist doch Donnerstag, wenn ich mich nicht irre.«

»Ja freilich«, meinte Dàula. »Im Gegenteil, es würde sich gehören, daß du's dort bekanntgibst...«

»Ja natürlich ... nur, ich ... ich weiß nicht, ich bin da in einer Situation ... ich habe ja nie etwas zu Signorina Pia gesagt, ich weiß schon; zwischen ihr und mir ist nie auch nur das geringste gewesen, und dennoch ... du verstehst, ich habe da so den Eindruck ...«

»Von dem mußt du dich losmachen! Du würdest es noch schlimmer machen, wenn du nicht hingingest ...«

»Ich hätte doch eine Entschuldigung: Ich habe ja so viel zu tun! Ich muß schließlich das Nestchen bauen ...«

»Wirst du bald heiraten?«

»Na freilich, was sich zu lang hinzieht, daraus wird nichts Gutes ... Bald, in drei Monaten. Ich habe schon unser Häuschen, in der Via Venti Settembre. Du wirst es ja sehen! Ach, aber ich verliere vollends den Kopf ... Stell dir bloß vor! Ein Haus einrichten, so von einem Tag auf den anderen ...«

»Kommst du heute abend?«

»Ich werde kommen, mach dir keine Sorgen.«

Und tatsächlich erschien er am selben Abend im Hause Tolosani.

Der Salon war noch voller als gewöhnlich. Baldía schien es, als wären alle diese Leute nur gekommen, um ihn noch verlegener zu machen. »Wie macht man das nur«, fragte er sich, »eine bevorstehende Hochzeit ›ankündigen‹?« Schon zweimal hätte sich die Gelegenheit dazu geboten, als er Fragen über seine Reise und seine Abwesenheit beantwortete; statt dessen hatte er – errötend – ausweichende Antworten gegeben. Endlich rang er sich doch dazu durch, und ergriff die Gelegenheit, als einer der Gäste über seine Überlastung mit verschiedenen Geschäften klagte.

»Na, bei mir ist das noch schlimmer, mein Lieber!«, warf Baldía ein.

»Bei Ihnen?«, lachte Signora Venzi. »Aber Sie haben doch nie etwas zu tun!«

»Was denn, nie etwas! Ich muß ein Haus einrichten, Signora Venzi!«

»Werden Sie am Ende heiraten?«

»Ja, ich werde heiraten ... leider!«

Die Überraschung war allgemein. Die Fragen prasselten nur so auf Baldía ein, und Giorgio Dàula war ihm ein bißchen dabei behilflich, sie alle zu beantworten.

»Sie werden sie uns doch vorstellen, nicht wahr?«, fragte nach einer Zeit Signorina Pia.

»Selbstverständlich!«, beeilte sich Paolo zu antworten. »Das wird für mich eine Freude sein!«

»Ist sie blond?«

»Braun.«

»Haben Sie ein Porträt von ihr?

»Noch nicht, Signorina ... es tut mir leid.«

Man sprach von dem Haus, das er ausgesucht hatte, von den Einkäufen, die bereits erledigt und die noch zu erledigen waren, und Baldía zeigte sich beschämt, verlegen, bedrückt ob der kurzen Zeit, die ihm blieb und der Schwierigkeiten der Wohnungseinrichtung. Da bot sich Signorina Pia von sich aus an, ihm gemeinsam mit ihrer Mutter beizuspringen, vor allem, was die Auswahl der Stoffe für die Tapeten betraf.

»Das ist nichts für Sie. Lassen Sie uns das machen. Uns wird das ein Vergnügen sein.«

Und er nahm dankend an.

Kaum traten sie auf die Straße, sagte Dàula zu ihm:

»Nun bist du in besten Händen. Du wirst sehen, jetzt ist es mit aller Verlegenheit vorbei. Kauf ruhig alles, was Signorina Pia aussucht: Es wird immer ein guter Kauf gewesen sein! So hat es auch Filippo Venzi gehalten, und der dankt noch immer seinem Herrgott für die Eingebung. Sie hat den Geschmack und das Taktgefühl, das man dazu braucht, und auch die Erfahrung, die Ärmste! Es ist ja schon das dritte Mal, daß sie sich dazu hergibt ... Sie denkt für die anderen, weil niemand an sie denken will! Was für ein schönes Nest verstünde sie sich doch selbst einzurichten! Die Männer sind nun einmal ungerecht, mein Lieber. Könnte ich es mir leisten, mir eine Frau zu nehmen, ich würde sie wahrlich nicht so weit in der Ferne suchen ...«

Baldía schwieg. Er begleitete Dàula nach Hause, dann spazierte er bis in die späte Nacht durch die Straßen Roms und hing seinen Phantasien nach.

Ausgerechnet sie, ausgerechnet sie mußte also das Heim einrichten, das dann für eine andere Frau dienen sollte. Und sie selbst hatte sich angeboten, einfach so, mit der einfachsten und natürlichsten Miene der Welt ... Also hatte es ihr tatsächlich gar nichts ausgemacht, daß er ... Und er hatte gedacht ... er war rot geworden ...

III

»Los, beeile dich, Mama! Es ist schon zehn Uhr!« sagte Pia, die sich noch einmal mit dem Kamm durch die Haare fuhr, wobei sie ihre Frisur in dem dreiteiligen Spiegel auf der Kommode betrachtete.

»Nur immer mit der Ruhe, Kind«, antwortete Signora Giovanna gemächlich. »So schnell verschwinden die Geschäfte nicht vom Corso! Um wieviel Uhr kommt uns Baldía denn abholen?«

»Bald. Er hat gesagt, ungefähr um zehn. Das heißt, das haben wir ihm gesagt.«

»Ja, aber wenn's dir so schlecht geht...«

»Nein, das ist schon vorbei. Höchstens die Augen noch; sieh einmal: sind sie noch sehr rot?«

»Ein bißchen gerötet, ja. Und geschwollen sind sie auch.«

»Das macht mich jedesmal so kaputt, diese Migräne! Da, jetzt läutet es. Das wird er sein!«

Es war allerdings Frau Anna Venzi mit den unvermeidlichen zwei Kindern und dem Mädchen. Diese beiden blassen, ein wenig vernachlässigten Geschöpfe waren für Pia eine ständige Sorge. Es war ihr nicht gelungen, die Mutter dazu zu bewegen, diese Kinder fröhlicher und lokkerer anzuziehen, und sie war fast darüber verzweifelt. Diese langen Höschen, diese geglätteten, künstlich in Strähnen gelegten Haare, die viel zu weit bestrumpften Beinchen verursachten ihr geradezu körperliches Unbehagen. Anna, die sonst pflichtschuldigst jeden Rat Pias ausführte, war grob und halsstarrig, wenn es um die Mutterrolle ging. Vergeblich hatte Pia sich an ihren Mann gewandt; Filippo schloß die Augen oder zuckte traurig die Achseln:

»Ja, freilich sehe ich das; aber wenn ihre Mutter ... ich habe an andere Dinge zu denken, Signorina!«

Anna kam, um bei den Einkäufen für Baldía zu helfen, getrieben von einer Neugier, die vielleicht nicht ganz frei von Neid war. Zu Neugier und Neid kam vielleicht auch eine Prise noch nicht ganz ausgeprägter Eifersucht, weil sie beinahe vorausahnte, daß Pia in Zukunft möglicherweise mit der neuen Ehefrau mehr Gemeinschaft pflegen würde als mit ihr.

Nun war sie schon so viele Jahre in Rom und hatte noch keine Freundschaften zu schließen vermocht außer jener mit Pia Tolosani, der sie ihr Mann wenige Tage nach der Ankunft in der Hauptstadt vorgestellt hatte. Damals war Anna ziemlich dumm, völlig unerfahren in den Dingen des Lebens, in Umgangsformen und in gesellschaftlichen Angelegenheiten. Unverständlich, wirklich unverständlich, wie Filippo Venzi, der doch ein gebildeter und kluger junger Mann war, einer der herausragendsten Anwälte im Gerichtssprengel von Rom, ausgerechnet diese Person auswählen und heiraten hatte können. Sie war ja nicht einmal schön, du guter Gott! Die Freunde hatten einander wechselseitig ihre Enttäuschung über diese Wahl anvertraut; aber niemand kam es in den Sinn – außer vielleicht Filippo selbst –, welche Enttäuschung Pia Tolosani empfunden hatte, als sie sie sah. – Was? Um dieser Person willen? – Und dennoch hatte sie ihr den freundlichsten Empfang bereitet, und im Lauf der Zeit hatte sie fast die Rolle ihrer Beschützerin gegenüber dem Ehemann angenommen. Denn Venzi war kurz nach der Eheschließung in eine tiefe Melancholie verfallen, und um der Wahrheit die Ehre zu geben, keiner der Freunde meinte, es mangle ihm an einem Grund dafür. Pia Tolosani begann nun auch noch Annas Erziehung in die Hände zu nehmen, und binnen kurzer Zeit wurde Pias Begleitung für die junge Frau geradezu unentbehrlich. Sie suchte für sie die Kleiderstoffe aus, sie nannte ihr die richtige Schneiderin und Hutmacherin, sie hatte ihr gezeigt, wie sie sich in einer etwas weniger plumpen Weise frisieren sollte, wie sie das Haus in Ordnung halten und nach und nach mit all den Kleinigkeiten bestücken konnte, die die Frauen zu finden wissen, um sich das Nestchen richtig wohnlich zu gestalten.

In all das legte sie ihren ganzen Schwung hinein. Und sie ging sogar noch weiter.

Anna erzählte ihr in ihrer Dummheit Mal für Mal alles, was zwischen ihr und ihrem Mann vorfiel, die kleinsten Verstimmungen und Mißverständnisse. Und da hatte Pia sich auch noch dazu hergegeben, mit viel Taktgefühl die ersten Ehestreite beizulegen, ohne je selbst aufzutreten, indem sie dem Zorn beider behutsam die Spitze nahm und Anna kluge Ratschläge und Ermahnungen zur Vorsicht, zur Geduld, mitgab...

»Du weißt deinen Mann nicht richtig zu nehmen! Du müßtest das oder das tun ...«, sagte sie. »Du kennst ihn noch nicht gut genug. Tja, meine Liebe, siehst du? Meiner Meinung nach würde er das oder jenes brauchen ...«

Ihm gegenüber wiederum schlug sie im Scherz einen zornigen Ton an, schnitt ihm die Klagen oder die Entschuldigungen ab:

»Aber halten Sie den Mund! Venzi, Sie haben unrecht, geben Sie es zu, Sie haben unrecht! Die arme Anna! Sie ist so ein guter Mensch ... Ja, wir wissen schon, sie ist noch ziemlich unerfahren ... Und Sie, Sie grober Kerl, Sie nützen das eiskalt aus! Ja, ja: Wir wissen ja, woran wir mit euch bösen Männern sind, ihr seid ja alle gleich ...«

Nun hatte sich Anna, nach so vielen Jahren dieser Schule und des Aufenthalts in Rom, gewaltig verbessert, das mußten auch die von ihr enttäuschten Freunde zugeben, so war es; aber sie ließ doch immer noch viel zu wünschen übrig, besonders für ihren Mann.

»Noch nicht fertig angezogen?« fragte sie Pia beim Eintreten.

»Ach, du bist es? Sehr gut. Setz dich. Hast du die Kleinen bei dir? Mein Gott! Wie sollen wir denn die zum Einkaufen mitnehmen?«

»Nein, die bleiben hier«, antwortete Anna. »Tittí hat gebrüllt, da mußte ich sie einfach mitnehmen. Bist du noch nicht fertig angezogen?«

»Siehst du nicht, Mama kann sich nicht und nicht aufraffen. Heute hat eben Mama ihre Launen. Und ich habe eine Migräne, sag ich dir ...«

»Verschieben wir doch den Einkauf auf morgen«, schlug Signora Giovanna vor.

»Ach Gott, Anna!« warf Pia ein, um das Gespräch rasch in andere Bahnen zu lenken. »Frisiere dir doch diese Haare da ein bißchen hinauf! Los, los! Wie hast du dich denn heute nur hergerichtet?«

»Tittí hat gebrüllt«, sagte Anna noch einmal. »Bring du sie mir doch in Ordnung, ich bitte dich. Wenn Tittí sich so aufführt, halte ich sie einfach nicht aus, weißt du?«

Signora Giovanna ging hinaus, und Anna und Pia unterhielten sich allein weiter.

»Also heiratet Baldía so plötzlich«, begann Anna und folgte Pia, die sich fertig ankleidete, mit den Blicken.

»Ja, es ist merkwürdig: Von Zeit zu Zeit verschwindet einer, und dann kommt er mit einer Ehefrau zurück.«

»Soll ich dir was sagen?« fing Anna wieder an. »Ich hätte darauf geschworen, daß Baldía an dich denkt; ja, zumindest schien es mir so ...«

»Aber nicht einmal im Traum!« rief Pia laut und errötete bis ins Weiße der Augen hinein.

»Ich schwöre es dir«, fuhr Anna im selben Tonfall fort. »Mir ist es so vorgekommen. Und ich habe mir gesagt: Wann wird er sich endlich entscheiden? Dir liegt da nichts daran, ich weiß ... Aber ich ...«

Das Dienstmädchen trat ein und meldete, daß Signor Baldía im Salon warte.

»Geh du voraus«, sagte Pia zu Anna. »Wir sind fast fertig.«

IV

Paolo Baldía befand sich tatsächlich im Salon in banger Erwartung Pias. Er warf sich selbst vor, vielleicht ein bißchen zu früh gekommen zu sein. Er wollte aufmerksamer in ihren Worten, in ihren Mienen zu ergründen versuchen, ob die am Abend zuvor zur Schau gestellte Gleichgültigkeit vorgetäuscht war oder nicht. Aber vielleicht würde er bald schon, bei Pias Anblick, nicht mehr über die notwendige Klarheit des Geistes verfügen, um diese Prüfung anzustellen.

Er empfand in diesen Räumen, in denen er bis vor kurzem für einen Augenblick mit dem Gedanken gespielt hatte, sich zu verlieben, in denen er sich vielleicht eine vage Anspielung, einen ein bißchen ausdrucksvolleren Blick hatte entschlüpfen lassen, ein geradezu rasendes Unbehagen. Unterdessen betrachtete er im Stehen die wohlbekannten da und dort an den Wänden oder auf den Möbeln kunstvoll angeordneten Objekte. Das Bild der Braut, die so ganz anders war als Pia, war in diesem Augenblick in seinem Geist in weite Ferne gerückt. Nichtsdestoweniger hatte er sich fest vorgenommen, sie aufrichtig zu lieben, sie mit all seiner Erfahrung zu umsorgen, ihr zugleich Lehrer und Ehemann zu sein; sie würde mit einem Wort in der großen Leere, die er bislang empfunden hatte, das Ziel, die einzige Beschäftigung seines Lebens darstellen. Aber für den Augenblick war sie sehr weit weg.

Anna Venzi rief ihn bei ihrem Eintreten freilich zu ihr zurück.

»Ich komme auch mit, lieber Baldía. Ich will ja auch etwas tun für ihre … ach sehen Sie! Sie haben uns ja noch gar nicht gesagt, wie die Gute heißt …«

»Sie heißt Elena …« antwortete Baldía.

»Sie ist sicher entzückend … ganz sicher …«

»So so …«, sagte Paolo und zuckte die Achseln.

»Auch mir werden Sie sie vorstellen, nicht wahr?«

»Aber freilich, Signora; mit Vergnügen ...«

Endlich erschien Pia, die sich (so erschien es Paolo) mit noch mehr Sorgfalt als üblich zurechtgemacht hatte.

»Verzeihen Sie, Baldía! Wir haben Sie ein wenig warten lassen ... Wir können gehen! Die Mama ist bereit ... Das heißt, nein; warten Sie! Haben Sie den Zettel bei sich?«

»Hier ist er, Signorina.«

»Ausgezeichnet. Dann können wir aufbrechen. Sie haben noch nichts gekauft, nicht wahr?«

»Nichts, absolut gar nichts.«

»Dann werden wir nicht alles an einem einzigen Tag besorgen können. Na gut, wir werden schon sehen. Sie dürfen es bloß nicht zu eilig haben, lassen Sie uns nur machen.«

Auf der Straße begann das Verhör über die Braut. Paolo hatte sich Zurückhaltung auferlegt und antwortete deshalb nur oberflächlich, wobei er für das, was sie nun unternahmen, Gleichgültigkeit vorschützte.

»Aber wissen Sie, Sie sind mir wirklich der Rechte!« rief Pia schließlich aus, als sei sie verärgert.

»Weshalb, Signorina?« antwortete Paolo lächelnd. »Es ist ja die reine Wahrheit: Ich kenne sie noch nicht. Sie lachen? Mag sein, ich habe sie dort unten zwölfmal gesehen, eins auf oder ab. Aber was soll's! wir werden schon noch Zeit haben, einander kennenzulernen ... Ich weiß, daß sie ein gutes Mädchen ist, das reicht mir fürs erste. Sie wollen ihre Vorlieben wissen; darüber weiß ich gar nichts ...«

»Und wenn sie dann mit uns nicht zufrieden ist?«

»Machen Sie sich keine Sorgen. Handeln Sie ganz nach Gutdünken; Sie wird damit zufrieden sein.«

»Sag mir die Wahrheit«, wandte sich Pia an Anna. »Bist du zufrieden gewesen?«

»Ich, das weißt du doch, hochzufrieden war ich mit allem«, antwortete Anna.

»Aber dein Mann war wenigstens kein solcher Griesgram wie Baldía; verzeihen Sie! Was soll denn diese aufgesetzte Gleichgültigkeit? Schämen Sie sich! Wissen Sie, daß Sie bald schon Ehemann sein werden?«

»Na, wirke ich vielleicht nicht betrübt genug?« witzelte Paolo.

»Sie hätten Venzi sehen sollen, bei dieser Sache! Der Arme war so aufgeregt, daß man richtig Mitleid haben mußte! Ständig in Sorge, er könnte etwas vergessen haben … Und auf dem Sprung, bald hierhin, bald dorthin; und wir, die Mama und ich, immer hinter ihm drein: von dem Haus in dieses Geschäft, dann in jenes … Ach, ich sage euch, wir konnten alle schon nicht mehr! Aber was wir gelacht haben … Wir haben ganz schön gearbeitet.«

Sie betraten ein großes Stoffgeschäft auf dem Corso Vittorio Emanuele. Zwei Verkäufer kümmerten sich sofort mit großer Zuvorkommenheit um sie. Anna Venzi bestaunte häßliche Imitationen alter Kristallüster, die von dem Geländer der Galerie herabhingen, die rund um den großen, mit Stoffen angefüllten Raum lief. Signora Giovanna betrachtete die hier und dort mit Kennerschaft ausgelegten Stoffmuster aus der Nähe und prüfte sie mit den Fingern. Sie wollte sich in die Anschaffungen Baldías gar nicht einmischen.

»Welche Qualität? Sie müssen mir sagen …«, wandte sich Pia an diesen.

»Aber ich weiß doch nicht ... was soll ich denn davon schon wissen?« entgegnete Paolo mit einem Achselzucken.

»Dann sagen Sie mir doch wenigstens, wieviel sie ungefähr ausgeben wollen …«

»Was Sie wollen … Ich gebe mich ganz in Ihre Hände. Tun Sie, als ob …« Er brach gerade noch rechtzeitig ab; er hatte sagen wollen: »Als ob Sie für sich selbst einkaufen würden.«

»Mama, Anna!« rief Pia, um sich nicht zu verraten, denn

sie hatte verstanden, weshalb er sich unterbrochen hatte. »Mit Baldía ist nichts anzufangen. Kommt her. Für das Schlafzimmer nehmen wir einen *Bizantino*, nicht wahr? Einen breiten Stoff... feine Qualität... Vielleicht ein bißchen zu teuer, hm?«

»Der Preis spielt keine Rolle!« schaltete sich Paolo ein.

»Ja, Sie würden dafür bei der Menge sparen. Der *Bizantino* ist sehr breit.«

Das Geschäft nahm geraume Zeit in Anspruch. Man diskutierte über die Farbe (»Ich liebe Gelb über alles!« beharrte Anna Venzi), über die Qualität, die Menge, den Preis ... Der junge Verkäufer hatte scharfsinnig die Situation erfaßt, jawohl, und er wandte sich nur an Pia allein:

»Nein, sehen Sie, Signorina; verzeihen Sie! Zeigen Sie doch dem Signore ...«

Paolo, den man seit mehr als einem Monat von seinen Büchern ferngehalten und gezwungen hatte, so viele Dinge wichtig zu nehmen, von denen er den Eindruck hatte, er würde sie nie wichtig nehmen können, war der Sache bereits müde geworden und blickte nachdenklich auf die Straße hinaus. – Plötzlich sah er, als er sich umdrehte, die drei Frauen in dem Raum heimlich hinter dem Rücken des jungen Verkäufers lachen, der sich entfernt hatte, um einen Stoff ins Regal zurückzulegen. Vor allem Anna standen die Tränen in den Augen, und unter dem Taschentuch brach sie erneut in schallendes Gelächter aus. Paolo trat hinzu, und Anna wollte ihm schon den Grund der plötzlichen Heiterkeit verraten, da hielt Pia sie am Arm zurück.

»Nein, Anna! Ich verbiete es dir!«

»Na, was ist denn da Böses dabei?« gab Anna zurück.

»Nichts, ich weiß!« antwortete Pia. Und zu Paolo gewandt fügte sie hinzu: »Wollen Sie auch lachen? Sehen Sie: Dieser Dummkopf hat mich doch tatsächlich für die Braut gehalten!«

V

Paolo Baldía ruhte sich ein wenig in seinem neuen Hause aus, das nun schon ziemlich eingerichtet war. Er hatte sich auf einem ausziehbaren Lehnsessel in seinem Arbeitszimmer ausgestreckt, in dem er sich vornahm, sehr bald von neuem ein Leben der Reflexion und der Studien aufzunehmen. Er wartete auf die Familie Tolosani, Filippo Venzi und seine Frau, die demnächst kommen sollten, um das Haus zu besichtigen. Plötzlich kam ihm in den Sinn, es noch einmal genau zu betrachten, ein Zimmer nach dem anderen, um sich die Wirkung auszumalen, die es auf die Besucher haben würde. Noch acht oder zehn Tage, und das Nest wäre bereit, ihn mit seiner Braut zu empfangen.

Wenn er die Vorhänge, die Tapeten, das Mobiliar besah, dann genoß er das Gefühl des umsorgenden Eigentümerstolzes, der in ihm aufstieg. Und doch – während er so sein Haus einer genauen Prüfung unterzog, schob sich immer wieder eine Figur vor die der Braut: Pia Tolosani. Fast in jedem Gegenstand sah er den Rat, den Geschmack, die vorausschauende Klugheit Pias. Sie hatte ihm zu dieser Anordnung der Möbel im Salon geraten; sie hatte ihn auf die Idee gebracht, diesen oder jenen höchst nützlichen und eleganten Gegenstand zu kaufen. Sie hatte sich an die Stelle der fernen Braut gesetzt und für sie all jene Annehmlichkeiten eingefordert, an die ein Mann, sei er auch immer verliebt, keine Zeit gehabt hätte zu denken. »Hätte ich sie nicht gehabt!« sagte Paolo sich. Und er selbst hatte manche Sachen gekauft, um von Pia dafür gelobt zu werden, nicht so sehr von seiner zukünftigen Frau; im Gegenteil, er wußte im vorhinein, daß Elena viele dieser Gegenstände nie verstehen und vielleicht auch nie verwenden würde; sie war doch so unwissend und an ein ganz einfaches Leben gewöhnt. Also hatte er sie eigentlich für Pia gekauft, als hätte er für sie ein Heim eingerichtet.

Endlich trafen die Besucher ein. Filippo Venzi hatte noch nichts gesehen, weder vom Haus noch von den Einkäufen; Pia und seine Frau nahmen ihn sogleich in die Mitte, um ihm die entsprechenden Erklärungen zu geben. Paolo führte die ein wenig müde Signora Giovanna in den Salon, ließ sie Platz nehmen und öffnete die Läden des großen Balkons mit dem Marmorgeländer, der auf die Via Venti Settembre hinausging.

»Ah, das ist wunderbar!« rief die Signora Tolosani aus. »Gehen Sie ruhig, Baldía, lassen Sie mich allein. Ich ruhe mich ein wenig aus, dann sehe ich mich selbst um.«

»Große Fortschritte!« rief Pia, als sie ihn erblickte. »Nun ist schon fast alles bereit! Sehen Sie, Venzi, sehen Sie diese beiden Tischchen dort, wie entzückend! Da gehören nur noch zwei hübsche Vasen hin, mit überhängenden Gräsern! Mag sie Blumen, Baldía, Ihre Braut?«

»Ich glaube schon ...«

»Na, dann sofort zwei Blumenvasen dorthin!«

»Ich werde welche kaufen, keine Sorge. Nun, Venzi, wie gefällt dir das Haus?«

»Es gefällt mir außerordentlich!« antwortete Filippo. »Außerordentlich«, wiederholte er, zu Pia gewandt.

Anna sah ihren Mann an, dann Baldía, und schließlich unterließ sie es, dieselben Worte zu wiederholen.

Aus dem Eßzimmer gingen sie ins Schlafzimmer.

»Das hab ich mir doch gedacht!« rief Pia, »er hat sie vergessen! Wo ist denn hier das Weihwasserbecken und der Betschemel?«

»Auch ein Betschemel?« warf Venzi lächelnd ein.

»Sicher! Baldías Braut ist sehr religiös, nicht wahr, Baldía? Glauben Sie denn, alle Welt besteht aus exkommunizierten Ketzern, wie Sie einer sind?«

»Und Sie, Sie beten jeden Abend vor dem Schlafengehen?« fragte Venzi hinterhältig.

»Wenn ich einen Betschemel hätte, würde ich beten.«

Paolo und Venzi begannen zu lachen. Paolo hatte Pia Tolosani noch nie so lebhaft gesehen, sie war beinahe kokett.

Soviel war sicher: Entweder hatte sie tatsächlich nichts von diesem ersten, schüchternen Versuch, sich zu verlieben, bemerkt, oder es hatte ihr überhaupt nichts bedeutet, daß er die Sache wieder aufgegeben hatte. Im einen wie im anderen Fall empfand er einen dumpfen Ärger, ja fast so etwas wie Versuchung ob dieses Ausbruchs an Fröhlichkeit. Und während bei ihrem Anblick die Erinnerung an die Braut verblaßte, verschwand, schien sie im Gegenteil sich nur um diese Braut zu bekümmern; sie sprach nur von ihr, als wollte sie sie gegen dieses Vergessen schützen; und sie schrieb ihre erlesensten Gedanken der fernen Braut zu; so sehr, daß ihre Überlegenheit gegenüber jener anderen Paolo ständig ins Auge stach.

In offenem Gegensatz zu der Fröhlichkeit Pias stand die düstere Laune Filippos, an den sie in einem fort Sticheleien und scherzhafte Vorwürfe richtete. Ihre helle Stimme schien wie mit Nadeln bewehrt, es wirkte, als würde sie zwischen dem einen und anderen hellen Auflachen ihr Gegenüber insgeheim ins Fleisch stechen. Venzi lächelte bitter oder antwortete mit kurzen, beißend ironischen Sätzen.

Schon seit geraumer Weile hatte Paolo sich daran gewöhnt, in Filippo nicht mehr den sorglosen Freund von einst zu sehen; an diesem Tag jedoch, in dem neuen Haus, als er so voll Zufriedenheit über die abgeschlossene Arbeit war, bedrückte ihn die Düsterkeit des Freundes mehr als sonst.

»Was hast du?« fragte er ihn.

»Nichts, Gedanken!« antwortete Filippo wie üblich.

»Venzi will die Welt neu erfinden!« neckte ihn Pia.

»Ja, neu erfinden, ohne Frauen!«

»Das schaffen Sie nicht! Sag es ihm, Anna! Was tätet ihr Männer denn ohne uns Frauen? Sagen Sie es doch, Baldía!«

»Nichts! Für mich ist das die reine Wahrheit. Und dieses Haus ist der Beweis dafür.«

Filippo schüttelte den Kopf und entfernte sich, um das Haus noch einmal allein zu besichtigen. So war es, so, wie Pia Tolosani ihm das seine eingerichtet hätte, wenn er damals, vor vielen Jahren, seine Börse für ihren Geschmack so weit hätte öffnen können wie nun Baldía! Wie mußte sie doch zufrieden sein, daß sie diesen Beweis ihres guten Geschmacks, ihrer Klugheit und Voraussicht hatte liefern können!...

Im Eßzimmer traf er auf die Signora Giovanna, die ganz langsam und gründlich jedes einzelne Ding beobachtete.

»Gut zusammengestellt ... da kann man gar nichts sagen ... Alles mit Geschmack!« – und im Inneren sagte sie sich, wenn sie an ihre Tochter dachte, mit leisem Kummer: »Wie die alles zu arrangieren versteht!...«

Zwischen ihr, Venzi und Baldía erschien Anna in diesem Haus wie ein Sockel, auf dem Pia Tolosani in ihrer Erlesenheit noch besser zur Geltung kam.

»Hier fehlt jetzt nichts mehr als die Braut!« sagte Pia. »Setzt euch! Wir wollen das Klavier ausprobieren.«

Und sie spielte mit großem Ausdruck eine wunderbare Komposition von Grieg.

VI

Etwa drei Monate nach der Hochzeit kehrte Paolo Baldía von einer langen Reise nach Rom zurück, mit seiner jungen Frau. Während der Reise war Elena ein wenig krank geworden und so mußte sie gleich nach der Ankunft in Rom noch ein paar Tage das Bett hüten.

Pia Tolosani starb vor Neugier sie kennenzulernen,

und – aus einer anderen Perspektive – auch Anna Venzi, die schon Vorfreude darüber empfand, wie sie der Neuen ihre reiche Erfahrung und die großstädtischen Manieren (die ihr Pia beigebracht hatte) vorführen würde. Keiner der Freunde hatte Elena noch zu Gesicht bekommen; lediglich Filippo Venzi hatte eine flüchtige Begegnung mit Baldía gehabt.

»Ach, Sie haben ihn gesehen?« fragte ihn Pia mit schlecht verhüllter Erwartung. »Na gut, na gut, dann sagen Sie uns doch …«

Venzi sah sie lange starr an, ohne ein Wort zu sagen; dann verkündete er: »Jaja, Neugier wird eben bestraft …«

»Ekelhafter Kerl«, rief Pia aus und kehrte ihm den Rükken.

»Wie ich schon gesagt habe, ich habe ihn gesehen«, fing Venzi von neuem an. »Signorina Pia, es ging ihm gut, es ging ihm bestens!«

»Na, da bin ich aber froh!« sagte Pia verärgert.

»Ein bißchen bedrückt war er schon, ehrlich gesagt.«

»Na, das ist doch klar, der arme Kerl!« rief Pia aus, wobei sie sich Dàula zuwandte. »Und sagen Sie, Venzi, liegt seine Frau noch zu Bett?«

»Nein, sie steht schon auf.«

»Ah, dann werden wir sie also bald zu Gesicht bekommen!«

Dieses Ereignis ließ freilich noch lange auf sich warten. Baldía wollte, daß seine Frau gut vorbereitet der Neugier der Freunde, vor allem jener von Pia Tolosani, gegenübertreten und sie befriedigen sollte. Elena freilich, von eher verschlossenem und ein wenig halsstarrigem Charakter, trocken in ihren Antworten, ließ sich ganz und gar nicht von seiner Art bewegen, die Dinge zu sehen und zu denken, sie wollte in nichts den Wünschen ihres Mannes nachgeben, so sehr diese auch mit höchstem Taktgefühl und höchster Einfühlung vorgebracht wurden. Er konnte sie nicht einmal dazu bewegen, das Kleid anzuziehen, das ihm am besten gefiel, und ein Band vom Hals zu nehmen, das ihr seiner Meinung nach überhaupt nicht stand.

»Sonst gehe ich nicht mit!« hatte Elena die Diskussion abgeschnitten.

Paolo schloß die Augen und blies die Luft hörbar durch die Nase aus. Sei's drum! Er hatte es eben leider mit einem schwierigen Charakter zu tun, den man auf seine Weise nehmen mußte, auf eine zugleich feste und sanfte Weise; wenn nicht, dann gab es Krieg im Hause! Aber Paolo meinte, er besäße genug Lebensklugheit für so etwas. Seine kleine Frau machte ihm zu schaffen? Na um so besser! Endlich hatte er eine interessante Beschäftigung gefunden. Und nach und nach, da hatte er großes Vertrauen in seine eigenen Fähigkeiten, nach und nach würde er sie schon in die Form bringen, die ihm vorschwebte. Und einstweilen: sei's drum!

Beseelt von diesem Gefühl stellte er seine Elena Pia Tolosani vor, wobei er Pia beinahe im verborgenen, ein wenig scherzhaft, ohne im geringsten die Empfindlichkeit seiner Frau zu beleidigen, um Unterstützung bat, was Klugheit und Taktgefühl anbelangte.

Pia begriff sofort, mit wem sie es zu tun hatte, als sie Elena sah. Äußerlich gefiel sie ihr eigentlich nicht sehr; ganz anders die starre, verschlossene Zurückhaltung, das plötzliche Erröten des Gesichts, wenn Elena einen Widerspruchsgedanken Gestalt annehmen ließ, die entschiedenen Sätze der Ablehnung gegenüber dem Ehemann, der sie ängstlich von der Seite betrachtete.

»Nein, nein! Unmöglich, ganz unmöglich! Mag er tun, was er will.« – So pflegte Elena abzulehnen. »Er«, das war der Ehemann – für Elena ein Wesen, das von ihr ganz und gar verschieden war.

Pia betrachtete Baldía und lächelte wohlwollend. Paolo betrachtete seine Frau und lächelte ein wenig verlegen.

»Sie gefällt mir; dieses Wesen, das gefällt mir!« erklärte Pia Tolosani Donnerstag abend vor ihren Freunden.

Anna Venzi sah Pia mit weit aufgerissenen Augen an und rutschte in einem fort auf dem Stuhl hin und her.

»Ach, ist sie endlich gekommen! Und sag schon, sag, wie ist sie? Sie gefällt dir, hast du gesagt? Sie gefällt dir?«

Unter vier Augen vertraute Pia Anna an, daß, also, was das Aussehen anbelangt, nein; äußerlich hatte ihr Elena nicht gefallen ...

»Sie zieht sich ziemlich schlecht an ... Frisieren kann sie sich überhaupt nicht ... Ein bißchen grob ist sie halt, die Kleine! Vor allem gegenüber ihrem Mann ... Aber fast ... fast, weißt du, bin ich ganz froh darüber! Er ist ein bißchen eingebildet, der gute Baldía, meinst du nicht?«

»Eingebildet, ja, das hab ich immer schon gesagt!« erklärte Anna.

Bei dieser Zusammenkunft zeigte Filippo Venzi sich noch viel düsterer gelaunt als üblich.

VII

Pia Tolosanis Zuneigung zu Elena Baldía wuchs in kurzer Zeit, sehr zum Ärger und zum Schmerz von Anna Venzi. Elena dagegen, stets verschlossen, kümmerte sich nicht besonders um Pia; sie nahm von ihr den einen oder anderen Rat an, opferte ihr da und dort ein Stückchen ihres eigensinnigen Willens, aber nur dann, wenn Pias Rat nicht offen mit einem zuvor von ihrem Mann geäußerten Wunsch übereinstimmte. Wenn dieser sich dann allzu befriedigt über die Konzession zeigte, die seine Frau gemacht hatte, dann zog Elena sie sofort wieder zurück, und Pia war sehr verärgert.

»Sehen Sie?« sagte sie zu Baldía. »Sie verderben mir alles ...«

»Sei's drum!« rief Paolo wiederum, schloß die Augen

und blies die Luft durch die Nase aus. Und er verließ das Haus, aus Angst, sie letztendlich ganz zu verlieren. Wie gut war dagegen diese Pia Tolosani! Hätte Elena wenigstens ein bißchen Freundschaft für sie empfinden können! Sie hätte ihr das Herz und den Geist ein wenig zu öffnen vermocht! Und dann war die Signorina Pia so bedacht, so vernünftig! Sie hatte so angenehme Manieren!... »So nach und nach, wer weiß ...!« sagte sich Paolo.

Wo ging er hin? Da er gewohnt war, um diese Zeit nie aus dem Haus zu gehen, fühlte er sich in den Straßen Roms beinahe verloren. Er lief ein wenig ziellos durch die Stadt; dann, als wollte er der Langeweile entkommen, ging er schließlich in Filippo Venzis Kanzlei. Dort würde er wenigstens, wenn schon sonst nichts, etwas zu lesen finden, während Filippo arbeitete.

»Ah, du bist es ? Sehr gut! Nimm dir ein Buch und laß mich in Ruhe arbeiten«, sagte dieser. Von Zeit zu Zeit hob er die Augen von dem Buch auf und betrachtete lange seinen Freund, der mit in Falten gelegter Stirn und gesenktem Kopf schrieb. In wie kurzer Zeit doch seine Haare immer dünner und da und dort schon grau geworden waren! Welcher Ausdruck von Müdigkeit in diesem großen bronzefarbenen Gesicht und den von tiefen Ringen umgebenen Augen! Filippo legte, während er schrieb, den dikken Kopf bald nach links, bald nach rechts auf seine massigen Schultern. »Nicht wiederzuerkennen!« sagte Paolo im Geiste zu sich selbst. In diesen letzten Tagen war Venzi zudem ausgesprochen bissig geworden, geradezu aggressiv, und hinter seinem Grinsen, hinter seinen Worten lauerte eine unerklärliche, fast gallige Bitterkeit. Konnte es sein, daß die Scham über die Gewöhnlichkeit und Albernheit seiner Frau ihn so sehr herunterkommen hatte lassen? Nein, nein! Da mußte ein anderer Grund dahinterstecken! Aber welcher? Bisweilen war es Paolo geradezu so erschienen, als hätte Filippo etwas gegen ihn ... Warum gegen mich? Was habe ich ihm getan? – Und dennoch, dennoch...

Eines Tages sprach Venzi ihm von den Tolosanis, er sprach vom Vater, von der Mutter und vor allem von Pia, zunächst mit subtiler Ironie, dann in einer so offen und seltsam spöttischen Weise, daß Paolo ihn verblüfft anstarrte. Wie denn? Er, sein intimster Freund, sprach so von Pia? Paolo empfand fast die Verpflichtung zu entgegnen, die befreundete Familie zu verteidigen, und er lobte Pia und wehrte sich gegen den Spott.

»Ja, ja ... aber warte einmal, mein Lieber! Warte einmal!« sagte er zu ihm, während Filippo immer düsterer wurde und trotzdem weiterlachte. »Warte nur, du wirst es schon merken!«

In Paolo kam ein Verdacht auf; aber er verjagte ihn gleich wieder und klagte sich selbst der bösen Gedanken wegen an. Und dennoch, dieser Verdacht hatte plötzlich ein Licht auf die seltsame Veränderung Filippos in der letzten Zeit geworfen, und in diesem bösen, anhaltenden Licht stöberten Baldías Gedanken herum und sahen den Verdacht zunehmend konkreter, ja schließlich schreckliche Wirklichkeit werden. Filippo selbst gab ihm von Tag zu Tag immer untrüglichere Beweise dafür. Der letzte war der schmerzlichste für Paolo: Venzi entfernte sich von ihm; er ging schließlich so weit, ihn nicht mehr zu bemerken, ihn nicht mehr zu grüßen. Nun fehlte Paolo nur noch ein offenes Geständnis, und das wollte er sich holen, er wollte um jeden Preis mit ihm eine offene Aussprache erreichen. Die Idee kam ihm, als er an einem Nachmittag, während er nach Hause ging, Venzi durch die Via Venti Settembre eilen sah. Entschlossen ging er ihm entgegen und packte ihn bei den Armen:

»Hör mal, darf ich erfahren, was du gegen mich hast? Was habe ich dir getan?«

»Liegt dir sehr viel daran, es zu erfahren?« antwortete Filippo und erbleichte.

»Ja, da liegt mir dran, natürlich!« insistierte Paolo. »Ich will mir dein Verhalten erklären können. Um unserer alten Freundschaft willen liegt mir daran!«

»Süßes Wort!« grinste Filippo bitter. »Dann hast du also nichts gemerkt? Das heißt, die Schlange hat sich noch nicht genügend aufgewärmt ...«

»Von welcher Schlange sprichst du?«

»Na, weißt du nicht von der berühmten Schlange in der Fabel, die an einem kalten Wintertag ein barmherziger Bauer aufliest ...«

Paolo schleppte Filippo beinahe mit Gewalt in sein Haus. Dort, in dem versperrten Arbeitszimmer, fast im Dunklen, kam dann das Geständnis. Zunächst wehrte Venzi sich und verschanzte sich hinter seinem gewohnten bösen, fast brutalen Mundwerk.

»Ich bin auf dich eifersüchtig!« brach es schließlich aus ihm heraus. »Willst du das endlich begreifen?«

»Auf mich?«

»Ja, ja. Hast du dich noch nicht in sie verliebt?«

»In wen? Bist du verrückt?«

»In Pia Tolosani!«

»Bist du verrückt?« wiederholte Paolo entsetzt.

»Verrückt, jawohl, verrückt! Aber begreife mich, hab Mitleid mit mir, Paolo!« begann Filippo in einem ganz anderen, fast weinerlichen Tonfall zu sprechen. Und er erzählte ihm lange von seiner ersten Liebe zu Pia Tolosani, die von ihr nicht bemerkt worden war, dann von seiner Ehe und der Folge von Enttäuschungen, von der Leere, die sich um ihn herum aufgetan hatte, von der entsetzlichen Langeweile, aufgewühlt durch tausend tägliche Rasereien, die allmählich Gestalt angenommen hatten in dieser neuen, verzweifelten Liebe zu Pia Tolosani.

»Mit jedem Tag, der vergeht, sinkt deine Frau hinunter, immer tiefer. Und sie hingegen steigt auf, immer höher, immer höher! Sie ist die Unversehrte, die Unberührbare! Sie bleibt, verstehst du, in unseren Augen als das Ideal bestehen, das du Dummkopf, das ich, das wir alle uns haben entgehen lassen. Und genau das will sie uns vorführen, indem sie sich so um unsere Ehefrauen annimmt. Und das ist ihre Rache! Mach dich frei von ihr, hör auf mich! Mach dich frei von ihr! Oder du wirst dich in einem Jahr ebenfalls in sie verliebt haben, unweigerlich … ich sehe es schon kommen … so wie ich, hörst du! So wie ich …«

Paolo bedauerte im Inneren seinen Freund, ohne daß er ihm ein Wort zu antworten gewußt hätte. In diesem Augenblick hörte man auf dem Gang die Stimmen von Elena und von Pia Tolosani, die gemeinsam von einem Spaziergang nach Hause kamen.

Filippo sprang auf.

»Laß mich gehen! Daß ich sie nur nicht sehe … Daß ich sie nur nicht sehe …«

Paolo begleitete ihn bis zur Tür, und als er sich wieder, im Innersten aufgewühlt, in seinem Arbeitszimmer einschloß, hörte er Pias Stimme ganz klar durch die Wand dringen, die im Nebenzimmer zu seiner Frau sagte:

»Nein, nein, meine Liebe! Oft hast du ganz allein unrecht, und du gibst es ja auch schon selbst zu … Du bist ein bißchen zu hart mit ihm! Und so darf man eben nicht sein …«

Aus dem Italienischen von Michael Rössner. Originaltitel: *L'amica delle mogli*. Erstveröffentlichung in dem Band *Amori senza amore* von 1894, erst posthum in den Anhang zu *Novelle per un anno* von 1938 aufgenommen. Keine Varianten.

VON EINEM ODER VON KEINEM
(O DI UNO O DI NESSUNO)

Drama in drei Akten

Aus dem Italienischen von Maria Sommer

Uraufführung: 4. November 1929, Turin

PERSONEN

CARLINO SANNI
TITO MORENA
MELINA
RECHTSANWALT MERLETTI
DIE PEDONI
DER ARZT
SIGNOR FRANZONI aus der Villa nebenan
DIE NACHBARIN
EINE ALTE DAME

Stumme Rollen
EIN PRIESTER
EIN MESSDIENER
EINE AMME
Eine Schar Gitarre und Mandoline spielender junger Leute

Ort: Rom
Zeit: Heute

ERSTER AKT

Schönes, großes möbliertes Zweibettzimmer. Die beiden Betten stehen, mit dem Kopfende zur Rückwand, rechts und links vom Haupteingang, neben jedem ein Nachttisch, darüber Wandleuchter aus Messing mit gelbseidenen Lampenschirmen; auf den marmornen Tischplatten je eine Wasserkaraffe mit umgedrehtem Glas, Aschenbecher, Uhrständer. In der rechten Wand eine kleine Tür zu Bad und Garderobe, in der linken ein Fenster mit Vorhängen. Wenn der Vorhang aufgeht, ist das rechte Bett, in dem Tito geschlafen hat, zerwühlt, die Lampe brennt noch. Das linke Bett ist unbenutzt. Die Fensterläden sind noch geschlossen. Tito ist im Pyjama, Carlino ist angezogen, als käme er von draußen. – Sie haben die ganze Nacht diskutiert.
Die Pedoni kommt durch die Mitteltür, in einer Haube mit Lockenwicklern darunter, sie trägt ein Tablett mit zwei Tassen Kaffee.

Die Pedoni: Hier ist der Kaffee. *(Sie stellt die beiden Tassen auf ein Tischchen vorn und will gehen, kurz vor der Tür dreht sie sich um:)* Sie könnten jetzt die Fensterläden aufmachen, es ist schon hell. Den Strom bezahle nämlich ich. Ich wette, Sie haben die ganze Nacht das Licht brennen lassen.

Carlino: *(gereizt, aber schüchtern)* Nicht die ganze, bitte, nicht die ganze.

Tito: *(gereizt, aggressiv)* Sag doch ruhig, die ganze! *(Zur Pedoni:)* Sie denken an den Strom, den wir verbraucht haben, Sie? Und an den Schlaf, den wir verloren haben, an den denken Sie nicht? Sie könnten berücksichtigen…

Die Pedoni: Berücksichtigen … *(Sie hält sich den Mund zu,*

damit ihr nicht Gott weiß was herausrutschen kann.) Oh Gott! Lassen Sie mich nicht zu reden anfangen!

CARLINO: Ja, ja, reden Sie lieber nicht, reden Sie lieber nicht, Signora Elvira! Über den Strom jammern, nach einer Nacht, wie Tito und ich sie verbracht haben, glauben Sie mir, das ist mehr als überflüssig!

DIE PEDONI: Den Schlaf haben Sie bestimmt verloren wegen Ihrer Geschichten da, und Sie sollten mindestens soviel Schamgefühl haben, daß Sie nicht andere für die Folgen büßen lassen.

TITO: Aber was reden Sie denn da, Schamgefühl ... Folgen? Für was für Folgen büßen Sie denn?

CARLINO: Ein bißchen mehr Stromverbrauch?

TITO: Schämen Sie sich nicht?

DIE PEDONI: Ich? Sie trauen sich, mir zu sagen, daß ich mich schämen sollte? Mit meiner Tochter hier im Haus, die mir hilft – wie Sie wissen – die Zimmer der Mieter zu besorgen.

CARLINO: *(verstimmt)* Signorina Bice, ja.

TITO: *(verblüfft)* Was hat Signorina Bice damit zu tun?

CARLINO: Wir wissen, daß sie Ihnen hilft ...

DIE PEDONI: Scheint aber nicht, daß Sie das wissen: Da, sehen Sie mal! *(Sie zeigt anklagend auf das unberührte Bett von Carlino.)*

TITO: *(noch verblüffter)* Was denn?

DIE PEDONI: Der Beweis!

CARLINO: Mein Bett?

TITO: Was für ein Beweis?

DIE PEDONI: *(mit weit aufgerissenen Augen)* Un-be-nutzt!

CARLINO: *(versteht überhaupt nichts)* Tja. Ich habe nicht geschlafen. Um so besser für Signorina Bice, da spart sie sich die Mühe, das Bett zu machen.

DIE PEDONI: Ah, so? Vielen Dank für soviel Aufmerksamkeit! Aber wenn in einem anständigen Haus, in dem ein

Mädchen ist, das was auf sich hält, ein Mieter so unanständig ist, die Nacht außerhalb zu verbringen...

CARLINO: *(versucht sie zu unterbrechen)* ... Nein, nein, bitte ...

DIE PEDONI: Lassen Sie mich ausreden! ... Dann könnte er wenigstens soviel Umsicht haben, das Bett, in dem er nicht geschlafen hat, zu zerwühlen, um das junge Mädchen nicht durch all die Vermutungen zu verstören, die ihm da kommen könnten.

TITO: Was für Geschichten! Und ich hör mir das noch an...

CARLINO: Es ist doch gar nicht wahr! Ich habe die Nacht nicht außerhalb verbracht! Ich war um zwei zu Hause!

DIE PEDONI: Das wissen wir, das wissen wir genau, wann Sie nach Hause gekommen sind! Wann Sie Nacht für Nacht, Sie beide, seit vier Monaten nach Hause kommen – und das ist für das ganze Haus ein Skandal, vom Keller bis zum Dach, daß Sie's nur wissen!

TITO: Da werden Sie es bei allen Mietern herumposaunt haben!

CARLINO: Und selbst wenn, wo ist da der Skandal? Zwei junge Leute, unbeweibt...

DIE PEDONI: Von wegen unbeweibt – na hören Sie mal!

TITO: *(geht zu Carlino und legt ihm die Hände auf die Schultern)* Hab ich dir nicht gesagt: Laß uns wegziehen aus dieser Bude!

DIE PEDONI: Oh, falls Sie's wissen wollen, wenn Sie hier jetzt ausziehen, machen Sie mir keinen Kummer!

TITO: Gut, gut, Signora. Aber wenn auch Sie es wissen wollen, ich hatte das schon früher zu meinem Freund gesagt, und zwar als wir nicht mehr wußten, weder er noch ich, wie wir uns gegen alle Ihre Freundlichkeiten und Liebenswürdigkeiten wehren sollten.

DIE PEDONI: Was wollen Sie damit sagen?

TITO: Das weiß ich nicht! Schauen Sie mal, ob es Ihnen gelingt, es zu verstehen.

Carlino: Schluß damit, Schluß, um Himmelswillen! Sie sind sehr gütig, Signora Elvira!

Die Pedoni: Und so danken Sie mir meine Aufmerksamkeiten? Ich habe sie Ihnen erwiesen, solange ich Sie wie früher, den Kopf auf dem rechten Fleck, jeden Abend nach dem Essen ruhig nach Hause kommen und sich zu Ihren hübschen Dame-Partien hinsetzen und dann schlafen gehen sah ... Anders als Ihre »Dame«-Partie heute! *(Mit einem sehr komischen Satz stürzt sie auf Carlinos Bett zu und reißt wütend die Decken herunter.)* So: Mir ist es lieber, meine Tochter macht das Bett, auch ohne daß es nötig ist!

Carlino: Na gut, ja. Einfach so! Ist jetzt die Luft raus? Und jetzt gehen Sie, gehen Sie freundlicherweise, Signora Elvira.

Die Pedoni: Das hätte ich nie erwartet, nie und nimmer, von zwei jungen Herren wie Ihnen.

Carlino: *(bemerkt Titos Ungeduld)* Schluß jetzt, ich bitte Sie, auch ich werde böse, wissen Sie, wenn Sie mich ... Schauen Sie, tun Sie mir den Gefallen ... – wir können uns ja alle mal aufregen, und dann wissen wir nicht mehr, was wir sagen! – Tun Sie mir den Gefallen und bringen Sie Rechtsanwalt Merletti gleich den Kaffee.

Die Pedoni: *(verstimmt)* Dem Rechtsanwalt? Warum? Er hat noch nicht geläutet, der Rechtsanwalt.

Carlino: Ich war vorhin bei ihm im Zimmer, um ihn zu wecken.

Die Pedoni: Sie? Und warum?

Carlino: Wir müssen mit ihm reden, Tito und ich.

Die Pedoni: Jetzt belästigen Sie auch noch die Mieter...

Tito: Regen Sie sich nicht auch noch für andere auf! Wir haben Sie gebeten zu gehen!

Die Pedoni: Aber wie kann ich ihm denn den Kaffee bringen, wenn er ihn noch nicht verlangt?

Carlino: *(konziliant)* Der Rechtsanwalt ist ein guter Freund, ich konnte ohne weiteres zu ihm gehen und ihn wecken. Ich habe nur Angst, daß er wieder eingeschlafen ist. Bringen Sie ihm den Kaffee, sagen Sie ihm, ich hätte Sie darum gebeten, und daß er ihn bei uns trinken möchte, er soll kommen, wie er ist: im Pyjama, im Nachthemd, im Morgenrock ... *(Die Pedoni geht.)* Uff! Die hat uns noch gefehlt mit ihrer »Tochter im Hause«!

Tito: *(nach einer Pause, in der er den Fenstervorhang geöffnet und das Licht ausgeknipst hat)* Sollen wir auf Merletti warten?

Carlino: Ich meine schon, wenn wir wollen, daß er uns hilft, klar zu sehen ... Oh, da kommt ja eine schöne Sonne herein...

Tito: Nein, ich meine mit dem Kaffee. Er wird schon kalt sein.

Carlino: Ach so, ja. Der Kaffee. Ihn trinken, meinst du. Na, trinken wir ihn.

Tito: *(nimmt eine der beiden Tassen und führt sie zum Mund)* Da: kalt! Ich hab's ja gesagt.

Carlino: Nein, lauwarm: noch trinkbar.

Tito: Ich mag ihn kochend heiß, du weißt ja, um mich aufzumöbeln ... Puh! Auch noch bitter.

Carlino: Meiner nicht.

Tito: *(gereizt)* Meiner ja. *(Pause.)*

Carlino: *(zwischen einem Schluck und dem nächsten)* Du wirst sehen, Merletti sagt dasselbe wie ich.

Tito: Tu mir den Gefallen, eine kleine Gefechtspause jetzt? Mir raucht der Kopf!

Carlino: *(kratzt mit dem Löffel den Zucker aus der Tasse)* Du wirst sehen, du wirst sehen...

Tito: *(sieht ihm zu)* Die hat bestimmt zweimal Zucker in deine Tasse getan.

Carlino: Schon möglich: sehr süß, ja. Da ist noch eine Menge drin.

Tito: Mistweib! Ich hab doch gesagt, er war bitter! Die hat mich vergiftet! Als wenn es nicht reichte, das Gift, das du mich die ganze Nacht hast schlucken lassen, mit der schönen Nachricht, die du mir gebracht hast!

Carlino: Du hast recht, Lieber. *(Er kratzt noch den letzten Rest Zucker aus und führt den Löffel zum Mund.)* Aber ich bin auch vergiftet.

Tito: *(kann nicht mehr)* Schluß, verdammt noch mal, stell die Tasse hin! Du bringst mich auf die Palme.

Carlino: Ja, ja, gut, gut; du hast recht, Lieber. Aber da ist Merletti. *(Rechtsanwalt Merletti kommt im Morgenrock herein. Er ist ein gewaltiger Kerl mit dem glückseligen Gesicht eines Abtes.)*

Merletti: Meine lieben Freunde, da bin ich. Was macht die Liebe?

Tito: Guten Tag, Herr Rechtsanwalt.

Carlino: Setz dich, setz dich, Merletti. Im Augenblick geht's um alles andere als die Liebe.

Merletti: Es geht immer um die Liebe, Jungs! Immer um die Liebe, immer um die Liebe!

Carlino: Hast du schon Kaffee getrunken?

Merletti: Ja, drüben. Signorina Bice hat ihn mir gebracht. *(Er setzt sich.)* Und was ist das nun für eine ernste Angelegenheit, die ihr mir zu erzählen habt? Laßt hören!

Tito: *(nach einer Pause zu Carlino)* Rede du.

Carlino: Ich soll reden? Mir wäre es lieber, du tätest das. Ich möchte nicht, daß du nachher wieder sagst, ich bringe dich auf die Palme.

Tito: Du bringst mich auf die Palme mit diesen windelweichen Vorreden, die mir bei dir immer – du weißt es – wie Heuchelei vorkommen. – Die Sache ist ernst. Anvertraut worden ist sie dir. Also rede du.

Carlino: Also gut, dann rede ich, dann rede ich.

Merletti: Ruhig, bitte ich, und klar, sonst verstehe ich nichts mehr. Ihr habt mir eine Stunde Schlaf geraubt.

CARLINO: Ruhig, ruhig, ja, und klar. Du mußt also wissen, lieber Merletti –

MERLETTI: Ich sage euch vorher, daß ich teilweise schon Bescheid weiß.

TITO: Worüber?

MERLETTI: Über die Dummheit, die ihr gemacht habt.

CARLINO: Danke! Hat Signora Elvira dich informiert?

MERLETTI: Ja, die auch. Aber es reden alle darüber.

TITO: Wie, über eine Dummheit?

MERLETTI: Eine enorme Dummheit, ja. Dicker als ich.

TITO: Und ich sag dir, dumm sind diejenigen, die das so glauben.

MERLETTI: *(im Ton eines ruhigen Hinweises auf eine getroffene Vereinbarung)* Ruhe! Ruhe!

CARLINO: Keine Dummheit, glaub mir.

TITO: Nicht mal nach dem zu urteilen, was jetzt daraus wird, denn niemand, ich sage niemand hätte das voraussehen können.

MERLETTI: Was jetzt daraus noch wird, das weiß ich nicht. Ich beurteile die Tatsache als solche.

CARLINO: Von außen her!

MERLETTI: Von außen ... nach dem, was ich davon weiß.

TITO: Und was kannst du wissen? Hast du mit uns gesprochen?

CARLINO: Kennst du das Mädchen? Hast du es je gesehen?

MERLETTI: Nein, nie.

TITO: Und du urteilst!

CARLINO: Wir haben lange nachgedacht, glaub mir, Merletti!

TITO: Du müßtest immerhin wissen, daß dies eines der drei Hauptprobleme ist, die im Leben jedes Menschen gelöst werden müssen...

MERLETTI: Großer Gott, immer diese Probleme!

CARLINO: Nein, nein ... Es ist die Wahrheit ... Wir haben

das in einem Buch gelesen, und auch du wirst dem zustimmen...

Tito: Ein Dach überm Kopf – das tägliche Brot – eine Frau.

Merletti: Und wieso Probleme?

Tito: *(ausbrechend)* Verdammt, die Frau ... eine Frau ... für junge Männer!

Merletti: *(auch er verliert die Geduld)* Aber vier! Aber acht! Aber zehn! Warum nicht? – Zehn, und nicht eine, wie ihr das gemacht habt. Da hättet ihr ja auch gleich heiraten können!

Carlino: Jaja, – zu zweit!

Merletti: Mein Lieber, nach dem Gesetz nicht, aber eine Frau nimmt man fast immer zu zweit.

Tito: Siehst du? Siehst du, wie du reinfällst? Siehst du, wie du reinfällst?

Merletti: Worauf falle ich rein?

Tito: Das kommt davon, wenn man über ernste Dinge geistreicheln will!

Carlino: Eine Ehefrau wollten wir uns nicht nehmen, und zu zweit ging das auch nicht.

Merletti: *(lebhaft)* Also dann gar nicht! Heute die und morgen jene, so wie das alle Junggesellen dieser Welt machen!

Carlino: Ohne Liebe?

Merletti: Ah, Liebe wollt ihr – mit einer Frau – zu zweit?

Tito: Hör auf mit deiner dummen Witzelei! Carlino hat das nicht richtig gesagt mit der »Liebe«. Es geht ja nicht darum, daß wir zu zweit die Liebe einer Frau haben wollten, obwohl du ja selbst sagst, dies sei das Üblichste, wenn man sich verheiratet. Es ging vielmehr darum, sich über viele Dinge klar zu werden, die du nicht bedenken willst und die wir bedacht haben.

Carlino: Sekretäre im Ministerium, mit dem Gehalt,

das du kennst, und mit all den Schwierigkeiten des Lebens ...

TITO: Heiraten? Unter diesen Bedingungen?

CARLINO: – so sehr man sich auch geeignet fühlen mag...

TITO: Ja, eben. Auch darüber muß man sich klar sein: Jeder hat seine eigenen natürlichen Anlagen ...

CARLINO: Und wir finden es weiß Gott ungerecht, daß man Ledigensteuer zahlen muß ...

MERLETTI: *(betont jedes der Worte, als wenn er einen Urteilsspruch verkündete)* Ihr – seid – zwei – Kinder.

TITO: *(fährt auf)* Wieso Kinder, ich bitte dich! Wir sind seriös: Wir sind zwei seriöse Persönlichkeiten, das sind wir.

MERLETTI: Wollt ihr wissen, was ihr seid? Fühlt mal bei den Vögeln unter den Flügeln nach: Da bewahren sie noch immer die Wärme des Nestes, die sie empfangen haben, bevor sie fliegen lernten.

TITO: Des Nestes? Welches Nest?

MERLETTI: Das Nest! Das Nest! Ihr habt euch noch nicht von eurer fernen Heimat lösen können, ihr könnt euch deswegen auch nicht voneinander trennen. Ihr seid noch durch all die Erinnerungen an die Traulichkeit eures Zuhauses verbunden. Ihr empfindet fast Scham, als sei dies eine Schwäche, die, wenn ihr sie bekennt, euch lächerlich machen könnte, und darum spielt ihr die Seriösen. *(Zu Tito:)* Du schaust mich an mit harten Augen – ach, mit ganz kalten, mit eisigen ... Aber eine plötzliche Rührung würde sie verschleiern, es genügt dazu eine Erinnerung an deine Heimat, die ich im Nu bei dir hervorrufen könnte: Da würden diese Augen wie die Scheiben des Fensters da, schau: Sie sind beschlagen durch die Wärme von innen und die Kälte von außen. – Und schau dir da Carlino an, der mit den Nägeln seine Backen kratzt, um sich an die borstige Wirklichkeit seiner männlichen

Kraft zu halten, die ihm auferlegt, von nun an ein Mann zu sein, das heißt, ein bißchen grausam – hm? Ein bißchen grausam … *(Er lacht laut.)*

Carlino: Lachst du uns deshalb aus?

Merletti: Nein! Gott behüte! Ich mag euch sehr …

Tito: *(beleidigt, zu Carlino:)* Hör mal, red du mit ihm, wenn du willst: Ich geh mich jetzt dort anziehen!

(Er geht ins Bad. Aber er bleibt doch immer anwesend, denn das Bad stößt an das Zimmer, und er kommt heraus, um sich am Gespräch zu beteiligen, zuerst während des Waschens, ganz eingeseift, dann während des Ankleidens.)

Merletti: Aber nein! Ich wollte euch weder beleidigen noch auslachen, im Gegenteil! Ich mag euch, gerade weil ihr so seid!

Carlino: Dann hör mir zu! Das wird schon so sein wie du sagst: Wir haben das deshalb so gemacht. Die Erinnerungen an Padua, an unser Studentenleben … ja, mein Herr.

Tito: *(von drüben, ohne herauszukommen)* Jeder hat sie in sich, seine Erinnerungen – verdammt noch mal, die machen unser Leben aus! – Und man kann sich daran mehr oder weniger stark gebunden fühlen.

Merletti: Na gut, na gut …

Carlino: Ich will ja die Gefahr nicht leugnen, der wir ausgesetzt waren …

Merletti: … Mit eurer natürlichen Neigung zur Ehe …

Carlino: Na ja … Wenn jeder für sich irgend eine … wie soll ich sagen … eine sichere … ja, eine sichere Festigkeit der Beziehung sucht …

Tito: *(kommt heraus, eingeseift)* Denn wir sind ja beide nicht wie du, heute mit einer Frau, morgen mit einer anderen …

Merletti: Aber gerade das ist ja die Dummheit!

Tito: Du hast ja auch zwei oder drei Frauen auf einmal!

MERLETTI: Ja, aber weniger skandalös als ihr, das könnt ihr glauben!

TITO: Skandalös für Signora Elvira, die uns ihre Tochter unterschieben wollte. *(Und er verschwindet wieder.)*

CARLINO: *(um den Frieden wiederherzustellen)* Meine Herren, meine Herren, seine Weise zu leben, seine Weise zu existieren hat jeder für sich; du bist so, und für dich ist es gut so, du hast selbst zugestanden, wir sind...

MERLETTI: ... Kinder ...

CARLINO: Na gut, Kinder, Kinder ...

TITO: *(zieht sich sein Hemd an)* Seriöse Persönlichkeiten. *(Und geht wieder ab.)*

MERLETTI: Kinder!

CARLINO: Würdest du mich mal reden lassen?

MERLETTI: Ja, sprich nur, sprich.

TITO: *(von drüben)* Wir haben alles gründlich und überlegt gemacht.

CARLINO: Du kennst das Mädchen nicht! Hör mir zu! Eines Abends hier, als wir sehr traurig waren, dachten wir an sie. Wie ein unbewußtes Seufzen, weißt du, wenn man an etwas Liebes, Fernes denkt, kam sie mir in den Sinn. Ich sagte: »Melina ...« Du kannst nicht ahnen, was für Erinnerungen dieser Name bei uns auslöste. Sie war unsere kleine Freundin, die kleine Freundin von uns Studenten von Padua, als man nachts singend durch die Via de Santo zog, dort am Ende der Straße ... – »Wenn wir nun Melina herkommen ließen?«

TITO: *(kommt fertig angezogen heraus)* Wir wußten, sie war so gut ...

CARLINO: ... bescheiden ...

TITO: ... sogar fügsam – bei dem Leben, das sie führte...

CARLINO: ... und so sanft vom Wesen her...

TITO: ... wie sie es uns dann immer gezeigt hat, das ist wahr...

Carlino: … glücklich, sage ich dir, glücklich, daß wir zwei, die sie am meisten gemocht hatte, sie nun aus ihrem schrecklichen Leben herausholten. Sie ist hierhergekommen, verstehst du, mit all den Erinnerungen an unsere Jugend, mit dem selben Lächeln der Sanftmut: selig …

Tito: … uns zu dienen, sagte sie uns, als sie kam…

Carlino: … ja, stell dir das vor! Und tatsächlich hat sie sich unserer angenommen, unserer Kleidung, unserer Wäsche …

Merletti: Sagt mal, ist sie häßlich?

Tito: Nein! Wieso häßlich?

Carlino: Sie ist mehr als schön! Sie ist so anmutig, weißt du, von dieser Anmut, die alles daran setzt, nicht aufzufallen…

Tito: Keine Affektiertheit…

Merletti: Vom Himmel auf die Erde herabgestiegen, um ein Wunder vorzuführen!

Carlino: Ein Wunder, ja, das kannst du laut sagen: ein Wunder, ein Wunder!

Tito: Aber wir haben uns davon weder blenden noch einwickeln lassen, mein Lieber!

Carlino: Wir haben alles mit Ruhe und Vernunft gehandhabt.

Tito: Vor allem wollten wir nicht, daß sie mit uns…

Carlino: … daß sie mit uns zusammenlebt … Soviel zum Skandal, von dem du redest!

Tito: Abstand, Abstand … Wir hier und sie für sich – abseits.

Carlino: Sie begnügt sich mit einem Nichts…

Tito: … also jedenfalls mit sehr wenig.

Carlino: So gut wie nichts … Und wenn du sehen würdest, wie sie sich kümmert, wie sie ihre beiden Kämmerchen hält, ihr Essen bereitet, alles allein…

TITO: Sie hat geraucht, und sie hat sich das Laster abgewöhnt …

CARLINO: … weil sie selbst das wollte … und hat sich auf Monatsraten eine Nähmaschine gekauft … Ich sage dir, sie ist wie neugeboren!

MERLETTI: *(steht auf)* Meine Lieben, wenn das so ist, was wollt ihr von mir? Ihr seid zu beneiden … das Glück hat eure Vernunft unterstützt, ihr habt den Stein der Weisen gefunden, eine Frau, die euch liebt und die euch wenig kostet, die euch umsorgt, die euch hilft … ich wette, daß sie mit ihrer Nähmaschine euch sogar die Hemden näht … *(geht auf Carlino zu, um seine Hemdbrust zu befühlen)* Laß mal sehen …

CARLINO: *(wehrt ab)* Nein: das nicht. Sie hat gesagt, sie will erst lernen.

MERLETTI: *(insistiert, betastet das Hemd)* Nein, erlaubst du? Es ist gut. Wo hast du das gekauft?

CARLINO: *(schielt hinunter auf die Brust)* Das? Ich weiß nicht mehr …

MERLETTI: Ich frage dich, weil ich mir eins kaufen müßte.

TITO: *(gereizt durch diese unvorhergesehene Ablenkung, wie sie jedoch sehr häufig im Leben vorkommt, auch bei schwersten Sorgen)* Aber die sind aus Padua! Die haben sie dir von zu Hause geschickt. Wir haben jetzt an ganz was anderes zu denken als an Hemden!

MERLETTI: Aber ja – genau – ich habe euch gefragt, was ihr inmitten von so viel Glückseligkeit, die ihr durch eure Vernunft erreicht habt, was ihr da jetzt von mir wollt?

TITO: *(schaut zuerst in das große, lachende Gesicht, bricht dann völlig genervt aus)* Ich – nichts! Frag den da, der war es, der dich gerufen hat. Wenn jemand, der uns derart fassungslos hier sieht, und nach einer Nacht, in der wir kein Auge zugetan haben, uns fragt …

MERLETTI: *(versucht ihn zu unterbrechen)* Aber nein, entschuldige…

TITO: … und so ein Gesicht macht…

MERLETTI: *(als ob er aus allen Wolken fiele)* Wieso fassungslos?

TITO: Ich will nichts, ich erwarte nichts.

MERLETTI: Wie denn, was redest du da? Bis jetzt habt ihr mir von nichts anderem erzählt als von eurer Vernunft und eurem Glück!

TITO: … Und im übrigen kann man von niemandem irgend etwas erwarten!

CARLINO: Wir haben dich erst mal informieren wollen…

TITO: Und dann hast du, ohne irgend etwas zu wissen, sofort von unserer Dummheit gesprochen … *(Plötzlich zu Carlino, noch mehr gereizt:)* Es hat keinen Zweck, daß du jetzt noch mit ihm redest! Ihm wird das mehr denn je als eine Dummheit erscheinen, wofür er den Beweis hat, in dem, was jetzt passiert ist. Als ob er es hätte voraussehen können! *(Zu Merletti, mit einem Wutausbruch:)* Nein, mein Lieber! Weder du noch andere! Niemand hätte das voraussehen können! Es ist sehr leicht, uns jetzt als Dummköpfe zu behandeln!

CARLINO: Unvorhersehbar! Unvorhersehbar!

MERLETTI: Sagt mir doch in Gottes Namen, was ist passiert?

CARLINO: Wir wollten einen Rat von dir…

TITO: Zwecklos! Zwecklos!

CARLINO: *(zu Tito, mit sanftem Vorwurf)* Du regst dich immer so auf…

TITO: Ich lasse mich nicht gern als Dummkopf behandeln!

MERLETTI: Aber nein! Geh, beruhige dich! Ich habe Spaß gemacht…

TITO: Ich bin nämlich jemand, der es immer verstanden hat, vernünftig zu überlegen!

MERLETTI: Ja, ja, und nun hört mal: Ihr wißt, daß ich euer

Freund bin, ich mag ein bißchen anders denken als ihr, aber ich bin für euch da, wenn ich euch irgend helfen kann...

CARLINO: Es handelt sich nicht um Hilfe...

MERLETTI: Um was handelt es sich? *(Die beiden antworten nicht. Merletti wartet ein wenig und fragt dann in einem leiseren, liebevollen Ton, um Vertrauen zu gewinnen:)* Um was handelt es sich?

CARLINO: *(seufzt, düster)* Tja...

MERLETTI: *(versucht es mit einer Vermutung)* Gibt's da einen Dritten?

CARLINO: *(schnell, nachdrücklich)* Aber nein! Was redest du da?

MERLETTI: *(wie oben)* Will sie zurück nach Padua?

TITO: Ach was, Padua! Da denkt sie doch gar nicht dran!

CARLINO: Sie ist überglücklich, daß sie hier ist!

MERLETTI: Ja, und dann? *(Ungewisses Schweigen, die beiden wissen nicht, wie sie es sagen sollen. Carlino versucht als erster zu sprechen, sehr bedrückt.)*

CARLINO: Unser Fall ist eine Gewissensfrage, glaub mir: eine Gewissensfrage.

TITO: Und um so viel ... viel schwerer, weil sie so gut ist, so gefügig ...

CARLINO: ... weil sie leidet, weil sie ergeben alles erträgt...

MERLETTI: *(wie oben)* Ihr habt sie satt, ihr beide?

CARLINO: Aber nein!

TITO: *(gleichzeitig)* Ganz im Gegenteil!

MERLETTI: Also nun versteh ich gar nichts mehr!

TITO: *(nach einer Pause)* Gerade weil sie so aufgeblüht ist...

CARLINO: ... durch uns, verstehst du, durch die Art, wie wir sie behandelt haben...

TITO: ... Ihr Laster hatte sie doch ausgedörrt...

CARLINO: ... sie hat noch nie geliebt! Noch nie hat sie geliebt!

Tito: … Sie konnte früher nicht empfangen…

Merletti: *(bricht aus, nachdem ihm plötzlich ein Licht aufgegangen ist)* Ich verstehe, ein Kind! Na, sieh mal an! Hat sie es euch gestanden?

Tito: *(zeigt auf Carlino)* Ja, ihm, gestern abend.

Carlino: Ja – daß sie leider fürchte…

Merletti: Und sie weiß nicht, von wem? – Ja nun … und ihr … *(Er schaut sie an, wie sie da so niedergeschlagen und bestürzt vor ihm stehen, und ohne es zu wollen, verzieht sich sein Gesicht zu einem Lachen.)* Oh Gott…

Tito: *(zitternd, drohend)* Du sollst nicht lachen, Merletti!

Merletti: Nein, nein, ich lache nicht … Und wenn, dann wegen … *(er lacht)* wegen der Sache an sich…

Tito: *(zeigt auf ihn, zu Carlino)* Hast du gesehen, er lacht!

Merletti: Nein, nein … wegen der Possen, glaub mir, Tito, wegen der Possen der Natur…

Tito: *(fährt Carlino an)* Du läßt mich immer in irgendeine Unbesonnenheit hineinschlittern!

Merletti: Aber nein, um Himmelswillen…

Carlino: *(zu Tito, wehrt mit den Händen ab)* Sei nicht böse, konnte ich mir denn vorstellen, daß angesichts eines solchen Falles…

Merletti: Aber ihr seid doch…

Tito: *(zu Merletti)* Nein, der Possenreißer bist du! Bist du!

Merletti: Ich, ja – aber die Natur noch mehr, glaub mir!

Tito: Und da ich wußte, daß du einer warst, kriegt er es mit mir zu tun, weil er dich um Rat gefragt hat!

Merletti: Ich schwör dir, das ist so über mich gekommen.

Tito: Ja, weil du ein Possenreißer bist! Genau das bist du!

Merletti: Nein … wenn ich euch so sehe…

Carlino: *(verfinstert sich, geht drohend auf ihn los)* Wie siehst du uns? Wie siehst du uns?

Merletti: Na, so seriös! Und daß ihr glaubtet, alles so gut und mit so viel Vernunft getan zu haben…

CARLINO: Na und?

MERLETTI: Na und – siehst du nicht? Da kommt die Natur und bläst euch alles in den Wind! Ihr habt geglaubt, ihr hättet an alles höchst vernünftig gedacht, und da springt sie plötzlich, wie aus dem Kasten, mit einer Puppe im Arm hervor und grinst euch ins Gesicht: »Aber an das habt ihr nicht gedacht!« – Ich bin ein Possenreißer, lieber Tito, ja – aber wenn ich einer bin und die Natur auch, dann bin ich von ihr auf alles gefaßt und lache selbst als erster darüber. Euch, die ihr so seriös seid, euch haut das um, und man wird euch auslachen. *(Pause.)* Meine Freunde, meine Freunde, glaubt mir, mit so geringfügigem Verständnis für die Natur ist es nicht ohne Risiko, ernsthaft etwas aufzubauen: So seriös zu leben wie ihr, das kann auch Anlaß zu Gelächter sein; ihr müßt das nicht übelnehmen. *(Pause.)* Baut nur, baut: ein Erdbeben – alles weg! *(Pause.)* Ich bin ein Possenreißer, aber auch ein bißchen weise, wie alle Narren. *(Pause. Es gibt kein Mittel, sie aus dem düsteren Schweigen herauszuholen, in das sie gefallen sind.)* Also dann, los, los. Sagt mir, was ihr jetzt zu tun gedenkt. Ich sehe euch so niedergeschlagen. *(Pause.)*

TITO: *(der sich – ganz mit sich selbst beschäftigt – gesetzt hatte, springt endlich auf)* Zwecklos! Er nimmt mir den Mut! Er nimmt mir den Mut! Ich, der ich mich in mir selbst meiner Vernunft sicher fühle, ich mit meinen Empfindungen, ich kann mich ihm nicht anvertrauen! Er nimmt mir den Mut!

CARLINO: Du solltest begreifen, warum wir so niedergeschlagen sind...

TITO: *(brüllt los)* Fassungslos – nicht niedergeschlagen – fassungslos!

CARLINO: *(berichtigt sofort)* Fassungslos, fassungslos...

MERLETTI: Und ob ich das begreife! Ich begreife das sehr wohl.

Tito: Einen Dreck begreifst du! Wie willst du denn begreifen, welche Bedeutung in unserem Gewissen – zumindest in meinem – die Mutterschaft dieses Mädchens hat? Sie zu verhindern ...?

Merletti: Das wäre ein Verbrechen!

Carlino: *(sofort, entsetzt)* Aber daran denken wir doch gar nicht!

Tito: Ich meine, sie nicht zu respektieren – daß sie das Kind behalten kann, wenn es geboren ist – wäre für unser Gewissen – jedenfalls für meines – dasselbe wie es verhindern; und darum ist mir vorhin das Wort verhindern herausgeschlüpft – nicht die Mutterschaft verhindern, sondern daß sie die Frucht von all dem Guten ernten kann, das an ihr getan wurde. – Verstehst du das? Ich bin sicher, daß du es nicht verstehst. Du kannst es nicht verstehen.

Merletti: *(lächelt nachsichtig)* Ich verstehe es, ich verstehe es...

Carlino: Andererseits jedoch – siehst du – ist sie selbst darüber erschrocken, sie ist erschrocken wegen der Tatsache, nicht wissen zu können...

Merletti: ... Naja ... von wem es ist. Ob es vom einen ist oder vom anderen...

Carlino: ... Sicher ist: von einem von uns.

Tito: Das ja! Aber von wem?

Carlino: Das können wir nicht wissen, weder wir noch sie selbst.

Merletti: Habt ihr sie nicht gefragt, was sie glaubt – von wem?

Carlino: Mir hat sie gesagt, daß sie nicht nur keine Vermutungen hat, sondern auch, daß sie sich hüten würde, etwas zu vermuten.

Merletti: Nun ja – sie ist in den Händen von beiden, und da will sie auch bleiben.

CARLINO: Aber nicht aus Berechnung! Du kannst sicher sein, daß sie wirklich keine Vermutung hat!

MERLETTI: Na ... eine Frau hat fast immer ...

CARLINO: Sie vermutet nichts.

MERLETTI: Mag sein, ich sage ja nicht nein, aber gewiß – auch in der Bewußtlosigkeit der Hingabe...

TITO: *(versteift sich)* Was?

MERLETTI: Oh mein Gott, wenn nicht sie, so doch ihr Körper, es ist doch wohl sicher, daß...

CARLINO: Aber wenn du sagst, in der Bewußtlosigkeit!

TITO: *(zu Carlino, verletzt)* Laß ihn ausreden. *(Zu Merletti:)* Was ist wohl sicher?

MERLETTI: Daß sie – ihr Körper, nicht sie – sich inniger vom einen als vom anderen hat lieben lassen!

CARLINO: Willst du jetzt zwischen uns Eifersucht säen?

MERLETTI: Nein! Wieso Eifersucht? Bist du verrückt? Wenn es kein Betrügen ist, wenn es in der Bewußtlosigkeit der Hingabe geschehen ist, wieso Eifersucht? Allerhöchstens könntet ihr einen gewissen Groll gegen ihren Körper empfinden...

TITO: Insgeheim – ja, das habe ich verspürt!

CARLINO: Groll? Warum? Welche Schuld kann man ihr denn geben?

MERLETTI: Keine Schuld! Keine Schuld!

TITO: Wir reden doch nicht von Schuld ...

MERLETTI: Wenn sie es doch nicht gewollt hat, auch wenn sie es gespürt hätte...

TITO: *(düster)* Immerhin könnte sie es sagen, wenn es so wäre!

CARLINO: Aber sie hat nichts gespürt. Sie kann nichts sagen! Sie hat es mir geschworen! Ich habe sie gedrängt, daß sie gesteht! *(Zu Tito:)* Du weißt es, *(wendet sich auch an Merletti)* wir beide sind diese Nacht zu dem Schluß gekommen, daß, wenn einer von uns die Gewißheit haben könnte, daß dieses Kind seines sei, er nicht einen Moment zögern würde, die Last und die Verantwortung auf sich zu nehmen und den anderen zu überzeugen, daß er sich zurückziehen möge.

MERLETTI: Und hast du das auch ihr gesagt?

CARLINO: Ja. Auch ihr, bevor ich mit Tito übereingekommen bin. Das ist mein Gefühl, und es ist jetzt auch das von Tito.

MERLETTI: Und sie hat nein gesagt?

CARLINO: Nein, nein ... daß sie es nicht sagen kann, weil sie es nicht weiß! Sie ist selbst wie erschlagen. Sie kann nichts vermuten, nichts, weil auch sie selbst nie erwartet hätte, daß – angesichts ihres früheren Lebens – ihr so etwas passieren könnte. Sie ist deswegen wie ... ich weiß nicht ... sie zitterte am ganzen Körper ... du verstehst, in ihr, so wie sie jetzt geworden ist, da ist so etwas ... sie ist sozusagen ihretwegen erschrocken, unseretwegen aber bestürzt ... Und dann, gleichzeitig ...

MERLETTI: Oh ja, der Mutterinstinkt, der sich regt ... *(Kurze Pause.)*

TITO: In dieser Situation! Sie – und wir beide! *(Kurze Pause.)*

CARLINO: Was soll man machen?

MERLETTI: *(schnell)* Oh, ich, was mich angeht...

TITO: Du, was dich angeht? Sag schon...

MERLETTI: Das ist schnell getan, meine Lieben, ohne lange zu überlegen!

TITO: Was?

MERLETTI: *(mit einer Geste, mit der man den Gedanken an etwas wegschiebt)* Weg! Weg!

CARLINO: Eben – wie ich gesagt habe!

TITO: Weg mit dem Kind, was? Wie man's mit den Tieren macht? Als wenn sie eine Hündin wäre? Als wenn sie eine Katze wäre?

CARLINO: So braucht man sie ja nicht zu behandeln!

Merletti: Es gibt gerade dafür Heime, wo man die Kinder lassen kann...

Carlino: Genau wie ich ihm gesagt habe...

Merletti: *(zu Tito)* Großer Gott, du denkst doch nicht, daß ihr zu zweit ein Kind behalten könnt, ohne zu wissen, von wem von euch beiden es ist? So ein Mißgeschick kann auch in einer Beziehung mit einer verheirateten Frau vorkommen, aber da ist das Problem schnell gelöst: Das Kind ist immer vom Ehemann, ohne einen möglichen Wettbewerb; und wenn der Ehemann den Verdacht hat, daß es nicht seines ist, dann kann er es mit der Frau davonjagen, und dann wird es das des Liebhabers! Von einem ist es immer, auch wenn die Frau nicht wirklich weiß, von wem. – Aber hier ist der Fall anders. Die Frau kann gehören – und gehört – mit gleichem Recht allen beiden; aber nicht das Kind, das bestimmt von einem von euch ist, aber von wem, das kann weder der eine noch der andere noch die Frau selbst wissen. Ohne es zu wissen, ist es klar, daß ihr es auch nicht zusammen behalten könnt. Entweder du – oder er. Aber du willst kein Kind behalten, das seines sein kann und er auch nicht ein Kind, das deines sein kann.

Carlino: So ist es! So ist es!

Tito: Sehr schöne Gründe, höchst vernünftige, wir haben sie alle diskutiert, die ganze Nacht, bis der Kopf völlig leer war! Aber ich denke an die Handlung, zu der sie führen, und mein Gewissen weigert sich! Alles empört sich in mir! Ich denke an sie, daran, wie man ihr es sagen soll...

Merletti: Aber es ist doch nicht nötig, daß ihr es ihr sofort sagt.

Carlino: *(zu Tito, triumphierend)* Na bitte! Na bitte! Siehst du? Meine Rede!

Tito: *(wie von einer Schlange gebissen)* Und du hast ihn genau deswegen geholt, damit er dir diese Befriedigung verschafft, das sehe ich wohl, daß er alles wiederholt, was du gesagt hast! Aber ich bin von Natur aus reizbar, diese ganze Befriedigung bringt mich zur Weißglut, und ich gehe, und ich lasse dich mit ihm dich sonnen in dieser schönen Befriedigung, die er dir geschenkt hat! – Ich kann nicht mehr! *(Er reißt den Hut vom Ständer und geht wütend ab.)*

CARLINO: Man kann mit ihm nicht diskutieren…

MERLETTI: Komischer Kerl!

CARLINO: Auch seine eigenen Gründe – wenn er sie von einem anderen hört – bringen ihn so in Rage. Du kannst sicher sein, absolut sicher, daß er genauso denkt wie ich und wie du. Widersprechen – nein, widersprechen tut er nicht. Aber er regt sich auf, er explodiert und er läuft davon; Du siehst ja, er läuft einfach davon. – Ich habe ihm gesagt: Wir werden einen Weg finden, daß man's ihr nach und nach zu verstehen gibt, der Armen…

MERLETTI: Natürlich! Warum denn brutal? Katze … Hündin … Das kann man doch so oder so machen…

CARLINO: Ach Lieber! Du wiederholst genau meine eigenen Worte! Ich bin dir ja so dankbar! »Das kann man doch so oder so machen«, so habe ich das zu ihm gesagt!

MERLETTI: … Es ihr begreiflich zu machen – aber sie wird es selbst, von sich aus, begreifen, daß es eine Notwendigkeit ist…

CARLINO: »Eine Notwendigkeit« – da – genau – so – laß dir einen Kuß geben! *(Er küßt ihn.)*

MERLETTI: *(lacht)* Gut, daß er nicht mehr da ist!

CARLINO: Er ärgert sich sogar über solche aufrichtigen Dankbarkeitsbezeugungen: Hast du gehört, er nennt sie Heuchelei! Wenn er eine Befriedigung empfinden kann, dann bin ich darüber mehr als froh. Wenn ich sie habe, läuft ihm die Galle über! *(Es klopft an der Tür.)* Wer ist da? Herein! *(Die Pedoni kommt herein, den Hut auf dem Kopf, und stellt sich vor die Tür.)*

DIE PEDONI: Erlauben Sie? Um diese Zeit sind Sie gewöhnlich im Amt, und da wird das Zimmer gemacht. Ich möchte wissen, ob sie heute nicht gehen, denn ich muß jetzt weg.

CARLINO: Nein, Signora Elvira, ich gehe nicht, ich habe die ganze Nacht vertan, und ich möchte ein bißchen ruhen.

DIE PEDONI: Na gut, dann gehe ich also. Das heißt, das Zimmer wird nachher gemacht, wenn ich zurück bin.

CARLINO: Ja, danke, wenn Sie zurück sind. Auf Wiedersehen, Signora Elvira.

DIE PEDONI: Auf Wiedersehen, meine Herren. *(Ab, schließt die Tür.)*

CARLINO: Tito wird ins Ministerium gegangen sein, um Bescheid zu sagen. Er war auch schon spät dran. Aber wir hatten beschlossen, uns heute freizunehmen ...

MERLETTI: ... wegen wichtiger Familienangelegenheiten ... Das könnt ihr wirklich sagen.

CARLINO: Lach nicht darüber, um Himmelswillen, wenigstens nicht vor Tito.

MERLETTI: Nein, ich lache nicht! Aber ich wollte, daß ihr die Sache nicht so tragisch nehmt, du lieber Gott! Schließlich handelt es sich...

CARLINO: Nein, nein ... da täuschst du dich, siehst du. Darin täuscht du dich! Du kennst Melina nicht! Von unserem Gefühl ganz abgesehen ... glaub mir, es ist eine sehr, sehr ernste Sache. Aber man muß sich zusammennehmen und sie mutig angehen. Inzwischen, paß mal auf: Tito kommt vielleicht bald zurück. Ich wollte mich wenigstens ein Stündchen hinlegen und schlafen. Hol ihn doch zu dir herein, denn wenn er hierher kommt, dann ist an Schlaf nicht mehr zu denken.

MERLETTI: Ja, ja, in Ordnung. Ich muß mich noch anziehen gehen.

CARLINO: Und versuch ihn zu überzeugen, im Guten, ohne ihn zu reizen: Bring ihm bei, daß es gut ist, wenn wir es so machen, wie du und ich gesagt haben. Leider gibt es keinen anderen Ausweg.

MERLETTI: Auf Wiedersehen.

CARLINO: Aber ich kann mich darauf verlassen, im Guten, ja? *(Merletti will gehen, da hält er ihn zurück:)* Ganz unvoreingenommen – sag mir eines im Vertrauen. Wenn du eine Frau wärst...

MERLETTI: *(lacht laut)* Ich? Meinst du, ich könnte eine Frau sein?

CARLINO: Nein – sag mal ... du kennst so viele und du kennst sie gut ... Du weißt sicher auch, wie ihr Geschmack ist – oder, besser: Was glaubst du, was im allgemeinen bei einem Mann vor allem anziehend sein kann für eine Frau – die ... die Kraft, nicht wahr?

MERLETTI: Ja, natürlich, die Kraft ... Aber warum fragst du mich das?

CARLINO: Wegen dieses Grolls, von dem du gesprochen hast und vom dem Tito sagt, er hätte ihn insgeheim gespürt wegen der Anziehungskraft, die – nicht Melina, aber in der Bewußtlosigkeit ihr Körper...

MERLETTI: Ah, ich hab kapiert!

CARLINO: Meinst du – im Vertrauen –, daß Tito einer Frau den Eindruck vermitteln kann, er sei stärker als ich?

MERLETTI: Wie – du zweifelst ...?

CARLINO: Nein, nicht an Melina! Wir sprechen jetzt von der unbewußten Anziehung ... Die Idee hast du ja aufgebracht...

MERLETTI: Aber – weißt du – physisch ... Vom Aussehen her zu urteilen ... *(Er scheint unsicher zu sein.)* Es ist richtig, daß Tito...

Carlino: Tito hat ein Auftreten, ja, er hat ein energischeres Auftreten…

Merletti: … energischer, ja. Er ist – wie soll ich sagen? – er ist profilierter, entschlossener … Und was eine Frau vor allem an einem Mann nicht ausstehen kann, das ist eine gewisse weichliche Schüchternheit…

Carlino: Ah, aber das bin ich nicht, ich bin nicht schüchtern, weißt du! Mit Frauen bin ich überhaupt nicht schüchtern! Keinerlei, keinerlei weichliche Schüchternheit!

Merletti: Das glaube ich, das glaube ich gern!

Carlino: Denn immerhin habe ich diesen Groll nicht gespürt … Er schon … Und das ist seltsam, es ist seltsam, weil mir der Verdacht kommt, daß … seine ganze Gewissensnot – die ich ja auch habe, bitte! – ich weiß nicht … zu stark wäre und daß, indem er sie empfindet, wie er sie empfindet, viel stärker als ich, vielleicht mehr von ihr vereinnahmt …

Merletti: … daß er die Vorstellung hätte, meinst du, das Kind könne seines sein?

Carlino: Ich habe den Verdacht. Aber diesen Groll, von dem er sagt, daß er ihn empfunden hätte, während ich hingegen ihn überhaupt nicht gespürt habe, wie erklärst du dir das?

Merletti: Ich erkläre mir das so, mein Lieber, daß vielleicht im Grunde auch er den Verdacht hat, du hättest die Vorstellung, das Kind könnte deines sein.

Carlino: Nein, nein, ich sage doch, daß ich es nicht weiß! Ich sage, daß ich es nicht weiß! Obwohl es natürlich möglich ist, sehr gut möglich – meinst du nicht?

Merletti: Aber in der Ungewißheit … *(Unterton: Du wagst es nicht, es zu bejahen.)*

Carlino: Eben: In der Ungewißheit…

Merletti: Schluß jetzt, laß mich gehen. Addio …

Er geht. Carlino, allein geblieben, geht vor den Spiegel und betrachtet sich. Man muß ihn entschuldigen, denn er vermutet nicht, daß er gesehen werden kann. Vor dem Spiegel nimmt er instinktiv ein energisches, entschlossenes Aussehen an, er zieht die Augenbrauen hoch, streckt das Kinn vor, hebt eine Hand, kratzt sich mit den Nägeln die borstigen Wangen, dann, immer noch mit diesem Ausdruck, streckt er auch die Brust heraus…

Vorhang

ZWEITER AKT

Dieselbe Szene wie vorher. Es sind neun Tage vergangen. Carlino liegt ausgestreckt im Pyjama auf dem Bett, die Brust ist freigemacht, der Arzt, über ihn gebeugt, setzt das Hörrohr an, um die Bronchien und die Lunge zu auskultieren. Die Pedoni ist bei der Visite anwesend. – Es ist fast Mittag.

ARZT: Einatmen.

CARLINO: *(macht einen tiefen Lungenzug)*

ARZT: *(setzt das Hörrohr an einer anderen Stelle an)* Einatmen.

CARLINO: *(wie oben)*

ARZT: *(wie oben)* Einatmen.

CARLINO: *(wie oben)* Mir dreht sich ein bißchen der Kopf.

ARZT: Hat nichts zu sagen. Kommt von der Atmung. Sie haben nichts, weder an den Bronchien noch an der Lunge.

CARLINO: Oh ja! Ich merke auch nichts mehr. Es war eine einfache Erkältung, mit ein bißchen Fieber.

ARZT: Warten Sie, ich möchte noch ein wenig die Milz abtasten.

CARLINO: Die Milz? Warum das?

ARZT: Um zu sehen, ob sie in Ordnung ist.

CARLINO: *(ärgerlich)* Oh mein Gott…

DIE PEDONI: Lassen Sie ihn doch machen, du lieber Himmel!

ARZT: Es kann sein, wenn Sie Fieber haben, daß da noch irgendeine kleine Infektion ist: Und dann müßte die Milz etwas vergrößert sein. *(Er tastet, drückt die Hand gegen den Magen, links)* Nein. Nichts. Völlig in Ordnung.

DIE PEDONI: Gott sei gelobt!

CARLINO: Morgen geh ich auf jeden Fall wieder ins Amt. *(Er steht auf. Tito kommt zurück aus dem Büro.)*

Tito: Ah, guten Tag, Herr Doktor.

Arzt: Guten Tag.

Tito: Wie steht's?

Arzt: Wieder ganz gesund.

Tito: *(zur Pedoni)* Habe ich es nicht gesagt, es ist nichts, eine Erkältung.

Carlino: Aber das hab ich auch gesagt!

Tito: Nein, du hast dich bei dem bißchen Fieber gleich als Todeskandidaten gesehen.

Carlino: Bong ... Also, als Todeskandidaten ...

Tito: Und wissen Sie, Herr Doktor, warum er die Erkältung eingefangen hat? Weil er mich ohne Mantel gehen sieht, und da will er natürlich auch ohne Mantel gehen.

Carlino: Aber das ist nicht wahr! Weil es warm war, und dann hat es plötzlich einen Wettersturz gegeben. Du kannst doch nicht leugnen, daß du viel eher erkältet bist als ich. Da, die Signora Elvira kann das auch sagen.

Tito: Ich?

Carlino: Du, ja, du!

Tito: Ein bißchen Schnupfen, wenn überhaupt! Keine Erkältung!

Arzt: *(zu Carlino, lächelnd)* Sie müssen sich vorsehen ... Sie sind ein wenig zart.

Carlino: Was heißt hier zart! Sagen Sie das nicht! Wieso zart! Ich habe eine eiserne Gesundheit. Besser als er! Immer muß ich ihn pflegen!

Tito: Wenn's dir Spaß macht, das zu glauben ...

Arzt: Genug. Ich gehe.

Carlino: Herr Doktor, es ist ein wunderschöner Tag. Seit neun Tagen bin ich im Hause: Ich kann nicht mehr!

Arzt: Sie möchten sofort raus?

Tito: Aber nein, das wäre schon wieder eine Unvorsichtigkeit!

Carlino: Aber ich möchte nur essen gehen und ein bißchen Luft schnappen, dann komm ich sofort wieder nach Hause!

ARZT: Nein, nein, heute bleiben Sie besser noch daheim, morgen können Sie dann ins Amt.

DIE PEDONI: Hören Sie auf den Arzt.

ARZT: Lassen Sie sich's gut gehen.

DIE PEDONI: Ich begleite Sie hinaus, Herr Doktor. *(Verabschiedung, der Arzt geht, gefolgt von der Pedoni, die sofort zurückkommt.)*

CARLINO: Du lieber Gott, er hätte mir ein Stündchen Ausgang erlauben können.

DIE PEDONI: *(kommt wieder herein)* Dann decke ich zum Essen hier im Zimmer für Sie beide, hm?

TITO: Nein, nicht für mich, das ist nicht mehr nötig von jetzt an, ich esse wieder in der Trattoria.

DIE PEDONI: *(zu Carlino)* Also dann für Sie allein. Sie werden sehen, was für ein schönes gekochtes Hühnchen ich für Sie habe! Die Hälfte für jetzt und die Hälfte für heute abend. Und eine Bouillon ...! *(Ab durch die Tür hinten.)*

TITO: Ich komme noch mal vorbei, um nach dir zu schauen, vor dem Amt.

CARLINO: Nein, nein, laß nur.

TITO: Wer weiß, vielleicht brauchst du irgend etwas...

CARLINO: Nein, was sollte ich brauchen? Vielen Dank.

TITO: Ich komme vorbei. Schließlich ist es noch früh, und ich wüßte nicht, was ich bis drei Uhr machen sollte ... *(Sie sitzen beide bedrückt an den zwei Seiten des Tisches vorn auf der Bühne, mit dem Gesicht zum Publikum, und verharren so eine Weile schweigend.)*

CARLINO: *(fragt, obwohl er weiß, daß das zwecklos ist, weil er die Antwort schon kennt)* Nichts?

TITO: Nichts.

CARLINO: Aber hast du nicht mehr versucht, sie dahin zu bekommen, daß sie mit uns redet?

Tito: Nein. *(Pause.)* Ich tu so, als wäre gar nichts, daß ich nicht mal daran denke, als hielte ich es nicht für wichtig. *(Pause.)* Vielleicht ist es besser abzuwarten, daß sie den Anlaß bietet.

Carlino: Na, das ist aber wirklich nicht an ihr, den zu bieten!

Tito: *(beginnt gereizt zu sein)* Ich meinerseits hab's schon einmal versucht!

Carlino: *(wieder nach einer Pause)* Es ist nur – ich bin nicht mehr dort gewesen …

Tito: Du könntest es morgen versuchen, aber du wirst sehen, sie biegt das Gespräch gleich ab, auch mit dir.

Carlino: Trotzdem müssen wir wenigstens anfangen, sie vorzubereiten … *(Die Pedoni kommt zurück mit einem Tablett mit allem Nötigen, um für einen Kranken zu decken, der im Zimmer essen muß.)*

Die Pedoni: *(zu Tito)* Ah, Sie sind noch da?

Tito: *(steht auf)* Ich gehe.

Carlino: Aber meinetwegen brauchst du nicht zurückzukommen!

Tito: Wenn noch genug Zeit ist, komme ich. Auf Wiedersehen.

Carlino: Auf Wiedersehen.

Tito: *(bevor er geht)* Guten Tag, Signora.

Die Pedoni: Auf Wiedersehen. *(Als Tito verschwunden ist:)* Immerhin hat er geruht, mich wenigstens an der Tür zu grüßen.

Carlino: Glauben Sie, er denkt nicht mehr daran, das Zimmer zu kündigen, Signora Elvira, und ich auch nicht.

Die Pedoni: Ah richtig, das sollte man festhalten, ich möchte nicht, daß auf ein Wort hin, das so daher gesagt worden ist …

Carlino: Nein, seien Sie sicher: Wir bleiben hier. Wir

kennen uns jetzt seit mehr als einem Jahr, und wir haben uns eingewöhnt.

Die Pedoni: Glauben Sie mir, besser könnten Sie es nirgendwo treffen: Ich bin so frei, das zu sagen. Hier sind Sie wie in der Familie. Wenn Sie nur auch wieder diese beiden braven Jungen von früher wären! Ich sage das zu Ihrem Besten. – Schluß jetzt, ich hole Ihnen die Suppe. *(Nachdem sie aufgedeckt hat, geht sie mit dem Tablett hinten ab.)*

Carlino: *(geht gedankenvoll im Zimmer auf und ab, bleibt plötzlich stehen und ruft aus)* Verdammt, in neun Tagen … *(Er wandert wieder umher. Dann bleibt er stehen:)* Er verlangt, ich soll es ihr begreiflich machen … *(Er geht zum Tisch, nimmt zerstreut ein Brötchen, schaut es erst an, bricht dann ein Stück ab und steckt es in den Mund. Die Pedoni kommt wieder herein, mit der Suppenschüssel auf dem Tablett.)*

Die Pedoni: Hier ist alles, setzen Sie sich.

Carlino: *(setzt sich)* Ah, sehr schön, Signora Elvira. Ja, ich habe großen Appetit.

Die Pedoni: Ich habe das halbe Huhn dringelassen, damit es nicht kalt wird. Also, ich bediene Sie. Eine Suppe … da, riechen Sie mal. Das päppelt Sie wieder auf. Kosten Sie, kosten Sie!

Carlino: Sehr gut! Ausgezeichnet! Ich würde gern ein bißchen Brot einbrocken…

Die Pedoni: Tun Sie das, tun Sie das! Ich bringe Ihnen dann für das Huhn noch ein Brötchen.

Carlino: Ein bißchen was Festes … daß man was zwischen den Zähnen hat …

Die Pedoni: Schauen Sie, ich habe Ihnen auch eine Orange gebracht.

Carlino: Vielen Dank, ja, ich hab es gesehen.

Die Pedoni: Und eine Überraschung – nach dem Huhn.

Carlino: Eine Überraschung?

Die Pedoni: Ein Gläschen alten Marsala! So einer, daß Ihnen die Augen übergehen!

Carlino: Ah! – Gut! Ja, ja – vielen Dank! – Liebe Signora Elvira! – Ja, ja – ein gutes Gläschen Marsala ist genau das, was ich jetzt brauche. Sie sind sehr gütig…

Die Pedoni: Ich hab das Salz vergessen! Warten Sie … Wer weiß, das könnten Sie brauchen für das Huhn … *(Schnell ab. Gleich danach hört man sie von draußen schreien:)* Oh, nein, nein, Verzeihung! Hier nicht! Hier kommen Sie nicht rein! In meinem Haus will ich solche Geschichten nicht! Raus, raus, meine Liebe! Das kann ich nicht dulden…

Carlino: *(läuft zur Tür)* Was ist denn?

Die Pedoni: Ein Besuch, den ich wirklich nicht zulasse, Signor Sanni!

Carlino: *(sieht durch die Tür Melina und wird wütend)* Aber ich bitte Sie! *(Er läuft hinaus, um Melina an einem Arm zu nehmen.)* Wie können Sie wagen, sie daran zu hindern …? *(Nötigt Melina ins Zimmer.)* Kommen Sie, treten Sie ein, Signorina! *(Melina kommt ganz verstört herein, sie hat ein großes Paket unter dem Arm.)*

Die Pedoni: *(die sie am Eintreten hindern möchte)* Ich sage Ihnen, ich kann das nicht erlauben…

Carlino: Nehmen Sie sich in acht, verdammt noch mal, rühren Sie sie nicht an!

Die Pedoni: Also nun raus hier! Raus!

Carlino: Sie können nicht verbieten, daß man mich besucht, wenn ich krank zu Hause bin!

Die Pedoni: Sowas ist kein Krankenbesuch! Ich habe jedes Recht, das zu untersagen, denn in meinem Haus…

Carlino: Schluß! Darüber reden wir nachher. Jetzt öden Sie mich nicht länger an! *(Und er schließt wütend die Tür.)*

Melina: Ich bitte dich um Verzeihung…

CARLINO: Aber nein, eher ich – dich, daß du hier so empfangen wirst ... So eine Megäre! Was bildet die sich ein?

MELINA: Es ist das erste Mal ... Ich bin nie gekommen ...

CARLINO: Bei all diesen Schlampen von Merletti, die angeblich als Klientinnen kommen, sagt sie nichts, und bei dir, diese alte Tratsche ...

MELINA: Vielleicht, weil ihre Tochter mir aufgemacht hat ...

CARLINO: Mach dir nichts draus. Daher kommt's! Wegen dieser Tochter ... da verzehrt sie sich vor Wut!

MELINA: Du hast gerade gegessen ...

CARLINO: Ja, einen Happen ... Aber wieso bist du gekommen?

MELINA: Ich kam vorbei ... Ich habe Tito auf der Straße gesehen, ganz allein auf dem Weg zur Trattoria ...

CARLINO: Ja, er ist vor kurzem gegangen.

MELINA: Und ich hab mir gedacht, daß du noch krank bist ...

CARLINO: Nein, siehst du? Ich bin wieder gesund, ich habe gegessen ...

MELINA: Iß doch, iß doch noch weiter!

CARLINO: Die hat mir den Appetit verschlagen!

MELINA: Nein, komm, setz dich, setz dich, so ... fang wieder an ...

CARLINO: Ich hatte mit solchem Genuß gegessen!

MELINA: Ich hab' ihn dir verdorben ...

CARLINO: Aber nein!

MELINA: Ein schönes Huhn! Iß, iß ...

CARLINO: Ich hab kein Brot mehr.

MELINA: Ach, hast du nicht? Aber sie jetzt zu rufen ...

CARLINO: *(steht entschlossen auf)* Egal! Ich rufe sie! *(Geht zur Tür, öffnet sie und schreit:)* Brot! *(Er läßt die Tür halboffen und kommt etwas weiter nach vorn ins Zimmer.)* Wir werden ja sehen, ob sie es bringt.

MELINA: Ich bin Tito ein bißchen nachgelaufen, ich wollte ihn nach dir fragen. Er hat mich aber nicht gehört. Er ging ganz finster vor sich hin ... Ich hatte das Gefühl, er mache sich deinetwegen Sorgen ... und ... da ich im Vorbeigehen war ... Ich habe dich seit neun Tagen nicht mehr gesehen.

CARLINO: *(in einem Ton wie jemand, der nicht recht verstanden hat, weil er mit den Gedanken woanders war)* Aber ja, du brauchst dich nicht noch zu entschuldigen ... *(Geht wieder zur Tür und schreit:)* Und das Salz! *(Kommt wieder nach vorn.)* Es ist ihr nämlich selbst aufgefallen, daß es fehlte. *(Dann in anderem Ton zu Melina:)* Es ist bestimmt besser, wenn du dich hier nicht sehen läßt.

MELINA: Wenn ich hätte annehmen können...

CARLINO: Aber damit ist jetzt Schluß! Nach dem hier ist Schluß! Ich sage das Tito heute abend. Wir hatten ohnehin die Absicht ... *(Es klopft an der Tür.)* Ach, na bitte, sie bringen es ... Herein! *(Ganz vorsichtig kommt eine unbeholfene alte Dame, ein komisches Hütchen auf dem Kopf, Handschuhe. Sie trägt mit ängstlicher Vorsicht zwei kleine Teller, auf dem einen ein randvolles Gläschen Marsala, auf dem anderen ein Brötchen und ein Salzfaß. Carlino ist zufrieden.)* Ah, da ist ja auch der Marsala.

DIE ALTE DAME: *(geht äußerst vorsichtig auf das Tischchen zu und deutet einen Augenblick mit den Augen darauf)* Stelle ich das hier ab?

CARLINO: *(befreit sie von dem Alpdruck, den das Glas ihr verursacht)* Nein, geben Sie, geben Sie her. Aber Verzeihung, wer sind Sie?

DIE ALTE DAME: Eine gute Freundin der Signora Pedoni. *(Nachdem sie das andere Tellerchen hingestellt hat:)* Wünschen Sie noch etwas?

CARLINO: Danke, nichts weiter. Es tut mir leid, daß Sie sich bemühen mußten.

Die alte Dame: Aus Freundschaft macht man alles Mögliche. Guten Tag. *(Sie verbeugt sich und geht.)*

Carlino: *(noch mit dem Glas in der Hand)* Guten Tag. *(Bietet es Melina an.)* Trink du. Marsala. Er muß gut sein. Alter.

Melina: Nein danke. Ich gehe gleich wieder. Wenn du fürchtest, sie könnte sich vorstellen...

Carlino: Sie soll sich vorstellen, was sie will! Nicht so schnell. Setz dich ein bißchen. *(Auch er setzt sich.)* Wenigstens solange, daß ich dich richtig anschauen kann...

Melina: Jetzt könntest du doch wieder aus dem Haus gehen...

Carlino: *(ißt mit Genuß)* Ja, der Arzt war vorhin da, er hat nichts mehr gefunden; aber es war ja tatsächlich nie was Ernstes.

Melina: *(schaut sich im Zimmer um)* Ein schönes Zimmer ... so fröhlich ... So schlaft ihr also beide zusammen ... Schläfst du dort?

Carlino: Ja ... und Tito da.

Melina: Tito mag dich sehr. Er hat gesagt, das war wieder so eine Unvorsichtigkeit von dir.

Carlino: *(ärgerlich)* Glaub das ja nicht! Das sagt er, weil er zeigen will, daß er sich gewisse Dinge erlauben kann und ich mir nicht. Ich halte das nicht mehr aus! Er ist stärker, und er ist dies und er ist das – alles besser als ich!

Melina: *(lacht)* Oh Gott, aber nein ... Er ist so anders als du.

Carlino: Ich vergleiche mich doch auch nicht mit ihm! Er ist er und ich bin ich. – Was soll's!

Melina: Ja eben.

Carlino: Ohne Mantel ... Auch er hätte sich erkälten können und nicht ich. So etwas passiert eben. Ich hätte deshalb doch nie gesagt, daß er sich gewisse Dinge erlauben kann und ich nicht! Auch ich fühle mich sehr, sehr stark! Und weitaus energischer in vielem, weitaus energischer als er! Mit all dem Gehabe, das er vorführt ... So! Falls du es wissen willst. Wenn du es noch nicht gemerkt hast!

MELINA: *(etwas verwirrt, sie versteht nicht, woher dieser Ärger kommt)* Mir kam es so vor, daß er von deiner Unvorsichtigkeit sprach, weil er sich Sorgen machte...

CARLINO: *(unterbricht sie)* Er, meinetwegen? Ich hab mir Sorgen gemacht, immer, seinetwegen! – Na so was! Er, er legt Wert darauf, daß es so aussieht, als wäre er stärker als ich! Und ich weiß auch den Grund! Aber er täuscht sich! Ich möchte gern, daß jemand, der kein Interesse daran hat, es unter den Tisch zu kehren, offen ausspricht, wer der Stärkere ist: er oder ich.

MELINA: Ach geh, nimm's nicht so krumm...

CARLINO: Nein. Ich nehm' es nicht krumm, aber es nervt mich schon, dieses Gehabe! Ich bin gutmütig und nachgiebig, aber wenn ich merke, daß jemand das ausnutzt... Verdammt nochmal, ich hab ihm so oft aus der Patsche geholfen! Na gut. Reden wir von dir. Laß dich anschauen, wie geht's?

MELINA: Gut.

(Kurze verlegene Pause.)

CARLINO: Und du bist ein bißchen spazieren gegangen?

MELINA: Nein, genau gesagt, einkaufen.

CARLINO: Ah, sehr schön. Hier in der Gegend?

MELINA: Ja, weil hier in der Nähe ein Laden ist, wo man günstig kauft. Da, ich möchte, daß du dir das anschaust... *(Sie beginnt das Paket auszuwickeln, das sie auf den Knien hält.)*

CARLINO: Nein, warum denn? Was ist das?

MELINA: Stoff. Ich möchte, daß du dir ansiehst, wie fein der ist ... *(Sie knippert weiter den Knoten auf.)*

CARLINO: Aber ich verstehe nichts davon...

MELINA: Du wirst schon sehen, du wirst schon sehen, wie fest gewebt das ist. Ohne Appretur ... Da, sieh...

Carlino: Huh, sehr fest!

Melina: Fühl mal … *(Carlino prüft den Stoff mit Daumen und Zeigefinger.)*

Carlino: Ja … scheint gut zu sein …

Melina: Knautsch ihn, knautsch ihn mal so in der Hand … ganz weich…

Carlino: Ja, ja … weich … Und … was hast du bezahlt?

Melina: Oh, wenig. Rate mal!

Carlino: Wieviel?

Melina: Nein, ich meine, warum ich ihn gekauft habe…

Carlino: *(zuckt die Schulter, tut, als hätte er nicht verstanden)* Na das ist eine Frage! Wohl, weil du ihn brauchst … Aber du hast ihn von deinem Geld gekauft, das solltest du nicht. Du hättest uns sagen sollen, daß du sowas brauchst.

Melina: *(hebt den Stoff und verbirgt das Gesicht darin. Eine Weile steht sie so, dann, die Augen voller Tränen, schüttelt sie traurig den Kopf und fragt)* Also nein?

Carlino: Was?

Melina: Dann darf ich also wirklich gar nichts vorbereiten?

Carlino: *(verwirrt, verärgert, bewegt)* Du willst … Was willst du vorbereiten?

Melina: *(nimmt eine Hand von ihm und sagt sehr eindringlich)* Hör, Carlino, hör um Himmelswillen! Ich will nichts von euch, ich verlange nichts …

Carlino: *(versucht sie zu unterbrechen)* Aber nein, was soll das?

Melina: Hör mir zu! – So wie ich diesen Stoff gekauft habe, von irgendwelchen kleinen Ersparnissen, so könnte ich…

Carlino: Was könntest du? Was redest du da?

Melina: Ich könnte für alles sorgen!

Carlino: Für alles … Was? Wovon redest du?

MELINA: Aber ja, mein Gott! Wovon soll ich schon reden? Tust du so, als ob du nicht verstehst?

CARLINO: Aber das ist nicht möglich, mein Kind!

MELINA: Laß mich ausreden! Ich übernehme das alles, ihr hättet keine Ausgaben, ich schwöre dir's! Weder für die Babysachen, noch für die Entbindung, noch für die Erziehung...

CARLINO: Aber darum geht es doch nicht!

MELINA: Hör mich an! Und nie, niemals den kleinsten Ärger!

CARLINO: Aber was soll das heißen, Ausgaben, Ärger?

MELINA: Und keine Belastung, keine, nie! Willst du mich nicht reden lassen? Zuck nicht so die Schultern und mach nicht solche Augen!

CARLINO: Aber weil es um all das nicht geht, mein Kind, weder um die Ausgaben, noch um den Ärger, noch um die Belastung!

MELINA: Na gut! Dann sagst du mir nachher, um was es dir geht! Jetzt laß mich reden! Ich habe ja wohl auch das Recht, ich, ein Wort zu sagen!

CARLINO: Aber ja, rede, rede – was willst du sagen?

MELINA: Ich rede, ja ... Aber wie mach ich das jetzt? Ich kann ja keine Gründe geltend machen, gegen euch beide! Ich wollte dir sagen, daß mir viel Zeit bleibt...

CARLINO: Ja, um was zu tun?

MELINA: ... um nichts zu tun ... Ich habe gelernt, für euch zu arbeiten ... Ich werde weiter arbeiten...

CARLINO: Das wissen wir, ja, und wir danken dir...

MELINA: Ich will nicht bedankt werden – ich habe im Gegenteil euch zu danken ... Und ich verspreche euch, daß es euch nie, nie an meiner Fürsorge fehlen wird – da könnt ihr ganz sicher sein! Aber nun, schau, auch wenn ich für euch sorge, wie ich es tue, für eure Wäsche, für eure Kleidung, da bleibt mir immer noch viel Zeit, soviel, daß ich, wie du weißt, lesen und schreiben gelernt habe, ganz allein!

CARLINO: Ja, Liebe!

MELINA: Gut ... Schau, Carlino ... – Jetzt lasse ich das und suche mir andere Arbeit...

CARLINO: Du? Warum?

MELINA: ... die ich zu Haus machen kann.

CARLINO: Für andere?

MELINA: Für Damen! Für Damen! Wäsche waschen, Kleider ändern...

CARLINO: Aber nein! Warum willst du das tun?

MELINA: Zu meinem Vergnügen! Zu meinem Vergnügen, Carlino! Das macht mich glücklich, glaub mir, glaub mir!

CARLINO: Aber wir wollen das nicht ...

MELINA: Warum solltet ihr das nicht wollen?

CARLINO: Darum! Wir können das nicht erlauben...

MELINA: Aber ich werde immer für euch da sein, so wie früher, Carlino. Immer – genauso!

CARLINO: Wir glauben nicht, daß wir es an irgend etwas haben fehlen lassen...

MELINA: Aber das ist doch nicht meinetwegen, Carlino. Was denkst du denn? Weil mir irgend etwas fehlte! Da wäre ich unverschämt und undankbar.

CARLINO: Dann also ...? Kannst du ernsthaft glauben, daß es sich um eine Geldfrage handelte?

MELINA: Nein, nein! Aber ich will es machen! Ich allein! Ohne euch das mindeste aufzuladen! – Ich! Ich habe nun einmal diesen Stolz, verstehst du?

CARLINO: Du ... Und wir? Wie sollen wir dir das erlauben, nicht nur deswegen, das wäre noch das wenigste, aber wegen der Verantwortung, Melina, wegen der Verantwortung, mein Kind, für ein Leben, das unter solchen Umständen zur Welt kommt, verstehst du das nicht? Ein Leben, von dem man nicht weiß, zu wem es gehört?

Melina: Zu mir, Carlino! Es gehört ganz sicher zu mir! Mein ist es ganz gewiß, auch wenn ich nicht sagen kann, ob es von dir oder von ihm ist! – Mein! – Es gehört mir, die ich es gemacht habe! Und die Verantwortung – warum müßt ihr euch die aufladen? Die übernehme ich, und zwar voll!

Carlino: Und wie?

Melina: Wie? Na eben so! Es wird geboren – es ist meins – ich ziehe es auf – ich habe es bei mir – es ist mein Kind. Was heißt Verantwortung? Es ist die einfachste und natürlichste Sache der Welt!

Carlino: Aber unsere, Melina? Unsere?

Melina: Wieso eure? Wenn ich euch keine aufhalse?

Carlino: Du halst sie uns nicht auf, aber wir können nicht anders, als sie fühlen, wenn du das Kind behältst, und wir können sie auch nicht dir allein überlassen!

Melina: Warum könnt ihr das nicht?

Carlino: Aber weil es da sein wird – mit dir zusammen – das Kind –, und es gehört sofort unweigerlich, wenn es mit dir lebt, auch zu unserer Verantwortung!

Melina: Und um sie nun nicht zu fühlen und um euch davon zu befreien, was wollt ihr tun? Es wegschmeißen? Wenn doch ich da bin, die Mutter, die es für sich behalten will? Die Verantwortung übernehmt ihr? – Die für ein Verbrechen, Carlino! Für ein wirkliches Verbrechen gegen ein Geschöpf, das zum Leben geboren wird – warum? Weil ihr statt dessen an dieser anderen festhalten wollt, die ihr nicht habt und die ihr gerechterweise nicht habt, weil ihr nicht wissen könnt, wem von euch beiden es zusteht! Also gut, laßt sie mir, diese Verantwortung, mir, die ich sicher bin, daß es meines ist! Ich will euch ja keinen Kummer machen, ich erbitte es wie eine Gunst, aus Güte, denn ich weiß, für euch hätte dies nicht passieren dürfen!

CARLINO: Hätte nicht passieren dürfen! Hätte nicht passieren dürfen! Es ist das allergrößte Unglück!

MELINA: Ja ... Aber schau, Carlino: in ein paar Jahren...

CARLINO: Was heißt, in ein paar Jahren! In ein paar Jahren wird es noch schlimmer, verstehst du das nicht?

MELINA: Nein, hör mir zu ...

CARLINO: Wieso nein? Mit dem Kind, das heranwächst ...

MELINA: Denk doch nicht an das Kind...

CARLINO: ...wenn du es behalten willst!

MELINA: Denk an dich, denk an dich, Carlino, und an Tito ... So wie ich an euch gedacht habe in diesen Tagen!

CARLINO: Du, du hast an uns gedacht?

MELINA: An euch! Ich kann nichts anderes denken als an euch! Weil ich weiß, das wirkliche Problem habt ja ihr ... Wegen dieser schrecklichen Ungewißheit, in der ihr beide steckt, die eben das Unglück so fürchterlich macht...

CARLINO: Das verstehst du also? Du verstehst das?

MELINA: Wie sollte ich es denn nicht verstehen?

CARLINO: Unerträglich! Unerträglich!

MELINA: Aber ich möchte es doch gerade erträglich machen, nachdem es nun einmal geschehen ist!

CARLINO: Und wie? Indem du das machst, was du tun willst?

MELINA: Ja – euch von jeder Verantwortlichkeit entbinden! Carlino, was ihr tun wollt, wird immer ein Verbrechen bleiben, auch wenn jeder aus der Ungewißheit Nutzen zieht, um sich keine Gewissensbisse zu machen, indem er denkt, das Kind könnte ja auch vom andern sein! Das Schicksal, zu dem ihr ein unschuldiges Wesen verdammt, ihr beide im Einvernehmen – das Verbrechen bleibt! Auch mir gegenüber, die ich nicht will, daß es dieses Schicksal hat – wenn ihr mich zwingt! Deshalb bin ich gekommen, um euch zu sagen, daß ich nichts von euch verlange, daß ich nichts von euch will – ich bin für euch da, solange ihr mich wollt ... Aber was denkst du, Carlino, wie lange kann dieses Leben für euch noch so weitergehen? In ein paar Jahren, was werde ich dann noch sein? Dann werde ich zu nichts mehr gut sein für euch, ihr werdet mich satt haben ...

Carlino: Nein, wer sagt dir das?

Melina: Ach geh ... Was könnt ihr denn wissen von dem, was euch in ein paar Jahren zustößt! Ihr werdet auch nicht ewig so weiterleben können, ihr zwei, gemeinsam ... Und schau: In ein paar Jahren wird dann noch ein Kind da sein ...

Carlino: Und du sagst, du hast an uns gedacht? Und wie sollen wir das machen?

Melina: Wieso? Wir leben doch nicht zusammen! Wenn ihr wollt, braucht ihr es auch nicht zu sehen, ihr braucht überhaupt nicht zur Kenntnis nehmen, daß es da ist!

Carlino: Aber das ist doch nicht möglich, wenn man weiß, daß es da ist! Stellst du dir gar nicht vor, was für eine Qual das für jeden von uns beiden wäre? Auch nur daran zu denken ist schon eine Qual! Es dort zu sehen ...

Melina: Ich gebe es in Pflege! Ihr werdet es nicht sehen, ihr werdet es nie sehen!

Carlino: Oh Gott, das ist eine Qual! Das ist eine Qual! Eine wirkliche Qual!

Melina: Aber verstehst du denn nicht, daß ich jetzt, nachdem ich gelernt habe, so zu leben, das nicht mehr aufgeben kann, ich kann nicht mehr zu dem Leben von früher zurück! Ich kann es nicht! Ich sage dir, daß ich arbeiten werde, ich sage dir, daß ich euch weder Ausgaben noch Mühe machen werde, ich sage euch, daß ihr es nicht einmal sehen müßt, daß die ganze Last auf mir liegen wird, daß ich die Verantwortung übernehme, was soll ich euch noch mehr sagen? Für mich ist es ein Verbrechen, das ich nicht begehen kann, ich will es nicht begehen! Wollt ihr mich mit Gewalt dazu zwingen? Ich werde das Kind behalten, ihr werdet es nicht zu sehen bekommen, es wird mein Trost und mein Gefährte sein, wenn ihr nicht da seid, und dann, wenn ihr mich nicht mehr wollt, werde ich wenigstens das Kind haben, ich werde es haben!

CARLINO: *(kann nicht mehr, auch weil die Rührung ihn übermannt)* Warum bist du gekommen, um mir solche Sachen zu sagen! Neun Tage, neun Tage ist er zu dir gekommen – konntest du's nicht ihm sagen? Zu mir kommst du und sagst es mir hier, dem Kranken?

MELINA: *(unter Tränen)* Du hast recht … du hast recht … Verzeih mir, Carlino … Ich weiß nicht, warum es mir in den Sinn kam, erst mir dir zu reden … Er ist ja auch so gut, der Tito.

CARLINO: Dann um so mehr, wenn dir scheint, er wäre – und er ist es ja auch – so gut …

MELINA: Mir war so, daß ich es dir sagen sollte … Was willst du da machen? Das Herz …

CARLINO: *(gezielt)* Das Herz hat dich dazu gebracht?

MELINA: Ja, es zuerst dir zu sagen…

CARLINO: *(sehr ernst und entschieden)* Hör, Melina, ich wiederhole noch einmal, daß, wenn du glaubst, daß ich es sein könnte …

MELINA: *(schnell)* Nein! Nein! Ich kann es nicht sagen! Das kann ich guten Gewissens nicht sagen, Carlino!

CARLINO: Aber es ist das zweite Mal, daß du ohne es zu wollen kommst, um mir etwas eher anzuvertrauen als ihm!

MELINA: Vielleicht, weil du mir mehr Vertrauen einflößt … Ich weiß nicht … vielleicht deshalb!

CARLINO: Es wird deshalb sein … Aber du mußt verstehen, so … allein … ich, dann … du machst meine Qual noch größer! Du machst meine Qual noch größer!

MELINA: Verzeih mir, verzeih mir! Ich weiß, daß du mir allein von dir aus – so – jetzt – mir nichts sagen kannst und nichts sagen darfst – du mußt mit Tito darüber sprechen – und sprich mit ihm wie du willst, wann du willst, ich bin da; ich sage nichts mehr; ich werde es so machen, wie ihr es wollt – sag ihm nur, daß ich es von euch erbeten habe wie eine Gunst, Rücksicht zu nehmen auf mein Gefühl … auch auf mein Gefühl … *(Sie weint.)*

CARLINO: *(bewegt, streichelt sie)* Aber sicher … sicher nicht … sicher ist das gar nicht möglich … Nicht auf dein Gefühl Rücksicht zu nehmen…

MELINA: *(steht auf, krampfhaft)* Ich gehe … ich gehe … Ich mache es so, wie ihr es wollt … Ich mache es so, wie ihr es wollt … Addio, addio! *(Und sie verschwindet, mit ihrem Stoffpaket.)*

CARLINO: *(steht zunächst ganz benommen da, dann läuft er durchs Zimmer und fuchtelt mit den Händen, als hätte er sie sich verbrannt)* Ah, was für eine Geschichte … Ah, was für eine Geschichte … Oh Gott, was für eine Geschichte … Was für eine Geschichte …

(Tito Morena kommt herein, ganz verstört.)

TITO: Was ist los? Ich habe Melina auf der Treppe getroffen; sie weinte, sie sagt, du wirst es mir erzählen…

CARLINO: Ja – sie ist gekommen, um mir hier eine Szene zu machen …

TITO: Dir? Warum?

CARLINO: Nicht mir! Wegen des Zustands, in dem sie ist…

TITO: Ah! Und sie ist gekommen, um mit dir zu reden? Mit mir hat sie, in all den Tagen…

CARLINO: Das habe ich ihr gesagt! Genauso habe ich es ihr gesagt!

TITO: … sie hat vermieden, darüber zu sprechen! Und weswegen sie jetzt gekommen ist, um es dir zu sagen – und was sie mir nicht hat sagen wollen – das soll ich jetzt durch dich erfahren?

Carlino: Und nimmst es obendrein übel? Glaubst du, sie ist gekommen, um mir einen Gefallen zu tun, so schwach und kaputt, wie ich bin?

Tito: Ich möchte wissen, warum sie das gemacht hat!

Carlino: Dann geh und frag sie doch, warum sie das gemacht hat! Mich hat sie gepeinigt! Sie sagte, sie kam hier vorbei, weil sie einkaufen wollte…

Tito: Das ist nicht wahr! Sie lügt! Sie ist mit Absicht gekommen! Sie ist mit Absicht gekommen!

Carlino: Wenn sie mit Absicht gekommen ist, was soll ich dir sagen? Aber nein, mir hat sie erzählt, sie hätte dich gesehen, als du in die Trattoria gegangen bist…

Tito: *(erstaunt)* Sie hat mich gesehen?

Carlino: Ja, und sie ist dir sogar nachgegangen…

Tito: *(wie oben)* Mir?

Carlino: Ja, so hat sie mir gesagt – und daß du sie nicht gehört hast…

Tito: Dann hat sie mich also gerufen?

Carlino: Naja, das nehme ich an … Sie sagte, daß du ganz finster für dich hin gegangen bist, daß sie das Gefühl hatte, du machtest dir meinetwegen Sorgen, und da wollte sie hier heraufkommen …

Tito: Das ist mir nicht klar! Das ist mir nicht klar! Wie denn! Wie denn! Sie konnte doch wohl nicht auf der Straße mit mir über diese Dinge reden!

Carlino: Eingekauft hatte sie aber tatsächlich … Sie kam, um mir einen Stoff zu zeigen…

Tito: Einen Stoff?

Carlino: Ja, und eben damit fing die Peinigung an – als sie mir diesen Stoff zeigte…

Tito: Sie hatte ihn unter dem Arm und wußte nicht, wie sie sich auf der Treppe die Tränen abwischen sollte, so vollgepackt, wie sie war ... Sie ist also gekommen, um dir das zu zeigen ... Und dann?

Carlino: Ich weiß nicht, warum du mich immerzu mit solchen Augen ansiehst und in diesem Ton eines Untersuchungsrichters mit mir redest!

Tito: Warum? Du willst wirklich wissen, warum? Weil ich anfange, es satt zu haben! Ich bin verärgert, ernstlich verärgert wegen all dieses Vertrauens...

Carlino: Aber ich habe ihr nein gesagt, nein, nein ... Du hast doch gesehen, daß sie weinte...

Tito: Nein? Wozu? Zu dem Stoff?

Carlino: Zu dem Stoff! ... Zu dem, was sie daraus machen will!

Tito: Was sie daraus machen will?

Carlino: Na, anfangen mit ... Ich weiß nicht ... Ich nehme an, mit der Ausstattung...

Tito: Für das Baby? Die ist verrückt! Also dann ist sie eigens gekommen, um dir zu sagen, daß sie das Kind behalten will? Und sie hat dir diesen Stoff gezeigt, um dich zu rühren?

Carlino: *(in einem Ton, der zeigt, daß er Geduld haben will)* Ich wiederhole dir, daß ich nein gesagt habe.

Tito: Aber bestimmt ... Ich stelle sie mir vor ... Mit diesem Stoff da ... Die Ausstattung! Da sie weiß, was für ein weiches Herz du hast ... Immer bereit, nachzugeben...

Carlino: *(wie oben)* Ich habe nein gesagt. Ich hab sie zum Weinen gebracht.

Tito: Zum Weinen ... Und dann?

Carlino: Und dann hat sie natürlich gebeten, gefleht, gedrängt ... Hat lauter Versprechungen gemacht ...

Tito: Und du?

Carlino: Ich konnte nicht wissen ... Da zuerst du es warst, falls du dich erinnerst ... Hier, hier ... in Gegenwart von Merletti, der es bezeugen kann ... Da du es warst...

TITO: Ich – was?

CARLINO: Du, der sich ihretwegen Sorgen machte ... der vom Herzen sprach ... Du, nicht ich ... von den Skrupeln, der Gewissensnot ... Du, nicht ich...

TITO: Und? Und? Du konntest nicht wissen ... Red weiter!

CARLINO: Angesichts ihrer Tränen und ihrer Versprechungen, wie hättest du dich verhalten, auch wenn du von dir aus hättest nein sagen wollen!

TITO: War das nicht abgemacht, das Nein? Also nein!

CARLINO: In Ordnung! Und nun geh hin und sag du ihr das!

TITO: Wunderbar! Das gefällt mir! Also, ich spiel die Rolle des Tyrannen, des hartherzigen, das mache ich, während du für sie der bleibst, der gerührt und ergriffen nachgegeben hat?

CARLINO: *(springt auf, um ihm von nahem in die Augen zu sehen)* Na gut, und wenn es so wäre?

TITO: *(hält den Blick aus)* Ah, ist das so? Hat sie dir vielleicht Anlaß gegeben zu glauben ...?

CARLINO: *(noch näher an ihn heran)* Nein! Sie hat mir keinen Anlaß gegeben, irgendwas zu glauben.

TITO: Aber hast du sie nochmal gefragt?

CARLINO: Ja! Ich habe sie nochmal gefragt!

TITO: Weil dieses Vertrauen demnach in dir den Verdacht erweckt hat ...

CARLINO: Ja – und wenn sie mir Anlaß gegeben hätte, es zu glauben, dann wäre jedes Gespräch zwischen uns beiden schon ein für allemal zu Ende! Aber sie hat noch einmal nein gesagt, sie könne es guten Gewissens nicht sagen, weil sie es nicht weiß! Ist das jetzt klar?

TITO: Völlig klar, völlig klar, mein Lieber. Ich verstehe durchaus!

CARLINO: Aber du verstehst überhaupt nichts! Jetzt frage ich dich: bist du sicher, daß du an meiner Stelle, wenn du sie reden gehört hättest, wie sie geredet hat, wenn du sie die Dinge sagen gehört hättest, die sie gesagt hat – ich könnte sie vor dir wiederholen lassen – nicht auch »gerührt und ergriffen nachgegeben« hättest, wie ich?

TITO: Ich?

CARLINO: Warte! Und hättest du den Mut gehabt, so gerührt und ergriffen nein zu sagen, auch im Hinblick auf einen anderen, der an deiner Stelle vielleicht genauso gerührt und ergriffen gewesen wäre? Antworte darauf! Antworte!

TITO: *(will sich, so herausgefordert, Auge in Auge, nicht geschlagen geben und lügt unerschütterlich)* Überhaupt nicht! Wer sagt dir das? Ich hätte mich durch nichts rühren lassen!

CARLINO: Dann stimmt es also, daß du der Hartherzige bist, und dann kannst du auch zu ihr gehen und es ihr sagen!

TITO: Weißt du, was ich statt dessen dir sage? Daß ich jetzt genug habe von dieser ganzen Geschichte und daß ich ihr sofort ein Ende mache!

CARLINO: *(von neuem auf ihn los, drohend)* Das heißt ... das heißt ... das heißt ... das heißt ... Sachte, sachte, mein Lieber – warte: ein Ende machen, jetzt, und in welcher Weise?

TITO: *(mit einem verzerrten Lächeln, schaut ihn von oben bis unten an, bleich und zitternd)* Oh, glaub nicht, daß ich meine Pflicht nicht erfüllen will! Ich werde weiterhin, ich werde weiter meinen Teil beitragen, solange sie in diesem Zustand ist. Dann soll sie machen was sie will: Wenn sie das Kind behalten will, soll sie es behalten, wenn sie es loswerden will, soll sie es loswerden. Ich jedenfalls will dann nichts mehr davon wissen.

CARLINO: Und ich?

TITO: Na du machst auch, was du für richtig hältst...

CARLINO: Das ist nicht wahr!

TITO: Warum nicht?

Carlino: Weil ich allein, das weißt du sehr gut, mir nicht die ganze Last des Unterhalts aufbürden kann!

Tito: Wie denn? Du hast gesagt...

Carlino: Ja: Wenn ich die Gewißheit haben könnte – dann ja! Um jeden Preis! Mit jedem denkbaren Opfer! Aber so nicht! So kann ich nicht, und so muß ich nicht – und du kannst nicht auf meinem Buckel die Bürde für ein Kind lassen, das deines sein kann!

Tito: Aber wenn ich dir sage, daß ich weiterhin meinen Teil beitrage!

Carlino: Vielen Dank! Das kann ich nicht annehmen! Außerdem – in der Patsche sitzen bliebe immer ich!

Tito: Weil du darin sitzenbleiben willst...

Carlino: Aber entschuldige, entschuldige, entschuldige – warum willst du dich jetzt nicht an die Abmachungen halten?

Tito: Ich halte mich ja daran! Ich zahle weiter bis zum Ende! Aber ich will nichts mehr davon wissen!

Carlino: Aber was ist denn passiert, was hat sich geändert?

Tito: Was sich geändert hat? Mein Sinn! Mein Sinn! Der hat sich geändert! In mir hat sich mein Sinn geändert! Es mag ein ungerechtfertigter Verdacht sein – was soll ich dir sagen? Aber er ist mir gekommen, ich kann ihn nicht verjagen! Ich kann nicht so gemeinsam eine Beziehung fortsetzen, die nur unter der Bedingung möglich war, daß zwischen uns nie irgendein Problem auftauchen würde.

Carlino: Aber das willst du doch entstehen lassen, das Problem! Laß uns beide gemeinsam, gemeinsam zu ihr gehen und nein sagen!

Tito: Und dann?

Carlino: Ich habe es ihr schon von mir aus gesagt, jetzt gehen wir hin und wiederholen es gemeinsam!

Tito: Und dann?

Carlino: Wenn du willst, werde ich noch deutlicher, ich werde ihr in deiner Gegenwart noch einmal zeigen, daß es nicht möglich ist, ihr das zuzugestehen, was sie verlangt!

Tito: Und dann? Verstehst du denn wirklich nicht, daß sie nicht mehr die sein kann, die sie bisher war? Wenn sie sich so sehr wünscht, das Kind zu behalten ... Dem entgegenzuwirken würde sie unglücklich machen – und wozu? Ich jedenfalls habe das Gefühl, es ist zu Ende! Unglücklich würde sie demnach unnötigerweise. Das mag Hartherzigkeit sein, Mißachtung, auch Dummheit – alles, was du willst – aber ich werde es nicht los, so bin ich gemacht, ich fühle, daß ich es nicht loswerde. Ich werde nicht mehr dorthin gehen.

Carlino: So im Stich lassen sollen wir sie?

Tito: Aber nein, wer sagt denn im Stich lassen?

Carlino: Du sagst, du gehst nicht mehr hin! Dann kann auch ich nicht mehr hingehen...

Tito: Du – warum nicht?

Carlino: Aber darum nicht! Ich hab dir das Warum doch schon erklärt! Wenn du nicht mehr hingehst, wie soll ich dann weiter zu ihr gehen?

Tito: Ich sehe den Grund nicht...

Carlino: Ja, glaubst du denn, ich allein könnte die Beziehung fortsetzen, wenn du weiterhin zahlst? Und wenn du dann Schluß machst, stehe ich da mit einem Kind, von dem ich nicht weiß, ob es meines ist? ... Ah, nein, mein Lieber! Wenn bei dieser Sache zwischen uns beiden das Einvernehmen nicht mehr da ist, aus dem sie entstanden ist, dann funktioniert es nicht mehr! Wenn du dich nicht mehr daran halten willst, dann kann auch ich mich nicht mehr daran halten!

Tito: Aber ich will mich ja daran halten, ich will mich

daran halten! Ich will sogar ihr Gefühl respektieren, das Kind zu behalten! Ich trage weiterhin meinen Teil bei! Du kannst mich nur nicht zwingen, zu ihr zu gehen, wenn mir nicht mehr danach ist! Das ist doch stark! Auch noch Gewalt?

CARLINO: Na gut! Dann tu eben du mir Gewalt an.

TITO: Ich sage dir »geh hin« – was für eine Gewalt tue ich dir da an?

CARLINO: Und ich beweise dir, daß ich gezwungen bin, unweigerlich das zu tun, was du selbst tust! Der ihr sagt, er wolle nichts mehr davon wissen, das bist du – der Verabredungen nicht einhält, bist du, nicht ich. Und mich zwingst du, dir zu folgen, es so zu machen wie du, auch nicht mehr dorthin zu gehen ... Du siehst also, daß du sie mir antust und nicht ich sie dir, die Gewalt!

TITO: Ach hör auf, ich bin es leid zu diskutieren. Ich habe dazu weder Lust noch Zeit! Ich gehe zurück ins Amt! *(Er geht wütend ab.)*

CARLINO: *(geht ihm bis zur Tür nach und ruft von dort aus)* Aber nein! Hör doch! Komm her ... Das ist sehr bequem, immer davonzulaufen ... *(Dann, während er mit der einen Hand die Tür schließt, mit der anderen, zur Faust geballten, seine Worte skandiert, sagt er mit einem Ausdruck von wildem Grimm:)* Ehrenwort ... Wenn ich den nicht umbringe ... ist das ein Wunder!

Vorhang

DRITTER AKT

Das erste der zwei Zimmerchen von Melinas Wohnung. Es ist zugleich Vorzimmer, Küche und Eßzimmer. Die Eingangstür ist in der rechten Wand, dort auch, etwas weiter nach hinten, der Spültisch mit einem an die Wand gehängten Abtropfbrett, dann ein gemauerter Herd mit vier Feuerstellen und darauf ein Durcheinander von allerlei Küchengeschirr. In der Rückwand ein großes, vergittertes Fenster, denn die Wohnung liegt im Erdgeschoß. Rechts von diesem Fenster eine kleine, sehr bescheidene Kredenz, links eine kleine Vitrine. In der linken Wand führt eine Tür in Melinas Schlafzimmer. An dieser Wand auch ein alter Diwan, Stühle, ein Tischchen. Der Eßtisch steht in der Mitte der Szene, mit einer dunkelroten Decke darauf. Darüber hängt eine sehr einfache Lampe, Kabel und Schale, aber rund um diese Schale ist sehr hübsch ein grünes Mäntelchen als Lampenschirm angebracht.
Es ist Nacht. Die Szene ist durch dieses grüne Licht über der roten Tischdecke schwach erleuchtet. Aber vom Fenster im Hintergrund fällt schräg der gelbe Wiederschein einer angezündeten Straßenlaterne herein.
Wenn der Vorhang aufgeht, sieht man im Schein, der durch das Fenster hereinfällt, zunächst an der Kredenz, dann am Ausguß, Melina, wie einen Schatten, in einem leichten Morgenrock von zartestem Hellblau. Sie ist aus dem Bett aufgestanden, obwohl sie sterbenskrank ist. Aber eine wunderbare innere Kraft hält sie aufrecht und gibt ihrem Tun etwas Heiteres, Geschwindes und Konvulsivisches. Sie richtet für ihr Baby, das vor drei Tagen geboren ist und nebenan hungrig schreit, ein wenig Brot, das sie aus der Kredenz geholt hat, und das sie jetzt in ein Taschentuch legt, um es am Spültisch

in Wasser zu tauchen, macht dann aus dem Taschentuch mit dem aufgeweichten Brot darin eine Art Lutscher, den sie dem Kindchen zum Saugen geben wird. Dabei überrascht sie die Nachbarin, die durch die halboffene Eingangstür hereinkommt und darüber erschrocken ist.

NACHBARIN: Oh Gott, was denn? Sie sind aufgestanden?
MELINA: Es weint ... es weint...
NACHBARIN: Aber das ist Wahnsinn! Kommen Sie! Gehen Sie wieder ins Bett!
MELINA: Ich konnte es nicht mehr weinen hören...
NACHBARIN: Kommen Sie, kommen Sie um Himmelswillen!
MELINA: Jetzt ist es fertig ... Da, jetzt ist es fertig...
NACHBARIN: Aber gleich kommt die Amme! Ich bin losgezogen, um sie zu holen! Ach, wenn Sie wüßten, was ich da vorgefunden habe!
MELINA: Die Signora?
NACHBARIN: Ja, auch die Signora, aber das Kind...
MELINA: Tot?
NACHBARIN: Kommen Sie, kommen Sie – ich erzähle Ihnen alles, sobald Sie wieder im Bett sind...
MELINA: Haben sie es nicht retten können?
NACHBARIN: Um die Mutter zu retten...
MELINA: ... haben sie das Kind sterben lassen?
NACHBARIN: Notgedrungen! – Aber kommen Sie, um Himmelswillen! Sie wollen doch jetzt nicht auch noch sterben ...

(Rechtsanwalt Merletti kommt herein, auch er ist bestürzt, als er sieht, daß Melina aufgestanden ist.)

MERLETTI: Wie, Sie sind aufgestanden?
MELINA: *(mit großer Angst)* Oh, Sie, Herr Rechtsanwalt! ... Sagen Sie mir, sagen Sie: Kommen die beiden?
MERLETTI: Ja, ja – sie kommen!

Melina: *(glücklich)* Ah, Gott! Sie kommen! Sie haben sie finden können?

Merletti: Aber warum sind Sie aufgestanden?

Nachbarin: *(zu Merletti)* Helfen Sie mir, helfen Sie mir, sie zurückzubringen ins Bett!

Merletti: Ja, kommen Sie, seien Sie lieb! Ich bin erst beim einen und dann beim andern gewesen!

Melina: Ich weiß, sie sind nicht mehr zusammen! Sie haben sich getrennt! *(Macht eine Bewegung, als ob ihr plötzlich die Beine versagten, und streckt die Arme aus.)* Ah, mein Gott!

Nachbarin: *(stützt sie mit Merletti)* Sehen Sie? Sehen Sie, daß Sie sich nicht auf den Füßen halten können? *(Zu Merletti:)* Sie hat mich auch den Priester holen lassen ... Stellen Sie sich vor, er wird gleich hier sein...

Melina: *(kommt wieder zu sich)* Das macht nichts! Ich kann das Sterbesakrament auch hier empfangen, ich muß nicht dort liegen, und Gott wird mir noch soviel Lebenszeit schenken, daß ich ihnen das Kind anvertrauen kann. Sie werden es jetzt nicht mehr weggeben, Herr Rechtsanwalt, das müssen sie mir hier vor Gott in der Gegenwart des Priesters und von Ihnen allen schwören! Ihretwegen sterbe ich, Sie sehen ja...

Merletti: Aber nein...

Melina: Doch, ich sterbe. Warum wollen Sie nein sagen, wenn es doch wahr ist? Aber das Kind soll nicht darunter leiden! Ja, das müssen Sie sagen, Sie – falls ich es nicht mehr rechtzeitig sagen kann.

Merletti: Aber ja, keine Sorge, wir werden es sagen!

Nachbarin: Und jetzt kommen Sie!

Melina: *(fährt fort)* Für all das, was sie mich haben leiden lassen, dafür, daß ich mich in all der Zeit für sie gequält habe! Sie wissen es, ich bin ja zweimal auch zu Ihnen gekommen, damit Sie mir helfen, sie zu überreden, daß sie zurückkehren! Sie haben sich getrennt, sie sind Feinde geworden, meinetwegen! Ich habe schließlich nachgegeben, Sie wissen es, ich war bereit zu tun, was sie wollten, weil auch Sie mich, Herr Rechtsanwalt, überzeugt hatten...

MERLETTI: Ja, ja, Liebe, es stimmt ja! Aber nun stehen Sie hier nicht so herum – kommen Sie!

MELINA: ... Bloß damit sie wieder zusammenkamen. Nein! Nein! Sie haben es selbst gewollt, Sie sind Zeuge, daß ich das Kind behalten sollte...

MERLETTI: Ja, damit sie nicht mehr hierher zu kommen brauchten...

MELINA: Zahlen, zahlen – Sie haben jeden Monat gezahlt – als ob das mir hätte genügen können! Und mein Herz, Herr Rechtsanwalt, das ist in Stücke gegangen ... das ist zerbrochen ... Jetzt müssen sie sich um mein Kind kümmern...

MERLETTI: Das ist ihre Strafe...

MELINA: Nein, nicht Strafe! Nicht Strafe, Herr Rechtsanwalt, mein Kind!

MERLETTI: Nein, nein, ich meine nicht Ihr Kind ...

MELINA: Das, das ist keine Strafe!

MERLETTI: Strafe für alles, was sie Ihnen angetan haben!

MELINA: Ah, ja – und das sie nun an ihm wiedergutmachen sollen! Aber das Kind ist keine Strafe, wie könnten sie es sonst liebhaben?

MERLETTI: Sie können sicher sein, daß ich es nicht sage. *(Der Arzt und die Amme kommen herein.)*

NACHBARIN: *(sieht sie eintreten)* Da sind der Arzt und die Amme!

MELINA: *(wendet sich um und läßt sich dann sogleich ins Bett bringen)* Ah, die Amme! Ja, ja, gehen wir, gehen wir ... *(Schnell ab, von Merletti und der Nachbarin gestützt. Der Arzt und die Amme folgen, sie beschleunigen ihre Schritte. Der Arzt hat gerade noch Zeit zu sagen:)*

ARZT: Was für eine Unbesonnenheit!

(Die Szene bleibt für eine Weile leer. Man hört von nebenan verworren die Stimmen Melinas, des Arztes, der Nachbarin und Merlettis. Melina will vor allem, daß die Amme dem Kind die Brust gibt, dann läßt sie sich ins Bett bringen. Der Arzt fühlt ihr den Puls, macht ihr eine Kampferinjektion, weil, wie sie selbst gesagt hat, das Herz gelitten hat, das Herz, das ganz plötzlich stehenbleiben wird. – Vor dem offenen Fenster ziehen inzwischen fast im Marschtritt junge Leute mit Gitarren und Mandolinen durch die Sommernacht. Der Ton ist zunächst schwach und fern, schwillt dann immer mehr an und nimmt allmählich wieder ab und entfernt sich. Während des Vorbeiziehens hört man einige Stimmen das Lied singen, einige lachen. Dann Stille. Man hört jetzt wieder durcheinander, aber ruhiger, die Stimmen aus dem Nebenzimmer. Dann tritt schweigend der Priester ein, mit Birett und Stola, die Hände vor der Brust gefaltet, im Gebet. Ihm folgt der Meßdiener mit dem in schwarzes Tuch gehüllten kleinen Tabernakel, in dem die Hostienkapsel verwahrt ist. Sie gehen von der Eingangstür zur Schlafzimmertür von Melina. Kurz darauf kommen der Arzt und Merletti heraus.)

MERLETTI: Glauben Sie, daß es wenigstens noch ein paar Stunden dauern kann?

ARZT: Wahrscheinlich ... aber wenn es sich um das Herz handelt, kann leider von einem Augenblick zum anderen ... Haben Sie gesehen – ich habe noch eine Kampferinjektion gegeben...

MERLETTI: Sie ist so ... so aufgedreht ... so hektisch...

ARZT: Kraft von den Nerven her...

MERLETTI: Aber sie war auf den Beinen, sprach ...

ARZT: Sie wissen, daß Kerzenlicht ganz lebhaft wird, bevor es mit einem Schlag erlischt. Sie hat sehr gelitten ...

MERLETTI: Oh, das weiß ich!

ARZT: Und diese bange Unruhe wegen des Kindes ... Haben Sie gesehen? Zuerst wollte sie schauen, wie es die Amme annahm ... Drei Tage, ohne es stillen zu können ... Sie wollte es selbst tun, stellen Sie sich das vor, in ihrem Zustand ... Glücklicherweise fand sich diese Amme ... Ich sage glücklicherweise: Wenn Sie wüßten, was für eine Tragödie hier ein paar Schritte entfernt...

MERLETTI: Ah, ja ... Wie hat man sie aufgetrieben?

ARZT: Ich war auch vorgestern abend hier und wurde plötzlich aus der Villa nebenan gerufen – wohlhabender Leute Haus ... Sie hatten an alles gedacht, wissen Sie, für die Geburt des ersten Kindes! Seit drei Tagen hielten sie auch die Amme bereit, die Ärmste litt Qualen, verstehen Sie, ihr platzte fast die Brust. Ich habe sie sofort hierher geschickt, damit sie sich erleichtern und gleichzeitig diesem armen Geschöpfchen etwas Gutes tun konnte, das schrie, weil es keine Milch bekam ...

MERLETTI: Ah, sehr gut...

ARZT: Ja, soweit sehr gut ... Aber wissen Sie, daß ich an diesem Abend dort das Kind opfern mußte, um die Mutter zu retten? Noch weiß ich nicht genau, ob ich sie gerettet habe – ich hoffe, ja!

MERLETTI: Die Amme kann indessen hierbleiben ... obschon – stellen Sie sich jetzt vor, was für Komplikationen dieses Kind ... wenn, wie es leider scheint...

ARZT: Ah, ja, leider kann man sich da keine Illusionen mehr machen, glauben Sie mir.

MERLETTI: Und statt dessen bleibt das Kind! Hier, diesen beiden Unglücksvögeln! Sie kennen die ganze Geschichte?

ARZT: Hm, es sind meine Patienten. Sie haben mich hierhergeschickt...

MERLETTI: Wissen Sie, daß sie auseinander sind?

ARZT: Ja, das weiß ich.

MERLETTI: Und daß sie einander jetzt hassen, wütend hassen? Ich erwarte sie hier. Ich habe sie hergebeten.

Arzt: Das wird kein Spaß sein, die wieder zum Einvernehmen zu bringen!

Merletti: Schlimmer als so konnte es für sie nicht kommen! Und sie haben es selbst gewollt! Und nicht etwa, um diese Ärmste zufriedenzustellen, wissen Sie. Die hatte sich ja darein ergeben, in allem, zu tun, was sie entschieden hatten! – Nein. Alles aus Dickköpfigkeit, der eine gegen den anderen! Und nun stirbt diese Ärmste, und sie bleiben zurück mit dem Kind, das sie zu Feinden gemacht hat, nachdem sie so große Freunde waren!

Arzt: Und der Sohn kann nur von einem sein…

Merletti: Oder von keinem! Das ist das, was ich sage! Aber daß er von keinem sei … und in ein Heim gegeben wird, das kann diese arme Mutter nicht zulassen!

Arzt: Ich glaube, sie hat ihn schon beim Standesamt anmelden lassen…

Merletti: Ah ja? Und wie?

Arzt: Die Hebamme war dazu verpflichtet…

Merletti: Aber wissen Sie, wie er angemeldet worden ist?

Arzt: Unter ihrem Namen – nehme ich an. Ich glaube, ihr Familienname ist Franco.

Merletti: Ja: Melina Franco.

Arzt: So ist es – und Vater unbekannt. Es ist schon drei Tage her, daß der Junge geboren wurde!

Merletti: Und sie sind noch nicht gekommen, um ihn auch nur anzuschauen …

Arzt: Ich glaube, sie vergehen alle beide vor Verlangen danach…

Merletti: Ich weiß! Aber sie lassen sich zurückhalten von dem Haß, der sie erfüllt und von dieser tierischen Dickschädeligkeit, von der ich sprach: Der eine kommt nicht, und dann will der andere auch nicht kommen! Und jetzt wird das Entsetzen groß sein über das, was sie getan haben … Aber sie werden kommen – ich rechne damit.

Arzt: Sie sind von einer unglaublichen Unerfahrenheit…

Merletti: Ja – und das Schöne ist, daß sie geglaubt haben, sie hätten alles mit der allergrößten Vernunft gehandhabt!

Arzt: Sie können sich nicht im entferntesten vorstellen, mit welchen fürchterlichen Schwierigkeiten diese Ärmste sich herumschlagen mußte, so allein, ohne jede Hilfe, verlassen – um ihr Kind in die Welt zu setzen … *(Aus dem Zimmer von Melina kommen der Priester und der Meßdiener, ohne etwas zu sagen. Sie gehen wie zuvor quer über die Bühne und verschwinden.)*

Merletti: Ah, sie wird die Kommunion bekommen haben…

Arzt: Ich gehe. Ich muß in die Villa nebenan zurück…

Merletti: Und wenn wir Sie hier brauchen sollten, Herr Doktor?

Arzt: Ich habe diese brave Frau, die ihr beisteht, angewiesen, ihr noch eine weitere Injektion zu geben, wenn sie merkt, daß der Puls wegbleibt. Aber leider ist nichts mehr zu machen. Sie wird den Morgen nicht mehr erleben, Sie werden sehen. In jedem Fall, ich bin nur ein paar Schritte entfernt.

Merletti: In Ordnung. Auf Wiedersehen, Herr Doktor. *(Der Arzt geht. Merletti nähert sich ganz vorsichtig der Schlafzimmertür und steckt den Kopf vor, um hineinschauen zu können. In der Tür erscheint die Nachbarin.)*

Nachbarin: *(ganz leise)* Sie schläft, sie schläft …

Merletti: Ah, gut.

Nachbarin: *(kommt ein wenig nach vorn)* Sie hat sich immer über einen Schmerz hier beklagt. *(Sie zeigt auf den Magenausgang.)* Jetzt schläft sie ruhig, das ist ein Glück, denn der Arzt hat gesagt, daß dieser Schmerz gar nicht vom Magen kommt, sondern vom Herzen…

Merletti: Ja, er strahlt aus…

NACHBARIN: Ja, eben, so hat er gesagt! Es ist, als ob Gott, der in sie eintritt, ihr die Gnade dieser Ruhe erwiesen hat. Sie leidet nicht mehr! Hoffen wir, oh Gott, hoffen wir, daß sie davonkommt! Auch das Kind hat sich beruhigt. Getrunken hat es … Und wie es sich festgesaugt hat, haben Sie das gesehen? Es war ja fast umgekommen vor Hunger, das arme Geschöpf! – Ah, ein Schatz! Ein Schatz! Und diese Amme ist sehr lieb … *(Sie geht wieder in das Zimmer.)* Schluß. Ich bleibe dort und wache.

(Sie geht zurück und schließt die Tür. Merletti steht ein wenig herum, holt aus der Westentasche die Uhr, schaut darauf und wiegt langsam den Kopf, dann setzt er sich vor den Tisch, zieht aus der Jackentasche eine Zeitung und fängt sogleich an zu lesen. Kurz darauf tritt Tito Morena ein. Er bleibt unschlüssig neben der Tür stehen; er ist ängstlich und verstört, voller beklommener Befürchtungen.)

MERLETTI: *(lebhaft, halblaut)* Ah, endlich!

TITO: *(halblaut)* Ist sie … Ist sie tot?

MERLETTI: Nein … Leise … Sie ruht.

TITO: Ah, gut – ruhen … Und … Und er … ist er da drin? *(Zeigt auf Melinas Zimmer.)*

MERLETTI: Nein, er ist noch nicht da.

TITO: Ah, gut … denn ich … denn ich … *(Will die Tür schließen.)*

MERLETTI: Nein, was machst du da? Nicht schließen!

TITO: Ich will ihn nicht sehen! Wehe, wenn ich ihn sehe!

MERLETTI: Aber du kannst ihn doch nicht hindern zu kommen!

TITO: Also dann gehe ich, ehe er kommt!

MERLETTI: Nun mach nicht wieder Geschichten! Laß diese Tür offen, denn wenn er kommt und klopft, kann sie dort aufwachen, und es ist im Augenblick gut, wenn man sie ruhig schlafen läßt.

TITO: Wie geht es ihr? Wie geht es ihr?

MERLETTI: Wie soll es ihr gehen? Der Arzt hat gesagt, daß sie den Morgen nicht mehr erlebt! *(Tito bedeckt das Gesicht mit den Händen.)* Da bedeckst du das Gesicht! Ihr solltet euch wahrhaftig schämen ... Euretwegen ...

TITO: *(packt ihn an der Brust, krampfhaft)* Nicht meinetwegen! Nicht meinetwegen! Sag das nicht, Merletti! Seinetwegen!

MERLETTI: Langsam! Langsam! Euretwegen. Alle beide!

TITO: Nein, seinetwegen!

MERLETTI: Und er sagt, deinetwegen! Also wegen euch beiden!

TITO: Man muß doch sehen, wer recht hat!

MERLETTI: Was für ein Recht wollt ihr denn noch sehen, jetzt vor ihr, die stirbt? Unrecht habt ihr alle beide, da gibt's nichts zu diskutieren!

TITO: Ja – vor ihr dort, ja...

MERLETTI: Also! Ihr habt jetzt an anderes zu denken!

TITO: Ich bin zu allem bereit! Zu allem!

MERLETTI: Ihr müßt euch sehen, miteinander sprechen...

TITO: Nein! Das nicht! Unmöglich! Unmöglich!

MERLETTI: Was heißt unmöglich!

TITO: Wenn ich ihn sehe – Achtung! Dann garantiere ich nicht mehr für mich!

MERLETTI: *(verliert die Geduld)* Und was wollt ihr nun? Daß ich vom einen zum anderen renne, um zwischen euch Einvernehmen zu schaffen? Ah, nein, Schluß, meine Lieben! Ich nehme meinen Hut und gehe! *(Er will wirklich seinen Hut vom Diwan holen.)*

TITO: *(hält ihn zurück)* Nein, Merletti...

MERLETTI: Doch, doch – ich gehe, ich gehe!

TITO: Aber nein, hör doch...

MERLETTI: Laß mich! Deinetwegen weck ich noch die Ärmste da auf! Nächstenliebe, meine Guten, nur so lange sie nicht ausgenutzt wird!

Tito: Aber es gibt doch keine Fragen mehr…

Merletti: Ich kann mich nicht weiter mit Leuten wie euch herumschlagen!

Tito: Ich nehme das Kind zu mir.

Merletti: Ja, nimm's dir, ich überlaß die Rauferei euch, macht das untereinander ab.

Tito: Nein! Damit ist jedes Problem gelöst…

Merletti: Ach, du glaubst, er läßt zu, daß du es nimmst?

Tito: Das muß er! Wegen dem, was er mir angetan hat!

Merletti: Ja – zerfetzt nur weiter diese Arme da bist zum Letzten!

Tito: *(fährt fort)* Wegen der Situation, in die er mich gebracht hat und der Gewissensqualen, die er bei mir bewirkt hat, und weil er mich nicht mehr in Ruhe gelassen hat!

Merletti: Er wird auch seine Gründe haben, die er dir an den Kopf werfen kann!

Tito: Nein, das kann er nicht, meinen gegenüber!

Merletti: Und ich will hier nicht weiter den Salomon spielen, weißt du? Zwischen zwei Müttern, das war leicht, denn eine von beiden mußte ja sicher sein, daß das Kind ihres war! Ihr hier würdet es mittendurch reißen und jeder ein halbes nehmen, nur um dem andern nicht nachzugeben! Du würdest es nehmen, aber nicht aus Liebe, sondern aus Haß gegen ihn!

Tito: Nein! Nein! Wegen der Reue, wegen der Reue, die ich empfinde…

Merletti: Dann gestehst du also das Unrecht ein, das du ihr angetan hast?

Tito: Ja – das gestehe ich ein! Ihr gegenüber, ja! Aber die Schuld liegt bei ihm, Merletti! Ganz bei ihm! Er hätte weiter hierher kommen können…

Merletti: *(entschieden)* Er allein? Nein, das konnte er nicht.

Tito: Warum konnte er das nicht?

MERLETTI: Das weißt du doch, warum!

TITO: Wegen des Kindes, das meins sein konnte? Du kannst nicht leugnen, Merletti, daß du uns alle beide überzeugt hattest, es wäre ein Wahnsinn, es zu behalten – in dieser Ungewißheit!

MERLETTI: Ja, das ist wahr – und also?

TITO: Warte! Er war einer Meinung mit dir, erinnerst du dich...

MERLETTI: Ja ...

TITO: ... sehr befriedigt, weil er dasselbe sagte, was du gesagt hattest, nicht wahr? Gegen mich ... *(Er wird so gerührt, daß ihm allmählich die Tränen kommen.)* Gegen mich, der statt dessen, du weißt es ... Ich habe es gesagt ... Ja ... für ... für sie ... für das Kind ... und ... und für mein Gewissen ... *(Er zieht das Taschentuch heraus, um sein Schluchzen zu ersticken.)*

MERLETTI: *(als er ihn weinen sieht)* Das Ärgerliche ist, daß ihr eigentlich zwei gute Jungen seid, voller Herz...

TITO: Nein, er nicht! Er ist böse!

MERLETTI: Auch er ist nicht böse!

TITO: Doch, doch ... feige und böse! Er hat mich gezwungen – und Gott weiß, was mich das gekostet hat –, vor euren Gründen, deinen und seinen, zu kapitulieren. Wer hat hinterrücks nicht erfüllt, was einvernehmlich festgelegt war?

MERLETTI: Aber er hat dir ja vorgeschlagen, mit ihm zusammen hierher zu kommen – du hast nicht gewollt!

TITO: Nein, ich habe nicht gewollt!

MERLETTI: Er war bereit, hier zusammen mit dir zu wiederholen...

TITO: Ja – nachdem er verräterisch ihren Bitten nachgegeben hatte, um so den Beweis zu liefern, daß ich es war, der nicht wollte und nicht er, verstehst du? So falsch zu spielen ... dieser Feigling! Und nachdem ich, wie es ja auch mein erstes Gefühl gewesen war, zugegeben hatte, daß sie das Kind behalten sollte, wenn es geboren würde und ihm die Freiheit gelassen hatte, hierher zu kommen, um sie wie früher zu besuchen, wobei ich weiter meinen Teil bis zuletzt bezahlte – da ist er, dieser Feigling – um mich zu zwingen – nicht mehr gekommen … Und so hat er in mir von Tag zu Tag, von Monat zu Monat durch diesen passiven Widerstand, nicht zu kommen, meine Erregung gesteigert! Er hat die ganze Bürde auf mich abwälzen wollen, auf mein Gewissen, all die Angst, all die Pein, die diese Arme, die hier allein gelassen worden war, hat erdulden müssen!

MERLETTI: Sie hatte sich ja doch gefügt…

TITO: Ja, uns zu Gefallen – bis hin zu der Gewaltsamkeit, das Kind wegzugeben. Aber da war das nicht mehr möglich, du verstehst! Um eine solche Gewalthandlung zu begehen, hätten wir von Anfang an einverstanden gewesen sein müssen, alle drei! Bei den beiden fehlte dieses Einverständnis, besonders bei ihm, als er mich verraten hat, ausgerechnet mich, der ich sogar der erste war…

MERLETTI: Ja, ja, das ist wahr…

TITO: … der diese Gewalthandlung nicht wollte! Und scheint dir das danach nicht natürlich, daß ich entrüstet war, so entrüstet, daß ich schließlich nicht mehr kommen wollte? Ich hatte allen Grund, nach dem, was er mir angetan hatte, nicht mehr hierher zu kommen. Und er, er – anstatt sein Unrecht mir gegenüber einzusehen – er beharrte darauf, nicht mehr zu kommen. Er auch! Der Feigling! Feigling! So daß schließlich diese Arme da an gebrochenem Herzen sterben muß, und er mir dann die Reue überläßt – die er doch haben müßte, verstehst du? Er! Er!

MERLETTI: Als Entschuldigung hat er dieses höhnische »sie in Ruhe lassen wollen« erfunden!

Tito: Er ... er hat sie erfunden, diese Entschuldigung! Ich hatte sie nicht nötig, ich hatte meine eigene, und die war gerechtfertigt!

Merletti: Zuviel der Gnade für eine arme Frau, die wenig Rücksichtnahme von seiten der Männer gewohnt ist ...

Tito: In Ruhe lassen ... ohne herzukommen, um nach ihr zu schauen, sie zu fragen, wie es ihr ginge, ob sie irgend etwas nötig hätte ...

Merletti: So viele Erwägungen einerseits und soviel Nichtachtung andererseits – eine schöne Ruhe, in der ihr sie gelassen habt! Zweimal ist die arme Frau zu mir gekommen, um mich verzweifelt anzuflehen ...

Tito: Aber du verstehst, daß er kommen mußte ... er?

Merletti: Ja, und er sagte, du ... du ...!

Tito: Nein, nein, ich nicht!

Merletti: Die Sache ist die, daß ihr wie zwei Hunde, die an eine Kette gelegt sind, nicht mehr zusammen den gleichen Weg ziehen wolltet...

Tito: Ich konnte ihn nicht mehr neben mir sehen!

Merletti: Und er dich ebenso wenig. Und so zieht und reißt ihr trotzig an der Kette, du hier und er dort, in dieser Fiktion von Freiheit, die ihr euch habt geben wollen...

Tito: Nein, ich habe aufgeatmet! Ah! Daß ich mich befreit hatte, wenn von nichts anderem, dann von dem Ekel, ihn neben mir in der Trattoria essen zu sehen! Du ahnst nicht, wie unmanierlich dieser Mann ißt, mit diesem Wolfshunger, den er immer hat – da muß ein Bandwurm drin sein, in diesem Gerippe!

Merletti: Na, geh! Und er sagt von dir ...

Tito: Und was kann er von mir sagen, der?

Merletti: Na, über gewisse Freiheiten, die du dir nimmst...

TITO: Ich? Freiheiten?

MERLETTI: Im Privatbereich.

TITO: Ach, ich? Und er vielleicht nicht?

MERLETTI: Ach, laß. Ihr habt euch jetzt den Hals ganz schön zerfetzt, als ihr, der eine und der andere, an der Kette geruckt habt, ohne sie doch abreißen zu können…

TITO: Ja, und genau deshalb, weil man sie nicht abreißen konnte, müssen wir hier zahlen, zahlen bis Ultimo!

MERLETTI: Dasselbe Gefühl – gemeinsam – erst Liebe – und dann so – unweigerlich – Haß! Und so blind hat euch dieser Haß gemacht, daß ihr nicht mehr gesehen habt, was für ein Verbrechen ihr hier an dieser Unglücklichen begangen habt.

TITO: Aber siehst du es, inzwischen, siehst du es, siehst du es, wie er es macht? Er kommt nicht…

MERLETTI: Er müßte schon hier sein …

TITO: Als erster hätte er herbeieilen müssen. Ich war mir dessen so sicher, daß ich absichtlich gezögert habe zu kommen, um hier nicht mit ihm zusammenzutreffen. Nun siehst du, er ist immer noch nicht da.

MERLETTI: *(sieht Carlino am offenen Fenster vorbeigehen)* Doch – da ist er … Da kommt er …

(Tito dreht sich zum Fenster um, dann, um Carlino nicht sehen zu müssen, wenn er eintritt, geht er zum Fenster und schaut hinaus. Ängstlich und verstört kommt Carlino herein.)

CARLINO: Da bin ich, da bin ich … Zu spät?

MERLETTI: Mir scheint …

CARLINO: Tot?

MERLETTI: Nein … Leise!

CARLINO: Aber wie geht es? Wie geht es?

MERLETTI: Wie soll es denn gehen!

CARLINO: *(wirft einen Blick zum Fenster, wo Tito steht und dann zur halboffenen Tür von Melinas Zimmer)* Und … Was … Was erwartet man? Ich … Ich habe absichtlich … *(er macht mit der Hand ein Zeichen zum Fenster)* ... ihm Zeit lassen wollen.

MERLETTI: Aber ja, eben, das haben wir angenommen...

CARLINO: *(schnell, wie als Antwort auf den Verdacht, den man wegen seines späten Kommens gegen ihn richten könnte, in einem Ton, der etwas feststellt, woran es keinen Zweifel gibt)* Das Kind nehme ich!

TITO: *(plötzlich, kommt nach vorn)* Du nimmst dir gar nichts! Ich nehme es!

MERLETTI: *(geht dazwischen)* Heh, heh, meine Herren...

CARLINO: Du? Nachdem du...?

TITO: Nachdem ich was?

MERLETTI: Denkt doch daran, daß diese Arme noch dort ist!

CARLINO: *(zu Merletti)* Er hat selbst gesagt, daß er nichts mehr davon wissen wolle!

(Gleichzeitig hört man aus Melinas Zimmer Stimmfetzen. Melina ist aufgewacht, hat die Stimmen von Tito und Carlino gehört, will herbeilaufen, und die Nachbarin versucht sie daran zu hindern.)

MERLETTI: *(schreit)* Da habt ihr sie aufgeweckt! *(Melina erscheint in der Tür, sie ist noch dabei, sich von der Nachbarin zu lösen.)*

MELINA: Laß mich! *(Dann, mit einem Schrei zu den beiden)* Tito! Carlino! Seid ihr da? Und Sie, Signor Merletti, Sie haben mir nichts gesagt! *(Die beiden sind bestürzt bei ihrem Anblick, sie ist nicht wiederzuerkennen.)* Carlino ... Tito ...

TITO: Melina ...

CARLINO: Melina...

(Von diesem Punkt an ist es nicht mehr möglich, die Abfolge der Repliken festzulegen, sie bleibt dem Regisseur überlassen. Melina kann bei diesem letzten Aufflammen all ihrer Kräfte, bei dem sich der restliche Docht des Lebenslichtes verzehrt, den sie fast gewaltsam erhalten hatte, um die beiden jungen Männer ein

letztes Mal wiederzusehen, den anderen keine Zeit zum Reden lassen; sie redet allein, wie in einem Delirium, konvulsivisch, sie wird allmählich blasser, lächelt jedoch dabei ständig, fast glücklich. Die Lebhaftigkeit ihrer Bewegungen wird immer vager, bis sie plötzlich tot in die Arme der beiden fällt, die sie auffangen. – Andererseits ist es jedoch nicht möglich, daß Tito Morena und Carlino Sanni, erregt und erschüttert durch so viele Gefühle und Seelenregungen – Mitleid, Gewissensqual, Wut, Haß – stumm diesem Delirium zuhören. Nicht nur brechen durch diese Gefühle und Regungen Ausrufe heraus, die sie zurückhalten, nicht hören lassen möchten, wie

Oh Gott!

Melina ... Melina...

Zerstört...

Feigling! Feigling!

Gemeiner Mörder...

sondern, in einem bestimmten Augenblick, als Melina von der Amme, die in der Tür erschienen ist, sich den Korb mit der Babyausstattung, die sie für ihr Kind genäht hat, bringen läßt und ihnen Stück für Stück zeigt, reden die beiden gleichzeitig, jeder für sich, der eine gegen den anderen, doch so, daß sie Melinas Stimme nicht übertönen. Es ist wie ein inneres Phantasieren, das in denselben Grimassen und dem krampfhaften Spiel der Finger nach außen dringt: Worte zwischen den Zähnen, die die Schauspieler nicht so sehr hörbar machen als für sich selbst sagen müssen, weil sie sie denken; und es ist nicht so wichtig, daß sie alle verständlich sind.

Tito sagt:

Oh Gott, genug ... genug ...

Und dann, zu Melina:

Ja ... Schön! Schön! Aber nun ist's genug ... Laß doch, Liebe! Um Himmelswillen ... Ich reiß dir das Herz aus dem Leibe, du Mörder . . . Ja, sag du doch auch: Schön ... Deinetwegen diese Qual ... du Hund ...

Und Carlino, seinerseits, sagt:
Jetzt, jetzt macht er auch den Gerührten und Ergriffenen ... Bestie! Damals nicht ...
Zu Melina:
Ja, ja ... Liebe, schön, sehr schön, ja ... – Dein ganzes Leben reicht nicht aus, um dieses Verbrechen abzubüßen ...
Und ihrerseits kommen hier und da, so wie es der Regisseur für angebracht hält, die Nachbarin und Merletti mit ihren Ausrufen und ihren unnützen Ratschlägen, ihren Ängsten dazwischen:
Aber so bringt sie sich um!
Arme Kreatur ...
Ja, gehen Sie doch wenigstens nach nebenan ...
Tut doch was!
Heilige Madonna!
So stirbt sie doch ...
Versuchen Sie doch, sie zu überreden ...
Oh Gott, schauen Sie, wie bleich sie geworden ist!
(Nach diesem Aufruf setzt das Delirium Melinas ein, kurz, sehr bewegt, die ganze Szene muß ein einziges, quälendes Vibrieren werden, das einige Minuten dauert.)

MELINA: Ihr sucht mich mit den Augen, aber ich bin nicht mehr hier. Seht ihr? – Nein, Tito, erschrick nicht ... Carlino, du sagst Melina ... Nein, das bin nicht ich hier ... Ein Stückchen Docht vom Lebenslicht, kaum noch ein Stückchen ... erhalten, damit ich euch wiedersehe ... – zerstört? Nein, Tito ... Ich bin dort, jetzt. *(Zeigt auf ihr Zimmer, wo das Baby ist.)* Meine ganze Seele, mein ganzes Leben, meine Liebe ... sie sind dort ... dort ... – Beschimpft euch nicht, nein, beschimpft euch nicht ... Kommt, kommt ... (*Auf eine instinktive Bewegung des Zurückweichens der beiden, die Merletti und die Nachbarin zu ihr hinschieben:)* Nein – wartet! – Nein, Tito! Nein, Carlino! Er gehört euch nicht! Daran dürft ihr nicht mehr denken *(zu Tito:),* daß er deiner wäre ... *(zu Carlino:)* oder deiner – nein! Er gehört mir! Mir! Mir allein! Denkt, daß in ihm nur ich bin, ich allein ... Ich, die ich ihm mein Leben gegeben habe, meines! – Dafür sollt ihr ihn lieben – und nichts anderes denken und sehen – nur mich in ihm – oder ihn, ihn – ohne an euch zu denken – ihn, der so ein Schönerle ist ... Ihn, den ganz kleinen, kleinen Ninì... Ninì Franco ... Ja, und das ist es – es hat mich so viel gekostet ... Er wird mich nicht mehr haben ... Er muß nun euch haben ... Er ist unschuldig! Er schläft da in seiner Unschuld, denn das Schlimme, das er hat anrichten können, dadurch, daß er geboren wurde, ist nicht seine Schuld ... Er ist unschuldig! Und ihr müßt mir schwören, schwören, daß ihr ihn immer in dieser Unschuld lassen werdet, in der er jetzt schläft, und dabei an mich denkt – daß er nur mir gehört ... – und daß ihr ihn aufwachsen laßt ... ihn, so wie er ist ... ganz für sich ... Ninì, Ninì Franco ... – nicht deiner und nicht deiner ... Er für sich selbst – Ninì, Ninì Franco ... – der Sohn von Melina ... Sagt es so: »Der Sohn von Melina«... von Melina, die euch gestorben ist ... und die ihn euch hinterlassen hat, als ihr eigenes, und ... Ja, ja, mit all den schönen Sachen, die sie für ihn gemacht hatte ... *(Sie sieht die Amme in der Tür zum Schlafzimmer.)* Amme ... *(Wendet sich zu Tito und Carlino:)* Hier, das ist die Amme ... Vertraut ihn ihr an ... *(Zur Amme:)* Der Korb ... der Korb ... Gehen Sie, Amme, bringen sie ihn mir ... *(Die Amme geht und kommt sofort zurück.)* Jetzt sollt ihr mal sehen ... Alles von eigener Hand ... Alles von mir ... *(Sie zeigt die Stücke der Babyausstattung.)* Hier, seht nur, seht ... All diese Spitzen ... Diese Bänder ... Und auch die Stickereien ... Die habe ich gemacht, ich, ich ... Ich hab mir das selbst beigebracht ... Das hier, schau mal, Tito ... Eins ums andere, weißt du, so, all diese Lätzchen ... – dies da ... Dies hier ... Und das andere ... – Aber nein, ihr sollt

nicht untereinander reden ... Schau, Carlino, alles mit Monogramm ... Ja, schön ... Mit rotem Monogramm ... Alles, Stück für Stück, die Mützchen, hier, die Mützchen ... Dies da mit den großen Schleifen ... Nein, das andere, das andere ... – Und die Hemdchen, die Hemdchen ... Und hier, da, das ist ... das ist das lange Kleid, das lange Taufkleid, ganz mit Spitzen besetzt ... Und darunter rote Seide ... rote, weil er ein Junge ist ... mein Nino ist ein Junge ... rot ... – Oh Gott!

(Sie fällt tot in die Arme von Tito und Carlino, die sie auffangen und sie aufheben, um sie auf ihr Bett zu bringen. Auch die Nachbarin, Merletti und die Amme stürzen herbei.)

CARLINO: Melina!

TITO: Tot?

NACHBARIN: Ich hab es ja gesagt!

MERLETTI: Dorthin, dorthin ... auf das Bett ...

NACHBARIN: Sie ist schon kalt ...

(Der Ausdruck, das Verhalten von Tito und Carlino, während sie die Tote wegbringen, sind nicht mitleidsvoll, sondern grimmig. Unter der Toten ist Titos Hand, die auf Carlinos getroffen ist, zur Klaue geworden und hat Carlinos so bis auf Blut gekrallt, daß der ein »Au« nicht unterdrücken konnte. Sie gehen alle links ab. Aus Melinas Zimmer hört man Stimmengewirr, das immer lauter etwas andauert. Aus der rechten Tür kommen der Arzt und Signor Franzoni aus der Villa nebenan herein: Er ist ein Vierziger, vom Schmerz gezeichnet und bedrückt. Der Arzt begreift, als er die Stimmen aus Melinas Zimmer hört, sogleich, daß der Tod eingetreten ist.)

ARZT: Ah ja! Sie ist tot ... wie ich gesagt habe ... Warten Sie, warten Sie hier ein wenig, Signor Franzoni ...

(Aber er ist noch nicht bis zur linken Tür gekommen, als wie zwei wilde Tiere Tito Morena und Carlino Sanni herausstürzen, die sich am Hals gepackt haben und sich prügeln, wobei sie gleichzeitig schreien.)

Tito: Du Hund, du Hund, das bezahlst du mir! Du kommst mir nicht lebend davon, du Mörder! Für all das, was du mir angetan hast ...

Carlino: Oh du Feigling! Du legst dich mit mir an, jetzt, nachdem du sie umgebracht hast? Du, du, du Mörder, du ... Aber ich kann dich auch erwürgen, weißt du ... das kann ich auch...

Merletti: *(der Tito gepackt hatte und ihn zurückziehen konnte)* Seid ihr verrückt, oder was seid ihr für Bestien? Mit der Toten da ... So etwas hat es noch nie gegeben ...

Carlino: *(zeigt Merletti seine blutende Hand)* Schau nur, er ... schau nur ... Als wir sie dahin getragen haben...

Tito: *(von neuem auf ihn los)* Deine Fresse, so unter meinen Nägeln ...

Merletti: *(reißt ihn zurück)* Oh, paß auf, ich bin auch noch da, weißt du?

Carlino: *(stürzt sich auf ihn)* Denkst du, du machst mir Angst?

Arzt: *(hält Carlino zurück)* Um Himmelswillen, um Himmelswillen!

Merletti: Das ist ein unerhörter Skandal!

Arzt: Im Angesicht des Todes!

Nachbarin: *(unter der Tür)* Eine Schande! Eine Schande!

Tito: So ist das nicht erledigt, weißt du? So ist das nicht erledigt!

Carlino: Oh, das weiß ich, daß es so nicht erledigt sein kann...

Tito: Denn ich nehme es, das Kind! Ich nehme es!

Carlino: Du nimmst gar nichts! Es gehört mir! Und an diese Wiege kommst du nicht heran...

Tito: Trau dich bloß nicht, da reinzugehen!

Merletti: Seid ihr denn wirklich verrückt? Ihr wagt es, angesichts der Toten um das Kind zu raufen?

Tito: Das Kind gehört mir, Merletti, ich habe es gewollt,

ich, und nicht er, daß sie es behalten sollte; du bist mein Zeuge!

CARLINO: Du? Du hast mich angeschrien, daß du nichts mehr davon wissen wolltest, weder von ihr noch vom Kind!

TITO: Aber du hast doch auch nichts mehr davon wissen wollen, weil du Angst hattest, das Kind könnte allein an dir hängenbleiben! Und genau deshalb nehme ich es mir jetzt!

CARLINO: Du nimmst es dir nicht!

TITO: Du willst mich daran hindern?

CARLINO: Ich hindere dich daran. Sie hat sich mir anvertraut und nicht dir!

TITO: Weil du Judas sie hast glauben lassen...

CARLINO: Nein, vorher! Vorher! Zweimal! Mir und nicht dir!

ARZT: Meine Herren, erlauben Sie?

TITO: Leugne es, leugne es, wenn du kannst, daß sie dir auch beim letzten Mal erklärt hat...

CARLINO: Nein, das leugne ich nicht!

TITO: Na und? Was nützt dir dann das Anvertrauen? Du hast es nur benutzt, um erst mich zu verraten – du Feigling! – und dann auch sie zu verlassen!

ARZT: Sehen Sie nun also? Es ist nicht möglich, es ist überhaupt nicht möglich, daß Sie sich in diesem Punkt einigen!

MERLETTI: Keiner von beiden kann dem anderen das Recht auf das Kind zugestehen oder streitig machen!

ARZT: Und ein Kind – wir haben hier vorhin darüber gesprochen, der Rechtsanwalt und ich – kann nur von einem sein oder von keinem!

CARLINO: Was soll das heißen? Von keinem?

TITO: *(gleichzeitig)* Wieso, von keinem?

ARZT: Von keinem, wollen Sie mich einen Augenblick

reden lassen? – In dem Unglück, das Sie verschuldet haben …

Tito: Die Schuld liegt bei ihm, und so trägt er sie ab!

Carlino: Nein, die Schuld liegt bei dir! Du wolltest die Beziehung abbrechen! Und jetzt forderst du Rechte ein!

Arzt: Ich bitte Sie, meine Herren! Diese unlösbare Frage, über die Sie sich streiten, wenn Sie mir zuhören wollen … Das Schicksal, sehen Sie … ein Schicksal, das man gewiß nicht als glücklich bezeichnen kann, auch nicht hier für diesen Herren … *(Er zeigt auf Signor Franzoni.)*

Tito: Wer ist das?

Arzt: Signor Franzoni aus der Villa nebenan…

Merletti: Ah ja, der Herr, der…

Arzt: *(zu Merletti)* … der das Unglück gehabt hat, ja, wie ich sagte, das Kind opfern zu müssen, um die Mutter zu retten … Das Schicksal ist von der Vorsehung bestimmt … Signor Franzoni ist mit mir gekommen …

Merletti: *(schnell)* Sie würden das Kind nehmen?

Carlino: Was?

Tito: Das Kind?

Arzt: Er ist bereit, es zu adoptieren…

Carlino: Was denn! Das ist unmöglich!

Tito: Unmöglich!

Merletti: Wartet! Laßt ihn reden!

Carlino: Es ist unmöglich!

Merletti: *(zu Franzoni)* Sie würden es adoptieren?

Signor Franzoni: Aber wenn sie sagen, daß es unmöglich ist…

Tito: Unmöglich!

Carlino: Unmöglich!

Merletti: Und was wollt ihr damit machen?

Arzt: Wenn Sie sich nicht einigen können!

Merletti: Ihr habt das Glück, das Problem sofort lösen zu können...

Tito: Aber nicht so!

Carlino: Sie hat es uns so ans Herz gelegt...

Merletti: Ja, das Lämmchen den zwei Wölfen, die ihr seid...

Tito: Hier ist die Amme, das Haus...

Carlino: Also – man wird es besuchen kommen, einen um den anderen Tag...

Merletti: Was erzählt ihr da? Seid ihr verrückt?

Arzt: Mit diesem Gefühl...

Tito: Und dann wird man sehen! Man wird sehen!

Merletti: Aber was wird man sehen? Wenn ihr soviel daran setzt, ihn zu sehen, ihn zwischen euch aufwachsen zu lassen, anzufangen, aufgrund irgendeines Zeichens zu mutmaßen, ob er deiner oder deiner sein könnte, dann werdet ihr euch aus Eifersucht zerfleischen wie zwei wilde Tiere! Allein schon beim Gedanken, daß der andere mit demselben Recht hierher käme um es zu umarmen, um es zu küssen, zu lieben, dieses Kind, das jeder von euch beiden für seines hält. – Ihr dürft es nicht einmal sehen! Die Amme wird es in ihr Tuch wickeln und sofort wegbringen...

Carlino: Nein! Nein!

Tito: Unmöglich! Unmöglich!

Merletti: Was heißt nein! – Sofort! Ins Haus von Signor Franzoni hier nebenan!

Signor Franzoni: Ich könnte alle Garantien geben...

Tito: In fremde Hände...

Carlino: Nach dem, was sie gesagt hat, ehe sie starb ...

Merletti: Habt ihr denn nicht gesehen, was für eine Wirkung das gehabt hat, was sie gesagt hat, bevor sie starb? Ihr seid euch an die Kehle gegangen, zu unser aller Entsetzen ... Und die Tote war noch warm ... Morgen wird es noch schlimmer sein.

Arzt: Zwangsläufig Feinde, mit diesem Kind zwischen Ihnen.

Merletti: Wenn es ihretwegen ist ... Was für ein Glück für sie, ihr Kind sogleich vor eurem Haß in Sicherheit zu bringen!

Arzt: Ah, wenn sie das hätte wissen können! Wenigstens hoffen können!

Signor Franzoni: Ich kann Ihnen versichern, daß wir es so halten werden, wie wir unseren eigenen Sohn halten würden. Und wir werden keine anderen Kinder haben ... Der Herr Doktor weiß das ... Meine Frau hat wissentlich ihr Leben riskieren wollen, so sehr wünschte sie sich ein Kind ... Nun wird sie dieses haben, und die Herren können beruhigt sein, was die Zukunft des Kindes anbelangt, denn unsere Verhältnisse ... Ich wiederhole, ich bin bereit, alle Garantien zu geben...

Merletti: Ihr müßt jetzt auf andere Art das wiedergutmachen, was ihr dieser Armen angetan habt – jetzt, da durch einen glücklichen Zufall ein Weg gefunden wird, das Kind zu retten...

Arzt: Ja, ja – jetzt, da jeder Grund zum Haß zwischen Ihnen damit entfällt.

Merletti: ... und gemeinsam die Erinnerung an sie zu lieben ...

Arzt: ... indem Sie wieder Freunde werden...

Merletti: Hier, vor ihr, die euretwegen gekommen war mit all den Erinnerungen an eure Jugend! Gebt ihr so das Lächeln zurück, das Lächeln des süßen Geschöpfes, das sie immer für euch gewesen ist, so sehr, daß sie an dem Kummer gestorben ist, euch, ohne es zu wollen, zu Feinden gemacht zu haben! Ja, gut, so ... seid Freunde, Freunde ... Und geht nun dort hinein, geht, sie um Verzeihung zu bitten ... So ... so ... Arm in Arm! *(Carlino, der bei den ersten Worten Merlettis etwas aufgeschluchzt hatte, hält es nicht mehr aus, er wirft sich weinend in die Arme von Tito, der ebenso weint.)*

Vorhang

Nachdem Pirandello seine eigene Truppe aus finanziellen Gründen 1928 auflösen mußte, hatte er längere Zeit auf die Uraufführung der bereits fertigen Dramen *Lazarus* (aus dem Mythen-Zyklus), *Heute abend wird aus dem Stegreif gespielt* (das letzte Stück der Trilogie des Theaters auf dem Theater), *Wie du mich willst* und eben *Von einem oder von keinem* zu warten. Schließlich brachte die Compagnia Almirante am 4. November 1929 in Turin das Stück, das eine Bearbeitung der gleichnamigen Novelle (1915; enthalten in Band 4 dieser Edition unter dem Titel »Einem oder keinem«) darstellt, zur Aufführung. Die schauspielerische Leistung der Hauptdarsteller in dieser feinen Charakterstudie sorgte für einen großen Erfolg, der sich 1930 in allen großen italienischen Städten wiederholte. In Italien gehört das Drama auch nach dem Zweiten Weltkrieg zu den »Dauerbrennern« Pirandellos, während der internationale Erfolg eher bescheiden blieb: Nur in Argentinien gab es 1942 eine Aufführung und später auch eine Fernsehfassung (1974).

NACHWORT

Im Drama werden in der Regel Konflikte dargestellt, die aus der Störung einer gegebenen – familialen, sozialen, politischen – Ordnung resultieren. Die Auflösung des jeweiligen Konflikts ermöglicht die Wiederherstellung der gestörten oder die Etablierung einer neuen Ordnung. Von diesem Prinzip, das für das antike wie für das aristotelisch geprägte europäische Drama von der Renaissance bis zum 19. Jahrhundert mehr oder weniger durchweg gültig ist, weicht Pirandello ab. Bei ihm erweist sich nämlich die jeweilige Ordnung als so nachhaltig gestört, daß sie durch keine neue zu ersetzen ist.

Es ist bekannt, daß Pirandello sich in seinen berühmtesten Stücken experimenteller Darstellungsverfahren bedient: So konfrontiert er in *Sechs Personen suchen einen Autor** reale Personen mit Schauspielern, die deren Schicksale rollenhaft verkörpern sollen, und zeigt, daß dies aufgrund der Diskrepanz zwischen der Vielfalt und Vieldeutigkeit des Lebens und den stereotypen Formen der Schauspielkunst zum Scheitern verurteilt ist. Oder er läßt seine Schauspieler, wie dies in der *Commedia dell'arte* üblich war, improvisieren (*Heute abend wird aus dem Stegreif gespielt**). Auch löst er, darin dem zeitgenössischen Avantgardetheater ähnlich, die Grenzen zwischen Fiktion und Wirklichkeit auf, wenn er etwa die sechs Personen vom Zuschauerraum aus die Bühne betreten oder in *Jeder auf seine Weise**, noch bevor sich der Vorhang hebt, das Spiel im Zuschauerraum beginnen läßt.

* Band 6 dieser Edition

Solche spektakulären Formen der Illusionsdurchbrechung und des Theaterexperiments machten Pirandello zu einem wichtigen Vorläufer des modernen, nicht-aristotelischen Dramas. Dies führte indes zu einer Kanonisierung jener wenigen Werke, die dem Etikett vom Theaterrevolutionär am deutlichsten entsprachen – insbesondere der Trilogie des Theaters auf dem Theater* (*Sechs Personen suchen einen Autor, Jeder auf seine Weise, Heute abend wird aus dem Stegreif gespielt*) und in jüngerer Zeit auch der *Riesen vom Berge*** als eines alle bühnentechnischen Mittel in Anspruch nehmenden, Traum und Wirklichkeit miteinander verbindenden theatralischen Gesamtkunstwerks. Das hatte zur Folge, daß der Großteil von Pirandellos Theaterstücken – die Sammlung *Maschere nude* umfaßt insgesamt 43 Texte – heute im Ausland so gut wie unbekannt und selbst in Italien weitgehend in Vergessenheit geraten ist. Von den sechs im vorliegenden Band der deutschen Pirandello-Werkausgabe versammelten Stücken ist allenfalls der titelgebende *Heinrich IV.* bekannt. Diese Stücke aber führen in der Gunst des Publikums zu Unrecht ein Schattendasein, weil nämlich die in der Tat revolutionäre Botschaft Pirandellos auch in den scheinbar konventionelleren Texten enthalten ist, ja weil erst der Blick auf die übrigen Werke zeigt, mit welcher Insistenz der Autor seine unsere Alltagswahrnehmung radikal herausfordernden Themen immer wieder durchgespielt und ihnen neue Facetten abgewonnen hat. Die von Pirandello dargestellten Konflikte sind unlösbar, weil die Ordnungssysteme, in die seine Protagonisten eingebettet sind, grundsätzlich aus dem Gleichgewicht geraten sind. Der aus dramaturgischen Gründen notwendige

* Band 6 dieser Edition
** Band 2 dieser Edition

Schluß ist niemals die Lösung des Konflikts, die durchgespielten Probleme bestehen weiter.

Ursache dieser Situation ist die von Pirandello scharfsichtig diagnostizierte Haltlosigkeit des Individuums in der modernen Gesellschaft, die Nichtübereinstimmung des einzelnen mit der ihm von seiner sozialen Umwelt zugeschriebenen Identität. Diese Identität löst sich bei jenen Protagonisten, denen die Bodenlosigkeit ihres Ichs zum Problem geworden ist, das sie reflektieren, in eine Serie von Rollen und Masken auf. Die nur dem einzelnen bewußte Authentizität des eigenen Ichs ist den Mitmenschen nicht mitteilbar, sie fügt sich nämlich nicht in die zur Wirklichkeitserfassung und -beurteilung bereitstehenden Schemata, so daß die Verhaltensweisen der Betroffenen, ihre vergeblichen Versuche, sich verständlich zu machen, in letzter Konsequenz als verrückt erscheinen müssen. Die Stücke reflektieren diesen grundlegenden Sachverhalt: Zum einen werden auf der Ebene der konkreten Handlung die Unmöglichkeit geglückter zwischenmenschlicher Beziehungen und die damit verbundenen, häufig aus Schuldgefühlen resultierenden Projektionen und Abwehrmechanismen dargestellt. Zum anderen wird auf der Kommentarebene, das heißt mittels der den Figuren in den Mund gelegten Reflexion, das grundlegend problematische Verhältnis zwischen Identität und Rolle, zwischen Individuum und Gesellschaft thematisiert. Im folgenden sollen die sechs Stücke des vorliegenden Bandes unter den genannten zwei Aspekten diskutiert werden: der Unmöglichkeit zwischenmenschlicher Beziehungen und dem Verhältnis von Identität und Rolle beziehungsweise von Individuum und Gesellschaft. Im Zusammenhang mit letzterem Aspekt wird auch die metaliterarische Dimension der Stücke *Heinrich IV.* und *Diana und die Tuda* zu betrachten sein.

1. Besonders auffällige Beispiele für das Nicht-Funktionieren zwischenmenschlicher Beziehungen sind die Stükke *Die Freundin ihrer Frauen* und *Von einem oder von keinem.* Der von dem Rechtsanwalt Merletti in *Von einem oder von keinem* geäußerte zynische Satz: »Mein Lieber, nach dem Gesetz nicht, aber eine Frau nimmt man fast immer zu zweit!« (S. 408) bringt das Problem auf den Punkt. Das Grundmuster der meisten Stücke Pirandellos ist die Dreieckskonstellation, die er aus dem bürgerlichen Melodram des 19. Jahrhunderts übernimmt und verfremdet. Drei sind bekanntlich einer zuviel. Ein Mann steht zwischen zwei Frauen, eine Frau zwischen zwei Männern, woraus unweigerlich Konflikte resultieren.

Pirandello interessiert sich indes nicht für die Ehebruchsgeschichte als solche, sondern für ihre Ursachen und Bedingungen, für die mit ihr verbundenen psychischen, sozialen und philosophischen Probleme. Diese sucht er in den Blick zu nehmen, indem er die Dreiecksgeschichte als Versuchsanordnung wählt und in verschiedenen Varianten durchspielt. In *Die Freundin ihrer Frauen* etwa wird die Dreiecksgeschichte serialisiert. Die Protagonistin Marta ist viermal hintereinander Teil eines amourösen Dreiecks und zieht dabei jedesmal den kürzeren. Carlo Berri, Paolo Mordini, Francesco Venzi und Fausto Viani waren zu unterschiedlichen Zeiten in Marta verliebt, haben es aber jeweils vorgezogen, am Ende eine andere zu heiraten. Marta fiel dabei letztlich immer nur der Part der titelgebenden »Freundin ihrer Frauen« zu, die sich hingebungsvoll um die häusliche Einrichtung des Brautpaares kümmert. Verzicht paart sich bei ihr mit Großmut und Altruismus.

Dies ist indes nur Fassade und wird im Stück als solche entlarvt. Denn Francesco Venzi, der vier Jahre vor Beginn der dargestellten Handlung geheiratet hatte, liebt Marta immer noch. Bei einer Aussprache im zweiten Akt offenbart er sich ihr und zwingt sie zu einer Stellungnahme. Dabei erweist sich, daß sowohl Venzi als auch Marta ihre Umwelt bisher getäuscht haben. Venzi nämlich hat versucht, zwischen den Jungvermählten Fausto und Elena Viani Zwietracht zu säen, indem er der todkranken Elena einflüsterte, daß ihr Gatte in Wirklichkeit nicht sie, sondern Marta liebe und nach ihrem Tode diese von Marta erwiderte Liebe ausleben werde. Diese Unterstellung trägt er nun an Marta selbst heran, die mit Schrecken und Erschütterung reagiert. Venzi erklärt schließlich sein Verhalten, indem er sagt: »Ich muß, ich muß Sie für böse halten, um Sie so lieben zu können, wie ich Sie liebe!« (S. 345) Wenn Venzi seinem Freund und Kollegen Viani unterstellt, er liebe nicht seine Ehefrau, sondern Marta, so ist dies also die Projektion seiner eigenen heimlichen Wünsche. Er selbst liebt Marta und möchte von ihr geliebt werden. Um Marta aber lieben zu können, muß er sie sich als böse vorstellen, da er eine gute, tugendhafte Frau nicht begehren kann. Genau darin liegt die Aporie, die Marta und den sie liebenden Männern eine glückliche Liebesbeziehung unmöglich macht. Auch Marta hat in ihrem Umgang mit den vier Männern erkannt, daß diese sich nach lasterhaften Frauen sehnen und daher sie in ihrer Tugendhaftigkeit nicht begehren können, obwohl sie sie doch insgeheim lieben. Um sich zu rächen, lebt sie ihnen und ihren Ehefrauen ein unerreichbares, diese quälendes Ideal der Tugendhaftigkeit vor, das Marta als einen Schritt hin zu eigener Autonomie auffaßt. Sie leidet im stillen, macht sich Vorwürfe aufgrund ihrer zur Schau gestellten, unehrlichen, da als Waffe eingesetzten Tugendhaftigkeit und betrachtet sich selbst als: »Eine Auszeichnung, von der niemand zu wissen braucht, eine, von der man nicht spricht, die insgeheim leidet unter der Freude, die sie gibt. Und in diesem ihrem Leiden liegt auch ihre Freude« (S. 348). Nicht die jeweils legitime Ehefrau, so Marta, sondern sie selbst sei die eigentlich passende Partnerin. Venzi ist derjenige, dem dies von allen Männern, die mit Marta zu tun haben, am klarsten vor Augen steht.

Das Stück endet heillos: Vianis Ehefrau Elena stirbt nach qualvollem Leiden, und Venzi tötet den trauernden Ehemann, wobei es ihm gelingt, den Mord als Selbstmord erscheinen zu lassen. Allein Marta durchschaut das Verbrechen: »Sie haben ihn ohne Grund getötet! Weil ich ihn liebte – aber ich hätte ihn niemals geheiratet!« Darauf entgegnet Venzi: »Mir hat es genügt, zu wissen, daß Sie ihn lieben.« (S. 368) und: »Für mich ist allein wichtig, daß Sie, nach allem hier, niemandem mehr gehören werden.« (S. 369) Damit aber ist keine Lösung herbeigeführt, die sich als tragfähige Grundlage einer neuen Ordnung erweisen könnte, im Gegenteil: Marta, die bisher stets die Dritte im Bunde war und somit an den fremden Ehen wenigstens als Freundin partizipieren konnte, ist nunmehr, ebenso wie Venzi, den sie auffordert, sich der Justiz zu stellen, ganz allein: »Laßt mich allein! Ich will allein sein! Allein, allein, allein!« (S. 370) Die ohnehin labile Ordnung ist durch die Katastrophe endgültig zerstört worden.

Aporetisch ist auch die Dreieckskonstellation in dem Stück *Von einem oder von keinem*. Die beiden Freunde Carlino Sanni und Tito Morena lieben gemeinsam Melina, eine ehemalige Prostituierte. Ihnen scheint die Quadratur des Kreises gelungen: eine glückliche Dreiecksbeziehung. Als Melina jedoch schwanger wird, ist es mit dem Glück vorbei. Denn weder sie noch ihre Liebhaber wissen, wer von beiden der Vater ist. Jeder wäre bereit, Verantwortung für Frau und Kind zu übernehmen, sofern sich die Vaterschaft eindeutig klären ließe. Der andere würde dann auf Melina verzichten. Dieser Eindeutigkeit jedoch verweigert sich Melina. Sie will nicht, daß die Dreier- in eine Zweierbeziehung verwandelt wird, sondern will sich allein um ihr Kind kümmern, da sie ahnt, daß die Liebe der beiden Männer nicht ewig währen kann. In unerhörter Schärfe stellt Pirandello hier die Nicht-Hintergehbarkeit wie auch die Unmöglichkeit der Dreiecksbeziehung dar. Die Liebe der beiden Männer zu Melina kann nur funktionieren, solange das Dreieck intakt ist, doch genau aus dieser totalen Gleichberechtigung entsteht das Problem, welches die Dreiecksbeziehung schließlich unmöglich macht. Denn eine Frau kann zwei Liebhaber gleichzeitig haben und offenbar mit ihnen glücklich sein, doch ihr Kind kann nur einen biologischen Vater haben. Das Gesellschaftliche und die Biologie kommen nicht zur Übereinstimmung. Die Unsicherheit hinsichtlich der Vaterschaft nämlich will keiner der beiden Liebhaber auf sich nehmen, weshalb die Beziehung schließlich zerbricht. Im dritten Akt stirbt Melina kurz nach der Entbindung. An ihrem Totenbett zwingt man die beiden mittlerweile verfeindeten Liebhaber, sich zu versöhnen, doch Melinas Wunsch, daß sie beide das Kind annehmen und sich um es kümmern möchten, geht nicht in Erfüllung. Denn es kann nur, wie es im Titel heißt, »von einem oder von keinem« sein. Daher ist es folgerichtig, daß ein Dritter das Kind adoptiert. Die zunächst glückliche Dreierbeziehung hat sich somit letztlich aus sich selbst heraus zerstört.

Auch in dem Einakter *Bellavita* geht es um eine Dreiecksbeziehung. Im Mittelpunkt steht ein Witwer, dem von seiner Ehefrau die Hörner aufgesetzt wurden: Diese hatte ein Verhältnis mit dem Notar Denora, der auch der Vater ihres Sohnes Michelino ist. Der Konditor Bellavita rächt sich nun an seinem Nebenbuhler, indem er durch übertriebene Unterwürfigkeit diesem ein schlechtes Gewissen macht. Während Denora sich von seiner Vergangenheit loskaufen will, indem er vorschlägt, Michelino in ein Internat nach Neapel zu schicken, weist Bellavita jegliche materielle Unterstützung zurück. Denora will sich der Lächerlichkeit einer Beziehung zu dem ihm sozial nicht ebenbürtigen Bellavita entledigen, dieser hingegen zwingt ihn durch den »Respekt«, den er ihm erweist, die Realität dieser Beziehung, an der der Notar ja selbst schuld ist, anzuerkennen. Unfreiwillig gibt Denora durch seine Weigerung, von Bellavita mit Respekt behandelt zu werden, diesem das passende Mittel zur Rache an die Hand: Er beschließt, sich einen schwarzen Anzug schneidern lassen und dem Notar auf Schritt und Tritt – als Inkarnation von dessen schlechtem Gewissen – zu folgen: »Er der Körper, ich sein Schatten! Der Schatten seines Gewissens! Von Beruf! Laßt mich vorbei!« (S. 286) Wie die allegorischen Figuren im geistlichen Spiel des Mittelalters, so verkörpert Bellavita rollenhaft eine abstrakte Größe, das Gewissen, und macht somit das Geistige beziehungsweise die Realität der Psyche konkret sichtbar.

2. Eine zentrale Rolle spielt in Pirandellos Werk das Thema der Identität. Diese ist bei Pirandello nicht substantiell, sondern akzidentell. Sie erweist sich als Produkt einer Zuschreibung, die von innen und von außen kommen kann, und ist somit instabil und veränderlich. Einen geradezu experimentellen Umgang mit Identitätsentwürfen pflegt die Protagonistin des Stücks *Die Nackten kleiden*, dessen Inhalt hauptsächlich aus der Rekonstruktion und Interpretation der langen Vorgeschichte besteht. Ersilia Drei war Hausangestellte bei dem Konsul Grotti in Smyrna. Dort wurde sie in melodramatische Ereignisse verwickelt. Ihr Geliebter Franco Laspiga hatte ihr die Ehe versprochen und sie dann verlassen, um sich mit einer anderen zu verloben. In ihrer Enttäuschung fing sie ein Verhältnis mit dem Konsul an, das jedoch in einer Katastrophe endete.

Denn während eines Schäferstündchens mit dem Konsul stürzte sich dessen kleine Tochter, die von Ersilia hätte beaufsichtigt werden müssen, zu Tode. Bei dieser Gelegenheit entdeckte die Ehefrau des Konsuls das Verhältnis ihres Mannes zu Ersilia, worauf diese entlassen wurde. Nach ihrer Rückkehr nach Italien erfuhr Ersilia von Francos bevorstehender Hochzeit mit einer anderen Frau. Sodann lebte Ersilia eine Zeitlang auf der Straße und bot sich fremden Männern an. In ihrem Lebensüberdruß unternahm sie schließlich einen Selbstmordversuch, der jedoch glimpflich verlief. Im Krankenhaus erzählte sie ihre Geschichte dem Journalisten Cantavalle, wobei sie indes einige wichtige Details veränderte: So verschwieg sie ihr Verhältnis zum Konsul und wies der Konsulin die Schuld am Tod der Tochter zu. Als Grund für ihren Selbstmordversuch gab sie wahrheitswidrig ihre enttäuschte Liebe zu Laspiga an. Ihre Geschichte erschien als *fait divers* in der Zeitung. Dadurch wurde der Schriftsteller Ludovico Nota auf sie aufmerksam. In der Hoffnung, nun endlich einmal einen Roman nicht zu schreiben, sondern selbst zu erleben, nahm er sie bei sich auf. An dieser Stelle setzt die Handlung ein, in deren Verlauf Ersilia von ihrer Vergangenheit in Gestalt von Franco Laspiga und dem Konsul Grotti eingeholt wird, die die aufsehenerregenden Presseberichte ebenfalls gelesen haben und darauf unterschiedlich reagieren: Laspiga will alles wieder gutmachen und Ersilia doch noch heiraten, Grotti will von ihr ein Dementi. Es wird somit ihre Geschichte nach und nach rekapituliert und in stets neuen Facetten dargestellt. Dabei wird schließlich verständlich, weshalb Ersilia gelogen hat. Ihr Ziel war es, wenn schon nicht im Leben, so doch im Tod ein »anständiges Kleidchen« (S. 179) zu tragen, nachdem sie so tief gesunken war, daß sie sich sogar der Prostitution hingeben mußte. Sie wollte sich wenigstens posthum eine passende Identität zulegen. Dies tat sie, indem sie die erlebte Geschichte umdeutete und neu erzählte. Nun aber, nachdem ihre Lügen aufgedeckt worden sind und sie Gift genommen hat, sagt sie sterbend endlich die Wahrheit. Der Versuch, sich selbst eine neue Identität zuzulegen, ist gescheitert. Das Leben ist ein Rollenspiel, die Wahrheit gibt es nur um den Preis des Todes.

In *Die Nackten kleiden* geht es darüber hinaus um die Differenz zwischen Leben und Erzählen, zwischen Wirklichkeit und Literatur. Ludovico Nota ist Schriftsteller, und obwohl er diesmal ausnahmsweise eine Geschichte selbst erleben möchte, nimmt er das, was ihm widerfährt, doch von Anfang an mit schriftstellerischen Augen wahr. Zudem legt ihm Ersilia nahe, aus ihrer Geschichte ein literarisches Werk zu machen. Schnell wird bei ihren auf die Rekonstruktion und Deutung von Ersilias Geschichte abzielenden Gesprächen deutlich, daß die Grenzen zwischen Wirklichkeit, Imagination und Fiktion verschwimmen. Bisweilen antizipiert die Imagination des Dichters die Wirklichkeit, bisweilen läßt die Wirklichkeit die dichterische Fiktion weit hinter sich. Schließlich droht die Wirklichkeit dem Dichter gar über den Kopf zu wachsen: »Was mich betrifft – ich hatte mich für einen bestimmten Fall interessiert, für die Umstände, die Menschen – natürlich so, wie ich sie mir vorgestellt hatte. Jetzt, dieser ganze Wust, dieser Wirrwarr ... ja, ich muß sagen, das hat es mir verdorben, hat mir alles verdorben.« (S. 139) Die säuberliche Trennung zwischen Leben und Literatur, so muß Nota lernen, läßt sich nicht aufrechterhalten. So, wie der Dichter seine Stoffe aus der Wirklichkeit bezieht und somit parasitär an dieser teilhat, schiebt sich umgekehrt die Fiktion, das Rollenspiel ins Leben hinein. Dies führt uns zurück zum Problem der Identität. Denn Identität ist im wesentlichen eine rollenhafte Fiktion. Das Theater aber ist der

Ort, an dem der fiktionale Charakter von Identitätsentwürfen in besonderer Weise reflektiert werden kann.

Exemplarisch geschieht diese Reflexion in *Heinrich IV.*, wo Rolle und Identität, Simulation und Wirklichkeit miteinander verschmelzen. Die Figur »Heinrich IV.« ist in Wirklichkeit ein reicher Italiener, der einst bei einem Gesellschaftsspiel in der Verkleidung des mittelalterlichen Salierkaisers, dessen Name in den Geschichtsbüchern mit dem Gang nach Canossa verbunden ist, vom Pferd fiel, eine Kopfverletzung erlitt und infolge dieser Verletzung sich seitdem mit seiner Rolle identifiziert. Seine Verwandten engagieren stets wechselnde Schauspieler, die das Leben am Hof des Kaisers nachstellen und somit dem Kranken ermöglichen sollen, seinen Wahn auszuleben. Es stellt sich indes im Verlauf des Stückes heraus, daß »Heinrich« bereits seit acht Jahren wieder gesund ist, aber beschlossen hat, seine Rolle weiterzuspielen. Dies gesteht er den Schauspielern, während seine Jugendliebe Matilde Spina in Begleitung ihres Liebhabers Belcredi und eines Psychiaters Vorbereitungen zu einer Schocktherapie trifft, mit deren Hilfe »Heinrich« geheilt werden soll. In seinen Monologen versucht »Heinrich« zu erklären, weshalb er es vorzog, die Rolle des Wahnsinnigen auch nach seiner Heilung weiterzuspielen. Dabei stellt er die Differenz zwischen seinem Leben und dem Leben der vermeintlich Gesunden in Frage. So wie er als Verrückter seiner Umwelt eine bestimmte Wirklichkeitskonstruktion aufzwinge, täten dies draußen die Mächtigen, indem sie die Schwachen durch Worte und durch Traditionen zwängen, bestimmte Ansichten (die »herrschenden Meinungen«, S. 71) und Handlungsweisen zu übernehmen, also bestimmte Rollen zu spielen. Gegenüber dem Psychiater und seiner Begleitung versucht er sodann, nachdem diese von seiner Heilung erfahren haben, das Verhältnis zwischen Wahnsinn und

Normalität vollends umzukehren: »Ich bin geheilt, meine Herrschaften: deshalb kann ich hier hervorragend den Narren spielen, und ich tue es in aller Ruhe. – Euer Unglück ist, daß ihr so aufgeregt, ohne es zu wissen und ohne es zu sehen, in eurem Wahnsinn lebt.« (S. 89) Obwohl er damit behauptet, daß er gesünder sei als die anderen, weil er seine Rolle im Gegensatz zu ihnen durchschaut habe, wird er am Ende ironischerweise zum Opfer seiner selbstgewählten Rolle. Er stößt nämlich dem Rivalen Belcredi ein Schwert in den Bauch, weil dieser ihm zuruft, er sei gar nicht verrückt. Um ihm das Gegenteil zu beweisen, benimmt »Heinrich« sich vorübergehend wieder wie ein Verrückter, das heißt, er nimmt seine Rolle ernst. Fiktion und Wirklichkeit fallen dadurch einen Augenblick lang ineinander, und während man den sterbenden Belcredi hinausträgt, bleibt »Heinrich« auf der Bühne zurück, »voller Entsetzen, daß seine Fiktion Wirklichkeit geworden ist und ihn auf einmal zum Verbrechen getrieben hat.« (S. 91). Nun ist er gezwungen, will er nicht für seine Tat zur Rechenschaft gezogen werden, für immer die Rolle des Verrückten zu spielen. »Heinrichs« Normalität gebietet ihm, die Fiktion des Wahnsinns aufrechtzuerhalten, Identität und Rolle werden also »gezwungenermaßen« (S. 91) ununterscheidbar. Während in *Die Nackten kleiden* der Tod der Preis für die Wahrheit ist, besiegelt in *Heinrich IV.* der Mord an Belcredi das Schicksal des Protagonisten, die gespielte Rolle des Verrückten zu seiner einzig möglichen Wahrheit werden zu lassen.

Nicht nur in der bekannten Trilogie des Theaters auf dem Theater macht Pirandello das Theater oder im weiteren Sinne Literatur und Kunst zum Gegenstand. Metaliterarische und metapoetische Elemente finden sich auch in den hier vorliegenden Stücken, etwa wenn in *Heinrich IV.* Schauspieler engagiert werden, um »Heinrichs« Geheime

Räte zu verkörpern, oder wenn in *Die Nackten kleiden* Ersilia an Ludovico Nota den Wunsch heranträgt, er möge ihre Geschichte zum Gegenstand eines literarischen Werkes machen. Dabei mokiert der Ironiker Pirandello sich übrigens an einer Stelle über sich selbst: Ersilia hält Nota für den Autor von *Die Ausgestoßene**, worauf Nota abschätzig sagt: »Die Ausgestoßene« ist kein Roman von mir. [...] Er ist von Pirandello, einem Schriftsteller, den ich überhaupt nicht ausstehen kann.« (S. 115)

Im folgenden soll abschließend jenes der hier versammelten Stücke betrachtet werden, in dem die metaliterarische Reflexion am stärksten ausgeprägt ist: *Diana und die Tuda.* Das Verhältnis von Kunst und Leben ist Gegenstand dieses Stückes. Im Mittelpunkt steht Tuda, die drei Künstlern Modell steht: dem alten Bildhauer Nono Giuncano, dem jungen Bildhauer Sirio Dossi und dem Maler Caravani, dessen Geliebte sie ist. Der Hauptkonflikt des Dramas resultiert aus den unterschiedlichen Auffassungen der beiden Bildhauer hinsichtlich des Verhältnisses von Leben und Kunst. Während der alte Bildhauer Giuncano die Rechte des Lebens gegenüber der Kunst verteidigt und deshalb mit einer Ausnahme alle seine Statuen zerstört hat, möchte Dossi das perfekte Kunstwerk schaffen. Dazu braucht er Tuda als Modell, und da er sie für sich allein haben will, heiratet er sie, obwohl er sie nicht liebt. Ähnlich wie in Edgar Allan Poes Erzählung *The Oval Portrait* aber entzieht der Künstler mit jeder Sitzung seinem Modell ein Stück Leben, wogegen sowohl Tuda als auch der ihr väterlich zugeneigte Giuncano rebellieren. Giuncano fürchtet sich vor dem Alter und versucht, der Fixierung zu entgehen. Deshalb hat er sich von der das Leben abtötenden Kunst, wie Dossi sie auffaßt, abgekehrt. Dossi setzt die

* Band 5 dieser Edition

Kunst dominant, Giuncano das Leben. Doch paradoxerweise tötet Giuncano seinen Kollegen, um das Leben zu verteidigen. Auch in diesem Stück also findet sich keine Lösung. Der statuarischen Fixierung durch die Kunst steht das Leben als Bereich der unendlichen Möglichkeiten gegenüber, doch beide Bereiche sind letztlich tödlich. Die Kunst überdauert zwar, doch tötet sie das Leben ab. Das Leben hingegen ist durch die ihm eingeschriebene Zeitdimension, durch das Altern immer schon todgeweiht. Beide Bereiche sind aporetisch aufeinander bezogen.

Als Fazit läßt sich festhalten, daß Liebesbeziehungen bei Pirandello nicht glücklich verlaufen können, weil sie nur als Dreierbeziehungen vorkommen und diese schon immer durch die ihnen eingeschriebene Asymmetrie gefährdet sind. Die Menschen leiden jedoch nicht nur an den unmöglichen Beziehungen, in denen sie leben, sondern auch an der Erkenntnis, daß sie selbst keine feste, ihnen essentiell zugehörige Identität besitzen. Identitäten sind wie Rollen, die man im Leben spielt. Diese Affinität wird von Pirandello nicht zuletzt in den Dienst einer sein gesamtes Werk durchziehenden metaliterarischen Reflexion gestellt. Quintessenz dieser Reflexion ist die Ansicht, daß Kunst und Leben, Fiktion und Wirklichkeit zugleich voneinander getrennt und dialektisch miteinander verquickt sind. Aus diesem paradoxen Verhältnis gewinnt Pirandellos Kunst jenen Schwung, der sie zu den für sie typischen, zugleich melancholischen und ironischen Höhenflügen befähigt.

Thomas Klinkert

EDITORISCHE NOTIZ

Mit dem dreizehnten Band unserer Werkausgabe wird die Edition von Pirandellos dramatischem Werk abgeschlossen. Sie ist im wesentlichen vollständig; nur nicht ausgeführte Fragmente oder spätere Bearbeitungen eigener Werke für Dialekttheatergruppen wurden nicht aufgenommen. Der vorliegende erste Halbband enthält die Theaterstücke der zwanziger Jahre, die nicht zu den beiden großen Trilogien (*Theater auf dem Theater*, Band 6 bzw. *Die Mythen*, Band 2 dieser Edition) zu zählen sind. In diesem Jahrzehnt steht der Theaterautor Pirandello auf dem Höhepunkt seines internationalen Ruhms, vor allem aber wird er auch zum Theaterpraktiker: Zwischen 1925 und 1928 feiert er mit seiner eigenen Truppe auch als Regisseur und Prinzipal schöne künstlerische Erfolge, denen freilich eine ernüchternde ökonomische Bilanz gegenübersteht. 1928 muß Pirandello daher, auch aufgrund des Ausbleibens der von Mussolini zugesagten staatlichen Subventionen, seine Truppe liquidieren und geht nach Berlin, wo er sich bessere Kontakte zur internationalen Filmwelt erhofft.

Im vorliegenden Band finden sich deshalb erste Repertoiredramen, die der angehende Regisseur Pirandello für seine eigene Truppe und für seine platonische Altersliebe, die Primadonna der Truppe, Marta Abba, »nach Maß« schrieb. Vor allem aber sind hier die Erfolgsdramen des »großen Pirandello-Jahrzehnts« versammelt, allen voran der »Klassiker« *Heinrich IV.*, das Spiel von der Lust an der anfänglich erzwungenen, dann freiwilligen Verrücktheit und an der Geschichte, die keine Überraschungen mehr kennt, oder *Die Nackten kleiden*, das Drama der Suche nach der »Bedeckung« der (Identitäts-)Blöße durch ein hübsches Kleidchen, das Ersilia Drei von den anderen Beteiligten und von den Medien jedoch wieder vom Leib gerissen wird. In *Diana und die Tuda*, einem für Marta Abba geschriebenen Drama, steht wiederum die Identitätsproblematik, aber auch das Verhältnis von Kunst und Leben, von Starre und Bewegung im Mittelpunkt, was Pirandello von der Kritik in dieser Zeit (vor allem durch Adriano Tilgher) als »Markenzeichen« zugeschrieben worden war. *Von einem oder von keinem* und *Die Freundin ihrer Frauen* greifen wie schon viele Dramen vor 1920 auf Novellen des Erzählers Pirandello zurück. Eine davon, »Die Freundin der Ehefrauen«, hatte der Autor nach der Erstveröffentlichung im Band *Amori senza amore* (»Lieben ohne Liebe«, Rom 1894) sozusagen »verstoßen« und nicht in seine definitive Novellensammlung der »Novellen für ein Jahr« aufgenommen; deshalb erscheint sie auch bei uns nicht in den Novellenbänden, sondern im Anhang zu dem Stück, weil sich gerade am Vergleich der beiden Texte interessante Aufschlüsse über Pirandellos dramaturgische Technik gewinnen lassen. Der Einakter *Bellavita*, der an die Ästhetik des »grotesken Theaters« anschließt, beruht ebenfalls auf einer – diesmal sizilianischen – Novelle (*Der Schatten des Gewissens*, enthalten in Band 8 dieser Edition). Auch in diesen Details zeigt sich also, daß in Pirandellos Werk keine eindeutigen Phasen zu unterscheiden sind; er griff immer wieder auf frühere Werke und ästhetische Konzepte zurück, um sie in einem neuen Umfeld neu zur Geltung zu bringen. Diese Kontinuität seines Werks erörtert unter anderem das einfühlende Nachwort des Regensburger Pirandello-Forschers Thomas Klinkert, das diesen Band beschließt.

Michael Rössner

Die Deutsche Bibliothek - CIP-Einheitsaufnahme

Pirandello, Luigi:
Gesammelte Werke : in sechzehn Bänden / Luigi Pirandello.
Hrsg. von Michael Rössner. - Berlin : Propyläen
Bd. 13/1. Heinrich IV. und andere Stücke. - 1999
ISBN 3 549 05542 0

Satz: Utesch GmbH, Hamburg
Druck und Verarbeitung: Wiener Verlag, Himberg bei Wien
ISBN 3 549 05542 0
Printed in Austria 1999

Gedruckt auf alterungsbeständigem Papier mit
chlorfrei gebleichtem Zellstoff